Jay Brandon
Unter Zwang

Aus dem Amerikanischen von Jacqueline Csuss

Jay Brandon

Unter Zwang

Roman

EUROPAVERLAG WIEN-MÜNCHEN

Die Deutsche Bibliothek – CIP-Einheitsaufnahme

Brandon, Jay:
Unter Zwang : Roman / Jay Brandon.
Aus dem Amerikan. von Jacqueline Csuss. –
Wien ; München : Europaverl., 1995
ISBN 3-203-51244-0

Originalausgabe
Loose Among the Lambs
Pocket Books, 1993

Lektorat: Mathilde Fischer

Umschlaggestaltung: W + Z, Dortmund

2. Auflage 1995

Herstellung: Friedrich Pustet, Regensburg
Printed in Germany
ISBN 3-203-51244-0

Für Dan Thorberry und Mark Stevens,
die in ihren jeweiligen Bereichen die Besten sind.

Danksagung

Ich möchte all jenen danken, die mir bei diesem und den anderen Büchern der Bexar-County-Reihe geholfen haben: Beth Taylor, die (zu meinem Bedauern) der Bezirksstaatsanwaltschaft von Bexar County nicht mehr angehört; Lyndee Bordini, stellvertretende Bezirksstaatsanwältin; Cruz Morua von der Erkennungsabteilung des Polizeipräsidiums von San Antonio; Dr. Robert Bux, stellvertretender Gerichtsmediziner von Bexar County; Dr. Nancy Kellogg, medizinische Leiterin der *Child and Adolescent Sexual Abuse Intervention Services*; sowie der Sozialarbeiterin Dorothy Le Pere.

Zu Dank verpflichtet bin ich ferner Bill Grose, Virginia Barber und Mary Evans für ihre genaue und anregende Durchsicht des Manuskripts; sowie Dudley Frasier für seine sachliche und liebenswürdige Auseinandersetzung mit dem Buch und seinem Autor.

Erster Teil

Der Preis, den man für eine Berufung
bezahlt, ist das Wissen um ihre Kehrseite.

James Baldwin

I

Als die Meldung kam, Eliot Quinn befände sich im Haus, war er noch im ersten Stock. Ein aufgeweckter Gerichtsdiener hatte die Nachricht telephonisch nach oben weitergeleitet, und Patty steckte gerade den Kopf zu meiner Bürotür herein, um es mir zu sagen.

Eliot Quinn, der Boß kommt, war mein erster Gedanke. Ich ertappte mich dabei, wie ich aufsprang, als hätte man mich unerlaubterweise auf seinem Stuhl erwischt. »Ich sollte ihm wohl entgegengehen und ihn heraufbegleiten«, sagte ich. »Oder wirkt das anmaßend? Ich meine, vielleicht will er gar nicht zu mir.«

»Natürlich will er zu Ihnen«, erwiderte Patty.

»Nun, dann warte ich noch einen Augenblick. Um Himmels willen, sagen Sie Joan, sie soll ihm sofort aufmachen, falls er wirklich heraufkommt.« Wenn Eliot tatsächlich vorhatte, bis in den fünften Stock zu kommen, dann *würde* er zu mir wollen, denn außer der Bezirksstaatsanwaltschaft waren im fünften Stock keine Büros untergebracht.

»Ich sage es ihr«, sagte Patty beim Hinausgehen aus meinem Büro, »aber ich bin nicht sicher, ob Joan überhaupt weiß, wie Eliot Quinn aussieht. Sie ist erst seit fünf Jahren hier.«

Ich ließ ihm Zeit. Eliot würde auf dem Weg nach oben eine Menge Bekannte treffen. Er hatte den Tag für seinen Besuch geschickt gewählt, einen Donnerstag, an dem die Verhandlungen der Woche langsam dem Ende zugingen, die Richter jedoch noch nicht in Scharen aus der Stadt geflüchtet waren. Ich stellte mich ans andere Ende meines Büros und sah mich um. Eliot hatte nie in diesem Büro gearbeitet. Wir befanden uns nun seit fast einem Jahr im neuen Haus. Mein Büro war eine Spur kleiner als das im alten Gerichtsgebäude, aber wegen der Fenster wirkte es größer. Das alte Büro war ein Schlauch gewesen, den man mitten durch das Herz des Gebäudes gezogen hatte. Dieses hier war großzügig angelegt und befand sich hoch oben im Justizzentrum. Obwohl die Aussicht nicht gerade schön war, stand ich dennoch oft am Fenster, um mich daran zu erinnern, daß es da draußen noch eine andere Welt gab. Es war Mitte August, die Häuser vermittelten den Eindruck flimmernder Ölgemälde, und die gesamte Landschaft schien sich durch die Hitze verflüssigt zu haben. Bereits im Juni hatten wir die Hitze als unerträglich empfunden. Mittlerweile kam es uns so vor, als quälte sie uns schon ein halbes Leben lang.

Nach einer Weile machte ich mich auf die Suche nach Eliot. Das vierte und fünfte Stockwerk beherbergten ausschließlich die Büros der Bezirksstaatsanwaltschaft – ein Labyrinth von Büros. Vom dritten Stock abwärts reihte sich ein Gerichtssaal an den anderen. Nur für Strafsachen. Die Verwaltungsbeamten hatten eine Trennung angeordnet, da sich herausgestellt hatte, daß das neue Justizzentrum nicht groß genug war, um alle Gerichtshöfe des Verwaltungsbezirks Bexar darin unterzubringen. Zivilsachen wurden weiterhin im alten Gerichtsgebäude verhandelt, wo sich nun endlich alle strecken und aufatmen konnten, nachdem der Verbrecherpöbel ins neue Justizzentrum auf der anderen Straßenseite verlagert worden war.

Im dritten Stock heftete sich mir wie immer meine kleine Hofdienerschaft an die Fersen, dieses katzbuckelnde Element jedes öffentlichen Amtes. Zwei oder drei Strafverteidiger, die im Korridor herumstanden, riefen mir ein fröhliches »Mark!« zu und schüttelten mir herzlich die Hand, als wären wir alte Freunde, die einander überraschend begegneten. Pete Fortune, der vor Jahren alles daran gesetzt hatte, meine Beförderung zu verhindern, und mir später mehrere Mandanten abspenstig gemacht hatte, blickte auf, gluckste ein glückliches »Blackie« und winkte mich zu sich. Es war mir ein Vergnügen, zurückzuwinken und weiterzugehen. Nur die vermeintlichen Gerichtsinsider nennen mich bei diesem alten Spitznamen. Meine Freunde wissen, daß ich ihn nicht ausstehen kann.

Meinen eigenen Hang zu geheuchelter Freundlichkeit hatte ich immer noch nicht ganz überwunden. »Guten Tag, Richter«, sagte ich zu einem Mann um die Sechzig, der unschlüssig im Korridor herumstand und sich in seinem Anzug offensichtlich unbehaglich fühlte. Er war kein Richter, war es seit zwei Jahren nicht mehr, aber der Titel würde ihm ein Leben lang bleiben. Ich hatte ihn nie gemocht und einst die Kampagne seiner Gegnerin unterstützt, die ihn schließlich von der Richterbank vertrieb, und dennoch tat er mir jetzt leid, wie er hier stand, eine Aktentasche und ein Bündel Sorgen mit sich herumtrug, von neuem gezwungen, sich gut zu verkaufen. Vielleicht verspürte ich auch nur einen Wink meines persönlichen Schicksals, eines Tages in derselben Lage sein zu können. Ich schüttelte ihm freundlich die Hand, erkundigte mich nach seiner Familie und wünschte insgeheim, ich könnte ihm eine kleinere Prozeßsache vermitteln.

Einer meiner jüngsten stellvertretenden Staatsanwälte bekam einen solchen Schreck, als ich einen Blick in seinen Gerichtssaal im zweiten Stock warf, daß er mich mit »Sir« ansprach. Seinem Gesicht war anzusehen, daß er das sofort bereute. Wir galten hier alle als Kollegen. Seine anschließenden Versuche, mich in unserer kurzen Unterhaltung beim Vornamen zu nennen, ließen ihn ins Stottern geraten. Er brachte ihn nicht über die Lippen.

»Hallo, Bill. Ich bin auf der Suche nach Eliot Quinn. Sie haben ihn nicht zufällig gesehen?«

»Wen, hmmm-äh. Wen?«

»Eliot Quinn. Wissen Sie denn nicht, wer das ist?«

»Quinn, Ma –? Klingt irgendwie vertraut. Ein Anwalt?«

Die Gerichtskoordinatorin Paula Elizondo, die im Laufe ihrer Dienstjahre mindestens tausend Junganwälte wie Bill erlebt hatte und jeden Neuen ahnungsloser fand als seinen Vorgänger, streckte ihren Kopf hinter Bill hervor, lächelte mich kurz an und beantwortete meine Frage. »Im Büro von Richter Hernandez. Dort steckt er schon seit mindestens zwanzig Minuten fest.«

»Danke Paula.« Beim Hinausgehen hörte ich, wie der sechsundzwanzigjährige Bill an Paula die Frage richtete, wer denn dieser Eliot Quinn sei. Paula fertigte ihn mit den Worten ab: »Sie sind ja wirklich von gestern.« Ich beschloß, Bills unvermuteten Wissensdrang zu belohnen.

»Eliot Quinn ist mein Vorgänger. Er war fast zwanzig Jahre lang Bezirksstaatsanwalt«, klärte ich ihn auf.

»Ach, *der* Eliot Quinn«, meinte Bill, und wieder hätte er sich am liebsten geohrfeigt für diese ganz offensichtliche Notlüge. Paula stieß ein lautes Lachen aus. Es tat gut zu sehen, wie jemand, ohne den dieser Laden längst zusammengebrochen wäre, auch einmal einen Anwalt auslachte.

Wieder im Flur mußte ich mich durch eine weitere Gruppe von Gönnern und Schmeichlern arbeiten, bis ich Eliot im Vorzimmer zu Richter Hernandez' Amtsraum fand. Eliot mußte sich Schritt für Schritt vom inneren Allerheiligsten dorthin bewegt haben, bloß der letzte Sprung zur Tür hinaus war ihm nicht ganz gelungen. Kaum hatte ich seinen Namen ausgesprochen, als er sich wie zur Begrüßung eines intimen Freundes bei mir unterhakte und mir zuflüsterte: »Bringen Sie mich um Himmels willen von diesem alten Narren weg.«

»Tag, Richter. Sie nehmen es mir doch nicht übel, wenn ich Mr. Quinn kurz entführe. Ich habe nur einen Augenblick Zeit. Muß noch rüber zum Verwaltungsgericht.«

»Aber das ist doch selbstverständlich«, erwiderte Richter Hernandez in ebenso herzlichem Ton. Er trug noch seinen Talar, obwohl sein Arbeitstag längst zu Ende sein mußte. »Sie beide müssen viel zu besprechen haben. Die Alten machen den Jungen Platz, was, Eliot? Was, Blackie? Schauen Sie doch noch einmal bei mir rein, bevor Sie gehen, Eliot.«

»Mit dem größten Vergnügen, Richter. Tut wirklich gut, Sie mal wiederzusehen.« Die Tür hatte sich kaum hinter uns geschlossen – ich hielt seinen Arm, als wollte ich ihn buchstäblich davonschleppen –, als Eliot sagte, »dieser Mensch nimmt einem die Achtung vor den Institutionen. Ich hätte ihn feuern sollen, als er noch geringfügige Vergehen bearbeitete.«

»Tag, Mark«, sagte er nun in freundlicherem Ton. »Eigentlich wollte ich ja zu Ihnen. Ich hätte den Fahrstuhl direkt in den dritten Stock nehmen sollen. Aber Sie kennen mich ja, ich und Fahrstühle.«

»Hier sind wir im fünften Stock, Eliot. Und die Fahrstühle sind gar nicht so schlecht.«

»Man verläuft sich hier leicht«, erwiderte Eliot leise. »Ich möchte ja nicht wie ein alter Tattergreis klingen, der den Zug in die Gegenwart verpaßt hat, aber dieses Haus ist kaum zu ertragen. Dieses Justizministerium. Hier drinnen könnten wir irgendwo auf der Welt sein. Gebäude wie dieses gibt es in ganz Amerika. Das alte Gerichtsgebäude ist einzigartig, ebenso wie jeder seiner Gerichtssäle. Selbst mit verbundenen Augen wüßte man sofort, in welchem man sich befindet. Es ist ein kalter, freudloser Ort. Alle Gerichtssäle völlig identisch, die Möbel grau in grau und am Boden fest verankert.« Er schüttelte den Kopf. »Das Gerichtsgebäude hat Stil. Lächerlichen Stil, aber Stil. Es sieht aus wie ein Mann in rotem Jackett und grünem Hut, der am Weihnachtsabend groß ausgeht und mit dieser betonten Würde auftritt, weil ihm bewußt ist, wie lächerlich er aussieht.«

»Aber hier funktioniert wenigstens alles«, sagte ich. »Und die Einrichtung ist auch nicht kurz davor, zu Bruch zu gehen.« Mein Plädoyer für das neue Haus klang halbherzig. Mir fehlte das blöde Gerichtsgebäude ja auch. In seiner strahlend sterilen Neuheit ist das Justizzentrum zu unkompliziert, zu kalt. Das alte Gebäude ist ein lebendiges Ganzes, durchdrungen von menschlichen Gefühlen, die es so lange in sich eingesogen hat, daß es schier atmet.

»Aber es ist Ihr Haus«, sagte Eliot, als wollte er meinen Gedanken zu Ende führen, obwohl er in Wirklichkeit nur sich selbst unterbrach. »Ich sollte nicht kritisieren. Sie haben hier sicher schon eigene Erinnerungen, die Ihnen lieb geworden sind.«

Ich führte ihn kurz herum, wobei Eliot nur scheinbar interessiert mit dem Kopf nickte und sich höflichkeitshalber ein wenig umsah. Seine Aufmerksamkeit wurde erst geweckt, als wir im fünften Stock angelangt waren, wo er meinen Namen in zwanzig Zentimeter großen Lettern über dem Eingang prangen sah; MARK BLACKWELL, BEZIRKSSTAATSANWALT. Ich hielt ihm sogleich die Tür auf und führte ihn durch einen Irrgarten von Korridoren, bis wir schließlich in meinem Büro landeten. »Das könnte jetzt Ihr Reich sein«, sagte ich, »wenn Sie sich nicht entschieden hätten, schon so früh das Handtuch zu werfen.«

»Ha ha«, sagte Eliot. Sein Lachen war so präzise, daß ich die einzelnen Silben heraushören konnte. Er warf seinen Hut auf einen Stuhl. Mir fiel auf, daß er immer noch sein dichtes weißes Haar hatte. »Sie meinen, zweimal lebenslänglich im Amt anstatt einmal? Nein, nein, ich entschied mich gerade rechtzeitig für den Ruhestand. Natürlich war es nie meine Absicht, meinen Posten diesem *Zivilisten* zu überlassen.« Als könnte er sich nicht dazu durchringen, den Namen meines Vorgängers über die Lippen zu bringen. »Ich wünsche nur, Sie hätten sich vier Jahre früher um das Amt beworben. Aber wenigstens haben Sie es zurückerobert. Ich bin froh, daß es wieder in guten Händen ist.«

Es war seltsam, Eliot Quinn in meinem Büro gegenüber zu stehen. Wir sahen uns regelmäßig alle paar Monate, aber hier hatten wir uns noch nie verabredet. Seine Anwesenheit schien die Vergangenheit heraufzubeschwören; das Zimmer begann vor meinen Augen zu verschwimmen und mit einem Mal größer zu werden, bis es sich in das alte Büro zurückverwandelt hatte und mich die Erinnerung neuerlich zum Stellvertreter dieses Mannes machte. Jene Zeit lag noch gar nicht so lange zurück. Eliot war nicht alt. Zweiundsechzig, vielleicht dreiundsechzig. Aber er verkörperte ein längst vergangenes Zeitalter. Eliot war fast zwanzig Jahre lang Bezirksstaatsanwalt von Bexar County gewesen. Während meiner achtjährigen Funktion als stellvertretender Bezirksstaatsanwalt, die ich ab den späten Sechzigern bis Mitte der siebziger Jahre ausübte, hatte ich keinen anderen Vorgesetzten gehabt. Ich selbst war jetzt achtundvierzig – älter, wie mir plötzlich klar wurde, als Eliot zu dem Zeitpunkt, als er mich einstellte. Doch damals empfand ich ihn als solche Autorität, daß er mir wie ein vom Olymp herabgestiegener Gott vorgekommen war.

In den sieben Jahren, seit er auf eine weitere Kandidatur verzichtet hatte, hatte er sich kaum verändert. Er war vielleicht ein wenig mehr in sich zusammengesunken, war kleiner und schmäler geworden. Sein grauer Nadelstreifenanzug war wie immer makellos, sein Hemd blendend weiß, und der Knoten seiner Krawatte bauschte sich mit Hilfe einer Krawattennadel am Hals leicht vor. Eliots Kiefer, den er in seinen Abschlußplädoyers zum Beweis seiner Entschlossenheit aufeinanderpressen konnte, als hielte er den Angeklagten darin bereits gefangen und würde ihn nie wieder loslassen, war unverändert hart. Er benötigte nach wie vor keine Brille. Der Blick seiner blauen Augen, mit dem er mich quer durch das Zimmer musterte, hatte an Schärfe nicht verloren.

Zuweilen machte er noch von sich hören, obwohl er seiner früheren Domäne, dem Gericht für Strafverfahren, aus dem Weg ging. Manchmal nahm er bei Verhandlungen im Bundesgerichtshof eine beratende Funktion ein, oder man konsultierte ihn in zivilrechtlichen Fragen. Ab und zu ließ er sich noch überreden, im Namen eines Mandanten Schmerzensgeld einzuklagen und gewissermaßen wieder als Ankläger vor Gericht aufzutreten. Erst vor kurzem hatte er in einem aufsehenerregenden Prozeß – man kann es nicht anders nennen – Anklage gegen die Geschäftsführung eines Bürogebäudes erhoben, die eine alte Obdachlose daran hindern wollte, sich in der Eingangshalle des Gebäudes aufzuhalten. Was zunächst wie ein typisches Abschmetterungsverfahren aussehen sollte, bei dem die Geschworenen zugunsten eines Unternehmens entscheiden würden, das ja nur seine Kunden vor unangenehmer Belästigung schützen wollte, geriet in Eliots Worten zu einer bösartigen, an die Methoden der Nazis gemahnende Verfolgung eines wehrlosen Opfers. Am Ende wurde das Unternehmen zu einer Schadenersatzleistung verdonnert, die die alte Dame mehrere Leben lang von der Straße halten könnte.

»Wie geht es Mamie?« fragte ich.

»Gut, gut. Sie hat sich noch nicht daran gewöhnt, mich tagsüber ständig daheim zu haben. Wenn ich zu viele Tage hintereinander zu Hause bin, schmeißt sie mich raus. Und wie geht es Ihnen, Mark? Wollen Sie Ihr Amt behalten?«

»Das liegt ja nun nicht an mir, oder?« Wir befanden uns im Wahljahr. Die Vorwahlen im Frühjahr hatte ich mangels ernstzunehmender Konkurrenz problemlos gewonnen. Die Partei hatte ihre Arbeit geleistet, dafür gesorgt, daß ich, ihr Wunschkandidat, keine Gegenkandidatur von Format zu befürchten hatte. Allerdings versprachen die für November anberaumten allgemeinen Wahlen nicht so reibungslos zu verlaufen.

»Oh doch, ich denke schon«, erwiderte Eliot ernst. Er fuhr fort, mich mit ungeniert prüfendem Blick anzusehen. »Der Kampf um diesen Job ist bereits halb gewonnen, wenn man ihn nur wirklich will. Wollen Sie ihn denn? Macht er Ihnen Freude?«

»Freude? Freude.« Ich ließ mir das Wort noch einmal auf der Zunge zergehen, allerdings ohne wirklich davon überzeugt zu sein. Ich wußte, was er meinte. Als ich noch sein Stellvertreter war, war da immer eine hämische Freude im Spiel, wenn man einen besonders widerlichen Fall übernommen hatte, von dem man wußte, daß sich die Geschworenen vor Ekel winden und das Strafausmaß in Jahrzehnten und nicht in Jahren ansetzen würden. Ein toller Fall, würde ein Ankläger dazu sagen. Aber jetzt war ich der Bezirksstaatsanwalt, jetzt bekam ich all die tollen Fälle vorgelegt, und von Freude konnte da keine Rede mehr sein, höchstens von der Befürchtung, daß jeden Morgen, Tag für Tag neue Aktenstöße mit widerlichen Tatbeständen auf meinem Schreibtisch zu Bergen anwuchsen, wobei es keine Rolle spielte, wie gut ich meinen Job machte. »Ein Job, an dem man Freude haben kann, ist es ja nicht gerade, oder?«

»Nein?« fragte Eliot. Das freundliche Interesse in seinem Blick hatte sich in Besorgnis verwandelt. Er erinnerte mich an meinen Hausarzt, der soeben eine Krankheit festgestellt hat und mich nun auf ihre Symptome untersucht.

Ich setzte ein ironisches Grinsen auf, das ihm zeigen sollte, daß alles nicht so schlimm war, meinte aber: »Sagen Sie mir doch, wie man diesem Fall Freude abgewinnen soll.« Ich setzte mich und nahm den Akt zur Hand, den ich am Morgen bearbeitet hatte. »Einer von den ganz schwierigen. Es geht um einen Stricher. Er wurde einem HIV-Test unterzogen und ist positiv. Allerdings hat ihn das nicht veranlaßt, seinen, wie wir das nennen, Lebenswandel zu ändern. Er denkt gar nicht daran aufzuhören. Es ist seine Existenzsicherung und sein Leben. Nach seiner letzten Verhaftung sagte er den Bullen, er will so viele ins Grab mitnehmen, wie er nur kann. Das heißt, er ist da draußen und bringt Leute um, und ich kann ihn bestenfalls das eine von hundert Malen, wenn man ihn erwischt, der Prostitution anklagen. Ein minderwertiges Vergehen. Er schiebt dann zehn Tage Knast, und einen Tag später treibt er es mit dem nächsten. Wenn er so weitermacht, wird er der schlimmste Massenmörder in der Geschichte von San Antonio sein, und ich kann ihn nicht aufhalten. Sagen Sie mir eines, Eliot, hatten Sie auch solche Probleme? Der Job schien zu Ihrer Zeit jedenfalls einfacher.«

Ich hatte gehofft, ihn wenigsten ansatzweise aus der Ruhe zu bringen, aber da hatte ich mich getäuscht. Es war deutlich sichtbar, daß ihm im Moment nur meine Überempfindlichkeit Sorgen machte.

»Vielleicht war er einfacher«, meinte er. »Oder vielleicht war ich bloß ein einfacherer Mensch als Sie, Mark. Aber eines weiß ich. Sie nehmen sich diesen Job zu sehr zu Herzen. Sie sind nicht der Schutzengel von San Antonio. Es ist nicht Ihre Aufgabe, alle und jeden zu beschützen.«

»Wenn ich es nicht tue, wer soll es dann tun?«

»Niemand«, erwiderte Eliot. »Das kann niemand. Die Leute müssen auf sich selbst aufpassen. Was Sie angeht, so ist der Job des Bezirksstaatsanwaltes der einfachste der Welt. Die schwierigen Entscheidungen müssen andere treffen. Die Richter, die Geschworenen. Ein Angeklagter muß sich entscheiden, ob er das Angebot der Staatsanwaltschaft annehmen soll, sich schuldig zu bekennen, damit sein Strafausmaß, wenn er Glück hat, geringer ausfällt. Die Verteidigung muß entscheiden, ob sich der Angeklagte still verhalten soll, wodurch er in den Verdacht gerät, ein verstockter Verbrecher zu sein, oder ob er in den Zeugenstand treten soll, um jeden Zweifel auszuräumen. Aber Sie – Sie können eine Sache mit Volldampf angehen. Ab und zu, wenn ein besonders abscheuliches Verbrechen geklärt wird, müssen Sie sich der Presse stellen und sagen« – dabei lehnte er sich vor, stützte seinen Unterarm auf dem Knie ab und sprach mit aggressiv vorgestrecktem Kopf – »›dem Kerl werden wir's schon zeigen. Es wird ihm noch leid tun, daß er je geboren wurde.‹« Eliot lehnte sich wieder zurück und lachte. »Dann fahren Sie erst einmal in Urlaub. Oder zu einer Konferenz. Mark, dieser Job kann auch Spaß machen. Mein Gott, früher haben wir unsere Macht genossen. Ihre Generation sieht in Macht höchstens eine Belastung. Sie dürfen das nicht so ernst nehmen, Mark, sonst sind Sie in kürzester Zeit wirklich nicht mehr im Amt.«

»Ich weiß, ich mache mir zu viele Sorgen«, erwiderte ich.

»Vielleicht ist das der einzige Unterschied zwischen Ihnen und mir«, meinte Eliot. »Wir machen die Arbeit auf dieselbe Weise, nur ich habe mich darin gesuhlt, während Sie ins Grübeln verfallen.« Er sah mich mit einem glücklichen Ausdruck an. »Mark, ich bin stolz auf Sie. Ich wette, das sagt man Ihnen nicht sehr oft. Aber ich bin es wirklich. Ich habe da meine Quellen und höre Dinge über Sie, von denen Sie nichts wissen können. Ich weiß, wie Sie sich während der letzten vier Jahre als Bezirksstaatsanwalt bewährt haben. Sie sind der Beste. Nicht einmal die Strafverteidiger beklagen sich über Sie. Ihr erstes Jahr war vielleicht ein wenig turbulent.« Diese Untertreibung tat er mit einer Handbewegung ab, als wäre das alles gar nicht der Rede wert. »Kaum jemand dachte, daß Sie diese scheußliche Sache überstehen würden. Aber Sie haben es geschafft. Und Sie tun Ihre Arbeit, wie es von Ihnen erwartet wird – ohne Partei zu ergreifen. Ich höre immer nur von Ihrer strikten Fairneß. Daß Sie alle gleich behandeln.«

»Ich versuche es zumindest«, sagte ich.

»Nein, nein. Sie *tun* es. Jetzt muß nur noch die Öffentlichkeit kapieren, wie gut Sie Ihre Arbeit leisten, dann wird die Wahl ein Spaziergang. Aber ich bezweifle, daß die Leute das wissen. Den Juristen ist es klar, aber der Öffentlichkeit – nun, die meisten Menschen kommen ihr ganzes Leben nicht mit der Justiz in Berührung, und wenn doch, dann nur selten mit glücklichem Ausgang.

Ich will den Leuten das klarmachen«, fuhr Eliot fort. »Es ist vielleicht närrisch, so stolz auf Sie zu sein. Das wäre ja geradezu so, als hätte ich Sie zu dem gemacht, was Sie sind. In Wirklichkeit hatte ich nichts damit zu tun.«

»Sie haben mir alles beigebracht, was ich …«, setzte ich an, doch er winkte ab.

»Ich denke, ich bin deshalb stolz, weil Sie die Arbeit zu Ende geführt haben, die ich begann«, meinte er, wobei er in Erinnerung versunken zum Fenster hinaussah. »Wissen Sie überhaupt, wie es in diesem Büro früher zugegangen ist?« Er lachte. »Für jemanden wie Sie wäre es der reine Alptraum gewesen. Ich weiß noch, wie ich mich in den fünfziger Jahren hier um einen Job bewarb – frisch von der Universität und noch grün hinter den Ohren. Wie ein kleiner Welpe, blind und hilflos. Und so war ich ja auch. Ich saß genau hier – naja, nicht hier, sondern im alten Gebäude. Im Büro des ersten Staatsanwaltes. Das Bewerbungsgespräch führte der erste Staatsanwalt persönlich. Dan Blake, kannten Sie ihn?« Ich schüttelte den Kopf. »Ein entsetzliches Großmaul«, fuhr Eliot fort. »Zuerst redete er eine Weile, und dann stellte er mir die dummen Fragen, die bei solchen Gesprächen üblich sind. Plötzlich entschuldigte er sich und verließ den Raum. Das verwirrte mich ein wenig. Er war so abrupt hinausgegangen, daß er seine Schreibtischschublade offen gelassen hatte. Sie stand weit offen, und ich saß direkt daneben. Ich dachte, er wollte meine Vertrauenswürdigkeit auf die Probe stellen, sehen, ob ich während seiner Abwesenheit herumschnüffeln würde, also saß ich die ganze Zeit steif wie ein Stock, starrte geradeaus vor mich hin, bis er zurückkam. Als er sich hinsetzte, warf er einen Blick in die Lade und setzte dabei ein Gesicht auf, als hätte er ranzig gewordene Butter darin gefunden. Und plötzlich war das Interview zu Ende.«

Eliot bestätigte mein Glucksen mit einem zustimmenden Nicken. »Sie haben leicht lachen, Sie sind ja auch nicht so naiv, wie ich es damals war. Als der Brief kam, daß man keinen Bedarf für mich hatte, begriff ich immer noch nicht. Ich konnte mir nicht erklären, was passiert war.

Aber ich hatte einen Onkel. Der war zwar kein Anwalt, aber er wußte, wie der Hase lief. Er wollte wissen, warum man mir den Job nicht gegeben hatte, und ich meinte, ich wüßte es nicht, denn meiner Ansicht nach wäre das Interview gut gelaufen. Als ich die Geschichte mit der Schublade erwähnte, verzog er genauso das Gesicht wie der erste Staatsanwalt und sagte: ›Du Idiot, du hättest Geld hineinlegen sollen.‹

Ich war völlig sprachlos. Ich dachte, er mußte sich geirrt haben. Aber mein Onkel griff zum Telephonhörer, sprach kurz mit jemandem und nannte mir dann den üblichen Betrag. Also rief ich den ersten Staatsanwalt an und bat um ein zweites Interview. Zuerst wollte er nicht so richtig, doch als ich sagte: ›Ich denke, es wird Sie überraschen, wieviel ich in der kurzen Zeit dazugelernt habe‹, erklärte er sich einverstanden. Also führten wir das Affentheater in gekürzter Version noch einmal durch, Blake wurde wieder so unerwartet weggerufen, daß er keine Zeit hatte, seine Schublade zu schließen. Diesmal legte ich meine Scheine hinein. Als er wiederkam, warf er einen Blick darauf, lächelte, schob die Lade zu, schüttelte mir die Hand und sagte: ›Willkommen im Büro der Bezirksstaatsanwaltschaft.‹«

Mein Lächeln war mir, lange bevor er seine Geschichte fertig erzählt hatte, vergangen. Ich hörte von dieser Praxis nicht zum ersten Mal und hatte sie immer als amüsante Anekdote angesehen, doch nun, da Eliot sie mir beschrieb, malte ich mir aus, ein solches Interview könnte auch hier in meinem Büro stattfinden.

Eliot war ebenfalls ernst geworden. »Ich hatte nie die Gelegenheit, diesen Mann zu feuern«, sagte er. »Er starb lange vorher.«

»Aber«, bemerkte ich, »ganz abgeschafft waren diese Methoden auch dann noch nicht, als Sie bereits Bezirksstaatsanwalt waren. Sogar als ich mich bewarb, mußte man Beziehungen haben. Ich hatte zum Glück während meines Studiums an der juristischen Fakultät für Harold Adams gearbeitet, und hätte mich Adams nicht empfohlen …«

»Das schon, aber bezahlen mußten Sie nichts«, erwiderte Eliot in einem so scheinheiligen Ton, daß wir beide lachen mußten. »Und wenn Sie sich nicht bewährt hätten, hätte man Sie gleich wieder rausgeschmissen.«

Dann erst sah er mich verblüfft an. »Sie sagen ›Beziehungen‹, als wäre das ein Schimpfwort. Beziehungen sind nichts anderes als eine Auswahlhilfe. Mir schicken jedes Jahr Hunderte Uni-Abgänger ihre Bewerbungen. Was kann ich schon groß über sie wissen? Daß sie bei einem Wettbewerb einen Pseudoprozeß gewonnen haben? Sie wissen selbst, wieviel das wert ist, wenn Sie einen von denen zum ersten Mal in eine echte Verhandlung schicken. Als Staatsanwalt muß man vor allem mit Menschen umgehen können. Eine schlechte Zusammenarbeit mit der Polizei bedeutet, daß Sie den Job nicht gut machen. Wenn es Ihnen nicht gelingt, zum Richter eine persönliche Beziehung herzustellen, kann ich Sie im Gerichtssaal nicht brauchen.«

Eliot war unbewußt in seine alte Vorgesetztenrolle zurückgefallen, und ich hörte ihm zu wie ein Schüler.

»Jeder, der diese Fähigkeit im Umgang mit Menschen hat, kann Beziehungen herstellen«, fuhr er fort. »Man muß sie nicht in die Wiege gelegt bekommen. Bei mir war das nicht der Fall. Bei Ihnen auch nicht, und dennoch haben Sie Adams kennengelernt und waren gut genug, daß er Sie empfehlen konnte. Verstehen Sie? Sie kannten jemanden, den ich kannte und daher über Sie befragen konnte. Hat er Schneid, ist er geeignet für den Job? Das ist es, wozu eine Beziehung taugt. Wenn Sie nicht gut sind oder nur der Neffe von irgend jemandem, nützt Ihnen das gar nichts.«

Er grinste mich an. »Und jetzt, wo Sie Politiker geworden sind, benötigen Sie alle Beziehungen, die Sie nur kriegen können.«

»Das kann man wohl sagen«, erwiderte ich, woraufhin wir eine Weile schwiegen. Das waren die unangenehmen Aspekte, die dieses Amt mit sich brachte. Schließlich rührte sich Eliot wieder.

»Zum Teufel, jetzt benehme ich mich doch noch wie ein alter Tattergreis«, sagte er, »und stehle Ihnen Ihre kostbare Zeit. Ich bin aus einem bestimmten Grund hier.« Er beugte sich vor. »Ich will Ihnen bei Ihrem Problem helfen.«

»Welchem Problem denn?«

»Dem da«, antwortete er und wies auf die Zeitung, die neben meinem Schreibtisch auf dem Fußboden lag. Ich hob sie auf, ignorierte die Riesenschlagzeile auf der Titelseite und reichte sie Eliot, damit er mich aufklären konnte, wovon überhaupt die Rede war. Er nahm sie jedoch nicht entgegen.

»Das Problem da«, sagte er noch einmal und zeigte mit dem Finger auf die Schlagzeile WAS GESCHAH MIT LOUISE? Mit diesem Aufhänger hielt die Zeitung eine Geschichte am Leben, die in der Vorwoche die ganze Stadt in helle Aufregung versetzt hatte. Ein vierjähriges Mädchen war aus dem Wohnblock ihrer Eltern verschwunden. Niemand wußte, ob sie sich bloß verlaufen hatte oder entführt worden war. Als sie auch am nächsten Morgen noch nicht aufgetaucht war, hatten freiwillige Suchtrupps begonnen, die Nachbarschaft, die nahegelegenen Wälder, das Kanalisationssystem und die dunklen, engen Zwischenräume unter den Veranden der Häuser zu durchkämmen. Man hatte immer weniger Hoffnung, das Mädchen nach zwei Tagen in der Augusthitze lebend wiederzufinden. Die Menschen setzten nun bei ihrer Suche auch die Nase ein.

Und dann, nach Sonnenuntergang dieses zweiten Tages, kam Louise schließlich nach Hause geschlendert, als wäre sie nur kurz auf dem Spielplatz gewesen. Sie hatte einen glücklichen Eindruck gemacht, offenbar nicht unter der Hitze gelitten, konnte aber nicht sagen, wo sie gewesen war, nur daß ein »netter Mann« sie in ein nettes Haus mitgenommen habe. Sofort wurde eine neue Suche begonnen, da die vorherige nur einen teilweise erfreulichen Ausgang ge1funden hatte.

»Das ist nicht mein Problem«, sagte ich, »das ist ein Problem der Polizei.« Tatsächlich bekam der Polizeipräsident die allgemeine Empörung ganz gewaltig zu spüren. Journalisten, die es genauer wissen wollten, hatten herausgefunden, daß Louise kein Einzelfall war. Im Monat davor hatte man einen Jungen über Nacht vermißt, und einen anderen Jungen zu Beginn des Sommers. Die Medien sprachen bereits von *Kindesmißbrauch in Serie* und ließen keine Gelegenheit aus, die Geschichte in den ansonsten dürftigen Sommernachrichten gehörig auszuschlachten. Persönlich war ich der Ansicht, daß die Aufregung übertrieben war. Solche Fälle gab es ständig, und die Polizei konnte nicht einmal mit Sicherheit sagen, daß die vorliegenden alle demselben Täter zuzuschreiben waren; wenn Kinder Personenbeschreibungen machen sollen, ist das Ergebnis fast immer äußerst zweifelhaft. Doch der Polizeipräsident, dem es mit jedem Mal schwerer fiel, den Heißhunger der Medien zu stillen, hatte sich der öffentlichen Meinung angeschlossen und noch mehr Ermittlungsbeamte auf die Fälle angesetzt.

»Bei einer Verhaftung würde ich sofort die Anklage übernehmen, aber bislang sind die Ermittlungen ja nicht gerade glücklich verlaufen. Bis dahin ...«

Eliot unterbrach mich: »Wenn Sie meinen, das sei bloß ein Problem der Polizei, dann haben Sie den Öffentlichkeitsaspekt Ihres Amtes nicht begriffen. Die Leute unterscheiden nicht zwischen den einzelnen Vollzugsbehörden. Unsere lieben Mitbürger, die sich die Nachrichten ansehen, wissen nur, daß unter unseren Lämmern ein Wolf ist. Und eines steht fest, sie werden die Schäfer zur Verantwortung ziehen. Sie stehen kurz vor der Wiederwahl. An Ihnen wird man die Wut und Empörung auslassen, das garantiere ich Ihnen.«

Eliot Quinn war ein wesentlich gerissenerer Politiker als ich. Seine zwei Jahrzehnte im Amt hatten das unter Beweis gestellt. Langsam dämmerte mir, daß er recht hatte.

»Ich danke Ihnen«, sagte ich gefaßt, doch bereits hektisch auf der Suche nach Lösungen. Ich sollte mit dem Polizeipräsidenten sprechen ...

»Ich bin aber nicht gekommen, um Ihnen Ratschläge zu geben, die Sie gar nicht brauchen«, unterbrach Eliot meine Überlegungen. »Wie ich schon sagte, ich möchte Ihnen helfen.«

Jetzt erst horchte ich auf. Er ließ sich jedoch noch Zeit. Etwas an seinem Vorhaben schien ihn zu stören, als wäre er nicht wirklich überzeugt davon. Als er endlich sprach, tat er das langsam und mit der Bedächtigkeit eines Mannes, der auf wackeligen Steinen einen Bach überquert.

»Ich habe einen Freund«, begann er. »Einen alten Freund. Er hat einen Mandanten. Und dieser Mandant will sich stellen.«

»Der Mandant ist der Mann, der die Kinder entführt hat?«

»Genau. Bei dem Fall geht es um Unzucht, Mark, und nicht um Vergewaltigung. Er hat sie angefaßt. Er ist ein kranker Mann, der sich schämt ...«

»Nun, Entführung kommt jedenfalls auch ins Spiel«, warf ich ein. »Vielleicht sogar erschwerend. Wenn ...«

»Jetzt sind wir schon mitten in der Urteilsabsprache«, sagte Eliot, »deshalb bin ich nicht hier. Ich vertrete den Mann nicht. Gott sei Dank«, fügte er geringschätzig hinzu.

»Nein«, pflichtete ich ihm bei. »Aber was will er eigentlich? Ich kann gar nichts sagen, solange er nicht verhaftet ist. Er muß sich erst stellen ...«

»Das ist es ja«, sagte Eliot. »Genau das will er. Er fühlt sich schuldig, hält es nicht mehr aus. Aber er hat auch Angst. Bei der Aufregung, die momentan in der Stadt herrscht, fürchtet er um sein Leben. Dann hat er noch eine Todesangst vor der Polizei. Grundlos, aber das können wir verstehen. Was meinen Sie, wie viele Leute in dieser Stadt schreien würden: ›Knallt den Typen ab, und zwar schnell!‹«

»Ja, schon. Aber dann?«

Eliot streckte mir seinen Kopf entgegen, als wäre ich eine seltene Sehenswürdigkeit. »Er will sich *Ihnen* stellen, Mark. Ihnen persönlich. Sie haben nämlich in gewissen Kreisen einen Ruf. Er vertraut darauf, daß Sie das Richtige tun werden.«

»Ach ja?«

Eliot akzeptierte meinen Einwand. »Also gut, *ich* vertraue darauf. Und mein Freund, der Rechtsanwalt. Das scheint für alle Beteiligten das beste zu sein. Auch für Sie, Mark«, fügte Eliot hinzu. »Immerhin wäre das ja nicht die schlechteste Werbung für Sie. Und gerade jetzt können Sie sie gut brauchen. Die Verhaftung ginge auf Ihr Konto, Sie wären derjenige, der den Verbrecher dingfest gemacht hat.«

Daran hatte ich natürlich auch schon gedacht. Ich überlegte kurz, in welche Falle mich mein persönlicher Ehrgeiz führen könnte, sah aber keine. Eliot mußte sich diese Frage längst selbst gestellt haben. »Aber wir haben keine Absprache«, betonte ich. »Keinerlei Einigung, außer daß er sich freiwillig stellt.«

»Das ist die einzige Vereinbarung«, bestätigte Eliot. »Sie und Austin können die Details dann später besprechen. Austin Paley, das ist sein Anwalt. Austin kennen Sie ja. Über das Urteil können Sie sich später mit ihm einig werden.«

»In Ordnung«, Eliot und ich schüttelten uns die Hände, als wäre er der Vertreter des Mandanten und plädierte in seinem Namen. Eigentlich hatte er das ja getan, wenn auch nur als Bindeglied, als vermittelnder Freund. Da war wieder dieses liebenswürdige Lächeln.

»Ich hoffe, Ihre Kampagne erhält dadurch den nötigen Schwung. Ich will, daß Sie wiedergewählt werden. Mit Ihnen im Amt habe ich die Gewißheit, daß sich meine Tradition fortsetzt.«

Er stand auf und lehnte sich in einer vertraulichen Geste zu mir. »Und wenn ich ehrlich sein darf, Sie können Hilfe brauchen. Ich erwähnte Ihren Ruf, daß Sie jedermann gleich behandeln. Den Wählern ist das leider nicht bewußt, aber in den Kreisen, die zählen, hat es sich herumgesprochen. Und wie Sie wissen, gibt es Leute, die das im Grunde gar nicht schätzen. Da kann Ihnen Ihr Ruf, keine Gefälligkeiten zu erweisen, sogar schaden. Denn diese Leute erwarten, daß man ihnen Gefälligkeiten erweist. In dieser Stadt wäscht eine Hand die andere. Warum glauben Sie, tritt Leo Mendoza gegen Sie an? Leo ist zwar nicht der beste Anwalt in der Stadt, aber er ist ein gerissener Politiker. Er hat Geld im Rücken, und nicht nur das. Hinter ihm stehen Leute, die einen Bezirksstaatsanwalt wollen, der ihnen etwas schuldig ist. Daran müssen Sie denken, Mark. Unterschätzen Sie ihn ja nicht.«

»Das tue ich auch nicht. Danke jedenfalls.«

Eliot zuckte mit den Achseln. »Ein guter Rat kostet nichts. Ich habe mehr davon in den Wind geschlagen, als man Ihnen jemals erteilen wird.«

Er nahm seinen Hut. »Wir sollten uns jedenfalls beeilen«, sagte er lauter und bezog sich damit auf unser vorheriges Gespräch. »Sobald Austin seinen Mandanten so weit hat, melden wir uns. Abgemacht?«

»Abgemacht.«

Eliot nickte kurz und ging dann mit einer Selbstsicherheit aus dem Raum, als verließe er gerade sein eigenes Büro, als wäre das neue Haus für ihn kein unvertrauter Irrgarten. Ich blieb hinter meinem Schreibtisch sitzen und warf noch einmal einen Blick auf die fettgedruckte Schlagzeile. Nächste Woche würde mein Name in Lettern dieser Größe auf der Titelseite prangen.

Und wie Eliot selbst gesagt hatte, schaden konnte es nicht; oder doch?

Es gibt Momente, in denen ich mir wünsche, ich könnte unsichtbar sein, mich wie einen Lichtschalter ein- und ausschalten. Ich genieße die Anerkennung, freue mich über die Berühmtheit, die das Amt des

Bezirksstaatsanwalts mit sich bringt, doch um meine Arbeit richtig auszuüben, muß ich unauffällig einen Gerichtssaal betreten können, und das ist in der Regel nicht möglich. Am liebsten würde ich völlig unbemerkt in den Saal schlüpfen, meine Assistenten beobachten, wie sie ins Gespräch mit dem Richter vertieft sind oder mit der Verteidigung das Urteil absprechen. Es stört mich nicht, wenn sie bei der Verlesung der Tagesordnung ein leicht gelangweiltes Gesicht machen, so lange sie dabei professionell bleiben; Langeweile gehört zu jedem Beruf. Doch kaum betrete ich einen Gerichtssaal, nehmen plötzlich alle Haltung an. Lippen werden in wilder Entschlossenheit zusammengepreßt. Alles wird zu einer Frage von Leben und Tod.

Um der Wichtigkeit meiner Person diese Wirkung wenigstens teilweise zu nehmen, habe ich es mir angewöhnt, ständig im Haus unterwegs zu sein. Mindestens einmal am Tag begebe ich mich in die unteren Stockwerke und mache meine Runde durch die Gerichtssäle. Wenn mich die Leute jetzt sehen, setzen sie nicht mehr diese erschrockenen Mienen auf.

Nachdem sich Eliot an diesem Donnerstag nachmittag von mir verabschiedet hatte, ging ich wie immer nach unten. Im August scheinen die Wochen kürzer zu sein, das Gebäude leert sich viel rascher als sonst. Es wirkte wie ausgestorben und vermittelte eine sonntägliche Stille. Die ersten drei Gerichtssäle, in die ich einen Blick warf, waren leer. Im Gerichtssaal von Richter Ramon Hernandez war ein Geschworenenprozeß im Gange. Ich nahm unter den wenigen Zuhörern Platz und sah mir die einzelnen Prozeßparteien genauer an. Der Verteidiger war einer dieser langjährigen Gerichtsveteranen, deren beruflicher Ehrgeiz mit dem Abschluß des Studiums gestillt ist. Den Vorsitz der Anklage führte Becky Schirhart, die als Staatsanwältin nur etwas länger im Amt war als ich in meiner Funktion als Bezirksstaatsanwalt. Sie war um die Dreißig und derzeit die jüngste vorsitzende Anklagevertreterin für strafrechtliche Fälle. Ich war vor ein paar Jahren auf sie aufmerksam geworden, als sie noch neu im Strafgericht war und, ohne mit der Wimper zu zucken, die Gelegenheit ergriffen hatte, im Mordprozeß gegen einen Polizeibeamten die Anklage zu führen.

Beckys Auftreten machte sie zuweilen zum Mittelpunkt von allerlei Mutmaßungen; manches davon war mir zu Ohren gekommen. Im

Gerichtssaal, aber auch im Büro hinterließ sie den Eindruck von Unschuld und gleichzeitiger eiserner Entschlossenheit, so daß sich manche Männer insgeheim fragten, ob sie diese Intensität nicht nur bei der Arbeit, sondern auch bei anderer Gelegenheit einsetzte.

Die beisitzende Staatsanwältin hatte ich nie zuvor gesehen, und das beunruhigte mich. Ich sollte jeden meiner Mitarbeiter auch von hinten erkennen. Die Frau war mexikanisch-amerikanischer Herkunft, klein und ein wenig gebeugt. Als sie ihren Kopf Becky zuwandte, sah ich, daß sie noch sehr jung und mir völlig unbekannt war. Was hatte sie am Tisch der Staatsanwaltschaft zu suchen?

Die Geschworenen beobachteten aufmerksam einen jungen Mann im Zeugenstand, der ebenfalls mexikanisch-amerikanischer Herkunft war. Für den Anlaß trug er ein weißes Hemd, jedoch kein Jackett und keine Krawatte. Er sah nicht so aus, als würde er derlei besitzen. Er saß mit gespreizten Knien und nach außen gedrehten Füßen da und wirkte ungeschickt wie ein kleiner Junge.

Der Stuhl neben dem Verteidiger war leer. Demnach war der Zeuge der Angeklagte. Die Befragung erfolgte gerade durch seinen Anwalt, der gedehnt und langsam sprach und so verriet, daß er mit dem Tatbestand nicht vertraut war. »Und was geschah dann?«

»Ich dachte, ich gehe jetzt besser«, erwiderte der junge Mann. »Ich wollte keine Schwierigkeiten. Also bin ich nach draußen gegangen, hinter das Haus, wo mein Wagen war, und dann hörte ich, daß mir jemand nachlief. Als ich mich umdrehe, ist es aber nicht der Typ, sondern sie.«

»Sie meinen Miss Flores?«

»Ja, genau die.« Der Angeklagte nickte in Richtung der Frau am Tisch der Staatsanwaltschaft, sah aber sofort wieder weg.

Becky hatte also eine Zeugin neben sich sitzen. Jetzt war ich endgültig verblüfft.

»Was wollte sie?« fragte der Verteidiger.

»Sie kam her, hakte sich bei mir unter und meinte, sie wolle mit mir mitkommen. Ich sagte darauf, sie solle wieder reingehen, aber sie wollte nicht. Ich denke mir, die hat ein paar über den Durst getrunken. Ich meine, sie war noch ganz gut auf den Beinen, aber eben leicht angeheitert. Ich kann's nicht sagen, hatte sie ja eben erst kennengelernt.«

»Was taten Sie dann?«

»Ich ging zu meinem Wagen. Und sie ist mir immer noch nachgelaufen, und wie ich einsteige, steigt sie auch ein. Also denke ich mir, auch gut, und fahre die Straße runter zu einem Haus, das ich kenne.«

»War das Ihr Haus?«

»Das Haus gehört niemandem. Es steht leer.«

»Hat Miss Flores während der Fahrt irgend etwas gesagt?«

»Nein, sie rollte sich auf dem Sitz neben mir zusammen und legte ihre Hand auf meinen Oberschenkel.«

»Und, hat das etwas bei Ihnen bewirkt?«

»Naja, das kann man schon sagen.«

Über die Art der Wirkung wollte der Verteidiger nichts Genaueres wissen. Der Angeklagte tastete mit der Hand nach seiner Brusttasche, aber die Zigarettenschachtel, die dort offenbar hingehörte, hatte er zuvor wegen des Ernstes seiner Lage entfernt. Er legte die Hände zurück in den Schoß und verschränkte nervös seine Finger, während sein Anwalt mit den Fragen, die er ihm stellte, eine Geschichte von jugendlichem Leichtsinn und Leidenschaft konstruierte, gefolgt von weiblichen Gewissensbissen und Schamgefühlen. Während der Aussage des Angeklagten lenkte ich meine Aufmerksamkeit auf die junge Frau am Tisch der Staatsanwaltschaft, die demnach das Opfer eines Sexualverbrechens sein mußte. Gleich nach den ersten Worten des Angeklagten hatte sie sich aufgeregt an Becky gewandt, ihren Arm ergriffen und ihr etwas zugeflüstert. Becky hatte eine beruhigende Geste gemacht. Sie saß dann während der weiteren Zeugenaussage still da. Ich konnte ihr Gesicht nicht sehen, doch in ihrem Ausdruck mußte etwas sein, das die Geschworenen immer wieder veranlaßte, zu ihr hinzusehen, während der Angeklagte seinen Blick zwar zu ihr hinwandern ließ, ihr aber offenbar nicht in die Augen schauen konnte. Diese Unruhe fiel nicht nur mir auf.

Als Becky an der Reihe war, den Angeklagten ins Kreuzverhör zu nehmen, stand sie auf und machte zwei Schritte zur Seite, so daß sie unmittelbar hinter dem Opfer stand. Der Angeklagte fixierte einen »interessanten Punkt« am anderen Ende des Saales.

»Sie verließen also das Lokal«, setzte Becky an, unterbrach sich aber gleich wieder. »Mr. Arreola, könnten Sie die Güte haben, mich anzusehen?«

»Einspruch«, warf der Verteidiger hastig ein. »Der Zeuge ist nicht verpflichtet, die Anweisungen der Anklagevertretung zu befolgen.«

Gut so, Joe, dachte ich, *zeig uns ruhig, daß dein Typ es nicht fertigbringt, seinem Opfer in die Augen zu schauen*. Richter Hernandez reagierte milde: »Sie haben recht, das muß er nicht.«

»Diese junge Frau ist Ihnen also nachgelaufen, Mr. Arreola? Sie konnten sie nicht abschütteln?«

»Das stimmt. Sie hat mich nicht losgelassen.«

»Wieviel, meinen Sie, wiegt sie, Mr. Arreola?«

»Keine Ahnung.« Er konnte ihr nicht einmal ins Gesicht sehen, geschweige denn ihr Gewicht schätzen.

»Körperlich wird sie Ihnen ja wohl nicht überlegen gewesen sein, oder irre ich mich?«

Das war eine dumme Frage, aber niemand lachte. Der Ton in Beckys Stimme hätte das nicht zugelassen. Die Geschworenen machten sehr ernste Mienen, als sie das Gesicht anstarrten, das mir verborgen blieb.

»Tatsächlich war es doch so, daß Miss Flores Ihnen nicht unmittelbar folgte, nachdem Sie das Lokal verlassen hatten, nicht wahr? Und im Freien befand sich nicht nur der Parkplatz, sondern auch die Toilette. Sie mußten zunächst zwanzig bis dreißig Minuten vor der Damentoilette auf Miss Flores warten, nicht wahr, Mr. Arreola?« Beckys Ton wurde mit jeder Frage härter, doch ihre Hände ruhten auf den Schultern des Opfers, als wollten sie sagen, das noch, und dann ist es überstanden.

Becky war meine Anwesenheit auch dann nicht bewußt, als beide Seiten den Beweisvortrag abgeschlossen hatten, und der Richter eine Verhandlungspause für die Geschworenen anordnete. Sie besprach sich kurz und ruhig mit der jungen Frau, die schließlich aufstand und sich zu einer kleinen Gruppe von Familienangehörigen begab und dabei einen weiten Bogen um den Angeklagten machte. Erst jetzt, als Becky ihr mit den Augen folgte, bemerkte sie mich. Ich stand auf, während sie auf mich zukam, ergriff jedoch als erster das Wort.

»Ich habe erlebt, wie solche Fälle eiskalt verhandelt wurden«, begann ich. »So als könnte nur ein Vollidiot die Schuldfrage in Zweifel ziehen. Dann gibt es die, die sich mit einer Leidenschaft ins Zeug werfen, als ginge es um die Ehre der eigenen Schwester; das wirkt normalerweise aufgesetzt. Aber das ist das erste Mal, daß ich bei einem Fall wie diesem eine solche Mischung aus Wut und Mitgefühl erlebe.«

Becky zuckte die Achseln. Sie sah besorgt drein. »Es war natürlich ein Risiko, sie während seiner Zeugenaussage im Saal zu behalten. Mir war schon klar, daß ich sie dann für den Gegenbeweisantrag nicht mehr aufrufen kann. Aber sie hatte ihre Aussage bereits gemacht, und ich rechnete nicht damit, sie noch einmal aufrufen zu müssen. Die Verteidigung hat sich natürlich quergelegt, aber der Richter meinte, ich solle es versuchen.«

»Bei einer so neuen Taktik …«, wollte ich beginnen, aber Becky nickte bereits.

»Ich weiß, ich hätte das zuerst mit Ihnen besprechen sollen. Aber es war ja gar nicht geplant. Eher eine momentane Eingebung. Sie hätten diesen kleinen Scheißkerl sehen sollen, als *sie* ihre Aussage machte. Er bewegte sich hin und her, verdrehte die Augen, stöhnte immer wieder laut auf. Dann führte er plötzlich ein Zwiegespräch mit seinem Anwalt, laut genug, daß es alle hören können, und sagte: ›Das ist ja unglaublich, was die für einen Mist erzählt.‹«

Becky drehte sich um und sah zum Angeklagten hin. »Dann kam mir der Gedanke, den Spieß umzudrehen, und einem dieser Mistkerle wenigstens einmal einen Geschmack von der eigenen Medizin zu geben. Schon allein, wie die dasitzen und allen ein Theater vorspielen, während die Frauen ihre Glaubwürdigkeit unter Beweis stellen müssen. Ich wollte sehen, was er macht. Und die Geschworenen sollten sehen, ob er ihr ins Gesicht schauen kann, wenn er seine Scheißlügen erzählt. Er konnte es *nicht*. Sie haben es ja selbst gesehen. Dieser verlogene Dreckskerl.«

Es geschieht immer wieder, daß ein Staatsanwalt bei bestimmten Fällen seine Gefühle nicht verbergen kann, aber ein derart persönliches Engagement hatte ich noch nie erlebt. Am Ende macht jeder von uns ja nur seinen Job. Ist ein Fall erst abgeschlossen, warten bereits tausend neue. In diesem Moment wollte ich Becky jedoch nicht daran erinnern.

»Jedenfalls war es sehr effektvoll«, sagte ich. »Aber warten wir erst einmal die Berufung ab, bevor wir dieses Experiment wiederholen, in Ordnung?«

»Ja«, erwiderte Becky. »Aber wenn der Kerl Glück hat und das Urteil in der Revision aufgehoben wird, dann klage ich ihn sofort wieder an.«

»Vorausgesetzt, er wird verurteilt.«

»Das wird er. Können Sie sich denn vorstellen, die Geschworenen kommen zurück, stellen sich vor sie hin und sagen unschuldig?«

Ich beschloß, die Urteilsverkündung nicht abzuwarten. Es hatte gut getan zu sehen, wie jemand seine Arbeit tat, ohne völlig abgestumpft zu sein. Ich fragte mich, ob sich diese Art von Begeisterungsfähigkeit auf die übrigen Mitglieder meines Stabes übertragen ließe, anstatt die gemeinhin üblichere umgekehrte Auswirkung zuzulassen.

Beckys Auftritt und Eliots Besuch hatten bewirkt, daß ich mich wohler fühlte, als es seit einiger Zeit der Fall gewesen war. Alles entwickelte sich zu meinen Gunsten. Meinem Stab gehörten hervorragende Anwälte an, und so, wie es aussah, sollte ich in einer Woche zum öffentlichen Helden gekürt werden.

Im Flur vor dem Gerichtssaal war kein Mensch zu sehen. Niemand erwartete mich, was nicht immer so war. Vor drei Jahren, kurz nach meiner Wahl zum Bezirksstaatsanwalt, war mein Sohn David wegen Vergewaltigung verhaftet worden. Er hatte seine Unschuld beteuert, und ich hatte ihn natürlich unterstützt, hatte ihn so öffentlich unterstützt, daß ich mir den Ruf eingehandelt hatte, für emotionale Fragen besonders empfänglich zu sein. Damals lauerten mir ständig die Mütter, Schwestern und Onkel irgendwelcher Angeklagten auf, um mir zu beteuern, daß ihrem Jungen genau dasselbe zugestoßen sei wie meinem Sohn. Ich hatte mich kein einziges Mal eingemischt. Ich war kein Richter, und ich übernahm auch nicht die Funktion der Geschworenen. Das lag nun drei Jahre zurück, und die Appelle an mein Mitgefühl hatten sich langsam wieder gelegt.

Ich überprüfte noch die anderen Gerichtssäle, aber sie waren leer. Es war Zeit, nach Hause zu gehen. Ich konnte natürlich noch Beckys Plädoyer und das Urteil abwarten, aber Plädoyers hatte ich tausendfach gehört und hundertfach selbst gehalten. Andererseits hatte ich sicher genauso oft die Wände meiner Wohnung angestarrt.

Ich beschloß, in den Gerichtssaal zurückzukehren.

II

Es gab eine Zeit, in der ich einen Partner hatte, und auch eine Familie. Jetzt hatte ich das Amt des Bezirksstaatsanwaltes. Ich war zwar nicht der Meinung, mein Leben meinem Amt geopfert zu haben, aber aus neutraler Perspektive ließe sich das so sehen.

Nach dem Abschluß meines Jurastudiums war ich acht Jahre lang stellvertretender Bezirksstaatsanwalt gewesen. Meine Arbeit machte mir Spaß, doch niemand mit auch nur einer Spur von Ehrgeiz bleibt ein Leben lang Staatsanwalt. Eines Tages wollte ich nicht länger Justizbeamter in einer Hierarchie von Vorgesetzten sein und verließ nach acht Jahren die Staatsanwaltschaft. Es gab einen Aspekt im Strafrecht, den ich nicht kannte und unbedingt kennenlernen wollte: die Strafverteidigung. Es ging mir jedoch nicht nur darum, etwas Neues zu lernen, sondern auch um die Zusammenarbeit mit einem Partner. Jemand, mit dem ich meine Fälle besprechen konnte; jemand, bei dem ich mich darauf verlassen konnte, daß er auf meiner Seite stand.

Ich fand Linda Alaniz. Wir waren uns in mehreren Prozessen gegenübergestanden, und ihr Können hatte mich beeindruckt. Aber Linda war nicht nur eine fähige Strafverteidigerin. Sie gehörte zu den wirklich Gläubigen. Ich wollte, daß sie mir dieses Geheimnis beibrachte, mir zeigte, wie man sich mit solcher Leidenschaft der Verteidigung von Schuldigen verschreiben konnte.

Linda glaubte an unsere Mandanten. Wenn sie ihnen ihre Geschichten nicht abnahm, änderte das nichts an ihrem Glauben an sie. In ihren Augen waren sie die eigentlichen Opfer, verlorene Kinder, um die sich nie jemand gekümmert hatte.

Sie brachte mir viel bei, aber sie konnte mich nicht bekehren. Im Gegensatz zu ihr sah ich in unseren Mandanten nicht die Familienangehörigen, denen das Leben übel mitgespielt hatte. Wir waren ein gutes Team, vielleicht gerade deshalb, weil ich die Rolle des Skeptikers übernahm und sie ihre Leidenschaft einbrachte. Wären wir uns eine Spur ähnlicher gewesen, hätten sich unsere Wege nach ein bis zwei Jahren wieder getrennt. So aber ketteten uns unsere Unterschiede zehn Jahre lang aneinander.

Zehn Jahre können so rasch vergehen wie ein Wochenende, und dennoch die Veränderungen eines Jahrzehnts bewirken. Man besinnt sich und merkt, man ist nicht der, der man glaubte zu sein, und das Leben, das man führt, ist nicht das, das man sich vorgenommen hatte. Zu Beginn unserer Zusammenarbeit war ich glücklich verheiratet, hatte einen halbwüchsigen Sohn und eine kleine Tochter. Nach ein paar Jahren bemerkte ich, daß ich die allabendliche Heimfahrt vom Büro zu meiner Frau Lois wie einen Rückschritt empfand. Dieses Gefühl, nicht am richtigen Ort zu sein, hielt ein Jahr lang an, bis zu dem Moment, als Linda und ich zur selben Zeit dieselben Gefühle empfanden und unsere Partnerschaft in sowohl beruflicher als auch privater Hinsicht vervollständigten.

Damals dachte ich, Lois hatte es längst geahnt, als hätte sie damit gerechnet, lange bevor ich es tat. Wir entschieden uns jedoch gegen eine Trennung. Wir wollten Freunde bleiben, die gemeinsam ihre kleine Tochter aufzogen und freundschaftlich zusammenwohnten. Linda wollte keinen Ehemann, und ich wollte meine Familie nicht verlassen, solange meine Tochter Dinah noch daheim war. So lebten wir dann mehrere Jahre lang dahin.

Das Amt des Bezirksstaatsanwaltes brachte schließlich für uns alle die endgültige Trennung. Als man mir vorschlug, für das Amt zu kandidieren, wurde mir mit einem Mal klar, daß ich mir nichts sehnlicher wünschte. Für Linda muß es eine Enttäuschung gewesen sein, zu erleben, mit welchem Einsatz ich die Rückkehr in jene Welt anstrebte, die ich einst verlassen hatte, um ihr Partner zu werden. Aber sie hatte Verständnis. Sie unterstützte meine Kampagne, und als ich die Wahl gewonnen hatte, ging sie sogar als meine erste Stellvertreterin mit mir in die Bezirksstaatsanwaltschaft.

Was mein Leben mit Lois anbelangt, so hätten wir weiterhin zusammenleben, vielleicht sogar miteinander alt werden können, aber die schrecklichen Ereignisse während meines ersten Jahres im Amt – Davids Verhaftung und die Folgen – hatten die endgültige Trennung besiegelt. Mittlerweile waren wir seit zwei Jahren geschieden.

Meine Funktion als oberster Ankläger brachte dann auch langsam meiner Beziehung zu Linda ins Wanken. Linda war keine Anklägerin. Sie blieb nicht ganz ein Jahr erste Stellvertreterin und kehrte dann wieder in ihre private Kanzlei zurück. Aber auch dann waren wir naiv genug, zu glauben, wir könnten unsere private Beziehung aufrechterhalten, selbst wenn wir uns mitunter in einem öffentlichen Prozeß gegenüberstanden. Dieser berufliche Gegensatz, der vollkommener nicht sein konnte, betonte schließlich auch unsere persönlichen Unterschiede. Wir waren, was wir taten. Es vergingen Monate, in denen wir uns nur noch stritten; irgendwann wurden die endlosen Diskussionen so ermüdend, daß wir uns kaum noch sahen, nur um ihnen aus dem Weg zu gehen. Und als wir einen gewissen Abstand zwischen uns geschaffen hatten, wurde uns bewußt, daß es eigentlich keinen Grund gab, ihn zu überbrücken.

Seither habe ich niemanden gefunden, der Lindas Platz einnehmen konnte, und ich glaube nicht, daß sie einen Ersatz für mich gefunden hat. Sie hatte ihre Mandanten. Ich hatte meine Verpflichtungen und den Wahlkampf für meine Wiederwahl. Immerhin lohnt sich im Leben nichts so sehr wie die Arbeit, oder etwa nicht?

Die Verhaftung verlief anstandslos. Man spricht auch dann von einer Verhaftung, wenn ein Verdächtiger – wie in diesem Fall – in Gewahrsam genommen wird, ohne daß die Polizei direkt involviert ist. Hier war *ich* der Beamte, der die Verhaftung vornahm, noch dazu zum ersten Mal, und ich kann nicht behaupten, daß es mir Spaß gemacht hätte. Außerdem sollte diese dumme Geschichte meine guten Beziehungen zur Polizeibehörde nicht gefährden, weshalb ich, sobald unsere Vorgangsweise feststand, den Polizeipräsidenten Herman Glower informierte, von dem es hieß, er hätte das Polizeipräsidium während seiner sechsjährigen Amtszeit »völlig umgemodelt«. Soweit ich das beurteilen konnte, war das Präsidium seit seinem Amtsantritt so farblos wie er selbst geworden. Präsident Glower belehrte mich mit ernster Miene über die Grundregeln einer Verhaftung.

»Das geht ganz einfach«, meinte er. »Wichtig ist, daß Sie ihn am Arm festhalten. Das macht die Burschen gefügig. Man möchte ja nicht glauben, wie viele sich noch in letzter Sekunde aus dem Staub machen wollen, auch wenn sie sich freiwillig gestellt haben.«

Und damit war mein Unterricht in Sachen Verhaftung auch schon wieder beendet. Ich nahm an, für die Polizei war der Fall in dem Moment erledigt, als ich sie von der bevorstehenden Verhaftung informiert hatte.

Das Spektakel sollte im fünften Stock stattfinden, im gut beleuchteten Flur unmittelbar vor dem Eingang zu den Büros der Bezirksstaatsanwaltschaft. Es mußte ein öffentliches Ereignis werden, weshalb ich den Verdächtigen draußen im Flur in Gewahrsam nehmen sollte. Mein Wahlkampf benötigte die Publicity, daß ich einer Serie schreckenerregender Verbrechen ein Ende bereitete, wobei es der Verdächtige anscheinend vorzog, in aller Öffentlichkeit und in Ruhe die Haft anzutreten, anstatt als Monstrum vor die Behörden gezerrt zu werden.

Der Flur wurde von unseren Ermittlungsbeamten, zwei Polizisten in Uniform, drei Stellvertretern des Sheriffs und dem Sheriff selbst abgesichert; er sollte den Gefangenen anschließend in die Haftanstalt überführen. Ein paar meiner Stellvertreter trieben sich auch herum. Zählte man noch die Fernsehreporter und ihre Kameraleute hinzu, so mußte da draußen bereits ein enormes Gedränge herrschen. Ich war einstweilen noch in meinem Büro und wartete wie ein König meinen Auftritt ab. Ich wünschte mir, Eliot wäre dagewesen, um mir mit seinen Scherzen die Zeit zu vertreiben. Er hatte meine Einladung, bei der Verhaftung dabei zu sein, dankend abgelehnt und bescheiden darauf hingewiesen, daß er nichts damit zu tun hätte.

Meine Sprechanlage summte. »Wir wären dann soweit«, sagte Patty. Ich war mit einem Satz an der Tür, um sie persönlich zu fragen, ob das Satellitenfernsehen auch gekommen sei.

»Alle bis auf Oprah Winfrey«, antwortete sie.

Auf dem Weg durch den langen inneren Korridor zur Eingangstür schloß sich mir meine Gefolgschaft an, unter anderem auch die Leiter der Abteilungen für Kapitalverbrechen und Sittlichkeitsdelikte. Sie hielten sich einige Schritte hinter mir, um die Drecksarbeit zu machen, sobald ich die Lorbeeren kassiert hatte.

Kaum hatte ich den öffentlich zugänglichen Flur betreten, als mich die Scheinwerfer mit solcher Wucht trafen, daß ich die einzelnen Gesichter nicht mehr unterscheiden konnte. Ich kannte mit Sicherheit jeden einzelnen der Anwesenden, die Reporter, die Ankläger, meinen Freund, den Sheriff, doch das grelle Licht grenzte mich völlig aus. Ich stellte mir meine Stellvertreter vor, wie sie am Rande der Menge standen und heimlich grinsten. Anders hätte ich angesichts dieser idiotischen Zeitverschwendung auch nicht reagiert.

Aber ganz stimmte das nicht. Als stellvertretender Bezirksstaatsanwalt hatte ich jedes Jahr ein oder zwei Auftritte dieser Art vor versammelter Presse miterlebt, allerdings war damals der Star noch Eliot Quinn gewesen. Und Eliot, ein Mann von beißendem Humor, der jede Förmlichkeit im Keim erstickte, hatte sie sehr ernst genommen, so ernst, daß seinen Stellvertretern das Grinsen ziemlich bald vergangen war. »Diese Auftritte gehören genauso zu unserer Arbeit wie die Behauptung vor den Geschworenen, daß der Angeklagte schuldig ist«, hörte ich ihn einmal sagen. »Es genügt nicht, daß ihr gute Arbeit leistet; ihr müßt der Welt auch zeigen, daß eure Arbeit gut ist. Sonst kommt irgendein wichtigtuerischer Beamter daher, und nach vier Jahren seid ihr euren Job los.«

Damals hatte ich feierlich mit dem Kopf genickt, und es war nun diese Erinnerung, die mir zu einer ernsten Miene verhalf, als ich ins Scheinwerferlicht trat.

»Wo sind sie?« flüsterte ich blindlings in die grelle Leere hinein, und eine Stimme antwortete: »Man hört gerade den Fahrstuhl.«

Wenig später hatten sich meine Augen so weit an die Helligkeit gewöhnt, daß ich sehen konnte, wie ein blonder Mann in Anzug und ohne Krawatte durch die Menge auf mich zukam. Da Austin Paley unmittelbar hinter ihm ging, mußte er der Verdächtige sein, derjenige, den ich in Haft nehmen sollte. Er sah zu Tode geängstigt aus, als schrie die Menge nach seinem Blut.

Zu hören waren jedoch nur laut gerufene Fragen. Die Scheinwerfer waren nun nicht mehr auf mich, sondern auf den Kinderschänder und seinen Anwalt gerichtet. Austin Paley war stehengeblieben und gab seinem Mandanten mit einer Berührung am Arm zu verstehen, daß er, wenn er wollte, eine oder zwei Fragen beantworten könnte. Der Mann, den ich verhaften sollte, hielt seinen Kopf gesenkt und sprach nur flüchtig, wenn überhaupt. Ich hatte einen Moment Zeit, um ihn mir genauer anzusehen. Das also war Chris Davis, jener Mann, der beschlossen hatte, sich mir auszuliefern. Er war, wie man mir gesagt hatte, ungefähr vierzig Jahre alt, sah aber bedeutend jünger aus. Fast konnte ich mir seine Faszination von Kindern vorstellen. Er sah selbst noch wie ein Junge aus. Durch den offenen Hemdkragen wirkte sein Anzug eine Spur zu groß für ihn. Seine Augen hielt er scheu zu Boden gerichtet.

Für ihn war es ein schrecklicher Moment, der schlimmste seines Lebens. Ich fragte mich, was ihn veranlaßt hatte, sich freiwillig zu stellen. Er mußte überzeugt gewesen sein, daß seine Verhaftung durch die Polizei unmittelbar bevorstand. Aber warum war er nicht einfach auf und davon, in eine andere Stadt, anstatt sich dieser Situation auszusetzen – der Verhaftung, einer Gefängnisstrafe und der Verzweiflung? Hatte ihn die Schuld hierher getrieben? Eine Kindheit, die von regelmäßigen Besuchen in der Kirche geprägt war und ihn nicht losließ, oder eine plötzliche Besinnung oder eine zutiefst empfundene Abscheu vor sich selbst?

Aber wenn Davis das Gewissen hierher getrieben hatte, schien davon nicht mehr viel übrig zu sein. Im Moment bestand er aus purer Angst. Ich sah, wie er das Schließen der Fahrstuhltüren hörte, sah, wie sein Blick zum Treppenansatz am anderen Ende des Flures hetzte. »Halten Sie ihn am Arm fest«, fielen mir Glowers Worte wieder ein, und nun verstand ich, was er damit gemeint hatte.

Austin Paley beantwortete die Fragen der Presse. »Ja, das stimmt, ich habe das hier arrangiert«, sagte er soeben. »Mr. Davis ist zu mir gekommen, weil er sich freiwillig stellen und all das endlich hinter sich bringen wollte, aber er hatte Angst. Die eine oder andere Erfahrung, die er als Jugendlicher mit der Polizei von San Antonio gemacht hatte, war Anlaß für seine Furcht vor dem Empfang, den ihm die empörten Beamten bereiten würden. Als ich ihm sagte, ich wüßte aus eigener Erfahrung, daß Bezirksstaatsanwalt Mark Blackwell ein äußerst vertrauenswürdiger Mensch ist und im Ruf beispielhafter Fairneß steht, schlug Mr. Davis diese Vorgangsweise selbst vor. Das war im Interesse aller Beteiligten, und hier sind wir nun.«

Austin warf mir einen Blick zu. Ich dachte schon, er hätte gezwinkert – doch das konnte er unmöglich getan haben, es wäre in den Nachrichten zu sehen gewesen – dennoch hatte ich diesen Eindruck. Austin war ein Mensch, der jeder Situation gewachsen war, einem aber inmitten eines besonders feierlichen oder bewegten Moments mit einem Blick zu verstehen geben konnte: »Nur du und ich wissen, wie bescheuert ich in Wirklichkeit bin.« Obwohl Austin gar nicht gelächelt hatte, reagierte ich mit einem Lächeln, das ich aber sofort wieder verschwinden ließ.

Austin war nur fünf Jahre jünger als ich, aber so wie seinem Mandanten war ihm sein wahres Alter nicht anzusehen. Er hätte ohne weiteres der ältere Bruder von Chris Davis sein können, der erfolgreichere und unendlich glattere große Bruder, der es gewohnt ist, dem Kleinen aus der Patsche zu helfen.

Sie kamen auf mich zu, und ich nahm Davis mit den Worten, »Mr. Davis, Sie sind verhaftet«, in Haft, wobei es mir gerade noch gelang, die Floskel *im Namen des Gesetzes* zu unterdrücken. Um den Reportern Gelegenheit für ein gutes Foto zu geben, hielt ich ihn länger als notwendig fest und überbrückte die Zeit, indem ich ihm unter sorgsamer Erwähnung aller Details erklärte, was als nächstes geschehen würde. Davis nickte zu allem, als wäre ich sein Freund. Ich setzte ein strenges Gesicht auf.

Schließlich übergab ich ihn den Stellvertretern des Sheriffs, die ihn in den eigentlichen Gewahrsam nahmen und in Richtung der Büros und damit aus dem Blickfeld führten. In der dunklen Menschenflut sah Chris Davis aus wie ein Glitzern am Wellenkamm.

Dann stellte ich mich den Fragen und vertraute darauf, daß eine davon der Auslöser für eine strenge Ansprache sein würde. Als sie kam, sagte ich: »Nein, es gibt zwischen Mr. Davis und der Staatsanwaltschaft keine Absprache. Wir einigten uns nur darauf, daß nicht die Kollegen von der Polizei, sondern ich die Verhaftung vornehmen würde. Von nun an wird der Fall den üblichen Verlauf nehmen. Ob ich die Anklage persönlich vertreten werde oder nicht, ist unerheblich, es wird keine Vergünstigungen geben. Es ist ein Fall wie jeder andere. Das Vertrauen, das Mr. Davis und sein Anwalt in meine Fairneß haben, ist natürlich schmeichelhaft, aber die beiden Herren sind sich sicher bewußt, daß es meine Pflicht ist, Menschen wie Mr. Davis vor Gericht zu bringen und anzuklagen. Es geht hier um ein besonders verabscheuenswürdiges Verbrechen, das die Menschen dieser Stadt verständlicherweise in Panik versetzt hat. Es ist meine Pflicht, dafür zu sorgen, daß sich Verbrechen dieser Art nicht wiederholen. Mr. Davis hat die Konsequenzen seiner Taten zu tragen wie jeder andere auch.«

Darüber hinaus wollte ich nichts sagen. Ich ignorierte die weiteren Fragen und begann meinen Rückzug in Richtung der Büros, wobei sich Austin Paley an meine Fersen heftete. Er schlug mir grüßend auf den Rücken, ich hakte mich bei ihm unter, und je näher wir meinem Büro kamen, desto mehr entspannten wir uns, bis wir schließlich beide in Gelächter ausbrachen.

»Jetzt erklär mir aber eines, Mark. Du hast mir doch gesagt, wir hätten eine Absprache. Zwei Jahre auf Bewährung und keine Geldstrafe, stimmt's?« improvisierte er.

»Tut mir ja so leid, Austin«, erwiderte ich. »Das war gelogen. Irgendwie mußten wir euch ja herlocken. Das nimmst du mir doch nicht übel?«

Auch in meinem Büro verhandelten wir den Fall nicht wirklich, tatsächlich erwähnten wir ihn kaum. Wir plauderten wie bei einer Cocktailparty über dieses und jenes, wie lange wir uns schon nicht mehr gesehen hatten, womit wir gerade beschäftigt waren, wie es unserem gemeinsamen Freund Eliot im Ruhestand ging. Nach ein paar Minuten erhob sich Austin und sagte mit dem Anflug eines Stirnrunzelns, als wäre es indiskret, den Grund seines Kommens zu erwähnen: »Jetzt muß ich aber los und meinen Mandanten wiederfinden. Wo halten ihn deine Leute fest?«

»In der Folterkammer. Sie wollen das Geständnis aus ihm rausprügeln.«

»Das reinigt die Seele, keine Frage«, meinte Austin und schüttelte mir noch einmal die Hand. Dann fügte er in vertraulichem Ton noch hinzu: »Wir sprechen uns bald.«

Nach dem langen Warten schien das Ereignis wie im Flug vergangen zu sein. Ich war wieder allein. Obwohl es fast schon Zeit für die Mittagspause war, hatte ich den ganzen Vormittag nichts getan. Anstatt zu arbeiten, hatte ich Wahlkampf betrieben. Zur Strafe arbeitete ich bis in den späten Nachmittag und war noch im Büro, als es Zeit für die Sechsuhrnachrichten war. Ich schaltete das Fernsehgerät in meinem Büro ein und sah mir meinen Auftritt noch einmal an. Gott, ich sah während der paar Sekunden auf dem Bildschirm ja richtig erhaben aus. Nichts wies darauf hin, daß ich mich wie ein Idiot gefühlt hatte. *Das wirkt*, dachte ich. Jemand, der so entschlossen war, mußte doch jeden kleinen Ladendieb in der Stadt überzeugen, sein

Werkzeug fallen zu lassen und sein Handwerk an den Nagel zu hängen. Die zu Tränen gerührten Mitbürger würden sich gegenseitig zumurmeln: »Gott sei Dank paßt dieser Mann auf uns auf.«

Und erst jetzt, als ich mir Stunden nach dem Medienereignis selbst dabei zusah, wie ich Chris Davis am Arm festhielt, dachte ich zum ersten Mal wieder an die Widerwärtigkeit des Mannes, den ich da berührt hatte, und an die Qualen, die Billy und Louise und Kevin durchgemacht haben mußten. Es war mir unmöglich, in dem völlig verschreckten Davis den Schurken zu sehen, der er in unserer kollektiven Vorstellung sein sollte. Eigentlich sah er selbst wie ein Opfer aus.

III

An den Montagen vibriert das Haus vor Aktivität. Ich kann es bis in meinen entlegenen Adlerhorst spüren. Die Montage sind mir gut in Erinnerung, sowohl aus der Sicht der Staatsanwaltschaft als auch aus der der Verteidigung. Die Ankläger gehen die Akten noch einmal durch und verhandeln mit den Strafverteidigern, die Verteidiger eilen von einem Gerichtssaal zum nächsten, immer um Gelassenheit bemüht, und alle sind gespannt, ob am Nachmittag für sie ein Prozeß anberaumt ist.

Mein Vormittag läßt sich leichter vorhersagen. Meine Zeit ist genau eingeteilt. Zuerst die Besprechung mit dem Beamten der Stadtverwaltung, von dem ich Geld will. Dann die Konferenz mit meinem Stab, in der es immer wieder um dieselben Probleme geht. Als nächstes die Abgeordneten der städtischen Verwaltung, die sich entweder beklagen, weil ich nicht genug unternehme, oder meinen, ich solle mich mehr zurückhalten. Daß einmal ein wunschlos glücklicher Mensch zu mir kommt, passiert jedenfalls selten.

Daher war Austin Paley an diesem Nachmittag eine willkommene Abwechslung. Ein Teil des Reizes bestand darin, daß er unangemeldet erschien. Er war einer dieser Menschen, die beim Bezirksstaatsanwalt einfach vorbeischneien konnten, nicht weil ihnen ohne weiteres Zutritt gewährt wurde, sondern weil sie von einer Unbekümmertheit sind, die einerseits an Frechheit grenzt und der andererseits nicht beizukommen ist. Ich verschob also einen Termin, um Zeit für ihn zu haben.

Er wirkte fehl am Platz. Am Strafgericht ließ sich Austin nur noch selten blicken, obwohl er einst zu den bekannten Gesichtern gehört hatte. Eines Tages, es mußte acht oder zehn Jahre her sein, hatte ihm das Gericht nicht mehr genügt, und er war in die Geschäftswelt avanciert, in der den meisten Juristen der Gerichtsalltag so wenig vertraut ist wie dem gesetzestreuen Durchschnittsbürger. Ganz hatte Austin freilich den Kontakt zu uns nie verloren. Diejenigen, die ihm wichtig waren, behielt er im Auge, er unterstützte die Richter in ihrem Wahlkampf, und mitunter vertrat er sogar einen bedeutenden Mandanten, der sich wegen Trunkenheit am Steuer zu verantworten hatte.

»Wie kommst du eigentlich zu diesem Fall?« fragte ich, nachdem wir uns in üblicher kollegialer Manier begrüßt hatten.

Er verdrehte die Augen. »Freund eines Freundes«, sagte er beiläufig. »Chris meinte – naja, du kannst es dir sicher vorstellen. Er fühlte sich wie ein Gejagter. Hörte schon das Kratzen an der Tür. Er will das loswerden, kann nicht mehr.«

»Kann ich mir vorstellen«, erwiderte ich, ignorierte aber die damit angedeutete Einladung, ihm ein Angebot zu machen.

»Einer der Gründe, warum ich einer öffentlichen Verhaftung überhaupt zugestimmt habe«, fuhr Austin fort, als hätte er alles wie für den Empfang eines Würdenträgers arrangiert, »war, daß alle sehen sollten, wie harmlos er ist. Du hast ihn ja selbst erlebt, Mark. Völlig eingeschüchtert. In Wirklichkeit ist er selbst noch ein Kind.« Er verzog den Mund. »Das ist vermutlich sein Problem. Kinder sind für ihn wie Gleichaltrige.«

Ich öffnete meine Schreibtischlade, um ihm ohne Umschweife klarzumachen, wo wir standen. »Hier sind ein paar Briefe, Austin.« Ich ließ einen Stapel davon auf den Tisch fallen. »Da steht, daß die Leute wieder schlafen können, seit der Kinderschänder hinter Gittern ist. Und daß er, wenn es nach ihnen geht, dort bleiben soll, bis er Schimmel ansetzt.«

Das war zwar eine stark verkürzte Version, aber jemandem mit Austins politischem Gespür sollte es genügen. Sein Blick ruhte kurz und mit einem Ausdruck von Ekel auf den Briefen. »Naja, solche Reaktionen sind doch normal. Aber niemand kann dir vorschreiben, was du tun mußt. Erstens, viele Jahre lassen sich da sicher nicht herausholen.«

»Bei erschwerter sexueller Nötigung von Kindern? Das glaubst du doch selbst nicht?«

Austin hatte sich gemächlich in meinem Büro umgesehen. Einen Augenblick lang kehrte sein Blick zu mir zurück, prüfend. Er lächelte wieder, als hätte ich einen Scherz gemacht.

»Außer Unzucht wirst du meiner Ansicht nach nicht viel finden.

Du hast keinen Beweis für eine tatsächlich erfolgte Penetration. Aber das weißt du. Wie ich dich kenne, hast du längst mit den Kindern gesprochen.«

»Ja. Nun, das heißt, ich habe ihre Aussagen gelesen.«

»Und der Angeklagte hat selbstverständlich auch eine Aussage gemacht.«

Die hatte ich auch gelesen. Das von Davis abgelegte Geständnis war präziser und artikulierter, als man es von einem durchschnittlichen Angeklagten gewohnt war, aber deswegen nicht minder verwerflich.

»Ja. Eine, die den Geschworenen den Magen umdrehen wird.«

»Ach, die Geschworenen«, meinte Austin verächtlich, und wir lachten beide.

»Was er braucht, ist eine Behandlung«, fuhr Austin fort. »Zehn Jahre auf Bewährung wäre in seinem Fall viel abschreckender als eine Gefängnisstrafe. Das würde die Straßen auch sicherer machen.« Er hatte die Briefe also doch zur Kenntnis genommen.

Ich schüttelte den Kopf. »Darauf kann ich mich nicht einlassen, Austin. Ein Urteil auf Bewährung kannst du dir aus dem Kopf schlagen.«

Er verstand. Und er zwang mich nicht, auf die politischen Gegebenheiten, um die es hier ging, näher einzugehen. Austin machte eine flüchtige Handbewegung, als wollte er sich nicht mehr konzentrieren. Immerhin sprachen wir bloß von einem Angeklagten.

»Also gut, wenn es denn Jahre sein müssen, dann sag mir wenigstens, wie viele.«

Jahre bedeutet Gefängnis. Unser Wort für Einsperren. Eine Bewährungsfrist kann sich auch über Jahre erstrecken, nur der Beigeschmack ist ein anderer.

»Dreißig«, sagte ich.

»Mark, das bringst du nicht durch. Auch wenn du auf erschwert plädierst, kriegst du keine dreißig Jahre. Es gibt keine physische Beweislast. Das Mädchen ist zu jung, um als Zeugin in Frage zu kommen, und auch wenn sich die Jungen genau erinnern, kommt nicht mehr heraus als der Unzuchtsbeweis.«

Für Unzucht mit einem Kind, im Grunde nichts anderes als unzüchtiges Anfassen, sah das Gesetz eine Höchststrafe von zwanzig

Jahren vor, während erschwerte sexuelle Nötigung eines Minderjährigen mit lebenslanger Haft bestraft wurde.

Ich zuckte die Achseln. »Warten wir ab, was die Anklagejury sagt«, meinte ich und kam mir vor wie jemand, der den Mund zu voll nahm.

Austin klang nun doch irritiert. »Du wirst mich doch nicht zu einem Prozeß zwingen? Weißt du, wie lange es her ist, seit ich das letzte Mal prozessiert habe? Komm schon Mark, ich habe dir den Fall gebracht. Ich habe ihm versprochen, daß du fair sein wirst. Also *sei* fair. Schau mal«, fuhr er in dem vertraulichen Ton fort, der sich bei ihm ganz natürlich einstellte, »das ist ganz einfach. Für dich ist das doch die Gelegenheit. Jemand steckt der Presse heimlich eine Kopie der Aussage. Die Leute lesen, daß er die Kinder bloß angefaßt hat, und nicht mal das wirklich. Die Kinder bleiben natürlich anonym, aber sie sind in Sicherheit und viel zu jung, um sich wirklich zu erinnern. Aber wenn es nach dir ginge, käme der Typ überhaupt nicht mehr frei; die verdammte Gesetzeslage bindet dir die Hände, weil sie für dieses Verbrechen maximal zwanzig Jahre vorsieht. Und angesichts der relativen Harmlosigkeit des Vergehens – nein, das ist das falsche Wort, wir lassen uns ein anderes einfallen – und der Tatsache, daß sich der Angeklagte, dem die Reue den Schlaf raubt, freiwillig gestellt hat, bist du der Ansicht, daß eine Gefängnisstrafe von, sagen wir, acht Jahren mehr als angebracht ist, um die Bürger zu …«

Austin hatte sich vorgebeugt und zu gestikulieren begonnen. Das war Austin Paley in Topform. So mußte er sein, wenn er in der ganzen Stadt von einer Besprechung zur nächsten eilte und überall in den Chefetagen der Bürotürme seine Finger im Spiel hatte. Seinen Mandanten hatte er längst vergessen. Der Reiz lag einzig im Aufbau einer Strategie. Wir waren Kollaborateure.

Und wieder stellte ich mir die Frage, wie er zu diesem Fall gekommen war. Freunde von Freunden, hatte er gesagt. War Chris Davis politisch verwickelt? Ich hatte nie zuvor von ihm gehört, aber das hatte nichts zu bedeuten. In San Antonio gab es politische Mittelsmänner, von denen ich so gut wie nichts wußte. Jedenfalls war es in diesem Geflecht aus entfernten Verwandten, Freunden und Liebhabern und Freunden von Liebhabern unmöglich, den Überblick zu bewahren.

Davis hätte sogar mit Austin verwandt sein können. Ich mußte daran denken, wie ähnlich sie sich waren. Es wäre jedoch unhöflich gewesen, ihn jetzt darauf anzusprechen.

»Sagen wir einmal zwanzig«, unterbrach ich ihn. »Bei der Strafe sitzt er nicht lange, das weißt du.« Vorzeitige Entlassungen auf Bewährung, weil die Gefängnisse überbelegt waren, oder das Einschreiten eines humanitär gesinnten Bundesrichters hatten dazu geführt, daß Gefängnisstrafen in Texas fast nur noch symbolischen Wert hatten. Eine Strafe von zwanzig Jahren konnte bedeuten, daß man in Wirklichkeit nur zwei Jahre absaß.

»Na egal«, meinte Austin. »Wir werden uns schon einig.« Er atmete tief durch, das Gespräch schien ihn nicht mehr zu interessieren. »Was macht der Wahlkampf?« wechselte er zu einem Thema, das mehr auf seiner Linie lag.

Wir unterhielten uns noch etwa zehn Minuten lang über Politik. Austin war viel zu diskret, um mir an Ort und Stelle eine Wahlkampfspende anzubieten, statt dessen erwähnte er Leute, die ich unbedingt kennenlernen sollte, Leute, die sich normalerweise für eine so unbedeutende Wahl wie die des Bezirksstaatsanwaltes erst gar nicht interessierten.

»Wir können das prompt über die Bühne bringen, nicht wahr?« sagte Austin bereits im Gehen. »Ich möchte nicht länger im Rampenlicht stehen als unbedingt nötig. Eigentlich wollte ich die Aufmerksamkeit lieber auf dich lenken.«

»Das weiß ich zu schätzen«, sagte ich und erinnerte mich an seine nette kleine Ansprache zum Zeitpunkt der Verhaftung. Austin winkte ab. Das war eine so unbedeutende Gefälligkeit, daß er sie nicht einmal registriert hatte. An der Tür schüttelten wir uns die Hände, und Austin eilte den Korridor entlang, in Gedanken, wie ich annahm, schon wieder bei seinen unzähligen Terminen. Auf dem Weg hinaus würde er noch bei ein paar alten Freunden vorbeischauen. *Genau wie Eliot*, dachte ich, *wie Eliots privater Schatten*. Austin Paley war in der Öffentlichkeit ein Unbekannter, aber auf seine stille Art übte er mehr Einfluß aus als die meisten Persönlichkeiten des öffentlichen Lebens. Ich bemerkte, daß ich mich durch seine kleinen Höflichkeitsbeweise geschmeichelt fühlte.

Bei einer Veranstaltung zur Beschaffung von Wahlkampfgeldern, die noch in derselben Woche stattfand, meinte ich Austins unsichtbare Finger zu spüren, wie sie mir etwas in die Tasche steckten, das weit mehr wert war als Bargeld.

»Die Gewerkschaft der Feuerwehr hat angerufen«, teilte mir mein Wahlkampfleiter in einem ruhigen Winkel mit, in den wir uns vor der lauten und drängenden Menge zurückgezogen hatten. »Sie sollen bei ihrer nächsten Tagung eine Rede halten. Sie meinen, Sie sind jemand, der keine Brände legt. Ich denke, die Wahlempfehlung kriegen wir.«

»Na fein, Tim. Ich weiß zwar nicht, warum sich die Feuerwehr dafür interessieren sollte, wer Bezirksstaatsanwalt wird, aber jeder ist im Team willkommen.«

Tim Scheuless, mein Wahlkampfleiter, und ich waren keine Freunde. Wir kannten uns seit knapp einem Jahr, nachdem er mir von erfahrenen Wahlkämpfern empfohlen worden war. Tim besaß eine Werbeagentur, die er mit so hervorragenden Leuten besetzt hatte, daß er begonnen hatte, sich für Politik zu interessieren. Tim verstand mehr von Politik als ich, war aber kein Jurist und machte sich keinen wirklichen Begriff von meiner Arbeit, was er in unseren Gesprächen immer wieder unter Beweis stellte.

»Das ist ja das Problem beim Rennen um den Bezirksstaatsanwalt, es gibt keine wirklichen Themen«, sagte er kopfschüttelnd. Tim hätte selbst kandidieren sollen. Er hatte breite Schultern und einen großen, photogenen Kopf, und das Blitzen seiner Zähne war zweifellos beeindruckend. »Dem Verbrechen den Kampf ansagen«, fuhr er fort. »Das ist es. Aber wer bewirbt sich schon um das Amt und sagt, er wird Verbrecher mit Samthandschuhen anfassen? Was sind die Themen?«

»Wie wär's mit Charakterstärke«, sagte jemand neben mir. Ich kannte die Stimme, aber es überraschte mich, Linda Alaniz bei einer politischen Veranstaltung zu treffen. Die Politik war ihr mindestens so verhaßt wie seinerzeit die Arbeit als Staatsanwältin.

Linda trug ein Kleid mit dünnen Trägern, das ihre Schultern und die Bräune ihrer Haut zur Geltung brachte. Ihre Augen strahlten. Sie sah müde aus, jedoch auf eine Art, als könnte sie ihre Erschöpfung mit einem Mal überwinden, um sich einem Kampf zu stellen.

»Ihnen ist nicht zufällig ein schmutziges Detail über Leo bekannt?« wollte Tim von ihr wissen. Das also verstand er unter »Charakterstärke«.

»Ich meine, ob jemand für den Job geeignet ist«, erwiderte Linda scharf. »Fairneß, jemand, der einen Standard vorgibt, an den sich das gesamte Büro hält. Genau das hat Mark während seiner Amtszeit erreicht.«

»Ach so«, meinte Tim. »Ja, natürlich. Ist ja klar. Aber dem Verbrechen den Kampf ansagen – das läßt sich verkaufen.« Er wandte sich wieder an mich. »Da liegt Ihr Vorteil, aber Sie nutzen ihn ja nicht. Bei Mendoza ist das leeres Gerede, aber Ihnen nimmt man das ab. Sie brauchen einen Prozeß, und zwar bald. Einen großen Fall mit widerlichen Details. Es müßte natürlich was Leichtes sein. Ein todsicherer Fall. Und wenn es geht, eine längere Geschichte, damit Sie jeden Tag in der Zeitung stehen, mit entschlossener Miene und dem Prozeßgewinn schon in der Tasche. So ein Fall müßte doch auf Ihrem Schreibtisch liegen. Davon liest man doch ständig.«

Natürlich sehen sie alle leicht aus, sobald sie ins Rollen kommen und das Fernsehen von der Verhaftung eines Verdächtigen berichtet. In den Augen der Öffentlichkeit sollte der Verdächtige dann möglichst am nächsten Tag auf der Anklagebank sitzen. Doch niemand kümmern die Details, die jeden Prozeß zum Abenteuer machen: die widersprüchlichen Aussagen der Opfer, die Alibis, die echt oder erlogen sind, die Zeugen, die oft selbst keine weiße Weste haben.

»Das könnte ich doch glatt machen, was meinst du?« sagte ich zu Linda.

»Und ich helfe dir«, stieg sie sofort auf meinen Ton ein. Sie sah mich an, als wäre Tim gar nicht da. »Ich suche dir einen meiner miesesten Mandanten aus und, anstatt eine halbwegs gute Urteilsabsprache rauszuholen, überlasse ich ihn dir.«

»Wunderbar. Und wenn der Fall während der Verhandlung nicht so gut läuft – ich meine jetzt für mich ...«

»Dann rate ich ihm, als Zeuge auszusagen, und du darfst ihn dann in Stücke reißen«, sprach Linda den Satz für mich zu Ende.

Tim hielt das sicher für eine gute Idee, aber er hatte begriffen, daß wir uns über ihn lustig machten. »Schon gut, schon gut«, sagte er. Mit erhobenem Finger fuhr er fort: »Aber ich bin nun mal Ihr Wahlkampfleiter. Warum tun Sie nicht ab und zu, was ich Ihnen rate? Hören Sie auf mich, und wir werden diese Wahl mit links gewinnen.«

»Ich nehme mir das zu Herzen, Tim, ehrlich.«

Er verabschiedete sich mit einem arroganten Blick von mir, Linda tätschelte er die Schulter, und dann verschwand er in der Menge. »Tut gut, dich zu sehen«, sagte ich zu Linda. »Obwohl es mich überrascht, dich gerade hier zu treffen.«

Lindas Lächeln war voller Ironie. »Du verdienst es, wiedergewählt zu werden, deshalb bin ich hier. Ich möchte dich unterstützen.«

Also höchstens politisch. Dennoch war ich hocherfreut, Linda an meiner Seite zu haben, der Grund spielte dabei keine Rolle. Insgeheim wünschte ich, es könnte immer so sein.

Ich sah mich in der Menge um. Linda hatte ihren Blick ebenfalls auf die Leute gerichtet, als müßte sie jeden Moment das Wort an sie richten. »Bist du nicht froh, daß du keinen solchen Zirkus veranstalten mußt, nur um deinen Job zu behalten?« fragte ich.

»Ich spreche halt keine Urteile«, erwiderte Linda, was mich so laut auflachen ließ, daß sich mehrere Leute zu uns umdrehten.

Austin hatte recht gehabt, was die Fälle gegen den Kinderschänder anbelangte. Er hatte seine Hausaufgaben gründlicher gemacht als ich. Ich holte meine erst ein paar Tage später nach und las zunächst noch einmal die Aussagen der Kinder. Damit hätte man höchstens die betroffenen Eltern beruhigen können, aber aus der Sicht der Anklage waren sie äußerst dürftig. Die entscheidende Aussage eines der Jungen las sich so: »Ich war gerade am Einschlafen, da spürte ich, wie er mich am Bein anfaßte. Dabei hat er so ein komisches Gesicht gemacht. Dann hat er mir mit der Hand in die Hose gegriffen. Ich bin ganz ruhig dagelegen. Dann bin ich eingeschlafen.«

Wie Austin gesagt hatte, bewies das Unzucht mit einem Kind, jedoch keine sexuelle Nötigung. Bloßes Anfassen, jedoch keine Penetration und auch keinen Kontakt von Intimbereichen.

»Was ist mit dem Mädchen? Von ihr haben wir keine Aussage.«

Die Vertreterin der Kinderanwaltschaft schüttelte den Kopf. »Sie können von Glück sprechen, daß er auf schuldig plädiert. Auf die kleine Louise könnten Sie sich nicht verlassen.«

Die Kinderanwältin arbeitet vorgeblich für mich. In unserer Abteilung für sexuelle Gewaltverbrechen hatten wir drei solcher Anwälte. Sie sind Sozialarbeiter und helfen, die Kinder für den Prozeß vorzubereiten, nehmen ihre Aussagen auf, verbringen Zeit mit ihnen und bitten sie, vor der Videokamera mit anatomisch authentischen Puppen zu spielen. Manchmal begleiten sie ein Kind bis in den Gerichtssaal. Sie sollen unparteiisch sein und einzig dem Schutz des Kindes dienen. Die Strafverteidiger versäumen jedoch keine Gelegenheit, darauf hinzuweisen, daß sie auf seiten der Staatsanwaltschaft arbeiten.

Karen Rivera war eine blasse und schmale Frau, die rauchte, ohne sich darum zu kümmern, daß es in meinem Büro nicht einmal einen Aschenbecher gab. Sie machte nicht den Eindruck, als würden die Kinder zu ihr Vertrauen fassen, aber sie taten es. Ich habe es selbst gesehen. Ihr Gesicht verwandelt sich, sobald ein Kind den Raum betritt. In solchen Momenten scheint ihr ganzer Körper plötzlich eine mütterliche Haltung anzunehmen. Sie hat dann eine wunderbare Art, die Kinder zu beruhigen, zu beschützen. Mit ihnen ist sie die Geduld in Person.

»Warum?« fragte ich.

»Weil Sie keine Chance hätten«, erwiderte sie scharf. »Stellen Sie ihr dieselbe Frage dreimal, und Sie erhalten drei verschiedene Antworten. Ich hab es schon versucht.«

»Und das ärztliche Attest? Irgendwelche Beweise?«

Sie schüttelte den Kopf. »Als ob er schon immer gewußt hätte, daß man ihm den Prozeß machen wird. Nichts. Keine Rötungen, keine Verletzungen. Sie erinnert sich an fast gar nichts mehr, und ich will sie nicht unter Druck setzen. Ist wahrscheinlich besser so, wenn sie es vergißt.«

»Wie geht es ihr?« fragte ich.

Die Anwältin schnippte ihre zur Hälfte gerauchte Zigarette aus einem Meter Entfernung in meinen Metallkorb. »Ganz gut«, antwortete sie, aber ihr Ton drückte etwas anderes aus. »Wenn man endlich aufhören würde, ihr dauernd Fragen zu stellen, könnte sie es vielleicht sogar vergessen. In zehn Jahren, bei ihrer ersten Verabredung, oder in zwanzig, wenn sie verheiratet ist und selbst Kinder hat, zerbricht sie vielleicht, aber für den Moment geht es ihr ganz gut. Sie weiß nicht, was passiert ist. Für sie ist das alles völlig neu, sie hat keine Ahnung, daß ihr etwas Schreckliches zugestoßen ist. Solange ich sie vor ihren verdammten Eltern beschützen kann, geht es ihr gut.«

»Was meinen Sie damit?«

Sie sah mich mit einer Härte im Blick an, als wäre ich auch hinter ihren Babys her. Dann sagte sie: »Sie werden dreimal zum Opfer gemacht. Zuerst vom Täter. Dann von den Eltern. Und das ist das Schlimmste. Das Kind vergißt vielleicht, was geschehen ist, aber die Erinnerung, wie Mama und Papa reagiert haben, als es herauskam, die hält sich viel länger.«

»Wie sie reagiert haben?«

»Na zum Beispiel, daß sie es nicht glauben. Das ist das Schlimmste. Das Kind spürt etwas, es hat Angst, es merkt, daß da was nicht stimmt, also wendet es sich an die einzigen Menschen, auf die es sich verlassen kann. Und wenn die dann sagen, du lügst – und Sie würden staunen, wie viele das tun; sie wollen es nicht wahrhaben, sie behaupten, das Kind erfindet das alles nur –, wenn also Mama und Papa ihm nicht glauben, es nicht in den Arm nehmen und ihm versprechen, daß so etwas nie, nie wieder passieren wird, dann hat es niemanden mehr auf der ganzen Welt. Und eines weiß das Kind dann. Es weiß, daß es wieder passieren kann, weil niemand da ist, der ihm helfen wird.«

»Wer ist der dritte, der dem Kind wehtut?«

»Das sind wir. Das System. Sind die Eltern erst einmal von der Wahrheit überzeugt, oder sagen wir, mehr oder weniger überzeugt, schreien sie um Hilfe. Dann kommen erst einmal die Bullen. Wenn das Kind merkt, die Bullen sind wegen ihm ins Haus gekommen, heißt das für das Kind, daß es etwas ganz Schlimmes gemacht hat. Es denkt, man will es verhaften. Dann wird es zu einem Arzt geschleppt, der es auszieht und eine Taschenlampe in seinen kleinen Po schiebt, und Scheiße nochmal, das ist viel ärger als das, was der nette Onkel im Wald oder im Hotelzimmer gemacht hat. Als nächstes sind die Staatsanwälte an der Reihe, und eine liebe, freundliche Tante wie ich, die so lange seine Freundin sein wird, solange wir es brauchen und keinen Tag länger. Manchmal glaube ich, wir sind die Schlimmsten. Sie, ich, das ganze Justizsystem.«

Sie zündete sich noch eine Zigarette an und rauchte sie mit einem tiefen Zug fast zur Hälfte auf. »Brauchen Sie vielleicht Urlaub, Karen«, sagte ich in dem ruhigen Ton, den man anwendet, um zu verhindern, daß jemand, der am Abgrund steht, vor Schreck springt.

Sie mußte lachen und stieß dabei eine Rauchwolke aus, die ihr Gesicht einhüllte. »Was ich brauche, ist der magische Ring der Grünen Laterne. Dann würde ich aufräumen auf dieser Welt. Wann kapiert ihr endlich, daß nur ich die Welt retten kann?«

Ein einfacher Fall würde das nicht werden, das wurde immer deutlicher. Austin wußte das auch. Zum Glück wollte sich sein Mandant schuldig bekennen.

»Ich muß alle Eltern sehen«, sagte ich. »Sie sollen nicht erst aus der Zeitung erfahren, daß wir eine Urteilsabsprache vorhaben. Sie werden mit einem Prozeß rechnen.«

Karen verdrehte die Augen. »Gehen Sie sanft mit ihnen um. Den Kindern geht es gut, zumindest momentan. Es sind die Eltern, die völlig am Ende sind.«

Aber sie kamen der Reihe nach in mein Büro, mutig und mit gefaßten Mienen. Ich sprach mit jedem Elternpaar einzeln und teilte ihnen mit, daß wir eine Urteilsabsprache vorhatten. Ich erklärte ihnen, daß ein Prozeß für die Kinder möglicherweise traumatische Folgen hätte. Die Eltern von Kevin pflichteten mir bei, bevor ich überhaupt ausgesprochen hatte.

»Ja«, meinte Mr. Pollard. Sein Kopf wackelte auf und ab. »Wir verstehen. Wegen uns brauchen Sie sich keine Sorgen zu machen.«

Kevins Vater war ein großer Mann mit einem buschigen dunklen Schnurrbart und abgearbeiteten Händen. Der sechsjährige Kevin saß still und eingequetscht zwischen ihm und seiner Mutter. Wenn es ihr einfiel, griff sie nach Kevins Hand, ansonsten zerknüllte sie nervös ein Papiertaschentuch in ihrem Schoß.

Etwas an Mr. Pollard gefiel mir nicht. Sein rasches Einverständnis mit einer Urteilsabsprache war zwar eine Erleichterung, aber zugleich befremdete es mich und machte ihn mir unsympathisch. Ich sah zu Kevin hin, einem schmalen Jungen mit ausdruckslosen Augen, die unter seinem schwarzen Haarschopf fast unnatürlich wirkten. Kevin mußte es längst leid sein, von Erwachsenen auf eine Weise gemustert zu werden, wie ich es nun tat; abschätzend, aber immer und unter allen Umständen lächelnd. Er blickte zu Boden, weg von mir.

»Kevin?« Er sah mich nicht an. »Verstehst du, was ich sage? Der Mann würde ins Gefängnis kommen, weit weg von dir, und du müßtest sonst niemandem sagen, was passiert ist. Findest du das gut?«

»Er versteht«, sagte sein Vater. »Wir haben es ihm erklärt. Er ist froh, wenn das alles vorüber ist. Machen Sie sich wegen Kevin keine Sorgen«, sagte er bestimmt.

Das war es, was mich störte. Mr. Pollard war zu bemüht, uns keine Schwierigkeiten zu machen. Ich hatte diese Reaktion bei anderen Opfern erlebt, aber in erster Linie war ich solche gewöhnt, die nach Gerechtigkeit schrien, die mehr wollten, als ich anbieten konnte. Kurz regte sich in mir der Verdacht, Mr. Pollard wollte sich selbst Gerechtigkeit verschaffen. Aus Chris Davis hätte er Kleinholz gemacht, bevor der Gerichtsdiener Zeit gehabt hätte, ihn daran zu hindern.

»Findest du das gut?« wiederholte ich meine Frage, wobei sich meine Beharrlichkeit weniger gegen Kevin richtete als gegen seinen Vater. Ich starrte den Jungen unverwandt an und zwang seine Eltern dadurch, den Mund zu halten, ihn antworten zu lassen. Endlich sah er mich mit Tränen in den Augen an.

Er flüsterte beinahe und verlor dadurch nicht die Beherrschung über seine Stimme. »Ja«, sagte er. Seine Augen hielten meinem Blick stand. Er wollte noch etwas. Ich mußte ihn allein sprechen. Einen Moment lang sah er so aus, als wäre er immer noch das Opfer einer Entführung, nur saßen seine Häscher diesmal neben ihm.

»Ja«, sagte er nun deutlicher. »Ich will das. Ich will nicht vor Gericht aussagen müssen. So lange er nur wegbleibt.«

»Das wird er«, beruhigte ich ihn. Kevin hatte den Blick wieder zu Boden gerichtet. »Karen, gehen Sie doch mit Kevin nach draußen, und besorgen Sie ihm was zu trinken. Und vielleicht was zum Spielen.«

Karen schien froh zu sein, den Jungen aus dem Zimmer schaffen zu können, und Kevin ging, ohne zu zögern, mit. Karen drehte sich an der Tür noch einmal um, nahm die beiden Eltern mit ihrem ausdruckslosen Blick in Augenschein und sah dann mich an. Ich nickte, und sie ging mit Kevin hinaus.

Mr. und Mrs. Pollard sahen mich erwartungsvoll an. Keiner von beiden machte Anstalten, den zwischen ihnen leergewordenen Stuhl zu besetzen.

»Wir haben Glück«, sagte ich, »daß es zu keiner Gewaltanwendung kam, oder besser gesagt, sich um keinen fortgesetzten Mißbrauch handelt.« Was waren nur die richtigen Worte für so etwas? Ich wollte das, was ihrem Sohn angetan worden war, nicht verharmlosen, aber aus rechtlicher Sicht war er nicht in dem Maße Opfer geworden, wie er es möglicherweise hätte sein können. »Ich weiß, es ist furchtbar, aber es hätte noch viel schlimmer sein können. Kevin wird wahrscheinlich relativ problemlos darüber hinwegkommen. Falls nicht, sollten Sie sich mit unserem Büro in Verbindung setzen. Wir können Ihnen einen Therapeuten empfehlen. Wir kennen ein paar sehr gute«, nahm ich wenigstens an.

»Die schlechte Nachricht ist, daß dieser Mann, eben *weil* es nicht schlimmer war, eher glimpflich davonkommen wird. Eine lange Gefängnisstrafe werde ich nicht durchsetzen können. Auch wenn wir Kevin einen Prozeß zumuten und unser Bestes tun, wäre die Höchststrafe maximal zwanzig Jahre.«

Steve Pollard nickte zu allem, was ich sagte. Ich spürte einmal mehr, wie sehr mich dieser Mensch irritierte.

»Bei einer Urteilsabsprache mit der Verteidigung wird wahrscheinlich nicht einmal das rauskommen«, fuhr ich mit ausdruckslosem Ton fort. »Es werden wohl eher fünfzehn Jahre werden. Das ist sicher nicht genug, aber ...«

»Oh, das reicht«, warf Pollard ein. »Wir machen da keine Schwierigkeiten.«

»Wie Sie wollen«, ich gab es auf. »Ich werde tun, was Sie von mir verlangen. Mrs. Pollard?«

»Ja?« Sie blickte erschrocken auf, als hätte sie schon wieder vergessen, wovon die Rede war. Dann nahm sie plötzlich eine steife Haltung an. Nichts war geschehen, die beiden hatten sich nicht einmal angesehen. Pollard schien auf einmal verspannt, seine Nackenmuskel traten hervor, als würde er mit aller Kraft die Kiefer zusammenpressen. Und seine Frau war wachsam geworden, als hätte er sie am Arm gepackt.

»Haben Sie alles verstanden?«

»Ja«, erwiderte sie hastig. »Ja, das wird wohl das beste sein. Für Kevin. Wir wollen nicht – er soll das nicht noch einmal durchmachen müssen.«

Wir waren uns einig geworden. Ich hatte erreicht, was ich wollte, aber ich konnte nicht sagen, ob ich froh war, daß sie endlich mein Büro verließen, oder ob ich sie zurückhalten sollte. Der Kontakt war nicht zustande gekommen. Ich hoffte, Karen hatte mit Kevin mehr Erfolg gehabt.

»Wird es ihm wieder gut gehen?« fragte ich sie kurze Zeit später, nachdem sich die Pollards fröhlich von uns verabschiedet hatten.

»Kevin?« meinte sie achselzuckend. »Wie gut soll es ihm denn unter den Umständen gehen?«

Es war interessant gewesen, Karen bei der Besprechung dabeigehabt zu haben. Sie hatte ihr freundlicheres, sanfteres Wesen an den Tag gelegt, weil der Junge im Zimmer war, aber sie hatte hinter ihm gesessen, hinter seinen Eltern, und aus ihrem Gesichtsausdruck war deutlich zu lesen gewesen, daß sie trotz der mütterlichen Maske nach wie vor die verbitterte Frau war, in deren Augen die ganze Welt verkehrt war.

»Hoffentlich haben Sie sich durch diese Szene von der idyllischen Familie nicht täuschen lassen«, sagte sie nun, als wir allein waren. »So viel Zeit haben die beiden im ganzen letzten Jahr nicht im selben Zimmer verbracht. Die Eltern leben getrennt.«

Das war es also. Das Bild fügte sich zusammen. Ich spürte eine gewisse Erleichterung. »Jetzt staune ich aber«, meinte ich. »Die sahen doch aus wie die glückliche Familie.«

»Der Kleine wird Hilfe brauchen«, fuhr Karen fort. »Sie haben sich nicht einmal die Mühe einer Scheidung gemacht, damit der Vater keine Alimente zahlen oder regelmäßig zu Besuch kommen muß. Er kommt vorbei, wann es ihm gerade paßt, und seit Kevin eine Nacht mit einem fremden Mann verbracht hat, ist ihm die Lust dazu vergangen. Sie haben ihn ja erlebt – seine größte Sorge ist, daß sein Junge schwul wird und kein Fußballstar. Jetzt tut er seine Pflicht, aber ist die Sache erst gelaufen, läßt er Kevin fallen wie eine heiße Kartoffel. Und Kevin weiß das genau. Er hat mehr Verstand als die beiden zusammen, und er weiß, sein Pa will nichts mit ihm zu tun haben. Wenn Sie lange genug im Amt bleiben, sehen Sie Kevin garantiert wieder. In neun oder zehn Jahren. Warten Sie nur ab. Hoffentlich ist er dann hier, weil er seinen Alten auf dem Gewissen hat. Auf meine Aussage zu seinen Gunsten kann er dann jedenfalls zählen.«

Ich stieß einen Seufzer aus. Das war das letzte Gespräch gewesen, das schwierigste und zugleich einfachste. Alle Eltern hatten sich einverstanden erklärt. Wir alle, einschließlich der Verteidigung, wollten diese Fälle in aller Stille erledigt wissen.

»Machen wir uns an die Arbeit«, sagte ich abrupt. »Ich kümmere mich um die Anklageerhebung, und dann bringen wir es hinter uns.«

»Was ist?« fügte ich scharf hinzu, da mich ihr beharrliches Schweigen zwang, sie noch einmal anzusehen. »Was wollen Sie von mir? Ich kann auch nicht mehr tun, als jemanden anklagen, der etwas verbrochen hat. Ansonsten müssen die Leute selbst sehen, wie sie mit ihrem Leben zurecht kommen. Ich bin für diese Welt genauso wenig zuständig wie Sie, Karen.«

Wenn alle daran interessiert sind, daß etwas geschieht, reagiert der Apparat rasch. Ich brachte die Fälle noch in derselben Woche vor eine Anklagejury, und eine Stunde später lagen die Anklageschriften wegen Unzucht mit Kindern in drei Fällen auf meinem Tisch. Sie wurden der Kammer von Richter Hernandez zugeteilt, und als Austin und ich erschienen, um einen Antrag auf eine vorgezogene Vorverhandlung zu stellen, kam uns der Richter sofort entgegen. Der Termin wurde für die Woche vor dem Tag der Arbeit festgelegt.

Dann rief mich jedoch überraschend Mrs. Pollard an. Sie sprach sehr hastig, als befürchtete sie, mir meine Zeit zu stehlen oder daß ihr jeden Augenblick der Hörer aus der Hand gerissen würde.

»Ich weiß, Sie haben gesagt, wir müssen nicht dabei sein, wenn er sich schuldig bekennt, und daß es kein richtiger Prozeß sein wird, aber ich wollte Sie fragen, ob wir dennoch kommen können. Kevin und ich. Wir wollen mit niemandem reden, bloß zusehen. Ich glaube, Kevin würde es helfen, wenn er mit eigenen Augen sieht, wie der Mann in Handschellen abgeführt wird. Er kann immer noch nicht – manchmal in der Nacht, da muß ich bei ihm schlafen. Er ...«

Es ging mich im Grunde nichts an. »Natürlich können Sie kommen. Es ist eine öffentliche Verhandlung. Sie haben das Recht, dabei zu sein. Aber meinen Sie wirklich ...«

»In Kevins Nähe wird er ja nicht kommen, oder? Ich war noch nie in einem Gerichtssaal.« Sie klang, als wollte sie sich für ihre mangelhafte Bildung entschuldigen.

»Nein, natürlich nicht. Sie und Kevin werden im Publikum sitzen. Zwischen Ihnen und dem vorderen Bereich des Gerichtssaales ist eine Schranke. Der Angeklagte wird durch eine Seitentür hereingeführt. Er kommt überhaupt nicht in Ihre Nähe.«

»Gut, dann kommen wir.«

Ich wollte sie fragen, ob Kevins Vater auch da sein würde, befürchtete aber, mein Ton würde zu erkennen geben, daß ich das Theater von der trauten Familie durchschaut hatte. Sollten sie doch denken, sie könnten die ganze Welt zum Narren halten.

Am Tag der Klageerwiderung versammelten wir uns in kleinen Gruppen wie zu einem Geheimtreffen. Je nachdem, wie ein Beschuldigter plädierte, entschied diese Vorverhandlung, ob es zu einem Geschworenenprozeß kommen würde oder nicht. Richter Hernandez hatte uns großzügigerweise einen Termin gegeben, an dem in seinem Gerichtssaal keine anderen Prozesse verhandelt wurden. Es war ein heißer Sommertag, und das Justizzentrum schien wie ausgestorben. Meine Schritte hallten im Stiegenhaus.

Dennoch hatte sich vor dem Gerichtssaal im dritten Stock bereits eine Reporterschar eingefunden. Das Ereignis sollte nicht geheim bleiben; im Gegenteil, die Publizität gehörte zum Plan. Ich nutzte die Gelegenheit für einen Wahlkampfauftritt und gab eine dieser schneidigen Erklärungen ab, nach dem Motto: »Selbstverständlich habe ich einen Augenblick Zeit, Jim. Die Zuseher können beruhigt sein: Ich werde den Auftrag, den mir meine Wähler erteilt haben, erfüllen und für Gerechtigkeit sorgen.« Sie waren Butter aufs Brot im Nachrichtengeschäft, in dem wir alle unsere Finger hatten.

Zwei Zeitungsjournalisten und mehrere ihrer Kollegen vom Fernsehen hatten sich im Gerichtssaal verstreut und ihre Plätze eingenommen. Publikum war nicht vorhanden. Da es sich um keinen Prozeß handelte, versprach es keine spannende Unterhaltung mit dramatischen Momenten zu werden. Wenigstens dachte ich das.

Auf halbem Wege durch den Gang zwischen den Sitzreihen bemerkte ich linker Hand einen schwarzen Haarschopf, der gerade noch über die Sitzlehne ragte. Daneben Mrs. Pollard, die sich mit leerem Gesichtsausdruck zu mir umgedreht hatte. Karen war auch gekommen und saß wie zum Schutz unmittelbar neben dem Gang. Der Ehemann war nicht da.

Ich nickte ihnen ernst zu, unterließ es jedoch, sie anzusprechen, um nicht noch mehr Aufmerksamkeit auf sie zu lenken. Dann bemerkte ich auf der anderen Seite der Schranke eine Gestalt, die sich nun umwandte und mir entgegenblickte. Ich eilte auf ihn zu.

»Eliot!« sagte ich erfreut und schüttelte ihm die Hand. »Ich hatte keine Ahnung, daß Sie hier sein würden.«

»Will nur ein bißchen auf Sie aufpassen«, erwiderte er leise.

Ich plauderte mit ihm und mußte daran denken, daß wir vor der Richterbank eines Strafgerichts standen, in dem er nie einen Prozeß geführt hatte und es auch in Zukunft nicht tun würde. Ich fragte mich, wie es sein mußte, als bloßer Zuschauer an einen Schauplatz zurückzukehren, an dem man einst eine so zentrale Rolle gespielt hatte.

Soeben betrat Becky Schirhart den Saal. Als erste Staatsanwältin dieses Gerichts war es ihre Aufgabe, das Schuldbekenntnis aufzunehmen. Sie wirkte gelassen. Es war nicht ihr Fall, bloß ein Schuldbekenntnis, also nichts, worüber sie sich Sorgen machen mußte. Ich konnte mich jedoch noch gut an ihre Anfangszeit im Büro erinnern. Damals war ich noch Strafverteidiger, doch auch später, als ich ihr Vorgesetzter wurde, hätte sie eine Situation wie diese vor Angst, sie könnte etwas falsch machen, zutiefst verunsichert. Mittlerweile hatte sie genug Routine, um sich von einem Gerichtssaal nicht mehr aus der Ruhe bringen zu lassen. Anstelle des üblichen Kostüms trug Becky ein leichtes, fließendes Kleid. Ihr braunes Haar war an manchen Stellen von der Sonne gebleicht und lag offen auf ihren Schultern. Zum ersten Mal bemerkte ich ihre kastanienbraunen Augen, deren Farbschattierung sich mit ihren Bewegungen und dem Licht, das auf ihr Gesicht fiel, zu verändern schien.

Ich machte sie mit Eliot bekannt. Becky, die im Gegensatz zu vielen meiner jungen Stellvertreter besser informiert war, kannte die Geschichte dieses Gerichts gut genug, um zu wissen, wer ihr da vorgestellt wurde und wie sie sich ihm gegenüber zu benehmen hatte. Sie war so groß wie Eliot und ließ ihn dadurch älter aussehen, obwohl er gebräunt und ausgeglichen war und uns mit einer Anekdote über den Richter dieser Kammer unterhielt, als dieser noch für ihn gearbeitet hatte.

Eine Bewegung in den Sitzreihen erregte meine Aufmerksamkeit. Etwas mußte geschehen sein, denn Kevin Pollard hatte sich plötzlich noch tiefer in seinen Sitz verkrochen, während Karen besorgt über ihn gebeugt war. Austin Paley kam durch den Gang zwischen den Sitzreihen auf uns zu und sah sich im Saal um, offenbar froh, daß er so schwach besucht war. Für seinen Ruf war dieser Auftritt nicht von Vorteil; je weniger Aufmerksamkeit dieser Fall erhielt, um so lieber konnte ihm das sein. Als er mit den beiden Frauen und dem Jungen auf einer Höhe war, zögerte er kurz, warf ihnen einen mißbilligenden Blick zu und kam dann eiligen Schrittes auf uns zu. Aber er sah weder mich noch Eliot an. Als ich mich schließlich wieder umdrehte, hatte Chris Davis durch die lautlose Schiebetür unmittelbar hinter dem Tisch des Gerichtsdieners den Saal betreten.

Er trug die Uniform des Bezirksgefängnisses von Bexar, einen weißen Overall, und war in Handschellen. Die schweren Eisenfesseln schienen an seinen Armen zu ziehen, denn sie waren nach außen gedreht, und man konnte die weiße Innenhaut sehen und die schwachen Muskeln, die durch das Gewicht des Eisens offenbar überfordert waren.

Er hatte sich nicht einmal die Mühe einer Rasur gemacht. Im Vergleich zu unserer letzten Begegnung wirkte er um fünfzehn Jahre älter. Seine Augen lagen tief in den geröteten Höhlen, seine Nase war so schmal geworden, daß man glauben mußte, er könne unmöglich damit einatmen, und sein Haar sah aus, als hätte es sich in der kurzen Zeit gelichtet. In seinen Gefängnispantoffeln, in denen zwei mitleiderregende, knochige und nackte Füße steckten, schlurfte er langsam in unsere Richtung.

Ich drehte mich noch einmal zu Kevin um. Wegen ihm war er hier. Es war mir unvorstellbar, daß man sich vor dieser jämmerlichen Gestalt fürchten konnte, aber Kevin hatte Angst, sichtbare Angst. Die beiden Frauen hatten jede einen Arm um ihn gelegt, doch Kevin schien mutterseelenallein, verloren in einer ihm völlig fremden Umgebung. Sein Gesicht hielt er hinter seinem linken Arm verborgen, so daß nur die Augenpartie sichtbar war, und vermutlich lutschte er am Daumen.

»Du hättest mir sagen können, daß wir Publikum haben würden«, meinte Austin in leicht schnippischem Tonfall.

»Die Mutter dachte, es würde dem Kleinen helfen, dabei zu sein«, erwiderte ich förmlich.

»Hoffen wir, daß es uns allen hilft«, entgegnete Austin. »Tag, Eliot.«

»Hallo, Austin. Sonderbar, dich hier zu treffen.«

»Dich aber auch«, erwiderte Austin, der seinen Sinn für Humor anscheinend wiedergefunden hatte. »Nehmt es mir nicht übel, aber ich muß mich um meinen Mandanten kümmern.«

Er eilte davon, um sich mit dem Angeklagten in der Geschworenenbank zu besprechen. Eliot setzte sich wieder hin, während Becky und ich noch einmal die Unterlagen durchgingen. Richter Hernandez ließ uns warten. Ich beobachtete abwechselnd Chris Davis und Kevin. Der Angeklagte sah kein einziges Mal zu dem Jungen hin. Er tat, so weit ich das sehen konnte, nichts, was bedrohlich wirken konnte, aber Kevin wollte sich nicht beruhigen. Er starrte unablässig zur Geschworenenbank, wo Davis mit seinem Anwalt saß. Der Anblick des Angeklagten hätte ihn eigentlich beruhigen sollen. Davis war das Abbild eines hilflosen und geprügelten Hundes. Ich konnte mir kaum vorstellen, daß Kevin diesen Mann, der völlig weggetreten schien, überhaupt an sich herangelassen hatte.

Endlich betrat Richter Hernandez, ein Mann mittleren Alters mit stattlichem Bauch, den Saal, und die spärlichen Anwesenden erhoben sich, um seiner Obrigkeit Respekt zu erweisen. »Der Staat Texas in der Strafsache gegen Christopher Davis«, verkündete der Richter.

»Der Staat ist bereit«, sagte ich. Becky stand auf und näherte sich der Bank, um uns zu vertreten.

»Der Angeklagte ist ebenfalls bereit, Euer Ehren«, sagte Austin, wie immer der Form gerade so weit entsprechend, wie es die Situation erforderte. Er begleitete den Angeklagten nach vorne, damit er zwischen Anklage und Verteidigung im direkten Blickwinkel des Richters stand.

»Gibt es eine Einigung?« wollte Richter Hernandez wissen.

Während Becky die Bedingungen verlas und Austin deren Richtigkeit bestätigte, ging ich zur Seite, um das Gesicht von Davis sehen zu können. Von dort aus konnte ich gleichzeitig Kevin beobachten.

Die Einzelheiten des Schuldbekenntnisses waren ein Ritual, das ich tausendmal erlebt hatte, so daß es für mich nicht nur an Bedeutung, sondern auch an Realität verloren hatte. Aber Kevin Pollards angsterfülltes Gesicht ließ mich das Verfahren mit den Augen des Betroffenen sehen, die hoffnunglose Vergeblichkeit dieser im Grunde öffentlichen Zeremonie, die in nicht einmal zehn Minuten vorbei sein würde. Kevin benötigte mehr als das.

Der Angeklagte aber auch. Ich beobachtete, wie Chris Davis zur Seite wankte und Austin dabei fast aus dem Gleichgewicht gebracht hätte. Austin mußte ihn am Arm stützen. Davis dämmerte langsam, was ihm blühte. Bis zu diesem Moment hatte er wahrscheinlich trotz seines Einverständnisses mit einer Gefängnisstrafe von fünfzehn Jahren immer noch gehofft, freigesprochen zu werden. Ich habe Tausende Angeklagte gesehen und gehört. Viele von ihnen hoffen bis zur letzten Sekunde, die Rache der Justiz durch eine Stellungnahme oder durch einen besonderen Gesichtsausdruck abwenden und an das Mitgefühl des Richters appellieren zu können.

Denn wenn der Angeklagte mit dem Schuldbekenntnis zur Kenntnis nimmt, daß es seine einzige Möglichkeit ist, mit einer geringeren Strafe als der gesetzlich vorgesehenen davonzukommen, bedeutet es auch, daß er seine einzige Chance vergibt, seine Version der Geschichte zu erzählen. Es bedeutet, daß das zuständige das Urteil verkündende Gremium – in diesem Fall der Richter – nur die Indizien für seine Schuld anhört, jedoch nicht die zwingenden Gründe. Der Angeklagte vergibt sich dadurch die Chance, Sympathien für sich zu gewinnen, öffentlich zu bekennen, daß nichts von dem, was passiert ist, seine Absicht gewesen sei, daß er mindestens ebenso Opfer der Umstände sei wie jeder andere auch. Mitunter konnte ich beobachten, wie ihre Gesichter unter der Anstrengung zuckten, dem Wunsch nach einer Rechtfertigung nicht nachzugeben.

Chris Davis hatte diesen Gesichtsausdruck. Ich befürchtete schon, der Gerichtsdiener würde einschreiten müssen. Vielleicht war es diese Nervosität, die Kevin so ängstigte. Davis war deutlich anzusehen, daß er jeden Moment zum Sprung ansetzen würde. Ich ging durch das niedrige Gatter in der Schranke zu Kevins Sitzreihe und blieb dort stehen. Ich beugte mich zu ihm hin, legte einen Moment lang meine Hand auf seine Schulter und stand dann bloß da, um einen möglichst entschlossenen Gesichtsausdruck bemüht. Sein Vater sollte zur Hölle fahren.

Das Verfahren hätte nach wenigen Minuten vorbei sein sollen. Dem bei einem Schuldbekenntnis üblichen Verlauf eine andere Wendung zu geben ist fast nicht möglich. Chris Davis sollte das jedoch gelingen.

»Ist Ihnen bewußt«, belehrte ihn der Richter soeben, »daß Sie, indem Sie sich schuldig bekennen, auf Ihr Recht auf einen Geschworenenprozeß verzichten?«

Davis murmelte eine Antwort, die für die Aufnahme ins Protokoll zu genügen schien. »Wie Sie wünschen«, sagte Richter Hernandez. »Wie bekennen Sie sich?«

Ich konnte die Antwort nicht hören. Aber etwas war anders als sonst. Austin starrte seinen Mandanten an. Becky hatte sich zu mir umgedreht.

»Wie bitte?«, fragte der Richter.

»Nein«, sagte Chris Davis nun deutlich. Er schüttelte den Kopf. Er sagte es noch einmal: »Nein«, nicht besonders laut, aber dafür um so entschiedener.

Richter Hernandez machte ein mißbilligendes Gesicht, als käme ihm der Verdacht, jemand leiste sich einen schlechten Scherz mit ihm. »Heißt das, Sie bekennen sich nicht schuldig?« fragte er nun mit der tiefen und bedrohlichen Stimme des Beamten.

»Nein«, war alles, was Davis imstande war zu sagen. »Nein, ich tue es nicht.« Er begann, den Kopf zu schütteln und hörte nicht mehr auf damit.

»Einen Moment bitte, Euer Ehren.« Austin zog den Angeklagten zur Seite und begann mit sichtbar zunehmender Schärfe auf ihn einzureden. Davis hörte nicht auf, den Kopf zu schütteln. Austin erhob seine Hand, als wollte er seinem Mandanten ins Gesicht schlagen. Chris Davis hielt den Kopf gesenkt, er konnte Austin nicht ansehen. Er setzte seine Litanei des »Nein, nein, nein, nein« wahrscheinlich immer noch fort.

»Hat kalte Füße gekriegt«, sagte Becky, die nun neben mir stand. »Zurück in den Bau mit ihm und in spätestens einem Monat hat er es sich anders überlegt.«

»Na, na«, ließ sich hinter uns eine leise, beinahe zornige Stimme vernehmen. Wir drehten uns überrascht um. Eliot Quinn stand hinter uns, als wollte er sich an unserem Gespräch beteiligen, aber in Wirklichkeit war sein besorgter Blick auf den widerspenstigen Angeklagten gerichtet.

Als Eliot bemerkte, daß wir ihn gehört hatten, sagte er: »Es tut mir leid, Mark, ich habe Sie in eine unangenehme Lage gebracht. Ich hol Sie wieder raus. Die junge Dame hat wahrscheinlich recht.« Er warf Becky einen nachdenklichen Blick zu, der sie offenbar betreten machte. »Soll er eine Zeitlang schmoren, dann überlegt er es sich noch einmal.«

»Kein Problem, Eliot. So habe ich wenigstens die Chance, ihm den Prozeß zu machen. Und bin dadurch in aller Munde.« Eliot und Becky konnten nicht wissen, daß ich bloß einen Scherz machte, denn sie waren nicht dabeigewesen, als mir mein Wahlkampfleiter diese Taktik empfohlen hatte. Sie nahmen meine Worte ernst. Eliot sah besorgt drein, wollte noch etwas sagen, überlegte es sich anders und verabschiedete sich mit den Worten: »Ich bringe das in Ordnung.«

»Wird es mir eines Tages auch so gehen?« fragte Becky, während sie ihm nachschaute. »Immer noch den Leuten den Prozeß machen wollen, obwohl ich längst im Ruhestand bin?«

»Keine Ahnung. Wie stark ist das Bedürfnis im Moment? Wollen Sie diesen Fall übernehmen?«

Sie sah zum Angeklagten hin. Meiner Ansicht nach schien er den Aufwand einer Anklage fast nicht wert. So wie er aussah, würde er es keine zwei Tage mehr machen. In Beckys starrem Blick war jedoch nicht eine Spur von Mitleid. Das Verbrechen schien sich in ihrer Phantasie noch einmal abzuspielen. Es gibt nicht viele Staatsanwälte, die sich das unmittelbare Grauen eines Verbrechens anhand der bloßen schriftlichen Indizien vor Augen führen können. Die Fälle kommen und gehen so schnell, daß man höchstens in der Lage ist, die Indizien in Richtlinien für das Urteil zu übersetzen – Mißbrauch, Waffe, Schmerz, Angst: also dreißig Jahre –, aber sicher nicht, sie lebendig zu machen. Der vorliegende Fall hatte sich plötzlich verlangsamt, so daß Becky ihn für sich ins Bild rücken konnte. Ihr Blick wurde erst wieder sanft, als sie den Jungen ansah, der neben seiner Mutter zusammengekauert saß.

»Ja«, sagte Becky, »den würde ich übernehmen.«

»Hatten Sie je einen Prozeß, in dem es um sexuellen Kindesmißbrauch ging?«

»Bei dem einen oder anderen war ich Beisitzerin.«

»Dann ist Ihnen klar, daß Sie das uneingeschränkte Vertrauen dieses Jungen gewinnen müssen. Glauben Sie, daß Sie das schaffen?«

»Kinder sind ganz verrückt nach mir«, erwiderte sie ohne die Spur einer Überzeugungskraft.

Ich lächelte sie an und ging den Gang zwischen den Sitzreihen hinauf. »Alles in Ordnung?« fragte ich Karen. »Ja«, aber ihr finsterer Blick belehrte mich des Gegenteils.

»Was ist denn los?« wollte Mrs. Pollard wissen. Ich hatte nicht sie, sondern Kevin angesehen, daher erschrak ich, als sie meinen Arm ergriff.

»Der Angeklagte bringt das Wort ›Schuldig‹ nicht über die Lippen«, antwortete ich, als handelte es sich um eine Bagatelle.

»Man wird ihn doch nicht gehenlassen?« Sie zerrte an meinem Ärmel, ließ ihn aber gleich wieder los, weil ihr klar wurde, wie unangebracht das war.

»O nein«, gab ich inbrünstig zur Antwort, doch in Wirklichkeit war es Kevin, den ich ansah und zu dem ich sprach. In seiner momentanen Haltung schien er nur noch halb so groß wie ein Kind seines Alters, und er zitterte am ganzen Körper. *Was um Himmels willen*, dachte ich, *hat Chris Davis bloß mit ihm gemacht?*

»Für ihn ist das sehr schlecht«, fuhr ich fort. »Er kommt sofort wieder ins Gefängnis, und wenn er erst einmal darüber nachgedacht hat, wird er darum betteln, daß er wieder hierher kommen und sich schuldig bekennen darf. Und wenn nicht, dann mache ich ihm den Prozeß, und dann verhandeln wir jeden Fall einzeln, so lange, bis sich ein Urteil an das andere reiht, und er viel länger im Gefängnis bleiben muß, als wenn er unser Angebot gleich angenommen hätte, Kevin.«

Das war möglicherweise ein Fehler. Ich bin kein Kinderpsychologe, aber ich wollte ihn miteinbeziehen und dieses Gespräch unter keinen Umständen über seinen Kopf hinweg führen, als existierte er gar nicht. Ich ging in die Hocke, um mein Gesicht mit seinem auf eine Höhe zu bringen. »Meinst du, du könntest dort im Zeugenstand sitzen und erzählen, was dir passiert ist? Nicht heute«, beruhigte ich ihn, »aber eines Tages, wenn wir dich dafür brauchen? Wir würden dir genau zeigen, wie das geht, damit du weißt, was du sagen sollst. Könntest du das tun, Kevin?«

Meine Rechnung ging auf, denn anstatt sich noch mehr zusammenzukrümmen, richtete er sich ein wenig auf. »Ja«, sagte er leise.

»Sehr gut.« An seine Mutter gerichtet sagte ich: »Es kann sein, daß es gar nicht dazu kommt, aber ich muß wissen, woran ich bin. Kevin ist unser bester Zeuge.«

Als ich mich erhob, war alles längst vorüber. Austin Paley wandte sich soeben mit einer verächtlichen Geste von seinem Mandanten ab und ließ ihn einfach stehen. Der Richter hatte den Saal bereits verlassen. Austin sagte etwas zu Becky, sah dann zu mir her und zögerte. Er schien sich nicht sicher zu sein, ob er zu mir herkommen sollte. Aber dann gab er sich einen Ruck, als müßte er den Faux pas, der ihm mir gegenüber widerfahren war, wieder gutmachen, und kam durch das Gatter in der Schranke auf mich zu. Er warf nur kurz einen Blick auf die kleine Gruppe neben mir. Als er bei uns angelangt war, nahm er meinen Arm und zog mich den Gang hinauf zur Tür.

»Es tut mir schrecklich leid, Mark. Ich hatte ja keine Ahnung, daß das ein solches Fiasko werden würde.«

Du und Eliot, ihr seid schon zu lange weg vom täglichen Geschehen, war alles, was ich dachte. Eine geplatzte Urteilsabsprache ist doch nicht das Ende der Welt, das passiert ständig. »Ich bereite die Sache für den Prozeß vor«, sagte ich.

Austin schien aus der Ruhe gebracht, wandte aber nichts ein. »Mag sein, daß wir keine andere Möglichkeit haben. Aber wir werden schon einen Weg finden. Ich rufe dich an.«

Er warf einen letzten Blick in den Saal zurück und setzte dabei eine Miene auf, als wäre die Szene, die sich ihm bot, die reinste Qual. Dann eilte er davon. Der Saal leerte sich zusehends. Die kläglichen Reste des Angeklagten waren vom Gerichtsdiener aufgesammelt und durch die Schiebetür zurück in die geheimen Gänge gebracht worden, die zum Gefängniswagen führten.

Mrs. Pollard und Kevin kamen auf mich zu. Ich redete noch einmal beruhigend auf sie ein, daß ich ihr Bescheid geben würde, sollte sich etwas ändern, als plötzlich zwei kleine Hände nach meinen griffen und so lange an ihnen zogen, bis ich mich auf Kevins Höhe befand. Seine Mutter hatte ihn fein herausgeputzt, er trug schwarze Hosen, ein weißes, kurzärmeliges Hemd und eine grüne Krawatte, wodurch er nur noch betrogener wirkte. Er hatte sich für eine besondere Gelegenheit feingemacht, und nun ließ man ihn warten.

Mein Gesicht war nur wenige Zentimeter von seinem entfernt. Zum ersten Mal war ich ihm nahe genug, um in seinem Gesicht so etwas wie Kraft wahrzunehmen. Der Druck, mit dem er meine Hand festhielt, war auch fester als ich erwartet hätte.

»Lassen Sie ihn nicht zu mir nach Hause kommen«, sagte er.

»Er kommt nicht in deine Nähe, Kevin, das verspreche ich dir.«

Er hielt meine Hände noch einen Moment lang fest und sah mir dabei tief in die Augen, bis ihn meine Aufrichtigkeit überzeugt haben mußte. Dann ließ er mich los, nahm die Hand seiner Mutter, und sie gingen langsam hinaus.

Als ich mich umdrehte, stand die Journalistin Jenny Lord vor mir. »Falls es zum Prozeß kommt werden Sie dann selbst die Anklage vertreten?« fragte sie übergangslos.

Ich wies auf Becky. »Wenn es mein Terminkalender erlaubt«, gab ich routinemäßig zur Antwort.

»Komm schon, Mark, ich hab was Besseres verdient.«

Ich sah Jenny an und mußte daran denken, wie oft wir uns im Flur vor den Gerichtssälen über das Gericht lustig gemacht hatten. »He, das ist nicht fair, so zu tun, als kennen wir uns. Du wirst doch nicht unsere Freundschaft ausnutzen?«

»Nicht, wenn wir eine hätten«, gab sie zurück und zückte mit arroganter Miene Notizblock und Füllhalter.

»Also gut«, ich nahm die Herausforderung wie ein Schuljunge an. »Wie wäre es damit: Seit meiner Wahl zum Bezirksstaatsanwalt habe ich persönlich dafür gesorgt, daß zweimal die Todesstrafe, zweimal lebenslänglich und so viele andere Urteile verkündet wurden, daß sie in Summe mehrere hundert Jahre Gefängnis ergeben. Ich scheue mich nicht vor einem Prozeß. Allerdings« – und nun sah ich zu Becky hin – »möchte ich darauf hinweisen, daß ich einen Stab von hervorragenden und topqualifizierten Staatsanwälten habe. Sollte der Angeklagte tatsächlich auf einem Prozeß bestehen, werden ihn meine Ankläger das Fürchten lehren und dafür sorgen, daß er ins Gefängnis kommt.«

Die Journalistin hatte alles mitgeschrieben und sah nun gelangweilt von ihrem Block hoch. »Ist das alles?«

»Okay, wie wär es damit?« Ich verlieh meiner Stimme eine tiefere Tonlage. »Wir werden dem Kerl die Buchstaben des Gesetzes so einbläuen, daß ihm Hören und Sehen vergehen wird.«

»Das ist gut«, sagte Jenny, die hastig mitschrieb.

Becky sah mich an und hatte große Mühe, eine ernste Miene zu bewahren. Mir fielen ihre Worte wieder ein, als ich ihr klargemacht hatte, daß sie sich zuerst mit einem Vorgesetzten zu besprechen hätte, bevor sie in einem Vergewaltigungsprozeß das Opfer neben sich sitzen ließ. »Ich weiß«, hatte sie gesagt. Sie hatte es gewußt und dennoch das Gegenteil getan. Als ihrem Vorgesetzten erwies sie mir zweifellos den gebührlichen Respekt, doch sobald sie einen Prozeß führte, verließ sie sich ganz auf sich selbst.

Ich bat sie, mich hinauszubegleiten. »Ich möchte mir diese Fälle noch einmal genau ansehen. Wollen Sie mir dabei helfen?«

»Heißt das, ich bin das furchterregende Stabsmitglied, das den Kerl windelweich prügeln darf?«

»Wenn Sie mich freundlich darum bitten«, erwiderte ich.

IV

Der unerwartete Ausgang der Anklageerwiderung wurde in den Abendnachrichten gebracht. Der Sprecher erinnerte die Zuschauer an die Panik, die vor der Verhaftung des Beschuldigten ausgebrochen war, und betonte, daß der Fall noch lange nicht abgeschlossen sei. Auch die Verhaftung von Chris Davis wurde noch einmal gebracht. Da waren wir alle – Austin, der mir die Hand schüttelte, neben ihm, wie ein begossener Pudel, der Angeklagte und ich, der strenge Bewahrer von Recht und Ordnung.

Zu diesem Zeitpunkt wußte ich nicht, daß ein zehnjähriger, mir noch unbekannter Junge das Filmmaterial bereits in den Fünfuhrnachrichten gesehen hatte. Der Junge konzentrierte sich ganz auf den Bericht und sah ihn sich dann noch einmal um sechs Uhr an. Um diese Zeit waren seine Eltern bereits zu Hause, doch sie bemerkten nicht, mit welcher Aufmerksamkeit ihr Sohn auf den Bildschirm starrte. Sie begannen erst Verdacht zu schöpfen, als der Junge spätabends aus seinem Bett kroch, unbemerkt hinter sie trat, den Bericht noch einmal in den Zehnuhrnachrichten verfolgte und dann plötzlich sagte: »Mich hat er auch belästigt.«

Seine Eltern glaubten ihm nicht. Sie beschuldigten sich zunächst gegenseitig, daß das Kind zu oft die falsche Art von Fernsehprogramm sah. Am nächsten Tag erzählte der Junge die Geschichte seiner Lehrerin. Die Lehrerin, nicht wirklich überzeugt, aber dennoch alarmiert, brachte ihn in die Krankenabteilung der Schule. Nach anfänglicher Überlegung, ob man ihm ein Aspirin verabreichen oder ihn gleich nach Hause schicken sollte, entschied die Krankenschwester, einen ihr bekannten Arzt anzurufen. Der Arzt arrangierte für den Jungen einen Termin und rief seine Eltern an.

Und so begab sich Tommys Geschichte auf den Weg zu mir.

Unterdessen ließen mich die Fälle, die ich gegen Chris Davis bereits in der Hand hatte, verzweifeln. Der narrensichere Prozeß, den mir mein Wahlkampfleiter aus Publizitätsgründen angeraten hatte, würde das sicher nicht werden. Becky und ich begannen, den Prozeß vorzubereiten. Da der Angeklagte nicht mehr gewillt war, ein Geständnis abzulegen und mit uns zu kooperieren, lag es nun an uns, die Beweislast zusammenzutragen, und die wurde von Mal zu Mal dürftiger. Die vierjährige Louise war, wie Karen vorausgesagt hatte, unbrauchbar. Sie erkannte Chris Davis anhand von sechs Fotografien, die wir ihr vorgelegt hatten, das schon. Aber bereits beim zweiten Versuch zeigte ihr Finger auf einen anderen Mann. Als wir bis auf das Foto von Davis alle anderen austauschten, meinte sie, nein, der sei es nicht gewesen, aber dafür jener andere.

»Für sie sehen alle Erwachsenen gleich aus«, sagte Karen. »Sie sieht sich unsere Gesichter nicht einmal an. Legen Sie doch das nächste Mal *Ihr* Foto dazu, und warten Sie ab, was sie tut. Mittlerweile müßten Sie ihr eigentlich vertraut geworden sein.«

Ich entschied mich gegen das Experiment.

Der dritte Junge konnte Chris Davis zwar anhand der Fotos identifizieren, doch als er erzählte, was zwischen ihnen vorgefallen war, verlor sein Fall so sehr an Brisanz, daß das Verhalten von Davis zwar als unangebracht, aber sicher nicht als verbrecherisch bezeichnet werden konnte. »Er unterdrückt es bereits erfolgreich«, erklärte Karen. »Für ihn wahrscheinlich das beste.«

»Aber nicht für mich«, knurrte ich.

Ich wußte, auf Kevin Pollard würde ich mich verlassen können. Er hatte Chris Davis im Gerichtssaal eindeutig identifiziert. Meine einzige Sorge war, er könnte für eine Zeugenaussage zu verängstigt sein. Becky und ich fuhren zu ihm nach Hause, da wir hofften, er würde sich dort wohler fühlen. Es war sieben Uhr abends, aber sein Papa war nicht da; das Theater vom trauten Heim war wohl nicht länger nötig. Ich war froh, ihn nicht anzutreffen.

Um ihm die Vorstellung, den Angeklagten vor Gericht identifizieren zu müssen, leichter zu machen, zeigte ich Kevin zunächst die sechs Fotografien. »Vor Gericht«, erklärte ich ihm, »wirst du sagen, daß ich dir die Fotos gezeigt habe, und ich werde dich dann fragen, ob du eines ausgesucht hast. Laß dir Zeit, Kevin. Zeig einfach auf den Mann, der dich im Auto mitgenommen hat und dich so angefaßt hat, wie du es nicht mochtest.«

Die Männer auf den Fotos hatten zwar gewisse Ähnlichkeiten – sie waren durchwegs blond und jung –, aber allzu ähnlich waren sie sich auch nicht. Ich war sicher, der Junge würde keine Sekunde zögern und auf den zeigen, der ihn belästigt hatte. Aber dann sah er sich die Fotografien der Reihe nach an und fächerte sie mit dem Finger auseinander. Seine Mutter hatte sich über ihn gebeugt und sah sich die Fotos ebenfalls an. Die Aufnahmen der Polizei schienen ihr das, was ihr Sohn durchgemacht hatte, stärker vor Augen zu führen als die Vorverhandlung. Die Fotografie von Davis beschäftigte Kevin länger als die anderen, aber dann schob er auch sie beiseite. Becky und ich blickten einander fragend an.

»Er ist nicht dabei«, sagte Kevin schließlich.

»Würdest du sie dir bitte noch einmal anschauen«, bat ich ihn, wobei ich mich anstrengen mußte, nicht gereizt zu klingen.

Der kleine Junge tat, worum ich ihn gebeten hatte. Ich beobachtete Kevin. Er sah nicht mehr so verängstigt aus. Konnte es sein, daß er die Erfahrung auch schon erfolgreich verdrängte? Würden sich die Opfer allesamt in die Verdrängung gerettet haben, bevor ich einen Fall beisammen hatte?

»Er ist nicht dabei«, sagte Kevin schließlich mit seiner leisen Stimme. »Darf ich jetzt spielen gehen?« fragte er seine Mutter.

»Aber du hast mir doch gesagt ...«, begann ich noch einmal, den klagenden Ton in der Stimme kaum noch verbergend. »Erinnerst du dich an den Tag im Gerichtssaal? Da hast du mir doch gesagt, daß er dich angefaßt hat?«

»Er war es nicht«, wiederholte Kevin. Seine Mutter sah mich mit derselben Unschuldsmiene an wie ihr sechsjähriger Sohn.

Wieder draußen, auf dem Weg zum Auto, sagte ich zu meiner Stellvertreterin: »Das sind jetzt Ihre Fälle, Becky.«

»Zu liebenswürdig.«

»Als erster Staatsanwältin sind Ihnen die Regeln ja sicher bekannt. Sieht ein Fall perfekt aus, übernimmt der erste Ankläger den Prozeß. Bei Unregelmäßigkeiten geht er den ersten Ankläger nichts mehr an, er wird zum Fall für den zweiten, beisitzenden Staatsanwalt. Werden die Ungereimtheiten noch deutlicher, übernimmt ihn der dritte Beisitzer, was gleichbedeutend ist mit einer Einstellung. Und genau das wird mit diesen Fällen passieren.«

»Na dann«, sagte sie, als wir im Wagen saßen und ich zu rasch losfuhr, um diesen Mittelstandsvorort, der etwas Verkommenes an sich hatte, hinter mir zu lassen. »Die Vorstellung, gemeinsam mit dem Bezirksstaatsanwalt einen Prozeß zu führen, wäre ja auch zu schön gewesen.« Das hatte gesessen. Sie sah zum Fenster hinaus. »Aber gefreut hatte ich mich schon darauf.«

»Ich hätte auch gerne mit Ihnen gearbeitet, Becky. Glauben Sie denn, ich hätte die Anklage gegen Mike Stennett einfach irgend jemandem überlassen?« Ich spielte auf den Polizisten an, dem Becky gemeinsam mit dem Leiter des Dezernats für Sonderverbrechen wegen Mordes den Prozeß gemacht hatte. »Tyler ist zwar der Ansicht, er hätte Sie für den Fall ausgesucht, aber einer anderen Ernennung hätte ich gar nicht zugestimmt. Und ich habe Ihre Arbeit aus nächster Nähe verfolgt.«

»Tatsächlich? Das ist mir gar nicht aufgefallen.« Becky starrte immer noch geradeaus und schien mich keinesfalls direkt ansehen zu wollen, von der Seite betrachtet wirkte sie höchst angespannt.

»Sie waren ja auch viel zu sehr auf den Prozeß konzentriert«, meinte ich trocken. »Ab und zu saß ich selbst im Gerichtssaal. Und selbstverständlich ließ ich mir von Tyler täglich Bericht erstatten.«

»Ach so.«

Eine Zeitlang sagte keiner von uns etwas. Die Atmosphäre im Auto war nun nicht mehr so frostig, aber immer noch leicht angespannt. Ich dachte nicht oft an meine offizielle Position – es gab noch Menschen, die mich so wie immer behandelten –, doch in Beckys Anwesenheit war ich mir meiner Vorgesetztenrolle ständig bewußt. Ich spürte, wie sie mich beobachtete und auf ihr Stichwort wartete.

Meine Gedanken kehrten zu dem Fall zurück. Was Kevin anbelangte, verstand ich gar nichts mehr. Im Gerichtssaal hatte er mir doch deutlich gezeigt, daß wir den richtigen Mann verhaftet hatten. Allein seine Reaktion hatte das eindeutig bewiesen. Warum behauptete er nun das Gegenteil?

Becky dachte ebenfalls an den Jungen. Als wir uns dem Justizzentrum und der Parkgarage näherten, wo wir ihren Wagen gelassen hatten, räusperte sie sich und sagte: »Sind das nun wirklich meine Fälle? Und meinen Sie wirklich, daß sich eine Einstellung nicht verhindern läßt?«

»So wie es momentan aussieht. Oder haben Sie eine tolle Idee, wie Sie sie davor bewahren können?«

Sie hatte sich in ihrem Sitz nun vollends zu mir her gedreht, während ich den Wagen in eine Parklücke lenkte. »Nicht wirklich. Mag sein, daß es verrückt ist. Aber wenn wir so oder so keine Chance haben, ließen Sie sich dann zu einer, sagen wir, unorthodoxen Vorgangsweise überreden?«

»Schießen Sie los«, antwortete ich.

In den wenigen Momenten, die mir zwischen Arbeit und Wahlkampf noch blieben, versuchte ich, auch ein Privatleben zu haben. Zum Glück hielt es sich in Grenzen.

Als ich Dinah am Freitag abholte, bat mich Lois noch kurz herein. Ich ging nicht weiter als bis in das Eßzimmer, das unmittelbar an die Eingangshalle anschließt. »Hallo, Kleine«, begrüßte ich Dinah und nahm sie in den Arm. Lois lächelte mich über den Kopf unserer Tochter hinweg an. »Gute Woche gehabt?« fragte ich Lois.

Die Frage wurde durch das plötzliche Läuten des Telephons noch überflüssiger. Dinah kreischte: »Ich geh ran« und schoß wie ein Pfeil aus dem Zimmer.

»Geht so«, meinte Lois. »Und du?«

Ich lachte. »Schwer zu sagen.«

Sie nickte, als verfolgte sie immer noch meine berufliche Laufbahn.

»Und hier? Alles in Ordnung?« fragte ich. »Das Haus scheint ja noch zu stehen. Du siehst auch phantastisch aus.« Ich sprach nicht weiter, denn sie sah mich stirnrunzelnd an. »Ich wollte nicht sagen, daß ich dich mit dem Haus in einen Topf werfe.«

Sie mußte lachen. »Ich habe jetzt mehr Zeit für mich. Und Dinah hilft mir mit der Arbeit im Haus. Außerdem kann ich sie schon mal eine Stunde oder zwei allein lassen. Gelegentlich gehe ich auch wieder ins Fitneßzentrum. Tut gut.«

Dinahs Telephongespräch zwang uns, länger als erwartet zusammenzusein. Um nicht zwischen Tür und Angel stehenzubleiben, bat mich Lois weiter in das Eßzimmer hinein. »Manchmal, wenn ich zu tun habe, paßt David auf Dinah auf oder unternimmt etwas mit ihr«, sagte sie. »Hast du mit David in letzter Zeit gesprochen?«

»Natürlich.«

Ihr Blick strafte mich Lügen. Es war fast zwei Wochen her, seit ich unseren Sohn zuletzt gesprochen, zweimal so lange, seit ich ihn zuletzt gesehen hatte.

»Er scheint nicht gerade glücklich zu sein«, meinte Lois.

»Ich weiß. Ich verstehe nicht, warum er immer noch verheiratet ist.« Davids Ehe war mir seit jeher ein Rätsel gewesen, und in den letzten Jahren hatte sich dieses Gefühl noch verstärkt.

»Du weißt ja, wie das ist.« Lois wollte nicht kritisieren. »Aber vielleicht kannst du mal mit ihm reden«, fuhr sie fort. »Ich weiß nicht, was da schiefläuft. Vielleicht erzählt er dir mehr als mir.«

Ich sah sie bloß an. Sie nahm meinen stummen Hinweis auf die Geschichte unserer Familie mit einem Achselzucken zur Kenntnis. »Es könnte ja sein, daß es Dinge gibt, die er mit seiner Mutter nicht besprechen möchte.«

»Mein Gott, Lois. Meinst du nicht, daß mich sein Sexualleben schon lange nichts mehr angeht?«

Sie lächelte nicht. »Nun, sollte sich die Gelegenheit ergeben, ich dachte nur ...«

»Sicher. Ich werde es versuchen, keine Sorge.« Das Gespräch über David ließ mich, und Lois sicher auch, an unsere Ehe denken und unter welchen Umständen sie in die Brüche gegangen war. Wir räusperten uns und redeten dann nur noch belangloses Zeug, bis Dinah zurückkam. »Gehen wir«, sagte ich fröhlich.

»Vergiß es nicht«, sagte Lois leise, als ich das Haus verließ.

Meine Anklageerhebung gegen Chris Davis war aus zweierlei Gründen problematisch. Es handelte sich dabei um, wie wir es nannten, technische Schwierigkeiten: Er weigerte sich, sich schuldig zu bekennen, und ich konnte ihm seine Schuld nicht nachweisen. Plötzlich fiel es mir wie Schuppen von den Augen. Davis behauptete auf einmal, nicht der Täter zu sein. Und seine Opfer behaupteten dasselbe. War es möglich –? Ich konnte nur hoffen, daß ein Gespräch mit dem Angeklagten diesen verrückten Verdacht ausräumen würde.

Austin Paley mußte dabeisein. Ich konnte mit einem Beschuldigten nur in Anwesenheit seines Anwalts sprechen. Also verabredete ich mich mit Austin für den darauffolgenden Montag morgen im

Gefängnis. Sheriff Marrs stellte uns freundlicherweise ein Büro zur Verfügung, wodurch uns die Kabinen erspart blieben, in denen die Gefangenen ihre Anwälte üblicherweise sahen. Wir begrüßten uns förmlicher als sonst und warteten, daß Davis vorgeführt wurde.

»So ein Durcheinander«, meinte Austin kopfschüttelnd. »Es tut mir leid, Mark. Was machen wir jetzt?«

Austins gelassene Annahme, wir arbeiteten gemeinsam an der Lösung des Problems, als gehörten wir demselben Team an, begann mich zu irritieren. »Ich dachte, vielleicht ist dein Mandant zur Vernunft gekommen und möchte sich schuldig bekennen.«

»Vielleicht wartet er auch nur ab, daß ihr ihm ein besseres Angebot macht«, schlug Austin vor.

»Würde das etwas ändern?«

Austin zuckte die Achseln. Ein kleiner, nervös wirkender Hilfssheriff führte Chris Davis herein. Handschellen wären nicht nötig gewesen, aber es gibt Beamte, die sie zu jeder Gelegenheit anlegen.

»Ich warte vor der Tür«, sagte der Hilfssheriff in wichtigtuerischem Ton.

Davis setzte sich und legte die gefesselten Hände in den Schoß. Austin und ich blieben wie bei einem Verhör jeweils am anderen Ende des Raums stehen.

»Ich habe ein paar Fragen an Sie«, begann ich. »Sie müssen nicht antworten, aber es könnte hilfreich sein, wenn Sie es täten.«

Davis sah zu Austin hin, der leichthin sagte: »Ich muß Chris sicher nicht erklären, daß er zu keiner Aussage gezwungen werden kann. Aber wenn er meint, er sollte ...«

Austin streckte eine Hand aus, um anzudeuten, daß sein Mandant nun mir gehörte, und ich setzte mich Davis gegenüber. Er sah kurz hoch und dann gleich wieder zu Boden.

»Ich habe nur eine Frage. Warum haben Sie es sich anders überlegt und Ihr Geständnis zurückgezogen?«

Davis war nicht imstande, mir ins Gesicht zu sehen. »Weil ich es nicht getan habe«, murmelte er.

»Aber Sie haben doch ein Geständnis abgelegt.«

Sein Blick wanderte zur Seite. Nach einer knappen Minute des Schweigens versuchte ich es noch einmal. »Dann muß ich davon ausgehen, daß Sie es doch getan haben.«

Er sah mich scharf an. Seine blauen Augen waren wäßrig. Jetzt hatte er Angst, und das war auch meine Absicht. Aber die Angst war nicht groß genug, um ihn zum Reden zu bringen.

»Außerdem waren Ihnen Einzelheiten bekannt«, fuhr ich fort. »Tatsachen, die Sie unmöglich aus der Zeitung gewußt haben konnten. Sie hätten diese Dinge nicht gestehen können, wenn Sie nicht der Täter wären.«

»Nein, aber ich ...«, antwortete er rasch, schwieg aber sofort wieder.

Es war ihm anzusehen, daß er Qualen litt. Davis war, wie Eliot Quinn gesagt hatte, sicher kein Unschuldslamm, aber in mir wuchs ein Verdacht. Er war kurz davor gewesen, ihn zu bestätigen, dessen war ich mir sicher, doch da war etwas, das ihn nicht sprechen ließ.

Ich beugte mich zu ihm hin und sagte in vertraulichem Ton: »Sie müßten gar nicht hier sein, Chris. Sie haben sich freiwillig gestellt. Sie haben ein Geständnis abgelegt.«

»Ich fühlte mich schuldig«, stotterte er.

»Aber Sie sind es nicht, richtig?«

Er sah an mir vorbei zu seinem Anwalt. Ich konnte Austin nicht sehen. Ich konzentrierte meine ganze Aufmerksamkeit auf Davis.

»Nein«, sagte er.

Ich lehnte mich zurück. Nun hatte ich wirklich ein Problem: Ich glaubte ihm.

»Warum um alles in der Welt haben Sie dann ein Geständnis abgelegt?«

Er hätte es mir, glaube ich, gesagt, wären wir allein gewesen. Aber sein Geheimnis mußte so furchtbar sein, daß er es in Austins Anwesenheit nicht aussprechen konnte. Ich stellte die Frage anders. »Womit hat man Ihnen gedroht, das schlimmer sein konnte als das hier?«

Damit meinte ich nicht die Polizei, die sein Geständnis aufgenommen hatte, und das wußte er. Ich wollte wissen, wer ihn zum Sündenbock für all die Panik und Entrüstung in der Stadt gemacht hatte.

»Wer steckt dahinter?« wollte ich wissen. Aber derjenige, der ihn in der Hand hatte, hatte ihn fest im Griff. Davis preßte die Lippen aufeinander und schüttelte den Kopf.

In meinem Rücken säuselte Austin in einem Ton, als arbeiteten wir zusammen: »Sie können es ihm ruhig sagen, Chris. Wer hat Sie zu mir geschickt?«

Der Angeklagte schüttelte nochmals den Kopf. Er wirkte mit jeder Minute älter. Der weiße Gefängnisoverall schien ihm wie ein Blutegel die Farbe aus dem Gesicht zu saugen. Er war so blaß, daß ich die bläulichen Äderchen unter seiner Haut ausmachen konnte. Die einzigen dunklen Flecken waren die Ringe um seine Augen. Sein angsterfüllter Blick zog sich immer tiefer in die dunklen Höhlen unter seinen Brauen zurück.

Wir bearbeiteten ihn zwanzig oder dreißig Minuten lang. Ab und zu riß ich vor Ungeduld die Arme in die Höhe und sagte Dinge wie: »Na, wenigstens hab ich ihn, und einen Schuldigen brauche ich. Mit meinen Zeugen und seinem Geständnis wird er verurteilt.« Und Austin, der treuselig mitspielte und versuchte, seinen Mandanten zur Vernunft zu bringen, sagte darauf: »Sie haben ihn gehört, Chris. Sie können sich nur selbst helfen.« Aber wir vergeudeten unsere schauspielerischen Fähigkeiten. Chris Davis schüttelte nur den Kopf, ab und zu sagte er sogar etwas, gab aber auch dann nur ausweichend Antwort, und nach einer Weile verstummte er völlig. Seine dünnen Arme mit den im Schoß ruhenden Händen zogen sich immer mehr über seiner Brust zusammen. Den Kopf hielt er gesenkt. Am Ende sah er aus wie ein zu groß geratenes autistisches Kind, dessen einzige Reaktion auf die Außenwelt das Wippen eines Fußes war.

Ich sah Austin an, der meinen Blick wachsam erwiderte, jederzeit bereit, mir zu sekundieren. Doch ich war fertig. Ohne mir die Mühe zu machen, leise zu sprechen, sagte ich zu Austin: »Eine Anklage werde ich fallenlassen. Das betroffene Kind hat überzeugend ausgesagt, daß Davis nicht der Täter war.«

Austin nickte. »Das war ehrlich von ihm.«

»Aber die beiden anderen Fälle bleiben anhängig. Er kann sofort aus dem Knast raus, wenn er mir einen Namen nennt. Ich nehme an, er versteht das.«

»Laß mich einen Augenblick mit ihm allein.«

Ich verließ den Raum. Der Hilfssheriff, der versprochen hatte, vor der Tür Wache zu halten, war verschwunden. Ich blickte mich noch einmal um und sah, wie Austin ernst über seinen Mandanten gebeugt eine Hand auf dessen Schulter gelegt hatte. Austin hatte es geschafft, den Angeklagten soweit zu beleben, daß er wenigstens wieder mit dem Kopf nickte. Es dauerte nur eine oder zwei Minuten, bis sich Austin wieder aufrichtete und zu mir herauskam.

»Gehen wir zusammen raus, Mark. Hmmm ...« Er bemerkte, daß wir eingesperrt waren. »Ich hole einen Wachbeamten.«

Während er den Gang entlanglief, kehrte ich zum Eingang des Büros zurück. Ich hatte ein unbestimmtes Gefühl, auf den Gefangenen aufpassen zu müssen. Als er meine Schritte hörte, sah er hoch. Er mußte mit Austin gerechnet haben, doch dann starrte er mich mit einer solchen Intensität an, daß ich das Gespräch noch einmal aufnahm.

»Wer hat Sie bloß so weit gebracht, so etwas zu tun?« fragte ich kopfschüttelnd. Die Frage war rhetorisch gemeint.

Aber Davis schluckte, sah an mir vorbei und sagte dann: »Fragen Sie ihn. Fragen Sie meinen Anwalt.«

V

Das hatte ich jedoch längst begriffen. Austin Paley war keiner Verschwörung zum Opfer gefallen, sondern an dem Täuschungsmanöver unmittelbar beteiligt. Austin steckte bis zum Hals in der Geschichte drin. Wenn jemand mit den entsprechenden Beziehungen zu den Drahtziehern der Stadt diesen Schwindel mit dem Ersatztäter plante, war plausibel, daß er sich an Austin wendete. Und Austin hatte alles wunderbar arrangiert. Er hatte es sogar geschafft, sich die Rückendeckung Eliots zu verschaffen, des einzigen Menschen, dem ich blind vertraute. Aber wer war in dieser Angelegenheit Austins eigentlicher Mandant? Es mußte ein Insider sein, der wußte, wo die Leichen vergraben waren. Oder war Austin ebenfalls erpreßt worden? Daß er sich willentlich auf eine derart unmoralische Geschichte eingelassen hatte, konnte ich mir nicht vorstellen. Zugleich war nicht damit zu rechnen, daß Austin den Namen dieses im Schatten agierenden Mandanten preisgeben würde, und Chris Davis, wie es schien, auch nicht. Davis kannte ihn wahrscheinlich gar nicht. Ich mußte es also durch die Hintertür versuchen.

Das Täuschungsmanöver mit dem Ersatztäter Davis, der diese Verbrechen auf sich nehmen sollte, mußte entstanden sein, weil der eigentliche Kinderschänder die laufenden Ermittlungen bereits am eigenen Leib gespürt hatte. Demnach war die Polizei einer heißen Spur gefolgt.

Ich wandte mich an die Ermittlungsbeamten, denen die Fälle zugeteilt worden waren. Der Beamte, der das Geständnis von Chris Davis aufgenommen hatte, hatte mir außer seiner Enttäuschung, daß die Fälle nun wieder bei ihm gelandet waren, nichts zu sagen. »Verdammt noch mal, da schließt man einen Fall ab – diesmal sogar drei Fälle –, klopft sich auf die Schulter, daß man so einen Mistkerl aus dem Verkehr gezogen hat, macht sich an die nächsten hundert Fälle, die anliegen, und dann *paff!* Alles für die Katz. Was läuft da eigentlich ab am Gericht, verdammt noch mal?«

Sein Partner erwies sich als etwas zurückhaltender. Lou Padilla war sein Name. Ein älterer Jahrgang, wahrscheinlich alt genug, um in Rente zu gehen, und in Erwartung des wohlverdienten Ruhestands mit sichtbarem Ansatz zur Fettleibigkeit. Aber wenn es sein mußte, konnte er immer noch beinhart sein. Er stand erst gar nicht auf, ignorierte meine ausgestreckte Hand und knurrte etwas zur Begrüßung, als hätte er mit meinem Kommen längst gerechnet.

Sobald ich sein Büro betreten hatte, war in dem Raum kein Platz mehr, um auch nur einen Schritt zu tun. Ich saß auf dem Metallsessel für Besucher und stieß mit den Knien am Schreibtisch an.

»Sie werden schon gehört haben, daß die Ermittlungen über den Kinderschänder wieder aufgenommen werden«, sagte ich nach den üblichen einleitenden Worten. Padilla wies mit einem Nicken auf die Akten, die geöffnet vor ihm auf dem Tisch lagen. Ich war plötzlich überzeugt, daß die Akten seinen Tisch nie verlassen hatten. »Ihnen fällt nicht zufällig noch ein guter Verdächtiger ein?«

»Ein paar wüßte ich schon.« Die wenigen Worte mußten ihm die Kehle abschnüren, denn mehr sagte er nicht.

»Wen zum Beispiel?«

Er machte eine wegwerfende Handbewegung. »Bloß Verdächtige, Sie wissen ja. Das Übliche. Ich will niemanden namentlich anschwärzen, bevor ich mir nicht sicher bin.«

Ich beschloß, zunächst gar nichts zu sagen. Es wäre sinnlos gewesen. Das Gespräch fand plötzlich nur noch mit Blicken statt. Er sah mich gelangweilt an, zuckte jedoch nicht mit der Wimper. Meine Anwesenheit schien ihm nicht in den Kram zu passen. Ich starrte ihn an und versuchte den Grund zu erraten. Er blieb jedoch völlig ungerührt.

»Unter Ihren Verdächtigen befindet sich nicht zufällig ein hoher Würdenträger?«

»Würdenträger?« wiederholte er, als ginge das über seinen Verstand.

»Reich, mit politischen Verbindungen, oder der Sohn eines einflußreichen Mannes, so was in der Art.«

»Um so einen Scheiß kümmere ich mich nicht«, gab mir Lou Padilla trocken zur Antwort.

Ach nein, natürlich nicht. »Was ist es dann?« wollte ich wissen.

»Jemand, vor dem Sie Angst haben, gegen den Sie sich nicht zu ermitteln trauen? Wen decken Sie?«

»Bin bloß vorsichtig, Sir.« Das »Sir« sagte er in einem Ton, als würde er seinen Hund so nennen.

»Jemand hat Chris Davis gezwungen, den Verdacht auf sich zu lenken. Das kann nur jemand, der Macht oder Geld oder beides hat.«

»Hübsche kleine Theorie«, meinte der Kriminalbeamte. Er hatte an der schlampigen Haltung, mit der er in seinem Schreibtischstuhl lümmelte, nichts geändert, und mein Verdacht trieb ihm auch nicht den Schweiß auf die Stirn.

»Was dagegen, wenn ich mal einen Blick in Ihre Akten werfe?« fragte ich und griff im selben Moment danach.

»Tun Sie sich keinen Zwang an.« In der Polizeiakte war also nichts zu finden, schon gar nicht ein Name.

Ich hatte gehofft, daß wenigstens die Ermittlungsbeamten ihre Arbeit taten. Daß die Verschwörung so weit reichte, hätte ich nicht gedacht. Meine Theorie, der wahre Kinderschänder schiebe Chris Davis vor, weil man ihm bereits auf den Pelz gerückt war, geriet dadurch ernsthaft ins Wanken. Vielleicht hatte er beides getan, den Schwindel mit dem Ersatztäter ausgeheckt *und* die Bullen geschmiert. Jemand, der an alles dachte, nun, an fast alles.

Langsam wurde ich wütend. Mich hatte man reingelegt, aber hier saß ich einem Beamten gegenüber, der seine Arbeit absichtlich vernachlässigte. Ich stand auf. »Wer soll also Ihrer Ansicht nach den nächsten Verdächtigen spielen?« fragte ich, bereits an der Tür.

»Hören Sie mal«, rief er mich zurück, und jetzt hatte sich doch eine Spur von Unruhe in seine Stimme geschlichen. Doch als ich mich zu ihm umdrehte, saß er genauso gelassen da wie zuvor. »Ich bin ein Niemand«, sagte Lou Padilla. »Ich maloche meine zehn Stunden am Tag in diesem Loch, dann gehe ich nach Hause, esse zu Abend und mach es mir mit einem Bier vor dem Fernseher bequem. Einen Smoking besitz ich nicht mal. Ich bewerbe mich auch um kein Amt. Es kümmert mich einen Dreck, mit wem ich gerade gut stehe und mit wem nicht.«

Sollte er das Gefühl gehabt haben, er müsse sich rechtfertigen, dann lag ihm etwas auf der Seele. »Sagen Sie mir, was Sie wissen«, forderte ich ihn auf, während ich die Tür wieder schloß.

»Halten Sie mich da einfach raus«, erwiderte er mit starrem Blick, der jedoch nicht auf mich, sondern auf eine Zimmerecke gerichtet war.

»Das geht nicht«, sagte ich. »Sie stecken schon bis zum Hals drin.«

Er schüttelte den Kopf, als wäre ich eine lästige Fliege, die er auf diese Weise loswerden könnte. Ich machte jedoch keine Anstalten zu gehen, und einen langen Moment herrschte völliges Schweigen. Ich würde nicht verschwinden, selbst wenn ich die ganze Nacht in diesem Loch verbringen mußte. Der Kriminalbeamte Padilla schien meine Gedanken gelesen zu haben. Plötzlich war da wieder diese Unsicherheit in seiner Stimme, wenn auch nur im Ansatz.

»Warum fragen Sie nicht jemanden, der es wissen *muß*?« meinte er schließlich. »Einen Insider. Einen, der da durchblickt.«

»Wen?«

Er sah mich an. Musterte mich. Dann wurde sein Gesichtsausdruck wieder hart. Mehr würde ich nicht aus ihm herausbekommen.

»Fragen Sie Eliot Quinn«, sagte er.

Zuerst dachte ich, *ja, das ergibt einen Sinn. Eliot hatte von Anfang an Bescheid gewußt.* Dann dachte ich, *nein, so würde mich Eliot niemals reinlegen. Schon gar nicht, um einen Verbrecher zu decken.* Dann dachte ich, *aber wenn ich ihm sage, daß alles ein ausgemachter Schwindel ist, kann er mir vielleicht sagen, wer dahintersteckt.* Niemand war über die Machenschaften der letzten dreißig Jahre in San Antonio so gut informiert wie Eliot Quinn. Und dann dachte ich, *nein, Padilla wollte bloß der Schlauere sein und mich aus dem Konzept bringen.* Dann dachte ich –

Dieses Durcheinander in meinem Kopf hielt mich davon ab, sofort zu Eliot zu gehen. In meiner momentanen Verfassung hätte er mir sagen können, was er wollte, ich hätte ihm kein Wort geglaubt. Ich beschloß, die Aussprache zu verschieben und mich einstweilen auf meine eigenen Ermittlungen zu konzentrieren.

»Ist das der verrückte Einfall, von dem Sie sprachen?« fragte ich.

»›Verrückt‹ hab ich meines Wissens nicht gesagt«, entgegnete Becky Schirhart.

»Wenn beim Prozeß herauskommt, wie Sie auf den Zeugen Einfluß genommen haben, dann …«

»Was nutzt er uns denn so?« erwiderte Becky.

Sie hatte recht. Das Risiko war minimal.

»Außerdem«, sagte sie nun wieder vernünftig. »Kevin war schon im Gerichtssaal. Wieviel mehr könnte ihn das noch beeinflussen?«

Zwei Abende später standen wir also neuerlich vor dem Haus von Kevin Pollard. Ich war froh, an den Abenden etwas zu tun zu haben. Die unerwartete Begegnung mit Linda bei der Wahlveranstaltung hatte meine Sehnsucht nach ihr wieder geweckt. Einstweilen nahm mir die Arbeit diese Entscheidung ab.

Wir machten es uns im Wohnzimmer bequem. Becky saß neben Kevin auf dem Sofa, ich setzte mich in einen der Polsterstühle, um sowohl den Jungen als auch den Fernseher im Auge behalten zu können. Mrs. Pollard blieb lieber stehen. Sie hatte uns Kaffee und Kuchen angeboten, doch wir hatten höflich abgewunken.

Becky hatte vorher angerufen, um sicher zu gehen, daß sie einen Videorecorder besaßen. Sie mußte zuerst ein Video über Turtles oder Dinosaurier herausnehmen, bevor sie unseres einlegen konnte. Kevin starrte auf den Bildschirm wie der geborene Süchtige. Becky richtete sich auf, setzte sich wieder zu Kevin und begann mit ihrer Erklärung.

»Ich habe dieses Video vom Fernsehsender bekommen. Es ist ganz kurz, Kevin.« Sie mußte seinen Namen wiederholen, um seinen Blick vom Bildschirm loszueisen. »Weißt du noch, wie wir dir die Fotos gezeigt haben und du den Mann erkannt hast, der dich angefaßt hat? Später hast du dann gesagt, daß er es nicht war.« Kevin nickte. Er verhielt sich sehr still, wartete ab, daß ihm erklärt wurde, was er falsch gemacht und mit welcher Bestrafung er zu rechnen hatte. Becky lächelte ihn aufmunternd an, aber sie klang zu sehr nach der Erwachsenen, die selbst keine Kinder hatte. Sie betonte jedes Wort und führte zu sehr aus.

»Manchmal sehen die Leute auf den Fotos in Wirklichkeit ganz anders aus«, fuhr sie fort. Sie sah Mrs. Pollard und mich an und lachte. »Wenn ich mir vorstelle, ich sehe aus wie auf meinem Führerscheinfoto – mein Gott, das wäre unerträglich.« Kevins Mutter lächelte höflich.

»Daher haben wir uns gedacht, wir zeigen dir das hier. Ein Video, auf dem sich die Menschen bewegen und herumschauen und mehr wie im echten Leben aussehen.« Während sie das Video einschaltete, sagte sie: »Du mußt jetzt nicht nervös werden, Kevin. Sag uns nur, ob du den Mann erkennst, der dich belästigt hat. Und wenn er nicht dabei ist, sagst du uns das auch.«

Auf dem Bildschirm erschien die nun wirklich nicht sehr heldenhafte Verhaftung des berüchtigten Kinderschänders im überfüllten Flur des Gerichts. Der Ton fehlte. Das Band schien mit der falschen Geschwindigkeit abgespielt zu werden, denn die Figuren bewegten sich, als wären sie eine Mischung aus Menschen und Comic-Figuren. Beckys Idee war im Grunde gar nicht so schlecht. Das Video erwies sich als eine Art geheimer Gegenüberstellung, die jedem Beschuldigten nur recht sein konnte. Chris Davis kam ins Bild. Da er jedoch keine Handschellen trug, wies nichts darauf hin, daß er der Hauptverdächtige war. Außerdem waren noch viele andere Männer zu sehen, einige von ihnen sogar mit einer entfernten Ähnlichkeit mit Davis. Es konnte keine Rede davon sein, daß wir Kevin mit einer hoffnungslos suggestiven Vorführung beeinflußten.

Kevin wirkte ruhiger als damals im Gerichtssaal, doch je mehr Menschen den Bildschirm bevölkerten, um so deutlicher verspannte er sich. Als Chris Davis mit seinem Anwalt ins Bild kam, riß er die Augen weit auf. Eine Minute später war die Szene zu Ende.

»Hast du ihn gesehen?« fragte Becky. Kevin blieb stumm.

»Spielen Sie es ihm noch einmal vor«, sagte ich.

Diesmal stand Kevin auf, sobald das Video anfing. Er stand mit dem Rücken zu seiner Mutter und zu Becky. Ich konnte als einziger sein Gesicht sehen. Sein Mund war zu einem winzigen Kreis zusammengezogen. Seine Augen schwammen in Tränen. Doch da war mehr als das, er war von seinen Gefühlen hin und her gerissen. Ich mochte einfach nicht glauben, daß er seinen Angreifer bei Gericht nicht erkannt hatte. Seine Reaktion an diesem Abend war vielleicht nicht so heftig, aber immer noch deutlich genug.

»Der«, sagte er und berührte mit dem Finger den Bildschirm.

Ich sah Becky an und verdrehte ungläubig die Augen.

Sie konnte den Bildschirm nicht sehen, da Kevin ihr die Sicht verstellte. Als sie an ihm vorbei war, hatten sich die Figuren wieder bewegt, und Kevins Finger wies auf eine leere Stelle. Becky spulte zurück und bat ihn, es noch einmal zu versuchen. »Der«, wiederholte Kevin. Dieses Mal stoppte Becky das Band.

»Welcher ist es?« fragte sie, und Kevin sorgte dafür, daß wir es alle sehen konnten. Becky starrte mich an, beinahe mit Reue im Blick, als hätte sich ihr Experiment tatsächlich als vollkommen verrückt erwiesen.

Aber Kevin war von seiner Wahl überzeugt, so unglaublich sie auch scheinen mochte. Wieder zitterte er am ganzen Körper. Ich wollte ihn zu mir herholen und festhalten, aber ich hatte Angst davor, ihn anzufassen. Zu meiner Erleichterung hatte Becky die Arme um ihn gelegt und begonnen, beruhigend auf ihn einzureden, doch Kevin stand da wie ein Stock und konnte den Blick nicht vom Bildschirm wenden.

»Dem Jungen ist was passiert, da besteht kein Zweifel«, sagte Becky, als wir wieder im Auto saßen. »Aber mittlerweile ist er so verwirrt, daß er es vermutlich selbst nicht mehr genau weiß.«

»Nein«, sagte ich. »Aber jemand anderer weiß es.« Ich mußte wieder an Padillas Rat denken und daß es an der Zeit war, ihn zu befolgen. Fragen Sie Eliot Quinn, hatte er gesagt.

Als ich aus dem Justizzentrum ins Freie trat, traf mich die Sonne mit voller Wucht. Es war noch nicht Mittag, aber der Tag versprach schon jetzt, unerträglich heiß zu werden. Der Himmel war wolkenlos, aber nicht blau. Die glühende Sonne hatte ihm die Farbe ausgebrannt. In dieser Hitze suchten die Menschen Schutz wie bei einem Wolkenbruch. Ich mußte über aufgerissenes Pflaster gehen, um die Straße zu überqueren. Die Bauarbeiter hatten ein tiefes Loch gegraben und unmittelbar daneben blubberte der flüssige Asphalt für den neuen Straßenbelag. Seine Dämpfe waren eins geworden mit der Hitze und glichen einem Giftangriff. Das Stadtzentrum war eine permanente Baustelle mit dem scheinbar einzigen Zweck, den Autofahrern den Verstand zu rauben. Irgend etwas war immer reparaturbedürftig. In fünftausend Jahren wird man diese Stadt ausgraben und zu dem Schluß gelangen, Titanen hätten sie erbaut, die auf mysteriöse Weise ausgestorben sind, um einer minderwertigen Art Platz zu machen, die sie nicht erhalten konnte und schließlich im eigenen Müll erstickt ist.

Obwohl ich nicht weit zu gehen hatte, verursachte mir die Hitze Schwindelgefühle. Im Bürogebäude war es angenehm kühl, der Fahrstuhl beförderte mich rasch nach oben, doch als ich vor dem Eingang zum Restaurant ankam, fühlte ich mich verschwitzt und fehl am Platz in der dunklen, eleganten Umgebung. Die Art und Weise, wie mich der Oberkellner in Augenschein nahm, verstärkte dieses Gefühl. »Hier entlang«, sagte er.

Eliot stand an der Bar und unterhielt sich angeregt mit einem Mann, der seinem Aussehen nach auch nicht unbedingt hierher zu gehören schien. Bis uns Eliot bekannt machte und mir klar wurde, daß er sich kleiden konnte, wie es ihm gerade paßte, denn ihm gehörte das ganze Gebäude.

»Einen Drink?« fragte Eliot, nachdem wir an unserem Tisch angelangt waren, doch ich winkte ab, da ich noch von der Sonne benommen war und außerdem vermeiden wollte, daß mein Verdacht als Folge einer gelösten Zunge aufgefaßt wurde. Eliot hatte das bernsteinfarbene Getränk, das der Oberkellner von der Bar an unseren Tisch gebracht hatte, kaum ausgetrunken, als unaufgefordert das nächste Glas vor ihn gestellt wurde.

Unsere Stühle waren sehr bequem, und den Tisch bedeckte ein weißes Leinentischtuch. Es hatten sich noch ein paar andere Gäste zum Mittagessen eingefunden, doch so vereinzelt, daß man nicht befürchten mußte, belauscht zu werden. Während des Essens wollte ich immer wieder mein Anliegen zur Sprache bringen, doch die elegante Atmosphäre schien der Unterhaltung eine oberflächliche Zerstreutheit aufzuerlegen. Eliot unterhielt mich mit amüsanten Geschichten über die reichen und wichtigen Leute, die er im Raum erspähte, versäumte es jedoch nicht, Fragen über das Büro und meine Arbeit folgen zu lassen. Mitunter mußte er über meine Antworten lächeln, als wollte er sagen, es gibt nichts Neues unter der glühenden Sonne.

Als der Kellner Eliots Glas das nächste Mal auswechselte, sagte ich: »Für mich auch einen.« Es war ein Bourbon alten Jahrgangs, keiner meiner Lieblingsdrinks. Der Geschmack ließ mich nach Luft schnappen, mit dem Erfolg, daß meine sorgsam einstudierten Worte sich wie ein langsam anfahrender Zug von meiner Zunge lösten.

»Eliot, meiner Ansicht nach wird Chris Davis zu unrecht beschuldigt. Ich glaube, Austin Paley will mich reinlegen, er will jemand anderen decken. Wie er Davis zu dem Geständnis gebracht hat, ist mir völlig rätselhaft, aber das spielt keine Rolle. Ich will wissen, wer hier gedeckt werden soll.«

Eliot gab mir keine Antwort. Er strich mit der Hand über das Tischtuch, um den Platz zwischen uns zu säubern. Den Kellner nahm ich gar nicht mehr wahr. Eliot legte nun sein weltmännisches Verhalten ab, schien aber nicht beunruhigt. Er hörte bloß aufmerksam zu.

»Die Fälle werden sich so nicht halten«, fuhr ich fort, und dann fiel mir ein, daß ich keine Gewißheit hatte, ob meine Worte das gegnerische Lager überhaupt erreichten. Ich brach so plötzlich ab, daß Eliot den Grund dafür erkannt haben mußte, doch er sagte nichts. Während wir uns gegenseitig beobachteten, begann die Stille auf uns zu lasten.

In diesem Moment erkannte ich, daß ich nie so wie Eliot sein würde. Es würde mir nicht gelingen, mich so lange wie er im Amt zu halten; sogar jetzt war meine Wiederwahl ungewiß. Und auch wenn ich im Amt bliebe, wäre ich nicht fähig, Kontakte wie Eliot aufzubauen. In diesem Club der Reichen würde ich mich mein Leben lang genauso fehl am Platz fühlen wie jetzt. Mir fehlte einfach diese Mischung aus Härte und Geselligkeit, die es Eliot so leicht machte, überall gleichermaßen daheim zu sein. Ich spürte, wie mir, während ich mit ihm an diesem Tisch saß, ein alter Ehrgeiz verlorenging. Ich mußte das Thema wechseln.

»Als ich noch einer Ihrer Stellvertreter war«, sagte ich nun, »machte ich mir keine Illusionen über meinen Platz in der Hierarchie. Ich war nicht der leitende Ankläger für Kapitalverbrechen; höchstens einer von vielen im Stab. Aber irgendwie schien ich doch eine besondere Glückssträhne gehabt zu haben. Wenn mir zum Beispiel gelegentlich ein Fall Schwierigkeiten machte und ich wußte, er ließe sich, wenn überhaupt, nur sehr schwer gewinnen. Aber einstellen wollte ich ihn deshalb auch nicht. Der Strafverteidiger setzte mich unter Druck und forderte eine Einstellung oder ein geringeres Strafausmaß. Es war klar, daß die Beweislast zu seinen Gunsten stand, das *Verbrechen* aber dennoch eine höhere Strafe verdiente. Ja …«, ich mußte grinsen. »Es gab Augenblicke, da war mir das System egal. Es ging nicht mehr darum, ob ein Fall aussichtsreich war oder nicht, sondern nur noch um das Verbrechen selbst. Und dann packte mich die Wut. Ich wußte ja, wie wenig Sinn es hatte, einen Prozeß anzustrengen, der von Anfang an verloren war. Und daß ich meinen Beförderungschancen im Büro damit keinen guten Dienst erwies.«

Eliot räusperte sich. »Und dann geschah es häufig«, fuhr ich hastig fort, »nun ja, nicht jedes Mal, aber doch oft genug, um nicht mehr an Zufälle zu glauben, daß Sie plötzlich auftauchten. Sie tauchten in meinem Gerichtssaal auf, um mit dem Richter oder meinem ersten Beisitzer zu reden, oder Sie gingen zufällig an meinem Büro vorbei, schauten herein und wollten wissen, wie die Sache lief. Sie haben das sicher dauernd gemacht, aber besonders gut erinnere ich mich an die Situationen, als mir das Wasser bis zum Hals stand. Als wußten Sie Bescheid, wie so eine Art ...«, ich sprach es nicht aus, aber der Ausdruck, der sich mir aufdrängte, war »gute Fee«, »so eine Art Schutzengel. Nicht bloß der Boß. Und Sie wußten immer einen Rat, der mir weiterhalf. Sie ermutigten mich weiterzumachen, es zu versuchen und die Würfel fallen zu lassen, wie sie fielen; oder Sie setzten einen anderen Ermittlungsbeamten ein, der wußte, wo er nachbohren mußte. Einmal genügte es schon, daß Sie in den Gerichtssaal kamen und nur scheinbar den Fall mit mir besprachen. Der Verteidiger sollte meinen, daß mehr dahinter steckte, und daß er sich besser auf mein Angebot einließ.«

Die Erinnerung an längst vergangene Finten ließ uns beide lächeln. Ich wollte etwas hinzufügen, doch sogar jetzt war es mir noch zu peinlich. Statt dessen sagte ich: »Sie müssen damals überall gleichzeitig gewesen sein, in den Gerichtssälen, in den Büros – wie sonst hätten Sie Ihren Stellvertretern dieses Gefühl vermittelt. Das würde ich gerne von Ihnen lernen.«

»Mark«, sagte Eliot nun und schüttelte dabei leicht den Kopf, immer noch lächelnd. »Natürlich ist mir Ihre Karriere besonders am Herzen gelegen.« Er hatte also doch gehört, was ich nicht über die Lippen gebracht hatte. »Ich habe auf Sie aufgepaßt, Ihre Fälle mitverfolgt. Eines Tages machte ich Sie zu meinem ersten Stellvertreter, und das, obwohl es, wie Sie genau wußten, Leute gab, die viel länger im Amt waren als Sie. Die Gründe sind Ihnen mittlerweile sicher bekannt, denn nun sind *Sie* der Schutzengel des Büros. Sie haben auch Stellvertreter, die Ihnen mehr am Herzen liegen als andere.«

»Aber Sie kannten mich doch gar nicht gut genug ...«

»O doch«, erwiderte Eliot. »Ich weiß schon, ich habe Sie nach der Arbeit nicht auf einen Drink eingeladen oder mit in meinen Club genommen. Ob man gesellschaftlich miteinander verkehrt oder nicht, tut doch nichts zur Sache. Man weiß einfach, auf wen man sich verlassen kann. Nicht wahr? Dazu muß man nicht oft bei den Verhandlungen dabei sein oder nach fünf Uhr durch die Gänge wandern. Die echten Ankläger, die an unsere Arbeit glauben, lassen sich sehr bald von denen unterscheiden, denen es bloß um die Prozeßerfahrung oder den monatlichen Gehaltsscheck geht. Oder etwa nicht?«

Natürlich hatte ich auch längst gelernt, diese Unterschiede zu erkennen, wenn auch unbewußt. Es war kein Zufall, daß ich für diese Fälle Becky Schirhart an meiner Seite haben wollte.

»Ich denke, Sie haben längst unter Beweis gestellt, daß ich mich in Ihnen nicht getäuscht habe.«

Warum hatte er dann Austin Paley geholfen, mich reinzulegen? Das war die Frage, die unausgesprochen blieb. Andererseits, bei seiner Intuition mußte sie Eliot dennoch gehört haben, vor allem, da ich nun zum eigentlichen Thema zurückkehrte.

»Ich bin überzeugt, Austin hat Sie genauso auf die falsche Fährte geführt wie mich. Aber da Sie nun wissen, daß das Ganze ein Schwindel ist, müßten Sie doch zumindest eine Ahnung haben, wer da gedeckt werden soll. Sie kennen seine Verbindungen. Irgend etwas muß Ihnen doch zu Ohren gekommen sein.« Eliot machte nicht den Eindruck, als wollte er sein Gedächtnis anstrengen. Er wirkte eher wie ein verstockter Prozeßgegner. Verdammt. »Diese Fälle riechen geradezu nach alten Geschichten. Austin selbst zum Beispiel. Wie lange ist es her, seit er zum letzten Mal einen Mandanten in einem Strafprozeß vertreten hat? Und dann die Ermittlungen – da weist einiges in die Vergangenheit zurück.« Das war ein klarer Schuß ins Ungewisse, zu dem mich Kriminalbeamter Padillas Alter und Haltung veranlaßt hatten. »Vielleicht sogar bis in Ihre Amtszeit. Sagen Sie es mir.«

»Ich bin froh«, erwiderte Eliot, »daß Sie mich nicht im Verdacht haben, ich wollte Sie täuschen. Wenn von Täuschung überhaupt die Rede sein kann. Ich bin immer noch nicht überzeugt …«

»Ich konnte mir nicht vorstellen, daß Sie sich freiwillig für so etwas hergeben würden. Und wer könnte Sie zu etwas zwingen? Wer könnte Sie bedrohen, Eliot? Sie wissen doch ganz genau, wo die Leichen vergraben sind.«

Sein lächelnder Blick war auf die spärlichen Reste seines Drinks gerichtet. »Natürlich habe ich sie alle ausgegraben. Ich habe alle Verbrechen zur Anklage gebracht, die mir bekannt waren.«

»Unsinn. So naiv bin ich auch wieder nicht. In dieser Stadt ist niemand zwanzig Jahre lang Bezirksstaatsanwalt, schon gar nicht bei Ihrer Intelligenz, ohne zu lernen, daß es Dinge gibt, die man vor Gericht nicht beweisen kann. Meinen Sie, mir passiert das nicht? Und dabei bin ich noch nicht einmal vier Jahre im Amt. Irgend so ein kleiner Angestellter beklaut die Kunden, und alle wissen verdammt gut, daß das nur möglich ist, wenn auch für seinen Boß ein Batzen abfällt, aber das gibt er nicht zu, also geht der Angestellte in den Knast oder nimmt eine Strafe auf Bewährung in Kauf, während einem der Boß weiterhin bei offiziellen Anlässen über den Weg läuft, mit einem freundlichen Grinsen im Gesicht und den Worten: ›Na, wie gehts denn so?‹ Der Typ ist ein beschissener Dieb, er weiß es, ich weiß es, alle wissen es. In einem anderen Fall prügelt einer seine Frau immer dann, wenn er betrunken ist, aber kaum ist er wieder nüchtern, zieht sie die Anklage zurück. Man kann nicht aus allem einen Fall machen, auch wenn man den Tatbestand noch so gut kennt. Aber das wissen Sie. Eliot, sagen Sie mir, wen ich verdächtigen soll.«

Er hatte aufgehört zu lächeln. Nun stieß er einen tiefen Seufzer aus. Das gab mir Hoffnung. Vielleicht hatte er erkannt, daß sein Versteckspiel durchschaut war, vielleicht wollte er auch nur Zeit schinden. Eliot trank sein Glas aus und machte eine verneinende Geste, die aber ebenso dem Kellner gegolten haben konnte. Außerdem schien seine Antwort mit dem Thema nichts zu tun zu haben.

»Früher«, begann er, »lange vor meiner Zeit, sprach man hier von der offenen Stadt, was in Wirklichkeit hieß, daß sie nach allen Seiten hin zu war. Wenn man die richtigen Leute kannte – und das waren höchstens fünf –, konnte man Dinge aus der Welt schaffen, ohne daß je etwas ans Licht kam. Das soll nicht heißen, daß ein Mord ungestraft blieb. Diese Leute waren keine Mörder. Ein Mörder hat in der Gesellschaft nur sehr geringen Einfluß. Aber man konnte zum Beispiel ein Gebäude unter Denkmalschutz ohne großes Aufsehen abreißen lassen, wenn man das Grundstück aus gutem Grund benötigte.

Im Strafrecht waren es die Verkehrsdelikte, Trunkenheit am Steuer, solche Sachen. So etwas ließ sich vor der Öffentlichkeit auch rechtfertigen. Jeder läuft einmal Gefahr, wegen Trunkenheit am Steuer vor dem Richter zu landen. Es störte niemanden, wenn sich ein solcher Fall einfach in Luft auflöste. Sogar die Reporter hielten den Mund. Manchmal wurden auch größere Fälle vertuscht. Eine Vergewaltigung zum Beispiel, wenn das Mädchen nicht aus gutem Haus war, der Junge aber schon. Sie erhielt eine Art Schmerzensgeld. Niemand erlitt einen Schaden.

Das sickert durch bis in die untersten Schichten. Es waren ja nicht nur die einflußreichen Leute, die sich die Lage drehten, wie es ihnen paßte. Es ist eine Lebensart. Niemand ist daran interessiert, aus jeder Mücke gleich einen Elefanten zu machen.

Aber eine Hand wäscht die andere. Ist man erst in den Handel mit Gefälligkeiten verstrickt, läßt sich auch der Empfang von Gefälligkeiten in Kapital verwandeln. ›Sie haben mir schon einmal einen Gefallen erwiesen, und es wäre doch schade, wenn das herauskäme. Wie wäre es also mit noch einem?‹ Nun, vielleicht war es nicht ganz so unverschämt, aber Sie wissen, was ich meine.«

Ja, das wußte ich. Aber ich war in einem anderen, weniger vornehmen System groß geworden, und das nicht zuletzt wegen dieses Mannes. »Aber Sie haben doch schließlich dafür gesorgt, daß sich das alles ändert.«

Er lächelte. Wie immer, wenn ich mit Eliot beisammen war, fühlte ich mich jung und naiv. »Nichts ändert sich jemals wirklich, Mark.«

»Austin Paley bewegt sich noch in diesen alten Mechanismen, nicht wahr? Eigentlich ist er zu jung, aber Beziehungen hat er mehr als genug. Ich wußte immer schon, daß sich Austin hinter den Kulissen bewegt, aber …«

»Austin steht nur ungern im Rampenlicht«, stimmte mir Eliot zu. »Er bewegt sich lieber im Hintergrund. Leute wie er halten sich für gewöhnlich viel länger als die, die in der Öffentlichkeit stehen und eine Wiederwahl zu gewinnen haben.«

»Aber er ist nicht reich«, warf ich ein. »Oder doch? Ich meine, sein Einfluß beruht doch nicht auf Geld. Die Politiker finden auch andere Melkkühe, wenn es sein muß. Erzählen Sie mir etwas über ihn.«

Es bestand zwar kein Grund, warum er das tun sollte, aber Eliot war ein Geschichtenerzähler aus Leidenschaft. Und wahrscheinlich taten die bernsteinfarbenen Drinks nun auch ihre Wirkung. »Ich kann Ihnen sagen, wie man zu einem Austin Paley wird«, meinte er. »Ganz so unvermögend war Austins Familie gar nicht. Sein Vater war Anwalt, wußten Sie das?«

Nein, das hatte ich nicht gewußt. Ich hatte nicht die leiseste Ahnung, wer Austins Vater gewesen sein konnte.

»Er hinterließ Austin kein Vermögen«, fuhr Eliot fort, »zumindest nicht genug, um davon leben zu können. Ich kann mich noch gut erinnern, als Austin seinerzeit anfing, mußte er sich genauso anstrengen wie jeder andere Junganwalt, der frisch von der Uni kam. Er war fast ständig an den Bezirksgerichten, wo er als Pflichtverteidiger jedes noch so banale Verkehrsdelikt übernahm. Der reine Broterwerb.

Aber Austin hatte große Pläne, damals schon. Er begann sich früh für Politik zu interessieren. Das Geld, das ihm sein Vater hinterlassen hatte, benutzte er für Spenden. Und er ging gerissen dabei vor. Er versuchte erst gar nicht, seinen Rahmen zu sprengen. Jemand wie der Gouverneur hätte nie von ihm gehört. Sogar der Senatsabgeordnete war Austin damals noch eine Schuhnummer zu groß. Aber die lokalen Wahlkampfbudgets, für die gab es schon damals kaum Geld. Und auch keine tollen Geldspenden. Und genau da legte Austin seine Spur. Ein Bezirksrichter, der sich um die Wiederwahl bemühte, war schon für hundert Dollar extrem dankbar. Fünfhundert reichten, um auf die Bonusliste des Abgeordneten für den Stadtrat zu gelangen.«

Oder des Bezirksstaatsanwaltes, dachte ich. Aber Eliot war nicht in Beichtstimmung. Er gab sich weltmännisch und ließ mich ein wenig am Wissen eines langen Lebens teilhaben.

»Das muß aber über Wahlkampfspenden hinausgegangen sein«, sagte ich. »Wie weit reichen Austins Beziehungen?«

Eliot klang fast schon wieder fröhlich, als er mit seinen Erläuterungen fortfahren durfte. »Die Wahlkampfspenden waren nur der Anfang«, sagte er. »In die inneren Kreise kann man sich nicht einkaufen, und schon gar nicht mit dem wenigen Geld, das Austin hatte. Aber es reichte, um sich bemerkbar zu machen. Um sich etwas mehr Nähe zum Kandidaten zu erkaufen. Austin beschränkte sich nicht auf Spenden, er beteiligte sich aktiv an den Kampagnen. Er erwies Gefälligkeiten. Er befand sich zur rechten Zeit am rechten Ort. Für ein paar Leute wurde er unersetzlich. Er lernte es, zur Stelle zu sein, wenn sie ihn brauchten.

So muß man vorgehen. Wenn man wissen will, wie der Hase läuft, muß man sich langsam wie ein Maulwurf in das politische Innenleben vorgraben. Wer hat wem was ermöglicht und warum. Gefälligkeiten erweist man nicht bloß, um irgendwann selbst in den Genuß von Gefälligkeiten zu gelangen. Nein, damit beweist man auch die eigene Vertrauenswürdigkeit. Eines Tages macht man dann etwas, was ansatzweise anrüchig ist. Das zeigt den Insidern, daß man sich nicht als Richter aufspielen will, und sie werden denken, hier ist jemand, der uns auch bei ärgeren Schweinereien hilft. Oder sie geben Details über den gegnerischen Kandidaten preis. Die Menschen lieben den Tratsch. Plötzlich werden Geheimnisse ausgeplaudert, die man vielleicht schon zwanzig Jahre verschwiegen hat. Man muß die Leute nur in der richtigen Stimmung erwischen, dafür sorgen, daß sie einen gut genug kennen, um Vertrauen zu haben. Dann dauert es nicht lange, bis man weiß, wo die Leichen vergraben sind.«

Und als nächstes vertrauen sie einem so weit, daß man die eine oder andere Leiche für sie vergraben darf. Es kommt der Moment, da vergangene Gefälligkeiten den Empfänger in die Welt der Korruption einlassen. In gewisser Weise war es faszinierend, von einem wirklichen Insider zu erfahren, wie die Dinge in der Welt der Insider funktionieren. Aber der Insider war Eliot. Es machte mir angst, dieses Wissen aus Eliots Mund zu erfahren. Vor wenigen Minuten noch hatte er behauptet, zu seiner Zeit von keinem Verbrechen gewußt zu haben, das er nicht angeklagt hätte. Jetzt auf einmal spielte er auf eine florierende Geheimwelt an, in der Verbrechen oder zumindest schmutzige Absprachen zur Tagesordnung gehörten. Und daß man ihn zu deren Mitgliedern zählte. Er konnte sich auch nicht mehr auf die längst vergangenen Zeiten berufen, als er noch nicht Bezirksstaatsanwalt war, denn wir sprachen von Austin Paley, der ein Teenager war, als Eliot erstmals in das Amt gewählt wurde.

Eliot mußte gespürt haben, was ich dachte, denn er verstummte. Sein Mund war leicht verzogen, den Blick hatte er nach unten gerichtet.

»Nennen Sie mir ein Beispiel«, sagte ich.

Doch Eliot zog es vor, meine unausgesprochene Frage zu beantworten. »Mir hat er nie einen Gefallen erwiesen. Das hatte ich gar nicht nötig.« Er blickte auf und sah mich an. Sein Blick war klar und aufrichtig. In diesem Moment hätte er mir das Gerichtsgebäude verkaufen können. »Sie wissen selbst, Mark, daß vor meinen letzten beiden Amtsperioden niemand mehr gegen mich kandidiert hat. Ich hatte keine Gefälligkeiten nötig, von niemandem.«

Nicht unbedingt. Es konnte auch bedeuten, daß die Gefälligkeiten hinter den Kulissen ausgetauscht wurden, daß jeder potentielle Gegenkandidat lange vor der Wahl ausgeschaltet wurde. Andererseits konnte ich mir nicht vorstellen, daß mir nichts davon zu Ohren gekommen wäre. Jeder Anwalt, der eine Kandidatur für die Wahl zum Bezirksstaatsanwalt in Erwägung zieht, läßt die anderen Juristen lange vor der offiziellen Bekanntgabe davon wissen. Ich erinnerte mich nur, gehört zu haben, daß Eliot während seiner Amtszeit eine derartige Popularität und ein solches Ansehen genoß, daß es niemandem eingefallen wäre, gegen ihn anzutreten.

»Ich verstehe nicht, welche Gefälligkeiten Austin diese Art von Unterstützung eingebracht haben«, meinte ich.

Eliot kehrte wieder in die Vergangenheit zurück.

»Vor ein paar Jahren«, sagte er, »kam es in der Stadt zu einem kleinen politischen Skandal. Ein Bauherr wollte einen Bürokomplex errichten, allerdings stand dem Projekt ein Gemeindezentrum im Weg. Die Bezirksverwaltung hatte alle erforderlichen Genehmigungen ausgestellt, aber die Stadtverwaltung konnte das Grundstück nicht freigeben, solange das Gemeindezentrum darauf stand.«

Kleiner politischer Skandal war eine für Eliot typische Untertreibung. Es war der größte Skandal der letzten Jahre gewesen. »Ich erinnere mich daran«, sagte ich.

Eliot sah mich mißbilligend an wie einen kleinen Jungen, der soeben behauptet hat, längst alles über den Zweiten Weltkrieg zu wissen. »Jemand hat das Gemeindezentrum angezündet«, fügte ich hinzu, um anzudeuten, daß mir die Details nicht völlig unbekannt waren.

»Ja. Jemand. Und dann stellte sich heraus, daß mehrere Politiker, die dem Projekt auf die Sprünge geholfen hatten, ein persönliches Interesse daran gehabt hatten.«

»Ein finanzielles Interesse«, warf ich ein.

»Genau.« Eliot lächelte wieder still in sich hinein.

»Köpfe rollten«, half ich ihm.

»Der eine oder andere«, stimmte er mir zu. »Aber wenn eine Sache wie diese einmal auffliegt, erfährt die Öffentlichkeit nur den Bruchteil der Wahrheit. Jemand tritt zurück, ein anderer verliert die nächsten Wahlen. Aber oft genug werden die ans Messer geliefert, die nicht unbedingt die Hauptverantwortlichen sind. Sie haben es bloß versäumt, sich entsprechend abzusichern. Keine Rückendeckung, auf die sie sich verlassen können. Wenn so eine Geschichte auffliegt, wird unter der Oberfläche hektische Schadensbegrenzung betrieben – das Boot ist überlastet, also muß jemand über Bord geworfen werden. Versprechen werden gemacht. ›Ich lasse dich nicht im Stich, vertrau mir.‹ Die Leute, die den eigentlichen Dreck am Stecken haben, von denen haben Sie nie gehört.«

»Und Austin war einer von ihnen.«

Eliot wählte seine Worte sorgfältig. »Austin – er half ein wenig dabei. Er war in das Projekt nicht von Anfang an involviert. Aber als die ersten Torpedos einschlugen, segelte er ganz zufällig in seiner Jacht vorbei und ließ ein paar von den Überlebenden an Bord. Ist Ihnen das zu metaphorisch?«

»Nein.« Ich überlegte, was ich fragen wollte. Als erstes fiel mir ein: »Hat Austin *Ihren* Namen da rausgehalten? Ist das eine der Gefälligkeiten, die er Ihnen erwiesen hat?«

Eliot schüttelte neuerlich den Kopf. »Ich hatte nie etwas damit zu tun. Ich bin nicht reich, und damals war ich nicht mehr im Amt. Mir hat niemand angeboten, bei dem Geschäft mitzumachen.«

Ich unterlag immer noch der Illusion, Eliot würde mir keine Lügen auftischen. Ich *wußte*, es war eine Illusion, und dennoch sagte mir mein Gefühl, daß ich ihm glauben konnte.

»Austin hat aber andere Leute gedeckt«, fuhr Eliot fort. »Männer, die nach wie vor im Amt sind. Momentan ist das seine wichtigste Machtquelle. Die Leute sind ihm wirklich etwas schuldig.«

Ich vermutete, das war alles, was ich von Eliot an Andeutungen, Beispielen und Mutmaßungen erfahren würde. Ich mußte ihn zur Rede stellen. »Und wie hat Austin Paley seine Macht genutzt?«

Eliots Antwort war undurchsichtig. Er sah mich nicht an. »Es war ein Fehler, Sie in diese Geschichte hineinzuziehen. Ich hätte sie selbst ein für allemal aus der Welt schaffen sollen. Ich dachte ja auch, daß mir das gelungen war.«

Ich stand auf. »Eliot, in mir wächst ein furchtbarer Verdacht. Sie wissen genau, wovon ich spreche. Sagen Sie mir, daß ich mich irre.«

»Setzen Sie sich wieder, Mark. Rennen Sie nicht wie ein verrückt gewordenes Huhn davon. Ich werde mich darum kümmern.«

Sein Blick war streng, und er sprach mit seiner alten Autorität.

Aber er hatte sie verspielt.

Um Klarheit zu erhalten, mußte ich jemanden finden, der nichts zu verlieren hatte, und dem es möglicherweise sogar Vergnügen bereitete, mich einzuweihen. Ich wußte, an wen ich mich wenden mußte. Ben Dowling war Gerichtsreporter einer Tageszeitung gewesen, als ich noch junger Staatsanwalt war, und hatte damals schon zwanzig Jahre Berufserfahrung auf dem Buckel gehabt. Als Journalist der alten Schule gehörte er zu denen, die den Presseausweis in der Hutkrempe tragen, zumindest von der Einstellung her. Er erschien noch im Anzug, als seine jüngeren Kollegen schon längst in Jeans und Turnschuhen das Gerichtsgebäude unsicher machten. Ben war mittlerweile im Ruhestand. Ursprünglich wollte er in einer Kleinstadt die Chefredaktion eines Wochenmagazins übernehmen, doch am Ende hatte er es nicht fertiggebracht, aus San Antonio wegzugehen. Nach dem Mittagessen mit Eliot fuhr ich noch am selben Abend zu Ben, der ein frisch gestrichenes Haus im Süden der Stadt bewohnte. Die Zimmer waren klein, aber ordentlicher, als ich erwartet hatte. Die Wände waren bis auf zwei vollgeräumte Bücherregale und ein paar Kleinigkeiten leer. Wie das Haus eines alten Mannes sah es nicht aus. Ben, der mich ins Wohnzimmer führte, fiel auf, daß ich mich umsah.

»Sie hätten das Haus sehen sollen, bevor meine Frau gestorben ist«, sagte er. Ich sank in einen der bequemen Stühle, die er mir mit einer Geste angeboten hatte. »Nicht nur, daß sie nichts wegwerfen konnte, sie mußte alles an die Wand pinnen. Am Ende war an den Wänden kein Millimeter Platz mehr. Lauter Kram. Muscheln hinter Glas und gerahmte Speisekarten der Restaurants, in denen wir auf Reisen gegessen hatten. Nach ihrem Tod wollte ich das alles loswerden. Sah mir alles noch einmal an und erinnerte mich, wo es herkam, heulte dabei wie ein Baby, aber ich wollte mir diesen Krempel nicht Tag für Tag für den Rest meines Lebens anschauen. Außerdem würden die Kinder das Zeug irgendwann rausschmeißen, also habe ich ihnen die Mühe erspart. Jetzt denk ich mir manchmal – aber was, zum Teufel damit. Wollen Sie einen Drink?«

»Nein, vielen Dank.«

Ben sah mich mißbilligend an. Er hatte sich noch nicht hingesetzt. »Nein, nein, Mark, so geht das nicht. Wissen Sie denn nicht, wie man das macht? Sie kommen her, weil Sie von einem alten Hasen was wissen wollen, dafür müssen Sie ihn aber zuerst mit einem Drink weichklopfen. Mit der Methode hab ich mehr Stories aufgerissen, als mit meinen schönen Augen. Und Sie haben diese Qualitäten offensichtlich nicht.«

Er lachte, und ich schloß mich an. »Also gut. Ich nehme dasselbe wie Sie«, sagte ich. Er verschwand in der Küche. Die Drinks mußten bereits vorbereitet gewesen sein, denn es verging nicht einmal eine halbe Minute, und er kam mit zwei kleinen, bis zum Rand vollen Likörgläsern zurück.

»Sherry«, sagte er. »Jetzt kennen Sie meine kleine Schwäche. Aber da ist niemand mehr, dem Sie das stecken könnten und der sich einen Deut darum scheren würde. Salud.«

Er leerte sein Glas in einem Zug, ich tat es ihm nach, und er verschwand gleich wieder in der Küche, um mit frisch gefüllten Gläsern zurückzukommen. Er amüsierte sich offenbar köstlich, und ich begann, ebenfalls Spaß zu haben, obwohl ich wegen einer Sache gekommen war, die mir schwer auf der Seele lag.

Ben war groß und schlank mit immer noch vollem, gelocktem Haar. Seine Bewegungen ließen an einen Tänzer denken. Er mußte weit über Siebzig sein, doch das Alter hatte seiner Lebhaftigkeit nichts anhaben können.

Eine Weile plauderten wir über die alten und die neuen Zeiten. Ihn interessierten letztere mehr. Es muß mindestens fünf Minuten gedauert haben, bevor ich bemerkte, daß er mir völlig mühelos die eine oder andere Information über anstehende Prozesse entlockt hatte, und auch, wie ich persönlich zu meinem Amt stand. Dinge, die ich unter normalen Umständen keinem Reporter gesagt hätte. »Das bleibt alles unter uns«, sagte ich schließlich.

Er lachte und breitete die Hände aus. »Was denn sonst?«

Wir arbeiteten uns langsam zum Grund meines Kommens vor. Ben hatte von Chris Davis und seiner unerwarteten Unschuldsbeteuerung gehört.

»Ich suche nach Hintergrundinformationen«, begann ich und skizzierte ihm rasch die bisherige Entwicklung in dem Prozeß. Dabei weihte ich ihn nicht in alles ein, gab ihm aber doch ein paar Einzelheiten, die nicht in den Nachrichten erschienen waren, damit er glauben konnte, er säße unmittelbar an der Quelle. Ben rutschte unruhig auf der Stuhlkante hin und her und brannte darauf, Fragen dazwischen zu werfen. Er war es gewohnt, die Fragen selbst zu stellen. Ich ließ ihn erst zu Wort kommen, als ich abschließend gesagt hatte: »Folglich deutet alles darauf hin, daß der eigentliche Kinderschänder jemand ist, der großen Einfluß hat. Und mein Gespür sagt mir, daß das früher auch schon passiert ist. Ich dachte, Ihnen sind vielleicht andere Fälle zu Ohren gekommen, die eingestellt wurden.«

Reporter wissen immer mehr, als tatsächlich in Zeitungen steht, und besonders regen sie die Stories auf, die nie geschrieben werden. Ben lehnte sich mit einem zufriedenen Gesichtsausdruck zurück, nicht weil ihn diese Geschichte so sehr berührte, sondern weil er das Vergnügen hatte, sein Insiderwissen weiterzugeben.

»Es stimmt, was Eliot Quinn über die alten Zeiten sagt. Es gab so eine Art stillschweigendes Abkommen unter Gentlemen, daß bestimmte Geschichten nicht ausgeschlachtet werden. Dafür überließen sie uns andere. So hatte jeder das Gefühl, demselben Club anzugehören, und eine stille Regel lautete, daß man die anderen Mitglieder nicht hinterging. Ich erinnere mich an einen Senator, ein richtiger Familienmensch, der jeden Donnerstag abend ein Stelldichein mit seiner Freundin hatte. Er fuhr dann immer mit Polizeieskorte nach Hause, um ja nicht in ein anderes Auto hineinzudonnern oder einen Fußgänger niederzufahren. Jeder wußte davon. Aber das war keine Story, höchstens ein wohlbehütetes Geheimnis unter Verwandten, und wir waren ja alle eine Familie. Beim geringsten Hinweis, daß er Wählerstimmen oder staatliche Gelder abzockte, wäre es aber mit der Loyalität vorbei gewesen. Wir hätten ihn mit Haut und Haaren aufgefressen. Alles andere war jedoch seine Sache. Niemandem lag etwas daran, seine Frau und Kinder zu blamieren.

Und wie gesagt, als Gegenleistung wurden wir mit Stories gefüttert. Damals war die Presse beinahe so etwas wie der verlängerte Arm der Regierung.« Er zuckte mit einer fast entschuldigenden Geste die Schultern. »Ich hatte damals gerade erst angefangen. Klar, in den Kram gepaßt hat mir das nicht, aber mich darüber hinwegsetzen? Nein. So was wie Außenseiter gab es damals noch nicht. Diese Dinge gingen bis ganz nach oben. Und ich meine tatsächlich: *ganz* oben. Denken Sie vielleicht, die Reporter wußten nicht Bescheid über Jack Kennedy? Oder Eisenhower und seinen Chauffeur? Doch darüber berichtete man nicht, das galt als unanständig. Allein der Versuch, eine solche Geschichte in Druck zu geben, wäre von jedem Chefredakteur im Keim erstickt worden, und dann hätte man die nächsten sechs Monate Sterbeanzeigen gekritzelt.

Heutzutage haben die Reporter keine Manieren mehr, und ich kann nur sagen, gut so.«

Ben klang keineswegs wie ein alter Nörgler, der über die Jugend von heute herzog. Bei ihm hatte man eher den Eindruck, daß er immer noch voll im Bilde war, freilich mit dem Schatz der Erfahrungen eines langen Lebens.

»Sie wollen mir doch nicht weismachen«, sagte ich, »daß keiner von euch über einen reichen Typ berichtet hätte, der sich an kleinen Kindern vergreift?«

Ben überlegte eine Weile, war aber nicht beleidigt. »Das war, glaube ich, nicht Teil der Abmachung. Aber das ist nebensächlich. Wovon ich spreche, das ist vierzig Jahre her. Ihr Mann wird damals noch nicht am Drücker gewesen sein. Sie suchen nach einem jüngeren Jahrgang. Und dann änderten sich die Dinge auch. Das brauche ich Ihnen nicht zu sagen. Sie sind ja jetzt auch schon seit zwanzig Jahren bei der Bezirksstaatsanwaltschaft. Hätten Sie vielleicht einen Verdacht einfach ignoriert, nur weil der Beschuldigte ein hohes Tier war?«

»Nein.«

»Nein. Und ein Verkehrsdelikt auch nicht. Und ich für meinen Teil auch nicht mehr. Den Club der feinen Herren gibt es seit Beginn der siebziger Jahre nicht mehr. Und Sie kennen einen der Leute, die dafür gesorgt haben, daß er ein für allemal abgeschafft wurde.«

»Eliot«, sagte ich.

Ben nickte. »Eliot Quinn wurde Bezirkssaatsanwalt, und kurze Zeit später galten keine Abmachungen mehr. Gleich zu Beginn klagte er den Sohn eines Stadtrats wegen Körperverletzung an. Und zwar er persönlich. Er machte sich am Anfang eine Menge Leute zum Feind, Mark, aber als seine erste Amtsperiode vorüber war, war er so beliebt, daß es niemanden gab, der gegen ihn kandidiert hätte. Sogar die alten Jungs nahmen ihn unter ihre Fittiche. Es ist nicht zuletzt ihm zu verdanken, daß die Dinge heute anders sind.«

Das nützte mir zwar nichts, aber ich war froh, es zu hören. Ich wollte einfach nicht glauben, daß Eliot Befehle von fettärschigen Verbrechern ausgeführt hatte. Ich wollte mir meine Erinnerungen nicht nehmen lassen, wehrte mich mit aller Kraft gegen den Gedanken, daß ich seinen Predigten, vor dem Gesetz seien wir alle gleich, wie ein naiver Junge gelauscht hatte, während sich ein Haufen Gesetzesbrecher heimlich ins Fäustchen lachte.

Ben saß schweigend da, verloren in seiner eigenen Gedankenwelt. Es ging ihm nicht darum, meinen Stolz, mein Weltbild zu zerstören. Auch nicht darum, den Kaiser zu preisen. Er berichtete bloß die Fakten.

Ich wollte die Situation ein wenig auflockern, auch um meinen Aufbruch einzuleiten. »Soll das heißen, daß Sie vierzig Jahre lang in diesem Nest Reporter waren und mir kein bißchen Schmutz anbieten können, mit dem ich was anfangen kann?«

Mein Tonfall fiel ihm gar nicht auf, so tief war er in seinen Erinnerungen versunken. »Ich denke gerade nach«, murmelte er. Plötzlich wurde er wieder lebhafter und sah mich an. »Genaues weiß ich nicht. Aber es gab gewisse Gerüchte.

Ihr ehemaliger Boß, Eliot Quinn, war so ziemlich der hartgesottenste Ankläger, den diese Stadt je erlebt hat. Sobald eine Sache zur Anklage kam, verfolgte er sie bis zum bitteren Ende. Im Laufe der Jahre passierte es aber dann doch ab und zu, daß ein klitzekleines Gerücht die Runde machte, nichts, was irgendwer hätte beweisen können, bloßes Gerede über Fälle, die irgendwo am Weg zwischen polizeilicher Untersuchung und Gericht umgelenkt wurden. Die nie auch nur in die Nähe eines Gerichtssaals gelangten. Sich einfach in Luft auflösten.«

Ben griff nach seinem Sherryglas, stellte fest, daß es leer war, behielt es aber in der Hand, als wollte er es jeden Moment nachfüllen. »Ich kann Ihnen nicht einmal sagen, ob wirklich was dran war. Ein paarmal versuchte ich, tiefer zu bohren, aber die Dinge zerfielen auf mysteriöse Weise zu Staub, sobald man versuchte, ihnen auf den Grund zu gehen. Es wurde behauptet, Eliot hätte über diese Fälle Bescheid gewußt. Aber in unmoralischen Zeiten wie diesen verfolgen solche Gerüchte jede Person im öffentlichen Leben. Niemand glaubt mehr an Heilige, wissen Sie.« Er lachte. »Ich übrigens auch nicht.«

Das Unbehagen kehrte zurück und ergriff von mir Besitz wie ein eiskalter Hauch, denn ich glaube auch nicht an Heilige. Ben war in die Küche gegangen, um sich noch ein Glas Sherry zu holen.

»Aber einen Namen können Sie mir nicht nennen?« rief ich ihm nach.

Er kam mit zwei vollen Gläsern zurück. »Leider nicht. Wenn ich einen wüßte, wäre er sicher kein Geheimnis mehr.«

»Sie sagen, Eliot hat möglicherweise über die Fälle Bescheid gewußt. Aber einige hätten sich lange bevor sie das Gericht erreichten in Luft aufgelöst. Wo zum Beispiel?«

»Ich sage Ihnen, wie es meiner Ansicht nach funktionieren könnte. Es muß jemand mit einer Menge Einfluß sein, und zwar auf mehreren Ebenen. Sobald er merkt, daß man ihm auf den Pelz rückt, macht sich ein Stadtrat oder dessen Stellvertreter auf den Weg zum Polizeipräsidenten. Der Präsident ist auf jede Stimme im Stadtrat angewiesen, und das ständig, denn er braucht bloß die Mehrheit der Stimmen verlieren, und schon ist er weg vom Fenster. Also ist er gefügig.«

»Auch wenn ihm der Stadtrat sagt, er solle dafür sorgen, daß die Ermittlungen eingestellt werden?«

Ben schüttelte den Kopf. »Nein, das würde viel subtiler vor sich gehen. Der Stadtrat sagt bloß, er habe gehört, gegen einen guten Freund von ihm werde ermittelt, und daß er zufällig wisse, daß dieser Mann einen untadeligen Leumund habe, und die Polizei besser triftige Gründe haben sollte, bevor sie ihm das Leben schwer mache. Der Präsident läßt sich dann den ermittelnden Kriminalbeamten holen und machte ihm klar, die Fakten hätten besser Hand und Fuß, bevor er irgendwen in Haft nimmt.« Ben zuckte die Achseln. »Sobald der Hauptzeuge ein Kind ist, sind die Aufklärungschancen so oder so gleich Null.«

Jedenfalls dann, wenn auf höchster Ebene mit solcher Gründlichkeit vorgegangen wird.

»Das Ganze würde sich sehr diskret und unter Gentlemen abspielen«, sagte Ben.

»Aber irgendwo im Hintergrund muß mit schmutzigen Tricks gespielt werden, warum sonst sollte der geheimnisvolle Täter diese Art Rückendeckung kriegen?«

»Na klar.«

Ben Dowling schnippte plötzlich mit den Fingern, dann zeigte er auf mich. »Ich weiß, mit wem Sie reden müssen. McCloskey. Kannten Sie Pat McCloskey?«

»Sicher. Kriminalbeamter McCloskey. Lebt er denn noch?« Das war mir rausgerutscht, bevor ich daran gedacht hatte, mein weit über siebzigjähriger Gastgeber könnte das als Taktlosigkeit auffassen, aber mitnichten.

»O doch. Pat ist jünger als ich. Aber Sie wissen ja, wie das ist. Die Bullen gehen alle frühzeitig in Rente und machen dann noch zwanzig Jahre lang einen anderen Job. Ich kenne keinen Polizisten älteren Jahrgangs, der nicht zwei Renten auf einmal bezieht. Wenn ich es recht bedenke, kenne ich aber auch nicht viele alte Bullen.«

Darauf wußte ich keine Antwort.

»Pat«, fuhr der alte Reporter fort, »ist erst vor sieben oder acht Jahren in Rente gegangen. Kann mir vorstellen, daß er noch gut beisammen ist. Ich weiß nicht mehr, wie lange das her ist, aber vor etlichen Jahren hatte ich mal mit ihm zu tun. Ich ging wieder einmal einem dieser Gerüchte nach. Aber kaum daß wir uns begrüßt hatten, hielt er mich eisern auf Distanz – naja, ich hätte nicht locker lassen dürfen, schon gar nicht, als er dann nicht mehr bei der Polizei war. Ich beschloß abzuwarten, bis er seine letzte Beförderung in der Tasche und nichts mehr zu verlieren hatte. Aber dann dachte ich nicht mehr daran.« Er zuckte entschuldigend die Achseln. »Bis dahin wäre die Geschichte ein alter Hut gewesen.«

»Vielleicht aber auch nicht«, sagte ich. Vielleicht war es eine Geschichte mit Wiederholungswert. Ben wußte, was ich meinte.

»Machen Sie McCloskey ausfindig. Irgendwas hat ihm damals

nicht in den Kram gepaßt, aber er mußte es schlucken. Vielleicht war er gerade auf seinen Boß sauer, wer weiß. Sie halten mich auf dem laufenden, nicht wahr? Mich interessiert das brennend.«

»Mach ich«, log ich. Naja, vielleicht war es am Ende keine Lüge; das kam darauf an. Ich dankte ihm höflich und blieb noch etwa eine Stunde bei meinem letzten Sherry sitzen, um dem alten Mann zuzuhören, zumal er sehr unterhaltsam war. Er erzählte mir so manches über die Stadt, wovon ich nie zuvor gehört hatte.

Pat McCloskey, ehemaliger Kriminalbeamter, zwanzigjähriger Veteran der Polizei von San Antonio, nunmehr im Ruhestand, hatte einen neuen Job gefunden, der mit der Wahrung von Recht und Ordnung nichts zu tun hatte. Er war in einem Schnellimbiß als Geschäftsführer angestellt. »Wegen der guten Sonderleistungen«, meinte er.

Wir tranken nachmittags um drei eine Tasse Kaffee, umgeben von einem Meer leerer Tische. Das Lokal blieb zwischen den Mittags- und Abendschichten geschlossen, Pat mußte jedoch die Putzkolonne beaufsichtigen.

Pat war erst knapp über Fünfzig, doch seit mindestens zehn Jahren im Ruhestand. Er sah aus wie jemand, der zwar gerne aß, aber regelmäßig im Fitneßzentrum trainierte. Der Umfang seiner Arme schien die kurzen Ärmel seines Hemdes auf die Zerreißprobe zu stellen, dasselbe konnte man von seinem Oberkörper sagen, der ihm schier die Knöpfe vom Hemd zu sprengen schien. Auf seinen Schultern saß ein massiger Schädel, und seine breite Nase thronte über einem buschigen braunen Schnurrbart.

»Diese alte Nervensäge«, lachte er und schüttelte dabei den Kopf. Er meinte Ben Dowling. »Läßt also immer noch nicht locker. Ist lange her, seit mich ein Zeitungsfritze wegen einem Knüller ausquetschen wollte.«

»Das hier ist nicht für die Zeitung.« Ich konnte nicht sagen, ob ihn das beruhigen würde oder ob er sich nach den Zeiten zurücksehnte, als er noch im Mittelpunkt der Geschehnisse stand. Dafür kannte ich McCloskey zu wenig. Also kam ich sofort auf den Punkt. »Hat Ben recht? Wissen Sie etwas?«

McCloskey schlürfte seinen Kaffee, rührte mit dem Löffel in seiner Tasse herum und versuchte, ein Fettauge herauszufischen. Er wollte Zeit schinden, abwägen, ob er mich verscheißern sollte. Nach einer Minute wurde ihm klar, daß er zu lange geschwiegen hatte, um noch behaupten zu können, er wisse von nichts. Mit einer Grimasse gab er mir zu verstehen, daß er seine Chance verspielt hatte, sagte aber immer noch nichts. Wenn man ihn gekauft hatte, dann schon vor Jahren. Seine Schuld mußte mit seinem Schweigen doch längst getilgt sein. Und wenn ihn, wie Ben angedeutet hatte, der polizeiinterne Druck davon abgehalten hatte, den Mund aufzumachen, war das auch längst nicht mehr aktuell. Niemand konnte ihn jetzt mehr degradieren.

»Es gibt neue Opfer«, versuchte ich, ihm auf die Sprünge zu helfen. »Vielleicht hat es auch nie aufgehört. Bloß kommt heute noch ein ganz besonderer Reiz dazu: Nicht nur, daß dieser Typ kleine Kinder vögelt, er gibt ihnen womöglich noch eine tödliche Krankheit mit auf den Weg.«

»Ich habe über die Neuen in der Zeitung gelesen«, sagte McCloskey ruhig, »und mir so meine Gedanken gemacht. Aber heutzutage rennen so viele perverse Schweine herum, und wer sagt denn, daß das mein Mann ist?«

»Ich habe aber Grund, das zu glauben«, erinnerte ich ihn.

Er nickte. »Ich bin mir nicht einmal sicher, ob ich überhaupt je was wußte«, begann er seine Geschichte.

»Ich war an einer Sache dran. Das ist zehn, elf Jahre her. Ein kleiner Junge in einem Apartmenthaus. Acht Jahre alt. Irgendwann fängt er an, sich eigenartig zu benehmen, macht Sachen mit seinen Zinnsoldaten, von denen seine Mutter denkt, sie sind verdammt sonderbar. Sie geht mit dem Kleinen zum Arzt, und der meint, ja, möglicherweise ist er mißbraucht worden. Die Mutter macht bei uns die Anzeige. Und hält die Augen offen nach einem Typ in ihrem Apartmenthaus, der zu ihrem Jungen immer sehr nett gewesen ist. Hat sogar manchmal den Babysitter gespielt. Sie war dankbar für jede Hilfe. War ja allein, mußte arbeiten und wollte dann auch noch eine Ausbildung machen, und Geld war sowieso keines da.« McCloskey zuckte die Schultern, was sollte er dazu schon sagen. »Sie hat mir den Namen von dem Typ genannt. Ich konnte nicht einmal nachweisen, daß er existiert hat. Und offenbar muß er was gerochen haben, denn er ist spurlos verschwunden. Sie hat ihn nie wieder gesehen.

Natürlich wußte sie, wo er gewohnt hat, weil sie ihren Sohn ja mehrmals hingebracht hat.« Bei dieser Überlegung schwieg der ehemalige Kriminalbeamte einen Moment lang. »Als ich mit dem Durchsuchungsbefehl wiederkam, war die Wohnung leer. Möbliert, aber unbewohnt. Vom Hausverwalter hab ich dann erfahren, daß seit Monaten niemand mehr dort wohnte.

Das ergab keinen Sinn. Ich wollte wissen, wer noch einen Schlüssel hatte, und er sagte, niemand. Ich überprüfte den Verwalter, seine Freunde, aber auf keinen paßte die Beschreibung. Dann tat ich was Unsinniges, dachte ich wenigstens. Ich versuchte herauszufinden, wem die Wohnungen gehörten. Haben Sie das mal probiert? Von der Hausverwaltung über die Holdinggesellschaft zur Muttergesellschaft. Mir muß ganz schön langweilig gewesen sein.«

Das bezweifelte ich. Mich interessierte viel mehr, was in den letzten zehn oder elf Jahren aus dem achtjährigen Jungen geworden war. Und ob McCloskey selbst Kinder hatte.

»In kürzester Zeit hatte ich plötzlich als Verdächtige einen Haufen Nadelstreifentypen. Ich wollte wissen, wer in der Verwaltung an die Schlüssel rankam. Das schränkte das Ganze etwas ein, aber auf der Ebene hatte niemand einen Schlüssel zu den einzelnen Wohnungen. Wenn sie eine Wohnung sehen wollten, mußten sie sich vom Hausverwalter aufschließen lassen. Ich erkundigte mich, ob das in den letzten Monaten vorgekommen war, also zu der Zeit, als nach Aussage der Mutter der freundliche Nachbar zum ersten Mal aufgetaucht war. Leute mit wichtigen Dingen im Kopf erinnern sich nicht an solche Kleinigkeiten, aber ich hab da meine Methoden. Eine Sekretärin erinnerte sich, einmal einen Schlüssel besorgt zu haben. Den genauen Zeitpunkt wußte sie nicht mehr. Der Schlüssel war nicht für ihren Boß, sondern für einen Berater der Firma, der einen Gutachter erwartete. Er wollte ein paar Wochen auf Besuch kommen und nicht im Hotel wohnen. Das hatte ihr jedenfalls der Boß gesagt.

Ich nehme mir also den Boß und den Berater vor – irgend so ein Spitzenanwalt, den die Firma wegen irgendwas unter Vertrag genommen hatte, was weiß ich, wahrscheinlich sollte er jemanden schmieren – und den Gutachter, der aus Dallas war. Das war eigentlich alles sehr weit hergeholt, wissen Sie. Ich war überzeugt, ich verschwendete meine Zeit. Aber dann hab ich mir Fotos von den dreien besorgt, klar, ohne daß sie was bemerkt haben. Natürlich keine Polizeifotos, sondern Ausschnitte aus Wirtschaftsmagazinen, der Jahresbilanz der Firma und so.«

Er konnte sich denken, daß ich wußte, was als nächstes kam, und sprach nun hastiger. »Ich vermischte die Fotos mit ein paar anderen und zeigte sie dem Kleinen. Und ohne eine Sekunde zu zögern, zeigte er auf den Anwalt. Seine Mutter ebenfalls.«

Bei dem Wort *Anwalt* lief es mir eiskalt über den Rücken. Aber es gibt eine Menge Anwälte mit einer Menge Mandanten. »Und dann?« fragte ich.

McCloskey sah mich an und lachte. »Ich wurde in die Abteilung für Internes versetzt – lebenslänglich.«

»Wie bitte?«

McCloskey erzählte seine Geschichte zu Ende, ohne den freien und lockeren Ton abzulegen, aber es war deutlich zu hören, wieviel Mühe ihn das einst gekostet haben mußte. »Ich ging also zu meinem Boß und erzählte ihm, was ich wußte. Ich mußte mir ja Rückendeckung holen für das, was ich vorhatte. Ich wollte eine Gegenüberstellung, und dazu mußte ich den Kerl verhaften. Also ging ich zum Captain, sagte ihm, was ich in der Hand hatte, wer mein Verdächtiger war, was ich vorhatte. Er hörte mir zu und meinte, er würde sich bei mir melden. Eine Woche später war ich bereits versetzt, interne Angelegenheiten eben.«

Er sah mich fragend an, wollte sehen, ob mir die Bedeutung dieser Versetzung bewußt war. Dann erst folgte die Erklärung: »In der Abteilung für Internes ist für einen Bullen Endstation. Naja, für mich war es jedenfalls so. Freunde macht man sich da auch keine. Und die, die nicht zur Abteilung gehören, wollen dann auch nicht mehr viel mit einem zu tun haben. Ich stand das durch, bis ich meine zwanzig Jahre beisammen hatte, und dann war Sense.«

»Und der kleine Junge? Der Fall?« wollte ich wissen.

McCloskey beobachtete mich. »Mußte ich natürlich abgeben. Jemand hat meine Fälle übernommen, aber da ist nicht viel dabei herausgekommen. Hab mich erkundigt.«

Eine Weile schwiegen wir. Mein Rücken war steif geworden von dem Kunststoffsessel, auf dem ich seit einer halben Stunde saß. Das Imbißlokal servierte gutes Essen zu annehmbaren Preisen, aber es sollte nicht zu einem längeren Verweilen einladen. McCloskey sah sich in seinem Königreich aus Stühlen und Tischen um und überlegte wahrscheinlich, ob er nun in Sicherheit war oder ob man ihn auch hier finden würde. Seine rechte Hand war zur Faust geballt und ließ mich befürchten, sein Hemdsärmel würde vielleicht doch noch reißen.

»Da ist jetzt noch eine Sache«, sagte ich. »Der Name.«

Er sah mich scharf an. Er wußte nicht, welches Interesse ich daran haben könnte. Ich bemerkte plötzlich, daß es derselbe Blick war, dem ich schon bei dem Kriminalbeamten Padilla begegnet war. Ein seltsames, allen Bullen eigentümliches Starren.

»Kenne ich ihn vielleicht?« fragte ich, um es ihm etwas leichter zu machen.

»Bin mir ziemlich sicher, daß Sie ihm schon über den Weg gelaufen sind«, erwiderte McCloskey.

Die Freude, mich wiederzusehen, mußte Padilla buchstäblich die Schamesröte ins Gesicht getrieben haben, denn sobald ich sein Büro betrat, stand er auf und kehrte mir den Rücken zu.

»Ich weiß jetzt mehr«, sagte ich.

Eigentlich hatte ich mit einer sarkastischen Antwort gerechnet, aber er sagte gar nichts. Er zog sein Jackett aus dem Spind, als müßte er dringend weg; ganz egal wohin, nur nicht dahin, wo ich war.

»Ich muß mich bei Ihnen entschuldigen. Ich habe Sie falsch eingeschätzt«, fuhr ich fort. »Aber Sie haben bei mir auch eine Entschuldigung gut.«

Er warf mir über die Schulter einen Blick zu, gerade lange genug, um mir zu zeigen, daß ich mir meine Scherze sparen konnte.

»Sie setzen sich besser hin und hören mir zu. Denn wenn Sie rausgehen, gehe ich mit, und schneller als ich rennen Sie garantiert nicht.« Dann fuhr ich fort, als wäre es mir völlig egal, was er tat oder nicht tat.

»Ich muß mich bei Ihnen entschuldigen, weil ich dachte, Sie gehören zu denen, die die Hand aufhalten. Ich dachte, Sie decken dieses Schwein. Aber das war es nicht, nicht wahr, Padilla? Sie wollten mir den Namen Ihres Verdächtigen nicht nennen, weil Sie wissen, was mit einem Bullen passiert, der diesen Typ beschuldigt.«

Er hatte sich immer noch nicht umgedreht, aber er war auch nicht mehr auf dem Sprung. Ich konnte nur seinen völlig regungslosen Rücken sehen.

»Sie dachten, ich wollte nur herauszufinden, ob Sie ihm auf den Fersen sind. Deshalb haben Sie sich bei mir zu entschuldigen. Sie dachten, es ginge mir gar nicht um den Namen, Sie dachten, den kannte ich längst. Sie dachten, ich sei Teil der Verschwörung, als Sie von Ihrem Chef erfuhren, ich hätte die Fälle abgeschlossen, weil ich das Schuldbekenntnis von einem Typ hatte, von dem Sie genau wußten, daß er nicht der Kinderschänder war.«

Padilla drehte sich um. Seine breiten Schultern hingen nach unten, und die Arme baumelten schlaff an ihm herab. Er war auf der Hut. Meine Ehrlichkeit hatte ihm nicht den Wind aus den Segeln genommen. »Davon weiß ich nichts«, sagte er gelassen.

»Nun, ich weiß es. Das Ganze war eine Falle, und ich bin hineingetappt. Es hätte mich gefreut, wenn man mich aufgeklärt und auf meinen Irrtum hingewiesen hätte. Na gut, ich hätte die Geschichte auch genauer nachprüfen können. Jedenfalls habe ich mit der Verschwörung nichts zu tun. Nicht wissentlich. Ich bin Staatsanwalt. Das heißt, Sie und ich stehen auf derselben Seite.«

Er grunzte. »Sie sind Anwalt«, meinte er. »Anwälte schützen ihre eigenen Leute. Und das wäre nicht das erste Mal.«

Padilla hatte sich diese kleine Anspielung nicht verkneifen können. Er hätte sie sich aber verkneifen sollen, wenn er weiterhin so tun wollte, als wisse er von keiner Verschwörung. So hatte er jedoch indirekt zugegeben, daß es eine gab und er von ihr wußte.

»Unser Mann, und das wissen Sie, wird nicht nur von anderen Anwälten gedeckt. Wegen der Anwälte brauchen Sie sich keine Sorgen zu machen.«

Er sagte nichts. Ich spürte, wie mir die Wut den Rücken hochkroch und in die Schultern fuhr. »Okay, Schluß mit dem Theater. Der Grund, warum Sie mir nichts sagen wollten, ob wegen mir oder Ihnen oder sonstwem, ist mir völlig schnuppe. Sagen Sie mir jetzt nur den Namen.«

»Ich hab die Ermittlungen noch nicht abgeschlossen«, wich er mir aus. Er wollte Zeit schinden, sich rückversichern. Aber es war schon zu viel Zeit verschwendet worden.

»Sie sind gegen eine Wand angerannt, nicht wahr? Sie sind schon vorher gegen diese Wand gerannt, und Sie denken, daß Sie sich in Kürze schon wieder eine Beule holen werden.«

»Nein, Sir, diesmal sicher nicht.«

Sein Gesichtsausdruck war versteinert, aber ohne es verhindern zu können, gab er immer mehr von sich preis.

»Mit jedem Tag, mit dem Sie meine Ermittlungen behindern, ist er weiter da draußen«, sagte ich. Padilla wußte das genau. Vielleicht hatte er sogar daran gedacht, etwas zu unternehmen, aber sicher nicht das, was ich im Sinn hatte. »Bloß den Namen«, bettelte ich nun fast schon. »Ich baue die Fälle von da auf. Ich muß die Ermittlungen in die richtige Bahn lenken. Niemand wird je erfahren, daß ich den Namen von Ihnen weiß. Ich möchte nur wissen, ob ich auf der richtigen Spur bin.«

Ich konnte sehen, wie er schwankte, doch dann riß er sich neuerlich am Riemen. Er hatte keinen Grund, mir zu vertrauen, und ich hatte kein Mittel, ihn vom Gegenteil zu überzeugen.

»Also gut«, sagte ich. »Dann sag ich Ihnen den Namen.« Er zuckte mit den Schultern. Ihm sollte es recht sein. Ich bewegte mich um den Tisch herum und stellte mich vor ihn hin. »Austin Paley«, sagte ich deutlich.

Padillas Gesicht veränderte sich, als hätte ich einen bösen Zauber gebrochen. Aber froh war er deshalb immer noch nicht.

»Wenn Sie es ohnehin wußten, warum haben Sie mich dann so gelöchert?« knurrte er.

»Weil uns eine Menge Arbeit bevorsteht«, erwiderte ich. »Und ich brauche Ihre Hilfe.«

»Sie haben gesagt, Sie wollten nur den Namen von mir.«

»Das war gelogen.«

McCloskey und Padilla hatten ihre Verdachtsmomente, und die fielen mit meinen zusammen, aber sie hatten keine Gewißheit. Ihre Indizien waren nicht schlecht, aber auch nicht handfest. Doch es gab ein paar Leute, die es mit Sicherheit wissen mußten. Es war an der Zeit, zur Quelle zurückzukehren.

»Meinen Sie wirklich, das hilft?« fragte Becky. »Billy hat Davis bereits eindeutig identifiziert. Und jetzt will er sich nicht einmal mehr erinnern, daß Davis ihn angefaßt hat. Das einzige, was er noch weiß, ist so eine Art onkelhafter Gutenachtkuß. Das läßt sich doch nicht einmal mehr als Entführungsfall durchbringen. Scheinbar ...«

»Billy ist erst fünf«, warf ich ein. »Ein paar Erwachsene fragen ihn: ›Ist das der Mann?‹, und er sagt ja. Er sagt, was die Erwachsenen seiner Meinung nach von ihm hören wollen. Als man ihm das erste Mal die Fotos vorlegte, waren wir doch alle überzeugt, Chris Davis sei unser Mann, und vielleicht haben wir das Billy still und heimlich zu verstehen gegeben. Ich möchte Sie nicht schockieren, aber diese Dinge kommen vor.«

Becky saß neben mir auf dem Beifahrersitz und trug eine dünne Bluse über einem sportlichen blauen Rock. Es war Donnerstag nachmittag, sie hatte ihre Arbeit am Gericht für diese Woche erledigt und für die Büroarbeit kein Kostüm getragen. Mit dieser gemeinsamen Stippvisite hatte sie nicht gerechnet, und es war ihr anzusehen, daß sie sich nicht wohl in ihrer Haut fühlte. Und natürlich wollte sie mir nicht widersprechen. Ich setzte sie unter Druck, sie sollte glauben, ich hielt sie für naiv und unerfahren. Ich wollte, daß sie sich mehr aus sich herauswagte, damit mir endlich jemand sagte, ich sei verrückt, und außer ihr gab es niemanden, dem ich in diesem Moment vertraute. Seit Linda nicht mehr im Büro war, fehlte mir ein entsprechender Partner. Ich dachte, Becky könnte diese Rolle übernehmen, doch sie mußte erst ihre Ehrfurcht vor mir ablegen. Ich hatte über sie nachgedacht seit meinem Gespräch mit Eliot. Im eigenen Stab ließen sich die echten Ankläger leicht ausmachen, hatte er gesagt, und Becky war eine von den guten, das wußte ich.

Zugleich versuchte ich, mich in ihre Position zu versetzen. Hätte mich Eliot vor fünfzehn oder zwanzig Jahren aufgefordert, mit ihm als erster stellvertretender Staatsanwalt an einem großen Fall zu arbeiten und mir dann wilde Theorien über dunkle Machenschaften und jahrealte Verschwörungen vorgesponnen, hätte ich dann den Mut gehabt, ihm ins Gesicht zu sagen, er müsse den Verstand verloren haben? Na klar doch. Das brachte ich ja nicht einmal jetzt fertig.

»Deshalb wollte ich, daß Sie mitkommen«, sagte ich. »Sie können ihm die Fotos zeigen, damit es ein fairer Test ist.« Becky wußte noch nicht, wen ich im Verdacht hatte. »Es sind ein paar Überraschungen darunter«, fuhr ich fort. »Warum werfen Sie nicht gleich einen Blick auf die Bilder, damit Sie nicht aus allen Wolken fallen, wenn Sie sie Billy vorlegen?«

Ich reichte ihr die sechs Fotografien. Fünf davon waren Polizeifotos, jedoch ohne Erkennungsnummern, um sie nicht von dem sechsten abzuheben, auf dem Austin Paley zu sehen war und das ich dem Verzeichnis der Anwaltschaft entnommen hatte. Die sechs Fotos hatten ziemlich starke Ähnlichkeiten – es konnte sogar sein, daß sie sich *zu* ähnlich waren und es Billy gar nicht möglich sein würde, sich für eines zu entscheiden, aber der Test mußte fair sein. Außerdem war es fast unmöglich gewesen, fünf Männer derselben Altersgruppe zu finden. In den Polizeiakten fanden sich hauptsächlich die Aufnahmen junger Männer. Die erste Vorstrafe kommt in der Regel bald, und nur selten bleiben die Verbrechen eines Mannes so lange unaufgedeckt wie bei diesem.

»Wieso, wer hat denn …«, sagte Becky, nachdem sie begonnen hatte, die Fotos durchzusehen, und mit einem Mal erstarrte. Sie sah mich mit großen Augen und der Frage im Blick an, was ich denn da für einen Rachefeldzug im Sinn hätte.

»Sie erinnern sich doch, daß Kevin ihn auf dem Video identifiziert hat.«

»Aber das …«

»Ich weiß, wir haben es nicht ernstgenommen. Aber ich habe die Sache weiterverfolgt. Austin wird, wie mir von anderen bestätigt wurde, nicht zum ersten Mal verdächtigt.«

»Was heißt denn von anderen?« sagte Becky. »Von der Polizei? Warum haben wir dann nie davon gehört?«

»Vielleicht stimmt es ja auch gar nicht. Warten wir ab, was Billy sagt«, meinte ich, als wären wir auf dem Weg zu einem erwachsenen Zeugen.

Wir fuhren nicht zu Billy nach Hause, sondern in das Tagesheim, wo er nach dem Kindergarten die Nachmittage verbrachte. Sein Vater hatte uns telephonisch die Erlaubnis erteilt, ihn zu sehen, doch weder er noch die Mutter hatten sich früher von der Arbeit freigenommen, um uns dort zu treffen. »Fragen Sie bloß nach Mrs. Kelly«, hatte der Vater gesagt. Ich stellte mir meine Volksschullehrerin vor, eine Irin, mit dem liebenswerten Gesichtsausdruck einer Großmutter, die einst von Hungersnöten getrieben, den alten Kontinent verlassen hatte. Doch diese Mrs. Kelly war vielleicht zweiundzwanzig und trug wegen der im September noch anhaltenden Hitze kurze Hosen. Sie schien mehr Energie zu haben als die ihr anvertrauten Fünfjährigen, was sie für diesen Job sicherlich sehr geeignet machte, aber gleichzeitig war es beängstigend, ihr zuzuschauen.

Als ich ihr meinen Ausweis zeigen wollte, sagte sie bloß: »Das ist schon in Ordnung. Mr. Reynolds hat ja angerufen. Sie wollen sicher ein Zimmer, wo Sie Ruhe haben.« Vielleicht ließ mich Becky so respektabel aussehen. Sie stand neben mir wie ein Militärattaché. Beckys Haltung war sehr gerade, ihre Handtasche hatte sie unter den Arm geklemmt, und sie hatte den wachsamen, kalten Blick eines Geheimdienstmannes, der überprüft, wo der Präsident die Nacht verbringen würde. Sie schenkte Mrs. Kelly ein angespanntes, distanziertes Lächeln.

Wir befanden uns in einem großen, mit Spannteppich ausgelegten Raum, der an drei Seiten große Fenster aufwies. Sogar mit den halb geschlossenen Jalousien war der Raum von Licht durchflutet. Im Raum verstreut standen vier oder fünf kleine Tische, mehrere Bücherregale und Wäschekörbe aus Plastik, angefüllt mit Spielzeug: Stofftiere und Puzzles und Gegenstände auf Rädern. Die meisten Kinder starrten uns neugierig an. Ein Knirps fragte: »Ist das dein Daddy?« Der Dreijährige neben ihm blickte zu mir hoch, meinte: »Ja«, und wandte sich gleich wieder seinem Malbuch zu.

Mrs. Kelly hatte Billy bereits an der Hand und brachte ihn zu mir. »Im Büro ist gerade niemand«, bot sie mir an und tauchte dann wieder in das Durcheinander, klatschte in die Hände, um Leben in die Gruppe zu bringen, und rief: »Wer hat Lust auf Ballspielen?«

Billy Reynolds blickte scheu zu mir hoch, bereit, alles zu tun, was von ihm verlangt wurde.

»Hallo, Billy, weißt du noch, wer ich bin?«

Sein Nicken war nicht gerade überzeugend. Becky nahm ihn an der Hand. Im Flur erklärte sie ihm, daß er sich nur ein paar Fotos anschauen solle. Er nickte. Er war, was diese Dinge anbelangte, längst routiniert.

Im Büro standen ein leerer Schreibtisch, eine Couch und ein paar Stühle, auf denen wir Platz nahmen. Becky rückte einen kleinen

Schreibmaschinentisch an die Couch heran. Ich versuchte Abstand zu gewinnen. Das Reden überließ ich ihr.

»Billy, ich zeige dir jetzt sechs Bilder. Es sind Bilder von lauter Männern. Einige sehen nur so aus wie der Mann, den du beschrieben hast. Der echte Mann ist vielleicht gar nicht dabei. Du mußt mir nicht sagen, daß einer der Richtige ist. Sieh sie dir nur ganz genau an und sag mir, ob einer davon wie der Mann aussieht, der dich mitgenommen hat. Glaubst du, das schaffst du?«

Wieder nickte er bloß, sah sich aber das oberste Foto bereits neugierig an. Sein Gesichtsausdruck war gespannt, als spielten wir ein Spiel mit geheimen Regeln. Bei den ersten beiden Fotos aus dem Stapel, den Becky vor ihn hingelegt hatte, war ihm nichts anzumerken. Beim dritten befürchtete ich, er beginne sich zu langweilen. Die Art, wie er es ansah, schien völlig unkonzentriert.

Doch dann sah er das vierte, und im selben Moment fiel ihm das vorhergehende, das er gerade vom Stapel heben wollte, aus der Hand und flatterte zu Boden. Billy starrte das vierte Foto an. Es folgte ein langer Moment, dann schob er sich vom Tisch weg und verschränkte die Arme über der Brust.

»Tun Sie das weg«, sagte er.

Wir ließen es liegen. »Warum?« fragte Becky. »Magst du es nicht?«

»Das ist er.«

Billys Stimme war zu einem verängstigten Flüstern geworden. Er verkroch sich noch weiter in die Couch. Ich hatte ihn erlebt, wie er Chris Davis identifizierte, aber diese Reaktion war neu.

»Du brauchst keine Angst zu haben, Billy.« Becky legte den Arm um seine Schultern. Er kroch fast in sie hinein. Am liebsten hätte ich mich unsichtbar gemacht. Ich wollte nicht da sein, nicht als Mann in einem Raum mit diesem Häufchen Angst. »Niemand wird dir weh tun«, sagte Becky. »Aber du hast uns doch gesagt, daß er dir nicht weh getan hat«, fuhr sie fort. »Du hast gesagt, du erinnerst dich nur daran, daß sich der Mann über dich gebeugt hat, als du gerade einschlafen wolltest. Weißt du noch, Billy? War das alles, was passiert ist?«

Billy fing zu weinen an. Wir stellten keine Fragen mehr. Becky drehte die Fotos um.

Beim letzten Mal war Billy so gefaßt gewesen wie ein Experte, der schon hundertmal als Zeuge ausgesagt und andere identifiziert hatte. Nachdem er auf das Foto von Chris Davis gezeigt hatte, hatte er uns eine neue Version seiner Geschichte erzählt und gesagt, daß er sich an nichts Schlimmes erinnern konnte. Karen hatte gemeint, er verdrängte die Erfahrung bereits erfolgreich. Ich war froh, daß die Kinderanwältin jetzt nicht hier war. Ich glaube, sie hätte uns beiden, Becky und mir, ins Gesicht geschlagen.

Becky schaukelte Billy in ihren Armen. Er weinte immer noch, aber nicht mehr so heftig. Er versuchte ihr schluchzend und stotternd etwas mitzuteilen. »Ist schon gut«, sagte Becky immer wieder. Ihre Stimme war beruhigend, doch in ihren Augen spiegelte sich die furchtbare Tragik dieses Moments wieder. Sie sah mich an.

Wir hatten befürchtet, Kevin wäre als Zeuge vollkommen unbrauchbar geworden, nachdem er auf dem Videoband den unserer Ansicht nach falschen Mann identifiziert hatte. Andererseits ließ sich damit sein Verhalten an jenem Tag im Gericht erklären. Nicht der in Haft genommene Chris Davis hatte ihn in Angst und Schrecken versetzt, sondern der wahre Täter, der sich plötzlich im selben Raum mit ihm befand, der nicht unter Verdacht stand, den niemand bewachte und dem es frei stand, das Gerichtsgebäude zu verlassen und sich beliebig in der Welt zu bewegen, in die auch Kevin zurückkehren mußte. McCloskey und Padilla hatten diesen Mann im Verdacht, und Billy hatte ihn ebenso identifiziert wie Kevin. Jetzt hatte ich Gewißheit, und alles andere erhielt plötzlich auch einen Sinn – die Art, wie die Fälle von Beginn an an mich herangetragen worden waren, und der immer wieder umgeleitete Verlauf der Ermittlungen, der über Jahre in die Vergangenheit zurückreichte.

Ich stand bereits am nächsten Tag vor der Anklagejury und beschrieb, wie es zu der Identifizierung gekommen war. Sie mußte entscheiden, ob Grund für eine öffentliche Anklage gegeben war, wobei diese Entscheidung auf Hörensagen, ja sogar auf Aussagen von Leuten begründet sein kann, die nie auch nur in die Nähe eines Verbrechens gekommen sind. In der Regel hört die Anklagejury einem gelangweilten Assistenzstaatsanwalt zu, der ihr aus Polizeiberichten und Zeugenaussagen vorliest. Meine Aussage war energischer, als es die Geschworenen gewohnt waren. Es mag sein, daß sie das zu schätzen wußten, jedenfalls wurde mir recht gegeben, und ich konnte Anklage erheben. Als nächstes besorgte ich mir den Haftbefehl.

All das ging sehr schnell. Man kann dieses Verfahren beschleunigen, wenn man nur entsprechend hartnäckig ist. Ein Problem bestand darin, Polizeibeamte zu finden, die bereit waren, die Verhaftung vorzunehmen. Padilla weigerte sich, und ich konnte es ihm nicht verübeln. Schließlich wurden zwei Streifenbeamte beauftragt. Niemand von höherem Rang hatte auch nur das geringste Interesse, der Verhaftung beizuwohnen.

Ich ging voran, als wir das Bürogebäude betraten. Die beiden Beamten in Uniform hielten sich zurück, unsicher, was denn nun ihr Status in dieser Routineangelegenheit sei. Sie waren es nicht gewohnt, von einem Zivilisten Anweisungen entgegenzunehmen. Keiner von uns sprach, als wir den Fahrstuhl nach oben nahmen.

Die Empfangsdame schien durch die Anwesenheit der Polizisten nicht beunruhigt und führte uns widerspruchslos tiefer in das Bürolabyrinth hinein. Zwei Flure weiter stießen wir auf seine Privatsekretärin, die sich bereits erhoben hatte. »Ist er da?«, fragte ich.

»Es dauert noch ein paar Minuten«, entgegnete sie. »Er ist gerade beschäftigt.«

Auf der Telephonanlage auf ihrem Tisch ging ein Lämpchen aus. Wir sahen beide hin, dann blickte ich sie neuerlich an. »Wenn Sie einen Augenblick Platz nehmen möchten …«, setzte sie an.

»Nein, vielen Dank.« Ich ging an ihr vorbei und öffnete die Tür hinter ihrem Rücken. Sie führte in einen riesigen Büroraum, an dessen gegenüberliegendem Ende ein Schreibtisch stand. Dahinter saß Austin Paley, der mich überrascht ansah.

»Mark, warum hast du nicht angerufen?« meinte er unbeschwert. »Ich hätte einen Imbiß vorbereiten lassen.«

Er hatte genug Erfahrung im Strafrecht, um den Haftbefehl zu erkennen, den ich in der Hand hielt. »Einer meiner Mandanten wird doch nichts Schlimmes angestellt haben«, sagte er.

»Nein, Austin. Der Haftbefehl ist auf dich ausgestellt. Du bist es, der einen Anwalt braucht. Ich nehme dich wegen Entführung und erschwerter sexueller Nötigung in drei Fällen in Haft.«

VI

Während ich Austin Paley in Haft nahm, machte sich Tommy Algren auf den Weg zu mir. Nachdem er Austin Paley in den Fernsehnachrichten wiedererkannt hatte, hatte er sich durch die einzelnen Instanzen gearbeitet, zuerst seine Eltern, dann die Lehrerin, die Schulschwester, den Arzt und schließlich die Polizei verständigt und sich dabei hartnäckig geweigert, seine Behauptung, der Anwalt im Fernsehen hätte ihn vor zwei Jahren belästigt, zurückzunehmen. Unterdessen hatten die Medien die Nachricht von Austins Verhaftung bekanntgegeben und Tommy diesen Schritt leichter gemacht.

Tommy war zehn Jahre alt. Auf mich wirkte er wie ein kleiner Erwachsener; ich hatte mich in der Zwischenzeit an den Umgang mit kleineren Kindern gewöhnt. Er saß vollkommen aufrecht da, während er mir seine Geschichte erzählte. Seine Stimme blieb dabei unverändert gefaßt, und erst als er immer tiefer in die Vergangenheit zurückkehrte, schien der kleine Junge in ihm wieder zu erwachen, dem Austin damals begegnet war. Sein sorgfältig zurückgekämmtes hellbraunes Haar hatte sich gelöst und fiel ihm in die Stirn. Irgendwann begann er, mit den Beinen zu wippen. Seine Füße reichten noch nicht ganz bis zum Boden.

»Am Anfang haben wir bloß geredet. Lange. Wir sind oft spazierengegangen. Er hat mich vom Fußballtraining abgeholt, mir ein Eis gekauft, und dann sind wir einfach durch die Gegend gelaufen. Zuerst kamen noch ein paar andere Jungs mit, aber später nur ich.«

»Wir hatten ja keine Ahnung«, fiel ihm seine Mutter ins Wort. Sie war eine korpulente Frau undefinierbaren Alters. Ihrem Aussehen nach konnte sie um die Dreißig sein, doch ihre Art, zu sprechen und sich zu kleiden, ließ eher an die Vierzig denken. Für ihren Termin mit dem Bezirksstaatsanwalt hatte sie ein mit dunklen Farben gemustertes Kleid an, und um den Hals trug sie eine kurze Perlenkette, nach der sie vor allem immer dann griff, wenn die Sprache auf ihren abwesenden Ehemann kam. »Mr. Algren und ich dachten, Tommy wird von den Eltern eines anderen Jungen nach Hause gebracht. Das hat er ja auch behauptet.«

Tommy sah mich unverwandt an, als wäre das, was seine Mutter sagte, nicht von Bedeutung. Ich nickte ihm zu, und er fuhr fort.

»Dann ...«, er schluckte. Es war ihm anzusehen, wie er sich sammelte, um seine Geschichte in der richtigen Reihenfolge zu erzählen. »Im Sommer war ich den ganzen Tag über im Hort.«

»Sein Vater und ich – wir müssen beide arbeiten«, sagte Mrs. Algren und machte eine resignative Geste.

»Natürlich«, sagte ich verständnisvoll.

»Es war so langweilig«, fuhr Tommy fort. »Was hätten wir denn tun sollen? Die Kleinen auf der Schaukel anstoßen? Manchmal kam dann Waldo vorbei und holte mich ...«

»Waldo?« sagte ich. Mein Gesicht verbarg sich zur Hälfte hinter meiner Hand, um keine Reaktionen preiszugeben. Das kann ich, wenn es sein muß, tagelang durchhalten.

»Er hat mir gesagt, daß er so heißt«, sagte Tommy mit einem schlauen Lächeln. »Aber ich habe gewußt, daß das nicht stimmt.«

»Wie konntest du das wissen?«

»Manchmal hat er mich im Auto allein gelassen. Ich hab dann in das Fach zwischen den beiden Vordersitzen geschaut. Da waren Briefumschläge mit seinem richtigen Namen drauf.«

»Und wie lautete dieser Name?«

»Austin Paley.« Er wartete eine Reaktion ab. Ich nickte bloß.

»Jedenfalls im Sommer, da war es besser, weil wir den ganzen Tag zusammensein konnten. Manchmal sind wir schwimmen gegangen. Zuerst in Badeanstalten, aber Waldo hat auch andere Plätze gekannt, wo wir hingefahren sind, wenn er vergessen hatte, Badehosen mitzubringen. Er sagte, das ist okay, weil keine Mädchen in der Nähe waren.

Das haben wir oft gemacht – ich meine auch andere Sachen. Spazierengehen und Reiten im Brackenridge Park. Und einfach nur reden. Waldo hat nie gesagt, über das oder das können wir nicht reden, oder so getan, als wäre ich für bestimmte Sachen noch zu klein.«

Mrs. Algren starrte mit stoischem Gesichtsausdruck auf einen Punkt an der Zimmerdecke.

»Das erste Mal, als was passiert ist – das wollen Sie doch hören, oder?«

»Erzähl einfach weiter, Tommy. Alles, was passiert ist.«

Er nickte und fuhr fort. Peinlich war es ihm offenbar nicht.

»Wir wollten in einem Fluß baden, den er kannte. Es war sonst niemand da. Irgendwo weit draußen auf dem Land. Als wir müde wurden, haben wir uns auf eine alte Steppdecke gelegt. Waldo hatte sie mitgebracht. Wir haben uns in den Schatten gelegt, aber es war trotzdem heiß. Das war im August, glaube ich. Waldo sagte, wir lassen uns in der Luft trocknen. Also sind wir auf der Decke gelegen und haben ein bißchen geredet, aber nicht lange. Waldo hat die Augen zugemacht und dann lauter geatmet. Ich bin dann auch ganz müde geworden.«

Die Situation formte sich zu einem Bild in mir, ich konnte sie regelrecht spüren: die stille Sommerluft, das Summen der Insekten, das rauhe Material der Decke, lange, kitzelnde Grashalme, Wassertropfen, die auf der Haut verdunsten. Allein die Vorstellung ließ mich schläfrig werden, obwohl wir uns im klimatisierten Büro befanden. Es gelang mir, Tommy in dem Bild unterzubringen, er saß ja unmittelbar vor mir, aber den Mann sah ich bloß als anonymen Schatten, bis mir mit Schrecken wieder einfiel, daß es Austin Paley war, der mir hier beschrieben wurde. Der Mann ließ sich um so schwerer ins Bild rücken, je mehr mir bewußt wurde, um wen es sich handelte. »Was geschah dann?« fragte ich.

»Waldo legte sich auf die andere Seite, und dabei fiel sein Arm auf mich. Er war heiß, aber ich habe mich nicht bewegt, weil ich auch schläfrig war. Sein Arm hat ganz lange auf meinem Bauch gelegen. Ich habe geglaubt, er schläft, aber dann hat er ihn bewegt, da, zwischen meinen Beinen.«

»Sehen Sie, die haben uns nie ein Wort gesagt«, meldete sich seine Mutter plötzlich laut zu Wort. »Mr. Algren und ich überlegen uns ernsthaft, den Hort anzuzeigen. Wir hätten diese Ausflüge selbstverständlich nicht erlaubt. Aber wir wußten ja gar nichts. Dieser Mann hat behauptet, er sei Tommys Onkel, und Tommy hat ihnen nichts anderes gesagt.«

Tommy behielt mich im Auge. Ich wollte, daß er dachte, ich sei ganz seiner Meinung, daß es Dinge gab, die man seinen Eltern nicht mitteilte. »Ich verstehe«, sagte ich zu Tommys Mutter gewandt. »Es ist nicht Ihre Schuld.« Aber in Wirklichkeit sprach ich mit Tommy. »Erzähl weiter, Tommy.«

»Naja, er hat mich angefaßt, meine Beine, meinen Bauch und – alles halt. Ich habe seine Hand nicht weggetan, aber ich bin davon aufgewacht. Dann hat er auch die Augen aufgemacht. Er hat ganz ernst mit mir geredet, so wie bei anderen Sachen, über die wir gesprochen haben. Er hat gesagt, wir tun da nichts Schlimmes, das tun andere auch, und daß er gedacht hat, ich mag das, und dann hat er mich gefragt, ob das stimmt. Ich habe gar nichts gesagt.«

»Hast du Angst gehabt?«

»Na klar. Aber es war nicht schrecklich oder so. Nach einer Weile hat er meine Hand genommen und auf sich draufgelegt. Auf sein Bein, ganz oben. Hab ich schon gesagt, daß wir immer noch nichts anhatten?«

Seiner Mutter war die Röte vom Nacken ins Gesicht gestiegen. »Müssen wir das alles jetzt durchgehen?« meinte sie plötzlich. »Tommy hat bei der Polizei eine Aussage gemacht. Eine sehr detaillierte Aussage.« Sie sah mich nicht an.

Ich hatte die schriftliche Aussage. »Nein, wir müssen heute nicht fortfahren. Ich mußte mir nur noch selbst ein genaues Bild machen, damit ich weiß, wie die Beschuldigung lauten wird, weswegen Anklage erhoben wird.« Ich wollte mir aber auch ein Bild davon machen, welche Art von Zeuge Tommy sein würde. Würde er seine Geschichte im Gerichtssaal erzählen, hätte er es nicht so gemütlich wie in meinem Büro. Wie er jetzt vor mir, einem Fremden, vor Becky, der Kinderanwältin Karen Rivera und seiner Mutter Haltung bewahrte, ließ mich Hoffnung schöpfen.

»Aber«, fuhr ich fort, »sobald wir mit den Prozeßvorbereitungen beginnen, werden Tommy und ich das wieder und wieder durchgehen müssen. Beziehungsweise Tommy und ein anderer Vertreter der Anklage.«

»Prozeß?« wollte die Mutter wissen. »Glauben Sie, daß es zu einem Prozeß kommt?«

»Davon müssen wir zumindest ausgehen. Und so, wie die Dinge momentan stehen, weist alles auf einen Prozeß hin. Mehrere Prozesse, würde ich sogar sagen. Es gibt noch andere Kinder, wissen

Sie.« Ich dachte, es würde sie beruhigen, eine von vielen Betroffenen zu sein, aber das war keine Gruppe, zu der sie sich zählen wollte.

»Ich dachte nur ...« Sie bearbeitete ihre Perlen nun wie manisch, als könnten sie ihr helfen, sie von diesem ekelhaften Ort wegzuzaubern. »Mr. Algren und ich dachten, der Mann würde sich schuldig bekennen, wenn er erst mit der Beweislage konfrontiert ist. Tun das nicht alle?«

Ja, die meisten schon. Aber Austin war kein gewöhnlicher Beschuldigter. Er würde sich sicher nicht schuldig bekennen.

»Oft ist das so, Mrs. Algren, aber manchmal eben nicht. Außerdem, damit sich jemand schuldig bekennt, müssen wir ihm eine niedrigere Gefängnisstrafe in Aussicht stellen als die, die von den Geschworenen verlangt würde. Das würde ich bei diesem Fall nicht wollen. Dieser Mann gehört aus dem Verkehr gezogen, finden Sie nicht?«

Sie saß einen Moment lang da, als hätte die Frage nicht ihr gegolten. Dann besann sie sich mit einer schreckhaften Bewegung. »Selbstverständlich«, erwiderte sie. »In Tommys Nähe darf er sich jedenfalls nicht mehr wagen, das schwöre ich Ihnen. Tommys Vater hat gedroht, den Mann zu erschießen.«

Aus meinem Augenwinkel glaubte ich beobachten zu können, wie sich ein leises Lächeln über Tommys Gesicht stahl, doch als ich ihn direkt ansah, war sein Gesichtsausdruck unverändert ruhig und ernst. Er sah herzerweichend alt aus, so als hätte er längst gelernt, all das zu ertragen.

»Verstehen Sie jetzt, warum ich Kinder lieber habe?« fragte Karen Rivera, nachdem sie die Tür hinter Tommy und seiner Mutter geschlossen hatte.

»Was meinen Sie, ist er ein guter Zeuge?« wandte ich mich an Becky.

Zum ersten Mal wartete sie meine Meinung nicht erst ab. Becky stand mit verschränkten Armen da und starrte die Tür an, durch die das Kind hinausgegangen war.

»Er ist *zu* gut«, meinte sie. Ich nickte.

Im Büro begannen sich nun die Anzeigen gegen Austin zu häufen. Manche wurden uns gemeldet, als sein Foto in den Zeitungen erschien. Andere forschten wir selbst aus. Nachdem mir in den ersten Anklageerhebungen recht gegeben worden war, ging Lou Padilla noch einmal zu den Kindern, die er in den letzten Jahren befragt hatte, und legte ihnen die neue Fotoserie vor. Für manche von ihnen war es schon zu lange her, sie konnten sich an das Gesicht nicht mehr erinnern. Dann gab es Kinder, deren Eltern den Kriminalbeamten nicht ins Haus ließen. Aber schließlich wurde Austin Paley anhand der Fotos zunächst von einem, dann von zwei und dann von immer mehr Kindern identifiziert. Sie kamen alle zu mir ins Büro. Diese Parade zerstörter Kinderseelen wurde langsam zu einem schrecklichen Bestandteil unseres Arbeitsalltages. Einige von ihnen hatten ihn seit zwei Jahren nicht mehr gesehen, aber sie hatten immer noch diesen verfolgten Gesichtsausdruck, der sie ihr Leben lang nicht verlassen würde. Sie trugen ein Geheimnis in sich, das es ihnen nicht mehr erlaubte, normale Kinder zu sein; es hatte sie unwiderruflich verändert. Ein Junge ließ seinen Vater nicht mehr in seine Nähe, und das nun schon seit zwei Jahren. Ein erst fünfjähriges Mädchen verhielt sich kokett wie eine Erwachsene, und wenn sie neben mir stand, spürte ich die Wärme ihrer Haut, wobei ihr Lächeln einen Ausdruck hatte, der bestenfalls zu einer alten Nutte gepaßt hätte.

Dann kam ein Junge, der sich völlig von den anderen abhob. Als er zum ersten Mal in mein Büro watschelte, war mein erster Gedanke, wie sich Austin nur so im Geschmack vergriffen haben konnte. Die anderen Kinder erinnerten allesamt an einen Wurf kleiner süßer Welpen. Sie hatten eine zarte, glänzende Haut, wache und flinke Augen, und ihre kleinen Gesichter hätten in jede Kodak-Werbung gepaßt. Dieser Junge war jedoch in jeder Hinsicht abstoßend. Er wog mindestens fünfzehn Kilo zuviel, was bei einem Neunjährigen von ein Meter fünfzig schwer ins Gewicht fiel. Seine Haut war fleckig. Zwischen seinen fleischigen Fingern hielt er ununterbrochen einen klebrigen Schokoriegel. Er war schmutzig, und sein Körper dünstete einen ekelhaften Geruch aus. Ihm zuzuhören, wie er seine intime Begegnung mit Austin beschrieb, und ihn dabei anzusehen und zu riechen genügte, um jede Art von Lust im Keim zu ersticken. Ich glaubte ihm kein Wort. Austin war einer der wählerischsten Menschen, die mir je begegnet sind. Mit diesem Kind hätte er keine Sekunde im selben Raum verbracht.

Als er endlich gegangen war, mußte ich mich räuspern. Dr. McLaren wußte genau, was in mir vorging. Sie schlug ihren Ordner auf und legte ihn auf den Schreibtisch vor mich hin. »So hat Peter vor zwei Jahren ausgesehen.«

»Das kann nicht Ihr Ernst sein. Das ist sein kleiner Bruder, aber doch nicht er.«

»Süßer Knirps, nicht wahr? Er war einfach zu süß. Peter empfindet das jedenfalls so. Er hat zwei Jahre gebraucht, um aus sich einen Menschen zu machen, den man meidet wie einen Aussätzigen. Er zerstörte das, was ihn so verletzlich gemacht hat. Wir nennen das effektive Reaktion. Besser hätte er sich gar nicht schützen können.«

So gut, dachte ich, *daß es mir nicht einfallen würde, ihn den Geschworenen vorzuführen.*

Janet McLaren war Psychiaterin. Sie hatte sich auf die Behandlung von Kindern, insbesondere von sexuell mißbrauchten Kindern, spezialisiert. Der Dezernatsleiter für Sittlichkeitsverbrechen hatte sie mir empfohlen, und nach unserem ersten Gespräch hatte sich die Ärztin bereit erklärt, als unentgeltliche Beraterin mit uns zu arbeiten. In mir sah sie offenbar jemanden, der dringend Bildung nötig hatte.

»Ich habe sie noch nicht alle gesehen, aber der Kriminalbeamte Padilla meinte, einige der Kinder haben sich anscheinend so weit erholt, daß man nicht einmal mehr sagen könnte, ob sie Schäden davongetragen haben. Warum sind manche okay und andere so ...«, ich wollte das Wort »entstellt« nicht gebrauchen, aber ich mußte den Satz gar nicht beenden.

Dr. McLaren nickte. »Ich würde mich nicht unbedingt auf die psychologischen Kenntnisse des Kriminalbeamten verlassen, zumal er den mißbrauchten Kindern nur ein einziges Mal begegnet ist ...«

Diese Bemerkung klang sanfter, als man vielleicht denken würde. Dr. Janet McLaren war in meinem Alter, fast fünfzig. Frauen konnen in diesem Alter sehr unterschiedlich aussehen. Manche von ihnen versuchen es Joan Collins gleich zu machen. Andere haben bereits das Aussehen einer lieben Großmutter. Dr. McLaren lag irgendwo dazwischen. Sie konnte wahrscheinlich je nach Lebenslage einmal so und einmal so aussehen. Sie war eine leicht übergewichtig, was sie aber nicht allzusehr zu kümmern schien. Das überschüssige Gewicht verlieh ihrem Gesicht eine weiche Sanftheit, und ihr geblümtes Kleid tat nichts, um das zu kaschieren. Sie hatte blaue Augen und einen weichen, sinnlichen Mund, der häufig lächelte. Ihr Haar war bis auf vereinzelte blonde Strähnen fast gänzlich ergraut; es war über ihrem Kopf zu einem ordentlichen, aber unscheinbaren Knoten zusammengebunden. Ihre Stimme war melodiös, auch dann, wenn sie Kritik übte oder psychologische Begriffe erklärte. Dennoch zeigte sie mir deutlich, daß sie meinte, meinen Verstand mit manchen Dingen möglicherweise zu überfordern.

»... aber es stimmt, viele der Kinder zeigen nach außen hin keine negativen Folgen. Manche haben sich so gut wieder eingefügt, daß ich Ihnen, wären sie meine Patienten, sicher nicht erlauben würde, sie diesem Erinnerungsschmerz noch einmal auszusetzen.«

»Ist es Ihnen denn lieber, sie verdrängen es?«

Für meine Gehversuche in der Psychoanalyse hatte sie bloß ein Lächeln übrig. »Verdrängung muß nicht unbedingt schlecht sein. Die Erinnerung an das, was passiert ist, bleibt, ohne daß die Kinder jeden Tag darüber brüten müssen. Wenn es ihnen gelungen ist, den Konflikt so zu lösen, daß er nicht bloß in ihrem Inneren weiterarbeitet, um dann eines Tages in der Pubertät oder in einer Partnerschaft auszubrechen, dann ist das gut so. Was ist denn so schlimm daran, etwas Schreckliches zu vergessen? Es ist passiert, das schon, aber es betrifft ihr Leben nicht mehr.«

Mein Interesse galt aber den Kindern als Zeugen, also ihrem Erinnerungsvermögen. »Sie haben die Kinder gesehen, mit denen ich gesprochen habe. Sagen sie Ihrer Meinung nach die Wahrheit?«

»Ich bin kein Lügendetektor, Mark. Es gibt deutliche Symptome. Peter, der gerade hier war, zeigt sie alle. Peter wurde mißbraucht, davon bin ich überzeugt. Ob von Ihrem Verdächtigen, ist eine andere Frage.«

Ihre Stimme wurde tiefer, womit sie, wie ich mittlerweile bemerkt hatte, den Übergang vom Besonderen ins Allgemeine, also eine weitere Lektion in Sachen Kinderpsychologie einleitete. »Kinder wünschen sich nichts sehnlicher als unser Lob, Mark. Nichts ist für sie wichtiger als die Bestätigung durch die Erwachsenen. Im Grunde versuchen wir ihnen ja genau das beizubringen. Wir lieben sie und belohnen sie, wenn sie das tun, was wir von ihnen wollen, hingegen ignorieren oder bestrafen wir sie, wenn sie es nicht tun. Versuchen

Sie das Experiment mit einem Hund, und das Ergebnis wird exakt dasselbe sein. Wenn Sie nun beginnen, diese Kinder zu befragen, vor allem Kinder, denen weh getan wurde, die sich von ihren Eltern womöglich verstoßen fühlen, wenn Sie sie hierher bringen, in diese extrem förmliche Erwachsenenwelt, und sie dann mit ernster Miene ansehen und ihnen wichtige Fragen stellen, dann forschen sie erst gar nicht nach der richtigen Antwort. Sie schärfen ihr Gehör nur noch dafür, was Sie hören wollen. Und wenn sie meinen, Ihnen die richtige Antwort geben zu können, werden sie es tun. Dasselbe geschieht, wenn ihnen ein Polizist Fotos vorlegt.

Ich behaupte gar nicht, daß sie lügen. Sie wollen sicher die Wahrheit sagen, weil das ja der Wunsch des Erwachsenen ist. Aber wehe, wenn der Erwachsene irgendwelche Hinweise macht, was *seiner* Meinung nach der Wahrheit entspricht ...« Sie zuckte mit den Schultern. »Eine bessere Spürnase als die des mißbrauchten Kindes gibt es gar nicht.«

Ich saß da und versuchte zu verdauen, was sie mir da offenbarte. Eine Hilfe war sie jedenfalls nicht. Die nächste Frage ließ sich gar nicht vermeiden: »*Wurden* sie nun mißbraucht oder nicht? Wenn sie denken, man will genau das hören ...«

Die Psychiaterin nickte mir lobend zu. Ich merkte plötzlich, daß mich ihre Zustimmung freute. *Schluß damit.* Ich mußte ernst bleiben. Das war ein Gespräch zwischen zwei erwachsenen Menschen und kein Austausch zwischen Lehrer und Schüler.

»Sie hätten wohl gerne handfeste medizinische Beweise?«

»Naja, natürlich. Ich denke, wir haben welche«, mit diesem Aspekt hatte ich mich noch gar nicht näher befaßt.

Sie lächelte mich wieder auf diese wissende und mitleidige Art an, wurde aber gleich wieder ernst, da es hier um ein Thema ging, das für uns beide sehr wichtig war, und sie wirklich helfen wollte. »Manchmal«, begann sie mit weicher Stimme, »wird ein Kind unmittelbar nachdem Anzeige erstattet wurde, also innerhalb von ein, zwei Tagen, zu mir gebracht. In solchen Fällen führe ich sofort eine medizinische Untersuchung durch. Ich suche natürlich nach Anzeichen für sexuelle Gewaltanwendung, aber zugleich kann ich auf diese Weise das Vertrauen des Kindes gewinnen. Und es beruhigen. Manchmal untersuche ich es auch dann, wenn die Nötigung schon länger zurückliegt. So kann ich dem Kind versichern, daß ihm kein dauerhafter Schaden zugefügt wurde. Häufig machen sie sich große Sorgen, daß mit ihnen, ihrem Körper etwas nicht mehr in Ordnung ist. Ich kann ihnen zumindest die Sicherheit geben, daß sie völlig gesund sind.

Und in der Regel ist es auch so. Ich meine, aus Ihrer Sicht ist das natürlich schlecht. Aber in den meisten Fällen gibt es tatsächlich keine Hinweise, daß den Kindern körperliche Gewalt angetan wurde.«

»Absolut keine?« fragte ich erstaunt und stellte einen Moment lang die Kompetenz dieser angeblichen Expertin in Frage.

»Absolut keine«, wiederholte sie. Der Zweifel im Ton meiner Stimme durfte ihr nicht entgangen sein. »Wenden Sie sich doch an den Arzt, der die ersten Untersuchungen macht, er wird es bestätigen. In vielleicht fünfzehn Prozent der Fälle finde ich eindeutige Spuren von sexueller Gewaltanwendung. In ungefähr dreißig Prozent finden sich Hinweise, die einen Mißbrauch vermuten lassen, aber da wird es schon subjektiv und ist nicht mehr eindeutig nachweisbar. Wenn ein Kind erst lange nach dem Mißbrauch zu mir gebracht wird, gibt es so gut wie nie eine physische Beweislast.«

Ich saß bloß da und versuchte diesen Schlag zu verdauen.

»Ich bilde mir natürlich meine eigene Meinung. Nehmen wir zum Beispiel Peter. Dieser Junge wurde mißbraucht. Da besteht überhaupt kein Zweifel, auch wenn sich nicht die kleinste Narbe finden läßt. Sein ganzes Leben ist eine einzige Narbe. Und dann Katrina, das kleine Mädchen mit dem koketten Verhalten.« Die Fünfjährige, die um mich herumgeschlichen war und mich so wissend angeblickt hatte. »Katrina ist nicht durch zu viel Fernsehen so geworden.«

»Ist das nur eine Phase?« fragte ich.

Dr. McLaren stieß einen Seufzer aus. Sie saß in einem der Besucherstühle vor meinem Schreibtisch, die, wie ich aus Erfahrung wußte, für ein längeres Gepräch äußerst unbequem waren. Sie lehnte sich zurück, streckte ihre auffällig langen Beine von sich und dehnte sich. »Nein«, erwiderte sie traurig. »Es kann eine Besserung eintreten, wenn sich jemand findet, der mit Katrina richtig umgeht – ihre Eltern tun das jedenfalls nicht. Sie haben Angst vor ihr, und Katrina weiß das.« Nun war sie mit ihrer eigenen Formulierung unzufrieden.

»Ich sollte das nicht sagen, es tut mir leid. Vergessen Sie das wieder. Aber diese Kinder – über Nacht werden sie zu Wesen mit Sexualität. Sie wissen etwas, was sie nie wieder vergessen werden. Sie wurden, lange bevor sie überhaupt damit umgehen können, einer Erfahrung ausgesetzt, die Erwachsenen vorbehalten ist. Und, wenn wir ehrlich sind, wer von uns kann denn wirklich damit umgehen? Diese Kinder sind jedenfalls nicht bereit dafür. Sehen Sie sich Katrina doch an. Vergnügen bereitet ihr ihr Verhalten sicher keines. Sie will Sie ja nicht wirklich verführen, wenn sie sich so an Sie ranmacht. Eine intime Berührung würde in ihr blankes Entsetzen hervorrufen. Aber sie hat gelernt, daß ihr dieses Verhalten Zustimmung eingebracht hat. Das kann sie nicht vergessen.«

Sie wurde wieder allgemeiner. »Keines dieser Kinder kann vergessen. Die Erfahrung hebt sie von den anderen Kindern ab. Nach diesem Erlebnis fällt es ihnen ungemein schwer, in der Schule wieder zurechtzukommen, gleichaltrige Freunde zu finden. In ihnen arbeitet dieses schmutzige Geheimnis, und sie meinen, jeder könne es ihnen vom Gesicht ablesen.«

Das klang nach einer furchtbaren, isolierten Welt, in der der Schmerz niemals aufhört. Sie sprach mit einer gewissen Eindringlichkeit, doch wir wußten beide, daß es mir nicht darum ging, etwas zu lernen. Ich war bloß da, um kurz in jenen dunklen Bereich hineinzublicken und mir einen der darin Gefangenen für meine eigenen Zwecke auszusuchen. Ein Kind wie Peter oder Katrina kam dafür nicht in Frage. Dr. McLaren wußte genau, wie tief verletzt sie waren; sie hatte mir den Bruchteil einer Vorstellung davon vermittelt. Aber bei den Geschworenen kann man sich nicht auf Phantasie und Einfühlungsvermögen verlassen. Ich würde ihnen sicher keinen verdreckten, dicken Jungen oder eine lüsterne kleine Göre vorführen. Nein, ich brauchte ein Kind, dem offensichtlich und eindeutig weh getan wurde. Eines, das litt und sich schämte und den Schutz der Erwachsenenwelt dringend nötig hatte. Diese Auswahl galt im Grunde nicht dem Opfer, sondern einem Wesen, dem gute und menschliche Regungen wie von selbst zuflogen. *Finden Sie mir eines, das Mitleid erregt. Haben Sie denn keines mit Narben?*

»Was ist das für ein Mann«, fragte ich, »der in einer Vierjährigen ein sexuell begehrenswertes Wesen sieht?«

»Um Sex geht es gar nicht. Es geht um Kontrolle. Wenn eine erwachsene Frau vergewaltigt wird, ist das nicht anders – der Täter sucht nicht nach sexueller Befriedigung, er möchte sein Opfer beherrschen. Jemand, der kleine Kinder vergewaltigt, sucht die *absolute* Kontrolle. Niemand läßt sich so vollkommen und absolut kontrollieren wie ein Kind.« Sie hielt ihre zur Faust geballte Hand hoch, um zu demonstrieren, wie die gekrümmten Finger die Seele dieser Kleinen umschlossen. »Er kann das Leben dieser Kinder vollkommen in seine Gewalt bringen, Mark. Jeder ihrer Gedanken, jedes Erlebnis und ihre Reaktion darauf sind wie ein Spiegel seiner selbst. Mittlerweile ist ja auch bekannt, daß viele dieser Kinder später selbst Kinder mißbrauchen. Wenn sie eines Tages erwachsen sind, werden sie selbst zu Kinderschändern. Sie machen es ihm noch eine Generation später nach.«

»Sprechen wir einmal über ihn«, sagte ich. »Was für ein Mensch ist er?«

»Das gehört zwar nicht in mein Spezialgebiet«, meinte Dr. McLaren, »aber ein paar Sachen kann ich Ihnen schon sagen.« Sie schwieg kurz, um ihre Gedanken zu ordnen und sah an mir vorbei. Ich dachte, sie suchte nach einem Anfang, dem richtigen Beispiel.

»Wir teilen diese Männer – manchmal sind es auch Frauen, aber in der Regel Männer – in zwei Gruppen ein. Den Vergewaltiger und den Kinderschänder. Der Vergewaltiger will den Kindern eindeutig weh tun«, erklärte sie. »Der Kinderschänder – und Ihr Mann ist dieser Typus – mag Kinder. Er verführt sie. Diese Verführung kann sehr lange dauern. Denn ihm geht es ja um viel mehr. Er will nicht bloß den Körper dieses Kindes, er will geliebt werden.«

»Und er will Macht«, sagte der Vorzugsschüler in mir.

»Liebe *ist* Macht«, erwiderte sie.

»Aber er …«, ich wurde ungeduldig. »Bei den meisten Tätern handelt es sich doch um nahe Angehörige. Väter, Stiefväter, Freunde. Das kann ich mir noch vorstellen. Aber dieser Mann, er sucht sich seine Opfer überall. Wie kommt er überhaupt an sie ran?«

»Die Kinder helfen ihm«, antwortete Dr. McLaren, ohne zu zögern. »Diese Kinder, falls es Ihnen noch nicht aufgefallen ist, stammen in der Regel aus ungeordneten Verhältnissen.« Nette Floskel, dachte ich. So viel treffender als der zur Zeit so moderne Begriff

»dysfunktional«. »Es sind Kinder von Alleinerziehenden«, fuhr sie fort, »geschiedenen Eltern oder bloß aus einem Elternhaus, in dem für die Kinder keine Zeit bleibt. Der Kinderschänder …«, in ihre Stimme hatte sich fast so etwas wie Bewunderung geschlichen, »stillt im Leben solcher Kinder ein ganz wesentliches Bedürfnis. Er gibt ihnen die Geborgenheit, die sie brauchen und nicht bekommen. Das Kind liebt ihn. Es braucht ihn.«

Ich mußte an Tommy Algren denken und daran, daß er sich wiederholt vom Hort mitnehmen ließ, ohne irgend jemandem etwas zu sagen. Und an die Gefahr, die dieser Umstand für meine Fälle bedeutete.

»Sie wollen doch hoffentlich nicht sagen, das Kind kooperiert aus freiem Willen – ich meine, daß es sich willentlich …«

»Auf Sex einläßt?« Sie schüttelte entschieden den Kopf. »Das sind kleine Kinder. Wenn ein Fremder nett zu ihnen ist, ihre Nähe sucht und liebevoll mit ihnen umgeht, können sie doch nicht wissen, daß es ihm um Sex geht. Daß es so etwas wie Sex gibt, wissen sie erst, nachdem es schon passiert ist. Und dieser Teil der Beziehung ist ihnen verhaßt. Er macht ihnen angst, zerstört sie.«

Janet drehte langsam den Kopf hin und her, als wollte sie ihren steifen Nacken lockern. Sie beobachtete mich immer noch. In ihrem Blick war eine Stärke, die mich fesselte, mich einen Moment lang denken ließ, sie wende eine psychologische Methode bei mir an.

Ich mußte an Austin Paley denken. Es ging hier nicht um eine anonyme Fallstudie, wir redeten über jemanden, den ich seit vielen Jahren kannte, ohne je auch nur die Spur eines Verdachts gehegt zu haben.

»Wir haben nicht einmal annähernd alle Opfer gefunden, nicht wahr?«

Sie nickte. »Ein Mann in seinem Alter; er hat wahrscheinlich schon als Teenager damit angefangen: Hunderte würde ich sagen. Oder wenigstens Hunderte Versuche, und bei seiner Vorsicht kann man davon ausgehen, daß er in den meisten Fällen erfolgreich war. Und wenn es nur bei der Hälfte geklappt hat …«

Hat als Teenager damit angefangen, ging es mir durch den Kopf. Das bedeutete, daß es längst eine Opfergeneration gab, die mittlerweile selbst erwachsen war – Austins Sporen, unter denen, wer weiß wie viele, bereits ihre eigene Karriere als Kinderschänder eingeschlagen hatten. Austin hatte demnach bereits ganze Generationen auf dem Gewissen.

Ich mußte an Chris Davis denken. Vielleicht war es gar nicht Erpressung, die ihn veranlaßt hatte, Austins Schuld auf sich zu nehmen. Vielleicht war es Liebe.

Wir verfielen in Schweigen. Ich fühlte mich Dr. McLaren bereits nach wenigen Minuten seltsam nahe. Ob das daran lag, daß wir eine gemeinsame Sache verfolgten? Ihr Verhalten trug jedenfalls auch dazu bei. Mir war, als kannte sie mich oder hatte mich in einem früheren Leben bereits gesehen. Ich hatte keine Erfahrung, konnte nicht sagen, ob ein Psychiater jeden Menschen so behandelt. Aber ich spürte in mir das kindische Bedürfnis, sie in ihren Vermutungen über meine Person zu stören, mich als besseren oder schlechteren Menschen zu präsentieren, als ich es in ihren Gedanken vielleicht war.

»Muß ich diese Dinge auch dem Staatsanwalt sagen, der den Prozeß führen wird?« wollte sie nun wissen. »Ich habe mit den meisten Anklägern von Sexualverbrechen bereits zusammengearbeitet, und kann natürlich ...«

»Was wir hier besprochen haben, kann ich meinem Beisitzer bei den Prozessen jederzeit wiederholen«, sagte ich zuversichtlich.

Schon wieder dieser Blick. Ich erwiderte ihn, ohne mit der Wimper zu zucken. Durch und durch der Profi, der jede noch so unwichtige Kleinigkeit fest im Griff hat.

»Mir ist nicht aufgefallen, daß Sie sich Notizen gemacht haben.«

»Ich wußte nicht, daß es eine Prüfung geben würde.«

Sie streckte sich, richtete sich auf und zog ihre Beine wieder an. Aber bevor sie aufstand, sagte sie noch: »Ihr Beisitzer? Werden Sie den Prozeß denn selbst übernehmen?«

Meine politischen Berater hätten zwar keine Freude daran, aber wenn ich Austin persönlich hinter Gitter bringen und dadurch die Gefahr für die Kinder von San Antonio bannen würde, wäre meine Wiederwahl so gut wie gesichert. Im übrigen hatte ich meine eigenen Gründe, Austin Paley persönlich anzuklagen.

»Ich denke schon. Würden Sie mir helfen?«

»O ja«, erwiderte sie, als wollte sie sagen, ich hätte das bitter nötig.

Während ich meine Prozeßvorbereitungen traf, blieb Austin nicht untätig. Er begegnete der Kriegserklärung an zwei Fronten. In der Öffentlichkeit war er von einer Gelassenheit und Nonchalance, der nicht beizukommen war. Durch Hinterlegung einer Kaution befand er sich natürlich auf freiem Fuß. Er hatte sich auch nicht, wie das bei den meisten Beschuldigten der Fall war, in seinen Bau zurückgezogen. Im Gegenteil, er schien die Öffentlichkeit geradezu zu suchen. Er gab Interviews und sorgte dafür, daß sie beachtet wurden. Nicht die Spur einer Verbitterung, weil gegen ihn Anklage erhoben wurde, o nein, er hatte nur das größte Verständnis für mich übrig.

»Der Bezirksstaatsanwalt fühlte sich in die Enge getrieben. Der Druck der Öffentlichkeit wurde immer stärker, und er mußte etwas unternehmen, um den Menschen die Furcht zu nehmen. Immerhin will er ja in Kürze wiedergewählt werden. Er hatte einen Verdächtigen, sah sich in der so dringend benötigten Gunst der Wähler gestiegen, und dann stürzt das Kartenhaus auf einmal in sich zusammen. Also mußte rasch ein anderer Sündenbock her. Da bot ich mich gut an.«

»Glauben Sie, daß persönliche Ressentiments eine Rolle spielten?« wollte der Fernsehreporter wissen, der Austins Taktik bereits auf den Leim gegangen war.

Austin ließ diese Vermutung nur scheinbar widerwillig gelten. »Nun, ich *war* der Rechtsanwalt, der den Verdächtigen den Justizbehörden ausgeliefert hat. Nur wollte er dann plötzlich von einem Schuldbekenntnis nichts mehr wissen und hat dem Bezirksstaatsanwalt einen Strich durch die Rechnung gemacht. Außerdem ist das nicht der erste Fall, in dem der Bezirksstaatsanwalt und ich uns gegenüberstehen. Aber ich kann mir nicht vorstellen, daß das seine Entscheidung beeinflußt hat, zumindest nicht bewußt. Ich war ganz einfach der nächstbeste Verdächtige. Ich denke, all das wird sich rasch klären, fällt erst der politische Druck weg. Ich rechne nicht damit, daß diese Fälle noch vor den Wahlen zur Verhandlung kommen. Das würde er nicht riskieren.«

Von einem anderen Journalisten darauf angesprochen, führte er diesen letzten Satz weiter aus: »Mark Blackwell hat keine Beweise gegen mich. Die Öffentlichkeit soll denken, er hätte durch meine Verhaftung die Gefahr für die Kinder dieser Stadt gebannt. Indem er den Nächstbesten in Haft nahm – jeder wäre ihm recht gewesen. Aber für einen Geschworenenprozeß fehlen ihm die Beweise. Er weiß genau, daß höchstens ein Freispruch dabei rauskäme, denn ich bin unschuldig. Sind erst die Wahlen ausgestanden, wird man die Anklage wohl in aller Stille fallenlassen. Im Grunde handelt es sich um nichts anderes als eine zynische Manipulation des Systems.«

Der Journalist, der besser informiert und nicht so leichtgläubig war wie sein Kollege vom Fernsehen, verwies auf die Berichte, »wonach mindestens zwei der mißbrauchten Kinder Sie als Täter identifiziert haben«.

Ich konnte Austins besorgte Miene, die der Journalist in seiner Kolumne als nächstes beschrieb, buchstäblich vor mir sehen. »Das sollte mich nicht im geringsten wundern«, lautete seine Antwort. »Wie jeder weiß, der irgendwann mit solchen Fällen zu tun gehabt hat, kann ein Kind zu jeder Aussage gebracht werden, wenn man es nur lange genug bearbeitet. Mir tun diese Kinder leid.«

Ich hatte keine Ahnung, was die Leute dachten. Der geringe Prozentsatz, der tatsächlich zur Wahl des Bezirksstaatsanwaltes ging, würde die Sache mit Sicherheit verfolgen. Ich fragte mich, welche Auffassung die Leute von mir hatten. Austin, hatte ich den Eindruck, begann mehr und mehr in die Rolle des verfolgten Opfers zu schlüpfen und mich zu seinem Verfolger abzustempeln.

Aber Austin war kein Opfer. Er hatte viele Fäden in der Hand, und nun begann er, sie hinter den Kulissen zu ziehen.

»Blackie! Sag mal, wenn du schon verrückt spielst, dann laß es deine Freunde wenigstens vorher wissen, damit sie dich wieder zur Vernunft bringen können.«

»Mein lieber Harry, das Verrücktwerden läßt sich nicht planen, das springt einen einfach an, weißt du.«

»Ja, das kenne ich.« Harry musterte mich von oben bis unten. Diese durchdringenden blauen Augen paßten so gar nicht zu der leutseligen Miene, mit der er sich zu mir beugte, meine Hand schüttelte und mich an der Schulter faßte.

Das neue Justizzentrum ist mit dem alten Gerichtsgebäude durch einen unterirdischen Gang verbunden, in dem mich Harry soeben begrüßte. Ich befand mich auf dem Weg in seinen Amtsbezirk, er hatte gerade meinen betreten. Die Strafverteidiger haben in beiden Gerichtsgebäuden zu tun; dementsprechend dicht ist der Verkehr an Fußgängern, der Tag für Tag durch den Tunnel fließt. Die Leute, die an uns vorübereilten, verlangsamten ihre Schritte, um gierig ein paar Worte der beiden gewählten Justizbeamten aufzuschnappen, die da in aller Öffentlichkeit ein Pläuschchen hielten. Zumal Harry um kein Jota leiser sprach. Er war Politiker der alten Schule und meinte, wenn er seine Amtsführung mit einem herzhaften und ländlich lauten Auftreten verknüpfte, ginge er eher als Mann des Volkes durch, auch wenn er zeit seines Lebens keine Heugabel in die Hand genommen hatte.

»Schieß dich doch auf jemanden ein, der ein wenig schuldiger ist als der alte Austin Paley. Ich finde, eine gründlichere Ermittlung hätte diesem Fall nicht geschadet, was meinst du? Ich kann es ja selbst kaum glauben. Das heißt, ich glaub es einfach nicht. Und sollte mich Austin in den Zeugenstand rufen, dann muß ich das den Geschworenen sagen.«

Harry war zwar in erster Linie Politiker, aber als ehemaliger Strafverteidiger kannte er sich im Prozeßrecht gut genug aus, um zu wissen, daß seine persönliche Meinung über Schuld oder Unschuld eines Angeklagten vor Gericht niemals anerkannt würde. Hier, in diesem öffentlichen Bereich war es ihm freilich unbelassen, seine Meinung zum besten zu geben, und bei seinem Organ dröhnte sie zwei bis drei Häuserblocks weiter.

»Du hast selbstverständlich ein Recht auf deine eigene Meinung«, erwiderte ich gelassen, »aber im Gegensatz zu mir hast du mit keinem dieser Kinder gesprochen. Du warst nicht dabei, als sie auf Austin Paley zeigten und ihn als den Kinderschänder identifizierten.«

»Für kleine Kinder sehen wir doch alle mehr oder weniger gleich aus. Mein Gott, wenn heute Abend jemand in meinem Anzug zu mir nach Hause kommt, meinen Kindern würde das nicht einmal auffallen, solange er das Taschengeld rausrückt, wie es von ihm erwartet wird.«

Zufällig wußte ich, daß Harrys Jüngster im ersten Semester studierte. Wir hatten uns weit in die Gewässer der Metaphern vorgewagt, in denen sich kein Fall prozessieren ließ. Ich zog es vor, nicht zu antworten.

»Rechne jedenfalls damit, daß du mich als Leumundszeugen auf Austins Zeugenliste finden wirst«, tönte Harry weiter. »Dieser Mann hat für unseren Bezirk mehr getan als« – *irgendein Bezirksstaatsanwalt, der noch dazu eine Eintagsfliege ist*, wollte er wohl sagen – »zehn andere Leute zusammen.« Mit eiskaltem Blick bestätigte er, was er von mir hielt. Ich starrte ihn ebenfalls an, um ihm zu zeigen, daß ich seine Anspielung sehr wohl verstanden hatte.

»Warum kommst du nicht mal bei mir vorbei?« fragte er nun so leise, daß ihn nicht einmal eine Sekretärin auf seinem Schoß gehört hätte. Für die öffentlichen Lauscher wiederholte er laut dröhnend: »Such dir bessere Ermittlungsbeamte, Blackie!« Er versetzte mir einen Klaps auf den Rücken und ging den Gang hinunter, wobei er jede Hand schüttelte, ob sie sich ihm nun bot oder nicht.

Ich hasse diesen Spitznamen. Und alle, die mich so nennen. Harry konnte ich jedoch nicht ignorieren, es sei denn, ich wollte mir ins eigene Fleisch schneiden. Er war einer von fünf Stadträten, die den Bezirk verwalteten, Aufträge erteilten, Löhne festsetzten und unter anderem auch über die Zuteilung meines Budgets entschieden.

In der Woche darauf wollte ich mir Chris Davis und seine Beweggründe noch einmal vornehmen, über die ich bis dato nur Vermutungen hatte anstellen können. Diesmal hatte ich keine Skrupel, ihn in Abwesenheit seines Anwalts aufzusuchen, denn zwischen ihm und Austin herrschte mittlerweile ein eindeutiger Interessenskonflikt. Austin hatte jedoch dafür gesorgt, daß Davis für mich unerreichbar war. Er hatte die Kaution für ihn hinterlegt. Davis befand sich nicht mehr in Haft.

Das leuchtete ein. Austins ursprünglicher Plan war nicht aufgegangen, weil sein Ersatz die Nerven verloren hatte. Solange Davis in Haft war, bedeutete er für Austin eine Gefahr, denn dort hätte er jederzeit beschließen können, den Mund aufzumachen. In Wirklichkeit war Davis so oder so eine Gefahr für Austin, er wußte einfach zu viel. Ich beauftragte einen Ermittlungsbeamten mit der Suche nach Davis, die jedoch erfolglos blieb. Chris Davis war seit seiner Enthaftung nicht mehr in dem Apartment aufgetaucht, das er dem Bürgen für seine Kaution als Wohnsitz angegeben hatte.

Nun, ich hatte im Grunde nicht damit gerechnet, von Davis etwas

Neues zu erfahren. Unterdessen wurden mir Dinge lästig, die mir wichtig hätten sein sollen, die wichtig *waren*. So zum Beispiel die ständigen Anrufe meines Wahlkampfleiters Tim Scheuless.

»Einer Ihrer Auftritte ist soeben abgesagt worden«, teilte Tim mir erstaunt mit. Er nannte meine Reden Auftritte, als wäre ich eine Rockband, die im Ramada Inn gebucht war. »Die Bürgerinitiative im Süden der Stadt, wie hieß die noch?«

»Ja«, sagte ich gedehnt und bedeutete Becky mit der Hand, noch zu bleiben. Sie nahm ihre Lektüre wieder auf. »Diese Um-was-weiß-ich-Besorgten.«

»Genau. Sie meinten, sie wollen ihre Veranstaltungsreihe ›Treffen Sie Ihren Kandidaten‹ absagen. Leo Mendoza hat seine Ansprache jedenfalls schon gehalten. Ich hab das Gefühl, sie werden ihn als Wahlempfehlung nennen.«

»Das überrascht mich nicht.«

»Ja, ja, aber dennoch. Ich dachte nur – na egal.« Ihm mußte eingefallen sein, daß er den Kandidaten nicht entmutigen durfte. »Sagen Sie, wollten Sie nicht in nächster Zeit einen Prozeß übernehmen? Wissen Sie noch, was ich gesagt habe? Ich finde nach wie vor, daß Sie die Präsenz in den Medien dringend benötigen. Haben Sie nicht irgendwas Widerwärtiges zur Hand, jemanden mit einem miesen Verteidiger und ohne die Spur einer Chance …«

»Ich bereite gerade einen Prozeß vor.« Ich zwinkerte Becky zu, die nur so tat, als würde sie nicht zuhören.

»Doch nicht etwa gegen Austin Paley?« fragte Tim leise.

»Warum fragen Sie?«

»Himmelherrgott, Mark, lassen Sie die Finger davon. Momentan ist das die heißeste Geschichte in der Stadt. Mich haben schon ein paar Leute angerufen …«

»Sie auch?«

Er sprach weiter, meine Bemerkung kümmerte ihn nicht. »Es wäre ja nichts dabei, wenn Sie den Fall wie jeden anderen behandeln würden, Sie wissen schon, die Sache einfach ihren Lauf nehmen lassen, einen Stellvertreter damit beauftragen. Aber so werden die Leute denken, Sie führen da einen persönlichen Rachefeldzug, und das hat Folgen. Ich meine, der Mann hat viele Freunde …«

»Er ist ein Verbrecher, Tim …«

»Davon müssen Sie die Öffentlichkeit erst einmal überzeugen. Und bis dahin wird sie ihm die Stange halten. Es hat schon jemand angerufen, der uns eine Spende zugesagt hatte. Aufgrund Ihrer falschen Anschuldigung gegen seinen alten Freund Austin sieht er nun keinen Grund mehr, uns zu unterstützen.«

»Das tut mir leid, Tim, wirklich, aber was soll ich Ihrer Meinung nach tun?«

Seinem Zögern war deutlich zu entnehmen, daß er genau wußte, wie wenig seine Meinung bei mir ins Gewicht fiel. »Sagen Sie mir wenigstens, daß Sie die Anklage nicht persönlich vertreten werden«, bettelte er.

»Finden Sie nicht auch, daß mir die Wähler dankbar wären, wenn ich einen Serien-Kinderschänder ins Gefängnis schicke, ganz egal wie vielen einflußreichen Säcken das gegen den Strich geht?«

»Das ist schon richtig, aber es ist ja nicht einmal ein besonders guter Fall, oder? Geben Sie ihn ab, okay?«

»Ich denke darüber nach«, erwiderte ich und legte auf.

Er hatte recht. Ich wußte, daß er recht hatte. Es gab keinen Grund, warum ich mit diesem Fall meine Karriere aufs Spiel setzen sollte. Ich hatte einen Stab hervorragender Anklagevertreter, auf die ich mich verlassen konnte. Meine leitende Anklägerin für Sexualverbrechen konnte auf eine ausgezeichnete Prozeßliste verweisen und hatte sich schon bereit erklärt, die Sache zu übernehmen. Ich sollte Eliots Rat folgen: Demonstrieren Sie Ihre Unnachgiebigkeit, den Rest erledigt Ihr Stab. Hier würde ich jedoch eine persönliche Verantwortung einfach abwälzen – der Fall war wegen mir zu uns gekommen, ich war derjenige, der Austins anfänglichem Betrug auf den Leim gegangen war. Andererseits erwartete niemand, daß der Bezirksstaatsanwalt jeden Prozeß persönlich führte. Niemand würde es wundern, wenn ein Assistenzstaatsanwalt die Anklage übernahm.

Und Becky? Ihr vertraute ich. Aber bei dem Gedanken, ihr diese Fälle – *meine* Fälle – anzuvertrauen, sträubte sich alles in mir. Warum eigentlich? Weil ich den Spießrutenlauf und die unendlichen Schwierigkeiten, die einer Verurteilung in diesem Fall vorangehen würden, deutlich vor mir sah. Ihn durchzuziehen, traute ich eigentlich nur mir selbst zu.

Es mußte noch einen anderen Grund für mein Zögern gegeben

haben, den Prozeß jemandem zu überlassen, der als Staatsanwältin mindestens so kompetent war wie ich. Ich ahnte diesen Grund in meinem Hinterkopf, aber ich war ihm noch nicht vehement genug nachgegangen.

»Also, was meinen Sie?« fragte ich. »Welches Opfer wäre Ihnen das liebste?«

»Ich mag kleine Mädchen«, erwiderte Becky. Vor nicht allzulanger Zeit wäre mir auf diese Bemerkung sofort eine witzige Antwort eingefallen, aber in der Zwischenzeit hatte mich das Thema sexueller Kindesmißbrauch so vereinnahmt, daß ich nichts darauf zu erwidern hatte. »Kleine Mädchen wirken viel verletzlicher und kostbarer. Väter von Töchtern kann man mit der Vorstellung, es hätte genausogut *ihr* Baby sein können, völlig ausklinken lassen. Mädchen will man beschützen. Aber Jungs ...«

»Die sollen auf sich selbst aufpassen«, meinte ich.

»Genau.«

»Das Problem ist nur«, fuhr ich fort, »daß sich die Anklage bei den kleinen Mädchen nicht halten wird. Noch dazu sind sie die jüngsten, und ich weiß nicht einmal, ob sie ihn identifizieren können. Außerdem hat er sie ja nicht ...«

»Eben«, ließ mich Becky erst gar nicht aussprechen. »Wenn es also ein Junge sein muß, dann Kevin. Er ist im richtigen Alter, er sieht nett aus.« Sie sah mich an. »Wenn er seine Geschichte erzählt, habe sogar *ich* das dringende Bedürfnis, ihn in die Arme zu nehmen, und ich bin alles andere als ein Kindernarr.«

»Genau. Und im Moment ist das auch gut so. Aber bis zum Prozeß müssen Sie eine persönliche Verbindung zu den Kindern herstellen. Waren Sie je länger mit Kindern zusammen? Liegt Ihnen etwas an ihnen?«

»Natürlich«, aber das klang mehr nach Rechtfertigung.

»Es ist keine Schande, wenn sie Ihnen nichts bedeuten. Nicht jeder muß verrückt nach Kindern sein. Wollen Sie denn – nein, lassen wir das. Das geht mich nichts an.«

Sie beantwortete meine Frage dennoch. »Nein, ich will schon. Aber man kann nicht einfach entscheiden: So, jetzt will ich ein Kind. Es gehören zwei dazu, wenn ich es richtig verstanden habe.« Sie räusperte sich. Sie war sogar rot geworden.

»Nein, Becky, das nehme ich Ihnen nicht ab. Eine Frau wie Sie, ich meine, mit Ihren – Ihren Vorzügen. Ihnen müssen die Männer doch in Scharen nachlaufen.«

»Ach was«, meinte sie. Die Röte verschwand wieder. »Im übrigen kann ich doch nicht einfach wen anquatschen und sagen, he, wie wär's, machen wir'n Kind zusammen? Das ist – naja, Sie haben Kinder. Sie wissen Bescheid.«

»Ja. Wenn das erste Kind kommt, glaubt man, das ist das Wichtigste im Leben, das ist der Teil von mir, der weiterbestehen wird. Dann vergeht die Zeit, die Arbeit nimmt wieder den ersten Platz ein. Das Kind wird größer. Nur ein bißchen zuerst, doch bald ist es so verändert, daß man es nicht wiedererkennen würde, bliebe man bloß eine Woche lang weg. Da beginnt man sich zu fragen, ob es wirklich ein Teil von einem ist.« Ich verfiel in Gedanken und wollte es dabei bewenden lassen, doch Becky sah mich erwartungsvoll an. »Dann vergehen die Jahre, und man denkt, vielleicht war es wirklich das Wichtigste, das einem im Leben passiert ist, man hat es nur zu spät erkannt.«

»Warum zu spät?«

Diese Frage wollte ich lieber nicht beantworten. »Sie denken also an Kevin? Sie haben wahrscheinlich recht, die anderen ...«

»Ich habe diesen – Freund«, erwiderte Becky. Es war seltsam, wie sich ihr Gesichtsausdruck von einem Moment zum nächsten veränderte. Manchmal mußte ich daran denken, wie sehr sie selbst noch wie ein Kind aussah, aber dann, ohne die geringste Regung, legte sich ein Schatten über ihr Gesicht und es schien sich die Erfahrung vieler Jahre darin abzuzeichnen. Verlorene Jahre. »Donny. Ich kenne ihn von der Uni. Das ist schon lange her. Manchmal denke ich, wenn sich die Dinge nur ein wenig anders entwickelt hätten, ich meine, ein Wochenende, ein Einstellungsgespräch, dann wären wir jetzt verheiratet und hätten Kinder oder würden das zumindest in Erwägung ziehen. Aber dann kam alles anders. Heute sind wir beide so in unsere Arbeit involviert, daß es keine Rolle mehr spielt. Aber eines Tages wird ihm wahrscheinlich bewußt werden, was Sie gerade gesagt haben, daß er etwas Wichtiges übersehen hat.«

»Sehen Sie ihn noch manchmal?«

Sie lächelte. »Ja, Kevin ist der Richtige. Wenn wir Glück haben, sind unter den Geschworenen Eltern mit kleinen Söhnen, und wenn wir es richtig anpacken, wirkt das sogar noch herzerweichender als ein kleines Mädchen.«

Ich schob die anderen Akten beiseite, schlug Kevins Prozeßakte auf, Becky kam zu mir herüber, beugte sich über meine Schulter, und wir gingen sie noch einmal durch.

VII

»Warum Kevin? Warum gerade er?«

Ich habe ihn mir nicht ausgesucht, wollte ich sagen. Ich habe ihn nicht zum Opfer gemacht.

»Weil Kevin unser bester Fall ist«, sagte ich. »Kevin hat den Mann eindeutig identifiziert, und außerdem bin ich überzeugt, daß er der beste Zeuge ist, den wir haben.«

Ich nannte ihnen nicht alle Gründe. Tommy Algren konnte sich zwar von allen Kindern sprachlich am besten ausdrücken, aber er war zu alt, zu kontrolliert. Becky und ich waren übereingekommen, daß wir mit Kevin Pollard das meiste Mitleid erregen würden.

Rein technisch gesehen, benötigte ich die Einwilligung seiner Eltern nicht. Ich könnte Kevin unter Strafandrohung vorladen lassen und ihn zu einer Aussage zwingen. Aber ich benötigte einen Zeugen, der kooperierte. Jemanden, den ich auf den Prozeß vorbereiten konnte, der Vertrauen zu mir hatte, wenn ich ihn im Zeugenstand ins Kreuzverhör nahm. Ich benötigte seine verfluchten Eltern.

Als ich die Pollards über die Besonderheit dieser Fälle informiert hatte, war ich zu gründlich gewesen. Außerdem lasen sie die Zeitungen; sie machten mich darauf aufmerksam, daß erst im letzten Monat ein Mann wegen einer ähnlichen Anschuldigung vom Bundesgerichtshof freigesprochen worden war. Die Geschworenen glauben einem Kind nur ungern, wenn ein Erwachsener vehement seine Unschuld beteuert. Und noch dazu einem Kind, das zu klein ist, um sich der Konsequenzen bewußt zu sein.

Mr. Pollard sagte: »Wenn Kevin aussagt, ist er gezeichnet fürs Leben. Die anderen Kinder lassen ihn dann nicht mehr in Ruhe.«

Und die Kumpel im Bowlingverein werden dich komisch anschauen, erwiderte ich in Gedanken.

»Nein«, beruhigte ich ihn. »Seine Identität wird von den Medien nicht preisgegeben. Kinder, die einem Verbrechen zum Opfer fallen, werden nicht namentlich genannt.«

Mr. und Mrs. Pollard sahen mich hoffnungsvoll an. »Tatsächlich?« fragte Mr. Pollard. »Schreibt das das Gesetz vor?«

»Nein, das nicht. Es gehört zum Berufsethos der Journalisten und wird streng befolgt.«

Sie starrten mich immer noch an. »Aha«, sagte Mr. Pollard schließlich.

Ich fragte mich, ob ihnen die Entscheidung leichter fiele, wäre Kevin im Zimmer. Er spielte im Garten, damit wir in Ruhe seine Zukunft besprechen konnten. Kevin würde einwilligen, dachte ich. Ich wollte nicht länger auf sie einreden, starrte sie bloß an, als wüßte ich, daß die braven Leutchen schon das Richtige tun würden.

Mrs. Pollard wurde die Unschlüssigkeit sichtlich peinlich. »Wird schon schiefgehen«, sagte sie zu ihrem Mann. »Wenn die Geschworenen erfahren, daß es noch andere Kinder gibt, mit denen er das auch gemacht hat ...«

Ich räusperte mich. Kurz war ich versucht, sie nicht darauf aufmerksam zu machen, daß sie sich täuschte. Becky nahm mir die Entscheidung ab.

»Das geht nicht«, erklärte sie. »Solange die Verteidigung keinen Fehler macht, dürfen wir die anderen Fälle vor den Geschworenen nicht erwähnen. Es wird immer nur der jeweilige Fall verhandelt.«

Und die Verteidigung wird keinen Fehler machen, dachte ich. Austin würde sich den besten Strafverteidiger nehmen, den er kriegen konnte.

»Kein Mensch wird je wieder sicher sein«, sagte ich plötzlich.

»Wie bitte?«

»Wenn ich diesen Mann nicht hinter Gitter bringe, wird in dieser Stadt kein Kind mehr sicher sein. Kevin eingeschlossen. Denken Sie denn, daß er in Sicherheit ist, nur weil wir den Kinderschänder ausfindig gemacht haben? Das zählt nicht, solange er frei herumläuft und wir ihn nicht verurteilen können. Allein schaffen wir das aber nicht. Die Leute beklagen sich ständig, daß so viele Verbrechen geschehen, aber ohne ihre Hilfe können wir gar nichts tun. Ein Opfer muß zurückschlagen. Es darf sich nicht ducken.«

Ich dachte, das wäre die Sprache, die Mr. Pollard verstand. Aber er erwiderte bloß: »Macht es Ihnen was aus, uns kurz allein zu lassen?«

»Natürlich nicht«, sagte ich kurz angebunden und ging an ihnen vorbei, über ihren braunen Spannteppich und durch die Verandatür aus Glas in den Garten hinaus.

»Das Gemeinwohl liegt den beiden ja nicht gerade am Herzen«, sagte Becky, sobald wir im Freien waren. »Was meinen Sie, wie sie sich entscheiden werden?«

»Ist mir egal. Sollen sie sich doch zum Teufel scheren. Wenn er nein sagt, komme ich wieder, sobald er fort ist. Sein schmächtiges Weibchen einschüchtern, das kann ich auch. Und außerdem haben abwesende Väter nicht zu bestimmen, was gut für ihre Söhne ist. Ich krieg sie so weit, daß sie uns das Startzeichen gibt. Oder Sie tun das.«

»Vielen Dank«, meinte Becky.

»Kevin«, rief ich.

Er saß allein auf einer dieser zweisitzigen Wippen, wie sie für Kinder gemacht werden. Ich wünschte mir, klein genug zu sein, um mich auf den anderen Sitz zu setzen.

Es war die Stunde der Dämmerung, dieser magische Moment, wenn der Tag in die Nacht übergeht und keine Geheimnisse mehr verspricht. Es war Anfang September, die Schule mußte wieder begonnen haben. In meiner Erinnerung waren die Nachmittage nach der Schule etwas Kostbares, und das Kostbarste war die Dämmerung, wenn die Luft ganz still und klar wurde und der Ruf einer Mutter nach ihren Kindern noch meilenweit zu hören war. Die Dämmerung verwandelte jedes Spiel in das schönste des Tages, das man ewig weiterspielen wollte. Doch Kevin schien die Schule nichts auszumachen, seine Schulaufgaben hatte er wahrscheinlich schon längst erledigt.

»Wie geht's denn so?« fragte ich ihn.

»Ganz gut«, sagte er gelassen, nicht gelangweilt, aber wie jemand, der das Alleinsein gewohnt war. *Worüber machen Sie sich eigentlich Sorgen?* wollte ich seinen Vater fragen. *Der Kleine hat gar keine Freunde, die er verlieren könnte.*

»Wir haben ihn festgenommen, Kevin. Den Mann, der dich angefaßt hat. Nicht wahr, damals bei Gericht habe ich nichts kapiert? Wir hatten den Falschen. Aber dann hast du mir den Richtigen gezeigt, und ich habe meine Polizisten losgeschickt, damit sie ihn ins Gefängnis bringen.«

»Ich weiß«, erwiderte Kevin. Ich versuchte, eine Reaktion aus seiner Stimme herauszuhören, so etwas wie Erleichterung oder von mir aus auch Stolz, daß er die Welt der Erwachsenen durcheinandergebracht hatte, aber da war nichts. Ebensogut konnte er von mir erwarten, daß ich ihm beibrachte, wie man reagiert.

»Ich kann ihn aber nur einsperren«, fuhr ich fort, »wenn du mir dabei hilfst. Du mußt deine Geschichte auch anderen Leuten erzählen. Nicht nur mir, nicht nur in meinem Büro. Du müßtest sie in einem großen Saal vor vielen Menschen erzählen. Meinst du, du könntest das?«

»Wir werden auch da sein«, fügte Becky hilfreich hinzu. Um auf seiner Höhe zu sein, hatte sie sich vor ihm hingekniet, was in ihrem Rock und den hohen Schuhen etwas unbeholfen wirkte.

»Und Sie werden mir helfen?« fragte Kevin. Das Versprechen bloßer Anwesenheit genügte ihm nicht.

»O ja«, versicherte ihm Becky. Sie nahm ihn in einer spontanen Geste in die Arme und drückte ihn an sich. »Ich helfe dir, Kevin«, sagte sie. »Du mußt nur gut aufpassen und auf die Fragen antworten, die ich dir stellen werde. In Ordnung?«

Er nickte. Ein sehr gefügiger Junge. Vor Gericht würde er lebhafter sein, vor allem, wenn wir ihn entsprechend vorbereitet hatten. Und Austin würde da sein. Kevin müßte nur ansatzweise auf seine Anwesenheit so reagieren, wie wir es miterlebt hatten, und kein Geschworener dürfte mehr an seiner Aufrichtigkeit zweifeln.

»Mr. Blackwell?«

Da war sie, die Stimme in der Dämmerung, die mich nach Hause rief. Mir lief ein Schauder über den Rücken, und es wurde mir bewußt, daß ich mit dem Ruf gerechnet, ihn erwartet hatte. Zeit hineinzugehen. Becky und ich gingen langsam den sanft ansteigenden Weg zum Haus zurück, Kevin an unserer Seite. Mrs. Pollard sah auf meine Hand, die auf seiner Schulter lag.

»Wir haben uns entschieden«, sagte sie.

»Ja«, fiel Mr. Pollard mürrisch ein. »Es geht nicht, daß der Scheißkerl davonkommt, nicht? Tut mir leid, Liebes«, entschuldigte er sich für die deftige Wortwahl und ging dann vor Kevin in die Hocke, wobei sich der Stoff seiner schwarzen Hosen bis zum Äußersten spannte. »Was meinst du, Kevin, ist das okay? Willst du vor Gericht aussagen, was dir passiert ist?«

»Ich hab schon ja gesagt«, antwortete Kevin.

Pollard warf mir einen sonderbaren Blick zu. »Wir haben es bereits besprochen«, sagte ich. Pollard starrte mich für einen langen Augenblick an. Ich erwiderte seinen Blick gleichgültig.

Am nächsten Tag machte ich meinen üblichen Rundgang durch die Gerichtssäle, auf der Suche nach Becky, ohne jedoch in Eile zu sein. Die Auseinandersetzungen und Absprachen, die sich vor meinen Augen abspielten, hoben wie immer meinen Adrenalinspiegel, aber gleichzeitig fühlte ich mich auch ausgeschlossen. Mit derart gemischten Gefühlen fand ich Becky schließlich im Gerichtssaal von Richter Hernandez, wo sie mit Linda Alaniz in ein Gespräch vertieft war.

Ich eilte lächelnd auf die beiden zu. Lindas Gesicht war vollkommen ernst, als sie sich von Becky abwandte. Ich kannte diese Intensität. Jemand hatte ihr wieder einmal sein Leben anvertraut.

»Linda! Schön, dich zu sehen. Ich habe in letzter Zeit ein paarmal versucht, dich anzurufen, weißt du. Aber du bist ja nie zu Hause.«

Linda lächelte nun doch, wenn auch nur zögernd, als würde schon ein Lächeln zu viel preisgeben. »Hallo, Mark. Du solltest deine Anklägerin warnen, nicht so unnachgiebig zu sein. Sonst zwingt sie mich zu einem Prozeß.«

Ich hatte nicht vor, mich einzumischen. Becky sah ich kaum an. Aber mit Linda war ich noch nicht fertig. »Hast du hier noch zu tun? Wie wär's mit einem Mittagessen?«

»Da bist du ja«, wurden wir im herzlichen Anwaltston unterbrochen, weshalb ich dachte, ich wäre gemeint, aber der Mann, irgendwo in den Dreißigern, mit der Nase einer Statue, einer hohen Stirn und dunkel umrandeter Brille hatte Linda angesprochen. »Du, hör mal, ich hab ein kleines Problem in der 175. Strafkammer. Glaubst du, du könntest rüberkommen – oh, Entschuldigung.«

In Lindas Gesicht hatte sich nichts geregt, ein für sie ungewöhnlicher Ausdruck, um den sie sich bewußt bemühen mußte. »Mark, kennst du Roger Guerra? Roger und ich sind jetzt Partner.«

»Ach ja?« erwiderte ich. »Nein, davon wußte ich nichts. Roger und ich kennen uns.«

Rogers Lächeln reichte für uns alle. »Ja, Linda schult mich neu ein, sie sagt mir alles, was man mir falsch beigebracht hat. Sie ist die

Beste.« Er legte seine Hand auf ihren Unterarm. Sein Blick war die reine Hingabe. Linda beobachtete mich, immer noch mit regungslosem Gesichtsausdruck, immer noch bemüht. Sie tätschelte seine Hand, und er zog sie zurück. »Aber Ihnen muß ich das ja nicht sagen, nicht wahr?« wandte sich Roger an mich.

Nein, das mußte er nicht. Zu Linda sagte ich: »Ich wollte dir noch einmal dafür danken, was du zu meinem Wahlkampfleiter über mich gesagt hast.«

Der Ausdruck ihrer Augen wurde nun wieder wärmer. Nein, das stimmte nicht, die Wärme war die ganze Zeit da gewesen, nur eben zurückhaltend. »Das war die reine Wahrheit.«

»Und ich dachte schon, du wolltest mir bloß Honig ums Maul schmieren, in der Hoffnung auf Gefälligkeiten.«

Endlich lächelte sie. Wir wußten beide, ihre Zunge würde ihr eher am Gaumen kleben bleiben, als daß sie es fertigbrächte, etwas Unaufrichtiges zu sagen. Dann zerrte ihr neuer Partner sie fort, damit sie ihm bei seinem Problem in einer anderen Strafkammer unter die Arme griff. Linda sah sich kein einziges Mal um, wohl wissend, ich würde ihr den ganzen Weg hinaus nachblicken.

»Als erste Assistenzstaatsanwältin war sie nicht sehr gut.« Becky hatte die ganze Zeit neben mir gestanden. Ich hörte sie kaum. »Aber als Strafverteidigerin ist sie große Klasse.« Kurzes Schweigen. »Andererseits«, meinte Becky noch, »dürfte es Sie nicht sonderlich interessieren, was ich von ihr halte.«

Soeben war ein wichtiger Abschnitt meiner Vergangenheit aus dem Gerichtssaal gegangen, einer, von dem ich gedacht hatte, er könnte eines Tages zu mir zurückkehren, aber ich hatte mich getäuscht.

»Was sagten Sie?«, fragte ich.

An diesem Nachmittag unterbrach ich meine Arbeit früher als sonst, um nach Hause zu fahren. Gerade als ich im Begriff war zu gehen, kam Becky zur Tür herein. Dieser ungewöhnlich frühe Feierabend schien sie zu verwirren. »Wo wollen Sie denn hin?« fragte sie. »Rein privat«, erwiderte ich. Das wandelte ihre Verwirrung in Besorgnis um. »Wirklich?«

»Familienangelegenheit.« Warum fühlte ich mich eigentlich zu einer Erklärung verpflichtet? Becky mußte jedoch auch erkannt haben, wie seltsam das war.

»Oh, tut mir leid«, sagte sie. »Na dann …«

Es war ein unheimliches Gefühl, vor Einbruch der Dunkelheit nach Hause zu kommen, als könnte ich überraschend jemanden antreffen, dem die Wohnung tagsüber gehörte. Ich stöberte im Kleiderschrank nach der geeigneten Kleidung für einen Besuch in meinem eigenen Haus. Ich war zwar eingeladen, aber nicht als Gast.

»Du«, hatte Lois am Telephon gesagt, »ich muß dich um einen Gefallen bitten.«

»Sicher«, sagte ich automatisch.

»Könntest du Freitag abend zum Essen kommen? Und nach dem Essen noch ein wenig bleiben?« fuhr Lois hastig fort. »Ich möchte dich hierhaben.« Sie sprach nicht weiter, da sie über sich selbst lachen mußte. Danach klang sie gelöster. »Es geht um folgendes, Mark – Dinah hat eine Verabredung.«

»Eine Verabredung?«

»Ja, ihre erste Verabredung. Ich hätte dir gern erspart, dich damit zu belasten, aber ich möchte, daß du hier bist. Der Junge kommt sie abholen, und ich dachte, es wäre nett, wenn er auch ihren Vater kennenlernt.«

»Soll ihm wohl den nötigen Respekt einjagen, was? Kein Problem. Ich trommle Muggsy und die Jungs zusammen, und dann stellen wir uns zum Empfang in einer Reihe vor der Tür auf. Soll er nur kommen, der kleine Terrorist.« Lois ertrug mich mit stoischer Gelassenheit. »Ist schon gut, Lois. Wir werden das Kind schon schaukeln. Immerhin ist die Kleine erst, was, dreizehn? Soll ich meine Schmutzwäsche mitbringen und sie im Haus verteilen? Müßte eigentlich alles gutgehen, solange Dinah nicht über mich drüberstolpert und sagt ›Dad, was machst du denn hier?‹«

Lois ignorierte meine Versuche, witzig zu sein. »Wir essen zeitig«, sagte sie. »Ich will die Spuren vom Abendessen noch auf dem Tisch, wenn der Junge kommt.«

Das war der Grund, weshalb ich mich zum Abendessen in meinem eigenen Haus umziehen und um die geeignete Mischung aus leger-daheim und förmlich-für-den-Besuch bemühen mußte. Das Verrückte an der Geschichte besserte meine Laune, obwohl mich das

Ereignis an sich beunruhigte. Mein Baby hatte ihre erste Verabredung. Sie war doch noch viel zu jung. Nur ein kleiner Möchtegern mit zu viel Selbstvertrauen würde eine Dreizehnjährige, noch dazu zu Schulbeginn, zu einem Rendezvous einladen. Was dachte sich der kleine Stinker eigentlich dabei?

»Hoffentlich bereue ich es nicht, daß ich dich eingeladen habe?« meinte Lois geduldig, als ich ihr in der Küche meine Sorgen mitteilte. »Du sollst den Jungen nur kennenlernen, dein Kommentar ist nicht erwünscht.«

Die Glocke an der Tür läutete. »Ziemlich früh dran, meinst du nicht?« fragte ich. Lois nahm gerade den Braten aus dem Ofen. »Nein, das ist wahrscheinlich ...« setzte sie an, aber ich war schon auf dem Weg zur Tür. Sie ging auf, bevor ich sie erreicht hatte.

»Oh«, sagte ich. »David, du bist es. Sieht so aus, als würden wir *tatsächlich* in vereinter Front auftreten.«

Mein erster Impuls war, meinen Sohn zu umarmen, doch dann befürchtete ich, das könnte übertrieben wirken, und legte ihm schließlich wie ein verkorkster Fremdenlegionär nur die Hände auf die Schultern. »Wie geht es dir?«

»Gut«, erwiderte David. »Gut. Ich hab mich selbst eingeladen. Mußte einfach dabeisein.«

Ich zog die Eingangstür weiter auf und sah mich um. »Wo ist denn Vicky?«

»Sie ist nicht mitgekommen. Hallo, Mom.«

David durchquerte das Eßzimmer, um Lois zu umarmen. Er sah dabei wie ein kleiner Junge aus, obwohl er sie um Längen überragte. David ist sechsundzwanzig, so groß wie ich oder sogar größer und sehr schlank. Bei ihm befürchtet man ständig, er könne auseinanderbrechen oder stolpern.

»Also«, sagte er und machte einen Schritt zurück. »Wo ist die Frau meiner Träume?« Er ging in den Flur hinaus, um nach ihr zu suchen. Ich hörte, wie die Tür zu Dinahs Zimmer aufging und sie ihren Bruder glücklich begrüßte. Der freundschaftliche Ton zwischen den beiden überraschte mich. Sie waren nicht zusammen aufgewachsen. David war bereits an der High-School, als Dinah ihn zum ersten Mal richtig wahrnahm, und als sie alt genug war, um ihn zu interessieren, war er längst verheiratet und hatte sein eigenes Zuhause.

Es freute mich, daß sie doch noch die Zeit gefunden hatten, richtige Geschwister zu werden, nachdem David bereits erwachsen und aus dem Haus war. Lois und ich sahen uns an. Sie wußte, daß ich mich fragte, ob ein Teil dieser Inszenierung darin bestanden hatte, David ohne mein Wissen einzuladen.

Als Dinah endlich aus ihrem Zimmer kam, bewegte sie sich scheu auf mich zu, um mich zu begrüßen. Sie bat mich zwar nicht ausdrücklich um meine Erlaubnis, aber die Art, wie sie sich mir näherte, bewies, daß es ihr auch nicht ganz egal war. Sie trug ein cremefarbenes Kleid mit einer Art Kapuze, die über ihre Schultern fiel. Es war eine Mischung aus Eleganz und Sportlichkeit. Dinah sah darin aus wie ein hübsches kleines Mädchen, nicht wie eine zu klein geratene Erwachsene.

»Du siehst wunderschön aus, Liebling«, sagte ich. Sie lächelte und war im nächsten Moment damit beschäftigt, Lois beim Tischdecken zu helfen. Ich bereitete in der Zwischenzeit die Getränke vor, Eistee, Wasser und Cola. Eine Zeitlang hasteten wir alle zwischen Küche und Eßzimmer hin und her; es herrschte eine angenehme Geschäftigkeit, die wie eine Unterhaltung klang.

Sobald wir jedoch am Tisch saßen und ich das Wort an David richten wollte, verstummte ich. Wann immer ich David sah, mußte ich daran denken, wie wir durch Gitterstäbe hindurch miteinander gesprochen hatten. Das lag drei Jahre zurück, aber ich konnte das Bild von meinem Sohn im Gefängnis, das Entsetzen in seinem Gesicht und meine Hilflosigkeit nicht vergessen. Sofort stellte sich dieses Gefühl ein, diese Gewißheit, etwas versäumt zu haben und schuld daran zu sein, daß er so lange in Haft geblieben war. Ich weiß nicht, ob es David auch so ging, aber ich spürte, wie es von *ihm* ausging, und seine Nähe war mir immer noch unangenehm.

Jedenfalls sah er gut aus. Er hatte nicht den Blick eines Verfolgten, den man vielleicht erwartet hätte. Hier, im Kreise seiner Familie, schien er völlig entspannt zu sein. Natürlich hatte ihn die Erfahrung im Gefängnis älter gemacht. Es gab Augenblicke, da er die Stirn runzelte oder sich schützend zu Dinah hinbeugte oder abwartete, bevor er eine Frage beantwortete, obwohl er doch der Herr im Haus hätte sein können. Lois lehnte sich mit ebenso aufmerksamem Blick vor wie Dinah, wenn er nicht gleich antwortete.

»Wer ist dieser Knabe also?« fragte ich. Sie sahen mich alle drei an. Das hieß, ich war der einzige, den man noch nicht informiert hatte. David warf Dinah von der Seite einen schlauen Blick zu, den sie mit einem Klaps auf seine Hand zur Kenntnis nahm, ohne ihn anzusehen.

»Er heißt Steve«, sagte sie. »Und er ist sehr nett.«

»Steve? Was ist denn mit Jeff passiert und – wie hieß er noch, der andere?«

»Mutt.« David lachte. Dinah ignorierte ihn königlich.

»Was soll mit ihnen sein?« wollte sie wissen, als würde ich die Grenzen der Diskretion überschreiten.

»Ich dachte, du mochtest Jeff, aber dann hat Danny ständig angerufen. Heißt das, du magst jetzt Steve lieber, oder ist er ...«

»Ich will ihn doch nicht *heiraten*«, sagte Dinah übertrieben irritiert.

David beugte sich mit vertraulicher Miene zu mir: »Jeff ist nur etwas schwerfällig.«

»Du meinst«, sagte ich in demselben Ton und pochte dabei mit dem Finger an meine Schläfe, »er ist nicht gerade eine Intelligenzbestie?«

»Nein, nicht so schwerfällig«, sagte nun Dinah. »Es fällt ihm nur schwer *anzurufen*.«

Wenn man sie neckte, war Dinah sogar noch hübscher. »Na, hoffentlich reden wir nicht gerade über Jeff, wenn Steve zur Tür hereinkommt«, meinte Lois.

»Die beiden sollten vielleicht gar nicht da sein, wenn Steve kommt«, sagte Dinah. David und ich grinsten uns an.

Die Neckerei machte uns wieder zu einer Familie. Jeder von uns fiel ohne weiteres in seine Rolle zurück. Danach war es kein Problem mehr, über andere Dinge zu reden, Dinahs Schule, Davids Arbeit. Ich versuchte zu verstehen, was er über Computersoftware sagte. Vor seiner Verhaftung war er bei einer kleinen Firma angestellt gewesen, wo er rasch Karriere zu machen schien. Nach seiner Entlassung hatte man ihn zwar wieder eingestellt, aber weder er noch die Firma waren dieselben geblieben. Die Firma hatte in andere Bereiche als die Software-Entwicklung für Kleinbetriebe expandiert, wo David Fachmann gewesen war. Er hatte eine abgeschlossene Ausbildung als

Rechnungsführer und hatte mehrere Computerprogramme selbst entworfen. Nun war er aber für die Firma nicht mehr so wichtig wie vor der Unterbrechung seiner beruflichen Laufbahn. All das teilte er uns jedoch nur in Andeutungen mit. Was ich ihn wirklich fragen wollte, war, ob er, nachdem er wegen Verdachts auf Vergewaltigung im Gefängnis gewesen war, mit seinem alten Job und seinen alten Freunden überhaupt noch zurechtkam und wie es ihm in seiner Ehe ging. Wie ging es ihm in seiner Beziehung mit Vicky, zu der er offenbar nicht einmal vor der Krise eine besondere Zuneigung empfunden hatte? Das war die Frage, die ich wohl nie stellen würde.

Ich merkte, daß ich es mir bequem gemacht hatte und mich wohl fühlte, als wären wir immer noch das, was wir in diesem Moment schienen – eine intakte Familie. Aber als Lois und ich noch verheiratet waren, zumindest in den letzten Jahren unserer Ehe, war es schon längst nicht mehr so gewesen. Ich wäre nicht am Tisch sitzen geblieben und hätte das Abendessen nur deshalb in dic Länge gezogen, um das Beisammensein zu genießen. Ich wäre längst aufgestanden, auf und ab gegangen, hätte in den Akten gelesen oder telephoniert, den Tag im Büro rekapituliert oder Vorbereitungen für den nächsten getroffen. Ich hätte zwar nicht den ganzen Abend der Arbeit gewidmet; o nein, höchstens ein paar kostbare Minuten, die aber eigentlich meiner Familie zustanden. Ich hatte mich auch nicht als Workaholic empfunden. In diesem Moment wurde mir klar, daß ich, obwohl ich daheim nicht ununterbrochen gearbeitet hatte, meiner Familie dennoch mit aller Deutlichkeit gezeigt hatte, wo mein Herz lag. Wenn ich bei ihr war, konnte ich es kaum erwarten, wieder im Büro zu sein.

Der Beginn meiner Affäre mit Linda war nur sekundär. Der Betrug hatte schon viel früher begonnen. Nun, da ich in ihrer Runde saß, einer von ihnen, wenn auch nur als Besuch, schien mir das Familienleben, das ich so vernachlässigt hatte, unglaublich kostbar. Hätte ich nur einen Bruchteil dessen bewahrt, was mein Leben mit ihnen ausgemacht hatte, ich hätte mein Heim, uns alle gerettet. Wir wären dann das, was wir in diesem Moment zu sein schienen, jedoch ohne das gleichzeitige Wissen, daß es nur vorübergehend war.

»O mein Gott«, rief Dinah aus, nachdem sie einen Blick auf Davids Armbanduhr geworfen hatte.

»Du siehst jetzt schon umwerfend aus«, rief ich ihr nach, nachdem sie vom Tisch aufgesprungen und wie ein Blitz aus dem Zimmer geschossen war. »Ich helfe dir«, sagte ich zu Lois, die aufgestanden war und begonnen hatte, den Tisch abzuräumen.

»Bleib nur sitzen«, sagte sie.

»Ich dachte, der Junge sollte die Familie vereint um den gedeckten Tisch vorfinden«, erinnerte ich sie.

»Er soll aber auch nicht denken, daß wir Ferkel sind«, antwortete sie und verschwand in der Küche.

David und ich blieben allein zurück, was vielleicht etwas künstlich wirkte. »Was ist, sollen wir im Wohnzimmer durch die Vorhänge spionieren?« fragte er. Ich ging ihm nach. Im Wohnzimmer blieben wir stehen. Der frühe amerikanische Einrichtungsstil lud nicht zum Sitzen ein, sondern höchstens zum Anschauen.

»Was macht Vicky heute Abend?« fragte ich beiläufig.

Davids Antwort klang nicht minder beiläufig, aber ich meinte, eine Spannung zu spüren, die vorher nicht da gewesen war. »Sie ist ins Kino gegangen. Der Film hat mich nicht interessiert, und sie findet es blöd, daß ich heute lieber hier sein wollte.«

Ich konnte mich nicht erinnern, je einen Film ohne Lois gesehen zu haben, solange wir verheiratet waren. Ich sah mir damals eine Menge Filme an, die mich nicht interessierten. Dasselbe galt für Lois. Und ich fragte mich, ob dieses Verhalten David wohl veranlaßte, die Ehe mit einer Frau, die familiäre Großereignisse wie die erste Verabredung »blöd« fand, in Frage zu stellen. Oder ob Vickys Familienzusammenkünfte von David brav absolviert wurden und nur sie sich weigerte, unseren beizuwohnen, oder ob das gegenseitig war. Lois und mir wäre es nicht im Traum eingefallen, derart getrennte Leben zu führen. Das wäre einfach nicht in Frage gekommen.

Ich hatte lange genug geschwiegen, um David eine Vorstellung zu vermitteln, worüber ich nachdachte. Wir hatten immer schon so kommuniziert, einer las die Gedanken des anderen. Von Lois wußte ich, daß es David nicht besonders gut ging und daß sie hoffte, er würde sich vielleicht mir anvertrauen.

Ich sagte: »Hat sich vorhin so angehört, als würdest du deine Arbeit großteils allein machen.«

In seiner Antwort klang Überraschung mit, als wäre ihm das gar nicht aufgefallen. »Schätze, das stimmt.«

»Ist das dein Wunsch? Fühlst du dich nicht wohl mit deinen Arbeitskollegen?«

Er lachte trocken. Jetzt sah David viel älter aus als der fröhliche Junge, der uns eben noch unterhalten hatte. »Ist wohl eher umgekehrt, würde ich sagen.«

»Naja ... Aber du kannst dich doch nicht von allen abkapseln, David. Dich traf überhaupt keine Schuld. Ich weiß schon, es wird noch eine Weile dauern, bis du das Gefühl hast, dein Leben ist wieder normal, aber du mußt ...«

»Nein.« Er schüttelte den Kopf, schnitt mir das Wort ab und stieß noch einmal dieses trockene Kichern aus. »Darum geht es gar nicht. Ich habe mich nicht geschämt. Als ich sagte, daß sie sich in meiner Anwesenheit nicht wohl fühlten, meinte ich nicht, daß sie mir komische Blicke zuwarfen, wenn ich mal wegsah. Es war alles in bester Ordnung. Ich habe meine Arbeit wieder aufgenommen. Aber ...«

Er ließ sich in einen hölzernen Stuhl fallen, der so zerbrechlich aussah wie er selbst. »Ich tue das absichtlich. Sie sollen sich in meiner Anwesenheit nicht wohl fühlen. Manchmal schaue ich sie so an.« Er starrte mich an, neigte dabei leicht den Kopf und setzte einen durchdringenden und unverschämten Blick auf, mit dem er abzuschätzen schien, ob er am Heimweg meine Reifen oder doch lieber gleich mich aufschlitzen sollte. Ich kannte diesen Blick, allerdings nur von Leuten, die furchtbare Verbrechen begangen hatten.

David lachte und sah wieder wie ein kleiner Junge aus. »Ich *benutze* es, Dad. Ich *will*, daß sie Angst vor mir haben. Ich ertrug es einfach nicht, daß alle so taten, als wäre nie etwas geschehen. Und wenn sie schon meinten, mich angaffen zu müssen, dann wollte ich ihnen was zum Gaffen geben. Ich tue es immer noch. Glaube ich wenigstens.« Jetzt schien es ihm doch peinlich zu sein. Er wich meinem Blick aus, sah zu den Vorhängen hin, auf den Boden. »Wenn ich jemand Neuen kennenlerne, frage ich mich, ob er meine Geschichte kennt. Und weißt du was? Ich wäre schwer enttäuscht, wenn sie jemand nicht kennt. Und dann gibt es Momente, zum Beispiel in einer Geschäftsverhandlung, die vielleicht nicht so glatt abläuft, wie sie soll, eine Menge Feilschereien, verstehst du, und auf einmal geben die anderen nach. Da frage ich mich dann, habe ich es gerade gemacht, ich meine, unbewußt? Oder ist ihnen plötzlich eingefallen, wer ich bin? So oder so ...« Er lachte schon wieder. »Ich kann das nicht so rüberbringen, so daß du es verstehst.«

»Mag sein. Nur, weißt du, ich kenne das.« Sein Blick, der die ganze Zeit durch den Raum geirrt war, wurde plötzlich starr. »Ich weiß genau, wie das ist, David. Ich glaube schon. Es gibt eine Menge Leute, die meinen, die Geschichte rund um deinen Fall zu kennen, aber jeder von ihnen kennt eine andere Version. Und viele sind immer noch skeptisch. Sie fragen sich, was ich damit zu tun hatte. Wen ich eingeschaltet, wen ich erpreßt habe, und vor allem wie. Und bis jetzt habe ich kein einziges Mal meine Unschuld beteuert. Ich lasse es zu, daß sie mich anstarren. Und gelegentlich starre ich zurück.«

David musterte mich, unschlüssig, ob wir tatsächlich dasselbe kleine Geheimnis hatten oder ob ich ihm das bloß einreden wollte. »Wäre ja auch schade. Zuerst passiert dir diese furchtbare Geschichte, und dann sollst du sie nicht mal richtig ausnutzen können?«

Langsam, und diesmal ohne das falsche Theater, das er mir soeben vorgespielt hatte, schlich sich ein Lächeln über Davids Gesicht. Mir fiel wieder einmal auf, wie sehr er sowohl mir als auch Lois ähnelte. Ihm war das wahrscheinlich gar nicht bewußt. Ich glaube, man muß zurückblicken, um diese Dinge zu erkennen. Aber ich bin sicher, in diesem Moment spürte er die Blutsverwandtschaft.

Es läutete an der Tür.

»O Gott«, schrie ich beinahe. »Der Kleine hat sich angeschlichen.«

Wir sprangen auf und stolperten zur Tür. Ich legte eine Hand auf Davids Arm.

»Mach ihm jetzt aber keine Angst, David.« Er sah mich an, als wollte ich mich über ihn lustig machen, als wäre es ein Fehler gewesen, sich mir anzuvertrauen. »Es sei denn, er gibt dir Grund dazu«, führte ich meinen Satz zu Ende. Er grinste.

»Hallo«, sagte ich, bevor die Tür noch ganz offen war. Ich mußte meinen Blick etwas senken. Auf unserer Türschwelle stand der junge Herr Robins. Er war weniger förmlich gekleidet, als ich erwartet hätte, keine Krawatte, kein Jackett, dafür aber eher konservative Jeans und ein buntkariertes Hemd mit langen Ärmeln.

»Du mußt Steve sein.«

»Guten Abend.«

Ich führte ihn herein. David nickte ihm zu und sagte: »Ich sehe mal nach, ob Dinah so weit ist.«

Ich setzte mich auf einen der Stühle. Klein Steve blieb stehen. Er wirkte gelassener, als ich es gewesen wäre. Ich nehme an, man konnte ihn als gutaussehend bezeichnen. Schwer zu sagen bei einem Dreizehnjährigen. Auf seiner Nase waren ein paar Sommersprossen, keine Pickel, und er hatte gerade weiße Zähne. Sein dunkles Haar war an den Seiten eher kurz geschnitten, jedoch lang im Rücken.

»Sie lassen einen immer warten«, vertraute ich ihm an, wollte jedoch damit auskundschaften, ob das seine erste Verabredung war.

»Schätze ja.«

David kam zurück und mit ihm Lois, die mit Steve sogleich über die Schule zu plaudern begann und mehrere Lehrer sogar beim Namen kannte. Ich konnte nicht mitreden, also versuchte ich eine Miene aufzusetzen, die nur einen Narren veranlaßt hätte, sich mit mir anzulegen.

Dinah betrat scheu und gemessen das Zimmer. Ihr Zuhause war zu einer Bühne geworden. Steve drehte sich zu ihr um. Daß wir die beiden so ungeniert beobachteten, war Dinah offensichtlich peinlich. Sie war steif wie ein Stock. Steve hingegen überhaupt nicht. Er lächelte unbewußt.

»Hallo, Dinah«, sagte er. »Du siehst toll aus.« Das hörte sich zwar so an, als hätte er es im Fernsehen aufgeschnappt, dennoch machte er seine Sache gut. Dinah und Steve setzten sich nicht zu uns. Nach ein paar Minuten brachen sie auf. Ich hielt Dinah kurz zurück, um sie zu umarmen. »Ich wünsche dir viel Spaß.«

»Paß gut auf sie auf«, sagte ich zu Steve gewandt. In Wirklichkeit wollte ich damit sagen: Wenn du ihr jemals weh tust, reiße ich dir den Kopf ab und schlage dich zu Brei. Ich hatte auf seine Scharfsinnigkeit gehofft, jedoch vergebens, denn dann hätte er sich vor lauter Angst auf und davon machen müssen, anstatt mir wie ein kleiner Mann die Hand zu drücken.

Als sie gegangen waren, fragte ich: »Es hat ihm doch hoffentlich wer gesagt, daß ich der Bezirksstaatsanwalt bin? Ich wollte es ihm nicht selbst sagen, aber er weiß es doch, oder?«

David und Lois brachen beiden in Gelächter aus. »Dad, schau

herunter«, sagte Lois. »Dir wird doch nicht deine eigene Vergangenheit auf den Fersen sein?«

»Ich habe nie etwas getan, wofür ich mich schämen muß. Jedenfalls nicht in dem Alter.«

Wir verließen das förmliche Wohnzimmer und gingen in den gemütlicheren Teil des Hauses. »Ich erinnere mich sehr wohl an Abende mit dir, die meinem Vater vor lauter Angst den Verstand geraubt hätten, hätte er davon gewußt«, sagte Lois.

»Nicht doch, du schockierst den Jungen.«

Das Telephon klingelte, und Lois verschwand, um den Hörer abzunehmen. Immobilienhändler, fiel mir ein, wurden zu jeder Tages- und Nachtzeit angerufen, so wie Anwälte.

»Wie läuft's zu Hause«, fragte ich David, wobei mir bewußt wurde, daß der Ton meiner Stimme nicht beiläufig genug war und er mir die Frage übelnehmen könnte.

»Gut«, erwiderte er. Das war alles. In meinem Kopf stauten sich die nächsten Fragen: Wollt ihr euch scheiden lassen? Werde ich jemals Enkelkinder haben? Ist Vicky immer so kalt, wie es den Anschein hat? Bist du glücklich?

»Wirklich?« legte ich ein Schäuflein nach.

David schien so ziemlich alles, was ich sagte, zu irritieren. »Ich weiß ja, daß du Vicky nie leiden konntest«, stieß er plötzlich hervor.

»Das stimmt doch überhaupt nicht.« Ich war ehrlich schockiert. »Ich kenne sie doch kaum. Ich finde Vicky sehr nett. Es ist nur, ich frage mich …«

»Sie denkt das jedenfalls«, sagte David.

»Ist das der Grund, warum sie nicht hier ist? Ich verstehe überhaupt nicht, wie sie so etwas denken kann. Ich verurteile doch niemanden.«

Er lachte grob.

»Ich will bloß wissen, ob du glücklich mit ihr bist. Das ist mein einziges Interesse an Vicky.« Das klang nun wirklich gemein. Ich wollte es abschwächen. »Ich mag sie ja, aber das spielt keine Rolle, wenn sie dich nicht glücklich macht.«

»Es ist nicht ihr Job, mich glücklich zu machen.«

»So habe ich das doch nicht gemeint. Ich meine, ob ihr glücklich miteinander seid.«

»Sind wir ja auch«, bellte er zurück. »Hab ich doch schon gesagt, oder?«

Hatte er das? »Na dann ist es ja gut«, meinte ich besänftigend.

David beruhigte sich. Er hatte die grundlose Wut in seinem Ton bemerkt. »Wie läuft der Wahlkampf?« wollte er nun wissen. Damit war unser persönliches Gespräch beendet. Ich war wieder einmal da angelangt, wo ich eigentlich immer mit David anlangte – bei der Hoffnung, es beim nächsten Mal besser zu machen.

VIII

»Wir konnten die Menschen in diesem Bezirk davon überzeugen, daß die Zeit für einen neuen Bezirksstaatsanwalt gekommen ist. Nur so läßt sich verstehen, warum der derzeit amtierende gegen einen unserer aufrechten, und fast möchte ich sagen, vorzüglichsten Mitbürger diese Anklage zusammenbraut. Glauben Sie mir, für diese unerhörten Anschuldigungen gibt es keine Beweise. Es ist vielmehr der verzweifelte Versuch eines öffentlichen Beamten, der genau weiß …«

»Er hat die gesamte Paley-Anhängerschaft gekauft«, sagte Tim Scheuless.

»Leo kauft nicht, er verkauft«, erwiderte ich.

»Das Fernsehen schlürft sein Gesabbere einfach auf. Vielleicht stellt ihr ihm auch mal eine Frage, wie wär's denn damit?« fragte Tim wütend.

»Moment«, ich stellte das winzige Fernsehgerät auf meinem Schreibtisch etwas lauter.

»Immerhin wurden seit Austin Paleys Verhaftung keine Kinder mehr belästigt«, gab der Fernsehreporter soeben zu bedenken.

Leo Mendoza ließ diesen Umstand nicht gelten. »Der echte Kinderschänder ist kein Idiot. Der hat sich in seinen Bau verkrochen, froh, daß ein anderer für seine Verbrechen verantwortlich gemacht wird. Wenn ich erst Bezirksstaatsanwalt bin, das verspreche ich Ihnen, finde ich den wahren Täter.«

Leo hatte sich als Rahmen für sein Fernsehinterview den Bürgersteig vor dem Gerichtsgebäude ausgesucht. Er war eine imposante, wenngleich sonderbar geformte Erscheinung. Zwischen den spindeldürren Beinen und der schmächtigen Brust ragte ein enormer Kugelbauch hervor. Seine Figur erhielt dadurch etwas Keilförmiges, wobei sich die Keilspitze seinem Gegenüber entgegenwölbte wie ein Bumerang. Er zog beim Sprechen den Kopf ein und trug einen weißen Hut, der sein Gesicht verbarg.

Leo war seit vielen Jahren Strafverteidiger. Er hatte seine Parteipflichten immer brav erfüllt, ohne je etwas dafür zu verlangen, und nun stand die Partei geschlossen hinter ihm und unterstützte seinen Wahlkampf zum nächsten Bezirksstaatsanwalt. Vor Jahren war er eine Zeitlang stellvertretender Bezirksstaatsanwalt gewesen, weshalb er meinte, die nötige Erfahrung für diesen Posten mitzubringen. Durch die Verteidigung unspektakulärer Vergehen und geringfügiger Verbrechen war er zwar zu relativem Wohlstand gekommen, jedoch nie ins Blickfeld der Öffentlichkeit geraten. Er bot einfach keine Angriffsfläche. Die Attacken, die er gegen meine Person ritt, konnten ihm also nicht schaden. Er wußte, wie man einen Wahlkampf führt, vor den einflußreichen Gruppen katzbuckelt, in den Interviews energische Töne anschlägt, ohne wirklich etwas auszusagen, und wie man Organisationen für sich gewinnt, damit sie ihren Mitgliedern eine Wahlempfehlung aussprechen.

»Die Fälle kommen garantiert nicht vor Gericht«, versicherte er dem Reporter. »Der Bezirksstaatsanwalt wird es nicht riskieren, daß sein Opfer den Unschuldsbeweis erbringt. Die Verhaftung ist nichts anderes als ein wahltaktisches Manöver.«

»Sagen Sie mal, wieso bekommt Leo so viel Sendezeit?« fragte ich. »Was soll das sein? Eine Wahlempfehlung?«

»In den Mittagsnachrichten bringen sie immer lange Beiträge«, meinte Tim. »Moment, jetzt kommt das große Finale.«

»In unserer Stadt grassiert das Verbrechen in bisher unbekanntem Ausmaß«, sagte Leo in nüchternem Ton und sprach dabei direkt in die Kamera.

»Was du nicht sagst«, meinte ich.

»... und mein Gegner hat nichts Besseres zu tun, als hinter seinem Schreibtisch undurchsichtige Machenschaften gegen Unschuldige zu schmieden. Bei mir wird es so etwas nicht geben. Ich garantiere Ihnen die unparteiische Ausübung von Gerechtigkeit.«

Tim drehte den Fernseher ab. »Genau damit«, stieß er hervor, »wird er Sie fertigmachen. Jetzt hat er endlich ...«

»Sie wollen mir doch nicht weismachen, daß ihm die Wähler diesen Mist abkaufen?«

»Natürlich tun sie das«, sagte Tim scharf. »Wissen Sie, was gestern passiert ist? Ich erhielt einen Anruf vom Verein für soziale Gerechtigkeit. Sie unterstützen jetzt Leo.«

»Was?« Ich war von meinem Stuhl hochgesprungen.

Tim nickte nur. Der Verein gehörte zu jenen Gruppen, die mich bei meiner ersten Wahl zum Bezirksstaatsanwalt geschlossen unterstützt hatten. Bis jetzt schien seine Unterstützung für meine Wiederwahl als selbstverständlich. »Was um alles in der Welt?« Ich war fassunglos. »Es muß ihnen doch klar sein, daß ich der bessere Kandidat bin.«

»Das hat mit Austin Paley zu tun«, sagte Tim empört, aber ruhig. Er hatte bereits Gelegenheit gehabt, seine Wut verrauchen zu lassen. »Ich möchte gar nicht behaupten, daß er dahinter steckt, aber er ist der Anlaß. John Lyman hat mich persönlich angerufen, um mir mitzuteilen, er selbst bestehe darauf, daß die Gruppe Mendoza unterstützt, und er wollte, daß ich das weiß. Er sagte: ›Ich habe ihnen klipp und klar gesagt, daß jemand, der einen Unschuldigen mit fingierten Tatsachen belastet, vor nichts haltmacht. Jeder von uns kann der nächste sein.‹ Und dabei war es ihm bitter ernst. Für ihn besteht kein Zweifel ...«

»Austin hat ihn in der Hand«, meinte ich ruhig, ohne es selbst zu glauben. Was Tim als nächstes sagte, kam der Wahrheit jedenfalls näher.

»Tut mir leid, aber das stimmt nicht. Gegen John Lyman hat niemand etwas in der Hand. Den kümmert es doch einen Dreck, was die Leute von ihm halten. Aber er ist von Austins Unschuld überzeugt.« Tim beugte sich näher zu mir. »Es tanzt nicht jeder nach Austins Pfeife, Mark. Der Mann hat echte Freunde. Er hat im Laufe der Jahre eine Menge Geld für wohltätige Zwecke gespendet, sich für die richtige Sache eingesetzt, er geht regelmäßig zur Kirche, er ist ...« Tim machte eine ausladende Geste und sagte das, was wir im Grunde beide dachten: »Zum Teufel noch mal, der Typ hat einfach *Charme*. *Ich* mag ihn. Meine *Mutter* mag ihn. Denken Sie nur an all die Leute, die ihn seit Jahren kennen, überlegen Sie sich mal, wie die ...«

»Ich bin selbst einer von ihnen.«

»Na also, da haben Sie's. Hören Sie mal, ich verlange ja nicht, daß Sie den Fall begraben ...«

»Fälle«, unterbrach ich ihn. Tim bedachte mich mit einem Blick, der sagen sollte: Verschonen Sie mich mit den technischen Details.

»Lassen Sie erst mal Gras über die Sache wachsen. Nach einer Weile ist sie aus den Schlagzeilen und dann ...«

»Kommt nicht in Frage. Was Austin und Leo behaupten, ist schlicht und einfach falsch, und ich werde es beweisen. Ich muß beweisen, daß ich persönlich von Austins Schuld überzeugt bin, daß ich mir die Anschuldigung nicht bloß aus den Fingern sauge, um mich politisch zu profilieren. Außerdem haben Sie selbst gesagt, ich brauche mehr Präsenz in den Medien. Oder zahlen Sie mir die Fernsehspots aus eigener Tasche? Was steht denn noch an Wahlkampfauftritten in Ihrem Terminkalender?«

»Einer oder zwei«, murmelte Tim. Aber auch die waren fraglich, und mein Wahlkampfbudget befand sich bereits in den roten Zahlen.

Ich konnte jedoch noch in die Schlagzeilen kommen. Wenn ich Austin persönlich anklagte, würde ich ins Fernsehen und in die Zeitung kommen, ob nun zum Guten oder zum Schlechten.

»Es ist nichts Persönliches«, sagte ich. Das war eine Lüge. »Ich muß es einfach tun.«

»Nun ...«, Tim zögerte. »Dann lassen Sie wenigstens ...« Plötzlich fragte ich mich, was mir eigentlich an seiner Bestätigung lag, und setzte seinen Belehrungen ein Ende.

»Warum wollen Sie seinen Rat nicht annehmen?« fragte mich Becky Schirhart etwas später. »Ich klage Austin Paley an und sorge dafür, daß der Prozeß auf keinen Fall verschoben wird. Auf diese Weise schlagen Sie zwei Fliegen mit einer Klappe.«

Ich erwiderte nichts, und zwar nicht, weil ich dachte, Becky verdiente keine Antwort, sondern weil ich in ihr trotz unseres Altersunterschiedes nicht länger das junge Mädchen oder die Untergebene sah. Unsere Gespräche drehten sich ausschließlich um die Vorbereitung unserer Prozeßstrategie, und wenn mir ihre Mitarbeit etwas nützen sollte, mußten wir gleichberechtigte Partner sein. Ich antwortete nicht, weil meine Antwort dämlich geklungen hätte, sogar in meinen Ohren.

»Jedenfalls wäre das gescheiter«, fügte Becky hinzu.

»Das weiß ich.«

Ich starrte aus dem Fenster meines Büros. Becky saß hinter mir auf dem Sofa. Aus dem Augenwinkel beobachtete ich, wie sie auf mich zukam, zögerte und sich dann so setzte, daß sie mich besser sehen konnte. Ich drehte mich zu ihr um.

»Warum ist es eine persönliche Angelegenheit, Mark?« fragte sie. »Ich meine, das merkt doch ein Blinder.«

Ich beschloß, dämlich zu sein. Das war ich ihr schuldig. Schließlich hatte ich Becky in den Fall mit hineingezogen.

»Ich habe das Gefühl, er hat mir meine Vergangenheit gestohlen. Ich meine, diese Geschichte läuft doch schon seit Jahren. Teilweise muß das schon passiert sein, als ich noch stellvertretender Bezirksstaatsanwalt war. Das ist immerhin fünfzehn Jahre her. Austin mißbraucht kleine Kinder und hat dann Leute im Rücken, die ihn decken, das Verfahren niederschlagen. Während ich ...«

Ich beugte mich näher zu ihr. Beckys Gesichtsausdruck blieb unverändert. Wie sollte sie verstehen, was ich sagen wollte? »Ich habe an meine Arbeit geglaubt«, fuhr ich fort. »Ich habe an Eliot geglaubt. Wenn ich daran denke, wie er uns immer wieder eingepaukt hat, daß jeder Fall gleich zu behandeln ist, daß man niemals einen Beweis zurückhält, nur weil einem der Verteidiger sympathisch ist, und daß jeder Angeklagte gleich ist, egal, ob er der Sohn eines bedeutenden Mannes ist oder aus der Gosse kommt. Und daran glaubte ich. Natürlich hörte ich die Witze, die hinter vorgehaltener Hand gemacht wurden – zum Teil machte ich mich ja selbst darüber lustig –, aber tief in meinem Innersten glaubte ich an unsere Arbeit. Ich war überzeugt, wir wären die Hüter der Gerechtigkeit und daß wir etwas verändern könnten – diesen ganzen Quatsch eben.«

Sogar jetzt, da ich mit diesen abwertenden Worten endete, erinnerte ich mich noch an dieses Gefühl, das Becky völlig fremd sein mußte. Ich war überzeugt gewesen, ich hatte mich für einen Beruf entschieden, mit dem ich etwas verändern würde; daß ich einem höheren Ideal diente als Geld oder Macht. Die Jahre, in denen ich beobachten mußte, wie so mancher Fall durch Korruption, Bequemlichkeit oder bloße Dummheit verdreht wurde, hatte mich zwar eines Besseren belehrt, aber sie hatten dem Stolz jener ersten Jahre als Staatsanwalt nichts anhaben können. Meine zynische Haltung dem System gegenüber hatte sich tief in mir eingegraben, nur die gebrannten Idealisten sind wahre Zyniker. Jetzt konnte ich es eingestehen: Ich hatte an Gerechtigkeit geglaubt. Ich hatte geglaubt, ich persönlich könnte in einer ungerechten Welt für Gerechtigkeit sorgen.

Doch auch nachdem ich mich bereits verändert, mir eine immer dicker werdende zweite Haut zugelegt hatte, war ich im Grunde meines Herzens überzeugt, daß ich einst einer guten Sache gedient hatte. Austin hatte diesen Rest an bewahrtem Stolz mit Füßen getreten. Während ich meiner Aufgabe in einer, wie ich meinte, beinahe heiligen Mission und mit dem Eifer eines Gläubigen nachging, hatte Eliot Quinn in aller Stille Fälle begraben, die gegen seinen politischen Verbündeten angestrengt wurden. Wenn ich jetzt daran dachte, fühlte ich mich beschmutzt. Durch diesen Fall war meine Vergangenheit neu geschrieben worden. Ich ertrug es nicht, daß Austin weiterhin durch das Gerichtsgebäude flatterte, seinen Charme verströmte und ein bestimmtes Maß an Respekt erwartete und auch bekam. Ständig im Vertrauen auf seine Macht und seinen Stellenwert; und womöglich in dem Glauben, von mehr Menschen willentlich gedeckt zu werden, als tatsächlich der Fall war. Wie viele wissende Blicke hatte er mir in der Vergangenheit zugeworfen, deren Bedeutung mir entgangen war, die ich als bloßen Ausdruck kollegialer Vertrautheit verstanden hatte?

»Er hat alles in den Schmutz gezogen«, sagte ich. »Ich hatte geglaubt, einer wichtigen und eben nicht korrumpierten Sache gedient zu haben.«

»Ich weiß, was Sie meinen.« Das war eine dieser beiläufigen Bemerkungen, die keinem anderen Zweck dienten, als den anderen am Reden zu halten.

»Wissen Sie noch, was mir Ben Dowling, der alte Gerichtsreporter gesagt hat? Daß es früher diese stillschweigenden Abkommen gegeben hat, daß ...«

»... jeder vom Präsidenten bis zum kleinen Beamten gedeckt wurde, nur weil es sich so gehörte?«

Ich nickte. »Das hat in mir etwas ausgelöst. Ich bin nämlich in dem Gedanken aufgewachsen, daß es in diesem Land tatsächlich noch so etwas wie uneigennützige Institutionen gibt, Menschen, die echte Helden sind. Nach ihnen habe ich gesucht, als ich mich für meinen Beruf entschied. Ihre Generation hat andere Erwartungen, Sie haben von früher Kindheit an nichts anderes zu hören bekommen als Skandale, Korruption und Lügen, und das wurde zu Ihrer Norm. Sie kann man nicht enttäuschen, weil Sie nie andere Erwartungen hatten.«

»Ich wäre an Ihrer Stelle nicht so voreilig«, warf Becky ein. »Sie können die Persönlichkeit anderer Menschen nicht nur an der Zeit messen, in der sie aufgewachsen sind. Das Gefühl, einer wichtigen Sache zu dienen, kenne ich sehr wohl.«

Ich horchte auf. Sie schien es ernst zu meinen. Aber die Art und Weise, wie sie mich hinterfragte, wäre mir mit Eliot nie in den Sinn gekommen, und sie konnte unmöglich dieselben Illusionen haben, wie ich sie gehabt hatte.

»Wirklich?« meinte ich. »Wollen Sie etwa behaupten, daß Sie nicht nur wegen des Geldes hier sind?«

Sie lächelte mich bloß an.

Also mußte es sogar in Zeiten wie diesen noch Menschen geben, die sich die Arbeit des Staatsanwaltes zu ihrem Ideal machten. Ich tat es ja gewissermaßen selbst noch. Warum sonst war ich zur Bezirksstaatsanwaltschaft zurückgekehrt? Die private Kanzlei hatte mir viel mehr Geld eingebracht. Aber in den zehn Jahren als Strafverteidiger hatte ich keinen meiner Fälle mit nur halb so viel Eifer verteidigt, wie ich in bestimmten Prozessen die Anklage führte.

»Nur weil Sie von einer krummen Sache nichts gewußt haben, heißt das doch nicht, daß Sie sich in allem getäuscht haben.«

Ich stieß einen angewiderten Laut aus. »Ich war ein Idiot.«

»Und jetzt werden Sie etwas dagegen unternehmen«, sagte sie, und wieder riß sie mich aus meiner Überlegung, wie sehr sich die Zeiten änderten. Von uns beiden war Becky im Moment eindeutig die Hartgesottenere.

Auf einmal verspürte ich den starken Wunsch, die Wiederwahl zu gewinnen. Ich wollte das Gefühl zurückhaben, einem Zweck zu dienen. Austin Paley bot mir die Chance, genau das zu tun.

»Wir haben viel zu tun«, sagte Becky. »Es sei denn, Sie möchten noch ein Weilchen Ihrer Jugend nachheulen.«

Ich machte ein Geräusch, als würde ich in einem leeren Faß nach Resten kratzen. »Nein, ich denke, ich habe den Boden erreicht, vielen Dank.«

Sie berührte mich flüchtig am Arm, verständnisvoll.

»Ich werde die Frage anders stellen, Kevin. War es deine Idee, zelten zu fahren, oder hat Austin den Vorschlag gemacht? Hast du es vorgeschlagen? Hast du gesagt: ›Ich weiß was, fahren wir zelten‹?«

Kevin suchte in Beckys Gesichtsausdruck nach der Antwort. Als sie ungerührt blieb, ihn nur freundlich lächelnd ansah, wandte er seinen Blick ab und schien sein Gedächtnis nach der richtigen Antwort zu erforschen.

»Er muß die Idee gehabt haben«, sagte er ruhig. »Ich war ja vorher nie zelten gewesen.«

Becky und ich blickten uns kurz an, dann konzentrierte sie sich sofort wieder auf den Jungen. Um in seinem Zimmer einen provisorischen Zeugenstand zu schaffen, hatten wir Kevin in einen großen Lehnstuhl aus dem Wohnzimmer gesetzt, in dem er aussah wie ein junger Prinz, der plötzlich und gegen seinen Willen zum König gemacht werden soll. Ich hatte es Becky überlassen, die Fragen zu stellen. Sie wurde immer besser. Kevin folgte ihr mit den Augen, während sie im Zimmer auf und ab ging und sich die nächste Frage überlegte.

»Hast du deine Eltern gefragt, ob du fahren darfst?«

»Ja.«

Becky nickte. Sie lächelte Kevin an. Er erwiderte ihr Lächeln nicht. Er saß bloß da und wartete gespannt auf die nächste Frage. An seine Seite gedrückt hielt er einen Stoffelefanten, dem er einen Arm so fest um den Hals geschlungen hatte, daß er ihn, hätte das arme Tier atmen müssen, erstickt hätte. Nette Geste. Ihm zu erlauben, den Elefanten mit in den Gerichtssaal zu bringen, würde wahrscheinlich zu weit gehen, aber eine Überlegung war es wert.

»Hast du ihnen gesagt, mit wem du fahren wolltest?« Becky hatte aufgehört, mich nach jeder Frage anzusehen. Sie verfolgte nun ihren eigenen Gedankenfluß. In ihrer weißen, weit geschnittenen Bluse, die ihre Arme fast zur Gänze bloßlegte, schien sie aus einem bestimmten Winkel gesehen eher Kevins Altersgruppe anzugehören als meiner. Sie hätte seine ältere Schwester sein können, die so tat, als stellte sie die Fragen einer Erwachsenen. Aber da war auch eine entschiedene erwachsene Strenge. Ab und zu, wenn sie sich von Kevin wegdrehte, ballte sich ihre Hand zur Faust.

»Ich habe ihnen gesagt, daß ich mit ein paar von den anderen

Jungs mitfahren wollte«, antwortete Kevin. Wieder nickte ihm Becky zustimmend zu.

»Sehen wir uns noch einmal die Puppen an«, schlug Becky vor.

Kevin ließ sich sofort zu Boden gleiten und hob die beiden Puppen auf, die alle anatomischen Merkmale des menschlichen Körpers hatten. Beide männlichen Geschlechts, eine größer als die andere. Becky ging mit Kevin die Geschichte noch einmal durch und ließ sich zu diesem Zweck neben ihm auf dem Boden nieder. Aus der Sicht eines Außenstehenden mußten sie wie zwei Kinder beim Spielen aussehen. Man mußte schon genauer hinsehen und vor allem hinhören, um durch die Deutlichkeit der Erzählung in Entsetzen zu geraten. Die Puppen lagen zunächst nebeneinander und schliefen. Sie trugen keine Kleider. »Es war heiß«, erklärte Kevin.

»Und was geschah, als du aufgewacht bist?« fragte Becky. Eine freundliche, neutrale Frage. Aber es war nicht das erste Mal, daß Kevin sie beantworten mußte.

Er bewegte die erwachsene Puppe näher zur kleineren hin. Der Penis der erwachsenen Puppe berührte die Schulter der Knabenpuppe, dann ihren Hals.

»Hast du ihn berührt?«, fragte Becky in sanftem Ton. »Warum? War es deine Idee, oder hat er dich darum gebeten?«

Mit jeder Erzählung hatte Kevin den Penis der größeren Puppe näher zum Mund der kleineren gebracht. Noch zwei oder drei Sitzungen, und ich war sicher, er würde ihn ihr in den Mund stecken. Ob ich ihm jedoch auch glauben würde, wenn es so weit war, wußte ich nicht. Ich war nicht sicher, ob Kevin der Wahrheit immer näher kam, weil er begonnen hatte, uns zu vertrauen und seine eigene Scham zu überwinden, oder ob er einfach mehr und mehr darum bemüht war, unser Wohlwollen zu gewinnen. Er wußte genau, was er wollte, davon war ich überzeugt. Kevin war sechs Jahre alt, seinen Altersgenossen war er jedoch um Jahre voraus. Er hatte längst gelernt, wie man Erwachsenen gefiel.

Nachdem ich mich durch die im Laufe der Jahre immer wieder eingestellten Ermittlungen, Gerüchte und im Keim erstickten Verdachtsmomente durchgearbeitet hatte, war ich von Austin Paleys Schuld überzeugt. Alles paßte perfekt. Ich war dabei gewesen, wie die Kinder Austin identifizierten, und hatte keinen Zweifel an der Richtigkeit ihrer Aussagen gehabt. Nun aber, da ich im Begriff war, einen konkreten Fall vorzubereiten, schlichen sich Zweifel ein. Kinder sind eben *nicht* sehr zuverlässig. Sie sagen, was man von ihnen hören möchte. Außerdem weiß ich, wie Ermittlungen geführt werden können. Gibt es erst einen Beschuldigten, ist es ein leichtes, ihm noch andere Verbrechen zur Last zu legen. Bei der Polizei nennt man das »ungeklärte Fälle aufklären«. Es kommt vor, daß sie einem Beschuldigten einen ganzen Ordner unerledigter Fälle vor die Füße knallt und auf diese Weise einen Scheiterhaufen in Brand setzt. Sobald sich die Anschuldigungen zu häufen beginnen, wird es beinahe unmöglich, die objektive Sachlage nicht aus den Augen zu verlieren.

Ich sollte diese Zweifel nicht zulassen. Das war auch gar nicht meine Aufgabe. Eliot hätte wohl meine Zweifel zerstreut.

»Mark?« fragte Becky.

»Lassen wir es gut sein für heute«, sagte ich. »Man kann sich die Zeit auch auf lustigere Weise vertreiben, findet ihr nicht?«

Nun lächelte auch Kevin.

Ich legte ihm die Hand auf die Schulter. »Du weißt doch, Kevin, daß wir nur die Wahrheit von dir hören wollen, nicht wahr? Wenn du sagst, das und das ist passiert, dann glauben wir dir das.«

Er nickte ernst und fragte dann: »Darf ich jetzt spielen?«

»Na klar.«

»Auch mit den Puppen?«

Becky und ich sahen uns an. Dem Kleinen gelang es immer wieder, uns vor Rätsel zu stellen. Sie zuckte mit den Achseln. Wir waren keine verdammten Psychiater. Durften wir Kevin erlauben, die Puppen mit ihren leeren Augen, leicht geöffneten Mündern und ihrer sichtbaren anatomischen Vollständigkeit zu behalten? Vielleicht war es gut, wenn er sich mit ihnen vertraut machte. Vielleicht versetzten sie ihn jedoch in Angst und Schrecken, wenn er in der Nacht aufwachte und sie in seinem Bett vorfand. Und was, wenn seine Mutter sie auf dem Boden liegen sah? Würde sie sich nicht die berechtigte Frage stellen, ob sie zwei Perverse in ihr Haus gelassen hatte?

»Wie wär's, wenn du mit ihnen spielst, bis wir mit deiner Mutter gesprochen haben?« wich ich aus.

Auf dem Weg aus dem Zimmer flüsterte ich Becky zu: »Sollen wir sie nicht doch lieber mitnehmen?«

»Nicht zu mir«, antwortete sie ebenfalls flüsternd. »Ich habe meine eigenen zu Hause.«

Ich sah sie erschrocken an, das hatte sie ja wohl bezweckt.

Als wir das Haus verließen, waren die Puppen wieder in meinem Aktenkoffer verstaut. Wir befanden uns inmitten einer der nördlichen Vorstädte, nach unserem Empfinden weit, weit weg vom Gerichtsgebäude. Der Tag schien weit fortgeschritten, trotzdem hatte ich ein Gefühl der Zeitlosigkeit.

»Müssen wir gleich ...«, setzte Becky an.

»Zurückfahren?« Ich sah mich um. »Gehen wir was trinken. Aber machen Sie um Himmels willen keine Anspielungen, mit denen wir riskieren, daß mein Aktenkoffer durchsucht wird.«

Die Gerichtssäle im neuen Justizgebäude sehen alle gleich aus. Klein, funktionell, industriebeige. Manche Richter haben sich mit Plakaten oder kleinen Blumentöpfen um eine persönlichere Note in ihren Amtsräumen bemüht, aber zumeist vergeblich. Die Wände scheinen jeden Schmuck in sich aufzusaugen. Es gibt jedoch auch andere Merkmale, an denen sie sich unterscheiden lassen. Wenn man regelmäßig bei Gericht zu tun hat, genügt oft ein Blick auf die Mitarbeiter, um zum Beispiel zu wissen, daß man sich im Gerichtssaal von Richter Hernandez befindet. Der Richter scheint seine Mitarbeiter nach ganz bestimmten Kriterien auszusuchen, sei es Mann oder Frau, bewaffneter Justizbeamter oder Gerichtsdiener, dessen einzige Waffe sein Mundwerk ist. Sie lungern vor dem Saal herum, führen maulfaule Gespräche oder tun einfach gar nichts. Wenn man eine Auskunft braucht, wird man vom leitenden Gerichtsdiener wie ein Eindringling mit einer Herablassung bedacht, die besagen soll: »Okay, Sie wollen was von mir, aber Sie müssen mir schon dazu sagen, warum ich für solche wie Sie überhaupt was tun soll.« Es wäre auch falsch anzunehmen, daß sich an diesem Benehmen etwas ändert, wenn der Richter den Saal betritt. Im Gegenteil, häufig wird es dann nur noch schlimmer.

Ich habe mich jahrelang darum bemüht, an Bonita, der Gerichtskoordinatorin von Richter Hernandez, eine gute Eigenschaft festzustellen, und bin zu dem Schluß gelangt, daß sie keine hat. Also habe ich mir ihr gegenüber eine eigene Arroganz angewöhnt, die nicht minder distanziert professionell und frostig ist wie ihre eigene. Manchmal funktioniert das sogar.

Meine Beförderung in Rang und Würden scheint bei ihr keinen Eindruck hinterlassen zu haben. »Mr. Blackwell«, tönte es mir entgegen, als ich mich ihrem Tisch näherte. Sie hat mich nie anders angesprochen. Mich beim Vornamen zu nennen, könnte ja auch den Eindruck erwecken, wir stünden in persönlicher Beziehung.

»Ms. Vargas«, tönte ich retour. »Ich möchte mich für den Sondertermin bedanken.«

»Es wäre auch gar nicht in unserem Interesse, uns unseren regulären Terminkalender von diesem Pöbel durcheinanderbringen zu lassen«, erwiderte sie. Ich sollte ja nicht glauben, sie hätte mir einen Gefallen getan.

Mit »diesem Pöbel« meinte sie die vier Reporter im Gerichtssaal und die drei Kameraleute im Korridor, die es an diesem Donnerstag nachmittag in die Stille des Gerichtssaals verschlagen hatte, um dabeizusein, wie wir um einen Prozeßtermin feilschten. Ich hatte bereits mit ihnen gesprochen. An meiner Entschlossenheit, Austin Paley sofort den Prozeß zu machen, um die Gefahr für die Kinder von San Antonio zu bannen, hatte sich nichts geändert. »Sie meinen wohl eher die Wähler von San Antonio?« fragte die Journalistin Jenny Lord schlau.

»Kinder wählen nicht«, erwiderte ich bissig. Sie hatte versucht, einen Scherz anzubringen, den ich vor nicht allzulanger Zeit, als die Welt noch in Ordnung schien, möglicherweise selbst gemacht hätte.

Da sich Austin durch Hinterlegung der Kaution auf freiem Fuß befand, mußte er durch den öffentlichen Korridor kommen und wie jeder von uns an den Reportern vorbei. Austin würde sich diese Gelegenheit nicht entgehen lassen. Er machte eine gute Figur im Fernsehen, wirkte sanft und keineswegs bedrohlich, und er besaß auch eine entsprechende Portion Selbstvertrauen und das richtige Maß an Humor. Er hätte seine eigene Talk-Show haben sollen.

Austin gab im Flur eine spontane Pressekonferenz und ließ uns warten. Becky und ich hatten an diesem Tag nichts zu besprechen und saßen bloß da. Die Strategie, die wir hier verfolgten, war klar und eindeutig.

Als er endlich kam, war Austin die Liebenswürdigkeit in Person.

Obwohl ich in dem Moment der Eingangstür zum Gerichtssaal den Rücken zugewandt hatte, konnte mir sein Eintreffen nicht verborgen bleiben. Er sprach mit jedem im Saal. Dann stand er lächelnd vor mir. Ich stand weder auf, noch reichte ich ihm die Hand. Das schien ihn kalt zu lassen. Er begrüßte mich und wollte wissen, wie die Dinge denn so liefen, als läge ihm mein Wohlbefinden tatsächlich am Herzen. Nicht einmal ich hätte sagen können, daß es zwischen uns je zu Differenzen gekommen war.

»Kann nicht klagen, Austin. Und bei dir?« Er hatte ein besonderes Talent, anderen seine eigenen Spielregeln aufzuzwingen, da er immer gleich liebenswürdig reagierte, ganz egal, wie beleidigend sich sein Gesprächspartner verhielt.

Er wedelte mit der Hand und meinte: »*Así, así.*« – »So lala« auf Spanisch. Die ganze Zeit über lächelte er.

»Haben Sie sich denn keinen Anwalt genommen?« fragte ihn Becky.

Wieder nur ein Lächeln. In diesem Moment ging die Tür hinter der Richterbank auf, und Richter Hernandez, sein Stichwort um nur wenige Augenblicke versäumend, betrat kichernd den Saal. An seiner Seite kam Buster Harmony herein, der sich gerade näher zu ihm beugte, um noch eine Pointe anzubringen. Die beiden brachen in Gelächter aus. Der Richter blieb hinter seinem Stuhl stehen, während Buster, so weit ein bulliger Mann in den Fünfzigern dazu überhaupt fähig war, um die Bank herumeilte und sich neben seinen Mandanten stellte. Er beugte sich kurz zu unserem Tisch herüber, um meine Hand zu schütteln und mich in gedämpftem Ton mit »Hallo, Blackie« zu begrüßen.

Die Tatsache, daß Austin der Form so treu blieb, ließ mich aufatmen, aber nicht nur das. Hätte ich raten müssen, welchen Anwalt Austin engagieren würde, hätte das alte Großmaul Buster an der Spitze meiner Liste gestanden. Unter den Strafverteidigern der Stadt zählte er zu den Lokalberühmtheiten. Er hatte im Laufe der Jahre eine Unmenge Geld verdient und viel davon für Wahlkampfspenden ausgegeben, war mit jedem Richter bestens befreundet, kannte ihre Kinder beim Vornamen und stand mit jedem öffentlichen Beamten von Kindesbeinen an auf gutem Fuß. Als Rechtsanwalt trat er nicht mehr so häufig in Erscheinung. Das hatte er gar nicht nötig, da er in den achtziger Jahren, als Geld noch keine Rolle spielte, mehrere wichtige Zivilprozesse gewonnen hatte. Er stand im Ruf, ein hartnäckiger Anwalt zu sein, nur hatte er schon lange keine Gelegenheit mehr gehabt, diese Fähigkeit unter Beweis zu stellen. Doch nicht einmal in seiner besten Zeit, als ich noch stellvertretender Bezirksstaatsanwalt war und wir uns insgesamt dreimal gegenübergestanden waren, hatte er gegen mich gewonnen. Es würde mir nicht schwerfallen, seine Taktik zu durchschauen.

Nachdem er mich begrüßt hatte, galt Busters ganze Aufmerksamkeit der Richterbank. Richter Hernandez zwinkerte ihm noch einmal kurz zu, dann setzte er sich. Der Richter war Ende Fünfzig und seit über einem Jahrzehnt im Amt – in seinem Fall lange genug, um jedes frühere Leben vergessen zu haben. Er war kräftig gebaut, jedoch nicht so dick, daß sich seine Robe vorgewölbt hätte. Sein dunkler Teint verlieh ihm ein gesundes Aussehen, die Augen hinter seinen dicken, schweren Brillen waren wachsam. Sein Haar war noch dicht, oben grau und weiß an den Schläfen. Er war vom Scheitel bis zur Sohle Richter und der einzige im Raum, der von seiner eigenen Fassade überzeugt war.

»Nun, Buster, Blackie. Junge Dame. Welch stattliche Versammlung juristischen Talents. Ihr schüchtert mich ein wenig ein.«

Während Buster übertrieben kicherte, erhob ich mich mit den Worten: »Guten Morgen, Euer Ehren. Wir sind hier, um in der Angelegenheit Bundesstaat Texas gegen Austin Paley einen Prozeßtermin zu erhalten.«

»Natürlich«, erwiderte der Richter mißmutig, als hätte ich ihn unterbrochen. »Nun – sind beide Seiten bereit?«

»Der Staat ist bereit«, erwiderte ich knapp.

»Euer Ehren, könnten wir ein wenig langsamer vorgehen, ich verliere sonst den Faden«, sprach Buster gedehnt. »Welchen Fall geben wir denn bekannt? Es geht ja bekanntlich um mehrere Fälle.«

Richter Hernandez mochte es gar nicht, wenn man ihn darauf aufmerksam machte, daß etwas nicht einfach war. »Natürlich«, sagte er mechanisch und warf seiner Koordinatorin einen wütenden Blick zu. Bonita beugte sich vor, um ihm die Akten über die Richterbank zuzuschieben. Der Richter nickte scharf und fegte ihre Hand weg. Bonita nahm wieder Platz, wobei sie sichtbar die Augen verdrehte. Richter

Hernandez, das war nicht zu übersehen, stellte nicht ausschließlich mürrische und respektlose Mitarbeiter an. Er schuf sie.

»Ja, richtig, es geht um drei Fälle«, sagte er. »Nein, vier.« Mit verdrießlicher Langsamkeit verlas er erst einmal die Aktenzahlen. »Wie äußern Sie sich zu den Fällen?«

»Der Staat ist in der Prozeßsache 4221 bereit«, sagte ich und setzte mich. Zu unserem Glück war im ersten Fall, in dem Anklage erhoben werden sollte, Kevin Pollard als Opfer genannt.

»Die Verteidigung ist in diesem Fall noch nicht bereit«, sagte Buster, wobei er seinen riesigen Schädel schüttelte. »Wir sind für eine Prozeßanberaumung in den Fällen 4222 oder 4223 bereit. Bei den anderen haben wir unsere Ermittlungen noch nicht abgeschlossen.«

Die Ziffern, die er genannt hatte, bezogen sich auf die Mädchen, die den Täter nicht eindeutig identifizieren konnten. Der einzige Grund, warum ich sie nicht fallengelassen hatte, war, um sie für mögliche Absprachen in der Tasche zu haben. Der vierte Fall bezog sich auf den mittlerweile zehnjährigen Tommy Algren. Es gab noch andere Fälle, aber für sie hatte ich noch keine Genehmigung zur Anklageerhebung erhalten. Ich war entschlossen, meinen besten Fall zuerst zu prozessieren. Buster hatte selbstverständlich anderes im Sinn. Wenn er mich zwingen konnte, einen der schwächeren Fälle zuerst anzuklagen, und Austin nicht für schuldig befunden wurde, würde jede weitere Anklage an Glaubwürdigkeit verlieren – und dadurch unwahrscheinlich werden.

»Staat?« fragte der Richter.

»Nicht bereit in den Fällen 4222 oder 4223«, antwortete ich kühl.

»Nicht bereit?« Der Richter blickte mich finster an.

»Nein, Euer Ehren. In diesen Fällen wird noch ermittelt. Wir sind im ersten, für einen Prozeßtermin anhängigen Fall bereit, und der Staat bittet um eine ehestmögliche Prozeßanberaumung. Durch Hinterlegung der Kaution ist der Beschuldigte weiterhin auf freiem Fuß, und die Anzahl der gegen ihn erhobenen Beschuldigungen beweist klar und deutlich, daß die Öffentlichkeit in großer Gefahr ist, ließe man zu, daß sich diese Situation durch die Anberaumung immer wieder neuer Prozeßtermine fortsetzt. Der Staat bittet um einen sofortigen Prozeßtermin.« Im Saal halten sich mehrere Reporter auf, war ich versucht zu sagen. Die öffentliche Aufregung, daß sich ein

Kinderschänder ungehindert bewegen darf, wird nicht mir gelten. Das, Richter, wird Ihr Problem sein. Richter Hernandez war sich dessen zweifellos bewußt. Sein jetzt schon mürrischer Blick wurde noch ungehaltener.

»Können Sie mir sagen, wie ich ihn zu einem Prozeß zwingen soll, wenn er den Fall nicht vorbereitet hat?« wandte er sich an mich, wobei er mit einer Hand auf Buster zeigte, der die richterliche Rücksichtnahme mit einem höflichen Nicken quittierte. »Warum sind *Sie* in den anderen Fällen noch nicht bereit?« fuhr Richter Hernandez fort.

»Der Staat ist bereit, Fall 4221 zu prozessieren, also den ersten Fall«, sagte ich verbissen. »Um die erste Frage zu beantworten, die Euer Ehren gestellt hat: Um die Verteidigung zur Verhandlung des Falles zu zwingen, bedarf es bloß einer Prozeßanberaumung.«

Mich konnte kein Mensch zwingen, einen Fall zu verhandeln, für den ich nicht bereit war. Wenn ich wollte, konnte ich jeden Fall mit Ausnahme des einen, den ich anklagen wollte, abweisen. Eine solche Abweisung auf Antrag des Staates würde mir ermöglichen, die Fälle zu einem späteren Zeitpunkt wieder neu aufzurollen. Die Verteidigung hatte keine Möglichkeit, den Prozeß auf unbestimmte Zeit zu verschieben, bloß weil sie nicht bereit war. Sollte der Richter darauf bestehen, müßte der Fall vor Gericht kommen, und zwar unabhängig davon, wie sich die Verteidigung dazu äußerte.

Wir alle wußten das. Buster und ich diskutierten auch keine rechtlichen Fragen. Wir waren Sparringpartner im Kampf um den Willen des Richters. Richter Hernandez war kein Freund rascher Entscheidungen. Wie die meisten Richter würde er tun, was er für richtig und notwendig hielt, in der Hoffnung, die beiden Entscheidungsmomente fielen zusammen. Richter Hernandez war bekannt für seinen Wankelmut und dafür, daß er häufig nicht kraft des Gesetzes, sondern zugunsten des Anwalts entschied, der ihn am besten gängelte.

Der Richter mochte es nicht, vor ein Patt wie dieses gestellt zu werden. Er zog es vor, die Prozeßparteien mit seiner aufbrausenden und unberechenbaren Art so einzuschüchtern, daß sie selbst zu einem Kompromiß gelangten. Situationen, die anstelle eines Kompromisses eine Entscheidung verlangten, waren ihm verhaßt.

Und in einem Patt würde sich der Richter erwartungsgemäß auf die Seite seines alten Freundes stellen – der gemeinsam mit seinem Mandanten mehr politisches Gewicht auf die Waage brachte als irgend jemand sonst im Bezirk.

»Wenn der Staat bloß einen raschen Prozeßbeginn wünscht«, warf Buster hilfreich ein, »wären wir bereit, die beiden mittleren Fälle gleichzeitig zu verhandeln. Auf diese Weise ließe sich die Hälfte der Fälle auf einmal aus der Welt schaffen.«

»Ich danke Ihnen für den Vorschlag, Mr. Harmony«, sagte ich an ihn gewandt. Buster lächelte mir zu. Man versucht ja nur zu helfen. »Aber ich bin überzeugt, Richter Hernandez kann seine Prozeßtagesordnung ohne weiteres selbst bestimmen, ohne ...«

»Das wäre gar keine schlechte Idee«, unterbrach mich der Richter.

Jemand zog sanft an meinem Ärmel. Becky hatte ich ganz vergessen. Als ich zu ihr hinsah, verärgert, weil sie mich in diesem entscheidenden Moment unterbrochen hatte, reichte sie mir zwei Formulare: Es waren Anträge auf Klageabweisung, in denen die Namen und Aktenziffern der beiden Anklageerhebungen im Zusammenhang mit den kleinen Mädchen bereits eingetragen waren.

Ich warf einen flüchtigen Blick auf Buster. Einen Augenblick lang dachte ich, ich würde manipuliert. Aber Becky hatte recht. Keine Ablenkungen mehr.

»Euer Ehren, der Staat stellt den Antrag auf Klageabweisung in den Fällen 4222 und 4223. Wir hoffen, auf diese Weise nicht noch mehr Zeit des Gerichts zu verschwenden.«

»Mr. Harmony«, wandte sich der Richter an die Verteidigung.

Buster streckte die Hände aus, als würde er die Niederlage großmütig hinnehmen. »Ich kann der Klageabweisung in der Hälfte aller Fälle gegen meinen Mandanten wohl schwer etwas entgegensetzen, Euer Ehren.«

»Also gut«, sagte Richter Hernandez entschieden. »Dann setze ich den Prozeßtermin für die andere Prozeßsache in, äh, dreißig Tagen fest. Das ist der vierte Oktober. Können Sie bis dahin so weit sein?«

»Die Verteidigung wird sich bis zu diesem Termin äußern«, wich Buster aus.

Der Richter erhob sich, und der ihm eigene, mißmutige Tonfall stellte sich wieder ein. »Ich warne Sie, bis dahin bereit zu sein. Beide Seiten. Ansonsten werde ich sie wegen Mißachtung zur Verantwortung ziehen.« Doch bevor er den Raum verließ, hob er seine Hand, deren Daumen und Zeigefinger wie zu einer Pistole geformt waren, und zeigte auf Buster. Buster erwiderte die Geste. Nachdem Richter Hernandez längst aus dem Saal war, wackelte er immer noch mit dem Kopf, ganz der alte Kumpel.

Anfang Oktober war für meine Absichten ein guter Prozeßtermin. Bis zu den Wahlen würde dann noch ein Monat Zeit sein, und der Prozeß sollte nicht länger als eine Woche dauern, wenn überhaupt. Allerdings konnte ich mir eine neuerliche Terminverschiebung über dieses Datum hinaus nicht leisten.

»Guter Zug, Blackie«, sagte Buster Harmony soeben. »Du hast mir die Fälle regelrecht unterm Hintern weggezogen. Kann sein, daß ich für das Geschäft schon zu alt bin.« Sein Grinsen verlagerte sich. »Oder ich brauche bloß auch so eine hübsche junge Assistentin.«

Becky grinste ebenfalls, als störte sie sein Benehmen nicht. »Wenn ich mich jetzt entsprechend geschmeichelt fühlte, Mr. Harmony, um Ihre Worte als Angebot zu verstehen, müßte ich sagen, ich bin sehr zufrieden, da, wo ich bin.«

»Wer wäre das nicht? Die Staatsanwälte sitzen ja immer auf dem längeren Ast, nicht war Blackie? Deshalb bis du doch zurückgekommen, was? Komm Austin, hauen wir ab, so lange sie uns noch lassen.«

Austin zuckte entschuldigend die Achseln, als wäre er beim Mogeln erwischt worden, und folgte seinem Anwalt den Gang zwischen den Sitzreihen hinauf zur Tür. »Freu mich schon auf den Prozeß«, tönte Busters Stimme noch einmal zu uns herüber.

»Ist der Typ echt?« wollte Becky wissen. Sie stand unmittelbar neben mir.

»Vor Ihrer Zeit galt er als das Schlimmste, was einem bei einem Prozeß passieren konnte.«

Beckys Lächeln kehrte zurück, und diesmal war es ungekünstelt. »Wie schön«, sagte sie.

Innerhalb von zwei Wochen hatten wir Kevin soweit. Er hatte gelernt, sowohl Becky als auch mir seine Geschichte bis in alle Einzelheiten wiederzugeben. Manchmal kam es vor, daß Becky und ich erst im Anschluß an diese Probeläufe realisierten, um *welche* Einzelheiten es sich dabei handelte. So lange wir ihm zuhörten, mußten wir eine fast klinische Distanz bewahren, auch wenn wir ihn ständig anlächelten und ihm auf die Schulter klopften und seine Aufrichtigkeit lobten; wir hörten ihm zu und gingen gedanklich ganze Listen von Angriffspunkten durch. Jetzt haben wir diesen Aspekt des Verbrechens. Jetzt diesen. Gut, mit dieser Aussage hat er das Strafausmaß soeben auf lebenslänglich ausgeweitet. Erst danach, als wir uns von Kevin verabschiedet hatten und im Auto oder einem Restaurant saßen, wurde Becky und mir bewußt, was er uns gerade mitgeteilt hatte und wie real die Erinnerung für ihn sein mußte. Erst dann lief das Geschehene wie ein Film vor unserem inneren Auge ab, erst dann wurde uns klar, daß Kevin für uns sein Trauma neuerlich durchlebte.

»Ich denke, ich kann ihn wieder zum Weinen bringen«, sagte ich. »Ich muß nur zwischen den einzelnen Fragen kurze Pausen einlegen. Damit er Zeit hat, darüber nachzudenken.«

Becky nickte. Wir verfielen in Schweigen.

Ich beschloß, mit den Probeläufen aufzuhören, da ich befürchtete, Kevin würde seine natürliche Art bis zum Prozeß verlieren. Becky kehrte in den Gerichtsalltag zurück. Mir blieb der gelegentliche Wahlkampfauftritt, ab und zu ein peinliches Telephonat, um um Spenden zu bitten, und die Vorbereitung auf die Konfrontation mit Buster Harmony. Er war bei weitem nicht der Narr, der er vorgab zu sein. Ganz egal, welchen Gefallen er Austin schuldig sein mochte oder was ihm Austin bezahlt hatte, Buster hatte die Verteidigung nur deshalb übernommen, weil er sich einen Sieg ausrechnete. Ich fragte mich, welche Strategie er vorhatte. Und wie ich selbst die Verteidigung führen würde.

Schließlich stellte sich heraus, daß ich besser daran getan hätte, mir mehr über Austin den Kopf zu zerbrechen als über Buster. Buster war nicht der einzige, der die Verteidigung vorbereitete.

Es war Ende September, als Becky und ich zu Kevin fuhren, um ihn für unseren letzten Probelauf abzuholen. Die Generalprobe sollte in einem Gerichtssaal stattfinden. Mrs. Pollard öffnete die Tür nur einen Spalt und teilte uns mit, daß Kevin nicht mitkommen würde.

»Was?« Ich drückte leicht gegen die Tür; man benötigte nicht viel Kraft, um Mrs. Pollards Widerstand zu überwinden. »Ist er krank geworden?«

»Nein«, erwiderte sie ruhig. Ich stellte ihr keine Fragen mehr, denn ich hatte Kevin gesehen. Er stand in der offenen Tür, die ins Wohnzimmer führte. An diesem Tag wirkte er besonders klein. Mit den Händen hielt er einen Soldaten aus Plastik fest umklammert.

»Alles in Ordnung, Kleiner?« Ich hatte mich vor ihn hingehockt.

»Ich hab alles erfunden«, platzte es aus ihm heraus. »Es ist nie passiert, Austin hat mir nie etwas getan.«

»Kevin«, setzte ich an. Becky kniete neben mir. Sie berührte mich am Arm und schüttelte leicht den Kopf. Ich sah zu, wie sie mit ihm in sein Zimmer ging. Becky würde er erzählen, was los war.

Aber ich wußte es längst. Austin würde vor nichts haltmachen. Er würde seine Bemühungen nicht auf die Vorbereitung der Verhandlung beschränken. Viel eher würde er dafür sorgen, daß es erst gar nicht zu einer Verhandlung kam.

Wie besticht man einen sechsjährigen Jungen? Das war nicht schwer, soweit ich mich erinnerte: mit Schokolade, einem Spielzeugflugzeug aus Holz, dem Versprechen, in den Tiergarten zu gehen. Aber wie sorgte man dafür, daß er bestochen blieb?

»Wir wollen nicht, daß Kevin das durchmacht«, vernahm ich eine unangenehm vertraute Stimme. Als ich aufblickte, war *Mr.* Pollard im Raum. Er stand neben seiner Frau, hatte beide Hände auf ihre Schultern gelegt und sah so aus, als wollte er sie mir jeden Moment wie einen Ball zuwerfen. Ihre Verlegenheit war offensichtlich.

»Was durchmacht?« fragte ich ruhig. Sie sollten ihr Geld schwer verdienen.

»Den Prozeß«, antwortete Pollard. »Und alles, was dazugehört, die Hänseleien, die Gemeinheiten seiner Mitschüler …«

»Ich habe doch gesagt, daß sein Name in den Zeitungen nicht genannt wird.«

»Kinder finden immer Wege, wie sie dahinterkommen«, meinte er trotzig. »Jemand hört ein Gespräch zwischen zwei Lehrern … Die Kinder finden es heraus. Und wir müßten die Stadt verlassen.«

Ich stand nun unmittelbar vor ihnen. Mrs. Pollard hob ihre Hand und legte sie auf die ihres Mannes. Sie waren eine Einheit. Man hört ja immer wieder, daß Familien durch Krisen wieder vereint werden. »Ich brauche Ihre Erlaubnis nicht«, teilte ich ihnen mit. »Ich kann Kevin als Zeugen aufrufen, ob es Ihnen paßt oder nicht. Ich lasse ihn unter Strafandrohung vorladen.«

»Versuchen Sie's doch«, entgegnete Pollard streitsüchtig und sah dabei wie der Schulhofschläger aus, der er sicher einst gewesen war. Er hatte sein Kinn vorgeschoben und wirkte dabei seltsam komisch, weil er immer noch hinter seiner Frau stand. »Dazu müßten Sie ihn erst einmal finden.«

Mrs. Pollard tätschelte seine Hand. Sie sah mich flehend an. »Wozu wäre das gut, Mr. Blackwell? Sie haben gehört, was Kevin gesagt hat. Zwischen den beiden ist nicht wirklich etwas passiert. Er hat sich das alles nur ausgedacht.«

Anstatt zu antworten, starrte ich sie bloß an. Sie hielt meinem Blick entschlossen stand, allerdings mit flatternden Augenlidern. »Er hat seine Geschichte einmal geändert«, sagte ich schließlich. »Er wird sie wieder ändern, sobald ich ihn ins Kreuzverhör nehme.«

Dafür hatte ich jedoch keine Gewißheit. Möglicherweise erhielt ich nur eine einzige Chance gegen Austin. Die konnte ich nicht mit einem Zeugen wahrnehmen, auf den ich mich nicht verlassen konnte.

Aber das wußten sie nicht. Und Pollard war ein zorniger Mann. Ein richtiger Mann, einer von der Sorte, die es nicht ertragen kann, was seinem Sohn passiert war. Ich mußte an seinem Zorn rühren.

»Sie wollen ihn ungestraft davonkommen lassen? Den Mann, der Ihren Sohn entführt hat? Der ihn nackt ausgezogen hat, der ihn angefaßt und ihm seinen Penis in den Mund gesteckt hat?« Es sollte so brutal wie möglich klingen. Pollard hatte Schwierigkeiten zu schlucken. »Sie wollen von Austin Paley Geld nehmen und ihn ungestraft davonkommen lassen, nachdem er Ihrem Sohn das angetan hat?«

»Niemand hat Geld genommen«, sagte Mrs. Pollard, aber diesmal konnte sie mir nicht in die Augen sehen.

Ich sah weiterhin Mr. Pollard an. »Soll er denn nicht bestraft werden für das, was er Kevin angetan hat?«

Pollards Stolz war verletzt. Es war mir gelungen, ihn zu demütigen. Aber die Demütigung hatte nicht öffentlich stattgefunden. Er schluckte noch einmal und als er antwortete, war von dem aufgeblasenen Angeber nichts mehr zu spüren. Er klang wie ein vernünftiger Mensch. Er bat mich, auch vernünftig zu sein. »Uns ist wichtiger, wie er den Rest seines Lebens verbringt.«

Das war es wohl, womit sie sich selbst überzeugt hatten. Man mußte sich schon auf diese Weise selbst beruhigen, um etwas so Verabscheuenswürdiges überhaupt fertigzubringen. Ich bezweifelte stark, daß sie mit Austin persönlich verhandelt hatten. Er mußte einen Mittelsmann geschickt haben. Der Mittelsmann hatte dann ruhig und vernünftig auf sie eingeredet, die Ungewißheiten einer Verhandlung und zugleich die Gewißheit des Ausgangs hervorgehoben: die öffentliche Demütigung, die ihnen und Kevin gewiß wäre. Das hatte er dann gegen die Möglichkeiten abgewogen, die das Geld beinhaltete: eine sofortige Therapie für Kevin und später die Finanzierung der College-Ausbildung. Die Vorteile waren greifbar. Und schließlich, welchen Nutzen hätte Kevin von einer Verurteilung?

»Becky«, rief ich und hörte, wie sie mir vom hinteren Teil des Hauses antwortete. Dann vernahm ich ihre Schritte. Den Pollards war die Erleichterung anzusehen. Noch eine Minute und die Justizbeamten würden ihr Haus verlassen, und sie könnten wieder ungestört ihr Leben führen.

»Was auch immer Sie vorhaben, wagen Sie es ja nicht, das Geld für Ihre Zwecke auszugeben. Es gehört Kevin. Er hat es verdient.«

Zu sehen, wie meine Worte die Stille des Hauses durchbrachen und wie den beiden die Röte ins Gesicht schoß, bereitete mir eine gewisse Befriedigung, die jedoch, sobald wir im Freien standen, sofort wieder verflogen war. Das Viertel, das wir im Laufe der Zeit immer besser kennengelernt hatten, sah auf einmal völlig fremd aus. Auch mein Auto hatte nichts Vertrautes mehr. Nichts war mehr vertraut, weil wir nichts erreicht hatten. In fünf Tagen sollte der Prozeß beginnen, doch wir hatten keinen Fall.

IX

»Es besteht kein Grund zur Aufregung, Richter«, sagte ich zu dem außer sich geratenden Richter Hernandez. Es war der 4. Oktober, der Sondertermin für unsere Anhörung im Vorverfahren, und ich hatte ihm gerade einen weiteren Antrag auf Klageabweisung überreicht. Ich ließ die Anklage im Fall von Kevin fallen. Ich drehte mich zur Seite und blickte zum Tisch der Verteidigung.

»Den Angeklagten dürfte das nicht überraschen«, fuhr ich fort. »Tatsächlich ist es der Verteidigung zu verdanken, daß ich die Anklage in der für heute anberaumten Prozeßsache fallen lasse.«

Der Richter wußte in seiner Verblüffung nicht, wie er sich verhalten, ob er toben oder ruhig bleiben sollte, bis er sich schließlich zu den Worten durchrang: »Das Gericht hätte in Kenntnis gesetzt werden sollen ...«

»Wir haben mit der Staatsanwaltschaft keinen Handel«, unterbrach ihn Buster. »Ich habe keine Ahnung, wovon der Bezirksstaatsanwalt überhaupt redet.«

»Nein, natürlich nicht. Ihr Mandant wußte aber sehr wohl, daß ich heute ohne Fall vor Gericht erscheinen würde, weil ich keinen Zeugen habe.«

Buster klang völlig perplex. »Wenn der Staat ein Problem hat, sind wir bereit, uns ...«

»Mein Zeuge wurde bestochen«, teilte ich ihm leise mit. »Was wollen Sie dagegen unternehmen?«

Buster plusterte sich sofort zu voller Empörung auf. »Das ist eine ungeheuerliche Behauptung. Wenn Sie nicht ...«

»Deshalb habe ich leise gesprochen.«

»Richten Sie das Wort an das Gericht«, tönte es mit strenger Bestimmtheit von der Richterbank.

Ich wandte mich wieder dem Richter zu. »Natürlich, Euer Ehren. Der Staat stellt den Antrag auf Klageabweisung im Fall 4221 und erklärt sich im einzig noch verbliebenen Fall in der Rechtssache Bundesstaat Texas gegen Austin Paley bereit. Euer Ehren, der Staat ist bereit, diesen Fall noch heute zu verhandeln.«

Das war gelogen. Ich zählte auf Buster. Und tatsächlich, er kam mir entgegen, als hätte ich seine Rolle geschrieben.

»Die Verteidigung ist *nicht* bereit«, erklärte er. »Dieser Fall war für die heutige Verhandlung gar nicht anberaumt.«

»Euer Ehren, wenn ich mich nicht irre, stehen für heute beide Fälle auf der Tagesordnung.« Selbstverständlich taten sie das. Für den Fall nämlich, daß wir in beiden Anklageerhebungen noch vor einer Hauptverhandlung eine Einigung erzielten.

»Tatsächlich«, meinte Richter Hernandez unheilvoll und starrte sichtlich innerlich kochend auf die vor ihm liegende Prozeßliste.

»Das mag schon sein«, sagte Buster laut, »aber wir waren uns einig, daß heute der erste Fall verhandelt werden soll. Die Verteidigung hat den Fall vorbereitet, den der Bezirksstaatsanwalt soeben abgewiesen hat, und nicht den anderen.«

Richter Hernandez zeigte in einer bedrohlichen Geste mit dem Finger auf uns beide. »Sie bringen mir meine Termine durcheinander. Zuerst ist einer von Ihnen bereit, dann der andere. Meinen Sie etwa, Sie hätten hier irgendwelche Privilegien und müßten sich vor dem Gericht nicht verantworten? Dieses Mal«, fuhr er in strengem Ton fort, »gebe ich Ihnen drei Wochen Zeit. Und ich warne Sie – ich warne Sie beide – dann *wird* der Fall verhandelt.«

Buster und ich erhoben uns, und er verließ den Saal. Er war kaum zur Tür hinaus, als Buster auf mich losstürzte. »Mark, Sie irren sich. Man hat mich noch nie beschuldigt ...«

»Sie werden auch jetzt nicht beschuldigt«, sagte ich kurz angebunden und machte einen Schritt an ihm vorbei auf Austin zu, der immer noch mit dem verblüfft staunenden Gesicht eines Tölpels dasaß, dem die Vorgänge bei Gericht viel zu kompliziert waren, um sie zu verstehen.

»Glaub ja nicht, ich vergesse Kevin Pollard«, teilte ich ihm mit. »Ich rolle seinen Fall wieder auf, vielleicht sogar schon beim nächsten Verhandlungstermin. Leute, die sich bestechen lassen, geben auch unter Drohung klein bei. Wenn ich erst herausgefunden habe, wie du sie rumgekriegt hast ...«

Ich wollte Theater spielen, doch nun, da ich über Austin gebeugt stand, begann das Dramatische die Oberhand zu gewinnen. Die Muskeln in meinem Arm spannten sich. Austins ausdrucksloses Gesicht bettelte schier um Prügel. Doch dann drängte sich ein anderes Bild auf: Plötzlich sah ich Kevin Pollard vor mir, wie er allein auf der Schaukel saß, ein Gefangener der Welt der Erwachsenen, die Geisel nicht nur seines Schänders, sondern auch seiner Eltern, die ihn nicht beschützten und mir nicht erlaubten, es an ihrer Stelle zu tun.

Die Erinnerung bewirkte, daß ich mich beruhigte. Ich durfte nicht zulassen, daß die Wut mit mir durchging. Ich mußte schlau sein und durfte mich nicht wie ein Pulverfaß verhalten, denn vor mir saß der gerissenste Mensch, den ich kannte.

Austin Paley war meine momentane Mordanwandlung nicht entgangen. Er hatte jedoch genug Vernunft, um mir ruhig zu antworten.

»Mark, damit habe ich nichts zu tun. Ich habe keine Ahnung, was dir diese Leute erzählt haben, aber wenn sie sich nun doch gegen eine Anklage entscheiden, dann nur, weil sie plötzlich Zweifel bekommen haben und sicher nicht wegen mir. Sie kennen ihren Sohn besser als du. Sie wissen am ehesten, ob er die Wahrheit sagt oder lügt.«

Ich würde mich in keine Diskussion verwickeln lassen. Buster mußte seinem Mandanten ein Zeichen gegeben haben, denn plötzlich stand Austin auf. Buster meinte noch, er werde sich bei mir melden, nahm Austins Arm und verließ mit ihm den Saal.

Becky hatte die ganze Zeit hinter mir gestanden, und ich merkte erst jetzt, daß sie mir sanft mit der Hand über den Rücken strich – ich hätte nicht sagen können, wie lange sie das schon tat. »Das ist das erste Mal, daß ich einen Betreuer im Ring habe«, sagte ich.

»Wer weiß, wie lange Sie schon einen nötig haben.« Sie sah mich besorgt an. »Mark, es ist nur ein Fall«, fügte sie noch hinzu und klang wie ein Echo meiner selbst.

Meine Wut war zwar verraucht, aber das war auch schon alles. Von Triumph oder Genugtuung konnte keine Rede sein. Ich hatte die Katastrophe höchstens um ein paar Wochen hinausgeschoben. Die Reporter kamen durch den Mittelgang auf mich zu, und ich mußte ihnen erklären, daß ich mich gezwungen sah, drei Viertel der Fälle gegen Austin Paley einzustellen und somit genau das eingetreten sei, was er vorhergesagt habe, daß er aber so schuldig sei wie die Sünde selbst und ich das bald beweisen würde.

»Das sind die Momente, in denen ich den Anwaltsberuf am liebsten an den Nagel hängen würde«, sagte ich noch.

Als ich vor der Schule aus dem Wagen stieg, war ich sozusagen in Tarnkleidung. Ich wollte wie ein Mensch aussehen und nicht wie ein Anwalt, als der ich das erste Mal aufgetreten war, im Anzug selbstverständlich und vom Scheitel bis zur Sohle der öffentliche Würdenträger. Mittlerweile kannte man mich jedoch, und da nützten auch die Leinenhosen und das offene Hemd nichts mehr. Einer der Aufseher winkte mir zu, als ich das Gittertor zum Spielplatz aufstieß. Die Kinder sahen auf, nicht furchtsam, sondern neugierig – jede Abwechslung war willkommen.

Tommy Algren stand allein unter einem Baum und beobachtete zwei kleinere Buben, die ihre Spielzeugautos die Rutsche hinunterstießen und dabei versuchten, kleine Plastiksoldaten zu treffen, die ahnungslos am Ende der Rutsche im Sand aufgestellt waren. Ich stellte mich neben Tommy, und wir sahen beide zu. Seine einzige Kenntnisnahme meiner Person bestand in einem Nicken in Richtung der Jungen, er sagte: »Psychopathen.«

»Eindeutiges Knastmaterial«, stimmte ich ihm zu.

Tommy lächelte. Wir setzten uns in Bewegung. Dieses Mal nahmen die beiden Aufseher, ein Mädchen und ein Junge aus der Oberstufe, keine Notiz von mir. Sie saßen nebeneinander auf einer Bank aus Beton, verglichen Mitschriften aus der Schule und waren in ihre eigene Welt vertieft.

Tommy verbrachte die Nachmittage nun nicht mehr im Hort, aus dem ihn Austin Paley so oft und ungehindert mitgenommen hatte. Hätten sich seine Eltern jedoch nur zehn Minuten Zeit genommen, um sich den Schulspielplatz und die angebliche Aufsicht genauer anzusehen, sie hätten unmöglich annehmen können, daß er hier sicherer war. In Tommys Volksschule konnten die Kinder berufstätiger Eltern nach der Schule am Spielplatz oder in der Cafeteria unter der »Aufsicht« der beiden Teenager die Nachmittage verbringen. Den Kleinen blieb es großteils selbst überlassen, wie sie ihre Freizeit gestalteten. Es waren nicht so viele, wie ich erwartet hätte, vielleicht dreißig insgesamt. Dann gab es noch Kinder, die in die diversen Horte verfrachtet oder von Kindermädchen abgeholt oder, wenn sie bereits älter waren – zehn oder elf –, allein nach Hause geschickt wurden, wo sie eine oder zwei Stunden unbeaufsichtigt waren, bis Mama oder Papa endlich heimkamen.

»Mußt du heute noch was erledigen?« fragte ich Tommy, als wir den Spielplatz verließen.

Er zuckte die Achseln. »Nicht wirklich.«

»Hausaufgaben gemacht?« lautete meine nächste Frage, als wir ins Auto stiegen, und wir mußten beide lachen. Das war einer unserer Späße.

Nachdem Kevin ausgefallen war, fühlte ich mich zunächst wie gelähmt. Ich überlegte, ob ich ihn zu einer Aussage zwingen könnte, wenigstens mir gegenüber. Becky war zuversichtlich, sie würde ihn im Zeugenstand knacken können, falls wir ihn dorthin brächten, doch ich nahm die Drohung seines Vaters ernst: Er würde Kevin verschwinden lassen. Also beschloß ich, ihn aufzugeben und mich auf den einzigen Fall zu konzentrieren, der uns noch blieb, auf Tommy Algren.

Tommy war aalglatt gewesen, als er in meinem Büro sein Verhältnis mit Austin noch einmal erzählte. Das war der Hauptgrund gewesen, warum Becky und ich ihn nicht als Zeugen wollten. Seine Heilung war zu gründlich erfolgt, er klang völlig ungerührt, wenn er beschrieb, was ihm angetan worden war. Und dann war er natürlich älter als mir lieb war. Mit zehn Jahren stand er praktisch an der Schwelle zur Pubertät. Seine Erfahrungen mit Austin lagen zwei, drei und vier Jahre zurück. Tommy war nicht mehr das Kind, dem diese Dinge passiert waren.

Aber ich hatte nur noch Tommy. Nachdem mir die Pollards eröffnet hatten, daß Kevin nicht aussagen würde, hatte ich am nächsten Tag mit Tommys Vorbereitung begonnen und mir geschworen, ich würde denselben Fehler kein zweites Mal machen: Tommys Eltern würden nicht zwischen uns stehen. Ich war entschlossen, Tommy zu *meinem* Zeugen zu machen, zu meinem Eigentum, der das tat, was ich wollte, ganz egal, was seine Eltern davon hielten.

Natürlich würde Austin nichts unversucht lassen, auch an ihn heranzukommen, nur mußte er es insgeheim tun und vorsichtig sein, während ich nichts zu verbergen hatte.

Austin mußte nicht gewinnen. Er mußte bloß verzögern. Ich

mußte ihn vor den Wahlen auf die Anklagebank bringen – es blieb mir also noch etwas mehr als ein Monat. Sollte mir das nicht gelingen und Leo Mendoza an meiner Stelle gewählt werden, würde Austin nie vor Gericht kommen. Leo hatte sich diesbezüglich bereits klar geäußert. Austin mußte mich nur so lange aufhalten, bis ich von der Bühne war. Mit Kevin war ihm das bereits gelungen. Aber mit Tommy würde ich das zu verhindern wissen.

»Was ist, probieren wir ein paar Schläge?« fragte ich.

Ich parkte den Wagen vor dem *Batter-Up*, ein Baseball-Übungsplatz mit Wurfautomaten und Schlagkäfigen. Tommy folgte mir zur Kasse, blieb aber ein paar Schritte zurück. Er hatte für Sport nicht viel übrig, das war mir schon aufgefallen, aber es war nicht meine Absicht, einen Spieler für die *American Baseball League* aus ihm zu machen, ich wollte bloß Gemeinsamkeiten herausfinden, die Zeit nutzen.

Tommy vergrub die Hände in den Hosentaschen, während ich meine Finger über die Schläger gleiten ließ, einen auswählte und zur Übung ein paarmal ausholte. Tommys Größe entsprach seinem Alter, aber er war mager. Seine Arme waren dünner als der Schläger, den ich in der Hand hielt. Er sah gut aus in seinen Kleidern, ein richtiges kleines Fotomodell. Er schien überhaupt mehr Wert auf sein Äußeres zu legen als andere Kinder seines Alters, und er strahlte eine gelassene Überlegenheit aus, die sich jedoch sofort auflöste, sobald er sich körperlich betätigen sollte. Dann waren seine Gliedmaßen und sein Körper wie losgelöst voneinander. Ich wußte genau, was es hieß, den Coolen zu spielen.

»In meiner Klasse war ich immer einer der Größten«, erzählte ich ihm, während ich einen kleineren Schläger für ihn auswählte und ihm reichte. Er lehnte sich darauf wie auf einen Gehstock. »Aber jahrelang war ich auch der Ungeschickteste. Meine Arme und Beine waren einfach zu lang für mich, weißt du. Sie schienen sich irgendwie selbständig zu machen, so daß ich oft nicht wußte, wo sie eigentlich waren.«

Um ihm zu zeigen, was ich meinte, streckte ich die Arme aus und ließ meine Hände kreisen. Tommy lachte. Wie er da auf seinem Schläger lehnte, mußte ich an Reggie Jackson denken, den besten Baseballspieler aller Zeiten.

»Eines Tages dachte ich mir, ich pfeif auf den Sport. Macht ja auch keinen Spaß, wenn alle denken, du solltest eigentlich der Beste sein, und dann knallt es dich dauernd hin, wenn du dem Ball nachläufst, oder jedes Mädchen besser wirft als du. Ich hab dann so getan, als wäre ich einfach zu gut, und es wäre nicht fair, wenn ich mitspiele. Verstehst du? Und das war auch in Ordnung, nur in Wirklichkeit hätte ich gerne mitgespielt. Manchmal spielten mein Vater und ich Basketball, und das war okay, weil er sich nicht über mich lustig gemacht hat. Er gab mir sogar ein paar Tips.«

»Welche denn?« wollte Tommy wissen. Er schwang seinen Schläger einige Male in einer Drehung, die hinter seinem Kopf auf Schulterhöhe begann und bei den Knöcheln aufhörte.

»Einfache Sachen«, antwortete ich. Ich tauschte Dollars gegen Jetons ein, und wir machten uns auf den Weg zu einem leeren Schlagkäfig. Es war noch eine Gruppe Jugendlicher da, wahrscheinlich ein Team, doch sie waren bei einer der schnellen Wurfmaschinen, während ich für Tommy und mich die Maschine mit den langsameren Würfen auswählte. Sobald wir uns im Käfig befanden, konnte uns niemand mehr hören. »Man muß sich konzentrieren. Ich peilte zum Beispiel den Korb an und nahm gleichzeitig Anlauf, um meinen *Rebound* zu schaffen. Mein Alter sagte mir dann bloß: ›Konzentrier dich immer nur auf die Sache, die du gerade tust.‹ Dinge, die du eigentlich selber weißt.«

»Klar«, sagte Tommy. Er hatte sich auf die Platte gestellt, die als Schlagmal diente. Ich brachte beiläufig seinen Schläger in die richtige Position. »Gerade drüber«, sagte ich ebenso beiläufig, als wollte ich ihn an etwas erinnern, was wir bereits besprochen hatten. Er holte zu einem nicht ganz so steilen Übungsschlag aus, dann steckte ich den ersten Jeton in die Maschine. In einer Entfernung von fünfundzwanzig Metern begann sich an der mit Bällen angefüllten Box ein Metallarm zu bewegen, zog sich zurück, hob einen Ball hoch und schleuderte ihn in Richtung der Platte, in Tommys Richtung, der ausholte und den Ball verfehlte.

»Du meinst, er kommt schnell daher, aber das tut er nicht«, erklärte ich. »Paß auf. Du kannst genau beobachten, wo er hingeht. Schau immer auf den Ball, kümmere dich nicht um den Schläger, der geht automatisch dorthin, wo du hinschaust.«

Jetzt kam der zweite Ball geflogen. Er war träge und langsam, so langsam, daß er auf der Platte aufschlug, als er vor Tommy in die Schräge ging. Er schaute ihm bloß zu. »Gutes Auge«, lobte ich ihn.

»Naja, und dann mit vierzehn entdeckte mich der Basketballtrainer unserer Schule«, erzählte ich weiter. »Mit meinen fast einen Meter achtzig war ich auch schwer zu übersehen. Danach bin ich nicht mehr viel gewachsen, aber mit vierzehn war ich ein richtiger Riese. Mich konnte man schon auf fünfzig Meter Entfernung sehen.«

Der nächste Wurf aus der Maschine war perfekt, für Tommy genau auf Schulterhöhe. Sein Schläger traf den Ball, zwar nicht im optimalen Winkel, eher zu weit unten, wodurch der Ball bloß in die Höhe schoß, aber einen Bogen machte, der im Käfig ohne Feldspieler spektakulär aussah. »Toller Schlag«, sagte ich. Tommy wippte kurz in den Knien und ging dann gleich wieder in Schlagposition. Ich zog ihn ein wenig zurück. Der metallene Wurfarm zitterte und holte wieder aus.

»Also der Trainer hat Sie gesehen«, sagte Tommy.

»Konzentrier dich.« Der Wurf kam in Hüfthöhe daher, doch Tommy war weit genug in die Hocke gegangen und erwischte ihn. Er schlug den Ball in eine Fluglinie, mit der er mit Sicherheit außerhalb der Seitenauslinie des ersten *Base* gelandet und somit ungültig gewesen wäre. »Etwas zu langsam«, sagte ich. »Paß auf, ich habe den Schläger weiter zurückgezogen, damit du mehr Kraft ausübst, dafür mußt du aber schneller ausholen. Achte auf den Wurf.« Er nickte.

»Ja, also diese Nervensäge von Basketballtrainer sah mich eines Tages im Korridor und wollte mich unbedingt im Basketballteam haben. Weißt du, ich hatte gar keine Wahl, denn er rief meine Eltern an, wartete auf mich nach dem Unterricht und schleppte mich zum Training. Ich wurde erst gar nicht gefragt. War richtig nett.«

Tommy nickte verständnisvoll, denn es hatte ja einen gewissen Reiz, zu etwas gezwungen zu werden, was man insgeheim gerne tun wollte, wozu man aber von sich aus nicht den Mut hatte. Der nächste Wurf kam auf ihn zu, und er holte mit aller Kraft aus. Er schlug daneben, und der Ball schoß an ihm vorbei in das Netz hinter uns.

»Du hast die Augen zugemacht«, erklärte ich. »Die erste Regel lautet, auf den Ball zu schauen. Denk an nichts anderes.«

»Und an den geraden Schwung und daran, daß ich schneller ausholen muß und mich nach hinten und nicht nach vorne beugen darf«, meinte Tommy verärgert.

»Ja, das Leben ist hart. Beim Sport ist das die schwierigste Sache. Würdest du lieber irgendwo eine Runde Basketball spielen?«

»Zuerst probier ich's noch ein paarmal.«

Ich schob noch einen Jeton in die Münzbox.

Der nächste Wurf steuerte direkt auf seinen Kopf zu. Ich machte einen Satz nach vor und wollte den Ball gerade weit genug ablenken, damit er ihn nicht am Kopf traf, doch Tommy hatte sich bereits aus der Gefahrenzone geduckt, und der Ball schoß an ihm vorbei.

»Mir ist der Schläger runtergefallen«, sagte ich, als wäre nichts gewesen und hob ihn wieder auf. »Hast gut aufgepaßt, Tommy.«

Er konnte mich ebensogut nicht gehört haben, denn er knirschte mit den Zähnen und starrte wütend die Maschine an, als wäre sie ein menschlicher Gegner, der gerade versucht hatte, ihm den Kopf abzureißen. »Halt die Augen offen«, brummte ich.

Der nächste Wurf war gut, und Tommy erwischte den Ball genau richtig. Er prallte vom Schläger ab und flog in derselben Linie zurück, in der er gekommen war, donnerte mit voller Wucht in den Ballbehälter aus Metall und versetzte ihn in schepperndes Zittern.

»Das wird er sich merken«, meinte ich.

Nach dem letzten Wurf aus der Maschine drehte sich Tommy zu mir um und sagte: »Und dann, als die Spielsaison vorbei war, wurden Sie zum besten Teamspieler gewählt, stimmt's?«

»Nicht ganz, Tom, und darum geht es auch gar nicht. Wir sind nicht einmal in die Finalrunde gekommen, und ich war auch nicht der Star der Mannschaft. Aber ich durfte spielen, und es hat Spaß gemacht. Wir hatten Auswärtsspiele, ich kam herum und fand Freunde. Später wurde ich sogar ganz gut. Doch vor allem hat es Spaß gemacht. Jedenfalls viel mehr, als auf cool zu machen und so zu tun, als wäre ich einfach zu gut. Verstehst du? Was ist, hauen wir ab?«

»Ich würd gern noch ein paar Schläge machen.«

Während der nächsten Wurfrunde erwischte Tommy einen Ball, der in hohem Bogen über die Maschine flog, dabei beinahe das obere Netz berührte und an dem hohen Zaun, der den Käfig am anderen Ende begrenzte, abprallte. In einem richtigen Baseballstadion wäre der Ball möglicherweise im Aus gewesen, aber vielleicht wäre es auch ein *Home run* geworden; ich beschloß, ihn als solchen anzusehen. »Mann, was für ein Schlag«, sagte ich immer wieder. »Das war nicht Absicht, stimmt's? Du wußtest gar nicht, daß du ihn treffen würdest, was? Du hast bloß die Augen zugemacht und ausgeholt.«

»Ich hab aufgepaßt«, beteuerte Tommy. »Ich hab ihn die ganze Zeit nicht aus den Augen gelassen.«

»Mann«, sagte ich und pfiff durch die Zähne.

Es war fünf Uhr Nachmittag, bereits spät, doch Tommys Eltern würden noch nicht zu Hause sein. Ich fuhr langsam. »Wie hast du Austin eigentlich kennengelernt?« fragte ich ihn.

»Er besaß ein Haus in unserem Viertel. Ich dachte, er wohnte dort, aber es muß ein gemietetes Haus gewesen sein, denn als ich später mal reinschaute, war es leer. Jedenfalls, eines Tages ist er dort aufgetaucht, war im Garten beschäftigt und sah überhaupt so aus, als ob er gerade erst eingezogen war und alles auf Vordermann brachte. So sind wir ins Quatschen gekommen. Über die Gegend, die Leute, die dort wohnen, wo man einkaufen geht, solche Sachen eben. Es waren auch noch andere Kinder da.«

»Und dann am nächsten Tag war er wieder da?«

»Ja. Oder vielleicht erst am übernächsten. Er war immer im Garten. Nach einiger Zeit fragte er mich, ob ich etwas für ihn tun könnte. Ich war ja erst sieben, und zum Rasenmähen oder solchen Sachen war ich noch zu klein, aber ich konnte den Müll raustragen und das Laub zusammenrechen. Er gab mir dann zwei Dollar und meinte, ich wäre ihm eine große Hilfe gewesen.«

»Waren die anderen Kinder da auch noch dabei?«

»Ein paar. Wir lungerten immer bei ihm rum. Ist ja auch kein Viertel, in dem sich groß was tut, wissen Sie. Eines Tages mußte er in den Laden zum Einkaufen, und ein paar von uns fuhren mit, und am nächsten Tag fragte er uns, ob wir Lust auf ein Picknick hätten.«

Tommy erzählte die Geschichte mit einer bewundernswerten Vorliebe für Details und war fast gar nicht auf Stichworte angewiesen. Die wesentlichen Aspekte waren ihm mittlerweile klar geworden. Während er sprach, schaute er gerade zur Windschutzscheibe hinaus und konzentrierte seinen Blick auf bestimmte Punkte in der Landschaft. Seine Stimme blieb gelassen. Emotional schien er gar nicht involviert zu sein. Es war nicht das erste Mal, daß wir über Austin sprachen. Tommy wußte, daß ich nicht nur deshalb mit ihm zusammen war, weil ich ihn mochte. Er wußte, wir würden irgendwann bei Austin landen. Das schien ihn nicht zu stören. Er hatte mir bereits intimere Details als diese mitgeteilt, doch auch dann änderte sich nichts an diesem klaren, von der Erinnerung getragenen Ton. Es war nur eine Geschichte, von der er wußte, daß sie seine Zuhörer interessierte.

»Noch irgendwelche Probleme in der Schule?« fragte ich ihn abrupt.

Tommy sah mich an, ich hatte ihn aus dem Konzept gebracht. Wir hielten bei einem Stoppschild in einer verkehrsarmen Seitenstraße, weshalb ich seinen Blick erwidern konnte. Nachdem er einen Moment lang meinen Gesichtsausdruck studiert hatte, zuckte er mit den Schultern. »Nein«, sagte er, aber seine überlegene Selbstbeherrschung hatte er verloren.

»Wirklich nicht? Weiß irgend jemand, daß du aussagen wirst?«

»Nein, ich glaube nicht«, sagte er plötzlich unsicher wie ein Kind. »Ich habe es jedenfalls niemandem gesagt.« Davon konnte ich mit Sicherheit ausgehen. Es war dies meine vierte Begegnung mit Tommy. Ich holte ihn für gewöhnlich von der Schule ab, hatte ihn jedoch noch nie mit einem Freund gesehen, und er erwähnte auch keinen. Ihm zu erklären, er könne seinem Freund Austin dafür danken, daß er bei den anderen Kindern keinen Anschluß mehr fand, hatte ich bisher unterlassen. Tommy war intelligent genug, um selbst dahinterzukommen. Das war mir auch lieber, aber wenigstens ansprechen wollte ich das Thema.

»Was ist mit Brian?«

»Dieser Volltrottel«, erwiderte Tommy.

»Läßt er dich immer noch nicht in Ruhe?«

Tommy zuckte wieder mit den Schultern. Er hatte sich gegen die Tür des Beifahrersitzes gelehnt und starrte geradeaus.

»Solche Typen gibt es überall, das kannst du mir glauben. Mit dem wirst du schon fertig.«

Er regte sich. »Mußten Sie sich mit solchen Idioten herumschlagen?« wollte er wissen.

»Ich? O nein. In der Regel war *ich* der Schläger, der Idiot also.«

Er lachte. »Das glaube ich Ihnen aufs Wort.«

Jetzt war ich an der Reihe, mit den Schultern zu zucken. »Stolz bin ich jedenfalls nicht darauf. Aber ich habe dadurch einiges begriffen, weißt du.«

»Schätze schon. Also, was soll ich mit ihm machen?«

»Droh ihm mit jemand Stärkerem. Wenn es zu arg wird, sagst du ihm einfach, wenn er nicht aufhört, wird dein Freund, der Bezirksstaatsanwalt, mit ihm und seinen Eltern ein Wörtchen reden.«

Sein Gesichtsausdruck zeigte mir deutlich, daß er auf dieses Angebot niemals zurückkommen würde. Er war schon so Außenseiter genug. »Dem müßte ich doch erst erklären, was ein Anwalt überhaupt ist«, meinte er mürrisch.

Ich mußte lachen. Zuerst verblüffte ihn meine Reaktion, aber ich lachte einfach weiter, mehr sogar, als der Witz verdiente, bis Tommy ebenfalls in Gelächter ausbrach. Wir lachten immer noch, als ich vor seinem Haus hielt, einem hübschen Ziegelbau in einem Viertel der gehobenen Mittelschicht, mit gemähtem Rasen und zurechtgestutzter Hecke. Ein Blick genügte, um zu wissen, daß niemand daheim war.

»Ist schon in Ordnung«, meinte Tommy. »Sie sind bald zu Hause.«

»Ich komme mit rein und warte so lange, wenn es dir recht ist. Meinst du, ich könnte mal kurz telephonieren?«

»Klar.«

Während wir die Garagenauffahrt entlanggingen, wollte ich ihm die Hand auf die Schulter legen, tat es dann aber doch nicht. Tommy zog seinen Schlüssel aus der Tasche und schloß die Tür zu dem stillen, leeren Haus auf.

»Sie können ihn ruhig anfassen«, meinte Janet McLaren. »Er muß lernen, daß sich die Menschen auch aus reiner Sympathie berühren und daß nicht immer eine sexuelle Absicht dahintersteht.«

»Dieses Experiment überlasse ich lieber jemand anderem«, erwiderte ich. »Ich darf ihn nicht verschrecken. Außerdem ist es nicht mein Job, ihn zu rehabilitieren. Alles, was ich brauche, ist seine Aussage.«

»Was spricht eigentlich dagegen, daß Sie ihm gleichzeitig bei seiner Therapie helfen?«

»Das kann ich Ihnen sagen. Ich habe keinen blassen Schimmer, wie ich mich verhalten soll. Ich möchte nicht in seiner Psyche herumtrampeln wie irgend so ein halbschwachsinniger Amateurpsychologe und dabei riskieren, daß er mir zwei Wochen vor dem Prozeß zusammenbricht.«

»Sie sehen zu viel fern. Sie werden Tommy nicht ins Koma versetzen, wenn Sie ihm mal den Arm um die Schulter legen. Da kann ich Sie als vollschwachsinnige Berufspsychiaterin beruhigen.«

Dr. McLaren trug beigefarbene Hosen und ein kurzes dazupassendes Jäckchen über einer gestreiften Bluse, deren Ausschnitt meiner Ansicht nach für einen beruflichen Termin eine Spur zu gewagt war. Als wir einander zur Begrüßung die Hände schüttelten, hatte ich ihre glänzenden Fingernägel bemerkt, und ihre blauen, beinahe ins Violett übergehenden Augen leuchteten stärker als bei unserer ersten Begegnung. Ich fühlte mich geschmeichelt, daß sie sich für unseren heutigen Termin sichtlich mit besonderer Sorgfalt zurechtgemacht hatte. Ich selbst hatte mich sehr auf das Wiedersehen mit ihr gefreut. Doch sobald wir über Tommy sprachen, gerieten wir in Streit.

Ich holte die Dose Cola light vom Tisch und goß den Rest in Janets Glas. Dabei lächelte ich sie an, in der Hoffnung, unser Einvernehmen wieder herzustellen. Sie nickte dankend.

»Ich habe versucht, mit ihm zu reden und Austin dabei fast nicht zu erwähnen«, fuhr ich ruhig fort. Janet beobachtete mich aufmerksam, die Besorgnis im Ton meiner Stimme war ihr nicht entgangen. »Ich muß die Einzelheiten erfahren, aber ich habe Scheu davor, ihn daran zu erinnern. Außerdem bin ich – unsicher. Nein, ängstlich, das ist es, ich ängstige mich davor, was er für Austin empfindet.«

Sie nickte. »Ja. Darüber müssen Sie sich auch Gedanken machen. Die Kinder ekeln sich vor dem, was ihnen geschehen ist, aber den Täter lieben sie nach wie vor. Wenn Sie meinen, er wird Austin Paley nachtragen, was er getan hat, dann würden Sie Tommys Reaktion auf äußerst bedenkliche Weise vereinfachen.«

»Ich weiß. Aber – Liebe? Geht das nicht ein bißchen zu weit?«

»Nein.« Dr. McLaren hatte dieses besondere Talent, sich voll und ganz auf mich zu konzentrieren. Sie senkte ihre Stimme, als ginge es in unserem Gespräch um bedeutsame Geheimnisse, wodurch sie mich zwang, mich näher zu ihr hinzubeugen. Ihr Blick hielt mich gefangen wie die Stimme eines guten Lehrers, an dessen Lippen die Schüler hängen. »Wen sonst sollte Tommy lieben?« fragte sie. »Er hat keine Freunde, da haben Sie recht. Er hatte einmal welche, aber jetzt nicht mehr. Keine Geschwister. Bis zu dem Moment, da er den Menschen traf, der ihn dann mißbraucht hat, war er mutterseelenallein auf der Welt.«

Sie hielt inne, sah mich aber unentwegt an. »Ich soll jetzt wohl sagen: ›Aber Frau Doktor, da sind doch auch noch seine Eltern‹, nicht wahr?«

Sie lächelte traurig. Wir waren wieder Verbündete, die einzigen, die die Welt verstanden.

»Wenn Tommy mit Sicherheit gewußt hätte, daß er von seinen Eltern geliebt wird, wäre er nie in die Falle dieses Mannes getappt«, erklärte sie. »Hat er Ihnen erzählt, wie sie einander kennengelernt haben? Da haben Sie's. Am Anfang waren noch andere Kinder dabei, aber der, der Tag für Tag wiederkehrte, war Tommy. Austin Paley wußte genau, wer sein Opfer sein würde, denn Tommy war auf der Suche.

Die Algrens halten sich nicht für schlechte Eltern«, fuhr sie fort. »Sie sind *keine* schlechten Eltern. Tommy geht in eine gute Schule, er hat ein hübsches Zuhause und bekommt alles, was er braucht. Wann immer sie Zeit haben, gehen sie mit ihm in den Tiergarten oder ins Museum. Mindestens einmal in der Woche schenken sie ihm ein Buch oder ein Computerspiel. Sie erinnern sich gewissenhaft gegenseitig daran, das nicht zu vergessen.«

»Wie jede andere Eintragung in ihrem Filofax.«

»Man kann sie nicht dafür verantwortlich machen, daß sie keine Zeit für ihn haben. Vielleicht würden sie es mit einem Gehalt auch schaffen, vielleicht könnten beide weniger arbeiten. Aber auch dann würden sie diese Dinge aus einem Pflichtgefühl heraus tun und nicht, weil es ihnen ein Bedürfnis ist. Sie leben für ihre Arbeit. Für sie ist die Arbeit das Wichtigste in ihrem Leben, und Tommy weiß das.«

»In der Situation lernte er dann Austin Paley kennen, der immer Zeit für ihn hatte.«

Janet nickte. Sie berührte mit der Hand mein Knie, eine reizvolle Geste, doch ich konnte mich nicht des Gefühls erwehren, eine Lektion zu erhalten, wann eine Berührung angebracht war. »In ihm ist etwas leer geblieben. Und ich meine nicht nur, was Zuneigung anbelangt. Das ist eine Art Lücke in seinem Verhalten. Tommy sieht seinen Vater nicht oft genug, um zu wissen, wie er eigentlich ist. Tommy wird langsam zu alt, um noch Kind zu sein, er muß beobachten können, wie es ist, ein Mann zu sein.«

»Austin wurde sein Vorbild.«

»Genau.«

»Das ist ja schauderhaft«, sagte ich.

Ich erkannte langsam, wie richtig ihre Beobachtung war. Das war es ja auch, was mich an Tommy gestört hatte, nicht bloß, daß er so gelassen war und seine Wunden einer Jury ohne weiteres zeigen würde, sondern daß er wie Austin war – charmant und durch nichts aus der Ruhe zu bringen. Ein adretter kleiner Charmeur im Körper eines Kindes und mit der verwirrten Weltanschauung eines Kindes.

Ich dachte über Tommys Zukunft nach. Aber diesen Gedanken verscheuchte ich sofort wieder. Tommy war nicht mein Kind, er war mein Zeuge. »Noch etwas macht mir Sorgen. So, wie wir hier sitzen und reden, könnte man meinen, wir wissen jetzt, wie der Hase läuft, aber ich bin mir da nicht so sicher. Tommy macht mir angst. Er hat den Mißbrauch nicht angezeigt, und dann, als wir einen Verdächtigen hatten und Tommy Austin im Fernsehen sah, hat er zum ersten Mal den Mund aufgemacht. Er erzählte es seinen Eltern.«

Janet verstand. »Das hört sich so an, als wollte er bloß beachtet werden.«

»Nicht einmal seine Eltern glaubten ihm zuerst. Warum soll also ich ihm glauben?«

»Ich glaube auch nicht allen Kindern, die zu mir kommen«, sagte Janet. »Allerdings glaube ich den Jungen eher, weil sie – und das würde auch erklären, warum Tommy niemandem etwas erzählt hat – in der Hinsicht ängstlicher sind als Mädchen. Sie haben Angst, als schwul zu gelten.«

»Zehnjährige Jungen? Neunjährige …?«

Sie amüsierte sich schon wieder über mich. »Erinnern Sie sich denn an gar nichts mehr? Zum Beispiel, daß Sie als Zehnjähriger unbedingt ein richtiger kleiner Mann sein wollten, der mit den anderen Jungs lieber Fangen spielte als mit den Mädchen Vater-Mutter-Kind?«

»Naja, das stimmt schon, aber ich kann mir nicht vorstellen, daß ich in dem Alter wußte, was es hieß, homosexuell zu sein. Wir waren damals nicht so fortschrittlich ...«

»Sie hätten keine Sekunde gezweifelt, daß es nicht gerade normal war, den Penis eines erwachsenen Mannes anzufassen. Und wären Sie mit einem Jungen befreundet gewesen, über den Sie solche Geschichten gehört hätten?«

Sie saß auf dem kleinen Sofa in meinem Büro, ich auf dem Lehnstuhl ihr direkt gegenüber. Ich wollte meine Verlegenheit nicht zeigen, doch als Psychiaterin bereitete es ihr sicher keine Schwierigkeiten, meine Körpersprache zu durchschauen. »Ich verstehe, worauf Sie hinauswollen«, räumte ich ein. »Aber ist Ihnen klar, worum es mir geht? Ich habe einen Prozeß zu führen. Ich muß dafür sorgen, daß die Geschworenen trotz des vehementen Leugnens eines Erwachsenen Tommy, dem Kind, Glauben schenken. Es gibt keine physische Beweiskraft, dafür ist es zu lange her. Wenn ich ihn einem Test durch den Lügendetektor unterziehe, darf ich den Geschworenen das Ergebnis von Rechts wegen nicht mitteilen. Gibt es irgend etwas, irgendeinen objektiven Beweis, daß das, was Tommy behauptet, tatsächlich passiert ist? Nicht einmal, daß Austin der Täter ist, sondern daß es überhaupt passiert ist? Etwas an Tommy ...«

»Ich habe da mein eigenes kleines Testverfahren«, unterbrach mich Janet. »Ich bringe sie dazu, mir Sperma zu beschreiben. Kinder können eine Verführung anhand dessen, was sie im Fernsehen sehen oder anderswo mitbekommen, einigermaßen beschreiben. Aber wenn ihre Kindheit normal verläuft, kommen sie garantiert nicht mit Sperma in Berührung. Ich gebe ihnen keinen Hinweis, wonach ich suche, sondern frage sie zuerst, was passiert ist, und wenn sie dann erzählen, daß aus dem Penis des Mannes etwas herausgekommen ist, frage ich sie, wie es aussah, wonach es roch. Und wonach es geschmeckt hat, wenn das angemessen ist.«

Ich saß völlig regungslos da. Janet hatte ruhig gesprochen und mich dabei beobachtet. Ihre Worte hatten zunehmend die Ärztin in ihr hervorgekehrt. »Hat Tommy es beschrieben?«

»Ja.«

Ich nickte bloß, als wäre das alles nur von sekundärer Bedeutung. Sie sollte nicht sehen, wie erleichtert ich auf einmal war. Für Tommy war es tragisch, mir konnte nichts Besseres passieren. Janet ließ mich nicht aus den Augen. Sie wußte genau, woran ich dachte. Ihre Aufgabe war es, diese Kinder zu retten; meine, sie zu benutzen.

Ihr blieb nichts verborgen, nicht einmal meine intimsten Gedanken. Janet legte ihre Hand auf meinen Arm und sah mich eindringlich an.

»Ihnen ist doch hoffentlich klar, daß das, was Sie mit Tommy vorhaben, sehr gefährlich ist«, warnte sie mich. »Am Ende können Sie ihm mindestens genauso weh tun wie Paley.«

»Das ist mir klar«, erwiderte ich. Aber ich machte keine Versprechungen.

Sie sah mich immer noch an. »Mit Ihnen werde ich wohl noch eine Menge Arbeit haben.«

»Beruflich?«

Sie nickte. »Aber so subtil, Sie werden gar nicht wissen, wie Ihnen geschieht. Am besten beginnen wir in einer entspannten Umgebung, beim Mittagessen zum Beispiel. Oder ist es schon Zeit für das Abendessen?«

»Meinen Sie die Uhrzeit oder den Stand unserer Beziehung?«

Ihre Augenwinkel legten sich in Falten; ob zu einem Lächeln oder als Zeichen fortgesetzter Konzentration, ließ sich nicht sagen. »Da haben Sie's«, meinte sie. »Was Ihr Selbstvertrauen anbelangt, habe ich bereits Wunder gewirkt.«

»Austin ist eingetragener Grundstücksmakler, wußten Sie das?«

Ich nickte, nicht, weil ich es gewußt hatte, sondern weil es einen Sinn ergab.

»Er ist unwahrscheinlich genau«, fuhr Becky fort. »Ein impulsives Verhalten muß ihm völlig fremd sein. Er geht richtig systematisch vor. Seine Nachbarn können es gar nicht fassen, daß er verhaftet wurde. Die Leute in seiner Kirche sind empört. Er unterrichtete die Kinder in der Sonntagsschule. Und sein Verhalten diesen Kindern gegenüber war angeblich immer von beispielloser Anständigkeit.«

»Na klar, er wird sich ja auch nicht an den Kindern vergreifen, deren Eltern er in der Kirche begegnet.« Es überraschte mich überhaupt nicht, daß Austin nach dem Motto lebte: »Dort, wo der Mensch ißt, scheißt er nicht hin.«

»Eben«, sagte Becky. Wir befanden uns in ihrem Büro, wobei sie sich in ihrer eigenen Umgebung viel kompetenter zu fühlen schien. Soeben beugte sie sich über ihren Schreibtisch zu mir her wie zu einem störrischen Zeugen, den sie in die Schranken weisen mußte. »Aber dann führt er die ganze Zeit über dieses Doppelleben. Es wird uns nicht gelingen, alle seine geheimen Höhlen auszuheben. Er selbst besitzt meines Wissens nur ein paar Mietshäuser, aber als Grundstücksmakler hat er in der ganzen Stadt Zugang zu leerstehenden Häusern. Da kann er dann einfach auftauchen und so tun, als wäre er der neue Nachbar. Natürlich kennt niemand seinen Namen, und keiner weiß, wo er wirklich wohnt. In den diversen Phasen, in denen er sich an die Kinder rangemacht hat, muß er mehrere solcher Häuser gleichzeitig benutzt haben.«

Auf Beckys Aktenschrank, direkt unter dem Fenster, stand eine Topfpflanze, eine traurige und einsame grüne Seele. Es war eine Art Efeu, der sich über die Deckplatte des Metallschranks einen Weg gerankt hatte und nun tastend an der Seite des Schranks weiterwuchs. Die Pflanze hatte kaum Blätter und bestand hauptsächlich aus dem grünen Stämmchen, aber sie war grün, und sie verlieh Beckys Büro im Vergleich zu den meisten anderen eine heimeligere Atmosphäre.

»Ist doch unheimlich, finden Sie nicht?« sagte sie soeben. »Diese ausführliche Planung, mit der er die Kinder verführt hat, können wir jedenfalls teilweise nachweisen. Diese Art, auf Pirsch zu gehen, wenn Sie so wollen.«

Ich stand auf. »Sie leisten gute Arbeit, Becky. Tut mir leid, daß der ganze Kleinkram bei Ihnen hängenbleibt, aber diesmal geht es nicht anders. Ich muß los. Mein Zeuge wartet.«

Becky war ebenfalls aufgestanden und hatte sich ihre Handtasche umgehängt. »In Ordnung, gehen wir«, sagte sie.

Ich schüttelte den Kopf. »Ich treffe ihn lieber wieder allein.«

Becky machte ein besorgtes Gesicht. »Mark, sollte ich ihn nicht auch kennenlernen? Ich meine, auch wenn Sie bei der Verhandlung die Fragen stellen. Ich denke nur, wenn wir beide mit ihm sprechen, können wir vielleicht mehr aus ihm herausholen. Vielleicht verhält er sich bei Männern anders.«

»Natürlich möchte ich das. Aber zuerst muß ich dafür sorgen, daß er vollkommen abhängig von mir wird. Das dauert noch eine Weile, und ich will diesmal keinen Fehler machen. Beim nächsten Mal, abgemacht?«

Als ich mich an der Tür noch einmal umdrehte, um mich zu verabschieden, stand Becky immer noch da und sah mir bekümmert nach. Mir traute niemand mehr.

An diesem Abend auf der Fahrt zu Tommys Haus dachte ich über eine andere Sache nach, auf die mich Janet McLaren aufmerksam gemacht hatte und die genausogut wahr wie auch unwahr sein konnte. »Wenn er solche Angst hat, wie er aufgrund dieser Geschichte dasteht«, hatte ich sie gefragt, »warum hat er dann *überhaupt* jemandem davon erzählt?«

»Vielleicht ging es ihm ja wirklich nur um die Aufmerksamkeit seiner Eltern«, hatte sie geantwortet. »Es ist nicht so, daß ich diese Möglichkeit nicht gelten lasse, aber ich nehme eher an, es war Eifersucht.« Nun war ich endgültig verblüfft. »Austin Paley hat vor Tommy sicher nicht mit seinen anderen Eroberungen geprahlt«, erklärte sie. »Tommy war die ganze Zeit der Meinung, es wäre für sie beide etwas Neues. Er dachte, für Austin etwas Besonderes zu sein. Dann sah er ihn im Fernsehen und erfuhr, daß er nur einer von vielen war, und er wußte sofort, daß Austin der Täter sein mußte. Er fühlte sich betrogen. Das hat seine Loyalität Austin gegenüber weit genug untergraben, um seinen Eltern alles zu erzählen.«

Das Ganze war, um Becky zu zitieren, unheimlich. Es wäre auch nicht das erste Mal, daß ich einen eifersüchtigen Liebhaber dazu benutzte, gegen einen Angeklagten auszusagen. Aber Tommy sollte einen zuverlässigeren Grund für seine Bereitschaft haben, in den Zeugenstand zu treten.

Dieses Mal waren seine Eltern zu Hause. Mrs. Algren öffnete mir die Tür. Sie erinnerte mich an die alten Fernsehserien, in denen die typische *Mom* noch nach der Arbeit in Kleid und Perlenkette und Seidenstrümpfen durchs Haus schwirrte. Sie führte mich ins Wohnzimmer, wobei ich erwartete, Mr. Algren in Anzug und Krawatte vorzufinden, doch er trug Trainingshosen und ein T-Shirt.

»Sie müssen entschuldigen«, kommentierte er seinen verschwitzten Zustand, als er mir die Hand schüttelte, »aber ich komme gerade vom Heimtrainer-Fahrrad.«

Das Wohnzimmer war ein sehr großer und hoher Raum. Durch einen Bogen ging es in das Eßzimmer über und wirkte dadurch nur noch größer. Auf dem Boden lag ein weißer Teppich, auf dem kein Fleck zu sehen war, und auch der offene Kamin war von weißen Ziegeln eingerahmt. Direkt daneben stand eine Glasvitrine mit einer Ansammlung zerbrechlichen Nippes und einem Familienfoto im Silberrahmen.

»Ich muß mit Ihnen reden«, begann ich. Mr. und Mrs. Algren war mein Kommen sichtlich unangenehm gewesen, doch nun, da ich das Wort ergriffen hatte, entspannten sie sich. Mr. Algren zog den Kopf etwas ein, ließ mich nicht aus den Augen und nickte beinahe rhythmisch zu allem, was ich sagte. Sein fliehender Haaransatz verlieh seinem Gesicht eine kritische Ernsthaftigkeit. Er war in guter körperlicher Verfassung, jedoch nicht besonders muskulös, als wäre ihm für mehr Training seine Zeit zu schade. Mr. Algren war nach meiner Auffassung ein junger Mann, höchstens Mitte Dreißig, der es in der Geschäftswelt längst zu etwas gebracht hatte, allerdings um den Preis, Eigenschaften wie Sinn für Humor verloren zu haben.

Mrs. Algren war diejenige, der das Training auf dem Fahrrad gut getan hätte. Sie sah älter aus als ihr Mann. Ihr fehlte auch seine Intensität. Sie machte den Eindruck einer Frau, die doch so gerne helfen möchte, aber dann ständig durch andere, dringendere Bedürfnisse abgelenkt wird.

»Wie Sie wissen, war es nicht meine Absicht, Tommys Fall als ersten anzuklagen. Ich sah mich gezwungen, ihn vorzuziehen, weil ich meinen anderen Zeugen verloren habe. Ich vermute, der Angeklagte hat die Eltern des Kindes bestochen.«

»Bestochen?« fragte Mr. Algren. Ich nickte traurig. Die Algrens schüttelten den Kopf, entsetzt bei dem Gedanken, daß es Eltern gab, die Geld dafür nahmen, daß sie ihr Kind im Stich ließen.

»Sie können sich vorstellen, was als nächstes geschehen wird.«

»Er wird bei uns auftauchen.«

»Dieser Mann soll ja nicht in die Nähe unseres Hauses kommen«, stieß Mrs. Algren hervor und drängte sich näher an ihren Mann.

»Das würde er nicht wagen, Schatz.« Er sah mich an, und ich schüttelte den Kopf. »Wenn, dann kommt irgend so ein zwielichtiges Schwein, den er dafür bezahlt. Ein Anwalt, nehme ich an.«

Niemandem schien in den Sinn zu kommen, ich könnte diese Worte als Beleidigung auffassen; wahrscheinlich sollte ich mich geschmeichelt fühlen, denn demnach gab es zwielichtige Anwaltsschweine und solche wie mich.

»Seien Sie unbesorgt, Mr. Blackwell«, sagte Mr. Algren. »Ich schmeiße den Scheißkerl so schnell raus, daß er meinen wird, von einem fahrenden Zug erwischt worden zu sein. Wenn es sein muß, dresche ich ihn durch die Tür. Es sei denn …«

Er verstand wirklich schnell. »Das ist der springende Punkt«, sagte ich.

»Welcher springende Punkt denn?« wollte seine Frau wissen. Ihr Blick war ins Leere gerichtet.

»Sie möchten, daß wir mitspielen, wenn man uns kontaktiert«, sagte Mr. Algren.

»Genau.«

Er nickte. Ich nickte. Wäre Inspektor Columbo dagewesen, er hätte auch genickt. »Und dann können wir dem feinen Mr. Paley noch eine Anklageerhebung vor den Latz knallen«, fügte Mr. Algren hinzu.

»Aber er wird sich doch denken können, daß Sie uns warnen«, meinte nun Mrs. Algren.

»Das spielt keine Rolle. Er *muß* sich irgendwie an Sie heranmachen. Seine Angst vor einem Prozeß ist mittlerweile so groß, daß er zu allem fähig ist.«

»Aber dann ist doch Tommy in Gefahr.«

»Das lassen Sie meine Sorge sein«, erwiderte ich. »Ich schätze Paley nicht so ein, daß er Gewalt anwendet, aber wir dürfen diese Möglichkeit nicht aus den Augen verlieren. Ich sehe Tommy fast täglich wegen den Prozeßvorbereitungen nach der Schule. An den Tagen, an denen ich keine Zeit habe, ist einer meiner Ermittlungsbeamten bei ihm. Bleibt nur noch die Schule und daheim.«

»Hier passen wir auf ihn auf«, sagte Mr. Algren.

»Ausgezeichnet.«

Das einzige, was in unserem Gespräch unerwähnt geblieben war, war die Frage, ob die Algrens vielleicht doch bestechlich waren – nicht mit Geld, das nicht, aber mit dem Versprechen, man werde ihnen erstklassige Jobs vermitteln, Kontakte herstellen, und das Beste von allem, Tommy und Ihnen selbst die öffentliche Blamage ersparen. Ich konnte mir zwar nicht vorstellen, daß sie dafür zu haben wären, aber ich würde mich gegen diese Möglichkeit zu schützen wissen.

»Das sollte unter uns bleiben«, warnte ich sie. »Ich gehe jetzt noch zu Tommy, damit er keinen Verdacht schöpft, weshalb ich hier war.«

Sie nickten; jederzeit bereit, auch bei einer Irreführung ihres Sohnes zu konspirieren.

»Worüber haben Sie mit meinen Eltern gesprochen?« war Tommys erste Frage, als ich ihn im, wie die Algrens es nannten, Arbeitszimmer vorfand. In dem Zimmer standen einer dieser hypermodernen Schreibtische aus Metall und hellem Holz, ein Computer auf einem eigenen Tischchen und ein hohes Regal, das hauptsächlich mit gebundenen Handbüchern vollgeräumt war. Tommy saß vor dem Computer. Er drückte auf eine Taste, und die Zeilen auf dem Bildschirm verschwanden.

»Ich wollte sie nur beruhigen, daß dir nichts passieren wird. Sie machen sich Sorgen.« Es schien ihn zu freuen, das zu hören. Ich sprach weiter. »Hör mal, Tom. Ich muß mit dir reden, ich habe nämlich eine Idee.«

Ihn Tom zu nennen, war ein von mir bewußt eingesetztes Manöver. Ich konnte mir vorstellen, daß ich der erste Mensch in seinem Leben war, der seinen Namen nicht verniedlichte. Er sollte es zu schätzen wissen, daß ich einen reifen Menschen in ihm sah. Tommy war nun schon seit Wochen in Therapie, er verstand, was es hieß, in therapeutischer Behandlung zu sein, und er wußte, daß er als psychisch gestört galt. Dieser zweite Schatten würde Tommy für den Rest seines Lebens begleiten. Noch im Alter von sechzig Jahren würde er das mißbrauchte Kind sein. Aber er könnte auch davon profitieren: Er könnte jetzt schon ein Verständnis dafür erlangen, daß jeder Mensch so zerbrechlich war wie er, daß die Erwachsenen im Grunde auch nur verängstigte Kinder waren. Er mußte sich nie wieder vor irgend jemandem fürchten. Das war es, was ich ihm beibringen konnte.

»Ich habe über diesen Brian nachgedacht«, sagte ich stirnrunzelnd. Tommys Gesichtsausdruck hellte sich auf. Er mußte damit gerechnet haben, neuerlich die Einzelheiten seines Falles durchkauen zu müssen. Aber nein, ich war gekommen, weil ich über sein Problem an der Schule nachgedacht hatte.

»Es war Blödsinn, dir zu raten, du sollst ihm mit mir drohen. Richtiger Quatsch.«

»Ja«, pflichtete Tommy mir bei.

»Ich weiß schon. Wenn du ihm damit kommst, wärst du für ihn nur umso mehr ein gefundenes Fressen.« Tommy war die Erleichterung anzusehen, daß ich das erkannt und den Bezug zur Wirklichkeit nicht ganz verloren hatte. »Aber hast du dir schon mal überlegt, was das Schlimmste ist, was so einem Typen passieren kann? Gib ihm was, worüber er nachdenken muß. Das kann er nämlich nicht. Allein der Versuch macht ihm schon zu schaffen – und tut ihm weh. Er kriegt dann jedes Mal, wenn er dich sieht, diesen Schmerz zwischen den Ohren. Da geht er dir lieber aus dem Weg. Es tut ihm weh, dich anzusehen.«

Tommy sah selbst ein wenig leidend drein. »Meinen Sie?« fragte er unsicher.

»Schau mal, Tom. Du denkst, es gibt auf der ganzen Welt nur diesen Brian. Ich verdiene mir meinen Unterhalt damit, daß ich solche Volltrottel anklage, vergiß das nicht. Jeden Tag sehe ich die Brians dieser Welt, wie sie in Handschellen und Knastpantoffeln ins Gefängnis abgeführt werden. Diese Typen sind Vollidioten.« Ich berührte meine Schläfen mit den Spitzen meiner Zeigefinger, als wären sie Elektroden. »Du kannst ihnen nicht davonrennen, du kannst dich auch nicht mit ihnen prügeln. Aber hier oben, da bist du ihnen um Meilen voraus.«

»Wie soll denn das gehen? Wenn er mich nicht in Ruhe läßt, mach ich ihn mit einer Matheaufgabe fertig, oder was?«

Er begann sich zu wehren, und dabei verhielt er sich wie ein Kind. Das gefiel mir. »Zunächst einmal sagst du ihm, daß du ihn immer schon bewundert hast.«

Tommys Gesicht verzog sich. »Was, den Fettarsch?«

»Ich habe bloß gesagt, du sagst es ihm, das heißt noch lange nicht, daß du es auch so meinst. He, *bist* du nun schlauer als dieser Typ, oder verschwende ich bloß meine Zeit mit dir? Eine Möglichkeit wäre zum Beispiel die: Du sagst ihm, du hast ihn einmal dabei beobachtet, wie er was Nettes getan hat. Wie er sich für jemanden eingesetzt hat, und daß du seither weißt, daß er viel netter ist, als die meisten glauben.«

Tommy mußte mich aufklären. »Der hat sich in seinem ganzen Leben noch für niemanden eingesetzt. Wenn zehn Jungs auf ein Mädchen eindreschen, das schon auf dem Boden liegt, kommt der angerannt und tritt auch noch hin.«

»Ich weiß das. *Du* weißt das. Aber glaubst du denn, dieser Idiot kann sich an jeden Tag in seinem Leben erinnern? Behaupte einfach, daß es so war. Es muß nur gut klingen. Du wirst sehen, dann stammelt er nur noch: ›Was? Nee. Naja ... Ach ja, jetzt weiß ich es wieder.‹ Wenn du jemandem einredest, er hätte was Gutes getan, so glaubt er dir das wirklich.«

»Kann sein«, meinte Tommy. Er klang immer noch unsicher, aber er dachte darüber nach.

»Wenn es klappt, bist du aus dem Schneider. Wenn er dich dann sieht, muß er jedesmal daran denken, was für'n Held er ist, und er wird sich hüten, seinen guten Ruf aufs Spiel zu setzen. Er wird es nicht riskieren, sich dir gegenüber wie ein Scheißkerl zu verhalten. Bei den anderen ist ihm das wahrscheinlich egal, aber bei dir nicht, denn du bist der einzige Mensch in ganz Amerika, der ihn bewundert.«

»Ich weiß nicht«, entgegnete Tommy. »Muß ich das durchziehen, bis mir das Kotzen kommt, solange ich lebe oder was?«

»Nach einer Weile wird es automatisch. Sieh es mal so, Tom, so ein Theater zu spielen, ist doch eine Herausforderung. Das macht Spaß. Da ist ein Typ, der haßt dich, und du schaffst es, ihn auf deine Seite zu bringen, und von da an ist er die Liebenswürdigkeit in Person, und du lachst dir ins Fäustchen, was das für ein Depp ist. Glaub mir, nur deshalb hat Gott die Welt erschaffen. Es gibt nichts, was mehr Spaß macht.«

Es war eigentlich nicht meine Absicht gewesen, die Vorzüge der Manipulation in den Himmel zu loben, denn das brachte mich gefährlich nahe an eine Bloßstellung meinerseits, aber manchmal kann man nicht anders.

»Ist es den Versuch wert?« fragte ich ihn. »Oder macht es mehr Spaß, jedesmal im Dreck zu landen, wenn er dich am Spielplatz erwischt?«

»Die Idee ist nicht schlecht«, sagte Tommy langsam. Er wollte nicht zu schnell nachgeben. »Und die andere Idee?«

»Wie kommst du darauf, ich hätte noch eine Idee?«

Er grinste mich an.

»Also gut. Falls dieser erste brillante Einfall nicht funktioniert und er dich wieder anpöbelt, dann deshalb, weil er es tatsächlich geschafft hat, sich keine Gedanken darüber zu machen, warum du ihn plötzlich so anhimmelst. Aber keine Sorge, im Hinterkopf arbeitet es weiter. Er möchte es auf was Banales reduzieren, denkt sich, du bist schwul oder so, aber nicht mit dir. Du legst ihm noch was drauf, worüber er sich den Schädel zermartern kann.«

Die Sache mit dem Schwulsein hatte ich nicht weiter erwähnt, als käme nur ein Idiot wie Brian auf so eine Idee.

»Was zum Beispiel?« fragte Tommy.

Ich streckte meine Hände aus. »Du kennst die Situation besser als ich. Irgendwas, was mit der Schule zu tun hat. Dinge, die er zu dir sagt. Wenn er erfährt, daß du beim Psychiater warst, sag ihm: ›Na klar‹, und daß du jetzt auch *sein* Problem verstehst. Der Psychiater hätte dir erklärt, warum Brian ständig deine Nähe sucht. Sag ihm aber ja nicht, warum, sag bloß, daß du es verstehst und daß das schon in Ordnung ist.«

Tommy nickte. Ich fuhr beiläufig fort: »An den Tagen, an denen ich keine Zeit habe, holt dich einer meiner Ermittlungsbeamten von der Schule ab. Sollte Brian davon Wind bekommen, setzt du einen ganz bestürzten Blick auf und sagst: ›Du hast doch niemandem was erzählt, oder?‹ Soll *er* sich den Kopf darüber zerbrechen, was er falsch gemacht haben könnte. Oder wenn du meinst, das funktioniert nicht, dann vertrau dich ihm an. Natürlich mit einer Lüge.«

»Klar«, die rasche Auffassungsgabe hatte er von seinem Vater.

»Denk immer daran, daß Typen wie Brian nichts so sehr hassen, wie nachdenken zu müssen. Es muß kompliziert sein, so daß er nicht dahinterkommt. Entweder wird er dein Kumpel, oder er läßt dich in Ruhe.«

»Mir soll beides recht sein«, meinte Tommy. Er klang sehr erwachsen und gebärdete sich auch wie ein Erwachsener. Es war nicht das erste Mal, daß er wie ein Mann von Welt die flache Hand durch die Luft gleiten ließ. Nur war das die Hand eines Kindes, eine kleine Hand mit Fingern, die so schmal waren, daß sie beinahe durchsichtig wirkten.

»Mehr kann ich nicht tun«, sagte ich und insgeheim stellte ich die Frage: *Hat dir Austin Paley auch so tolle Ratschläge gegeben? Haben ihn deine Probleme je wirklich interessiert?* »Sollte nichts davon klappen, sag ich meinem Ermittlungsbeamten, er soll ihn windelweich prügeln.«

»Dann werden Sie angezeigt«, entgegnete Tommy.

Er begleitete mich ins Wohnzimmer, das die Heimlichtuerei regelrecht herauszufordern schien. Wir verabschiedeten uns wie zwei Geschäftspartner. Ich fand den Weg zur Tür allein. Als ich mich im Vorzimmer noch einmal umdrehte, standen die Algrens wie zum Familienfoto vereint, Mrs. Algren neben ihrem Mann, der seinen Arm um Tommys Schulter gelegt hatte. Vater und Sohn wollten mir zuwinken. Ich erwiderte den Gruß mit einem ernsten Nicken und sah ihnen der Reihe nach in die Augen. Ich hatte sie dort, wo ich sie haben wollte, dachte ich wenigstens.

»So, jetzt ist es soweit«, verkündete Tim Scheuless am Telephon. »Ich nehme an, Sie wissen Bescheid?«

Er meinte die letzte Umfrage. Leo Mendoza hatte mich in der Wählergunst überholt. »Wie es aussieht, habe ich mehr Stimmen an ›noch unentschlossen‹ als an Mendoza verloren«, sagte ich.

»Ja, das ist die gute Nachricht«, erwiderte Tim, aber seiner Stimme fehlte jede Überzeugungskraft. Er klang so unheilverkündend wie ein Novembertag. »Wir haben den Vorteil des Amtsinhabers eingebüßt. Aber den können wir wiedergewinnen. Sie haben nicht zufällig eine gute Prozeßsache im Ärmel?«

»Mal sehen«, gab ich kurz angebunden zurück. »In der Zwischenzeit müssen wir eben Schulden machen. Lassen Sie Plakate aufstellen. Und die Radiospots sollen auch noch einmal gesendet werden. Haben wir Zeit, ein paar neue zu machen?«

»Kann sein. Ich weiß noch nicht, ob wir die Sendezeit kriegen. Oder die Plakatwände. Ist bereits alles ziemlich ausgebucht. Aber ich sehe zu, was ich machen kann.«

Wie immer fühlte ich mich nach einem Gespräch mit meinem Wahlkampfleiter niedergeschlagen. Der Truppe zuliebe setzte ich jedoch eine tapfere Miene auf.

»Sehen Sie nach, ob diese Woche irgendeine widerliche Sache ansteht, aber es muß ein leichter Fall sein. Und sagen Sie dem Kollegen, ich würde ihn übernehmen.«

»Ich sag's weiter«, antwortete Becky. Ihre Antwort war in demselben Ton ausgefallen wie meine Frage, aber ob sie mich ernst nahm oder nicht, hätte ich nicht sagen können.

»Und Jack«, wandte ich mich an den leitenden Ermittlungsbeamten. »Überprüfen Sie, ob es ein Indiz gibt, daß Austin Paley die Pollards gekauft hat. Sie wissen schon, plötzliche Einzahlung auf ihr Konto und dergleichen.«

»Geht klar.«

»Noch was. Ich brauch jemanden, der Tommy Algren von der Schule abholt. Nicht jeden Tag ...«

»Schon erledigt.« Jack eilte mit der ihm eigenen geschäftigen Art aus meinem Büro.

Becky Schirhart musterte mich ungeniert. So kurz vor den Wahlen herrschte im Büro der Bezirksstaatsanwaltschaft eine unbehagliche Stimmung. Es stand ja nicht nur der Job des Chefs auf dem Spiel, sondern der aller anderen auch. Nach den Wahlen könnte ein frischer Wind durch das Büro fegen. Wie viele bastelten wohl schon an ihren Lebensläufen oder trafen sich zum Mittagessen mit den Anwälten der großen Welt? Sicher war ich nicht der einzige im Büro, der die Umfrageergebnisse kannte. Deshalb vermutete ich, Becky machte sich ähnliche Gedanken.

»Das Problem mit Tommy ...?« kam statt dessen ihre Aufforderung, dort fortzufahren, wo ich vom Läuten des Telephons unterbrochen worden war.

»Das Problem mit Tommy ist, daß er sich Austin zu seinem Vorbild gemacht hat«, sagte ich müde. Meine Begeisterung, den Fall immer wieder neu durchzukauen, hatte einen Tiefpunkt erreicht. »Den Mann von Welt schlechthin. In seinen Augen ist alles ein Vergnügen. Ich muß zu seinem Schmerz vordringen, wenn die Geschworenen überzeugt werden sollen, daß diesem Jungen weh getan wurde.«

»Vielleicht – das wäre der schwierigere Weg, aber vielleicht könnten Sie den Geschworenen verdeutlichen, wie Tommy durch diese Erfahrung innerlich abgestorben ist, so daß sein Verhalten insgesamt nicht mehr passend ist. Dafür kann man sicherlich psychiatrische Gutachten beibringen. Wenn ich den Jungen sehe, muß ich immer daran denken, welche Leere ihn für den Rest seines Lebens begleiten wird. Das ist meiner Ansicht nach mindestens so erschütternd, als würde er die ganze Zeit nur weinen, meinen Sie nicht?«

»Schon möglich«, erwiderte ich.

»Lassen Sie mich heute nachmittag mit ihm sprechen.« Ich war völlig gelähmt. Ihre Begeisterungsfähigkeit, von der ich mich so gerne hätte anstecken lassen, prallte an mir ab wie von einer Wand.

»Becky,« sagte ich, »ich denke, ich übernehme das von jetzt an selbst.«

Sie sah mich an, als wüßte sie nicht, was ich mit »das« gemeint hatte. »Es ist in Wirklichkeit keine Anklage, die von zwei Leuten vertreten werden kann«, versuchte ich zu erklären. »Ich schätze Ihre Arbeit wirklich sehr, aber ich werde beim Prozeß keinen Beisitzer benötigen.«

Sie dachte jetzt wahrscheinlich, ich wollte den Ruhm für mich allein haben. Darauf war ich vorbereitet. Doch dann hätte sie nicht widersprochen, sie wäre einfach gegangen, zutiefst gekränkt.

»Sie werden mich brauchen«, sagte sie.

»Ich mache das besser allein.«

Sie blieb sitzen. Ich hatte nicht das Herz, sie wegzuschicken; ich konnte sie höchstens mit meinem Schweigen dazu auffordern. Durch die Arbeit an dem Fall waren wir uns sehr nahegekommen, aber ich war immer noch ihr Vorgesetzter. Sowie ich die Kraft dafür hätte, würde ich aufstehen und unser Gespräch für beendet erklären. Becky verstand. Ihre Schultern waren nach vorne gesunken, und sie sah aus, als wollte sie sich im Stuhl festschweißen, um mir jede Möglichkeit zu nehmen, sie davonzujagen.

»Ich weiß, warum«, sagte sie.

»Es gibt kein Warum, es ist nur …«

»Sie fürchten um meine Karriere, sollte das Ihr letzter Prozeß sein. Sie wollen, daß ich aussteige, für den Fall, daß Leo Mendoza die Wahl gewinnt.«

»Es deutet alles darauf hin, daß er sie gewinnen wird.«

»Na und? Denken Sie etwa, daß ich hier bleibe, wenn er gewinnt?«

Ich lächelte dankbar. »Das ist nett von Ihnen, Becky, aber die Welt da draußen pfeift auf schöne Gefühle. Wir befinden uns mitten in der Rezession. Die großen Firmen stellen keine neuen Anwälte mehr ein, eher feuern sie ihre alten.«

»Das ist mir egal. Hier würde ich keinesfalls weiter arbeiten«, beharrte sie. »Denken Sie, ich weiß nicht, was hier ohne Sie los wäre? Ständig in Sorge zu sein, ob man mit den richtigen Leuten redet, ob sie Verbindungen haben, gezwungen zu sein, den Anwälten, die Leo während der Kampagne geholfen haben, bessere Angebote zu machen.«

»Das ist doch leeres Gerede«, sagte ich. »Geredet wird doch immer. Dieses Haus ist wie eine Maschine, die von selbst läuft, ganz egal, wer an der Spitze steht.«

»Nein«, erwiderte Becky entschieden. Sie hielt ihren Kopf immer noch etwas gesenkt. Ihre Entschlossenheit ließ sie sogar noch jünger aussehen, ohne daß es gekünstelt wirkte. Im Gegenteil, sie sah so jung aus, man konnte meinen, sie sei in ihrem ganzen Leben noch nie enttäuscht worden und fest davon überzeugt, daß das, was ihrer Ansicht nach passieren mußte, eintreffen würde. »Ich war hier, bevor Sie zurückkamen«, sagte sie. »Ich habe erlebt, wer befördert wurde und warum. Man mußte nach der Arbeit mit den Chefs der einzelnen Abteilungen ausgehen und sich für Dinge einsetzen, die der Boß für richtig hielt. Was man im Gerichtssaal leistete, spielte keine große Rolle.«

Becky hatte recht, unter Leo würde sich einiges ändern. Leo war kein schlechter Mensch, und es wäre mir nicht eingefallen, ihm eine böse Absicht nachzusagen. Aber er vertrat das System der gegenseitig erwiesenen Gefälligkeiten und persönlichen Loyalität. Gewann er die Wahl, dann nur, weil er diesem System immer treu geblieben war. Er würde keine Gefälligkeit vergessen. Für den Büroalltag wurde das jedoch keine Änderung bedeuten. Wie hatte Eliot es genannt? Mörder üben keinen großen Einfluß aus. Der Bezirksstaatsanwalt verfolgt Verbrecher, und das mit aller Härte.

»Im alten System wäre ich niemals erste Staatsanwältin geworden«, fuhr Becky fort. »Und jetzt, wo ich gesehen habe, wie der Laden laufen sollte, gibt es für mich kein Zurück.«

Ihre Loyalität schmeichelte mir. Aber da war auch die Verlockung, mich ins Privatleben zurückzuziehen. Es wäre so einfach, loszulassen, das Amt in Würde abzugeben. Keine schwierigen Entscheidungen treffen zu müssen, den Bürgern keine Rechenschaft mehr schuldig zu sein, von aufgebrachten Bullen keine Anrufe mehr zu erhalten und nicht mehr endlos dämliche Sitzungen mit anderen Beamten des öffentlichen Dienstes zu ertragen. Ich hatte den Vorsitz der Bezirksstaatsanwaltschaft aus Neugierde übernommen, ich hatte den Job kennengelernt, und er stank zum Himmel. Es wäre eine Erlösung, einfach loszulassen.

Ich konnte nicht einmal sagen, wann man mich für meine Arbeit zum letzten Mal gelobt hatte. Die einzige Konstante, die ich kannte, war Kritik. Niemand war je wirklich mit der Arbeit an den Strafgerichten zufrieden. Das konnte auch keinem Menschen verübelt werden, denn mir ging es genauso. Wahre Gerechtigkeit war ein so hochgestecktes Ziel, daß es im Gerichtsalltag kaum noch galt. Jeder Tag war ein Kompromiß. Ich war es leid, Kompromisse zu schließen, und ich war es leid, die Bürden des Amts zu tragen. Sie hatten mich todmüde gemacht.

»Also gut«, sagte ich zu Becky. »Es ist Ihr Kopf. Aber Sie wissen, daß wir gute Chancen haben, den Prozeß *und* die Wahl zu verlieren. Dann können Sie sich Ihre beruflichen Ambitionen an den Hut stecken.«

»Wir können den Prozeß gar nicht verlieren«, widersprach sie und fügte rasch hinzu, »und die Wahl auch nicht.«

»Prozesse wie dieser ...« begann der Lehrmeister in mir.

Ich redete über die Wirklichkeit, doch Becky – sie *war* so naiv, wie ich gedacht hatte – sagte mir, was passieren *mußte*. Sie unterbrach mich: »Er kommt nicht davon. Nicht nach dem, was er den Kindern angetan hat. Wir müssen ihn daran hindern, daß er es wieder tut.«

Ich hatte unterschätzt, wie sehr sie bereits in den Sachverhalt involviert war, wie sehr ihr diese Kinder ans Herz gewachsen waren, denn wenn wir die Fälle besprachen, dann ihre praktischen Aspekte. Ich hatte ganz vergessen, was mich zu Beginn an Becky so beeindruckt hatte: Ihre Fähigkeit zur Anteilnahme am Opfer.

Sie saß nicht mehr versunken da, sondern hatte sich vorgebeugt. Ihre Augen strahlten, und hätte sie sich selbst sehen können, wäre ihr das unangenehm gewesen; Becky war wie wir alle um Überheblichkeit bemüht, mit dem Unterschied, daß es ihr nicht gelang. In Wirklichkeit hätte sie eines der Opfer, eines dieser Kinder sein können.

Ich wies mit der Hand zur Tür. Becky verstand meine Geste als Abschied und stand auf. Doch dann: »Glauben Sie«, sagte ich, »wenn wir diese Tür verbarrikadieren und die Fenster verriegeln, daß ich nach dem Januar einfach hierbleiben kann?«

Ich war nämlich doch noch nicht bereit loszulassen. Zum Teufel mit dem Privatleben. Ich traf *gerne* Entscheidungen. Es gab niemanden, der für dieses Amt besser geeignet war als ich. Die Kompromisse taten mir weh, die Ungerechtigkeiten nagten an mir. Doch ich würde nicht zusehen, wie dieses Büro von jemandem übernommen wurde, dem diese Dinge gleichgültig waren.

»Wenn es sein muß, lassen wir es auf einen Versuch ankommen«, sagte Becky mit einem Lächeln.

Wenigstens war es mir gelungen, ihre Stimmung wieder zu heben. Ich blieb hinter meinem Schreibtisch sitzen und sah mich in meinem Büro um; dabei bekam ich ein Vorgefühl von Nostalgie.

X

»Ich weiß das zu schätzen, Sir. Ich hoffe, Sie wissen auch *meine* Position zu schätzen. Ich kann nicht ...«

Ich kam mir vor wie ein Trottel, weil ich ihn »Sir« nannte, aber wir führten ja auch kein Gespräch unter Freunden.

»Das mag schon stimmen«, warf ich während einer kurzen Atempause ein und wartete ab, da nun unweigerlich seine Bestätigung folgen würde; danach fuhr ich fort: »Aber das kann ich doch nicht sagen. Das entscheiden die Geschworenen.«

»Verschonen Sie mich doch damit«, knarrte es aus dem Telephonhörer. »Sie wissen besser Bescheid als irgendeine Jury. *Sie* entscheiden, ob und wen Sie anklagen.«

Ich ließ ihn weiter predigen. Ich war höflich. Ich war unterwürfig. Doch irgendwann reichte es. »Darf ich fragen, Sir, welches Interesse Sie an dem Fall haben?«

Nach einem kurzen Moment legte ich meine Hand auf den Hörer und flüsterte: »Er ist nur an der Gerechtigkeit interessiert.« Becky lächelte.

»Ich werde darüber nachdenken«, sagte ich abschließend mit betonter Aufrichtigkeit. Es war jedoch nicht mein Ton, der ihn überzeugte, sondern die aufgeblasene Gewißheit seinerseits, ihn könne niemand ignorieren.

»Das war der Bürgermeister«, sagte ich, nachdem ich den Hörer aufgelegt hatte. »Er wäre mir sehr dankbar, wenn ich Austin Paleys Prozeß lange genug verschieben würde, damit die Ermittlungen fortgesetzt werden können.«

Es war das erste Mal, daß ich mit dem Bürgermeister von San Antonio ein Gespräch von Bedeutung geführt hatte. Theoretisch war sein Einfluß auf meine Entscheidungen gleich Null. Er vertrat die Stadt, ich den Bezirk; er leitete die Stadtverwaltung, ich klagte Verbrechen an: Unsere Funktionen überschnitten einander also nicht. Doch die eigentliche Macht des Bürgermeisters lag ganz woanders;

er war der anerkannte örtliche Vorsitzende meiner politischen Partei und bestimmte über Wahlkampfgelder, Wahlempfehlungen und jede Menge kleinerer Vergünstigungen, die er den örtlichen Amtsträgern ab und zu hinwarf.

Ich starrte das Telephon an. »In den letzten Tagen haben die Politiker in Scharen angerufen. Als wäre ich in einen Ameisenhaufen getreten. Ist ja unglaublich, wie viele Freunde dieser Mensch hat.«

»Sie waren auch einmal sein Freund«, meinte Becky.

Das war schon richtig. »Aber so weit wäre ich für ihn nicht gegangen. Warum sind die eigentlich alle so nervös?«

Sie zuckte mit den Schultern. Wenn ich die Antwort nicht wußte, wie sollte sie sie dann wissen. »Überlegen Sie, einer Vertagung zuzustimmen?« fragte sie ruhig.

»Natürlich nicht. Wenn es nächste Woche nicht zu diesem Prozeß kommt, findet er niemals statt. Diese Leute müssen sich doch denken können, daß ich das genau weiß.«

»Das ist ein enormer Druck«, gab Becky vorsichtig zu bedenken.

Ich zuckte mit den Schultern. »Was können die mir schon antun?«

Ganz so naiv war Becky auch nicht, obwohl sie sich für Politik scheinbar nicht interessierte. Es ging nicht darum, was die lokalen Politiker mir antun konnten; es ging darum, was sie *nicht* für mich tun würden. Noch dazu wenige Tage vor der Wahl, die ich im Begriff war zu verlieren. Sie vermittelten mir langsam das Gefühl von Sturheit. Vielleicht war wirklich etwas dran an Austins Unschuldsbeteuerung; warum sonst sollten sich so viele einflußreiche Leute für ihn verbürgen? Vielleicht sollte ich ihren Forderungen nachgeben oder zumindest so tun: den Prozeß vertagen, die Unterstützung meiner Partei wiedergewinnen, die Chance erhalten, im Amt zu bleiben. Dann stünden mir weitere vier Jahre zur Verfügung, darüber zu entscheiden, ob ich Austin den Prozeß machen sollte oder nicht.

Aber diese Sturheit war kein rein negatives Gefühl. Zu wissen, daß sich eine Gruppe Politiker gegen mich formierte, war zugleich eine Bestätigung, daß ich recht hatte.

»Naja, ich muß jetzt weg. Die abscheuliche Pflicht ruft.«

»Ich würde gerne mitkommen«, sagte Becky.

Ich sah sie stirnrunzelnd an. »Das kann nicht Ihr Ernst sein.«

»Sie müssen doch Besseres zu tun haben, als mich zu begleiten«, meinte ich eine halbe Stunde später.

»Nein«, erwiderte sie rasch, erkannte aber gleich, daß sie diese Antwort ein wenig in Verlegenheit brachte. »Die Politik von innen kennenlernen«, fügte sie hinzu, »das ist doch hochinteressant.«

Ich grunzte. Sie erlaubte sich in meiner Gegenwart längst, sarkastisch zu sein, und ich kannte sie mittlerweile gut genug, um zu unterscheiden, wann es ihr ernst war und wann nicht. In den letzten Wochen waren wir uns eigentlich mehr durch Zufall sehr nahegekommen. Da mein Privatleben nichts als ein Trümmerhaufen war, hatte ich mich ihr immer mehr anvertraut. Wegen der intensiven Prozeßvorbereitungen geschah es, daß wir tagelang keinen Menschen zu Gesicht bekamen, sogar jede Mahlzeit miteinander einnahmen. Becky ging ihrer regulären Arbeit bei Gericht zwar noch sporadisch nach, doch den Großteil hatte sie den anderen beiden Staatsanwälten ihrer Abteilung überlassen. Wenngleich sie nicht darüber sprach, hatte ich in Momenten, da sie sich unbeobachtet fühlte und den Flur entlanglief oder mit Kollegen sprach, sehr wohl bemerkt, daß sie längst genauso isoliert war wie ich. Sie spürte, wie dieser Fall sie von den Kollegen absonderte. Wir arbeiteten unter strengster Geheimhaltung, daher waren wir auch in den Besprechungen aufeinander angewiesen. Es ergab sich unweigerlich, daß wir während kurzer Pausen auch über andere Dinge als den Fall zu reden begonnen hatten. Sie hatte miterlebt, wie Linda endgültig aus meinem Leben gegangen war, und ich hatte bemerkt, daß es in Beckys Leben auch keinen Partner gab.

»Warum rufen Sie diesen Mann« – fast hätte ich »Jungen« gesagt –, »diesen Donny nicht einfach mal an und gehen mit ihm aus? Sicher ...«

»Donny drängt man sich nicht auf«, sagte Becky. »Bei ihm wartet man, daß er sich meldet.« Sie sagte das so beiläufig, beinahe schon amüsiert, als sagte sie ein Gedicht auf, das sie in stundenlanger Wiederholung auswendig gelernt hatte. »Noch was«, fuhr sie fort. »Sollten Sie ihn eines Tages kennenlernen, dann nennen Sie ihn bitte nicht Donny. Das ist unser kleines Geheimnis. Er heißt jetzt Don.«

»Haben Sie gerade bewußt mit so tiefer Stimme gesprochen?«

»So spricht man den Namen aus.« Becky brachte ihr Kinn ganz

nahe an ihren Halsansatz und sagte noch einmal mit tiefer Stimme: »Don.«

»Damit man ihn richtig ausspricht, wenn eines Tages der neue Gouverneur bekanntgegeben wird«, vermutete ich.

»O nein, Donny hat mit Politik nichts am Hut«, erklärte Becky. »Er ...«

Und hielt abrupt inne. Sie war schon wieder ins Fettnäpfchen getreten. Ich empfand es als Kompliment, daß sie ganz vergessen hatte, in Gesellschaft eines Politikers zu sein. Um ihr ihre Verlegenheit etwas zu nehmen, sagte ich: »Sie melden sich doch nicht deshalb nicht bei ihm, weil Sie Angst haben, das wäre zu direkt, oder wegen so einem Unsinn. Denn eines kann ich Ihnen sagen: Männer lieben das. Die intelligenten wenigstens. Ich habe mich noch in jedes Mädchen verliebt, das mir nachgelaufen ist.«

Bei dem Wort »jedes« mußte Becky grinsen. Einem Anwalt entgeht auch nicht die kleinste Silbe. »Die ganze Bande, was?«, sagte sie spöttisch.

Ich verlor mich in meinen eigenen Überlegungen. Es dauerte Minuten, bis ich wieder präsent war. Becky hatte indessen ebenfalls geschwiegen. Nun war ich verlegen, weil ich in ihrer Gegenwart ins Grübeln verfallen war.

»Das kann ja was werden«, meinte ich, als ich in den Parkplatz der Brauerei einbog. Der Parkplatz hätte voll sein sollen. Er war es nicht einmal zur Hälfte. Es sollte meine große, wenn auch letzte Chance sein, Wahlkampfmittel aufzubringen. Eine kleine Gruppe würde auf jeden Fall da sein. Anwälte, die sichergehen wollten, auf das richtige Pferd gesetzt zu haben, für den Fall daß ich doch noch aufholte und in letzter Sekunde als erster durchs Ziel ritt; andere Kandidaten, die meinen Auftritt dafür nutzten, selbst in Erscheinung zu treten; leichtgewichtige Spender, zu denen es sich noch nicht herumgesprochen hatte, daß ich zur politischen persona non grata geworden war. Die vielen leeren Parkplätze ließen allerdings annehmen, daß die meisten der Geldgeber ausgeblieben waren.

Becky starrte den niedrigen Quaderbau an, der im düsteren Licht der Dämmerung in weiter Ferne zu liegen schien. »Die Leute sollten wissen, was für ein Spiel man mit Ihnen treibt«, sagte sie. »Erzählen Sie ihnen von den Anrufen, die Sie bekommen, dem Druck, der auf

Sie ausgeübt wird. Wenn die Menschen wissen, wogegen Sie in diesem Fall kämpfen …«

»Würde es wahrscheinlich auch nichts nützen.«

Wir stiegen aus dem Wagen. Die Innenbeleuchtung hatte unsere Körper in ein warmes Licht getaucht, während unsere Gesichter im Dunkeln geblieben waren. »Darf ich Ihnen was sagen?« fragte Becky.

»Natürlich.« Ich schloß den Wagen ab und setzte mich in Bewegung. Sie holte mich ein und veranlaßte mich, stehen zu bleiben. Denn das, was sie mir jetzt zu sagen hatte, ließ sich nicht einfach im Vorübergehen sagen.

»Bei Ihnen hatte ich immer den Eindruck, daß Sie mit politischen Machtspielen und Gefälligkeiten nichts zu tun haben, und so schien das Büro ja auch zu funktionieren«, sprach sie gehetzt. »Aber früher war ich nie nahe genug dran, um mir ein Bild zu machen, ob das auch wirklich so war. Ich dachte, Sie müßten wie jeder Politiker, der im Amt bleiben möchte, ab und zu ein krummes Ding drehen. Wir alle dachten das. Aber jetzt bin ich ganz nah dran. Und ich weiß, daß das alles nicht bloß Show ist. Sie wissen, ich bin kein politischer Mensch, im Gegenteil, ich halte mich weitgehend aus diesen Dingen raus, aber ich habe allen meinen Bekannten gesagt, sie sollen für Sie stimmen. Und ich wette, jeder, der Sie wirklich kennt, tut dasselbe. Wenn man vielleicht …«

»Becky«, unterbrach ich sie, schmerzlich berührt und zugleich geschmeichelt, »ich danke Ihnen. Aber erlauben Sie mir einen Rat: Suchen Sie sich keine Helden. Helden sind schlecht für Sie.«

»Wer sagt denn, daß Sie mein Held sind?« meinte sie schnippisch.

»Dann ist es ja gut. Denn Helden gibt es nicht.«

Ich hatte das deshalb gesagt, weil ich soeben beobachtet hatte, wie jemand das Gebäude betrat, jemand, den ich gut kannte und mit dem ich nicht gerechnet hatte.

Aber er war es. »Eliot«, rief ich trotz der mahnenden Worte, die ich soeben an Becky gerichtet hatte, erfreut aus. Er drückte mir herzlich die Hand. »Es freut mich sehr, daß Sie gekommen sind. Hallo, Mamie.« Eliots Frau, mit der er seit rund vierzig Jahren verheiratet war, hatte einige Schritte von uns entfernt unsere Begrüßung abgewartet. Sie trug denselben Hut, den sie bei jeder politischen Veranstaltung getragen hatte, bei der ich sie je gesehen hatte. Diesen Hut hätte ich erkannt, wenn er allein gekommen wäre. Mamie strahlte mich an. Sie sah meiner Großmutter so verblüffend ähnlich, daß ich meinte, zur Größe eines siebenjährigen Jungen zu schrumpfen.

Es waren etwa fünfzig bis sechzig Menschen gekommen, genug also, um die politische Blamage gerade noch abzuwenden. Andere Kandidaten waren ebenfalls zu sehen, hektisch auf der Suche nach Wählern, denen sie in geheuchelter Liebenswürdigkeit noch rasch die Hand schütteln konnten. In dieser Ansammlung politischer Prominenz erweckte Eliot mehr Aufmerksamkeit als ich. Es sah so aus, als müßte ich warten, bis ich an der Reihe war, doch dann zog er mich zur Seite. Es war nicht meine Absicht, ihn hier mit meinen Fragen zu belästigen, ich wollte ihm bloß sagen, wie sehr mich seine Anwesenheit freute. Der Umstand, daß Eliot Quinn zu meiner Wahlkampfveranstaltung gekommen war, würde einiges Gewicht auf die Waage legen. Nicht genug, wie ich mir leider eingestehen mußte, aber das machte seine Anwesenheit um so willkommener.

Er setzte meiner Dankbarkeit ein unvermutetes Ende. »Wie schlimm ist es?« wollte er wissen.

»Schlimmer, als ich erwartet hätte«, sagte ich scherzend. Es war mir peinlich, wie ich über meinen alten Boß gebeugt dastand. Dabei mußte ich an einen um Anerkennung bettelnden Narren denken. Ich neigte meinen Kopf näher zu ihm hin.

»Sind sie wenigstens subtil, oder haben sie jede Hemmung verloren und drohen Ihnen mit Sanktionen, falls Sie Austin anklagen?« Eliot tat beim Reden ebenfalls so, als würde er scherzen, und hätte man uns vom anderen Ende des Raumes beobachtet, wäre dieser Eindruck durch sein Lächeln bestätigt worden, doch seine Augen blickten mich todernst an.

»Mit jedem Mal weniger subtil«, antwortete ich. Diese Männer waren Eliots alte Freunde. Er kannte sie, auch wenn er in ihrer Verschwörung keine aktive Rolle spielte. »Haben sich diese Leute denn keine Mühe gemacht, über mich Erkundigungen einzuziehen?« fuhr ich fort. »Wenn sie mir sagen, ich darf ihn nicht anklagen, bewirken sie doch genau das Gegenteil; dann denke ich mir, so und jetzt bringe ich Austin Paley erst recht vor die Geschworenen.«

Eliot setzte ein schlaues Lächeln auf. Es mußten ihm die vielen Jahre eingefallen sein, als er sich die Macht mit diesen alten Polithasen teilte, als er mit ihnen an einem Tisch saß und selbst einspringen mußte oder auf ihre Hilfe angewiesen war.

»Das Denken dieser Männer ist nicht so raffiniert«, erklärte er. »Sie sind es gewöhnt, Befehle zu erteilen und daß ihre Befehle ausgeführt werden.«

»Wovor haben sie Angst, Eliot? Denn diese Geschichte beginnt nach Angst zu riechen. Da steckt mehr dahinter als eine unter Freunden erwiesene Gefälligkeit. Was hat Austin gegen diese Leute in der Hand?«

»Wenn ich das nur wüßte, Mark. Sowie ich etwas weiß, erfahren Sie es.«

Wir standen schweigend nebeneinander. Wie gerne hätte ich ihm geglaubt, daß er es nicht wußte. Eliot verfügte über genug Lebenserfahrung, um zu erraten, was andere dachten. Er wußte, daß ich ihm *nicht* glaubte. Nicht ganz.

Ich hielt meine Rede, die Zuhörer applaudierten höflich und begaben sich zum Ausgang, sobald ich geendet hatte. Becky erwartete mich, nachdem ich die letzte Hand geschüttelt hatte. Wir fuhren schweigend zum Justizzentrum zurück. Dieses Schweigen schien uns die Nacht aufzuerlegen. Es war acht Uhr vorbei, die Straßen waren wie leergefegt. Wer jetzt noch auf der Straße war, wußte nicht, wo er hin sollte.

»Mark?«

»Keine Sorge, mir geht's gut.« Die mißlungene Veranstaltung hatte mich traurig gestimmt, aber ich hatte keine Lust, darüber zu reden.

Ich fand Beckys Auto, wartete ab, bis sie eingestiegen und losgefahren war, und setzte mich dann selbst wieder in Bewegung, als hätte ich ein Ziel. Dann kehrte ich jedoch um und suchte mir einen Parkplatz.

Das Justizzentrum ragte klobig und häßlich aus dem Nebel, fast ebenso breit wie hoch, ein karierter Klotz. Das weiche Licht, in dem das alte Gerichtsgebäude nebenan beinahe romantisch wirkte, konnte der eckigen Härte des neuen Hauses nichts nehmen. Ich betrat das Gebäude, ohne noch einen Blick darauf zu verschwenden. Die Eingangshalle lag im Dunkeln. Meinem Stab gehörten mehrere sehr ehrgeizige junge Kollegen an, die häufig länger blieben, doch um diese Uhrzeit war niemand mehr da. Der Fahrstuhl schien sich mit einem Ächzen in Bewegung zu setzen, als wollte er sagen, seine Dienstzeit sei gefälligst vorüber.

Die Büros der Bezirksstaatsanwaltschaft waren leer, wie ich dankbar feststellte. Von draußen kam genug Licht herein, so daß ich mein Büro auch im Dunkeln finden würde. Erst als ich die Tür hinter mir geschlossen hatte, begann ich ruhiger zu atmen, wie jemand, der nach einem anstrengenden Tag froh ist, endlich daheim zu sein.

Nur keine Gedanken. Das Büro verscheuchte die Gedanken, die ich mir über mein Leben machte. Deshalb war ich gekommen. Die Akten lagen bereits aufgeschlagen auf dem Tisch. Nichts fehlte. Ich setzte mich hin, legte meine Hände auf das Papier, und im selben Moment trat mein persönliches Leben zurück vor den abstrakten Problemen des Falles. Zum tausendsten Mal überprüfte ich die Anklageschrift; war Austins Verbrechen wirklich mit der erforderlichen Genauigkeit dargestellt? Die Tat, wie sie in dem Schriftstück beschrieben war, ging mir in ständiger Wiederholung durch den Kopf, sie mußte Gestalt annehmen, alle Einzelheiten enthalten, zu einem Bild werden, dem ich Leben einhauchen mußte, wenn ich die Geschworenen überzeugen wollte.

Meine Gedanken kehrten zu Tommy zurück. Er machte mir angst. Ich konnte nicht sagen, wie er auf die Geschworenen wirken würde. Ein Junge, der für sein Alter zu reif war, der ungerührt seine Geschichte erzählte, als einziges verräterisches Zeichen ein Zucken um den Mund. In Wirklichkeit ein Austin Paley in Miniaturform.

Plötzlich fiel mir David ein. Tommys Reaktion auf die häufige Abwesenheit seines Vaters war seine Suche nach Liebe außerhalb des Elternhauses gewesen. Davids Reaktion hatte darin bestanden, der Liebe abzuschwören, sich mit einer Ehe zufrieden zu geben, in der die Liebe nicht existierte. Ich wollte mich nicht für ihn verantwortlich fühlen, immerhin war er ein erwachsener Mann; aber ich war trotzdem für ihn verantwortlich. Ich würde es immer sein, egal, wie alt er war.

Die Nacht hatte sich kühl und dunkel über die Stadt, aber auch über die Büroräume gelegt, denn ich hatte kein Licht gemacht. Ich wollte Dunkelheit, Ruhe. Ich wollte schlafen, aber in dieser Nacht, das wußte ich, würde sich der Schlaf nicht einstellen.

Es gelang mir nicht, mich auf den Fall zu konzentrieren. In der Einsamkeit der Nacht umfing mich der Trümmerhaufen meines Privatlebens wie ein Schatten. Linda und ich würden nicht mehr zueinander zurückfinden. Sie hatte sich für ein Leben entschieden, das frei war von unseren Gegensätzen. Ich fragte mich, wie lange es wohl dauern würde, bis ich ihr begegnen konnte, ohne Schmerz zu empfinden. So lange wie die vielen Jahre, die wir zusammengewesen waren?

Mein Familienleben hatte sich ebenfalls vor meinen Augen aufgelöst. David und ich könnten vielleicht eine Art Waffenstillstand entwickeln, aber ein Gefühl von gegenseitiger Wärme schien unwahrscheinlich. Lois führte längst ihr eigenes Leben und das zu Recht. Dinah hatte ihre liebevollen Bemühungen um mich und meine Nähe aufgegeben. Das letzte Mal, als sie mit mir ein Wochenende verbracht hatte, hatte sie ausschließlich über die Schule, also im Grunde über Jungen, gesprochen. Nach drei Verabredungen mit zwei verschiedenen Jungs empfand sie sich längst als ein in solchen Dingen geübter Teenager, dem die Zukunft weit mehr zu versprechen schien, als das Grübeln über Vergangenes, zu dem auch ich gehörte. Die Zeiten, da ich in ihren Überlegungen eine wichtige Rolle gespielt hatte, waren unwiederbringlich vorbei.

Sogar die alten Freundschaften, etwa die mit Eliot, hatten ihre frühere Bedeutung verloren. Es gab niemanden mehr, dem ich wirklich vertraute.

Es blieb also nichts übrig. Kein menschliches Herz, in dem ich den ersten Platz einnahm. Niemand, der zuerst zu mir gelaufen kam, um mir gute oder schlechte Nachrichten mitzuteilen. Und kein Mensch, an den *ich* mich hätte wenden können, wenn ich Grund zu feiern oder zu trauern hatte.

Ich war auf den winzigen Balkon in der fünften Etage getreten und beobachtete fasziniert, wie der Mond aufging. Er stand eine Handbreit über dem Horizont, niedrig und riesig und orangefarben, eine Farbe, die über seine Umrisse hinausfloß, als hätte ihn ein Kind angemalt. Er erhob sich flammenhaft wie ein Phönix. Und ich stand da und schaute zu. Der Mond war nicht ganz voll, wodurch er zur Seite geneigt schien wie der Kopf eines fragenden Menschen. Als ich etwas später wieder aufsah, hatte er sich verändert, war zu einem anderen Mond geworden, kleiner und exakt eingefaßt und schneeweiß. Ich mußte an die Nächte in meiner Jugend denken, als mich der Vollmond ins Freie rief und mir sagte, daß andere Menschen, Frauen diesen selben, die Nacht wärmenden Mond anstarrten und von einem Mann wie mir träumten. Die Welt war voll von Liebe, und ich durfte an ihr teilhaben. Sie stand mir offen mit allen ihren Möglichkeiten. In meiner Jugend war der Mond so nahe, ich hätte mich auf ihm niederlassen und davonreiten können.

Aber das war nicht mehr derselbe Mond. Das hier war ein kalter Stein, der die Sterne verdeckte.

Ich war mir meiner Stimmung bewußt. Nach einer Weile war mir beinahe zum Lachen zumute. Aber mir war nicht danach, mich über mich selbst lustig zu machen. Das einzige, das mir an diesem Abend gelang, war, mich in meine eigene, innere Kälte zu hüllen. Wenn es sein mußte, konnte ich auch hart wie Stein sein. Wenn mir nichts blieb als meine Arbeit, dann würde ich mich in sie stürzen. Ich würde der beste Staatsanwalt werden, den die Welt jemals erlebt hatte. Und wenn mir nur noch dieser Fall blieb, so würde ich einen Prozeß liefern, über den die Welt noch jahrelang sprechen sollte.

Ich war in mein Büro zurückgekehrt und stand vor meinem Schreibtisch, unschlüssig, ob ich den Aktenordner nach Hause mitnehmen sollte, als ich im Vorraum zum Büro Schritte hörte.

Mein erster Gedanke war, daß ich allein und Austin Paley ein verzweifelter Mann war. Aber wo sollte ich mich verstecken? Ich hörte, wie die Schritte langsamer wurden, als ob sie plötzlich zögerten.

Doch dann flog die Tür auf, prallte von der Wand ab und jagte mir trotz meiner abwartenden Haltung einen gewaltigen Schreck ein. Der unerwartete Besuch stand im Türrahmen, nur schemenhaft zeichneten sich seine Umrisse ab.

»Ich wußte es«, sagte sie.

Ich erkannte sie nicht gleich. Ich hatte mit einer Gefahr gerechnet, wobei die Gestalt, solange sie im Dunkeln stand, auch wirklich bedrohlich aussah. Groß und schlank und mit einer Art, sich zu bewegen, die eine eindeutige Absicht vermuten ließ. Sie kam auf mich zu und sprach: »Ich mußte Ihnen nicht einmal nachfahren, ich wußte, Sie würden hierher kommen.«

»Becky«, sagte ich. »Das ist vielleicht eine Überraschung.«

»Noch nicht ganz«, erwiderte sie. Sie kam geradewegs auf mich zu. Durch die hohen Absätze war sie groß genug, um ihre Hände auf meine Wangen zu legen und mein Gesicht zu ihrem herunterzuziehen, nur ein wenig. Unsere Lippen trafen einander nicht gleich. Ihre strichen warm über meine Wange, bis sie meinen Mund fanden, der vor Verblüffung bereits offenstand. Beckys Mund hatte sich ebenfalls geöffnet und bewies eine Entschlossenheit, die ich bis zu diesem Moment nur erlebt hatte, wenn sie vor Gericht die Anklage vertrat. Ich streckte mich ihr willig entgegen, nahm sie automatisch in die Arme. Ihr Hände lagen immer noch auf meinem Gesicht und strichen dann über meinen Hals zu meinen Schultern.

Becky rückte von mir ab, als wollte sie sich überzeugen, daß ich wüßte, wer sie sei. Das Licht der Nacht, das durch mein Fenster kam, beleuchtete eine Seite ihres Gesichts. Im Mondlicht sah sie unberührt aus, die Haut so weich wie die eines Kindes. Ich wollte meine Handfläche auf ihre Wange legen, nur um etwas so Warmes und Weiches zu spüren. Becky sah nicht mehr unheimlich aus. In dem sanften Licht wirkte sie völlig arglos.

Wir küßten uns wieder. Ihre Lippen waren weicher als beim ersten Mal. Aber da war immer noch diese Entschlossenheit. Ihre Zähne gruben sich sanft in meine Unterlippe. Auf meinem Rücken konnte ich jeden einzelnen ihrer Finger spüren.

Schließlich rückte sie wieder von mir ab. »Ihnen ist das doch auch in den Sinn gekommen, nicht wahr?«

Sie wollte draufgängerisch wirken, doch sie war mir zu nahe, um mir etwas vorspielen zu können. Ich spürte, wie sie zitterte. Sie hatte scheinbar ihre ganze Kraft aufgebracht, um herzukommen.

»Mein Gott«, sagte ich. »Ist das wahr? Sie kommen mir vor wie ein Wesen, das ich durch den Mond heraufbeschworen habe, weil ich Sie so sehr brauchte.«

Ihr Gesicht hellte sich auf, als wäre sie tatsächlich ein Mondwesen. Sie machte wieder einen Schritt auf mich zu, und wir umschlangen uns mit den Armen. Die Umarmung fühlte sich besser an als der Kuß, denn sie war überraschend und eindeutiger. Sie wärmte mich. Mir wurde klar, wie kalt mir in der Einsamkeit der Dunkelheit geworden war.

Wir hielten uns fest, bis es seltsam wurde, so lange so still und regungslos dazustehen. Ihre Finger machten leise und sanfte Bewegungen, die in mir eine unvermutete Traurigkeit hervorriefen, denn sie zwangen mich zu denken und begannen, das wunderbar gedankenlose Vergnügen, das wir einen Augenblick lang genießen durften, zu verdrängen.

Ich begehrte sie, wie man einen süßen jungen Körper begehrt, der fest und zugleich biegsam ist und sich formen läßt, wie es das Begehren verlangt. Ich spürte auch die geistige Verbundenheit, die Art, wie wir uns, ohne es zu wollen, immer nähergekommen waren, so daß sie bereits sagen konnte, wo ich hingegangen war und wie ich mich fühlen mußte. Sie hatte sich genauso gefühlt, verzehrt von einer Leidenschaft, die eine beliebige hätte sein können, denn deren einziger Zweck bestand darin, diese eine Leere in ihrem Leben zu füllen.

Aber zwischen uns lag der Altersunterschied, eine Kluft aus Erfahrung und Autorität. Ich wußte, würde ich dieser einsamen, nächtlichen Verlockung nachgeben, ich würde mich am nächsten Tag schäbig fühlen, denn ich hatte sie bis jetzt nicht in diesem Licht gesehen und würde sie für mein Bedürfnis benutzt haben.

Ich hielt sie immer noch im Arm. Ihr Gesicht ruhte an meinem Hals. »Verdammt«, sagte sie in ruhigem und festem Ton und gab mir mit einem Wort zu verstehen, daß sie mich genausogut kannte wie ich sie, daß sie genau wußte, woran ich dachte und was ich in ihr sah.

»Es ist nicht so«, sagte sie und sah mich dabei an. »Ich habe schon lange vor dem heutigen Abend daran gedacht. Schauen Sie.« Sie zeigte auf den Gegenstand, den sie auf den Tisch neben dem Sofa abgestellt hatte. »Ich habe eine Flasche Wein mitgebracht. Sie steht seit einer Woche in meinem Schreibtisch. Ich dachte, eines Abends nach der Arbeit …«

Unser Kontakt war durch ihre Geste unterbrochen, und ich wollte es dabei belassen und machte, unbemerkt, wie ich hoffte, einen Schritt zurück.

»Becky, ich fühle mich sehr geschmeichelt und finde Sie auch ungemein attraktiv, aber ich kann kein Risiko eingehen, ich benötige ihre Hilfe mehr als – die Geborgenheit, die Sie mir geben möchten.«

Sie lachte leise und verächtlich über meine Wortwahl. Ihr Gesicht war rot geworden, doch das Lachen half ihr, die Fassung wieder zu gewinnen. Als sie sprach, klang sie sehr selbstsicher, jedoch hatte sie ihre Arme in einer schützenden Geste vor der Brust verschränkt, wodurch sie zu erkennen gab, daß der intime Moment vorüber war. »Warum können wir nicht beides haben?«

Ich antwortete in nüchternem Ton, machte keine Ausflüchte und sah sie dabei an. »Ich wollte Sie für diesen Fall haben, weil ich Ihnen vertrauen konnte. Weil Sie ein Niemand waren. Alle, denen ich vertraut hatte, ließen mich im Stich. Wenn ich jetzt mit Ihnen schlafe, lasse ich eine Nähe zu, die Ihnen mein Innerstes zeigt. Ich könnte Ihnen nicht mehr vertrauen.«

Ihr Gesichtsausdruck wurde betroffen. »Funktioniert Ihre Welt etwa so?« fragte sie.

»In letzter Zeit schon.«

Aber das entsprach nicht der Wahrheit. Das war auch nicht der wirkliche Grund. Der Hauptgrund war wohl, daß ich ein Idiot war. Ich bezweifelte keine Sekunde, daß es mir leid tun würde, Beckys Angebot zurückgewiesen zu haben. Aber ich würde es so oder so bereuen. Ich würde mich schäbig fühlen, ließe ich sie zu sehr in meine Nähe, denn bei all meiner Einsamkeit war mir Becky nicht in den Sinn gekommen. Ich würde sie höchstens benutzen. Und eines Tages, wenn wir uns unweigerlich trennten, würde sie erkennen, daß ich ihr einen Teil ihrer kostbaren Jugend gestohlen hatte. Schlimmer noch, es könnte ihr so ergehen wie mir jetzt, daß ihr als einziger Sinn im Leben nur die Arbeit bliebe. Und wenn sie mich nicht dafür haßte, würde ich mich dafür hassen.

Wir hatten eine Weile geschwiegen. Becky starrte die Zimmerdecke an und hielt immer noch die Arme vor der Brust verschränkt. »Meinen Sie, ich kann einfach in die Dunkelheit zurückhuschen, und dann tun wir so, als wäre ich nie hier gewesen?« Trotz des bemüht scherzhaften Tones schien sie kurz davor, in Tränen auszubrechen.

Ich ergriff ihre Hand. »Ich bin froh, daß Sie gekommen sind. Ich brauche Sie. Sehr sogar. Dieser Fall macht mich langsam fertig. Sie sind die einzige, mit der ich darüber reden kann. Seien Sie einfach mein Partner, okay?«

Den letzten Satz hatte ich beinahe geflüstert, und sie antwortete ebenfalls flüsternd: »In Ordnung.« Ich durchquerte das Büro und machte Licht. Becky sah wunderschön aus. Sie trug ein Kleid, kein besonders elegantes, aber auch keines dieser Kostüme, die ich an ihr gewohnt war. Sie mußte sich unbehaglich fühlen. Und von mir war es egoistisch, sie zum Bleiben zu überreden, aber ich wollte sie hier haben. Ich wollte wirklich reden. Und sobald wir begannen, sobald ihre Aufmerksamkeit den Akten auf meinem Schreibtisch galt und wir das Gespräch dort wieder aufnahmen, wo wir es am Nachmittag unterbrochen hatten, verlor Becky ihre Befangenheit und war mit Eifer bei der Sache. Einen Moment lang, als sie nach ihrem Notizblock griff, berührte sie mich sogar kurz am Arm, doch sie schien es nicht einmal bemerkt zu haben. Wir waren so sehr mit Haut und Haaren Anwälte, daß es mich verlegen macht, wenn ich im nachhinein daran denke. Eine Liebesaffäre ist eine nette kleine Ablenkung, aber ein Fall bleibt ein Fall.

»Stellen Sie die Frage einfach«, sagte Becky lebhaft. »Wir haben nichts zu verlieren. Wenn die Verteidigung Einspruch erhebt, gibt sie selbst den Geschworenen die Antwort. Wenn sie keinen Einspruch erhebt, nehmen wir uns sein Liebesleben vor. Das interessiert die Geschworenen, dafür leg ich meine Hand ins Feuer. Ein dreiundvierzigjähriger Mann, der noch nie etwas mit einer Frau gehabt hat?«

»Und wenn er plötzlich mit einer Freundin bei der Verhandlung auftaucht?«

»Wenn er das tut, rufen wir *sie* in den Zeugenstand«, wußte Becky sofort als Antwort.

Ich mußte lachen. Wir hatten eine Kanne Kaffee gemacht, und ich goß soeben den Rest in ihre Tasse. Beckys Weinflasche stand immer noch ungeöffnet auf dem Tisch, ein mahnender Vorwurf an unsere Ernsthaftigkeit.

In Wahrheit fühlte ich mich in diesem Moment, da wir so intensiv zusammenarbeiteten und jedes Detail durchgingen, stärker zu ihr hingezogen als während unserer kurzen Umarmung. Es erinnerte mich an die alten Zeiten mit Linda. Ich wollte Becky berühren, den Moment der Zärtlichkeit zurückholen. Doch meine Selbstdisziplin, die Strenge, die ich mir selbst auferlegte, hielten mich zurück. Und auch der Umstand, daß ich wie ein Idiot dagestanden hätte.

»Wir müssen miteinander reden«, sagte Austin Paley am Telephon.

»In Ordnung. In deiner Kanzlei? Oder bei mir?«

»Nein. Das muß unter uns bleiben.« Er sprach sehr leise, beinahe in verschwörerischem Ton und ohne seine ansonsten so unbekümmert beiläufige Art.

Dann nannte er mir eine Adresse, die mich stutzig machte. Sie befand sich in einem Viertel im Süden der Stadt, in dem ich noch nie gewesen war. Ich würde sie nicht ohne weiteres finden. »Was soll denn das für ein Treffpunkt sein?« wollte ich wissen.

»Es ist ein Haus, das sonst niemand kennt.«

»Austin, sag mir den Grund, warum ich kommen soll.«

Die Leitung blieb einen Moment lang still. Austin schien für einen Moment seinen Gedanken nachzuhängen. »Mark, glaubst du wirklich, ich würde einen Killer auf dich ansetzen. Oder eine nackte Nutte? Sag von mir aus deiner Stellvertreterin, wo du hinfährst, oder sonst jemandem, dem du vertraust. Aber sonst niemandem. Und komm allein.«

»Du hast mir den Grund nicht genannt.«

»Ich will, daß du die Wahrheit erfährst«, erwiderte er.

Das Gerichtsgebäude bei Tageslicht zu verlassen war wie immer ein Vergnügen, dem ich mich jedoch nie ganz frei von schlechtem Gewissen hingeben konnte. Das Gericht ist mein Zuhause, mehr als jeder andere Ort in meinem Leben, mit dem Unterschied, daß die Pflichten, die ich dort wahrnehme, nie aufhören. Ich fuhr mit dem Gefühl los, die Schule zu schwänzen. An diesem Mittwoch war endlich der Wetterumschwung eingetreten, der für den Süden von Texas so eigentümliche Herbst hatte begonnen. Die Luft war noch morgendlich kühl, die Sonne entfaltete jedoch bereits ihre Kraft. Bis zum Nachmittag würde es heiß werden wie an einem Sommertag. Es war die Art Wetter, bei dem die Kinder in warmen Pullis zur Schule gehen, um sie im Laufe des Tages auf den Spielplätzen liegen zu lassen.

Auf der Suche nach dem Haus verlor ich mich in einem Straßengewirr, das an die Gründerzeit von San Antonio erinnerte, wo eine Straße am Ende eines Häuserblocks plötzlich einen anderen Namen hatte oder endlos lange parallel zu einer anderen Straße verlief, um dann plötzlich im rechten Winkel mit ihr zusammenzutreffen. Sackgassen in Hülle und Fülle. Eine dieser Sackgassen erwies sich schließlich als die Adresse, nach der ich suchte, eine schmale Gasse, deren beide Straßenseiten von jeweils vier Häusern gesäumt wurden. Am Ende der Sackgasse befand sich ein winziges Holzhaus mit einer Veranda von der Größe einer Türmatte. Das Haus war so wie alle umstehenden in desolatem Zustand. Es benötigte dringend einen neuen Anstrich; die Fenster waren schmierig vor Dreck und machten Vorhänge überflüssig.

Ich vermutete, vor einem von Austins vielen Verstecken zu stehen, einer jener Höhlen, die er als Kinderfallen über die ganze Stadt verstreut ausgelegt hatte. Ihn selbst konnte ich mir in einer solchen Hütte nicht vorstellen.

Doch er war da. Bevor ich anklopfen konnte, ging die Tür auf, ruckweise nur, denn sie schleifte auf dem Fußboden. Dann stand Austin in einem Aufzug vor mir, wie ich ihn nie zuvor gesehen hatte: Er trug Freizeithosen, ein gelbes, am Kragen offenes Hemd und braune Sandalen, in denen seine nackten Füße steckten. Gelb war für Austin keine vorteilhafte Farbe. Sein Teint schien sie aufzusaugen und ließ ihn dadurch kränklich aussehen. Nicht einmal sein Lächeln hatte die übliche, mir so vertraute Herzlichkeit.

»Tag, Mark. Komm herein. Entschuldige bitte die schauderhafte Unordnung. Greif ja nichts an, hier steckt man sich mit allen möglichen Krankheiten an.«

Er gab mir zur Begrüßung nicht die Hand, verhielt sich aber sonst, wie es sich für einen Gastgeber gehört, und bat mich in das dunkle Wohnzimmer, das durch die altmodischen Möbel, ein verblichenes Sofa und mehrere Holzstühle mit Zierkissen noch kleiner wirkte. Wir hatten das Tageslicht ausgesperrt. Im Inneren des kleinen Zimmers hätte es ebensogut Mitternacht sein können. Austin machte eine kleine Bodenlampe an, die seine Blässe noch stärker betonte.

Es kam mir nicht in den Sinn, Austin könnte krank oder gar verängstigt sein. Ich hatte mich zu sehr an die Vorstellung von Austins Leben als einzige Fassade gewöhnt. Somit erschien mir die Situation nur als neue Fassade, bedingt durch eine neue Situation. Der Umstand jedoch, daß mir ein kurzer Blick hinter diesen Schleier gewährt werden sollte, ließ mich nicht unbeeindruckt.

Austin war von einer Ernsthaftigkeit, die ich an ihm nicht kannte. »Beeilen wir uns«, sagte er. »Mir ist klar, daß du nicht länger hier sein möchtest als unbedingt notwendig. Ich bitte dich nur um eines,

Mark. Versprich mir, daß du mir unvoreingenommen zuhörst. Was ich dir jetzt mitteile, sage ich dir nicht nur, weil ich deine Hilfe brauche, sondern weil ich es loswerden möchte. Hör also bitte gut zu. Auch wenn du findest, ich sei deine Zeit nicht wert, versprich mir, daß du dem nachgehen wirst. Es muß endlich etwas geschehen.«

Ich nickte skeptisch. Austin beugte sich vor und begann rasch zu sprechen, wobei er seine Hände rieb, jeden Finger einzeln, als versuche er verzweifelt, warm oder sauber zu werden. Es dauerte nicht lange, und seine Geschichte vermittelte etwas Vertrautes.

»Vor etwa vier Jahren wollte ein Mann namens George Pendrake einen Bürokomplex errichten. Im Erdgeschoß sollten Geschäfte, eine Bank und ein kleiner Springbrunnen untergebracht werden. Hatte ein richtig hübsches, weißes Modell davon, mit dem er in der ganzen Stadt herumlief, um die Finanzen aufzutreiben. Er fand das Grundstück – nicht weit von hier, um die Wahrheit zu sagen. Verkommenes Viertel, aber nahe am Stadtkern. Der Bürokomplex hätte der ganzen Gegend neues Leben einhauchen können. Damit hat George auch argumentiert. Die Geldgeber hat er dann ziemlich schnell beisammen gehabt.«

»Und du warst einer von ihnen?« fragte ich.

»O nein«, Austin schüttelte den Kopf. »An Kleininvestoren wie mir war George gar nicht interessiert. Das Projekt begann sehr rasch anzulaufen. Pendrake holte die erforderlichen Genehmigungen ein, was ihm erstaunlich wenig Probleme bereitete. Das Grundstück, das er im Auge hatte, war unbebaut, der Bezirk war nicht daran interessiert, und er verkaufte es ihm für ein Butterbrot. Die Bauarbeiten begannen.

Dann ging von einem Moment auf den anderen alles schief«, sagte Austin beinahe traurig, als wäre *er* persönlich von dem Verlust betroffen gewesen. »Die Rezession hatte schließlich auch San Antonio erfaßt, die Geldquellen versiegten, die Baukosten nahmen überhand, wie das eben so kommt. Manche Leute behaupteten, George Pendrake hätte das Projekt von Anfang an unterfinanziert, er hätte zu viel von dem Geld, das man ihm zur Verfügung gestellt hatte, in andere Kanäle umgeleitet, aber das spielt keine Rolle, denn er ging ebenfalls pleite. Seine Gläubiger wollten ihn in den Konkurs treiben. Wie man weiß, ist das heutzutage keine Schande mehr. Das gehört zum

Geschäftsalltag, doch in diesem Fall versuchten George und seine Freunde, den Konkurs mit allen Mitteln zu verhindern.«

»Weil?« wollte ich wissen. Austin sah mich hoffnungsvoll an, froh, daß ich ihm zuhörte.

»Hätte man Pendrake Plaza den Konkurs eröffnet, wäre zur Klärung der Vermögensverhältnisse ein Verwalter ernannt worden. Dabei wäre herausgekommen, welche Teilhaber wem etwas schuldeten, welche Vermögenswerte vorhanden waren und so weiter. Pendrake hatte jedoch auch stille Anleger, die unter keinen Umständen wollten, daß ihre Namen bekannt wurden.«

»Ich kenne die Geschichte«, warf ich ein, »Pete Jonas mußte als Stadtrat zurücktreten. Alice Sylvester wurde daraufhin nicht mehr in den Stadtrat gewählt.«

»Du weißt aber nicht alles«, widersprach Austin. »Faktum ist, daß Pete und Alice bei weitem nicht so tief drinsteckten wie manche andere. Alice hat mir besonders leid getan. Sie hatte kaum etwas damit zu tun und mußte dennoch daran glauben. Diese Frau hatte eine große Zukunft vor sich.«

»Du wußtest also von dem Projekt«, warf ich ein.

»Damals noch nicht. Entschuldige, ich habe vorgegriffen. Zu dem Zeitpunkt ging ich noch anhnungslos meinen eigenen Geschäften nach. Da wußte noch niemand etwas, mit Ausnahme der unmittelbar involvierten Leute.«

»Politiker, die ein wenig nachgeholfen hatten, Pendrake eine Brücke zu bauen, weil er ihnen Anteile vom Gewinn versprochen hatte«, sagte ich. »Und die nicht wollten, daß das im Konkursverfahren rauskam, weil sie dann ganz schön dreckig dagestanden hätten.«

Es überraschte mich, daß Austin nicht protestierte, langsam ahnte ich, wer diese stillen Investoren waren. Austins Freunde, jene Leute, die mich unter Druck setzten, den Prozeß gegen ihn zu vertagen.

»Doch dann kam Hoffnung auf am Horizont«, fuhr Austin fort. »Pendrake machte einen anderen Spekulanten ausfindig, jemanden aus Houston, der das unfertige Projekt aufkaufen wollte. Niemand hätte an der Sache verdient, aber dafür wäre auch niemand aufgeflogen. Man konnte buchstäblich hören, wie den Leuten ein Stein vom Herzen fiel.

Aber der potentielle Käufer stellte eine Bedingung. Er wollte das Gebäude nur unter der Voraussetzung kaufen, daß er auch das benachbarte Grundstück haben konnte, denn dann hätte er einen direkten Zugang zur Stadtautobahn gehabt. Er meinte, das Projekt hätte ohne das benachbarte Grundstück keine Chance.

»Was kein Problem darstellt«, erklärte Austin mit einem Lächeln. »Das benachbarte Grundstück gehörte der Stadt. Dieselben Leute, die George zu seinen Baugenehmigungen verholfen hatten, konnten dem neuen Käufer auch dieses Grundstück verschaffen. Immerhin gehörte es der Stadt, und die Stadt, das waren *sie*. Nur hatte keiner damit gerechnet, daß die Geschichte einen Haken hatte.«

»Auf dem benachbarten Grundstück stand ein Gemeindezentrum«, sagte ich.

Austin schnitt eine Grimasse. »Ein mieses kleines Gemeindezentrum. Hast du es je gesehen? Ein mickriger Holzbau, einstöckig mit Keller, ein paar Tagungsräumen, nicht größer als dieses Zimmer und völlig nutzlos. Davor befand sich noch ein Basketballplatz mit permanent kaputten Körben. Niemand benutzte das Haus. Für das Viertel hätte es jedenfalls keinen Verlust bedeutet.«

»Jedoch ...«

»Jedoch gab es da ein technisches Problem. Das Grundstück war der Stadt testamentarisch vermacht worden. Das Testament enthielt eine Klausel, wonach die Stadt verpflichtet war, ein Gemeindezentrum auf dem Grundstück zu errichten. Sollte dieses Zentrum je entfernt werden oder sollte die Stadt versuchen, es an Privateigentümer zu verkaufen, würde es nach dem Willen des Verstorbenen automatisch in den Besitz der Ersatzerben übergehen.«

Austin hielt kurz inne, eine nette Geste. »Keine Sorge, ich bin noch auf dem laufenden«, half ich ihm. »Ich habe diese Dinge nicht ganz vergessen, weißt du. War ja nicht umsonst an der Uni.«

Er lächelte. »Nein, natürlich nicht.« Dann kehrte er zu seiner Geschichte zurück. »Aber auch das war kein Problem. Die Erben hätten liebend gern verkauft. Ihnen hätte gar nichts Besseres passieren können, als das Stück Land zu erben und sofort einen Käufer zur Hand zu haben. Aber da liefen schon zu viele Fäden zusammen. Die Stadt konnte nicht verkaufen, solange das Zentrum auf dem Grundstück stand, und die Erben konnten es auch nicht verkaufen. Der

Interessent war kurz davor, die ganze Sache abzublasen, weil sie ihm zu kompliziert wurde. Es waren zu viele Erkundigungen eingezogen worden, Gerüchte begannen zu kursieren, daß diese kleine Parzelle plötzlich für ein paar wichtige Leute eine große Rolle spielte. Die Gemeindeaktivisten begannen sich einzumischen, forderten eine öffentliche Abstimmung über die Ausgabe von Anleihen, um an dem Gemeindezentrum Verbesserungsarbeiten durchzuführen. Und nun wurden die Anleger wirklich nervös.«

»Und wandten sich an dich«, sagte ich.

Austin schüttelte den Kopf. »Anwalt haben sie keinen gebraucht. Die rechtlichen Probleme waren ihnen ja bekannt. Was sie brauchten, war eine Lösung, mit der das Gesetz umgangen werden konnte. Eines Nachts also …«

»Eines Nachts brannte das Gemeindzentrum vollständig ab«, half ich ihm.

»Das ist allgemein bekannt, nicht wahr?«, meinte Austin.

Ja, denn durch dieses Ereignis war der Skandal aufgeflogen. Der Brand war eindeutig gelegt worden, obwohl nie festgestellt werden konnte, wer die Brandstiftung angeordnet hatte. Das korrupte Fundament, auf dem Pendrake Plaza entstehen sollte, hielt nicht mehr stand. Es brach aufgrund der Untersuchungen in sich zusammen. Mehrere stille Investoren flogen auf, allerdings, wie ich nun sowohl von Eliot Quinn als auch von Austin wußte, bei weitem nicht alle.

»Wie war es eigentlich möglich, daß einige der Verschwörer zuließen, an den Pranger gezerrt zu werden, ohne die anderen mitauffliegen zu lassen?«, wollte ich wissen. »Mir scheint das ein bißchen zu edelmütig, wenn ich ehrlich sein soll.«

Austin hatte seine manierierte Art im Laufe des Gesprächs abgelegt. Er war ruhig geworden und konzentrierte sich ausschließlich auf seine Erinnerungen. »Weil bei dieser Geschichte noch ein anderer Aspekt mitspielte, der *nie* ans Licht gekommen ist«, sagte er. »Ich habe vorhin erwähnt, daß das Gemeindezentrum einen Keller hatte. In der Nacht, als es abbrannte, hat sich jemand dort aufgehalten.«

Ich blinzelte. Ich stellte mir eine Familie vor, eine Gruppe Kinder, wie sie durch die Dunkelheit tappte, in dem dichten Qualm verzweifelt nach dem Ausgang suchte, bis das brennende Dach über ihr zusammenstürzte. »Das ist ja grauenhaft«, sagte ich.

»Das kann man wohl sagen. Die Leiche wurde im Zuge der Aufräumungsarbeiten entdeckt. Ein Untersuchungsbeamter der Feuerwehr fand sie, nur hatte sich der Skandal bis dahin schon so weit herumgesprochen, daß der gute Mann dachte, der Fund müßte bestimmten Leuten sicher etwas wert sein. Anstatt, wie es seine Pflicht gewesen wäre, Anzeige zu erstatten, zog er es vor, sein Gehalt aufzustocken.«

»Wer war der Kerl?«, fragte ich.

Austin schüttelte den Kopf. So weit würde seine Beichte nun auch wieder nicht gehen. Das würde ich jedoch herausfinden. Die Identität dieses Beamten stand in den Akten.

»*Hier* hat man dich ins Spiel gebracht«, sagte ich.

Es war keine Frage. Austin nickte. »Ich half, die Wogen zu glätten«, sagte er. »Dann vergingen Wochen, in denen wir wie auf Nadeln saßen, jeden Moment mit einer Anzeige rechneten, daß ein Bruder, ein Ehemann oder Vater vermißt werde. Aber die Anzeige kam nicht. Offenbar hatte es sich bei der Leiche um einen Obdachlosen gehandelt, der in das Zentrum eingebrochen war, um dort zu übernachten. Oder um etwas zu klauen.«

Das änderte nichts an dem Verbrechen. Es war Mord. Der Brandstifter, ob wissentlich oder nicht, hatte den Mann im Keller umgebracht. Von Rechts wegen war der Anstifter der Brandlegung ebenfalls ein Mörder. Es war demnach nicht bloß um einen Finanzskandal oder eine Wahlniederlage gegangen, sondern um ein Kapitalverbrechen mit der Aussicht auf lebenslange Haft.

»Wer wußte davon?«

»Die stillen Anleger«, erwiderte Austin.

Ich konnte höchstens vermuten, um wen es sich dabei handelte. Möglicherweise ein paar von den Leuten, die mich in den letzten Wochen angerufen hatten, um für ihren alten Freund Austin Paley Gnade zu erbitten. Andererseits konnten die Anrufer bloße Handlanger der eigentlichen Verschwörer sein, die ihren Freunden ahnungslos eine kleine Gefälligkeit erwiesen. Die Verbindungen mußten bis in den hintersten Winkel reichen.

»Dann noch der Beamte, der die Brandstiftung untersucht hat«, fuhr Austin fort, »und heute im Ruhestand und in einen anderen Staat übersiedelt ist. Und ich.«

In meinem Kopf arbeitete es bereits, wie ich dieses Komplott auffliegen lassen könnte. Den Brandinspektor würde ich ausfindig machen; ihn könnte ich möglicherweise zum Reden bringen. Unwahrscheinlich: Er war zu sehr in die Geschichte verwickelt. Aber wenn ich ihm vortäuschen könnte, daß ich bereits alles wußte …

Es konnte eine Minute vergangen sein, während der ich begonnen hatte, einen Fall zusammenzustellen. Jedoch auch nur ein paar Sekunden. Plötzlich wurde mir wieder bewußt, wer mir diese Geschichte erzählte und wie weit wir uns vom eigentlichen Grund unseres Treffens entfernt hatten.

»Wenn du meinst, ich ließe mich auf einen Handel mit dir ein, um diese Leute zu fassen«, sagte ich, »dann irrst du dich gewaltig. Ich lasse die Anklage gegen dich nicht fallen, unter keinen Umständen.«

Er schüttelte langsam den Kopf. »Nein, Mark, du verstehst mich nicht. Ich bin unschuldig. Was du mir anlastest, habe ich nicht getan.«

Wir hatten das Thema gewechselt. Austins Gesicht wirkte abgespannt. Er begann wie das Bildnis auf Dorian Grays Dachboden auszusehen; immer noch gutaussehend, aber an mehreren Stellen blätterte bereits die Farbe ab.

»Ich bin reingelegt worden«, sagte er. »Ich hatte vorgehabt, mit dieser Geschichte an die Öffentlichkeit zu gehen. Ich konnte sie nicht mehr für mich behalten. Die Vorstellung von diesem Unbekannten, diesem Toten, begann mich zu verfolgen. Zwei- oder dreimal habe ich sogar von ihm geträumt, ich träumte, daß er in meiner Tür stand und auf mein Bett zuschlurfte.«

Austin erschauderte. Er sah tatsächlich wie jemand aus, der von Gespenstern heimgesucht wurde. Wenn das jetzt eine Lüge war, war er ein teuflisch guter Schauspieler.

»Du denkst wahrscheinlich, daß ich kein Gewissen habe«, fuhr er in nüchternem Ton fort. »Zugegeben, ich habe scheußliche Dinge für mich behalten. Deshalb haben sich diese Leute ja auch an mich gewandt. Ich sollte helfen, die Geschichte zu vertuschen. Aber Mord. Nein, das kann ich nicht. Damit kann ich nicht leben.«

Tatsächlich? dachte ich, wobei ich immer noch versuchte, den Zusammenhang mit den Fällen von Kindesmißbrauch herzustellen. Austin sah meine Skepsis.

»Ich beschloß, nicht länger zu schweigen«, sagte er. »Und ich beging den Fehler, daß ich andere Mitwisser darauf ansprach. Ich hoffte, es würde sich jemand finden, der mit mir an die Öffentlichkeit ging. Allein hätte ich nicht genug Beweiskraft gehabt, um glaubwürdig zu sein. Ich hoffte, jemand anderer werde ebenfalls vom Gewissen geplagt. Aber die hatten mehr zu verlieren. Niemand erklärte sich bereit, meine Geschichte zu bestätigen. Bei einem hatte ich dann das Gefühl, ihn könnte ich überreden. Er ließ mich reden, bis ich plötzlich erfuhr, daß ich selbst Gegenstand einer polizeilichen Ermittlung war. Daß ich der Hauptverdächtige bei den Entführungen dieser Kinder war.« Er streckte eine Hand aus. Ich rührte mich nicht. »Verstehst du denn nicht, was passiert ist, Mark? Sie haben zuerst zugeschlagen. Sie haben mich reingelegt, damit ich den Mund halte, und dann haben sie dafür gesorgt, daß mir kein Mensch mehr glaubt, wenn ich tatsächlich alles auffliegen lasse. Sie haben mir das schlimmste Verbrechen angelastet, dessen ein Mensch beschuldigt werden kann. Wenn ich jetzt *sie* anklage, sieht das doch nur so aus, als wollte ich mich aufspielen, meine eigene Schuld vertuschen, mich reinwaschen.«

»Eben«, sagte ich.

Austin starrte mich an. »Ich schwöre, ich habe in meinem ganzen Leben kein Kind unanständig angefaßt. Allein die Vorstellung ist widerlich.«

»Heißt das, die Kinder lügen? Jedes einzelne von ihnen?«

Austin hatte seine Selbstsicherheit wieder. »Worin besteht denn die Lüge? Ich bezweifle nicht, daß das, was ihnen passiert ist, der Wahrheit entspricht. Sie haben nur den Falschen identifiziert. Man hat sie manipuliert. Ein Polizist oder jemand, der sich für einen Polizisten ausgibt, zeigt ihnen ein Foto, in manchen Fällen lange nach dem Mißbrauch, und er sagt zu ihnen: ›Das ist doch der Mann, nicht wahr?‹ Du weißt genau, sie würden sofort ja sagen. Und daß sie später, wenn man ihnen mehrere Fotos vorlegt, auch wieder auf das eine Foto zeigen würden.«

»So wie sie auf Chris Davis gezeigt haben.«

»Ja.« Austin kümmerte dieser Vorwurf nicht. »Das war meine Schuld, zugegeben. Als ich herausfand, was sie vorhatten, wollte ich mich schützen. Chris konnte das aber dann nicht durchstehen. Und durch die Verzögerung hattest du Gelegenheit, *mein* Täuschungsmanöver zu durchschauen, aber nicht das meiner Feinde. Ich weiß, du hast das Richtige getan, als du gegen mich Anklage erhoben hast. Ich vertraue dir. Ich weiß, daß du mit denen nicht unter einer Decke steckst.«

Als ich das Kompliment nicht zur Kenntnis nahm, sprach er rasch weiter: »Du weißt doch selbst, wie das bei solchen Fällen ist. Die Mädchen können niemanden identifizieren. Mit ihnen läßt sich nichts beweisen. Der kleine Kevin Pollard ist mittlerweile so unsicher geworden, daß er die Aussage verweigert. Mark, du mußtest drei von vier Fällen abweisen. Siehst du denn nicht, daß diese Fälle allesamt nichts taugen, weil sie konstruiert sind?«

»Aber es gibt noch andere Fälle, wegen denen noch nicht einmal Anklage erhoben wurde.«

»Und die daher noch nicht auf ihre Beweisfähigkeit geprüft sind«, warf Austin rasch ein. »Davon abgesehen, weißt du genau, warum es so viele sind. Wenn die Polizei erst jemanden in der Mangel hat, glaubt sie, sie kann jeden ungeklärten Fall auf diese Weise klären, auch wenn ...«

»Das weiß ich.«

Er sah mich verblüfft an. »Na dann ...?«

»Was hast du an Beweisen im Zusammenhang mit dem Gemeindezentrum?«

»Leider nicht sehr viel«, gestand Austin. »Ich habe das.« Er reichte mir ein mehrmals zusammengefaltetes Stück Papier. »Das ist eine Kopie des ursprünglichen Berichts über die Brandstiftung. Da steht, wie die Leiche gefunden wurde. Der Beamte hat ihn vorbereitet, um zu beweisen, daß er ihn vorlegen würde.«

Das Schriftstück war, wie Austin es beschrieben hatte, ein offizieller Bericht auf einem offiziellen Formular mit einem Datum, das vier Jahre zurücklag. Die Spalte für den Namen des Berichterstatters war leer.

Ich mußte Austin auf den geringen Beweiswert dieses Fetzen Papiers erst gar nicht hinweisen. Jeder hätte sich das leere Formular verschaffen und es ausfüllen können.

»Einen Namen, Austin«, sagte ich geduldig. »Sag mir, wen wir verdächtigen sollen. Wer waren die stillen Anleger?«

Er zuckte mit keiner Wimper. Er sah mich in Erwartung einer Frage höflich an, so als hätte ich nicht gerade gesprochen.

»Verdammt noch mal, du willst von mir die Vertagung eines Prozesses, der in nicht einmal einer Woche stattfinden soll, aber du weigerst dich, mir auch nur den Bruchteil einer Information zu geben. Sag schon.«

»Deshalb brauchen wir doch Zeit«, sagte Austin. Jetzt waren wir ein Team. »Du kannst dir doch vorstellen, wie schwierig es sein wird, diese Geschichte auffliegen zu lassen. Aber ich kenne die Schuldigen. Ich kann sie in die Falle locken, vielleicht sogar einen Handel mit ihnen machen.«

»Eine Verschwörung wie diese läßt man am besten auffliegen«, sagte ich, »indem man die Verschwörer überzeugt, das Komplott stehe kurz seiner Aufdeckung. Indem man einen gegen den anderen ausspielt, indem man sie glauben macht, die anderen wollten sie reinlegen, um sich selbst zu retten. Das ist der Punkt, wo sie zu reden anfangen.«

»Genau«, bestätigte Austin. »Und mit deiner Hilfe würde ich genau das tun.«

Ich überlegte. Ich nahm ihm die Geschichte nicht ab. Aber zu sagen, daß ich ihm überhaupt nicht glaubte, wäre auch nicht richtig. Die Geschichte enthielt Elemente, die einen Sinn ergaben. Aber sie hatte auch eindeutige Schwachpunkte. Ich wies auf einen hin.

»Warum bekomme ich ständig Anrufe von Politikern, die sich für dich einsetzen? Wenn sie, wie du sagst, alle ein Komplott gegen dich schmieden?«

Austin machte eine beiläufige Geste. Das ließ sich leicht beantworten. »Wir verhandeln. Sie haben es geschafft, mich in eine schlechtere Lage zu bringen als ihre eigene, und sie haben mir angeboten, die falschen Anschuldigungen gegen mich aus der Welt zu schaffen, wenn ich im Gegenzug den Mund halte. Sie vermuten, da ich nun ihre Macht am eigenen Leib zu spüren bekomme, werde ich es nicht wagen, ihre Pläne zu durchkreuzen. Außerdem«, fuhr er zügig fort und ließ mich dabei nicht aus den Augen, »nicht daß ich besonderen Wert darauf lege, aber es gibt Leute, die tatsächlich auf meiner Seite stehen. Es weiß ja nicht jeder, der dich angerufen hat, von Pendrake Plaza. Ein paar von diesen Leuten sind alte Freunde von mir, die von meiner Unschuld wirklich und ehrlich überzeugt sind. Und das aus gutem Grund.« Er saß mit verschränkten Händen da und wartete meine nächste Frage ab, bereit, sich ins Verhör nehmen zu lassen.

»Ich will einen Namen, und wenn es nur ein einziger Anleger ist«, sagte ich. »Gib mir einen Anhaltspunkt.« Ich unterbrach die nun folgende Stille, indem ich hinzufügte: »Deiner Glaubwürdigkeit würde das jedenfalls nicht schaden.«

Das Schweigen hielt an. In dem Moment, als ich aufstehen wollte, sagte Austin: »Der Bürgermeister.«

Ich runzelte die Stirn. »Na, das ist ja seltsam. Er hat mich erst diese Woche angerufen, um sich für dich stark zu machen.«

»Weil ich mit ihm gesprochen habe«, erklärte Austin. »Ich habe ihn fast so weit, daß er glaubt, die anderen wollen ihn fallenlassen. Er will für uns Zeit schinden.«

Ich bezweifelte, daß es eine Frage gab, für die Austin keine Antwort parat hatte. Nur zur Übung wollte ich es versuchen.

»Mag sein, daß du die Wahrheit sagst«, begann ich. »Mit einer Ausnahme: Wie bist du in die Geschichte hineingeraten? Es kann ja auch sein, daß du es warst, der das Zentrum in Brand stecken ließ.«

Austin lächelte bloß. »Ich gebe keine Befehle. Wer, glaubst du, würde auf so jemanden wie mich hören? Gelegentlich, das stimmt, mache ich einen Vorschlag. Manchmal werden meine Vorschläge angenommen. Aber meinst du wirklich, ich würde bei meiner Ausbildung ein Verbrechen vorschlagen? Noch dazu ein so offensichtliches und eindeutiges Verbrechen? Nein, in diesem Fall war ich höchstens die Putzfrau. Ich hab nur den Dreck weggeputzt.«

Auch das ergab einen Sinn. Austin hatte keinen Grund gehabt, sich als *stiller* Anleger zu beteiligen. Er bekleidete auch kein öffentliches Amt; er hätte ganz regulär in das Projekt investieren können. Wenn er an dem Komplott mitschuldig gewesen wäre, dann schon viel früher. Er hätte ohne weiteres in aller Öffentlichkeit Anteile erwerben können. Das ließe sich leicht herausfinden.

Ich stand auf. »Ich kann dir jetzt noch keine Antwort geben«, sagte ich. »Du gehst am besten davon aus, daß wir uns nächste Woche vor dem Richter sehen. Aber ich nehme mir diese Sache vor. Sollte ich etwas herausfinden, das deine Geschichte bestätigt, werde ich für den Zeitraum der Ermittlungen einer Vertagung zustimmen. Mehr kann ich dir im Moment nicht sagen.«

»Ich geb dir einen Tip, wo du anfangen kannst«, sagte Austin. »Bei Eliot Quinn.«

Jetzt hatte er mich, ganz wie es seine Absicht gewesen war, aus der Bahn geworfen.

»Eliot? War er ...?«

»Nein, das nicht«, beruhigte mich Austin. »Eliot gehört nicht zum Komplott. Aber er weiß, was passiert ist. Er weiß auch, was die jetzt mit mir vorhaben. Deshalb hat er mir geholfen, Chris Davis vorzuschieben.

Eliot weiß, daß ich unschuldig bin. Frag ihn.«

Er erwiderte meinen Blick mit der Unbefangenheit eines Kindes.

Zweiter Teil

Es liegt im Wesen des Menschen,
sich durch erwiesene Gefälligkeiten
ebenso verpflichtet zu fühlen wie durch solche,
die er empfängt.

Niccolò Machiavelli

XI

»Wenn er die Wahrheit sagt«, meinte Becky, »dann lügen die Kinder.«

Ich hatte Becky die Geschichte sofort erzählt, ohne mir zu überlegen, ob das richtig war. Sie war meine einzige Vertraute. Zwischen uns herrschte zwar immer noch eine gewisse Spannung, aber bei der Arbeit – und wir arbeiteten ständig – drückte sie sich vor allem dadurch aus, daß wir nun eher fähig waren, die Gedanken des anderen zu erraten.

»Und wenn Kevin Pollard gelogen hat«, fügte sie hinzu, »dann ist er der beste Lügner, der mir je untergekommen ist.«

»Ich weiß«, war alles, was ich darauf erwiderte. Becky behielt mich im Auge, als würde ich ihr entgleiten, was ich in gewisser Weise auch tat. Gedanklich kehrte ich in eine Vergangenheit, in eine Welt zurück, in die mir Becky nicht folgen konnte. Diese war von Menschen geprägt, die ihr fremd, für mich aber einst gute Freunde gewesen waren, denen ich blind vertraut hatte.

Becky, die offenbar genau wußte, woran ich dachte, sagte: »Und auch wenn Sie mit Eliot Quinn reden, wie er es vorgeschlagen hat, können Sie Mr. Quinn kein Wort glauben. So leid es mir tut, Mark, aber er sagt nicht die Wahrheit.«

»Ich weiß«, wiederholte ich. Deshalb war ich auch nicht sofort zu Eliot gerannt, nachdem mir Austin seine Geschichte erzählt hatte. Der Gedanke, Eliot die Chance zu geben, mich noch einmal anzulügen, war mir unerträglich. Noch unerträglicher war die Vorstellung, er würde sie nutzen.

»Wir müssen das ja auch nicht jetzt entscheiden,« meinte Becky. »Machen wir Austin den Prozeß, und sehen wir, was dabei herauskommt. Wem die Geschworenen glauben.«

Als ich zögerte, fuhr sie fort: »Ich kann mir nicht vorstellen, daß ihm die Geschworenen dieses Ammenmärchen abnehmen. Die Geschichte ist zu kompliziert.«

»Sie soll ja auch nicht die Geschworenen überzeugen, sondern mich.«

»Und, tut sie das?« fragte Becky. Sie klang neugierig. Sie hatte Austin nicht erlebt und konnte seine Glaubwürdigkeit nicht beurteilen. Oder sie wollte einfach wissen, was ich davon hielt.

»Ich weiß es nicht«, erwiderte ich.

Noch vor einem Monat hätte ich keine Sekunde gezögert und die Geschichte von der Hand gewiesen. Jetzt, aufgrund der Unwahrheiten, die mir Eliot aufgetischt hatte, und des wachsenden Drucks, bekam ich langsam eine Ahnung von jenen stillen Machenschaften. *Das* glaubte ich. Ob Austin jedoch diesen Machenschaften zum Opfer gefallen war, war eine andere Frage.

»Viel Zeit haben Sie nicht mehr, um dahinter zu kommen«, meinte Becky. Wenn Austin tatsächlich reingelegt werden sollte, hatten sich die Verschwörer ein teuflisches Verbrechen dafür ausgesucht. Die Opfer waren Kinder. Es gab kein abscheulicheres Verbrechen, keines, das so dauerhafte Folgen, einen solchen Schmerz verursachte. Andererseits war sexueller Mißbrauch, begangen an Kindern, die denkbar leichteste Anschuldigung, in die man einen Unschuldigen verstricken konnte. Denn Kinder sind leicht zu täuschen. In ihren Augen sind Erwachsene fremde Wesen, die alle gleich aussehen.

»Denken wir nicht mehr daran«, sagte ich zu Becky, als wollte ich das Problem vom Tisch wischen.

Sie gab nicht auf. »Wann sehen Sie ihn?«

»Heute Abend.«

»Guten Abend, Mark. Nett, Sie zu sehen.«

Eine Lüge, die ihm die Höflichkeit abzwang. Ich hatte es Eliot überlassen, einen Treffpunkt zu wählen, und er hatte sich für meine Wohnung entschieden. Ich vermute, Eliot wollte sein eigenes Haus nicht mit der Erinnerung an das Gespräch beschmutzen, das wir führen würden.

»Kommen Sie herein, Eliot. Ich bin froh, daß Sie sich Zeit nehmen konnten. Was darf ich Ihnen anbieten? Mal sehen, ich habe Bourbon, Club ...« – »Haben Sie Tee?« fragte er. Tee bedeutet in Texas Eistee; er konkretisierte seinen Wunsch: »Heißen Tee?«

Ich sah ihn erstaunt an. Er folgte mir mit den Worten in die

Küche: »Mein ganzes Leben lang habe ich unter der Hitze gelitten. Nun ja, wer tut das nicht in diesen Breitengraden? Aber ich fürchte, ich werde alt. Sobald sich die Sonne neigt, beginne ich zu frieren. Ich verstehe jetzt, warum die Pensionisten aus dem Norden den Winter hier verbringen möchten.«

Tatsächlich, Eliot trug einen dreiteiligen Anzug, die Weste bis oben hin zugeknöpft, und einen Hut, den er bereits abgenommen hatte. Seine Eleganz war an der Grenze zur Karikatur. Quer über seinem Bauch lag eine goldene Uhrkette, die er nicht unter der Weste verbarg. Ich kenne Eliot. Er hatte sich diese Kleidung zunächst als eine Art Maskerade angewöhnt; er wollte den ranghohen Politiker im Ruhestand darstellen, der die Zügel nie ganz losgelassen und dreimal mehr Stil hatte als irgendeiner seiner Nachfolger. Sich so anzuziehen, um zu einem privaten Treffen zu kommen, bewies das. Oder meinte er, nur ich sähe ihn in diesem Licht? Früher hatte ich das getan.

Es war sechs Uhr abends, kurz vor Sonnenuntergang. Das schräg einfallende Licht, das einen letzten hellen Streifen über meinen Balkon am Ende des weißen Wohnzimmers warf, war fast verschwunden. Ich ließ den Raum im Halbdunkel, während wir sprachen und darauf warteten, daß das Wasser für seinen Tee kochte. Nach einigen Minuten kehrten wir ins Wohnzimmer zurück. Eliot hielt sich die Tasse direkt unter die Nase, als wollte er den Dampf inhalieren.

»Der einzige meiner Sinne, der mit dem Alter stärker geworden ist«, sagte er.

»Um so besser«, erwiderte ich. »Ich brauche Ihre Nase.« Ich nahm in meinem Lehnstuhl Platz, Eliot setzte sich im rechten Winkel zu mir in die Sofaecke. Dann nahm ich die beiden Fernsteuerungen vom Tisch und schaltete den Fernseher ein; auf dem Videorecorder ging ein rotes Lämpchen an. Eliot sah mir gebannt zu, als würde er in die Wunder der modernen Technik eingeweiht. »Ich kenne keinen Menschen, der eine bessere Spürnase dafür hat, wann jemand lügt. Macht es Ihnen etwas aus, sich das hier anzuschauen und mir dann zu sagen, was Sie davon halten? Es dauert nicht lange.«

»Natürlich nicht.«

Die Dunkelheit war nun vollkommen und verwandelte mein Wohnzimmer in ein Kino. Ich drückte noch einen Knopf, und das Flimmern auf dem Bildschirm wurde durch ein Bild ersetzt, das kurz darauf scharf wurde. Es zeigte einen kleinen Jungen, der in einem riesigen Sessel saß, wodurch er noch kleiner wirkte. Der Junge war Kevin Pollard. Im Hintergrund hörte man Karen Riveras Stimme, die ihn mit der ihr eigenen Behutsamkeit bat, noch einmal zu erzählen, was ihm passiert sei. Kevin gehorchte, zunächst noch emotionslos. Er beschrieb eine Autofahrt, Straßen, die er nicht kannte, und Häuser, die immer seltener wurden. So, wie er sich in seiner Erzählung verlor, verlor er auch das Gefühl für Zeit. Er erlebte alles noch einmal, verwandelte sich von einem beherrschten, ein wenig unangenehm berührten kleinen Jungen in ein Kind, das die Dunkelheit mit all ihren Schrecken ängstigte. Das Auto erreicht sein Ziel, einen finsteren Wald voller Schatten und Bäume, die wie gierige Finger nach ihm greifen. Kevin ist außer sich, läßt sich nicht beruhigen, und der Mann, der ihn hierher gebracht hat, verliert die Geduld. Das Bedürfnis in ihm gewinnt die Oberhand, ist zu stark, um ihn noch sanft mit dem Kind umgehen zu lassen.

Dann schrickt Kevin zusammen, die Erinnerung an den Schmerz und an die Angst sind ihm ins Gesicht geschrieben. Er beginnt zu weinen und hört für den Rest seiner Erzählung nicht mehr damit auf. »Wir fuhren zurück«, sagte er abschließend. »Er sagte dauernd, daß es ihm leid tut. Und dann hat er mir ein Eis gekauft.«

Ich ließ das Band zu Ende laufen, drückte die Stopptaste, spulte es bis zum Anfang zurück, als wäre es ein Prügel, mit dem ich noch einmal ausholen und ein zweites Mal zuschlagen wollte. Dann drehte ich den Fernsehapparat ab. Wir schwiegen beide. Ich starrte auf den schwarzen Bildschirm. Eliot sah ich erst an, als ich mich umwandte, um Licht zu machen. Im Licht der Lampe wirkte er wie ertappt. Sein Gesicht war faltig und zerknittert, es erinnerte mich an Kevin. Eliots Augen waren feucht. Sein Tee war auf dem Tisch kalt geworden.

»Das ist eines von Austins Opfern«, sagte ich überflüssigerweise. »Was meinen Sie? Sagt er die Wahrheit?«

Eliot machte keinerlei Anstalten, seine Tränen wegzuwischen. »Was wollen Sie?« fragte er. Es war die Antwort auf meine Frage.

»Ich möchte Ihnen noch etwas erzählen. Vielleicht können Sie mir auch da sagen, ob man mich angelogen hat. Sie kennen die Geschichte, aber bestimmte Einzelheiten habe ich gestern zum ersten Mal gehört.«

Ich gab ihm eine kurze Beschreibung meiner Begegnung mit Austin, wie Austin ausgesehen hatte, und wiederholte ihm dann, wie es zu den Anschuldigungen gegen Austin gekommen sein sollte. Eliot zeigte kaum eine Reaktion. Ein- oder zweimal machte er mit der Hand eine ungeduldige Geste, um mir zu bedeuten, daß er diesen Teil bereits kenne und ich fortfahren solle. »Deshalb also wurde Austin zum Angeklagten«, schloß ich. »Deshalb wurden Kevin und Tommy angeblich dazu benutzt, diese Beschuldigungen gegen ihn zu erheben. Der Junge, den Sie soeben gesehen haben, hat demnach unrecht, und die Behauptung, er sei von Austin vergewaltigt worden, ist demnach erstunken und erlogen.«

Eliot verriß bei den letzten Worten in einer kaum sichtbaren Bewegung den Kopf, als wolle er sie bestreiten. Ich wartete ab, doch er tat es nicht.

»Also, Eliot. Hat Austin die Wahrheit gesagt?«

Eliot schien mich jedoch gar nicht mehr wahrzunehmen. Gedanklich war er ganz woanders, und es fiel ihm sichtlich schwer, zu mir zurückzukehren. »Über das abgebrannte Zentrum und die Leiche in den Trümmern?« sagte er endlich. »O ja, ich denke, das ist passiert. Mir sind da gewisse Anspielungen zu Ohren gekommen. Das würde sie erklären.«

Ich war überrascht. Die Geschichte stimmte. Ich hatte viel zu tun. Austin würde kooperieren, das war klar. Wenn wir uns beeilten, könnten wir …

»Das ist jedoch nur Tarnung. Mit den Fällen gegen Austin hat das nichts zu tun.«

Eliot war wieder ganz bei der Sache. Er ließ mich nicht aus den Augen.

»Aber Sie haben ihm geholfen, einen Ersatztäter zu finden, der die Strafe auf sich nehmen sollte. Sie haben versucht, ihn zu retten.«

»Ja«, erwiderte Eliot. »Es tut mir leid. Ich werde Sie auch nicht mehr anlügen. Aber ich muß Austin retten. Ich bitte Sie, Mark. Lassen Sie die Anklage gegen ihn fallen.«

Es war lange her, daß Eliot mein Vorgesetzter gewesen war. Er sprach nicht wie jemand, der sich mir gegenüber noch einen Rest von Autorität bewahrt hatte. Es war eine Bitte. Ich sah ihn teilnahmsvoll an, das war aber auch schon alles.

»Dann bieten Sie ihm Bewährung an«, sagte Eliot. »Darauf würde er sich, glaube ich, einlassen. Er weiß, er braucht Hilfe. Er verabscheut sich selbst, für das, was er tut.«

Er wollte noch mehr über Austin sagen, doch ich unterbrach ihn: »Ich kann mich auf gar nichts einlassen, Eliot, ohne den Grund dafür zu kennen. Und ich kann mir beim besten Willen keinen Grund vorstellen, warum er nicht eingesperrt gehört.«

Eliot sah mich an, ließ seinen Blick abschweifen, richtete ihn neuerlich auf mich. Er hatte einen Entschluß gefaßt, aber er haßte sich dafür. Schließlich überwand er sich.

»Ich trage die Schuld für Austin«, sagte er. »Mir sollte der Prozeß gemacht werden, nicht ihm.«

»Keiner der alten Fälle gegen Austin wird neu aufgerollt«, sagte ich. »Er selbst wird sich hüten, sie zur Sprache zu bringen, und ich habe auch keinen Grund, es zu tun. Ich verstehe also nicht, warum Sie genannt werden sollten. Diese Fälle sind neueren Datums.«

Er schüttelte den Kopf. Ich hielt den Mund. Eliot wußte, er mußte mir die Wahrheit sagen oder gehen, und das brachte er nicht fertig.

»Was ich Ihnen jetzt zu sagen habe, fällt mir unbeschreiblich schwer. Kein Mensch hat je davon erfahren«, begann er schließlich. »Niemand weiß davon. Nicht einmal Mamie.«

Ich hatte Eliot schon viele Geschichten erzählen gehört. Er war irischer Abstammung und ein Erzähler aus Leidenschaft, selbst wenn die Geschichte schrecklich war, auch wenn sie ihn selbst betraf. Aber in diesem Moment war keine Spur von Vergnügen zu bemerken. Er sprach zunächst mechanisch, beim Reden darum bemüht, seine eigene Person auszuschalten.

»Während meiner Studienzeit an der juristischen Fakultät war Austins Vater mein bester Freund«, sagte er. »Er hieß Pendleton. Pen und ich hatten uns an der St. Mary's kennengelernt. Wir waren uns überhaupt nicht ähnlich. Ich nahm das Studium sehr ernst, Pen genoß das Leben. Er war ungezwungen, ich hingegen ambitioniert. Daß wir Freunde wurden, war im Grunde ganz natürlich. Für jemanden wie mich war es jedenfalls sehr schmeichelhaft.

Haben Sie Pen eigentlich gekannt?« wollte Eliot plötzlich wissen. »Aber nein. Sie sind ja nur ein paar Jahre älter als Austin, nicht wahr? Und Austin war noch ein kleiner Junge, als ich seinen Vater kannte.

Manchmal ...« Er schüttelte den Kopf. Sein betrübter Blick begann plötzlich zu leuchten. »Pen war ein ganz besonderer Mensch. Ungemein beliebt. Sogar mit den Professoren verstand er sich, als wäre er mit ihnen befreundet und nicht ihr Student. Mein eigenes Ansehen an der Fakultät verdankte ich großteils der Tatsache, daß wir Freunde waren. Pen hatte Geld, und er hatte Beziehungen. Nach dem Studium ging er in eines der traditionsreichsten Privatunternehmen, während ich mich für die Bezirksstaatsanwaltschaft entschied.

Heute scheint das ein so kurzer Abschnitt in meinem Leben gewesen zu sein«, fuhr Eliot fort. Er sah mich scharf an, taxierte mich und ließ dann seinen Blick wieder abschweifen, so als wäre ich gar nicht da. »Man vergißt so leicht. Doch damals schien alles von Dauer zu sein. Pen und ich, die besten Freunde. Wir sahen uns regelmäßig und erzählten einander, wie wir die Welt entdeckten, was sie uns zu bieten hatte. Ich war erst kurz mit Mamie verheiratet. Pen hatte jedoch jung geheiratet und hatte bereits einen kleinen Sohn. Austin«, wiederholte er, jedoch nur für sich. Eliot sprach den Namen so behutsam aus, als hätte er erst in diesem Moment begriffen, daß er wegen dieses kleinen Jungen nun sein Schweigen brach.

»Zu Beginn haben wir viel zusammen unternommen, Pen und seine Frau Julie, Mamie und ich. Wir sahen uns mindestens einmal die Woche zum Abendessen. Dann hörte das auf, ganz plötzlich, und es wurde schwierig, Pen zu erreichen. Ich rief ihn im Büro an, um ihn auf einen Drink einzuladen, doch dort sagte man mir, er sei nicht da, und wenn ich bei ihm zu Hause anrief, war er dort auch nicht.

Es überraschte mich daher nicht besonders, als ich erfuhr, daß er und Julie sich scheiden lassen wollten. Zu dem Zeitpunkt kannten wir uns vier Jahre. Ich nehme an, ich war der beste Freund, den er hatte, und natürlich fühlte ich mich ihm näher als seiner Frau. Aber Mamie und ich waren auch Freunde der Familie. Sein Sohn nannte mich Onkel Eliot.«

Eliot nahm seine Tasse Tee, trank jedoch nicht davon, sondern hielt sie zwischen den Händen, als wollte er sich an der längst kalt gewordenen Tasse wärmen.

»War es eine schwierige Scheidung?« fragte ich.

»Das kann man wohl sagen. Pen kam aus einer sehr wohlhabenden Familie. Julie hatte nichts, aber sie mochte ihr Leben und beabsichtigte nicht, sich eine Arbeit zu suchen. Das Haus in Olmos Park hatten sie von seinen Eltern bekommen; Julie liebte das Haus und jeden Gegenstand in ihm. Seine Eltern dachten sogar daran, sich einzumischen und die alten Familienerbstücke zurückzufordern, die sie dem Paar geschenkt hatten. Natürlich kam mir einiges davon zu Ohren, allerdings immer aus der Sicht von Pen. Wir sahen uns oft zum Mittagessen. Manchmal kam er direkt von einem Treffen mit Julie und ihrem Anwalt und war noch ganz außer sich vor Zorn, beschimpfte sie auf das unflätigste und sagte, er würde dafür sorgen, daß sie keinen Cent erhielt und den Jungen auch nicht.«

»Stritten sie denn auch um das Sorgerecht?« Mir wurde klar, daß ich überhaupt nichts über Austins Eltern wußte. Ich hatte immer angenommen, er stammte aus wohlhabenden Verhältnissen, immerhin war das der Eindruck, den er gemacht hatte, doch der konnte genauso falsch gewesen sein wie so vieles bei Austin. Ich war in einem anderen Stadtteil von San Antonio aufgewachsen. Damals mußte ich ungefähr zehn Jahre alt gewesen sein, es war also kein Wunder, daß ich nichts von all dem wußte. Aber Austin, nur fünf Jahre jünger, war bereits der Mittelpunkt eines Rechtsstreits gewesen.

»Sie stritten um alles«, fuhr Eliot fort. »Die Scheidung wirkte sich monatelang auf unser aller Leben aus. Mamie und ich bemühten uns, neutral zu bleiben, wir trafen uns auch noch ab und zu mit Julie. Wann immer ich die Sprache auf Pen brachte, sagte sie, ich hätte gar nichts verstanden, würde Pen nicht einmal wirklich kennen. Natürlich würde jede enttäuschte Frau so reagieren, aber ich hätte ihr dasselbe sagen können, mit derselben Berechtigung. Manche Menschen führen sozusagen mehrere Leben, die sie deutlich voneinander abgrenzen. Pen war so jemand. Ihn und seine Familie kannte ich gut, aber nachdem er von zu Hause ausgezogen war, wußte ich nicht, wer seine Freunde waren oder wo er seine Abende verbrachte.«

»Und dann?« fragte ich. Eliot sah ruckartig hoch, als hätte ich ihn bei einem Gespräch unterbrochen. Auf meine Frage folgte zunächst Schweigen und wieder Eliots wandernder Blick über den Teppich, die Wände und den schwarzen Bildschirm.

»Eines Tages«, sagte er ruhig, »hörte die Schreierei mit einem Mal auf. Pen verstummte völlig. Er versuchte, sich wieder auf seine Anwaltskanzlei zu konzentrieren. Über die Scheidung sprach er überhaupt nicht mehr. Aber es war klar, daß sie ihm immer noch Tribut abverlangte, denn er sah um Jahre gealtert aus – das heißt, auf einmal war ihm sein Alter anzusehen. Er hatte immer diese Sorglosigkeit ausgestrahlt, wie ein Junge, doch nun war sie wie ausgelöscht. Er begann, nervös zu wirken. Wenn man ihn anredete, schrak er zusammen. Ich fragte ihn immer wieder, was denn los sei, doch er wollte es mir nicht sagen.«

In der Erwartung der eigentlichen Geschichte konnte ich meine Augen nicht von Eliot abwenden. Er hatte sie noch nie jemandem erzählt, nicht einmal seiner Frau. Und nicht, wie ich vermutete, weil er zu Stillschweigen verpflichtet war. Nein, die Geschichte war für Eliot selbst beschämend. Seine Augen, die sich nicht vom Teppich loslösen konnten, bestätigten diese Vermutung.

Er unterbrach sein kurzes Schweigen. »Und eines Tages kam Pen in mein Büro im Gerichtshaus, völlig apathisch, nicht einmal mehr zornig, kaum fähig, sich auf den Beinen zu halten. Er kam geradewegs in mein Büro und schloß die Tür. Ich wollte wissen, was los war, doch zunächst sagte er kein Wort. Er drehte eine Runde durch mein Büro, dann noch eine und noch eine und ließ dabei seine Hand an den Wänden entlangstreifen, als wollte er sehen, wie dick sie waren. Ich dachte, er hat den Verstand verloren. Vielleicht war es auch so.

›Sie will mich ruinieren‹, stieß er endlich hervor. Das waren seine ersten Worte, er hatte mich nicht begrüßt, keine einleitenden Worte gesagt, nichts. Natürlich wußte ich, wen er meinte. Er war völlig verwirrt. Ich versuchte ihn zu beruhigen, sagte, er würde das schon schaffen, er würde mehr Geld verdienen, könnte wieder heiraten, eine neue Familie gründen … Aber Pen schüttelte bloß den Kopf und starrte mich dabei an, als wäre alles, was ich sagte, der reinste Schwachsinn. ›Du weißt ja nicht, was sie aussagen wird‹, sagte er schließlich.

Er saß mir gegenüber und starrte mich bloß an. Ich fragte ihn, wie denn sein Rechtsanwalt über die jüngsten Entwicklungen denke, und Pen meinte, einstweilen wisse noch niemand etwas. Julie habe ihn angerufen, zu Hause, die Nacht zuvor, und ihm gedroht, sollte er nicht aufhören, sie zu bekämpfen.«

»Womit hat sie ihm gedroht?«

Eliot sah zu mir auf. »Genau das habe ich ihn auch gefragt«, sagte er. »Aber Pen wollte mir keine Antwort geben, und da dachte ich mir zum ersten Mal, daß ich es eigentlich gar nicht wissen wollte. Doch dann sagte er: ›Ich brauche deine Hilfe, Eliot.‹ Natürlich war ich bereit, alles zu tun, was in meiner Macht stand. ›Ich muß mit Austin reden‹, sagte er. ›Sie läßt mich momentan nicht in seine Nähe. Aber wenn ich mit Austin sprechen kann, kann ich das wieder in Ordnung bringen. Er macht da nicht mit. Ich muß nur zuerst mit ihm sprechen.‹

›Wobei macht er nicht mit?‹ wollte ich wissen. Er wollte es mir nicht sagen, war sich aber bewußt, daß er es mir sagen mußte, wenn er meine Hilfe wollte. Er stand auf, machte ein paar Schritte durch das Zimmer, und dabei lachte er wie jemand, der kurz davor ist, sich eine Kugel in den Kopf zu jagen, und dann sagte er: ›Sie wird behaupten, ich hätte meinen eigenen Sohn sexuell belästigt.‹«

»Mein Gott«, sagten wir gleichzeitig, ich vor Verblüffung, Eliot, immer noch in seiner Geschichte.

»›Ist sie verrückt geworden?‹ fragte ich. Pen meinte, anders könne er es sich nicht erklären. Sie habe einen Punkt erreicht, wo sie alles sagen würde, nur um ihren Willen durchzusetzen, und etwas Gräßlicheres hätte sie sich nicht ausdenken können. Ich erklärte mich schließlich bereit, ihm zu helfen. Das hätten Sie doch auch getan, Mark, nicht wahr? Können Sie sich eine schlimmere Anschuldigung vorstellen? Und Sie dürfen nicht vergessen, das waren die frühen fünfziger Jahre. Von solchen Sachen war damals noch keine Rede. Ich war – mir standen die Haare zu Berge, allein bei dem Gedanken. Ich konnte es mir nicht anders erklären, als daß Julie krankhaft verrückt geworden war. Das Scheidungsverfahren hatte längst ein Stadium solcher Verbitterung erreicht, war bereits so eskaliert, sie wäre zu allem bereit gewesen. Verstehen Sie, es war mir unmöglich, über die Anschuldigung hinauszudenken. Das war wie Gift. Kaum, daß man es auf den Lippen spürt, spuckt man es aus, so widerlich ist es. Verstehen Sie?«

»Ja«, erwiderte ich, denn das wollte er jetzt unbedingt hören. Ich dachte an Austin.

»Als Pen sah, daß ich keinen Moment an seiner Unschuld zweifelte, keine Sekunde daran glaubte, war er erleichtert und redete dann in einem fort. Er sagte, Austin hätte seit Monaten nur seine Mutter gesehen, und es sei wohl klar, womit sie seinen Kopf angefüllt haben mußte. Keine Frage, was sie ihm alles eingeredet hatte. Ich meinte, er solle es darauf ankommen lassen, niemand würde ihr diese wahnwitzige Anschuldigung abnehmen. Aber Pen hatte sich in den Kopf gesetzt, Austin aus der Geschichte rauszuhalten, unter allen Umständen. Sollte es Julie gelingen, Austin so weit zu bringen, daß er für sie log, wäre sein ganzes Leben verpfuscht. Austins Leben. Verstehen Sie? Ihm ging es um das Leben seines Sohnes. Und er sagte noch, daß seine Eltern nichts davon erfahren dürften. Sie hätten ihrem Enkelsohn nie wieder in die Augen schauen können.«

Eliot verfiel neuerlich in Schweigen. Als ich vorhin die Lampe angedreht hatte, schien ihr Licht zunächst furchtbar grell, doch nun lag das Zimmer beinahe im Dunkeln. Durch die Glastüren zu meinem Balkon war außer der nächtlichen Finsternis nichts zu sehen. Da draußen hätten fremde Gestalten herumschleichen, es hätte ein anderes Zeitalter stattfinden können. Eliot und ich waren vollkommen allein, doch schon außerhalb des Lichtkegels der Lampe, nur eine Armlänge von uns entfernt, schienen sich die Geister der Vergangenheit zu versammeln.

»Wozu hat er Sie überredet?« fragte ich.

Ich wollte Eliot damit zu verstehen geben, daß er die Rechtfertigung seiner Handlungsweise auslassen konnte, daß ich auch so verstand. Doch er zuckte zusammen, als hätte ich ihm einen Schlag versetzt.

»Austin von der Schule abzuholen«, sagte er. »Julie hatte an der Schule Anweisung erteilt, Pen nicht in die Nähe des Jungen zu lassen, und er war überzeugt, sie hätte Austin eingeredet, vor ihm davonzulaufen. Aber *ich* konnte Austin von der Schule abholen. Ich war ein Freund der Familie. Ich sagte Pen, daß ich die Idee nicht gut fand, aber er meinte, sein Sohn würde da nicht mitmachen, wenn er nur mit ihm sprechen könnte. Seine Augen hatten einen so tragischen Blick angenommen, ich dachte, er wäre zu allem fähig, wenn ich ihm meine Hilfe verweigerte. Er wiederholte immer wieder, wenn er bloß mit dem Jungen sprechen könnte. Schließlich erklärte ich mich bereit zu helfen.«

»Wie alt war Austin damals?«

»Er war sechs. Erst sechs. Es war im November, er hatte gerade mit der Schule angefangen. An Austin dachte ich damals gar nicht, um ehrlich zu sein. Ich dachte bloß, wie schäbig es von Julie war, ihn auf diese Weise zum Bauernopfer zu machen. Zu Julie hatte ich keinen Kontakt mehr. Ich hatte ganz vergessen, daß ich sie je gekannt hatte, und sah sie nur noch als das, was Pen in seinen Erzählungen aus ihr gemacht hatte: ein böses und berechnendes Weib. Es war beinahe ein Schock, Austin wiederzusehen, ihn vor mir zu sehen als völlig normalen, hübschen kleinen Jungen. Man brachte ihn in das Büro des Direktors. Ich war ja nicht nur ein Freund der Familie, sondern auch der stellvertretende Bezirksstaatsanwalt. Ich hatte ihnen meinen Ausweis gezeigt, gesagt, die Familie stecke in einer Krise, was ja der Wahrheit entsprach, und daß man mich geschickt habe, um den Jungen nach Hause zu bringen. Austin glaubte auch, das sei die Wahrheit, als sie ihn hereinbrachten. Er freute sich sogar, mich zu sehen«, sagte Eliot traurig.

»Wir stiegen in meinen Wagen und fuhren los, und ich sprach mit Austin, so wie ich es immer getan hatte …«

»Welchen Eindruck machte er auf Sie?« fragte ich.

Eliot zuckte mit den Schultern. »Er war ein sechsjähriger Junge. Still und höflich. Ich hatte ihn immer gemocht, mir aber nie viele Gedanken über ihn gemacht. Damals hatte ich selbst noch keine Kinder, und mein Interesse für Kinder hielt sich sehr in Grenzen. An Austin war mir höchstens aufgefallen, daß er unproblematisch war. Man konnte ihn zu einem Abendessen unter Erwachsenen mitnehmen und bemerkte gar nicht, daß er da war. Ich vermute, ich war immer nett zu ihm gewesen. Ich glaube schon, daß er mich mochte.«

Nun begann mich seine Geschichte ebenfalls zu irritieren. Es fiel mir schwer, Eliot anzusehen, meinen Blick auf ihn zu konzentrieren.

»Ein paar Häuserblocks von der Schule entfernt hielt ich den Wagen an, Pen stieg ein und setzte sich neben Austin auf den Rücksitz. Der Junge sagte kein Wort. Er begrüßte seinen Vater nicht einmal. Er rutschte ans äußerste Ende der Sitzbank, direkt hinter mich, so daß ich ihn durch den Rückspiegel nicht mehr sehen konnte. Ich dachte bloß, wie furchtbar, seine Mutter hatte ihn so weit gebracht, daß er sich vor seinem eigenen Vater fürchtete. Pen lächelte bloß und nickte mir durch den Spiegel zu.«

»Wo sind Sie hingefahren?«

»Zu einem Motel. Nicht in ein Hotel, denn da hätten wir an der Rezeption vorbeigehen müssen. Wir fuhren in ein Motel, wo man den Wagen direkt vor der Zimmertür parken konnte. Pen hatte bereits ein Zimmer reserviert. Damals gab es entlang der Autobahn nach Houston jede Menge davon.«

Es gab sie immer noch, doch heute hatte die *Interstate* die Autobahn nach Houston ersetzt und sie zu einer breiten, reparaturbedürftigen Fahrbahn verkommen lassen, deren alte Motels zu wöchentlichen Gebühren kleine Apartments oder Wasserbetten und Pornofilme anboten. Ich konnte mir kaum vorstellen, daß diese elenden alten Absteigen einst neu und einladend gewesen waren.

»Wir gingen in das Zimmer, alle drei. Austin hielt sich so weit wie möglich von seinem Vater fern. Aber von mir zog er sich auch zurück. Ich sprach mit ihm in aller Ruhe, sagte ihm, er hätte nichts zu befürchten, doch er sah mich nicht einmal an. Pen hatte die ganze Zeit kein Wort gesagt. Er hatte seinen Mantel ausgezogen und über eine Stuhllehne geworfen und saß auf dem einzigen Bett im Zimmer. Nach ein paar Minuten sagte er: ›Eliot, sei so gut, und laß uns allein. Austin und ich müssen miteinander reden.‹«

»Und das taten Sie«, sagte ich nach einer langen Pause.

»Austin sah mich an«, fuhr Eliot in heiserem Ton fort, doch er nahm sich nicht die Zeit, um sich zu räuspern, sondern sprach hastig weiter. »Er hatte bis dahin keinen von uns angesehen, aber als sein Vater sagte, ich solle hinausgehen, klammerte er sich mit seinen Augen an mich, o Gott, ich konnte es richtig spüren, wie er mich festhalten wollte. Seine Augen schwammen in Tränen. Sein Gesicht war schneeweiß, so weiß, es war fast durchsichtig. Mein Gott, Mark, ich sah ihn an und ich dachte – ich glaubte immer noch nicht, daß es wahr war, ich konnte mir einfach nicht vorstellen, daß Pen – sehen Sie, ich dachte, ich dachte, mein Gott, die Frau hat den Jungen hypnotisiert.«

»Sie sind doch nicht aus dem Zimmer gegangen?« Das platzte aus mir heraus, ich wollte es gar nicht sagen, doch in meinem Kopf schrie es: *Sie sind doch nicht aus dem Zimmer gegangen und haben das Kind mit seinem Vater allein gelassen?*

»Ich sagte …«, Eliots Stimme war nur noch ein Flüstern, so wie sie ihm damals, vor fast fünfunddreißig Jahren in dem Zimmer an der

Autobahn nach Houston, versagt haben mußte. »Ich sagte, daß ich besser bleiben sollte, nur für den Fall, daß irgend jemand versuchen würde, die Geschichte später zu verdrehen. Doch Pen lächelte bloß. Er hatte seine Fassung wieder gefunden, so vollständig, daß man meinen konnte, ich hätte ihm eine Medizin eingeflößt. Er sagte: ›Das wird nicht notwendig sein, alter Kumpel.‹

Und ich hatte nicht die Kraft«, fuhr Eliot fort. »Ich hatte nicht die Kraft, im Zimmer zu bleiben und ihm zu zeigen, daß ich die Wahrheit ahnte, daß in mir der Verdacht wuchs, er wäre zu etwas so Unnatürlichem fähig. Er war doch mein Freund. Ich war ihm Loyalität schuldig. Ich riß mich von dem verzweifelt starren Blick seines Sohns los und ging hinaus. Ich sagte, ich würde in der Nähe bleiben und ließ die Tür einen Spalt offen, doch sie wurde hinter mir geschlossen.

»Ich ging dann vor der Tür auf und ab und machte mich durch Geräusche bemerkbar. Ich ging um den gesamten Motelblock herum zum rückwärtigen Fenster des Zimmers, doch da war nur das Fenster zum Bad, eine Milchglasscheibe. Es war einen Spalt offen. Ich konnte den Jungen weinen hören. Und dann hörte ich Pen sagen: ›Komm, Kleiner, gib Papa einen Kuß.‹«

»Und weiter«, sagte ich in einem viel härteren Ton, als ich beabsichtigt hatte.

»Ich rannte zurück und klopfte an die Tür und ging hinein. Es war nichts geschehen, Mark, davon bin ich überzeugt. Pen hatte seine Krawatte abgenommen, aber davon abgesehen war er vollständig angezogen, und der Junge hatte immer noch seine Jacke an. Es lag auch nichts – in der Luft, Sie wissen, was ich meine. Pen lächelte bloß.

Aber Austin weigerte sich, mich anzusehen. Er rannte auch nicht zur Tür, als ich hereinkam. Ich war nicht sein Retter, ich war sein Entführer. Ich hatte mich auch gegen ihn verschworen.«

»Aber es war nichts geschehen«, war alles, was ich sagen konnte.

Eliot sah mir endlich in die Augen. »Etwas ganz Entscheidendes war passiert. Mit meiner Hilfe hatte Pen dem Kind gezeigt, daß es keinen Ort auf der Welt gab, wo es sich vor ihm verstecken konnte. Egal, bei wem er Schutz suchte, egal, wem er sich anvertraute, sein Vater würde ihn immer finden.«

Eliot schwieg. Die Beichte war vorüber. »Was geschah dann?« fragte ich.

Er richtete sich im Sofa auf. »Julie zog ihre Drohung zurück. Sie können sich vorstellen, warum.«

Weil sie sich auf die Aussage ihres sechsjährigen Sohnes nicht mehr verlassen konnte. Dafür hatte Pendleton Paley gesorgt, mit der Hilfe meines alten Vorgesetzten Eliot. Austin hätte es nicht mehr gewagt, seinen Vater zu beschuldigen, nachdem er erfahren hatte, daß er sich in der Erwachsenenwelt auf niemanden verlassen konnte, daß ihn niemand beschützen und ihm niemand mehr glauben würde.

»Danach wurde die Scheidung außergerichtlich vollzogen. Beide Seiten hatten ihre Forderungen gemäßigt. Alle beruhigten sich.«

»Besuchsrecht?« fragte ich. Mir war Eliots heiserer Ton nicht entgangen.

»Das Übliche«, sagte er mit starrem Blick. »Jedes zweite Wochenende, manchmal in den Schulferien. Mir kam noch zu Ohren, daß Julie, so weit das ging, dafür sorgte, daß er nicht zu Pen mußte und statt dessen zu seinen Großeltern fuhr. Und daß Pen sich nicht quergelegt hat. Aber ich verlor dann den Kontakt. Ich wollte nicht – etwas ...« Er zuckte mit den Schultern. »Austin sah ich erst wieder, als er seinen College-Abschluß gerade hinter sich hatte. Er benötigte eine Empfehlung für die juristische Fakultät. Ich war damals schon Bezirksstaatsanwalt, und er kam zu mir. Sie wissen ja selbst, wie Austin ist, immer liebenswürdig, übertrieben höflich. So benahm er sich auch damals schon, aber als ich ihm die Hand hinhielt, wandte er sich ab, um die Bilder an der Wand zu betrachten, und kurz bevor er ging, sah er mir völlig ungerührt in die Augen und sagte: ›Es war wahr.‹ Das war alles, mehr sagte er nicht. Dann lächelte er noch und nickte und ging hinaus. Ich gab ihm natürlich meine Empfehlung und besorgte ihm noch andere.«

Aber er kam wegen einer Empfehlung, dachte ich. *Er ließ es nicht zu, daß Sie ihm die Hand gaben, aber er nutzte den Kontakt.*

»Und sein Vater?« fragte ich. Hätte Pendleton Paley noch eine Anwaltskanzlei in San Antonio, wüßte ich es. Sogar vor zwanzig Jahren, als Austin noch an der Fakultät studierte und ich gerade in den Stab von Eliot aufgenommen wurde, hätte ich von ihm gehört.

»Schon lange tot«, antwortete Eliot. »Er starb nur wenige Jahre später. Ich sah ihn dann nur noch selten. Im Grunde meines Herzens empfand ich Erleichterung, als ich hörte ...«

»Wie?«

»Durch eigene Hand«, sagte Eliot. Eine altmodische Wendung, die mich daran erinnerte, wie alt Eliot war. Wie alt die Geschichte war. »Er hinterließ keine Abschiedsworte, doch allein der Umstand, daß er Selbstmord begangen hatte, bestätigte meinen Verdacht.«

Ich stand auf, ging steif im dunklen Zimmer auf und ab. »Hat Austins Mutter denn nicht versucht, Hilfe für ihn zu bekommen?« fragte ich.

Eliot machte eine gequälte Miene. »Damals ging kein Mensch zum Kinderpsychologen. Niemand spezialisierte sich auf solche Fälle. Niemand wollte sich eingestehen, daß diese Dinge passierten.«

»Mit Austin haben Sie nie darüber gesprochen«, vermutete ich. Eliots Blick gab mir zu verstehen, daß sich diese Frage erübrigte.

»Aber Sie wollten es wiedergutmachen.«

»Natürlich habe ich seine Laufbahn mitverfolgt«, sagte Eliot. »Als er sein Jurastudium abschloß, hätte ich ihm einen Job gegeben, aber er bemühte sich nicht darum. Er versuchte nicht, von der Sache zu profitieren. Aber ich tat für ihn, was ich konnte. Ich stellte ihn den Richtern vor, sorgte dafür, daß er Fälle erhielt.«

Nachdem Austin Strafverteidiger geworden war, wäre Eliot, der Bezirksstaatsanwalt, in der Position gewesen, ihm eine Fülle von Gefälligkeiten zu erweisen. »Sie halfen ihm ein bißchen aus«, schlug ich vor.

»Ein- oder zweimal«, erwiderte Eliot. »Bei ein paar unwichtigen Fällen machte ich es ihm, sagen wir, etwas leichter. Zu Beginn seiner Karriere war das für sein Selbstvertrauen wichtig. Kleine Fälle, die niemanden wirklich interessierten.«

Während er ansonsten zu Beginn seiner Amtszeit alles daran gesetzt hatte, den damals noch herrschenden Filz an Gefälligkeiten und Begünstigungen ein für allemal abzuschaffen, hatte er sich gleichzeitig seinen eigenen Günstling gezogen. Diese besondere Aura, die Austin Paley immer umgeben hatte, wurde auf einmal verständlich. Ich bin sicher, Eliot hatte sich nicht oft für ihn eingesetzt – das hätte sich zu mir rumgesprochen –, aber jene seltenen, kleinen Gefälligkeiten hatten Austins Selbstwertgefühl eindeutig gestärkt. Ich erinnerte mich nun, daß er im Grunde nie so in Eile war wie alle anderen. Kein Wunder, auf ihn wartete man.

»Und später bat er Sie dann um Ihre Hilfe.«

»Ein- oder zweimal«, wiederholte Eliot. »Es war nichts Schlimmes, Mark. Ein wenig mehr Beachtung, wenn er einen besonderen Mandanten vertrat. Einfach dafür zu sorgen, daß ein Fall genauer untersucht wurde.«

Das hieß, einen Fall mit der Genauigkeit untersuchen, der nur wenige standhielten. Die Machtbefugnis ausüben, die den Richtern und Geschworenen und sonst niemandem vorbehalten ist.

»Bis eines Tages«, gab ich ihm das Stichwort.

Ich glaube nicht, daß Eliot beabsichtigt hatte, mir noch mehr zu sagen. Wahrscheinlich hatte er gedacht, seine Geschichte sei Erklärung genug und ich wüßte nun, was mit den vorliegenden Fällen zu tun sei. Jede weitere Erklärung würde sie nur noch schäbiger machen, Gefahr laufen, auf eine ordinäre Ebene abzusinken, wo von Gefälligkeiten die Rede wäre, die sich irgendwann so häuften, daß man sich dem Empfänger mit Haut und Haaren ausgeliefert hatte.

»Eines Tages kam er zu mir, weil man ihn verhaftet hatte«, sagte Eliot, nachdem er hörbar Atem geholt hatte. »Wegen Unzucht mit einem Minderjährigen. Ich habe Ihnen, glaube ich, schon vorhin erklärt, daß wir – daß diese Fälle damals nicht so ernst genommen wurden wie heute. Ich stellte Ermittlungen an, fand heraus, daß das Kind keine Verletzungen erlitten hatte. Der Junge war nie in Gefahr gewesen. Es handelte sich um nicht viel mehr als Berührungen. Ich bezweifle, daß es überhaupt zu einer Verurteilung gekommen wäre. Aber eine Anklageerhebung hätte genügt, um Austin zu ruinieren. Er kam zu mir und weinte. Er weinte wie ein Baby, schwor Stein und Bein, sich in Zukunft zu beherrschen. Er hatte eine so schreckliche Angst, ich war überzeugt, er würde es nie wieder tun.

Und er berief sich auch nicht darauf, daß ich ihm etwas schuldig war. Die Tatsache, daß ich wußte, warum er so geworden war, wurde kein einziges Mal erwähnt. Er stellte keinerlei Forderung an mich.«

Ich wollte den Ton nicht hören, der sich in Eliots Stimme geschlichen hatte. Am liebsten hätte ich ihm bedeutet, mich mit seinen Rechtfertigungen, seiner stillschweigenden Bitte um Verständnis gefälligst zu verschonen.

Eliot sah wahrscheinlich ein, in welche Lage er mich versetzte, oder er war sich plötzlich seiner eigenen Stimme bewußt geworden. »Ich ließ den Fall verschwinden«, schloß er nüchtern. »Ich unterzeichnete die Einstellung selbst, veranlaßte also niemand anderen, es an meiner Stelle zu tun.«

»Und als es dann wieder geschah«, sagte ich, »konnte Austin bereits auf sich selbst aufpassen.«

»Er bat mich nie wieder um Hilfe«, bestätigte Eliot.

Das war jetzt nur noch abschließendes Gerede, ein Umgehen der eigentlichen Frage, der Bitte, mit der Eliot seine Erzählung eingeleitet hatte, die ihn zu seiner Beichte veranlaßt hatte. Zu verstehen bedeutet zu verzeihen, und als Bezirksstaatsanwalt war ich der einzige Mensch, der Austin Paley tatsächlich verzeihen und ihn somit schonen konnte.

Ich fragte mich, ob sich Eliot bewußt war – denn beabsichtigt hatte er es sicher nicht –, daß seine Bitte, Austin zu schonen, gleichzeitig die Bitte enthielt, auch ihn, Eliot, zu schonen. Denn die Geschichte über Austin und seinen Vater würde bei der Bemessung der Strafe, falls es überhaupt so weit kam, mit Sicherheit erwähnt werden. Und Teil der Geschichte war, daß es dem Bezirksstaatsanwalt vom Bezirk Bexar – damals war Eliot zwar noch nicht im Amt, aber jeder würde ihn nur als solchen in Erinnerung haben –, dem zähesten Bezirksstaatsanwalt aller Zeiten, nicht gelungen war, den kleinen Austin zu beschützen. Und in der Folge hatte es derselbe Bezirksstaatsanwalt während seiner gesamten Amtszeit zu verhindern gewußt, daß gegen den erwachsenen Austin, der nun selbst kleine Kinder mißbrauchte, Anklage erhoben wurde. Eliot würde dadurch den Menschen völlig anders im Gedächtnis bleiben. Meine Einstellung ihm gegenüber war bereits eine andere, und Eliot wußte das. Er wußte es spätestens seit der Frage, mit der ich kurz zuvor, ohne es zu wollen, herausgeplatzt war. Als er ging, reichte er mir nicht die Hand. Und ich zwang ihn nicht, seine Bitte zu wiederholen. Sie stellte mich vor eine schwierige Aufgabe.

»Eliot«, sagte ich. »Ich denke darüber nach.«

Das tat ich dann die ganze Nacht, mit kurzen, durch den Schlaf bedingten Unterbrechungen. Sobald ich erwachte, war ich sofort wieder mitten in imaginären Gesprächen: »Was wollen Sie von mir, Eliot? Soll ich ihn loslassen, damit er sich über die Kinder dieser Stadt hermacht, damit er tun und lassen kann, was er will? Ich hasse ihn doch nicht, ich will ihm nicht weh tun. Aber sagen Sie mir, wie ich die Kinder schützen kann, und ich werde es tun.«

Oder ich erwachte und sah mich als kleinen Jungen, mutterseelenallein in der Dunkelheit, auf jedes Geräusch lauschend, kurz davor in Tränen auszubrechen, das dünne Laken mit den Händen so fest haltend, daß es Gefahr lief zu zerreißen.

Als es endlich Morgen war, quälte ich mich nicht mehr mit dem Problem. Jede Lösung schien die falsche, aber der Kampf in mir hatte aufgehört. Als erstes rief ich Janet McLaren an.

Es war noch sehr früh, dennoch wurde mir mitgeteilt, sie sei bereits außer Haus, und als sie mich schließlich von ihrem Büro zurückrief, sagte sie, sie könne zwar nicht weg, habe aber zwischen zwei Terminen Zeit für mich.

Ihr Büro befand sich in einem zwölfstöckigen Gebäude im Nordwesten der Stadt, gleich beim städtischen Krankenhaus. Aus dem Zentrum kommend, fühlte ich mich in eine andere Welt versetzt, eine viel modernere als meine, wo man die Probleme Dreck und Armut längst behoben hatte. Doch dann, in Janets Wartezimmer, sah ich ein kleines Mädchen, vielleicht fünf oder sechs Jahre alt, in Jeans und eng an eine Frau gedrückt, die in dem Bruchteil einer Sekunde, bevor ich wegschauen konnte, einen wütenden Blick auf mich abschoß. Ich wandte mich verlegen an die Empfangsdame, die mich sofort einließ. Der kurze Korridor hatte die klinische Atmosphäre einer Arztpraxis, nur die Gerüche waren anders. Es roch nach Büchern, Papier und dem Fichtennadelreiniger, mit dem die Putztruppe in der Nacht zuvor den Linoleumboden geschrubbt hatte.

In Dr. McLarens Büro herrschte ein angenehmes Durcheinander; an der Wand hingen zwischen bunten und sehr ins Detail gehenden Abbildungen verschiedener Pflanzen gerahmte Diplome, und die schweren, dunklen Bände in den Bücherregalen wurden von bekanten Stofftieren gestützt. Janet saß hinter ihrem Schreibtisch, vor ihr lag ein Aktenordner, doch sie hatte die Augen geschlossen. Sie trank schwarzen Kaffee, als hätte ihn ihr der Arzt verschrieben. Als sie die Augen wieder öffnete, lächelte sie müde.

»Hallo, Mark. Es tut mir leid, daß wir uns nicht zum Frühstück sehen konnten, aber ich mußte heute morgen sofort hierher. Jemand hat eine schlimme Nacht gehabt.«

»Das waren nicht zufällig Sie?«

»Danke für das Kompliment. Als Kinderpsychiaterin sollte ich es eigentlich besser wissen und nicht die halbe Nacht aufbleiben, um mir einen dämlichen alten Film im Fernsehen anzusehen, wenn meine Patienten von Alpträumen gequält werden und weinend aufwachen.«

»Welcher Film war es denn?«

Sie zog eine Grimasse. »*Mrs. Muir und das Gespenst*. Allerdings, wenn ich ehrlich bin, haben Sie selbst ein bißchen was von einem Gespenst.«

Ich ließ mich in einen Stuhl fallen. »Meine Nacht war auch nicht gerade die beste.«

Sie sah mich an. »Erzählen Sie mir, was Ihnen am Herzen liegt. Ich habe exakt eine Minute und achtundvierzig Sekunden Zeit.«

Also beeilte ich mich. »Ich wollte eigentlich nur wissen, wieviel Sie mit Ihrer Arbeit eigentlich ausrichten.« Ich zeigte mit einer Handbewegung auf die Gegenstände in ihrem Büro. »Nehmen wir zum Beispiel Tommy. Glauben Sie, daß Sie bei Tommy eine Kehrtwendung schaffen, daß Sie ihm helfen können, wieder normal zu werden?«

Sie korrigierte nicht einmal das Wort. Sie sagte: »Die Psychiatrie hat nichts mit Wahrsagerei zu tun. Ich weiß, daß ich Tommy helfen kann. Was ich nicht weiß, ist, wie weit ich ihm helfen kann.«

»Was würde geschehen, wenn Sie nicht bereits damit begonnen hätten. Wenn er erst Jahre später in Behandlung käme?«

Die Müdigkeit war aus Janets dunkel umrandeten Augen gewichen. »Wie viele Jahre?«

»Ein Mann um die vierzig, der als kleiner Junge mißbraucht wurde, der selber seit zwanzig Jahren kleine Kinder belästigt, vielleicht sogar länger?«

Janet sah mich eindringlich an. Offenbar setzte sie jedes neue Detail, das ich ihr gab, in ihr eigenes Denkmuster ein. Sie hatte erkannt, daß ich von einem konkreten Fall sprach.

»So ein Mann«, sagte sie langsam, »der sein ganzes Leben darauf aufgebaut hat, Macht über Kinder zu haben, der seine Werte erst im fortgeschrittenen Alter in Frage stellt – ich weiß es nicht. Wenn er sich ändern wollte ...«

»Was, wenn er gezwungen wäre, sich einer Therapie zu unterziehen, wenn er nicht freiwillig in Behandlung käme?«

Sie sah mich bloß an. Dieser Einwurf bewies ihr, daß ich verstanden hatte, wie wichtig dieses Detail war. Nach einigen Sekunden holte sie tief Luft und sagte: »Wie würden Sie reagieren, wenn man Sie zwingt, bei mir eine Therapie zu machen, damit Sie sich nicht länger zu Frauen sexuell hingezogen fühlen?«

Wir stellten uns gegenseitig Fragen, die keiner Antwort bedurften, die bereits die Antwort *waren*. »Aber ich ...«, setzte ich an.

»Sagen Sie mir jetzt ja nicht, daß Ihre Orientierung doch normal und seine pervertiert ist und sich dadurch auch leichter ändern ließe. Sexualität und sexuelle Bedürfnisse kennen keine Konventionen.«

»Das wollte ich gar nicht sagen. Ich wollte sagen, daß ich ihm helfen möchte.«

Janet sah mich mit dem mitleidigen Blick einer Mutter an, deren vierjähriger Sohn bei der Reparatur des Autos helfen möchte. »Wenn wir von Ihrer Tätigkeit ausgehen«, meinte sie, »sind die einzigen, denen Sie helfen können, die Tommys, die noch nicht passiert sind.«

»Sie meinen, ich soll diesen hier einsperren, damit er niemandem mehr weh tut. Aber angenommen, wir reden *tatsächlich* über Tommy? Nicht jetzt, aber in zwanzig Jahren?«

Sie hatte den ganzen Tag mit Kindern zu tun, das hatte sie jedoch nicht verweichlicht. Janet war härter als ich. »Dann würde ich dasselbe sagen.«

Sie stand auf. »So. Mehr Zeit habe ich nicht. Kommen Sie zu Mittag wieder. Ich lade Sie auf ein Thunfischsandwich aus dem Automaten ein.« Auf dem Weg nach draußen faßte sie mich an der Schulter und drückte fest zu. Das half mir einen Moment lang, mich besser zu fühlen.

Sie hatte mir einen klaren Auftrag erteilt, den einzigen, den ich erfüllen konnte. Es war eine undankbare Aufgabe, Fürsprecher von Opfern zu sein, die es noch gar nicht gab. Als ich versuchte, mir eine Vorstellung von ihnen zu machen, fiel mir der kleine Austin ein, allein im dunklen Zimmer, angestrengt lauschend, ob im Haus alle schliefen oder ob das kleine Geräusch, das er gerade gehört hatte, Schritte waren. Sein Entsetzen ist unerträglich, weil er weiß, daß ihm niemand helfen wird. Er kann nicht nach seinem leiblichen Beschützer schreien, denn die Schritte in der Dunkelheit, die sich seinem Zimmer nähern und ihn fast wahnsinnig werden lassen, sind die seines Daddys.

Aber gerade Austin konnte ich mir nicht als diesen Jungen vorstellen. Er war aus dieser Hilflosigkeit als Mann hervorgegangen, der nach Macht gierte, dessen gesamtes Wesen von dem Bedürfnis danach besessen war. Allerdings vergegenwärtigen konnte ich mir den Austin, den ich heute kannte, wie er sich als Voraussetzung für die Bewährung einer Therapie unterzog: eifrig bemüht zu lernen, zu gestehen, sich zu verändern; wie er den Therapeuten um den kleinen Finger wickelte, charmant wie eh und je, doch insgeheim, hinter seinen Tränen und Beteuerungen, völlig unverändert, ein Mann, der andere ohne Rücksicht auf Verluste beherrschen würde und der in allen Kindern dieser Welt Wesen sah, die es zu erobern galt.

Es war keine Frage von Schuld. Wenn jemandem die Schuld zu geben war, dann Austins Vater, der jedoch wiederum seine eigene Erklärung hätte, warum er so geworden war. Er war lange tot, doch der Schaden, den er angerichtet hatte, lebte weiter. Schmerz lebt fort wie ein Funksignal, das ununterbrochen und in immer entferntere Bereiche weitergesendet wird, und das, lange nachdem der Sender nicht mehr in Betrieb ist.

In diesem Moment empfand ich mehr Mitleid für Austin als je für einen Menschen zuvor, doch ich konnte ihm nicht helfen. Daß er selbst ein Opfer war, änderte nichts an der Tatsache, daß er zum Täter geworden war. Und ich war der einzige, der ihn aufhalten konnte. Wenn mir das nicht gelang, wenn Austin trotz aller mir zur Verfügung stehenden Mittel ungeschoren davonkam, würde er in der Überzeugung, unverwundbar zu sein, in die Welt hinausgehen.

XII

Ich war Eliot eine persönliche Antwort schuldig. Obwohl es noch früh am Nachmittag war, sagte man mir in seinem Büro, er habe sich für den Rest des Tages frei genommen. Von Mamie erfuhr ich, ja, er sei zu Hause und stehe ihr im Weg. Ich sagte, ich würde vorbeischauen.

Eliot und Mamie lebten schon seit Ewigkeiten in Olmos Park, einem altehrwürdigen, teuren Wohnviertel, auch wenn ihr Haus eines der bescheidensten war. Es war aus Stein, einstöckig und keineswegs groß. Als ihre drei Kinder im Teenageralter waren, mußte es buchstäblich aus den Nähten geplatzt sein. Jetzt sah es wie Großmutters Zweitwohnsitz aus, umgeben von Blumenbeeten und mit einem Herbstlaubkranz an der dunkel gestrichenen Eingangstür. Als mir Eliot in offener Weste mit der Pfeife in der Hand die Tür öffnete, erinnerte er durch das Haus ein wenig an ein Wichtelmännchen.

»Kommen Sie herein«, sagte er freundlich, und Mamie, die hinter ihm das Vorzimmer durchquerte, rief mich ebenfalls herein.

»Ich habe nicht viel Zeit. Können Sie vielleicht herauskommen?«

Als er durch die Tür ins Freie trat, veränderte sich sein ganzes Wesen. Er ließ die Pfeife zurück, und sein Gesicht wurde verschlossen und wachsam.

»Ich habe seinen Anwalt bereits informiert, aber Sie sollten es auch wissen. Austins Prozeß findet, wie geplant, Montag früh statt.«

Eliot wartete ab. Er reagierte mit keiner Miene und wirkte dadurch hart.

»Ich kann das Risiko nicht eingehen, Eliot. Meine Experten sagen, jemand wie Austin wird sich nie ändern. Er wird sein Leben lang für Kinder eine Bedrohung sein. Ich kann unmöglich ...« *Meine Pflicht vernachlässigen*, lag mir bereits auf der Zunge, aber das hätte so geklungen, als wollte ich Eliot kritisieren.

»Er trägt keine Schuld«, erwiderte Eliot leise, seine Stimme hatte jedoch nicht mehr diesen bittenden Tonfall wie bei mir zu Hause. Es hörte sich an, als gebe er *mir* eine letzte Chance. Ich verstand das nicht, aber sein Ton hielt mich davon ab, mich zu rechtfertigen. Eliot wollte fortfahren: »Er war doch noch ein Kind ...«

»Ja, aber heute ist er ein erwachsener Mann. Er ist für seine Taten verantwortlich. Dem muß ein Ende gesetzt werden. Es kann nicht so sein, daß jeder nur Opfer ist. Es muß auch einen Schurken geben.«

Eliots Stimme war unverändert ruhig und hart. »Ich habe Ihnen doch gesagt, mit einer Therapie ...«

»Eine Therapie hätte keinen Sinn mehr. Er will sich nicht ändern, er will bloß ungestraft davonkommen. Und das, solange es geht.« Eliot entgegnete nichts. Plötzlich fühlte ich mich völlig kraftlos: »Es tut mir leid, Eliot«, sagte ich noch und wollte gehen.

»Mir auch, Mark.«

Beim Ton seiner Stimme blieb ich wie angewurzelt stehen. Das mußte er beabsichtigt haben. Ich wartete auf seine Erklärung. Er sah mich eindringlich an.

»Ich werde ihn bei der Verhandlung vertreten«, sagte Eliot.

Hätte er mir ins Gesicht geschlagen, ich wäre nicht sprachloser gewesen. Ich weiß nicht, ob Eliot meinte, mir noch eine Erklärung schuldig zu sein, oder ob meine völlig verstörte Miene ihn dazu veranlaßte, jedenfalls fuhr er fort: »Austin hat mich darum gebeten, und ich habe mich einverstanden erklärt. Ich hasse den Gedanken, Ihr Prozeßgegner zu sein, und mir ist klar, wie sich das auf Ihre Chancen für die Wiederwahl auswirken wird. Aber ich schulde dem Jungen so viel mehr.

Und noch etwas, Mark«, er hielt meinen Arm fest. »Er ist unschuldig. Ich wünsche, ich könnte es Ihnen beweisen, aber ...«

Doch von nun an waren wir Gegner.

Im Justizzentrum angekommen, begab ich mich sofort in das Büro von Jack Pfister. Er und ein anderer Ermittlungsbeamter saßen an einem kleinen Schreibmaschinentisch und spielten Karten. Als ich den Raum betrat, wirbelte der andere Beamte herum und widmete sich eifrig irgendwelchem Papierkram auf seinem Tisch, doch Jack sah mir bloß mit erhobener Braue entgegen.

»Haben Sie eigentlich herausgefunden, was aus Chris Davis geworden ist?« fragte ich ihn.

»Wie vom Erdboden verschwunden«, sagte Jack.

Wir wußten von einer Leiche in Austins Vergangenheit. Er behauptete, nichts damit zu tun zu haben, aber er behauptete eine Menge.

»Schicken Sie einen Ihrer Leute in Tommy Algrens Schule«, sagte ich. »Er darf ihn keine Sekunde aus den Augen lassen.«

»Schon erledigt«, meinte Jack.

Ich sah ihn neugierig an. »Warum so nervös?« wollte ich wissen.

»Reine Vorsicht. Außerdem dachte ich, ich stehe das mit Ihnen durch.«

»Nicht nötig«, erwiderte ich. »Trotzdem danke.«

Er ging achselzuckend darüber hinweg.

»Was könnte er sonst noch versuchen?«, fragte ich Becky Schirhart eine Stunde später. Ich saß zusammengekrümmt in dem unbequemen Besucherstuhl vor ihrem Schreibtisch und spürte, wie mir die Enge ihres Büros Beklemmungen verursachte. Die Rede war von Austin, doch in Gedanken war ich bei Eliot. Darauf zielte Beckys Antwort ab.

»Er könnte Sie so sehr mit anderen Dingen ablenken, daß Sie sich auf den Prozeß nicht richtig konzentrieren.«

Sie sprach mit mir auf diese schonende persönliche Weise, mit der ein Freund dem anderen zu verstehen gibt, er führe sich wie ein Idiot auf.

»Haben Sie ihn jemals in einem Prozeß erlebt?« Sie schüttelte verneinend den Kopf. »Er ist der Beste, Becky. Er hat mir alles beigebracht, was man als Staatsanwalt wissen muß. Und dabei habe ich nicht einmal annähernd alles gelernt, was *er* weiß.«

»Aber diesmal übernimmt er die Verteidigung. Und sein Mandant ist schuldig.« Ich nickte, doch Becky sah, daß das nichts zu bedeuten hatte. »Er ist bloß ein Anwalt, und ein ungeübter noch dazu.«

»Glauben Sie das ja nicht. Zu Beginn wird er sich so verhalten, aber wehe, wenn er eine Schwachstelle entdeckt.«

»Worauf wollen Sie hinaus?« fragte sie.

»Ich muß hier weg. Sie auch. Wir sind bereit. Machen Sie sich ein schönes Wochenende, und denken Sie so wenig wie möglich über den Fall nach.«

Sie lachte.

»Ich weiß«, sagte ich und berührte ihren Arm. »Wir sehen uns am Montag.«

»Mark. Hätten Sie Lust ...«

»Nein. Danke.«

Der Ermittlungsbeamte hielt sich in der Küche auf. Er hatte sich ein Sandwich gemacht und wartete darauf, daß Tommys Eltern nach Hause kamen und er seinen Dienst beenden konnte. Ich schickte ihn heim. Tommy schien froh, daß er ging. »Was machen wir?« fragte er.

»Gehen wir nach draußen«, schlug ich vor. »Hast du einen Fußball?« Tommy verneinte. Wir gingen durch die Glastür in den Garten hinaus. Es war ein später Nachmittag im Oktober, doch es hätte ebenso früh am Morgen im Sommer oder um die Mittagszeit im Winter sein können. Die Sonne hatte sich so weit geneigt, daß die Hitze nachgelassen hatte, jedoch war eine angenehme Wärme zurückgeblieben. Nur in Bodennähe war eine beginnende Kühle spürbar, die durch eine leichte Brise verstärkt wurde.

»Hast du Steve in letzter Zeit gesehen?« fragte ich. Steve war ein Junge, den Tommy erwähnt hatte, jedoch nur wenn er von vergangenen Ereignissen sprach. Ich vermutete, daß sie früher befreundet gewesen waren.

Meine Frage machte ihn stutzig. Das hatte ich beabsichtigt. »Steve? Nein.«

»Siehst du ihn denn nicht in der Schule?«

»Wir sind nicht in derselben Klasse.«

»Vielleicht im nächsten Schuljahr.«

Tommy sah sich im Garten um, als befände er sich an einem fremden Ort. In einiger Entfernung von uns stand eine Schaukel, doch sie schien für ein viel kleineres Kind bestimmt. »Nächstes Jahr komme ich in die Mittelstufe. Da bin ich in einer anderen Schule.«

Wir unterhielten uns über die Mittelstufe und die Aussicht, jede Unterrichtsstunde in einem jeweils anderen Klassenzimmer mit wechselnden Mitschülern zu haben. Ich sprach von den Veränderungen, die dieser Wechsel mit sich bringen würde: neue Freunde, nicht mehr ständig mit denselben Leuten zusammensein zu müssen, ja, wenn man wollte, sogar eine neue Persönlichkeit. Alle fünfzig Minuten eine neue Vergangenheit und eine neue Zukunft.

Tommy hatte mich als kleiner Gastgeber begrüßt, wie immer darum bemüht, erwachsen zu wirken. Im Laufe unserer Unterhaltung im Garten wurde er wieder er selbst, der Tommy, den ich kannte, der ernste Junge, der über zukünftige Dinge in seinem Leben reden konnte als hätte er sie bereits erlebt. Ich hatte dieser Art zu sprechen ein wenig nachgeholfen. In den wenigen Wochen, seit wir uns kannten, war nicht nur von Vergangenem die Rede gewesen. Wir hatten über viele Dinge gesprochen – Dinge, die sein Leben verändern konnten.

Über den Fall sprachen wir diesmal nicht. Ich war nicht gekommen, um zu proben, ich wollte den Jungen nur noch einmal einstimmen, seine Abhängigkeit von mir gesichert wissen. Denn das war es, was ich wollte, deswegen hatte ich mich wochenlang um ihn bemüht.

Wenn Tommy die Wahrheit sagte, würde er zweimal zum Opfer werden. Verführt und verlassen von Austin, verführt und verlassen von mir, sobald die Verhandlung vorüber war. Ich würde nicht ein Leben lang als Lehrer und Freund für ihn dasein. Nach der Verhandlung stand er wieder allein da.

Staatsanwälte greifen gelegentlich auf dieses Mittel zurück: Das Opfer soll glauben, in dem Ankläger einen Freund und Beschützer gefunden zu haben, wenn es in Wirklichkeit nur als notwendiger Bestandteil eines Prozesses dient. Ich würde mich wegen Tommy nicht schuldig fühlen. Er mußte dieses zweite Mal zum Opfer gemacht werden, damit es in Zukunft keine Opfer mehr gab.

Nach dem Zwischenfall mit Kevin Pollard hatte ich Tommys Eltern absichtlich aus den Prozeßvorbereitungen herausgehalten. Ich tat alles, um sie als Autoritätsperson in Tommys Leben zu ersetzen. Zu diesem Zweck hatte ich Tommy mit allen Mitteln umgarnt – wir hatten Baseball gespielt, Spaziergänge im Park gemacht, Gespräche über ihn und sein Leben geführt – als wollte ich die jahrelange Elternarbeit im Zeitraum von nicht einmal einem Monat unterbringen, und ich war dabei so erfolgreich gewesen, daß mich die Einfachheit verblüfft hatte. Es war niemand da, der ersetzt werden mußte. Tommys Vater hatte bereits vor Jahren beschlossen, seinen Vaterpflichten nicht nachzukommen.

Ich fand James Algren deshalb nicht hassenswert. Er war mir nicht einmal unsympathisch. Eigentlich konnte ich ihn verstehen. Er war ein vielversprechender Mann, war jetzt schon erfolgreich und stand an der Schwelle einer großen Zukunft. Es fiel mir auch nicht schwer, mich in seine Lage zu versetzen. Seine Arbeit war ihm wichtig, und er machte sie gut. Verglichen mit der Erziehung seines Sohnes, kostete sie ihn keine Mühe. Für Austin war es ein Kinderspiel gewesen, sich in Tommys Herz einzunisten. Ich mußte bloß der Spur folgen, die Austin für mich gelegt hatte.

Und ich würde nicht zulassen, daß mir Tommy, drei Tage bevor ich ihn brauchte, entwischte.

»Was ist los?« fragte ich, als wir ins Haus zurückgingen.

Tommy zuckte mit den Schultern.

»Nervös?«

Er schüttelte den Kopf.

»Wirst du aber sein«, sagte ich. »Wenn du den Gerichtssaal betrittst und die vielen Leute siehst. Aber du weißt, was du zu tun hast. Du schaust nur mich an.«

Er tat es. »Was?« sagte er.

»Genau so. Schau nur mich an. Wenn du den Gerichtssaal betrittst, werde ich aufstehen. Schau niemand sonst an. Kümmere dich nicht um die Leute, die siehst du sowieso nie wieder. Sie kennen dich nicht, und sie haben dich zwei Tage später schon wieder vergessen. Die zählen nicht. Du schaust nur mich an. Wenn du im Zeugenstand bist, sprichst du genauso mit mir, wie wir es immer getan haben. Verstanden?«

»Ja.« Er brach in Tränen aus. Er sah mich nicht mehr an. »Aber ich will dort nicht hin.«

»Es ist nicht so schlimm, du wirst sehen«, sagte ich geduldig. »Wir können es noch einmal durchgehen, wenn du möchtest. Du kennst den Stuhl. Du …«

»Nein, nein«, er schüttelte heftig den Kopf. »Ich will nicht aussagen. Nicht gegen Waldo. Ich will ihm nicht weh tun.«

Dieses Schwein, schoß es mir durch den Kopf. Er hat sich also doch an ihn rangemacht. Aber wie? Ich meinte, Austins lächelndes Gesicht im Raum zu spüren. Ihm war nicht zu entkommen.

»Wann hast du mit ihm gesprochen?« fragte ich sanft.

»Hab ich doch gar nicht!« schrie Tommy, als hätte ich ihm einen Vorwurf gemacht. »Ich habe nur an ihn gedacht. Er hat mir doch nie etwas getan. Es war nicht nur seine Schuld. Ich will ihm nichts heimzahlen.«

Janet McLaren hatte mich vor dieser Reaktion gewarnt. Austin hatte das Kind nicht nur geschändet, er war auch sein Freund gewesen. Tommy liebte ihn. Und er fühlte sich mitschuldig für das, was geschehen war.

»Tommy«, ich wartete, bis er zu schluchzen aufhörte. Er sah mich ängstlich an, weil er meine Autorität mißachtet hatte.

»Es wird Jahre dauern, bis du verstehst, wie sehr er dir weh getan hat«, sagte ich. »Ich glaube, ein wenig beginnst du es schon zu spüren. Du spürst es doch, nicht wahr? Austin Paley wurde nicht zuerst dein Freund, der erst später bemerkte, daß er dich anfassen wollte. Er hat sich an dich herangeschlichen. Vom ersten Moment an, das erste Mal, als du ihn sahst, schmiedete er einen Plan, wie er dich allein erwischen und dir deine Kleider ausziehen könnte. Nichts von dem, was geschehen ist, war deine Schuld. Gar nichts. So darfst du nicht denken.«

»Ich weiß.« Tommy wischte sich mit dem Handrücken die Augen ab. Sein Gesicht war verschwollen. »Ich weiß das alles. Aber ich will ihm trotzdem nicht weh tun.«

»Und dasselbe hat er auch mit den anderen Jungs gemacht«, fuhr ich fort. »Und mit Mädchen auch. Und einigen von ihnen hat er wirklich *weh* getan. Es geht nicht nur um dich. Es gibt noch andere, die wir vor ihm beschützen müssen. Du magst denken, er hat dir nicht weh getan, aber dem nächsten Jungen tut er vielleicht weh, schrecklich weh. Das Risiko können wir doch nicht eingehen, findest du nicht?«

Er schüttelte halbherzig den Kopf. Ich sprach weiter, immer noch sanft, doch nun schon vertraulicher. »Ich mag Austin doch auch, Tom. Wir sind seit vielen Jahren befreundet. Denkst du, ich möchte ihm weh tun? Aber ich entscheide das nicht. Und du auch nicht. Keiner von uns beiden entscheidet, ob das, was er getan hat, ein Verbrechen ist oder nicht. Das haben schon andere Leute vor uns entschieden. Du und ich, wir haben eine Aufgabe zu erfüllen. Dem können wir uns nicht entziehen, ganz egal, wie wir darüber denken. Es gibt ein System, um diese Dinge zu entscheiden, und wir müssen tun, was von uns verlangt wird, ob es uns gefällt oder nicht.«

So ein Schwachsinn. Ich *bin* das System. Ich entscheide, wer bestraft wird und in welchem Ausmaß. Ich würde niemandem diese Entscheidung überlassen. Ganz gewiß nicht einem verfluchten Angeklagten, dem es gelungen war, wie ein Wurm in das Herz seines Opfers vorzudringen.

»Verstehst du das, Tom?«

»Ja«, erwiderte Tommy. Er hatte zu weinen aufgehört.

Das war die Abrechnung. Ich mußte wissen, mußte es jetzt wissen, ob es mir gelungen war oder nicht. Es war nicht nur Tommys Vater gewesen, um dessen Platz in Tommys Herzen ich gekämpft hatte.

»Aber es bleibt dir überlassen. Du kannst das System zum Teufel schicken«, sagte ich. »Wenn du das willst, kannst du es mir ruhig sagen. Ich suche mir dann jemand anderen, der aussagt, was Austin mit ihm gemacht hat.«

In diesem Moment hätte ich gerne mein Gesicht gesehen. Ich war nicht streng. Ich bemühte mich um eine zugleich tapfere und verletzte Miene. Tommy ließ mich nicht aus den Augen. Als wollte er auch all die verborgenen Dinge herausfinden. Die Absicht, die dahinter stand.

»Nein«, sagte er schließlich. »Ich tu es. Sie können sich auf mich verlassen.«

»Guter Junge«, sagte ich. Ich umarmte ihn. Es war eine spontane Geste. Dann gingen wir in die Küche und machten uns mit Kornchips und Streichkäse mexikanische Nachos. Tommy war ganz verrückt danach. Nachdem seine Eltern nach Hause gekommen waren, blieb ich noch eine halbe Stunde bei ihm. Als ich mich von ihm verabschiedete, schüttelten wir einander die Hände. Er war so klein, ich hätte ihn mit einer Hand hochheben können. Ich hätte ihn dazu bringen können, alles für mich zu tun. Aber so würde es nicht gehen. Er mußte mich lieben. Ich sah ihn fragend an, und er nickte mit dem Kopf.

Ich bin nicht völlig gefühlskalt. Natürlich waren mir die Ähnlichkeiten aufgefallen. Tommy mit seinem Vater zu sehen, empfand ich wie das Durchblättern alter Familienalben. Tommy erinnerte mich an meinen eigenen Sohn. Seine Beziehung zu seinem Vater war wie meine zu David, als er noch ein Kind gewesen war. Tommys Vater hatte keine Zeit für ihn. Die wenige Aufmerksamkeit beschränkte sich auf plötzliche Ausbrüche unerwarteter Zuneigung, die für den Jungen eher befremdlich wirkten als beruhigend. Dieser Monat, in dessen Verlauf ich Tommy zugehört, ihn zu Spaziergängen mitgenommen und Ballspiele mit ihm gespielt hatte, dürfte der Zeit entsprechen, die ich mir für David während seiner gesamten Kindheit genommen hatte.

Ich wußte nicht, ob David an einem Freitag abend zu Hause sein würde, aber er war da und zur Abwechslung einmal nicht allein. Vicky öffnete mir die Tür. »Also so was«, sagte sie mit einer Herzlichkeit, wie sie sie nie zuvor für mich übrig gehabt hatte, und stieß die Tür weit auf.

In dem tief ausgeschnittenen weißen Abendkleid, das ihre Schultern und Arme freiließ und ihrer hellen Haut eine sommerliche Bräune verlieh, sah sie umwerfend aus. Das blonde Haar fiel offen auf die Schultern. Ich bemerkte zum ersten Mal, daß ihre Nase mit Sommersprossen gesprenkelt war. Die glitzernden Ohrringe reichten fast bis zu den Schultern.

»Ein ruhiger Abend zu Hause?« fragte ich.

Sie lachte. »Wir gehen auf einen *Ball*.«

Vielleicht wie im Märchen in einer prächtigen Kutsche, dachte ich, so zauberhaft war ihr Anblick. »Na hoffentlich bist du der Ehrengast, denn du wirst alle anderen in den Schatten stellen.«

Jetzt gesellten sich noch zwei Grübchen hinzu, der letzte Schliff sozusagen. »Oh, ich bin noch lange nicht fertig«, sagte sie. »Komm doch herein.«

So lebhaft hatte ich Vicky vielleicht ein- oder zweimal erlebt. Für gewöhnlich war sie reserviert, um nicht zu sagen eisig, als könnte sie unsere Begegnungen nur mit Mühe ertragen. An diesem Abend schien sie so überglücklich, daß ich für die ganze Welt Hoffnung zu schöpfen begann.

Wenn David auch einen glücklichen Eindruck gemacht hätte, hätte ich mich nicht lange aufgehalten, ein paar Worte gewechselt und wäre wieder gegangen. Er war in seinem Arbeitszimmer, wo er auf der Kante des Teetischchens saß, die Arme auf den Oberschenkeln abgestützt, einen Drink in den Händen hielt und in Richtung des eingeschalteten Fernsehers starrte. Er wirkte jedoch so geistesabwesend, daß er, hätte man ihn über den Inhalt der Sendung befragt, wahrscheinlich nicht die blasseste Ahnung gehabt hätte.

»Schau mal, wer da ist«, rief Vicky in einem Tonfall, der mir aus eigener fünfundzwanzigjähriger Ehe bestens bekannt war. Das sollte heißen: *Reiß dich zusammen, wir sind nicht mehr allein.*

»Hallo, Dad«, sagte David verblüfft.

Ich sah ihn zum ersten Mal im Smoking. »Du siehst ja geradezu so aus, als wärst du Victorias Begleiter«, sagte ich. Ich widerstand der Versuchung, seinen Schlips gerade zu richten und ihm mit den Händen die Schultern abzubürsten.

Um das Gespräch in Gang zu bringen, mußte ich noch etwas sagen. »Ihr geht auf einen Ball?«

David lächelte verlegen. »Zugunsten dieser Wohltätigkeitsstiftung, bei der wir mitmachen.«

»Ich habe ihm das aufgehalst, will er sagen«, meinte Vicky. »Aber ihr müßt mich entschuldigen, ich muß mich um mein Make-up kümmern, sonst kommen wir nie weg. Tut mir leid, Mark.«

Ich drehte mich gerade noch rechtzeitig um, um das letzte Blitzen eines Blickes zu erwischen, den sie hinter meinem Rücken abgefeuert hatte. Sie lächelte mich an.

»Macht nichts, ich wollte nur auf einen Sprung vorbeischauen.«

»Biete deinem Vater einen Drink an«, rief Vicky noch.

David grinste wie ein kleiner Junge – kein Wunder, bedachte man, wie sie mit ihm umsprang – und reichte mir sein Glas. »Hier. Aber nur einen Schluck. Das ist mein Drink.«

Ich schüttelte den Kopf. »Danke, habe gerade Nachos gegessen, die müssen sich erst setzen.«

»Ihr geht also zusammen aus«, sagte ich wie zu einem Bekannten, den ich zufällig im Foyer eines Theaters getroffen hatte.

»Tja, manchmal tun wir das«, erwiderte David. Dem Jungen entging nichts, er war einfach zu wachsam.

»Schön, schön«, sagte ich. Ich sah mich im Zimmer um, krampfhaft auf der Suche nach einem Gesprächsthema. Es war mir peinlich, überhaupt gekommen zu sein. »Ich dachte, vielleicht hast du mal Zeit für ein Golfspiel«, sagte ich, weil mir nichts Besseres einfiel.

»Dieses Wochenende geht es nicht, aber vielleicht nächste Woche.«

Ich mußte husten. »Hm, nächste Woche ist ein Problem. Am Montag beginnt dieser Prozeß. Aber danach ...«

»Danach die Wahl«, sagte David. Er hatte ein amüsiertes und gleichzeitig überhebliches Gesicht aufgesetzt, denn trotz meines Überraschungsbesuchs entsprach ich voll und ganz seinen Erwartungen.

»Ach, zum Teufel mit der Wahl«, sagte ich. »Die ist wahrscheinlich längst entschieden. Aber der Prozeß ist wichtig.«

David nahm die Gelegenheit nicht wahr, sich für meine Probleme zu interessieren. Er nickte nur, als wäre das alles nichts Neues.

Ich setzte mich in Richtung Tür in Bewegung. »Geht es dir gut, abgesehen davon, daß du zu diesem Ball mußt?«

»Das macht mir nichts aus«, sagte er.

»Wirklich nicht? Sehr glücklich scheint es dich aber nicht zu machen.«

»Hättest du mich lieber allein angetroffen?« fragte er.

Ich stand in der Nähe der offenen Tür, die in die riesige Eingangshalle führte. »Ich wollte bloß vorbeischauen. Ich habe an gar nichts gedacht. Wollte dich nur mal sehen.« Wie immer machte ich mich zu schnell aus dem Staub, die Angriffe bereits auf dem Weg hinaus abwehrend. Im Grunde hatte ich gar nichts erreicht. Ich blieb stehen.

David kam mir ein wenig entgegen. »Warum?« fragte er und klang verletzlicher und zugleich hoffnungsvoller, als er, wie ich mir sicher war, zeigen wollte.

»Weil mir an dir etwas liegt, David. Ich liebe dich, und ich mache mir Sorgen wegen dir. Es ist nicht, daß ich Vicky nicht mag. Aber sie ist nicht mein Kind. Du bist es, der mir Sorgen macht. Wärst du glücklich, wäre ich es auch. Aber wann immer ich dich sehe, bist du entweder allein oder wirkst unglücklich.«

»Mir geht es gut«, beharrte er.

Ich erwiderte bloß seinen Blick. Mein Starren machte ihn wütend. Er machte eine verächtliche Handbewegung und verschüttete dabei seinen Drink. »Liegt dir etwas daran, was ich mir wünsche«, fragte er, »oder bloß daran, was ich sein sollte, wenn es nach deinen Wünschen ginge?« Ich antwortete nicht. »Ich bin *glücklich*«, wiederholte er hartnäckig.

Ich mußte gar nichts erwidern, er fühlte sich auch so provoziert.

»Komm«, sagt er. Er winkte mich zu sich, nahm mich am Arm und zog mich durch die Küche auf die Veranda hinaus. In Davids Garten standen zwei hohe Pecanobäume, in deren Schatten das Gras vorzeitig verdorrt war. Einzelne Blätter wirbelten raschelnd über den trockenen Boden.

»Ich bin dir keine Erklärung schuldig«, sagte David.

»Ich will auch keine.«

»Dad, ich bin glücklich. Mein Leben ist so, wie es sein soll. Okay, vielleicht sind Vicky und ich nicht verliebt, aber wir sind zufrieden. Wir nörgeln nicht einer am anderen rum, jeder geht seinen eigenen Weg.«

Ich war schockiert. Nicht verliebt? Sie waren viel zu jung, um nicht mehr verliebt zu sein. »Aber das ist doch keine Ehe«, sagte ich.

David seufzte. »O doch. Auf unsere Art ist es das.«

Ich suchte immer noch nach Worten. »Das ist eine Wohngemeinschaft. Das ist – das ist eine Geschäftsbeziehung.«

Davids verletzlicher Gesichtsausdruck war verschwunden. Es fiel ihm nicht schwer, mir in die Augen zu schauen. »Für mich war Ehe nie etwas anderes. Zwei Leute, die im selben Haus wohnen, miteinander auskommen. Die sich beim Frühstück anlächeln und dann jeder ihrer Wege gehen.«

Ich steckte den Schlag ein. Ich ließ ihn sehen, daß ich ihn gespürt hatte. David war merklich über sich selbst erschrocken, wie ein Junge, der seinem Gegner einen Hieb versetzt hat und erst angesichts des Blutes erkennt, wie ernst der Kampf war. Ich antwortete ihm ruhig.

»David, du hast keine Ahnung. Du weißt ja nicht einmal, wovon du redest. Deine Mutter und ich waren verliebt. Gott, waren wir verliebt, als wir achtzehn waren, und das ist die einzige Liebe, die es gibt. Im ganzen Leben gibt es kein solches *Gefühl*. Wir konnten uns nicht …« Die Erinnerung an Lois ließ mich nach Luft schnappen. Lois, wie sie jung war. Ihr Gesicht, immer wieder dieses Gesicht, wie es lachte, weinte, mich ansah. Wie wir uns vor Ungeduld die Kleider vom Leib zerrten, Knöpfe dabei abrissen. Wie wir stundenlang nebeneinander saßen, schweigend in unsere Bücher vertieft und dann im selben Moment aufsahen. »Du hast damals noch gar nicht existiert, David. Und du sagst, das gibt es nicht – du versagst es dir *selbst*.

Du rennst am Leben vorbei, David. Warum bist du so in Eile? Wo mußt du denn so schnell hin?«

»Ich habe euch zusammen erlebt, Dad. Wozu soll die wilde jugendliche Leidenschaft gut sein, wenn sie so vollkommen verschwindet, daß man einen ganzen Abend zusammen sein kann, ohne sich auch nur das Geringste zu sagen zu haben?«

»Wir verbrachten ein halbes Leben zusammen, David. Länger, als du auf der Welt bist. Alles verblaßt mit der Zeit. Aber das heißt doch nicht, daß nichts mehr da ist oder daß ich oder deine Mutter irgend etwas bereuen. Ich würde diese Erinnerungen für nichts in der Welt ...«

»Aber verstehst du denn nicht«, sagte er vernünftig, »Vicky und ich haben diesen Punkt früher erreicht, problemloser und ohne Verbitterung.«

Ich starrte ihn entsetzt an. »Eines Tages wirst du vierzig Jahre alt sein, David, und es wird dich zerreißen.«

Er hatte seine Fassung wiedergewonnen und mit ihr seine Überheblichkeit. »Ich sehe das anders«, sagte er ungerührt.

Wir gingen ins Haus zurück und durch das Wohnzimmer hindurch geradewegs zur Eingangstür. Es bestand kein Grund, noch zu bleiben. Wenn eine Situation diesen Punkt erreicht hat, war es das Beste, sich rasch zu verabschieden und sie nicht in die Länge zu ziehen.

Hatte ich nicht immer so gedacht?

An der Tür drehte ich mich so unvermutet um, daß David beinahe in mich hineingelaufen wäre. »Ich lasse dich nicht im Stich«, sagte ich. »Ich werde immer in deiner Nähe sein. Wenn du mich brauchst, lass' es mich wissen, in Ordnung?«

Er sah nun nicht mehr so überheblich aus. Ich hatte ihn überrascht, und mehr konnte ich im Moment nicht erhoffen. Ich umarmte ihn, zu abrupt. Er war steif wie ein Stock.

»Sag Vicky, ich hätte mich verabschiedet.«

Am Samstag abend, zwei Tage vor der Verhandlung, stand ich mit einem unauffälligen Blumenstrauß in der Hand vor einem Haus in Terrell Hills. Die Fassade war mit Stuck verziert, das Haus selbst von imposanter Größe, jedoch mit einem freundlichen Erkerfenster an der Vorderseite. Der Vorgarten wurde fast zur Gänze von einem kreisförmigen Anfahrtsweg eingenommen, der gerade noch Platz für einen kleinen Landschaftsgarten ließ, in dem sich die üppigen Blumenbeete erfolgreich gegen die herbstliche Jahreszeit behaupteten. Ich stand davor, sah zum Haus hoch und überlegte, ob ich nicht besser daran täte, in meinen Wagen zu steigen und wieder abzufahren.

In diesem Moment wurde die Eingangstür aufgestoßen; ich mußte mich in Bewegung setzen, wollte ich nicht den Eindruck erwecken, mit gaffender Miene dagestanden zu haben. Eine junge Frau, fast noch ein Teenager, trat aus dem Haus und trug eine Reisetasche. Sie blieb in der Tür stehen, wandte sich um und rief etwas ins Haus hinein. Als ich näher kam, drehte sie sich plötzlich zu mir und sagte: »Oh, hallo! Ich vergaß, daß Mom Gäste hat.«

Dr. McLaren erschien und sagte: »Glauben Sie ihr kein Wort. Sie steht seit mindestens fünf Minuten am Fenster, so ganz zufällig, wissen Sie, mit der Tasche in der Hand und spioniert.«

Das Mädchen lachte nachsichtig. Sie war ungefähr zwanzig Jahre alt, hatte lange Beine und eine schlanke Figur, schulterlanges schwarzes Haar, blitzende Augen und einen blassen Teint. Ein eher farbloses Wesen, wären da nicht ihr Lächeln und ihre Lebhaftigkeit gewesen.

»Außerdem«, fuhr Janet fort, »wollte sie eigentlich am Nachmittag schon abreisen. Doch dann kam ihr zu Ohren, daß ich Besuch erwarte.«

Das Mädchen streckte mir die Hand entgegen, so daß ich den Blumenstrauß in die andere Hand nehmen mußte. »Ich heiße Eloise.« Sie hatte einen festen Händedruck. »Mom, bist du so lieb und holst mir die andere Tasche? Wissen Sie vielleicht, wie man bei diesen Dingern das Dach befestigt?«

Janet lächelte mich an, bevor sie wieder im Haus verschwand, und ich sagte angesichts des grünen Sportwagens im Anfahrtsweg: »Nicht wirklich.« Eloise warf die Reisetasche achtlos auf den winzigen Rücksitz. »Macht nichts. Ziehen Sie einfach daran, wenn ich es sage, gut?«

Ich wollte die Blumen ablegen, doch sie schnappte sie sich sofort. »Nein, nicht. Nicht auf die Motorhaube, da verwelken sie. Ach, Blumen, das ist so ...«

»Sagen Sie bitte nicht süß.«

»... aufmerksam. Heutzutage macht das kein Mensch mehr.«

Das war die Art von Verhör, die ich anläßlich Dinahs erster Verabredung geplant hatte: ein belangloses, freundliches Gespräch, jedoch mit der Absicht, äußerstes Unbehagen zu erzeugen. Ich riß mich zusammen, nicht dem Wunsch nachzugeben, meine Hände in den Hosentaschen zu vergraben. »Eigentlich bin ich beruflich hier. Ich muß mit Ihrer Mutter noch einmal ihre Zeugenaussage durchgehen.«

Eloise trat ganz nahe an mich heran, um mir die Blumen zurückzugeben. »Klar doch. Und die Blumen sollen höchstens die Nachbarn verwirren.«

Der Ausdruck ihrer Augen lud zur Beichte ein. »Und Sie haben das Mundwerk Ihrer Mutter«, sagte ich statt dessen.

Ihr Lächeln wurde noch strahlender. Janet kam mit einem kleinen Koffer aus dem Haus. »Ist das alles?«

»Diese endlose Parade galanter Männer«, sagte Eloise. »Den letzten bist du doch hoffentlich losgeworden. Oder ist er noch oben?«

»Raus mit dir«, lachte Janet. »Aber schnell.« Dann folgte eine so unerwartete und heftige Umarmung, man konnte meinen, sie hätten die Schwerkraft überwunden.

Ich fühlte mich wie ein Eindringling und ging ins Haus. Die Eingangshalle war mit weißen Fliesen ausgelegt, auf die durch das Glas über der Tür Licht fiel. Zu meiner Linken lag das Wohnzimmer mit einem Boden aus aufgehelltem Eichenholz und cremefarbenen, mit winzigen blauen Blüten verzierten Tapeten an den Wänden. Und überall Blumen: Die Eingangshalle schmückte ein großer Strauß, im Wohnzimmer sah ich mindestens drei von ähnlicher Größe. Mein mickriges Sträußchen wäre auf Nimmerwiedersehen in einer der Vasen verschwunden.

»Eloise fährt nach Austin zurück«, sagte Janet. »Sie ist meine Jüngste, mein Nesthäkchen und dementsprechend verwöhnt. Was soll ich machen? Alle Welt möchte wissen, wie die Kinder einer Kinderpsychologin wohl sind, aber Eloise wäre auch so so geworden, ganz egal, wie man sie erzogen hätte. Sie ist ein eigenwilliger Mensch.«

»Dann müssen Sie sie erzogen haben.«

Janet lächelte. Sie hatte sich die Wangen abgewischt, als sie hereinkam, und ich ließ ihr noch einen Moment Zeit, wobei ich so tat, als bewunderte ich nach wie vor die Eingangshalle. Als ich sie schließlich ansah, sagte sie: »Ich bin natürlich nicht fertig.«

»Wenn das so ist, kann ich das Endresultat kaum erwarten.« Sie trug ein dunkelblaues Kleid, das ihre Figur betonte, ohne zu eng anzuliegen, und um ihren Hals hatte sie ein dünnes Goldkettchen gelegt. Ihr Haar hatte eine elegante Tönung, und ihre Augen waren im Farbton des Kleides geschminkt. Als sie wegen meines Kompliments errötete, sah sie sogar noch besser aus.

»Blumen«, sagte sie. »Wie liebenswürdig.«

»Ach nein?«

Als sie mich in das Wohnzimmer führte, beglückwünschte ich sie zu dem schönen Haus.

»Ja. Ich behielt das Haus, Ted seine Praxis.«

»Ist er Jurist?«

»Nein. Orthopäde.«

»Ach so, dann lernten Sie sich an der medizinischen Fakultät kennen?«

»Nein.« Janet zögerte. »Ich habe erst Jahre später mit dem Medizinstudium begonnen. Sagen wir, ich wollte herausfinden, was an der Medizin so faszinierend war, daß Ted nie vor neun Uhr abends nach Hause kam. Dann stellte sich heraus, daß die Faszination nicht bloß medizinischer Natur war.«

Da ich darauf schwerlich etwas erwidern konnte, erzählte sie weiter: »Ich hätte schon vor Jahren ein kleineres Haus nehmen sollen. Aber ich wollte, daß die Kinder, wenn sie von der Uni auf Besuch kommen, an den Ort zurückkehren, an dem sie aufgewachsen sind. Möchten Sie es sehen?«

Ich spürte, wie sich das Haus um mich und über mir ausbreitete, jeder Zoll mit Erinnerungen ausgefüllt. Die Zimmer der Kinder, die Bilder an den Wänden oder in Schränken verborgen, die Szenen, die sich hier und da und dort ereignet hatten, zusammengewürfelte und sich überschneidende Jahre, glückliche und verzweifelte Momente.

»Nein«, sagte ich.

»Gut. Vielleicht ein andermal. Vielleicht bei jedem Besuch ein anderes Zimmer. Oder ...«

»Vielleicht auch nicht«, sagten wir beide. »Setzen Sie sich«, fuhr Janet fort. »Was wollen Sie trinken? Scotch? Wein?«

Sie hatte die Getränke bei der Hand, und wir sprachen, während sie die Gläser füllte. Wir unterhielten uns über unsere Kinder, deren Alter und womit sie beschäftigt waren, wechselten jedoch bald das Thema, denn früher oder später wären wir bei Exgatte und Exgattin angelangt, und dafür war es noch verfrüht. Janet saß neben mir auf dem Sofa, nicht zu nahe, und wir stießen mit den Gläsern an, ohne jedoch einen Toast auszusprechen. Ich nahm einen Schluck und räusperte mich.

»Am ersten Tag werden wir Sie wahrscheinlich noch nicht in den Zeugenstand rufen. Das wird wohl erst …«

»Ich weiß«, unterbrach mich Janet. »Das haben Sie mir schon gesagt.« Sie zögerte. Unsere Unterhaltung war bisher von Zögern und belanglosem Gerede geprägt gewesen. »Sprechen wir nicht über Berufliches«, schlug sie vor.

»Ja. Sie haben recht.«

Ich hatte plötzlich das Gefühl, Janet würde mich nach dem Grund meines Besuchs fragen, und ich hätte keine Antwort gewußt. Das klassische Rendezvous gab es doch nur unter Teenagern. Doch wie kam man einander näher, ohne dabei ungeschickt zu wirken? Linda und ich waren kein einziges Mal verabredet gewesen, wir fielen eines Tages übereinander her, als keiner von uns es mehr aushielt. Becky hatte mich um kein Rendezvous gebeten, sie war einfach gekommen und hatte sich selbst angeboten.

Deshalb war ich hier. Ich war in eine Art permanente Trauer verfallen, die sich nach der Arbeit einstellte und mir bis zur Erschöpfung bewußt machte, daß ich Linda, meine Familie, mein Privatleben verloren hatte. Wenn ich schon auf Becky aus purer Selbstlosigkeit verzichtet hatte, dann durfte ich bei dem Menschen, der zum ersten Mal seit Jahren mein Interesse weckte, nichts unversucht lassen.

Hier saß ich also in Janets wunderbarem Wohnzimmer und fühlte mich wie ein Schuljunge.

»Ich habe im *L'Étoile* einen Tisch reserviert.«

»Wie schön«, sagte sie.

»Stimmt etwas nicht?«

»Nein, nein. Es ist eines meiner Lieblingsrestaurants. Es ist nur – nun, das Lokal liegt in meiner Nachbarschaft, und ich treffe dort immer ein Dutzend Bekannter, und …«

»Oh, ich konnte nicht wissen, daß wir unerkannt bleiben müssen. Aber keine Sorge, ich kenne da eine wunderbare Pension in Fredericksburg. Dort wird das Essen auf das Zimmer serviert.«

Sie lachte und legte ihre Hand auf meine. »Das meine ich nicht. Es ist nur, die Leute würden zu unserem Tisch kommen, und ich fühle mich dann verpflichtet, ein paar Worte zu wechseln. Ich möchte nicht, daß man uns stört.«

Nein, das würden wir nicht wollen, bloß nicht gestört werden in unserer spannenden Unterhaltung. »Wie wäre es mit *La Scala*?«

»Oh, noch ein Favorit. Aber ich weiß zufällig, daß die Tuckers dort heute Abend eine private Feier haben, und alle ...«

»Hören Sie«, sagte ich. »Bei dieser Flut von Bekannten und Bewunderern, gibt es da überhaupt ein Lokal, wo Sie niemanden treffen?«

»Da hat Ihnen Eloise ja einen schönen Floh ins Ohr gesetzt.«

»Aber Sie gehen doch oft aus.«

»Spielt das eine Rolle für Sie?«

»Nein. Warum sollte ...«

»Hören Sie, Mark.« Sie seufzte, ließ mich jedoch nicht aus den Augen. »Als Ted ging oder als ich ihn rausschmiß – spielt ja keine Rolle –, da war ich am Boden zerstört. Ich hatte den einzigen Mann, den ich jemals geliebt hatte, verloren, weil er eine Frau fand, die – attraktiver war als ich. Wissen Sie, wie man sich als Frau dabei fühlt?«

»Ich weiß, wie man sich fühlt, wenn man jemanden verliert.«

»Aber ...«, sie ballte die Hand zur Faust, so sehr war es ihr ein Bedürfnis, daß ich sie verstand. »Nach einer Zeit, in der ich nicht mehr wußte, wo oben und unten war, packte ich mich selbst beim Schopf und zog mich heraus. Ich riß mich zusammen und beschloß, den Männern den Kopf zu verdrehen. Das ist zehn Jahre her, damals konnte ich immer noch ...«

»Umwerfend sein.«

Sie lächelte. »Sagen wir lieber, ich war gut in Form. Und ich wollte es wissen. Das soll nicht heißen, daß ich von einem Bett ins nächste sprang, das war es nicht, was mich interessierte. Ich wollte wissen, ob sie reagierten, ob sie mich wahrnahmen. Ich ging nicht einmal mehr einkaufen, ohne mich vorher aufzudonnern. Im Restaurant redete ich den Kellner mit tiefer, verführerischer Stimme an.

Niemand war vor mir sicher. Meine Freundinnen luden mich nicht mehr zu ihren Parties ein.

Sobald es einen Mann gab, der mir mehr bedeutete und den ich in meine Nähe ließ, wurde mir klar, ich würde es nur so weit und nicht weiter kommen lassen. Wozu auch? In ein paar Jahren begegnet er entweder einer anderen, oder ich langweile mich mit ihm.«

Ihre Worte waren mir so vertraut, daß ich ihr buchstäblich die Stichworte geben konnte. »Also beschlossen Sie, die Waffen Ihrer Weiblichkeit wieder einzustecken, und seither führen Sie ein Leben in stiller Beschaulichkeit.«

»Nicht ganz. Aber die heutige Verabredung ist die erste seit langem, auf die ich mich gefreut habe. Jetzt frage ich mich, ob ich mir Mühe geben oder ob ich die Brücken gleich wieder abbrechen soll.«

Ich spürte eine große Erleichterung. »Jetzt verstehe ich.«

Ihr Gesicht hellte sich auf. »Geht es Ihnen denn genauso?«

»Erst jetzt, wo Sie es beschreiben, ja, ich denke schon. Oder schon früher. Also, was meinen Sie? Sollen wir uns die Mühe machen, oder …?« Um zu demonstrieren, wie ich mich entschieden hatte, stand ich auf, zog mein Jackett aus und legte es über eine Sessellehne, dann kehrte ich zum Sofa zurück.

Sie überlegte. »Ich kenne eine gute Pizzeria hier ganz in der Nähe, die auch ins Haus liefert.«

»Ich kenne sie auch. Die Don-Corleone-Kombination mag ich besonders gern.«

Sie sah mich mit großen Augen an. »Oh, das Herzinfarkt-Spezialmenü. Was machen Ihre Gefäße? Joggen Sie?«

»Nein, ich gehe zu Fuß.«

»Die Nummer steht neben dem Telephon in der Küche«, sagte sie. »Außerdem dürfen Sie Ihre Krawatte lockern, wenn ich dieses Kleid ausziehen darf.«

Von meinem Platz konnte ich durch die Eingangshalle sehen, wie ihre Beine im Treppenaufgang verschwanden. Ich stellte mir vor, wie sie sich in dem Zimmer oben umzog.

»Was ist?« fragte sie etwas später und fuhr sich mit der Hand über den Kragen der weißen Bluse, die sie nun zu Jeans trug. »Habe ich gekleckert?«

Die Pizza- und Salatreste waren wieder in der Küche. Wir waren noch mit dem Cabernet beschäftigt. Unsere Unterhaltung hatte sich wieder um unsere Berufe gedreht, war noch einmal kurz zu unseren Familien zurückgekehrt und dann auf Unverfängliches wie Bücher und Filme übergegangen, und wo wir studiert hatten. Doch die persönliche Ebene, mit der Janet den Abend eingeleitet hatte, war nicht wiedergekehrt. Dennoch meinte ich, sie bereits gut zu kennen. Janet hatte offenbar bemerkt, daß sie im Laufe des Abends mehr von sich erzählt hatte als ich von mir, denn plötzlich sagte sie: »So, und jetzt erzählen Sie mir einmal etwas Schreckliches über sich.«

In diesem Moment spürte ich, daß trotz der Ausgelassenheit der vergangenen Stunde diese Melancholie immer noch in mir war wie ein Fluß, der nicht versiegte und so rot war wie der Wein. »Ich habe alle Menschen verloren, an denen mir je etwas lag«, sagte ich. »Und manchmal frage ich mich, ob das der Lauf der Dinge ist oder ob ich mir selbst die Schuld dafür geben muß.«

Janet richtete sich auf. »Na na, Sie werden mich doch nicht übertreffen wollen! Doch nicht *alle*, das wäre ja das reinste Klischee. Die Frau vielleicht, und ab und zu eine Geliebte. Aber doch nicht die Kinder. Doch nicht alle Freunde?«

»Sie dürfen raten. Ich sage Halt, wenn Sie mir einen nennen können.«

»Mark, ernsthaft.« Sie berührte wieder meine Hand.

»Nein, den letzten Freund, den ich noch habe, noch nicht«, sagte ich langsam. »Er ist am Mittwoch an der Reihe.«

»Sie werden doch nicht jedesmal einen Freund verlieren, wenn Sie einen Prozeß führen?«

»Dieses Mal ist es etwas Besonderes. Wenn ich seinen Mandanten ruiniere, ruiniere ich auch Eliot. Eliot wird bei der Bemessung der Strafe wahrscheinlich keine andere Wahl haben, als Austins Kindheit zur Sprache zu bringen, und wie er dazu beigetragen hat, ihn zu dem zu machen, was er ist. Wenn er das tut, werden die Leute anfangen nachzudenken und sich fragen, was Eliot im Laufe der Zeit wohl alles *für* Austin getan hat, um es wieder gutzumachen. Und wenn ich die beiden nicht ruiniere, wenn ich den Fall verliere, wie soll ich dann jemals vergessen, daß Eliot einen Mann laufen gelassen hat, der ...« Ich hörte auf, ich sprach schon wieder über Berufliches.

»Mark?«

»Das ist wohl einer dieser Momente, wo eine Berührung angebracht ist, nicht wahr?«

Ich mußte das nicht zweimal sagen. Sie bewegte sich wie eine Wolke auf mich zu und umschlang mich mit den Armen. Ich drückte sie an mich, ganz fest zuerst, dann sanfter. Wir murmelten unverständliche Worte, und ich fand ihre Lippen. Danach spürte ich ihre Finger auf meinem Rücken. Die Umarmung hatte nichts mehr mit Trost zu tun. Sie hätte schon fast schmerzhaft sein können, hätte sie sich nicht so wunderbar angefühlt.

Als wir dann ein wenig voneinander abließen, hielten uns weiterhin an den Händen, sie lächelte, runzelte die Stirn und fuhr sich wieder mit der Hand über ihre Bluse. »Habe ich wirklich keinen Fleck? Du schaust dauernd auf meine Bluse.«

»Doch nicht auf die Bluse«, sagte ich. Sie lachte und schmiegte sich neuerlich an mich.

Die Berührungen, das gegenseitige Erkunden, es war so mühelos und aufregend zugleich, und dann die stille Frage, ob dieser Körper mit der Zeit vertrauter und erregender werden würde. Doch als sich meine Hände weiter vorwagten und ich kurz davor war, noch einen Schritt zu machen, rührte sich meine Vernunft und hielt mich davon ab. Nächste Woche würde sie meine Zeugin sein. Ich wollte keine engere Beziehung mit Janet, bevor das nicht vorbei war.

Die Vernunft ist eine schreckliche Sache.

Wir unterhielten uns noch eine Weile. Sogar als sich unsere Hände voneinander gelöst hatten, verließ mich dieses gute Gefühl nicht. Für den Moment war es das, was uns beiden genügte.

Als sie mich zur Tür begleitete, versuchte ich sie vor der kommenden Woche zu warnen. »Wenn wir uns das nächste Mal sehen, werde ich ein völlig anderer Mensch sein. Alle werden ganz anders sein.«

»Wie denn? Wechselst du deine Persönlichkeit wie deine Anzüge?« Sie mußte lachen.

Sie war so reizend, daß ich sie noch einmal in die Arme schloß und küßte, zum letzten Mal vor dem Prozeß.

XIII

Anwälte können sich eigens für einen Prozeß in eine andere Persönlichkeit verwandeln. Häufig geschieht das nicht einmal aus freiem Willen. Ich habe erlebt, wie ausgesprochen liebenswürdige Menschen in dem Augenblick, da die Geschworenen den Gerichtssaal betraten, zu reißenden Werwölfen wurden und sich nach der Verhandlung an den Kopf griffen und selbst nicht glauben konnten, was mit ihnen los gewesen war. Ich habe erlebt, wie fröhlich lachende und unbefangene Frauen von einem Moment zum nächsten zu schmallippigen Statistikerinnen wurden. Oder wie sich stille Stubenhocker plötzlich als brüllende Choleriker entpuppten. Ein routinierter Prozeßanwalt kann diese Verwandlungen nach Belieben ein- und ausschalten, und die Besten von ihnen verfügen über mehrere Persönlichkeiten, in die sie je nach Situation oder Zeuge schlüpfen können. Nervös wartete ich auf Eliot.

Als er den Saal betrat, war er noch ganz er selbst. Sie kamen zu dritt herein, Austin flankiert von Eliot und Buster, angeregt miteinander plaudernd, als kämen sie geradewegs von einer Golfpartie.

»Er wirkt nervös«, meinte Becky.

»Denken Sie das ja nicht. Er ist bereit.«

»Wann haben die beiden wohl zuletzt einen Prozeß geführt?«

»Das spielt keine Rolle.«

Eliot setzte sich auf den Stuhl des ersten Strafverteidigers, also unmittelbar neben mich und nur durch den schmalen Durchgang zwischen den Tischen der beiden Prozeßparteien von mir getrennt. Bevor er Platz nahm, lehnte er sich zu mir her, ohne mir jedoch die Hand zu reichen.

»Ich kann Ihnen nicht Glück wünschen, Mark. Aber ich wünsche mir ehrlich, wir beide müßten nicht hier sein.«

»Ich wüßte nicht, wo ich lieber wäre, Eliot.«

Verdammt, ich benahm mich ja gleich zu Beginn wie ein Idiot. »Achtung, nicht so heftig, großer Mann«, murmelte Becky.

Nachdem Richter Hernandez die Verhandlung eröffnet hatte, sah er uns betrübt an und bat uns mit einem Wink zu sich, eine Geste, die für einen Richter seines Formats ungewohnt war. Es war das erste Mal, daß ihm seine Rolle im Mittelpunkt des Geschehens Unbehagen zu verursachen schien.

»Ich sehe es als meine Pflicht an«, sagte er leise, als Eliot, Buster und ich vor ihm standen, »jeden von Ihnen zu fragen, ob eine Möglichkeit besteht, diesen Fall außergerichtlich zu klären. Wenn Ihnen mit einer Vertagung geholfen wäre, zu einer Einigung zu gelangen, bin ich bereit, sie zu gewähren.«

Während seiner kurzen Ansprache hielt er den Blick gesenkt, überflog hastig mit den Augen die auf seinem Tisch verstreuten Gegenstände, doch schließlich sah er vor allem mich an, eindringlich und beinahe bittend.

»Wir würden liebend gerne ...«, setzte Buster an.

»Nein« unterbrach ich ihn. »Keine Chance.«

Richter Hernandez fand zu seiner aufbrausenden Art wieder zurück. »Na gut«, sagte er scharf. »Dann fangen wir also an.« Ungeduldig bedeutete er uns mit beiden Händen, zu unseren Plätzen zurückzukehren.

Der Richter befand sich in einer schwierigen Lage, und wenn er wollte, konnte er auch mir das Leben schwermachen. Ihm mußte es wie mir ergangen sein; Austins politische Freunde hatten ihn unter Druck gesetzt, und Buster Harmonys Anwesenheit am Tisch der Verteidigung mußte wie eine ständige Ermahnung auf ihn wirken. In seiner Position wäre es für Richter Hernandez ein leichtes gewesen, diesem Druck nachzugeben. Wenn er wollte, konnte er meinen Fall aus einer Reihe von Gründen vernichten. Er mußte nur verfügen, daß mein minderjähriger Zeuge zu jung sei, um für eine Aussage in Frage zu kommen. Er konnte alles verwerfen, meine Beweisführung für den Schuldnachweis nicht als ausreichend abschmettern und Austin freilassen.

Und dabei seine eigene Karriere ruinieren. Denn es würde dann keine Rolle mehr spielen, wie vielen mächtigen Drahtziehern er unter die Arme gegriffen hatte, die Wähler würden sich bei nächster Gelegenheit an den Richter erinnern, der durch Begünstigung einem Kinderschänder dazu verholfen hatte, ungestraft davonzukommen, ohne den Geschworenen auch nur die Chance eines Schuldbeweises gegeben zu haben.

Die persönlichen Interessen des Richters standen somit ebenso sehr auf meiner Seite wie auf Austins. Außerdem hielt ich Richter Hernandez für zu stolz, um sich so offensichtlich von anderen gängeln zu lassen. Sein griesgrämiges und halsstarriges Auftreten an diesem Morgen ließ mich hoffen, ich könnte recht behalten.

Aber es gab noch weit subtilere Formen, seinen Freunden gefällig zu sein und mir einen Strick zu drehen. Ich mußte höllisch aufpassen.

Noch hielt sich jeder von uns zurück. In den Sitzreihen hinter uns hatten sich dreißig oder vierzig Leute versammelt, Journalisten, Freunde und bloße Zuschauer, doch zunächst mußten die Geschworenen ausgewählt werden. Ich wandte meinen Kopf dem Tisch der Verteidigung zu und sah Austin Paley an. Er erwiderte meinen Blick, verzichtete jedoch auf sein sonst so selbstsicheres und kumpelhaftes Grinsen. In seinem Starren war keine Angst zu sehen, dafür aber Mitleid und Trauer, daß er tatenlos zusehen mußte, wie sich ein alter Freund selbst vernichtete. Ich erwiderte sein Starren und musterte ihn ungeniert.

Als die voraussichtlichen Geschworenen hinter uns den Saal betraten, drehten wir uns alle um. Ich weiß nicht, mit welchen Gesichtern die anderen der Gruppe begegneten. Viele Anwälte haben die Angewohnheit, ein gelangweiltes Lächeln aufzusetzen. Ich selbst saß regungslos mit verschränkten Armen da und ließ meinen Blick unparteiisch über die Gesichter der Kandidaten wandern, während sie der Reihe nach ihre Plätze einnahmen. Manche von ihnen erwiderten meinen Blick sichtlich nervös, andere beinahe trotzig und wieder andere wandten ihn gleich wieder ab, als wäre ihnen ihre Anwesenheit im Gerichtssaal unangenehm, als machten wir ihnen den Prozeß, was in diesem Momtent ja nicht ganz unrichtig war.

Wie jeder Prozeßanwalt fürchte ich die Geschworenen und traue ihnen nicht. Sie sind Fremde, die willkürlich ausgewählt werden, damit sie unsere Arbeit beurteilen, ohne vom Gesetz oder der Geschichte, die einem Fall zugrunde liegt, auch nur die leiseste Ahnung zu haben. Die eigentliche Auswahl der Geschworenen birgt jedoch noch viel größere Gefahren: Aus zweiunddreißig oder mehr Menschen müssen zwölf ausgewählt werden, die ein Urteil fällen sollen.

Unter ihnen, das wußte ich, waren zwölf Personen, die jeden verurteilen würden, den ich ihnen vorsetzte. Und ebenso hoffte die Verteidigung, in dieser Gruppe jene zwölf zu finden, die in jedem Fall für Freispruch plädieren würden. Aber wie sollten wir sie herausfiltern, so wie sie da saßen, bereit uns anzulügen und ihre Gefühle zu verbergen und alles zu versuchen, um ihrer Geschworenenpflicht enthoben oder in die Jury aufgenommen zu werden? Die Auswahl der Geschworenen ist bei jedem Prozeß die größte Herausforderung, denn oft entscheidet sie den Ausgang einer Verhandlung, wobei man erst weiß, welcher Fall eintreten wird, wenn es zu spät ist.

Becky und ich wollten Eltern unter den Geschworenen, Menschen, die befürchten mußten, daß ihre eigenen Kinder in die Hände jenes Mannes gerieten, den wir ihnen vorzuführen gedachten. Aber bald stellte sich heraus, daß auch die Verteidigung Eltern in der Jury haben wollte.

»Wie alt ist Ihre Tochter, Mrs. Paglia«, fragte Eliot lächelnd, ohne jedoch seine Förmlichkeit abzulegen oder sich seine Hinterlist anmerken zu lassen.

»Sie ist sieben«, erwiderte die Kandidatin, die jede Frage unverändert hastig und selbstsicher beantwortete.

Eliot neigte den Kopf etwas zur Seite, als könnte er sich so das Kind ins Gedächtnis rufen. »Hat sie je etwas behauptet, das Ihrer Ansicht nach nicht ganz der Wahrheit entsprach und das sie möglicherweise nur gesagt hat, um Ihre Aufmerksamkeit zu gewinnen?«

Die Frau schien darüber nachzudenken, aber sie schüttelte bereits den Kopf, bevor Eliot ganz ausgesprochen hatte. »Nein, ich glaube nicht.«

»Nein?« fragte Eliot ungläubig.

Mehrere Kandidaten machten skeptische Gesichter oder lächelten ungläubig.

»Sie hat die Wahrheit nie beschönigt oder etwas aus Effekthascherei gesagt oder übertrieben? Du meine Güte, so ein ehrliches Kind. Sie sollte in diesem Prozeß aussagen«, sagte Eliot und erntete Gelächter.

Neben ihm notierte sich Buster, welcher der Kandidaten bei der Vorstellung eines immer gleich wahrheitsliebenden Kindes ungläubig den Kopf geschüttelt hatte.

Das, was Eliot da tat, nennt man, den Kandidaten für die Jury noch vor der eigentlichen Verhandlung Gift einflößen. Eliots Fragen galten nicht nur dem Kandidaten, der gerade an der Reihe war, sondern richteten sich an alle voraussichtlichen Geschworenen. Mit solchen Fragen brachte er Einzelheiten über die Person des Kandidaten in Erfahrung und vermittelte zugleich ein bestimmtes Bild. Die Reaktion der anderen Kandidaten auf die Befragung zeigte Eliot, wer sonst noch brauchbar war, während er bereits jetzt durchklingen ließ, daß Kinder lügen und man ihnen nicht trauen könne.

Natürlich streuten auch wir unser Gift aus. »Mr. Hendricks, wie stellen Sie fest, ob Sie jemand anlügt?« fragte Becky neugierig.

»Hm, das ist schwer zu sagen«, antwortete der Techniker mittleren Alters unbehaglich. »Ich schaue ihm in die Augen, achte darauf, ob er nervös ist.«

»Wirklich? Und das funktioniert?« Becky klang ehrlich interessiert.

Der arme Mensch zuckte mit den Schultern. »Ich weiß nicht. Ich schätze, so oft werde ich nicht angelogen.«

Die anderen nickten. Becky nickte ebenfalls. »Ich werde Ihnen sagen, warum das so ist«, sagte sie. »Ich weiß nie, ob man mich anlügt oder nicht. Mir kann man das Blaue vom Himmel herunter erzählen. Wahrscheinlich bin ich der leichtgläubigste Mensch in ganz Texas.« Becky war die Jüngste von uns. Ihre Naivität wurde belächelt, aber zugleich instinktiv für bare Münze genommen.

»Deshalb habe ich mir etwas zur Regel gemacht«, fuhr sie fort. »Zum Beispiel kaufe ich nie etwas gleich beim ersten Mal. Denn sobald der Verkäufer zu reden anfängt, steht mir vor Staunen der Mund offen. Ich glaube ihm jedes Wort. Ich würde ihm alles abkaufen. Also halte ich mich zurück, fahre nach Hause und denke noch einmal darüber nach. Und plötzlich schießt es mir durch den Kopf: ›Moment mal, der Kerl will mir doch nur etwas verkaufen.‹«

Wieder wurde allseits genickt. *Verkäufer* lügen natürlich, was das Zeug hält.

»Und manchmal«, sagte Becky, »höre ich meinen Kollegen zu, wenn Sie Mr. Blackwell, der hier sitzt und unser Vorgesetzter ist, im Büro erzählen, wie toll sie gerade einen Prozeß gemeistert haben, daß ihnen sensationelle Fragen und Argumente eingefallen sind und wie sie den Verteidiger in den – na, Sie wissen ja, wie die Leute so reden. Und ich sitze da und höre voll Bewunderung zu und denke mir, eines Tages werde ich hoffentlich auch so gut wie sie.

Und etwas später erzählt mir dann ein anderer Kollege, der bei der Verhandlung dabei war: ›Also, Eddy hat auch schon bessere Tage gehabt. Bei der Verhandlung heute kann er von Glück reden, daß er den Prozeß nicht verloren hat, so ungeschickt, wie der sich benommen hat.‹«

Wieder eifriges Nicken. Na klar, Leute, die was zu verlieren haben, lügen. Wie gedruckt lügen die sogar.

»Und was habe ich daraus gelernt?« Becky klang nun nicht mehr so einfältig; sie schien vor den Augen der Geschworenen erwachsen zu werden, älter und weiser und gar nicht so leicht an der Nase herumzuführen. »Daß immer dann, wenn jemand wirklich Grund hat, zu lügen, die Lüge wie die reine Wahrheit klingen wird. Jemand, der Ihnen bloß einen Bären aufbinden möchte, einfach so, ohne sich einen Gewinn dabei zu versprechen, wird manchmal über etwas stolpern, sich in Widersprüche verfangen, aber jemand, der *wirklich* etwas zu verlieren hat, der alles daran setzen *muß*, daß Sie ihm glauben, der hat sich vorbereitet und ist die Ruhe selbst und setzt ein Gesicht auf, das vor Ehrlichkeit und Aufrichtigkeit nur so glüht. Denn er *muß* Sie überzeugen. Ist das nicht auch Ihre Erfahrung, Mr. Hendricks?«

Mr. Hendricks' Antwort war unwichtig. Becky hatte nur die Gelegenheit genutzt, den Geschworenen zu erklären, daß Austin Paley vor keiner Lüge zurückschrecken würde, um glaubhaft zu klingen, denn dieser Prozeß würde über sein Leben entscheiden. Keiner der Kandidaten lächelte mehr. Sie waren ernst geworden. Einige von ihnen starrten Austin an. Sie hatten verstanden, worauf Becky hinaus wollte.

Als nächstes ordnete der Richter für die Kandidaten eine kurze Kaffeepause an und bedeutete den gegnerischen Anwälten, sich zurückzuziehen. Becky und ich trafen unsere Wahl. Wir hatten keine Gewähr, daß unsere Wunschkandidaten in der Jury sein würden, da sich unsere Wahl auf diejenigen zu beschränken hatte, die wir nicht wollten. Wir würden zehn ablehnen, und die Verteidigung mußte sich ebenfalls gegen zehn entscheiden. Die zwölf, die übrigblieben, also diejenigen, gegen die sich keine der beiden Seiten mit Sicherheit entscheiden konnte, würden die Geschworenen in unserem Prozeß sein. Ich sah zu, wie sie ihre Plätze einnahmen, wie immer überzeugt, daß ich einen Fehler gemacht und die Falschen ausgewählt hatte.

»... Wir wollen beweisen, daß sich der Angeklagte bei mehreren Kindern beliebt gemacht hat, ein Kind allmählich von den anderen absonderte und diesem Jungen mit Absicht das Gefühl vermittelte, einen Freund in ihm gefunden zu haben. Austin Paley tat das so lange, bis er sicher sein konnte, das Vertrauen des Jungen gewonnen zu haben. Sobald er diese Gewißheit hatte, mißbrauchte er den Jungen auf die abscheulichste Weise, indem er ihn vergewaltigte.«

Während meiner einleitenden Worte blieb ich sachlich, tobte weder vor Zorn, noch sprach ich mit tränenerstickter Stimme. Ich sah in die Gesichter der Geschworenen und legte den Sachverhalt, den ich beweisen wollte, kurz und geradlinig dar – das, so hatten Becky und ich vereinbart, würde die Basis sein, auf der wir den Fall präsentieren wollten. Ich lehnte mich zurück, während Becky, nachdem sie von Richter Hernandez dazu aufgefordert worden war, unseren ersten Zeugen aufrief.

Es handelte sich um eine freundliche, sachkundige Dame namens Maria Alonzo, die aussagte, daß Austin Paley seit über zwanzig Jahren im Besitz einer Maklerlizenz sei. Als Antwort auf Beckys Fragen erklärte Mrs. Alonzo den Geschworenen, daß der Angeklagte dank dieser Lizenz zum Verkauf stehende Häuser jederzeit betreten könne, da ihm als Makler die Zahlenkombinationen der an solchen Häusern angebrachten Schlösser bekannt seien.

»Der Angeklagte hat demnach in San Antonio freien Zutritt zu einer großen Anzahl leerstehender Häuser?« fragte Becky.

»Ja.«

Becky gab die Zeugin für die Gegenbefragung durch die Verteidigung frei. Eliots Reaktion irritierte mich. »Keine Fragen«, sagte er und blickte kurz auf, um unsere Zeugin anzulächeln. Nun, die Verteidigung konnte schwerlich bestreiten, daß Austin eine Maklerlizenz besaß.

Als nächsten Zeugen rief Becky den Mitarbeiter einer Immobilienagentur auf, der aussagen sollte, daß ein bestimmtes Haus im Mai vor zwei Jahren ununterbrochen leer gestanden habe. Jene

Geschworenen, die meiner einleitenden Erklärung genau zugehört hatten, mußten nun langsam eine Vorstellung davon bekommen, was mit diesen Aussagen bezweckt wurde. Wieder verzichtete Eliot auf die Gegenbefragung des Zeugen. Buster machte einen gelangweilten und ungeduldigen Eindruck und beugte sich soeben zu Eliot, um sich flüsternd mit ihm zu besprechen.

Die Verhandlung hatte noch keine dreißig Minuten gedauert, als Becky unseren nächsten Zeugen, ein zwölfjähriges Mädchen namens Debby Wesley aufrief, die vor zweieinhalb Jahren noch um einiges süßer und fügsamer ausgesehen haben mußte. Am liebsten hätte ich um eine kurze Unterbrechung gebeten, um mir die Zeugin beiseite zu holen und ihr den Kaugummi aus dem Mund zu klauben.

»Wo wohnst du, Debby?« fragte Becky freundlich.

»Hier in San Antonio.«

Das durfte doch nicht wahr sein. Becky mußte ihr noch eine Frage stellen, um die Adresse, 814 Sparrowwood, aus ihr herauszuholen und den Geschworenen, vorausgesetzt sie verfügten über ein phänomenales Gedächtnis, zu verdeutlichen, daß Debby neben dem leerstehenden Haus wohnte, das Inhalt der vorhergehenden Zeugenaussagen gewesen war.

»Wie lange wohnst du schon dort?«

»Seit ich klein war«, sagte Debby in leicht gereiztem Tonfall, als würde hier angedeutet, sie sei flatterhaft und ständig auf Achse.

»Länger als drei Jahre?« fragte Becky unverändert freundlich, als wäre Debby das entzückendste Ding, das ihr seit Wochen untergekommen war.

»O ja.«

»Kannst du dich noch erinnern, daß das Nachbarhaus auf Nummer 818 vor zwei Jahren mehrere Monate lang leer gestanden hat?«

»Ja. Wir dachten schon, das würde niemand mehr kaufen.«

Diese unaufgeforderten Erinnerungen sind dann gut, wenn sie zur Zuverlässigkeit einer Aussage beitragen. Doch dem Anwalt, der das Kreuzverhör führt, jagen sie Angstschauder über den Rücken, denn er muß befürchten, der Zeuge könnte sich verplaudern und etwas hinzufügen, was dem Fall schadet. Beckys Stimme wurde hörbar angespannt.

»Kannst du dich erinnern, ob es im Mai 1990 leer gestanden hat?«

»Ich schätze schon.« Der Beinahe-Teenager schob sich eine dunkle Haarsträhne aus dem Gesicht und machte ein knallendes Geräusch mit dem Kaugummi.

»Du sollst nicht schätzen, Debby. Die Geschworenen müssen es genau wissen. Im letzten Monat vor den Schulferien vor zwei Jahren, als du in der vierten Schulstufe warst, stand da das Nachbarhaus leer, ja oder nein?«

»O ja. Jetzt erinnere ich mich genau. Damals hatte ich Miss Jennings. Ich konnte es kaum erwarten, in eine andere Klasse zu kommen.«

Na also, wir konnten uns ja doch auf ein genaues Datum einigen. Zwei oder drei der Geschworenen schienen ebenfalls erleichtert. Die Mütterlichen unter ihnen machten ein Gesicht, als wollten sie unsere Zeugin mit dem Kopf voran in ein Becken mit Seifenwasser tauchen. Ich schrieb ein paar Worte für Becky auf ein Blatt Papier.

»Ist im Nachbarhaus im Mai 1990 etwas Ungewöhnliches passiert?« fragte Becky.

»Sie meinen, wie er gekommen ist und begonnen hat, es zu reparieren?«

Becky nutzte die Gelegenheit, die sich ganz von selbst ergeben hatte, erhob sich und ging gemächlich auf Austin zu und stellte sich unmittelbar hinter ihn. »Als du ›er‹ sagtest, hast du da auf diesen Mann gezeigt?«

»Ja.«

»Euer Ehren, wir bitten um Aufnahme in das Protokoll, daß die Zeugin den Angeklagten soeben identifiziert hat.« Becky ging zu ihrem Platz zurück. »Erzähl uns, woran du dich noch erinnern kannst«, bat sie die Zeugin. Dann las Becky meine Notiz und sah mich irritiert an. Ich nickte zur Bestätigung.

»Wir dachten, der will jetzt da einziehen.«

»Würdest du bitte gerade sitzen, Debby«, sagte Becky zwar nicht streng, aber in einem ganz anderen Ton als ihrem bisherigen, so daß Debby erschrak und sich tatsächlich aus ihrer lümmelnden Haltung aufrichtete. Eine Frau unter den Geschworenen nickte, und einer der Männer beobachtete die Szene mit Genugtuung. Ich zerknüllte meine Notiz. Es ist ein Fehler zu glauben, man müsse die eigenen Zeugen wie lieb gewordene Kinder behandeln, die man nur mit

Samthandschuhen anfaßt. Die Geschworenen verstehen, daß man sich die eigenen Zeugen nicht aussuchen kann. Manche sind Kriminelle, andere gehören nicht gerade zu den Intelligentesten und wieder anderen muß man sagen, daß sie gerade sitzen und ihren Kaugummi aus dem Mund nehmen sollen.

»Wie kommt es, daß du dich an den Angeklagten erinnerst?« fragte Becky.

»Naja, er war ja gleich nebenan, und er war oft im Garten, hat irgendwas gearbeitet und das Haus repariert. Und ich bin oft rüber gegangen und habe mit ihm geredet.«

Eben ein kleiner Flirt, schoß es mir unwillkürlich durch den Kopf, und in dem Moment hätte ich gern gewußt, ob andere denselben Gedanken gehabt hatten.

»Warst du die einzige in der Nachbarschaft, die sich beim Haus des Angeklagten aufhielt? Oder kamen auch andere Kinder?«

»Oh, da war eine ganze Gruppe von uns. Die anderen Kinder kamen auf ihren Fahrrädern und hielten an und so.«

»Kennst du Tommy Algren?« fragte Becky beiläufig.

»Ja, der wohnt in meiner Straße. Ist aber noch ein kleiner Junge.«

Gott segne dich für deine Worte, Debby.

»War er eines von den Kindern, die den Angeklagten regelmäßig besuchten?«

»Ja.«

Puh. Ich bezweifelte, ob sich irgend jemand bewußt war, wie riskant diese letzten Fragen gewesen waren, denn unser kleiner Liebling hatte sich hartnäckig von der Grundlinie ihrer Aussage entfernt und sich nicht an das gehalten, was wir mit ihr vorbereitet hatten. Aber jetzt hatte sie gesagt, was wir brauchten, und Becky konnte sie für das Kreuzverhör freigeben. Becky entspannte sich jedoch keineswegs. Das konnte sie nicht, denn nun stellte Eliot die Fragen.

Eliot lächelte. Debby erwiderte sein Lächeln.

»Du mußt ein erstaunliches Gedächtnis haben, Debby, um dich so genau an einen Mann zu erinnern, den du vor zweieinhalb Jahren nur ein paarmal gesehen hast.«

Debby zuckte auf ihre charmante Art mit den Schultern.

»Wie oft hat dir die Staatsanwaltschaft Fotos von Mr. Paley gezeigt, bevor du ihn identifiziert hast?« Eliot lächelte immer noch.

»Vier- oder fünfmal«, sagte Debby.

Ich fuhr nicht zusammen, zumindest nicht nach außen. Becky verdrehte die Augen und machte sich auf ihrem gelben Block eine Notiz.

»Und als ihr die Aussage, die du heute machen solltest, probiert habt, hat man dir da gesagt, wo Mr. Paley sitzen würde?«

»Ja«, pflichtete Liebling Debby ihm bei. Becky schnitt neuerlich eine Grimasse und machte sich noch eine Notiz.

Jetzt kam Eliot zur Sache. »Nun zu diesem Mann, der sich im Haus nebenan aufhielt. Worüber hast du dich mit ihm unterhalten?«

Debby runzelte die Stirn. Ihr bemerkenswertes Gedächtnis war im Begriff, sie im Stich zu lassen. »Ich glaube nicht, daß ich so viel mit ihm geredet habe. Ich bin hinübergegangen, weil die anderen Kinder dort waren. Meistens habe ich nur mit ihnen geredet.«

Eliot nickte, sichtlich zufrieden. »Das heißt, du erinnerst dich nicht, daß er mit dir gesprochen hat?«

»Nicht wirklich.«

»Hat er dich je ins Haus gebeten?«

Debby dachte angestrengt nach. »Nee. Im Haus war ich, glaube ich, nie.«

»Und es waren immer andere Kinder dabei?« fragte Eliot nachdrücklich.

»Ja.«

»Der Mann hat sich nie so benommen, daß es dir unangenehm war? Er hat nie etwas Unanständiges zu dir gesagt oder dich auf eine Weise angefaßt, die du nicht mochtest?«

Debby wollte bereits verneinend den Kopf schütteln, doch dann überlegte sie es sich anders. »Einmal bin ich neben ihm gestanden, und er hat uns allen irgendwas erzählt. Ich hab mit meiner Freundin getuschelt, und er hat plötzlich seine Hand auf meine Schulter gelegt und ganz fest zugedrückt. Hat richtig weh getan.«

Debbys Gedächtnis war also nicht ganz so unzuverlässig, um nicht auch der Verteidigung ein paar Unannehmlichkeiten zu bereiten.

Eliot blieb ungerührt. »Hat er dich jemals in seinem Auto mitgenommen?«

»Nee.«

Er beschloß, es dabei zu belassen. Becky nahm sie ins Kreuzverhör, ohne sie erst mit einem freundlichen Lächeln einzustimmen.

»Debby, du hast gesagt, du hättest den Angeklagten erkannt, nachdem wir dir vier- oder fünfmal Fotos von ihm gezeigt hatten. Wie sind wir dabei vorgegangen?«

Debby blinzelte. Ich befürchtete, sie hätte es schon wieder vergessen. »Sein Foto war mit anderen Fotos vermischt.«

»Ja«, bestätigte Becky. »Und jedesmal, wenn wir dir einen Stapel Fotos vorgelegt haben, hast du das Foto des Angeklagten herausgesucht, ist das korrekt?«

»Ja.«

»Das heißt, du hast ihn nicht erst beim vierten oder fünften Mal identifiziert«, Becky wollte jeden Zweifel ausräumen. »Wir haben dir die Fotos vorgelegt, und jedesmal hast du sein Foto herausgesucht, ist das richtig, Debby?«

Debby nickte. Becky mußte sie auffordern, ihr laut und deutlich zu antworten.

»Außerdem hast du«, fuhr Becky unerbittlich fort, »zu Mr. Quinn gesagt, daß Mr. Blackwell und ich dir gesagt hätten, wo der Angeklagte heute sitzen würde. Wie hast du das gemeint?«

Debby begann mit den Armen zu fuchteln, als würde sie ihr Puppenhaus neu einrichten. »Also, Sie haben mir gesagt, Sie und Mr. Blackwell würden da sitzen und die Geschworenen dort drüben, und der Tisch von der Verteidigung würde dort sein und der Richter über mir.« Sie sah zum Richter hoch und lächelte ihn an. Er konnte sich offenbar nicht entscheiden, wie er auf die kleine Göre reagieren sollte, ob freundlich oder streng, weshalb er seiner Neigung nachgab und sie wie einen Schmutzfleck auf seinem Zeugenstand anglotzte.

»Und daß auch Zuschauer hier sein würden«, half ihr Becky. Eliot machte sich nicht die Mühe, Einspruch zu erheben, sie suggerierte der Zeugin die richtige Antwort. Er saß da, als beschäftigte ihn ebenso wie alle anderen die Frage, warum die Staatsanwältin solche Schwierigkeiten hatte, die Aussage ihrer Zeugin im Sinne der Anklage zu erhalten.

»Ja«, sagte Debby gleichgültig.

»Habe ich je zu dir gesagt: ›Der Mann, den du identifizieren mußt, wird dort drüben sitzen‹? oder ›Vergiß nicht, auf den Mann zu zeigen, der am Tisch der Verteidigung sitzen wird‹?«

»Das war gar nicht notwendig. Ich kenne ihn doch.«

»Ich will wissen, ob ich oder Mr. Blackwell das gesagt haben.«

Debby dachte, sie habe diese Frage bereits beantwortet. »Nein.«

»Nein«, wiederholte Becky. Nachdem es sie solche Mühe gekostet hatte, Debbys Antworten zu bereinigen, hatte sie keine weiteren Fragen. Eliot verzichtete ebenfalls auf eine abermalige Befragung. Debby trippelte aus dem Gerichtssaal und aus unserem Leben.

Wir hätten Debby lieber nicht als Zeugin gehabt. Aber da sie von allen Kindern die älteste war, war sie zugleich die zuverlässigste Zeugin. Danach riefen wir noch zwei Kinder in den Zeugenstand, eines, weil es mit Austin im Auto zum Supermarkt gefahren, dann aber doch nicht in die engere Wahl gefallen war. Austin hatte den Jungen nicht einmal berührt, ein Tatbestand, den Eliot im Kreuzverhör zu betonen wußte. Uns war dennoch der Nachweis gelungen, daß sich die drei Kinder an Austin als den freundlichen Mann erinnerten, der sich zu dem Zeitpunkt, welcher in der Anklageerhebung als Datum für die Straftat genannt wurde, rund einen Monat lang in dem leerstehenden Haus in Tommy Algrens Straße aufgehalten hatte.

Becky und ich hatten lange darüber diskutiert, ob wir die Kinder bereits in unserer Hauptbeweisführung einsetzen oder sie für den Gegenbeweis in Reserve halten sollten. Letzteres wäre möglicherweise besser gewesen: Sollte Austin behaupten, er habe Tommy nie zuvor gesehen, würden wir diese Kinder aufrufen und dies mit der Aussage widerlegen, daß sie die beiden zusammen gesehen hätten. Aufgrund unserer insgesamt sehr dürftigen Beweislage entschieden wir uns dann doch dafür, ihre Zeugenaussagen gleich an den Beginn zu stellen. Es gab keine medizinische Beweislast. Tommy hatte keine Narben, und es gab keine Möglichkeit festzustellen, ob er sexuell unberührt war. Wir konnten uns nicht auf die Aussage der Polizei berufen, da es keine unmittelbar an die Straftat anschließende Untersuchung gegeben hatte. Davon abgesehen war dieser Fall nie angezeigt worden. Im wesentlichen war Tommy alles, was wir hatten. Würden wir uns auf Aussage und Gegenaussage, also Tommy gegen Austin, einlassen, wäre zu befürchten, daß der Erwachsene einen so überzeugenden Unschuldseindruck hinterließ, daß unsere Bemühungen, Tommys Aussage erst zu einem späteren Zeitpunkt zu untermauern, zunichte gemacht würden. Unser Fall sollte gleich zu Beginn so klar wie möglich wirken, damit die Geschworenen von

Austins Schuld überzeugt waren, noch bevor er in den Zeugenstand gerufen würde. Wenigstens war es den Kindern gelungen, Tommys Behauptung zu bestätigen. Die Hauptbeweislast lag jedoch weiterhin bei Tommy.

Ich erhob mich mit den Worten: »Der Staat ruft Tommy Algren«, blieb stehen und drehte mich um, um ihm entgegenzublicken, sobald er den Saal betrat.

In diesem Land genießt der Angeklagte zu seinem Schutz eine Reihe von Rechten, die niemandem sonst gewährt werden. Das ist auch richtig so, denn er ist der Angeklagte. Er muß sich verteidigen können. Allerdings bedeutet eines dieser Rechte auch ein gewisser Vorteil. Beim Prozeß hat er das Recht, den Zeugen gegenüberzusitzen, die gegen ihn aussagen, das heißt, er ist während der gesamten Verhandlung anwesend, hört jedes Wort und macht seine eigene Aussage erst ganz am Schluß. Das ermöglicht ihm, seine Aussage entsprechend vorzubereiten und sie auf alles vorher Gesagte abzustimmen. Andere Zeugen, so auch das Opfer, sind mit Ausnahme ihrer eigenen Zeugenaussage von der Verhandlung ausgeschlossen. Tommy betrat also den Gerichtssaal, blickte sich dabei verstohlen um, bereits jetzt peinlich berührt, denn er konnte ja nicht wissen, was bislang über ihn gesagt worden war, welche intimen Details diesen Fremden mitgeteilt worden waren, bevor er überhaupt seinen Namen nennen durfte.

Er trug Leinenhosen, braune Sandalen und ein am Kragen offenes, kurzärmeliges Hemd mit blauen und weißen Streifen. Sein blondes Haar zeigte noch die Spuren, die der Kamm hinterlassen hatte. Er sah aus wie ein kleiner Erwachsener. Ich hatte nicht gewollt, daß er wie ein kleiner Junge gekleidet war, da ich darauf hoffte, das Förmliche in seiner Erscheinung würde den Geschworenen das verwundete Kind, das sich dahinter verbarg, vor Augen führen.

Nachdem er sich im Saal umgeblickt hatte, richtete Tommy seine Augen geradewegs auf mich. Ich wartete, bis er bei mir angekommen war, hielt ihm das Gatter auf und drückte ihm sanft die Schulter, während ich ihn zum Zeugenstand begleitete.

»Sag uns bitte deinen vollen Namen, Tommy.« Ein Gerichtsdiener durchquerte den vorderen Saalbereich und stellte das Mikrophon so ein, daß es unmittelbar vor Tommys Gesicht stand.

»Tommy Algren.«

»Wie alt bist du?«

»Zehn.«

»In welche Schulstufe gehst du?«

»Die fünfte. Die fünfte Schulstufe.«

Er wirkte ruhig, nur seine Stimme verriet die Nervosität. Ich fuhr mit den einfachen Fragen fort, um ihn aufzulockern. »Nächstes Jahr kommst du in die Mittelstufe, ist das richtig?«

»Ja.«

»Wo wohnst du, Tommy?«

»Sparrowwood. Nummer 823.«

»Mit deinen Eltern?«

»Ja.«

Er schien seine Befangenheit langsam zu verlieren, ließ mich nicht aus den Augen und wartete auf sein Stichwort. Außer mir schien niemand mehr im Saal zu existieren. Ich bemühte mich, meine Fragen so behutsam und ruhig wie möglich zu stellen, und nickte ihm gelegentlich zu, um ihm zu zeigen, daß er seine Sache gut machte.

»Ich werde dir jetzt ein paar Fragen stellen, die damit zu tun haben, was vor etwa zweieinhalb Jahren geschehen ist«, sagte ich. Sein Gesicht nahm einen alarmierten Ausdruck an. »Erinnerst du dich an ein Haus in deiner Nachbarschaft, das damals leerstand?«

»Einspruch«, sagte Eliot. »Suggestivfrage.«

Von mir aus konnte er sich diesen Einspruch stattgeben lassen, so oft er wollte. Ich hatte erreicht, was ich wollte. Tommy wußte nun aufgrund meiner Frage, wovon die Rede sein würde.

»Erinnerst du dich, daß im Mai 1990 ein fremder Mann in ein Haus in deiner Straße eingezogen ist?«

Er zögerte. Ich fragte mich, ob ihn meine Wortwahl verwirrte.

»Ja, ich erinnere mich«, sagte Tommy endlich.

»Weißt du noch, wie er ausgesehen hat?«

»Ja«, erwiderte Tommy leise.

»Tom. Ich möchte, daß du dich sorgfältig im Gerichtssaal umsiehst. Schau dir die Gesichter der Leute hier genau an. Laß dir Zeit, du mußt dich nicht beeilen. Ist dieser Mann hier?«

Eliot war auf den Beinen, lange bevor ich ausgesprochen hatte. »Einspruch«, sagte er. »Dem Zeugen wird suggeriert.«

Ich stand ebenfalls auf, ehrlich verblüfft. »Was soll denn daran suggestiv sein, Euer Ehren? Der Zeuge hat noch niemanden identifiziert. Man kann doch nicht eine Aussage suggerieren, die noch gar nicht erfolgt ist.«

»Es ist *prä*suggestiv«, sagte Eliot ungerührt.

»*Präsuggestiv?*« erwiderte ich mit lauter Stimme. Mit seinem beispiellosen Einspruch hatte mich Eliot in einem entscheidenden Moment der Befragung unterbrochen und aus der Fassung gebracht. Zugleich war es völlig nebensächlich, wie der Richter diesen Unsinn entschied, denn das einzige, was Eliot mit dieser Unterbrechung bezweckt hatte, war, daß Tommy nicht fortfahren konnte.

Ich sah wieder zu Tommy und bemerkte sofort, daß er während unseres Geplänkels seinen Blick auf Austin Paley geheftet hatte. Tommy sah weder angewidert noch verängstigt oder in irgendeiner Weise emotional beteiligt aus. Er beobachtete, sonst nichts. Austin erwiderte diesen Blick. Zwischen den beiden hatte sich eine Kommunikation eingestellt, ein schweigender, nicht einmal feindseliger Austausch. In diesem Blickwechsel wurde die Beziehung sichtbar, und zwar für jedermann. Hier war sie die Macht, die Austin über Tommy hatte. Das war nicht nur die Autorität des Schänders, sondern auch die des Lehrers. Tommys Mund verzerrte sich ein wenig, fast ironisch. Er blinzelte langsam mit den Augen und demonstrierte, was Austin aus ihm gemacht hatte. Ein Kind, das für sein Alter um Jahre zu reif war. Es war erschütternd, diesen Ausdruck im Gesicht eines Kindes zu sehen, dessen Hauptsorge eigentlich darin bestehen hätte sollen, sein Lieblingscomics in einem schlechten Tauschhandel verloren zu haben.

Dieses Schauspiel war aber auch für mich erschreckend. Tommy war mehr als bloß ein Kind, und Austin war keineswegs sein Feind. Was ich die ganze Zeit über befürchtet hatte, trat nun ein: Tommy würde in dem Moment, da er seine Geschichte vor Gericht erzählen sollte, einen Rückzieher machen. Er würde es nicht über sich bringen, Austin, der doch sein Freund und Vorbild war, weh zu tun. Er würde Austin Paley vom Zeugenstand aus verzeihen, ihm zum Freispruch verhelfen und mir vor der Wahl jede Möglichkeit nehmen, eine andere Anklage gegen Austin vorzubereiten.

»Euer Ehren, ich bitte um Erlaubnis, mich dem Zeugen zu

nähern.« Ich tat es, ohne eine Antwort des Richters abzuwarten. Ich hatte keinen Grund, in Tommys Nähe zu sein, ich wollte mich nur zwischen Tommy und Austin stellen, das Band zwischen ihnen sprengen, von dem ich gehofft hatte, daß es nicht mehr bestand, daß es bei Tommy durch Haßgefühle ersetzt worden war. Janet McLaren hatte mich gewarnt: »Das Kind haßt, was ihm angetan wurde, doch für den Schänder empfindet es Liebe.« Ich hatte versucht, mein eigenes Band zu Tommy zu knüpfen, damit er die Macht, die Austin über ihn hatte, abschütteln konnte, aber unsere Freundschaft war zu jung und nicht annähernd so tief. Es blieben mir nur wenige Minuten, um Tommy trotz seiner Vergangenheit auf meine Seite zu bringen. Nach all den taktischen und strategischen Prozeßvorbereitungen stellte sich in diesem Moment heraus, worum es die ganze Zeit gegangen war: wer von uns beiden den eigentlichen Kampf um diesen Jungen gewinnen würde.

Innerlich bebte ich vor Zorn. Austin Paley sollte zur Hölle fahren, ich würde mir diesen Fall nicht zunichte machen lassen, nicht von ihm. Nicht einmal, wenn mein eigener Zeuge bereit war, ihm dabei zu helfen.

»Tommy«, sagte ich ruhig. »Erinnerst du dich, wie du gemeinsam mit anderen Kindern bei dem Haus gespielt hast? Dem Haus in deiner Straße, wo der Angeklagte angeblich gewohnt hat?«

Eliot erhob neuerlich Einspruch, er meinte, ich würde dem Zeugen etwas suggerieren. Ihm wurde stattgegeben, doch das war mir egal. Ich konnte Tommy nicht sagen, was vor ihm ausgesagt worden war – Eliot hätte zu Recht Einspruch erhoben, bevor ich den Satz auch nur begonnen hätte –, aber Tommy hatte gewußt, wer alles vor ihm und vor allem was sie aussagen würden. Mit den Worten *andere Kinder* wollte ich ihn daran erinnern. Er würde wie ein Lügner dastehen, widerlegte er diese Aussagen jetzt. Auch wenn er bereit war, zugunsten von Austin zu lügen, so wollte Tommy nicht in den Verdacht geraten, ein Lügner zu sein. Zumal er wollte, daß man ihm Glauben schenkte, wenn er die wesentlichen Einzelheiten des Verbrechens leugnete, jene intimen Details, die nur er und Austin kannten. Zu diesem Sachverhalt konnte er wahrheitsgemäß aussagen, ohne sich selbst oder ihm zu schaden.

»Ja«, sagte er.

»Sag uns jetzt bitte, ob dieser Mann hier ist.«

Tommy zögerte, doch Austin kam ihm entgegen, indem er sich weit genug zur Seite lehnte, so daß Tommy ihn sehen konnte, obwohl ich vor ihm stand. Derart aufgefordert, sagte Tommy: »Dort.«

Ich bewegte mich einen kleinen Schritt zur Seite. Tommys Blick lag wieder auf mir. Seine Lippen waren zu einem kleinen Kreis geschürzt, aus dem seine Zungenspitze gerade noch hervorlugte. Er schien nun doch ein wenig Angst vor mir zu bekommen.

»Weißt du noch, wer die anderen Kinder waren, die beim Haus des Angeklagten gespielt haben?«

Die Frage überraschte ihn. »Peter«, sagte er zögernd. Sollte Peter sein Rivale um Austins Gunst gewesen sein? »Debby und Jennifer, und Bobby und Dawson, und noch Stevie. Eine Menge Kinder.«

»Waren sie mit dir befreundet?«

»Ein paar von ihnen schon«, erwiderte er achselzuckend.

»Steve war dein Freund, nicht wahr?«

»Ja«, für einen Moment vergaß Tommy, darauf zu achten, worauf ich mit meinen Fragen hinauswollte. Die Erinnerung war stärker. »Stevie kam manchmal zu mir nach Hause, oder ich ging zu ihm, und wenn uns langweilig war, liefen wir zu Waldos Haus hinüber, weil dort mehr los war. Da waren immer andere Kinder zum Spielen.«

»Hast du den Angeklagten gerade Waldo genannt?«

Oje, das war ihm rausgerutscht. Geheimname. Aber auch das konnte nicht wirklich schaden.

»Ja«, gab Tommy zu.

Ich wollte, daß er wieder in seine Erinnerung zurückkehrte. »Spielst du heute auch noch mit Steve?«

»Nicht so oft.«

»Könnte sich der Staatsanwalt gütigerweise wieder hinsetzen?« hörte ich Eliot hinter mir. »Ich kann den Zeugen nicht sehen.«

In San Antonio galt unter den Anwälten die stillschweigende Regel, daß man bei der Befragung der Zeugen sitzen blieb, außer es gab einen besonderen Grund, sich neben oder vor den Zeugen zu stellen, etwa zur Demonstration eines physischen Beweismittels. Ich ging zu meinem Platz zurück. »Warum nicht?« fragte ich Tommy. Ich schoß jetzt gewissermaßen ins Blaue. Ich wußte nicht, was zwischen Steve und Tommy passiert war, aber mir war eingefallen, was

Dr. McLaren gesagt hatte, und ich ging davon aus, daß sich Austin zwischen die beiden gestellt hatte. Entweder war Tommy in Austins Falle getappt, und Steve hatte sich zurückgezogen, oder Tommy hatte sich nach dem, was geschehen war, nicht mehr auf die kindlichen Spiele und Freundschaften einlassen können.

Tommy zuckte neuerlich mit den Achseln. »Wir sind nicht mehr in derselben Klasse.«

Eine Freundschaft muß deshalb nicht beendet sein, und Tommys gesenkter Blick ließ mich vermuten, daß mehr dahintersteckte.

»Erinnerst du dich an den 23. Mai 1990, Tommy?«

»Schätze schon.«

Das in der Anklageschrift genannte Datum lautete auf den 23. Mai. Tommy kannte es sehr gut, denn er hatte uns geholfen, das genaue Datum zu rekonstruieren. An diesem Tag war er zum ersten Mal von Austin sexuell mißbraucht worden. Wir hatten beschlossen, dieses Datum als Grundlage für unsere Anklageerhebung zu nehmen, da Tommy an diesem Tag seine Unberührtheit und Kindheit geraubt worden waren. Bei den späteren Begegnungen bestand die Gefahr, daß Tommy als bereits willfähriger Partner angesehen werden konnte. Tommy wußte, welchen Tag ich meinte. Er wußte, was hier angesprochen wurde. Er sah mich mit zusammengepreßten Lippen und herausfordernder Miene an. *Komm schon, frag mich nur*, sprach es aus seinen Augen.

»Weißt du noch, wann du an jenem Abend nach Hause gekommen bist?« fragte ich.

»Einspruch. Annahme von Tatbeständen, die nicht zur Beweisführung gehören«, warf Eliot ein. Aus dem Augenwinkel war mir Eliots erstaunt fragender Blick nicht entgangen. Ich tastete mich tatsächlich auf Umwegen vor.

Doch viel wesentlicher war, daß Tommy erste Anzeichen von Überrumpelung zeigte. Er dachte ebenfalls, ich hätte ihm die falsche Frage gestellt.

»Hast du an dem Tag nach der Schule in Waldos Garten gespielt?« fragte ich.

Er zögerte, wußte nicht, was er sagen sollte, wann der Moment gekommen war, alles abzuleugnen. »Ich glaube schon«, wand er sich heraus. Mir war seine Unsicherheit egal.

»Weißt du noch, wann du in jener Nacht von seinem Haus nach Hause gekommen bist?«

Das war es, was er nicht verstand. Ich hatte das Ereignis einfach übersprungen, sprach an, was *danach* passiert war. »Weißt du es noch?« fragte ich leise.

»Ja«, sagte er.

»Hast du deinen Eltern erzählt, daß etwas Ungewöhnliches vorgefallen war?«

»Nein.«

Nein, das hatte er nicht. Es war Tommys Geheimnis gewesen, damals – seines und Waldos Geheimnis, jedoch in erster Linie seines. Kein schönes, sondern eines, für das er sich schämen mußte. Damals hatte er sich noch nach seinen Eltern gesehnt, wobei die Liebe, die er für sie empfand, in dem Moment noch stärker war als die Liebe zu Austin, aber er konnte ihnen nichts erzählen, denn was er getan hatte, war unanständig gewesen. In jener Nacht hatte er sich in den Schlaf geweint, und zwar nicht nur, weil er klein und verängstigt war, sondern weil er vollkommen allein war.

Ich stellte meine Fragen bedächtig, um Tommy Zeit zu geben, die Gedächtnislücken zu stopfen.

»Weißt du noch, ob du am nächsten Tag zur Schule gegangen bist?«

»Ja.« Und dabei hatte er sich immer wieder die Frage gestellt, ob das alles nur ein schlechter Traum gewesen war und ob er einfach so tun könnte, als wäre es nie passiert. Er hatte die anderen Kinder beobachtet und erstaunt bemerkt, wie jung und sorglos sie waren.

»Hast du irgend jemandem erzählt, daß dir am Tag zuvor etwas Ungewöhnliches zugestoßen war?«

»Nein«, sagte Tommy leise.

Eliot starrte mich unterdessen ungeniert an, denn ich schien all die Fragen zu stellen, die eigentlich er stellen wollte, um zu beweisen, daß Tommy zum Zeitpunkt der vermeintlichen Vergewaltigung offenbar keinen Grund gehabt hatte, um Hilfe zu schreien. Aber Eliot war jetzt nicht das Problem. Ich war zu sehr damit beschäftigt, Tommy in Erinnerung zu rufen, wie er sich am Tag nach der Vergewaltigung gefühlt hatte, wie ihm die Scham in Hitzewellen durch den Körper geschossen war. Es war keine schöne Erinnerung. Keine, die er anderen erzählen wollte. Nicht, weil sie ein besonderes Geheimnis war, sondern weil er mit ihrer Offenlegung allen gezeigt hätte, wie anders, wie unanständig er war.

»Hast du deinem Freund Steve davon erzählt?«

»Nein«, erwiderte Tommy. Ich hoffte, er würde sich nun erinnern, daß er mit Steve an jenem Tag noch befreundet gewesen war, daß er einen Freund gehabt hatte, an den er sich hätte wenden können. Aber wie hätte er von dem neuen Freund in seinem Leben erzählen können? Wie darüber reden, daß er damals im Begriff war, seinen Freund Steve zu verlieren.

»Hast du an jenem Tag so wie immer beim Mittagessen und am Nachmittag mit den anderen Kinder gespielt?«

»Ja«, sagte Tommy, aber jetzt log er. In Wirklichkeit hatte er sich von den anderen abgesondert, gespürt, daß er nicht mehr dazugehörte, so wie er auch jetzt nicht dazugehörte und lieber den Außenseiter spielte. Außer Austin und wahrscheinlich mir hatte er keine Freunde mehr.

»Bist du nach der Schule wieder zu Waldos Haus gegangen?«

»Ja.« Tommy sah mich nicht länger an, aber zu Austin sah er auch nicht hin. Ich konnte die Unruhe spüren, die vom Tisch der Verteidigung ausging. Vermutlich versuchte Austin, Tommys Aufmerksamkeit wieder zu erlangen, doch der hatte seinen Blick an den Geschworenen vorbei in die Vergangenheit gerichtet.

»War Waldo zu Hause?«

»Nein.«

Natürlich nicht. Austin mußte ein paar Tage in Deckung gehen, für den Fall, daß Tommy seinen Eltern doch etwas gesagt hatte. Das leerstehende Haus war nur eine Falle, die zugeschnappt hatte. Er konnte, wenn er wollte, alle Brücken hinter sich abbrechen, ohne eine Spur zu hinterlassen. Das war ja das Geniale an seinem Plan.

Aber Tommy war zu dem Haus zurückgekehrt, um es so verlassen vorzufinden, wie er sich fühlte. Nachdem er den ganzen Tag geschwiegen und sein Versprechen gehalten hatte, hatte ihn Waldo verlassen. Wenn Tommy noch irgendeinen Beweis brauchte, daß das, was sie getan hatten, unanständig war, dann erhielt er ihn durch das leere Haus. Er erfuhr außerdem noch etwas: daß sein neuer Freund ihm nicht vertraute.

»Bist du am nächsten Tag noch einmal hingegangen, um zu sehen, ob er da war?«

»Ja.«

»Und, war er da?«

»Nein.« Tommy sah nun Austin scharf an. Seine Augen schienen zu glühen. Ich konnte nicht sehen, ob Austin den Blick erwiderte.

»Wie hast du dich gefühlt, als du nach diesem Tag immer wieder in das Haus zurückgekehrt bist und Waldo dann nicht da war?«

Tommy reagierte mit einem Achselzucken, einer für seine schmalen Schultern viel zu erwachsenen Geste.

»Bist du wieder hingegangen?«

Er nickte.

»War er da?«

»Nein«, erwiderte Tommy bitter.

»Als du dachtest, er würde nicht wiederkommen, hast du dann deinen Eltern erzählt, was geschehen war?«

Eliot erhob Einspruch: Es sei nicht bewiesen, daß *etwas* geschehen sei. Tommy schüttelte den Kopf, während Eliot noch sprach. Für mich galt das als Antwort. In dem übergroßen Zeugenstand wirkte Tommy winzig klein. Ich bemerkte, daß sich mehrere der Geschworenen vorgebeugt hatten, um ihn besser sehen zu können.

»Warum hast du deinen Eltern nichts erzählt?«

Mit kaum hörbarer Stimme sagte Tommy: »Ich hatte Angst.«

Das schien wie ein kleiner Durchbruch. Bis jetzt hatte er nicht zugegeben, daß überhaupt etwas passiert war, womit seine Angst gerechtfertigt gewesen wäre. Dennoch wollte ich diesen Fortschritt nicht ausnutzen. »Was hast du *denn* getan?« wollte ich wissen.

Er zuckte wieder die Achseln, diesmal wie ein langjähriger Gefangener, der seinen Tagesablauf beschrieb. »Mit Mom und Dad zu Abend gegessen, meine Hausaufgaben gemacht, zu Bett gegangen.«

»Hast du nach der Schule mit den anderen Kindern gespielt?«

Er schüttelte den Kopf.

»Haben sie Waldo auch vermißt?«

»Weiß ich nicht.«

Idiot, schalt ich mich selbst, *du dämlicher Idiot*. Plötzlich pulsierten diese Worte wie ein Refrain in meinem Kopf. Tommy hatte gesagt, was ich wissen mußte, und ich hätte es beinahe nicht bemerkt.

»Tommy. Als du abends zu Bett gingst, konntest du da gleich einschlafen?«

Tommys Starren hatte sich nach innen gekehrt. Er blinzelte angestrengt. »Nicht immer«, sagte er.

»Und bist du manchmal mitten in der Nacht aufgewacht?« riet ich aufs Geratewohl, aber ich schien ins Schwarze getroffen zu haben. Das war Tommys Gesicht anzusehen.

»Ja«, erwiderte er leise, als wollte er die Gespenster in seinem Zimmer nicht wecken.

»Was hast du gemacht, wenn du nicht einschlafen konntest?«

»Bloß dagelegen«, sagte Tommy. Ich konnte es mir vorstellen. Sein Schweigen konnte nur bedeuten, daß ihn die Erinnerung daran nun unbarmherzig einholte. Das große weiße Haus, wie es im Dunkeln lag, und irgendwo in der Tiefe des Hauses Tommy, ganz allein in seinem Zimmer.

»Wie hast du dich gefühlt?« fragte ich weiter.

»Es war kalt«, sagte Tommy, der mit eingezogenen Schultern dasaß. *Kalt?*, dachte ich, *im Mai?* Vielleicht stellte Tommys Vater die Klimaanlage in der Nacht besonders stark ein. Oder vielleicht war nur Tommy kalt gewesen.

Ich musterte ihn in seinem hübschen Hemd, mit seinem gepflegten Haar, der kleine Junge, der wie ein Mann aussehen wollte. So hatte ich ihn auch behandelt. Und Austin auch. Mit seinem Wunsch gespielt, ganz schnell erwachsen zu werden; ich hatte gedacht, mit einem männlich erwachsenen Händedruck und verständnisvollen Blicken könnte ich einen Pakt mit ihm schließen. Ich hatte mich geirrt, Gott, hatte ich mich geirrt.

»Warum bist du nicht einfach aufgestanden und zu deinen Eltern gelaufen?« fragte ich.

Weil das Haus kalt war und groß und dunkel, und weil am anderen Ende wieder nur ein Mann war und Tommy nicht wußte, ob er einem Mann jemals wieder vertrauen könnte.

Er antwortete nicht.

»Hast du darüber nachgedacht, was passiert ist?« fragte ich weiter.

Tommy sah hoch, eine wilde Angst im Blick. Ich sprang auf und war in einer Sekunde neben ihm. Ich legte meinen Arm um ihn, und er klammerte sich mit beiden Händen an meiner Hand fest. Ich hielt sie so fest, wie ich konnte. »Es ist gut«, sagte ich, während er bitterlich weinte. »Ist schon gut.«

Es mußte das erste Mal sein, daß er vor jemand anderem weinte, das erste Mal seit diesen einsamen Nächten, ganz allein in der Dunkelheit seines Zimmers, daß er überhaupt weinte. Er war seit damals unglaublich hart geworden, aber nicht im Kern. Tommy brauchte keinen Freund, er benötigte einen Vater. Einen, der ihn nicht um seine Kindheit betrog, indem er von ihm erwartete, nur ja schnell erwachsen zu werden.

Das Bild, das mir in diesem Moment durch den Kopf schoß, war jedoch nicht Tommy allein in seinem Zimmer, sondern David, wie ich ihn zuletzt gesehen hatte: als kleinen Jungen im Smoking, nicht nachdenklich, sondern mit einer Sehnsucht, die ganz tief in seinem Inneren steckte, so tief, daß er wahrscheinlich nicht einmal von ihr wußte. Eine Sehnsucht, die nach Geborgenheit, Trost und Schutz schrie.

Indem ich Tommy an meine Brust gedrückt hielt, nahm ich nicht nur Austin die Sicht auf das Kind, sondern allen anderen im Saal auch. Ich wartete ab, bis sein Schluchzen nachließ. Tommy war noch nicht verloren. Ich konnte ihn immer noch retten, vorausgesetzt, er half mir dabei.

»Tommy«, sagte ich, wobei ich seine Hand fest drückte. Er sah mich mit zusammengepreßten Lippen und immer noch angsterfüllt an. »Erzähl allen hier, was passiert ist.«

»Euer Ehren«, sagte Eliot hinter mir, »ich muß Einspruch erheben. Wir können den Zeugen nicht sehen, weil der Staatsanwalt uns die Sicht verstellt. Dem Angeklagten wird das Recht auf Gegenüberstellung verweigert. Und wie es scheint, setzt der Bezirksstaatsanwalt den Zeugen unter Druck.«

Gut beobachtet, Eliot. Ich nutzte die kurze Unterbrechung, um Tommy noch einmal die Hand zu drücken, dann sagte ich: »Erzähl ihnen die Wahrheit.« Dann ging ich zu meinem Platz zurück.

Tommy wirkte immer noch verängstigt. Er ließ mich nicht aus den Augen und tat nun, was ich ihm erst vorige Woche gesagt hatte, obwohl es Ewigkeiten her schien. Ich nickte ihm beruhigend zu. »War Waldo dann irgendwann doch wieder zu Hause?«

»Ja«, sagte Tommy klar und deutlich. Sein Blick ruhte auf mir.

»Wieviel Zeit war vergangen?«

»Das weiß ich nicht.«

»Eine Woche?« fragte ich. »Ein Monat? Ein Jahr?«

»Nein, nur ein paar Tage«, antwortete Tommy. Aber es waren drei, vier oder fünf Tage schmerzlicher Unruhe gewesen, verbunden mit der Frage, ob er nun nicht nur für immer ein anderer Mensch, sondern auch verlassen sein würde.

»Warst du froh, als du ihn wiedersahst?«

»Ja.« Tommy war die Erinnerung an die Freude anzusehen, die ihn erfaßt haben mußte, als sein Freund wieder da war und er die Gewißheit hatte, doch nicht im Stich gelassen worden zu sein, auch wenn er hier im Gerichtssaal nicht lächelte.

»Was habt ihr zusammen unternommen?«

Was Freunde miteinander eben so tun: Sie machten Ausfahrten im Auto, redeten, lachten über kleine, intime Scherze. Austin hatte Tommy am Arm berührt oder am Oberschenkel und ihn dabei für einen Moment in Angst versetzt, aber die Berührungen waren flüchtig gewesen.

»Ist noch etwas passiert?«

»Nein«, sagte Tommy unbedacht. Es war die Wahrheit.

»Hast du den Angeklagten weiterhin gesehen?«

»Ja.«

Jetzt wagte ich den Sprung. »Sprechen wir nun über diesen einen Tag. Du weißt, welchen ich meine, Tommy. Wann genau war das? Als es das erste Mal passierte?«

Tommy mußte nicht lange nachdenken. Er schluckte, doch nur, weil er seine Stimme immer noch nicht ganz in der Gewalt hatte. Er ließ mich nicht aus den Augen und beantwortete jetzt nur noch meine Fragen.

»Am 23. Mai«, sagte er. »1990.«

»Hast du ihn besucht?«

»Ja.«

»War es das erste Mal, daß du hingegangen bist?«

»O nein. Ich war schon – oft dagewesen.«

»Warst du davor mit Austin auch einmal allein gewesen?«

»Ja.«

»Hast du ihn gern gehabt, Tommy?«

»Ja.« Bei der Beantwortung dieser einfachen Frage begann seine Stimme wieder ein wenig zu zittern.

»Wie hat er dich behandelt?«

Tommy dachte nach. »Er redete mit mir wie jemand, der wissen wollte, was ich mir denke. Und, und manchmal, wenn ein anderes Kind etwas gesagt hat, dann hat er mich angesehen, und das war so, als würde er sagen, Junge, so ein Blödmann. Manchmal waren wir die einzigen, die über etwas gelacht haben, und alle anderen wußten nicht, was los war.«

Tommy plauderte diese Dinge aus wie ein kleines Kind, das begeistert von seiner jüngsten Entdeckung erzählt.

»An diesem Tag also, am 23. Mai, als du zum Haus kamst, war Waldo da im Garten?«

»Nein.«

»Waren andere Kinder da, die im Garten oder in der Nähe gespielt haben?«

»Nein.« Tommy war immer noch anzuhören, wie erstaunt er gewesen sein mußte, als alles plötzlich ganz anders war.

»Was hast du gemacht?«

»Ich wollte schon wieder nach Hause gehen. Aber dann habe ich an die Tür geklopft, einfach« – er zuckte mit den Schultern – »einfach so, und er war daheim, und dann hat er gesagt, er habe schon auf mich gewartet.«

»War noch jemand im Haus?«

»Nein.«

»Wie hat es im Haus ausgesehen?«

Tommy kniff die Augen zusammen. »Wie ein einem Haus, in dem niemand wohnt. Es gab ein Sofa und ein paar Klappsessel, das war aber auch schon alles. Ich habe Waldo gefragt, ob er denn nicht mehr Möbel will, und er hat nur gelacht.«

»Was habt ihr gemacht?«

»Geredet und ein paar Spiele gespielt. Dann haben noch andere Kinder an die Tür geklopft, aber Waldo hat sie nicht hereingelassen. Wir sind neben der Tür gestanden und haben ›Psst‹ gemacht und darüber gelacht.«

»Hat er dir gesagt, warum er ihnen nicht aufmachen wollte?«

»Weil wir allein viel mehr Spaß miteinander hatten.«

»Seid ihr irgendwann wieder nach draußen gegangen?«

»Waldo hat dauernd gesagt, daß es so heiß ist, viel zu heiß, um im Garten etwas zu unternehmen.«

»War es heiß?«

»Ich glaube schon.«

»Weißt du noch, was du angehabt hast?«

»Kurze Hosen, schätze ich, und ein T-Shirt. Das habe ich nach der Schule immer angehabt.«

»Wo waren deine Eltern, Tommy?«

»In der Arbeit.«

»Und du warst ganz allein zu Hause?«

»Normalerweise ging ich nach der Schule in den Hort, aber damals kam zweimal die Woche ein Mädchen zum Aufräumen, und sie hat dann auf mich aufgepaßt, bis Mom und Dad nach Hause kamen.«

»Aber du durftest draußen spielen?«

»Ja, das schon.«

Tommys Eltern waren im Publikum. Ich drehte mich nicht um, um zu sehen, wie sie sich krümmten, und Tommy sah auch nicht in ihre Richtung. Wahrscheinlich waren noch mehr Eltern im Saal, die in diesem Moment von Schuldgefühlen geplagt wurden, auch unter den Geschworenen.

»Was hatte Waldo an?« fragte ich.

»Er war – sah aus wie ein Anzug, glaube ich, aber ohne Jacke und ohne Krawatte.«

»Seid ihr dann doch aus dem Haus gegangen oder irgendwohin gefahren?«

»Waldo sagte nach einer Weile: ›Ich weiß, was wir tun können‹, und dann sprang er auf, wollte mir aber nicht sagen, was. Er ging ins andere Zimmer und zog sich um.«

»Bist du mitgegangen?«

»Nein, aber er war im Zimmer nebenan, und er hat die Tür offengelassen.« Tommy begann, sich unbehaglich zu fühlen.

»Was hat er angezogen?«

»Kurze Hosen und ein anderes Hemd.«

»Und was geschah dann?«

»Wir stiegen in sein Auto und fuhren eine Zeitlang. Waldo kannte ein anderes Haus, nicht weit entfernt, und es hatte einen Swimmingpool.«

»War sonst noch jemand dort?«

»Nein. Vor dem Haus stand ein Schild, daß es zu verkaufen war.«

»Sah es drinnen so aus wie in dem anderen Haus?«

»O nein«, erwiderte Tommy. Natürlich nicht, Austin hätte den Beginn ihrer intimen Beziehung niemals in den schäbigen Räumen des leerstehenden Hauses mit seinen kahlen Wänden und dem durchhängenden Sofa zugelassen. Bei der Beschreibung des anderen Hauses schien Tommy ein zweites Mal ins Staunen zu geraten. »Es war ein schönes Haus. Mit goldenen Lampen und Tischen aus Glas und mit Vorhängen. Und dann gab es noch den Pool.«

»Gehörte das Haus dem Angeklagten?«

»Ich glaube nicht. Wir waren nur das eine Mal dort und dann nie wieder.«

»Aber er kannte sich gut aus?«

»Ja. Er wußte, wo die Drinks waren, holte mir eine Cola und zeigte mir das Haus.«

Wie ein Fremdenführer, was Austin im Grunde auch war. »Und was habt ihr dann gemacht?«

Tommy zögerte. Ich wollte ihn nicht drängen. Seine Augen wanderten an mir vorbei, jedoch nicht zu Austin hin. Er biß an seinen Lippen. »Er sagte, wir sollten schwimmen gehen. Ich sagte, ich hätte meine Badehose nicht mitgebracht, aber Waldo meinte, das mache nichts, es sei ja sonst niemand da.«

»Und?«

»Er ging hinaus und begann, seine Kleider auszuziehen, dann hörte er plötzlich auf und sah mich an, als wollte er sagen: Was ist? Stimmt was nicht? Und dann habe ich mich auch ausgezogen.« Er verschränkte die Arme. »War ein komisches Gefühl, ganz nackt zu sein.«

»Gab es denn keine Nachbarn?«

»Um das Haus war ein hoher Zaun.«

Ich nickte. »Seid ihr schwimmen gegangen?«

»Ja.«

»Hat es Spaß gemacht?«

Tommy sah mich an, als wäre er auf diese Frage nicht vorbereitet oder als könnte er nur eine seltsame Antwort darauf geben. Mein Blick war unbekümmert und direkt. »Ja«, sagte er schließlich, wobei er die Augen gesenkt hielt. »Wir schwammen und ließen uns auf den Luftmatratzen treiben, und wir spielten Fangen und Unterwasser-Wettschwimmen und solche Sachen.«

»Hat er dich im Wasser berührt?«

»Ja.«

Das war nicht die Geschichte, die mir Tommy das erste Mal in meinem Büro erzählt hatte. Damals hatte er nicht gesagt, daß das seine erste sexuelle Begegnung mit Austin gewesen sei. Dennoch war diese Version erstaunlich ähnlich. Austin war gezwungen, Tommy bei jeder Begegnung erneut zu verführen. Vielleicht gehörte das zum besonderen Reiz der Kindesschändung. Sobald das Kind abgestumpft ist und sich damit abfindet, ist es an der Zeit, weiterzuziehen. In dem Moment, als Tommy nicht mehr erobert, seine Angst nicht mehr überwunden werden mußte, hatte Austin ihn dann tatsächlich verlassen.

»Hattest du Angst, als er dich berührte.«

»Zuerst dachte ich, das sei nicht absichtlich.«

»Was geschah dann?«

»Ich ließ mich auf der Luftmatratze treiben, weil ich müde war.«

»Auf dem Rücken oder dem Bauch oder auf der Seite?«

»Auf dem Rücken.«

»Wo war Austin?«

»Er schwamm um die Matratze herum. Oder er ist unter der Matratze durchgetaucht und dann auf der anderen Seite wieder aufgetaucht. Irgendwann tauchte er auf und schien richtig müde, und da hat er seinen Kopf und seine Arme auf die Matratze gelegt.«

»War es eine große Matratze?« Meine Stimme war monoton, als gebe es keine falschen Antworten und nichts, was mich überraschen könnte. Tommy hielt seine Hände in einem Abstand von etwa einem dreiviertel Meter hoch. »Also hat er dich berührt«, sagte ich.

Tommy nickte. »Sein Kopf war direkt neben meinem Bein, und seine Arme lagen auf mir drauf.«

»Wo auf dir drauf, Tommy?«

Er schluckte. »Einer lag über meinen Beinen, und der andere war da bei meinen Hüften.«

»Warst du immer noch nackt?«

»Ja.«

»Das heißt, sein Kopf und einer seiner Arme befanden sich neben deinem Penis?«

Eliot erhob Einspruch auf Suggestivfrage. Richter Hernandez gab ihm statt. Ich wollte bloß derjenige sein, der das Wort als erster aussprach, um Tommy die Scheu davor zu nehmen. »Was geschah als nächstes?« fragte ich.

Kurz dachte ich, Tommy würde nicht antworten. Sein Mund war so zusammengekniffen, daß die Lippen kaum noch sichtbar waren. Seine Fingernägel machten kratzende Geräusche auf dem Geländer vor ihm. Ich war bereits im Begriff, eine andere Frage zu stellen, als er dann doch sagte:

»Er drehte seinen Kopf zu mir her und lächelte mich an, und dann sagte er meinen Namen, und ich, ich habe ihm die ganze Zeit ins Gesicht geschaut und dann gespürt, wie sich seine Hand an meinem Bein entlangbewegt hat, und dann hat er sie da liegen lassen – genau da, wo mein Bein aufhört.«

»Und dann?«

»Dann sagte er etwas, so etwas wie ›Oh, was haben wir denn da?‹ Dann habe ich auch dorthin geschaut – ich dachte, da ist ein Käfer oder so – und er hat meinen Penis angeschaut.« Tommy zögerte nicht, das Wort auszusprechen, er sagte es hastig, beinahe atemlos. »Er hat ihn bloß angestarrt, als ob er nie zuvor einen gesehen hätte.«

Ich stellte jetzt nur noch Zwischenfragen, wenn Tommy kurz schwieg. Und sofort eilte er in seiner Erzählung weiter, als wäre meine Stimme nur ein Ventil für etwas. »Hat er ihn angefaßt?« fragte ich als nächstes.

»Zuerst hat er nur die ganze Zeit hingeschaut, und mir war das – mir war das total peinlich. Ich wollte ihn schon mit meiner Hand bedecken, aber er hinderte mich daran, und dann sah er mich plötzlich an und lächelte auch nicht mehr, ganz ernst war er auf einmal und sagte: ›Das ist schon in Ordnung. Deswegen muß man sich überhaupt nicht schämen.‹ So was in der Art. Und ich hab gesagt: ›Was meinst du?‹ und er darauf: ›Erregt zu werden. Deswegen muß man sich nicht schämen. Das passiert uns allen die ganze Zeit.‹«

»Hast du verstanden, was er damit gemeint hat?«

»Nein, damals noch nicht. Aber ich – naja, ich wußte ja, wo er hinsah. Ich glaube, ich muß es ungefähr gewußt haben. Dann sagte er: ›Es ist total angenehm.‹ Er sagte nicht in Ordnung, sondern total angenehm. Dann sagte er …«

Er sprach nicht weiter. Tommy sah außer mir niemanden an, aber er behielt auch mich nicht länger ständig im Auge. Sein Blick, der zunächst auf mich geheftet war, wanderte plötzlich weg, war zu Boden gerichtet, fixierte die Stuhlbeine, kehrte mit einem Mal zu meinem Gesicht zurück. »Was?« fragte ich.

»Er sagte: ›Darf ich ihn berühren?‹«

»Was hast du geantwortet?«

»Ich glaube, ich habe gar nichts gesagt, aber vielleicht habe ich genickt oder so, weil er sich so benommen hat, als hätte ich das getan. Er hielt seine Hand hoch, ganz unbeweglich, als wollte er etwas einfangen, dann senkte er sie und bedeckte meinen Penis damit.«

»Bedeckte ihn?«

»So, daß man ihn nicht mehr sehen konnte. Er hat ihn unter seiner Hand versteckt. Dann hat er …«

»Was, Tommy?«

»Dann hat er nur geatmet. Nur – geatmet. Ich konnte ihn atmen hören. Das war alles, was ich hören konnte.«

Im Gerichtssaal war nicht einmal mehr das zu hören. Es war Beckys Aufgabe, die Geschworenen zu beobachten und mir später ihre Reaktionen mitzuteilen, doch nun, da Tommy beschrieb, wie er seinem Angreifer beim Atmen zuhörte, warf ich einen Blick auf die Jury. Ein Mann starrte zu Boden, so eindringlich, als könnte er sich auf diese Weise unsichtbar machen. Zwei oder drei andere Geschworenen bedeckten mit der Hand ihren Mund.

»Was hat er als nächstes gemacht, Tommy?«

»Er machte seine Hand wieder auf, so wie jemand, der nur kurz hinguckt, und dann lächelte er wieder. Er lächelte mich an. Er sagte wieder, daß es in Ordnung ist. Und dann hat er – dann hat er ihn geküßt.«

Er hatte es so leise gesagt, daß ich befürchtete, nicht alle Geschworenen hätten es gehört. Ich wollte nicht zu dramatisch werden, aber ich mußte dafür sorgen, daß alle es gehört hatten. »Was hat er geküßt, Tommy?«

»Meinen Penis.«

Tommy hatte seinen Blick auf die sonderbaren Verschränkungen gerichtet, die seine Finger anstellten. Ich mußte ihm wieder sein Stichwort geben. »Was geschah dann?«

Tommy sah hoch, sichtlich froh, den Anfang hinter sich zu haben. »Dann richtete er sich auf, und er lächelte wieder und fing an, meine Luftmatratze zum Beckenrand zu ziehen.«

»Wie hast du dich in dem Moment gefühlt, Tommy?«

»Ich war froh, daß es vorüber war. Ich habe mich ganz komisch dabei gefühlt.«

»Was meinst du mit komisch?«

»Naja, so, ich wußte nicht, was als nächstes passieren würde. Ich war froh, als er aufgehört hatte.«

Er ließ sich nicht dazu bringen zu sagen, daß er Angst gehabt hatte. Ich wartete ab, doch Tommy fügte nichts hinzu, was seine Gefühle betraf. Er fuhr mit seiner Erzählung fort: »Er zog meine Luftmatratze ins seichte Wasser am Beckenrand, also dachte ich, wir gehen raus, also stieg ich raus, und dann kam Waldo aus dem Wasser, die Treppen hinauf.« Tommy hielt inne. Sein Gesicht wirkte wie ein Porträt: Es zeigte diese Reife, die ich so oft an ihm gesehen hatte, doch darunter kam wie ein sich langsam ausbreitender Ausschlag eine Unruhe zum Vorschein, die die reine Angst war. Als er wieder sprach, erinnerte seine Stimme, die doch die Stimme eines Kindes war, auf geradezu unheimliche Art an Austins Sprechweise. »Und er sagte: ›Siehst du? Ich hab dir ja gesagt, das passiert uns allen.‹«

»Wovon sprach er, Tommy?«

Ich dachte schon, ich mußte ihm wieder nachhelfen, doch dann stürzte ein Schwall von Worten aus ihm heraus. »Von seinem Penis. Er war steif geworden.«

»Was tat er?«

»Er kam zu mir her und legte mir einen Arm um die Schulter und meinte, wir sollten uns abtrocknen. Und da sind wir dann dort rüber gegangen, wo die Handtücher lagen. Sie sind in der Sonne gelegen und waren ganz warm. Waldo hob eines auf und begann, mich abzutrocknen. Zuerst ist er neben mir gestanden, ganz nahe, und er …«

»So nahe, daß sein Penis dich berührt hat?« unterbrach ich ihn zum ersten Mal.

»Ja.«

»Wo?«

»Hier«, erwiderte Tommy wie aus der Pistole geschossen und griff sich dabei auf die Brust, als wäre ihm die Stelle eingebrannt worden. »Und da. Und dann, als er sich bückte, um mir die Beine abzutrocknen, fuhr er damit meinen ganzen Rücken hinunter.«

»Was hast du gemacht?«

»Ich stand nur da. Als ich trocken war, griff ich nach meinen Shorts und meinem Hemd, aber er nahm meinen Arm und sagte: ›Komm, legen wir uns noch ein Weilchen in die Sonne.‹ Und dann wollte er, daß ich mich auf einen dieser breiten, wie heißen die? So ein langer Liegestuhl, aber mit einer Matratze drauf, also daß ich mich da drauf lege. Und er hat sich neben mich gelegt. Und dann sind wir eine Zeit lang nur so dagelegen.«

»Lag Austin auf dem Bauch oder auf dem Rücken?«

»Auf dem Rücken«, erwiderte Tommy.

»Hat er sich zugedeckt?«

»Nein.«

»Hat er etwas gesagt?«

»Er sagte dann, daß das unser Geheimnis ist, daß nur solche Leute, die sehr, sehr gute Freunde sind, so zusammen sein können. Und daß er es niemandem erzählen würde, und ich sollte es auch niemandem erzählen. Dabei hielt er meine Hand. Und er umarmte mich, legte seine Arme so um mich herum und drückte mich ganz fest an seine Brust.«

Und Tommy erwiderte die Umarmung, denn gerade daran hatte es ihm in seinem ganzen Leben gefehlt. Und für einen langen Moment mußte Tommy gedacht haben, die Sorge sei vorüber und er habe endlich jemanden gefunden, der ihn liebte und immer da sein würde, wenn er ihn brauchte.

»Dann berührte er mich wieder«, stieß Tommy hervor. »Er streichelte meinen Rücken mit einer Hand bis hinunter zu meinem Po, und er hielt ihn zuerst mit einer Hand und dann mit beiden Händen. Seine Wange kratzte mich im Gesicht. Und dann legte er sich zurück und ließ mich aber nicht los und sagte: ›Schau mal da her.‹«

»Wohin?«

»Zu seinem Penis. Er war direkt vor mir, und er war wieder steif, und so direkt vor mir, und er sagte: ›Möchtest du meinen nicht auch anfassen?‹«

»Und wolltest du das, Tommy?«

Er schüttelte heftig den Kopf, immer wieder. »Nein. Er hat mir angst gemacht. Er war ganz rot, und er war riesengroß. Ich hatte keine Ahnung, daß er so groß werden kann.«

»Hast du ihn berührt?«

»Ja.«

»Warum?«

»Weil er es doch wollte.«

Tommys Stimme war die meiste Zeit gefaßt gewesen. Er hatte sehr hastig gesprochen. Im Gegensatz zu vorhin schien sie nicht tränenerstickt. Auf seinen Wangen hatten sich nun zwei glänzende Ströme gebildet, und jetzt quoll eine weitere Träne hervor und rann ihm über das Gesicht. Er sprach weiter, als wäre er ganz woanders, ein Außenstehender, der bloß beobachtete, was er in diesem Moment beschrieb.

»Wie hast du ihn berührt, Tommy?«

Er demonstrierte es, indem er seinen Zeigefinger hochhielt und dabei bemüht war, ihn so lang wie möglich zu machen. »Ich wollte ihn nur kurz antupfen, aber als ich ihn berührte, nahm er meine Hand, und er schloß die Augen, und ich habe mich nicht getraut, mich zu bewegen. Er hat sich dann lange nicht bewegt, ich dachte schon, er ist eingeschlafen.«

»Hat er irgendwann seine Augen wieder geöffnet?«

»Ja. Dann lächelte er mich an und sagte: ›Ich habe deinen geküßt.‹«

Die Geschichte setzte sich fort. Tommy beschrieb den Oralverkehr, weswegen Austin angeklagt war, und dann die Ejakulation. Wenn ich eine Zwischenfrage stellen mußte, tat ich es mit gefaßter Stimme, vorurteilsfrei, anteilnehmend, jedoch unbeteiligt. Tommy klang ähnlich, allerdings unter Tränen, und als er den Schock des Höhepunkts beschrieb, riß er seinen Kopf in fast schon panischer Angst nach hinten. Sein Weinen wurde zu krampfhaftem Schluchzen. Diesmal eilte ich nicht zum Zeugenstand, um ihn zu trösten. Ich wartete ab, sagte einige Worte zur Beruhigung, und er fand schließlich seine Fassung wieder. Im Gerichtssaal herrschte Totenstille.

Tommys Geschichte schien uns wie ein Ozean überschwemmt zu haben, der so langsam und so still und unbemerkt über uns gekommen war, daß wir uns plötzlich in einer völlig geräuschlosen Unterwasserwelt befanden.

Als er geendet hatte, bat ich ihn noch zu erzählen, wie er wieder nach Hause gekommen sei, aus dem Wagen steigen, seinen Eltern gegenübertreten und ihnen erklären mußte, wo er so lange geblieben war, wie er sein und Waldos Geheimnis in jener Nacht und in den vielen Nächten, die noch kommen sollten, hüten mußte, auch dann noch, als Waldo längst nicht mehr da war, um seine Treue zu belohnen, sondern nur noch er, Tommy, das Kind, allein in der Dunkelheit war, so mutterseelenallein. Am Ende weinte er wieder, und diesmal stand ich auf und nahm ihn in den Arm. Damit niemand es hören konnte, nicht einmal das Mikrophon, flüsterte ich ihm ganz leise die Worte »Ich bin stolz auf dich« ins Ohr. Tommy nickte, nahm das Taschentuch, das ich ihm reichte, um sich die Tränen abzuwischen, und erholte sich langsam wieder. Dann lächelte er mich an. Ich drückte ihn noch einmal ganz sanft an mich und drehte mich um. Dann sah ich Eliot an und sagte: »Vorläufig keine weiteren Fragen.«

XIV

Ich spürte eine schaurige Nervosität, als ich mich wieder hinsetzte. Zuerst dachte ich, es sei die Stille, die in meinen Ohren sauste, aber das Gefühl kam aus mir selbst, wie Ameisen, die über meine Haut liefen. Später wurde mir klar, daß es Adrenalin war, der unbändige Wunsch, aufzuspringen und den Nächstbesten niederzuschlagen. Die Anspannung, verursacht durch die Angst, Tommy an Eliot auszuliefern, begann sich nun mit aller Kraft zu manifestieren.

Während meiner Befragung hatte ich gelegentlich Eliots Blick auf mir gespürt, doch sobald der Zeuge ihm gehörte, konzentrierte er sich ausschließlich auf ihn. Eliot saß aufrecht da, ohne verspannt zu wirken, und er sah Tommy ohne Feindseligkeit an. Er schien mit dem Jungen mitzufühlen und durch Tommys Schilderung ehrlich berührt.

»Möchtest du ein Glas Wasser, Tommy?« fragte er. Tommy verneinte mit einem Kopfschütteln. »Sollen wir eine kleine Pause machen? Nein? Also gut. Mein Name ist Eliot Quinn. Ich verteidige Austin Paley, und es ist meine Aufgabe, ihm zu helfen, wie Mr. Blackwell dir geholfen hat. Wir möchten herausfinden, was vor langer Zeit passiert ist. Deshalb hat dir Mr. Blackwell Fragen gestellt, und jetzt werde ich dasselbe tun. Wenn du eine Frage nicht verstehst, mußt du mir das sagen. In Ordnung? Ich werde dann versuchen, sie anders zu stellen. Und du kannst dir mit deiner Antwort ruhig Zeit lassen. Ist dir das recht, Tommy?«

Ich saß wie auf Nadeln, den Einspruch bereits auf den Lippen, doch da war nichts, wogegen Einspruch erhoben werden konnte. Er ließ sich Zeit, wartete noch mit den eigentlichen Fragen, bereitete ihn erst einmal vor. Tommy nickte ihm zu. Er hatte zu weinen aufgehört.

»Du hast deinen Eltern also nicht erzählt, was dir zugestoßen ist, Tommy?«

»Nein.«

»Warum nicht?«

»Weil ich Angst hatte«, wiederholte er.

»Angst vor deinen Eltern?« Eliot machte immer noch diesen bemühten Gesichtsausdruck, allerdings bemühte er sich nun um Verständnis.

Tommy rutschte unruhig auf seinem Stuhl hin und her. »Nein, ich hatte Angst – wegen dem, was passiert ist.«

»Aber ich spreche von deiner Mutter und deinem Vater, Tommy, nicht von dem Mann. Wenn du vor ihm Angst gehabt hast, warum hast du deinen Eltern nichts gesagt, warum hast du sie nicht um Hilfe gebeten?«

Tommy bemühte sich um eine Erklärung. »Weil das, was ich getan habe, schlimm war. Ich hatte Angst, daß sie mir böse sind.«

»Deine eigenen Eltern?« fragte Eliot. »Waren sie dir oft böse?«

»Nein.«

Nein, und ich hätte die Erklärung dafür gewußt. Sie waren stolz auf ihren Sohn, auf eine distanzierte, abstrakte Weise, und zugleich froh, daß er ihnen keine Schwierigkeiten bereitete. Tommy mußte im Alter von acht Jahren bereits gespürt haben, daß seine Eltern Menschen waren, denen man am besten keine Probleme machte.

»Haben sie dich oft bestraft?« fragte Eliot.

»Nein«, erwiderte Tommy und fügte dann hastig hinzu: »Aber vorher habe ich auch nie etwas so Schlimmes gemacht.«

»Aber es war ja nicht deine Schuld, nicht wahr?«

Die Vergangenheit ist ein so weites Feld. Tommy konnte nicht wissen, auf welchen Zeitpunkt Eliot anspielte. Ich vermutete, Tommy dachte an die späteren Begegnungen mit Austin, als er bereits ein williger Komplize war. Und es waren diese Male, die ihn überzeugt hatten, daß er von Anfang an schuldig gewesen war. Es war seine Schuld gewesen, daß sich der erwachsene Mann zu ihm hingezogen gefühlt hatte. »Nein«, antwortete Tommy langsam, aber diese Antwort war unvollständig.

Meine Anspannung, der Wunsch einzuschreiten, wuchs mit jeder Minute. Ich spürte, wie Eliot seine Falle auslegte, sich an Tommy heranpirschte. *Nicht die Beherrschung verlieren*, dachte ich, *ja nicht die Beherrschung verlieren*. Ich durfte Eliot bei seiner Arbeit nicht stören. Aber er konnte diesem Kind doch nicht weh tun wollen, dachte ich, nur weil er sich selbst vor vielen Jahren schuldig gemacht und geholfen hatte, daß der mittlerweile erwachsene Junge neben ihm mißbraucht wurde.

»Warum hast du es deinen Eltern dann nicht gesagt?« fragte Eliot beharrlich.

Tommy schwieg. Eliot drängte ihn nicht. Als es bereits den Anschein hatte, er würde nicht antworten, sagte Tommy schließlich: »Sie sollten nicht denken, ich hätte etwas Schlimmes getan.«

Eliot musterte Tommy in aller Ruhe. Er spielte in diesem Prozeß eine großväterliche Rolle und war sich dessen bewußt. Er würde sich zu beherrschen wissen, und das Kind nicht zu sehr unter Druck setzen. »Wem hast du zum ersten Mal davon erzählt?« fragte er nun und deutete damit an, zum nächsten Thema übergehen zu wollen.

»Mom und Dad«, sagte Tommy.

Eliot machte ein verblüfftes Gesicht. Er verlieh seinem Staunen sogar mit einem lauten »Hmm« Ausdruck. Dann fragte er: »Sonst hast du es niemandem erzählt?«

»Nein. Zuerst nicht.«

»Du hast keinem deiner Freunde etwas erzählt?«

»Nein.«

»Du hast keinem der Kinder etwas gesagt, die jeden Tag zu Austins Haus kamen und dort spielten? Du hast sie nicht gewarnt, ihnen nicht erzählt, was dir passiert ist?«

»Nein.«

»Ich meine nicht die ganze Geschichte, Tommy. Sondern ob du zu ihnen gesagt hast: ›Er hat mich komisch angefaßt, ich mochte das nicht.‹ Oder: ›Er hat sich sonderbar benommen.‹ Oder nur: ›Ich will dort nicht mehr spielen.‹ Du hast nichts dergleichen gesagt?«

»Nein«, erwiderte Tommy beharrlich.

»Tatsächlich bist du *wieder* hingegangen und hast weiterhin dort gespielt, nicht wahr?«

»Ja.«

»Wann hast du es deinen Eltern erzählt?«

»Diesen Sommer.«

»*Diesen* Sommer? Vor zwei Monaten, vor drei Monaten?«

»Ja.«

»Wieviel Zeit ist vergangen, seit das passiert ist?«

»Zwei Jahre.«

»*Über* zwei Jahre, um exakt zu sein. Von Mai 1990 bis August diesen Jahres, nicht wahr?«

Tommy zuckte mit den Schultern.

»Warum hast du es ihnen dann doch erzählt?« fragte Eliot, und noch bevor Tommy eine Antwort geben konnte, fügte er hinzu: »Haben sie dich gefragt, ob dir so etwas passiert ist?«

»Nein«, antwortete Tommy.

»Hast du irgendwie angedeutet, daß etwas nicht in Ordnung war? Waren deine Mom und dein Dad in Sorge um dich?«

»Einspruch«, fuhr ich dazwischen, da er mir endlich einen Grund gegeben hatte. »Wie soll er aussagen können, was andere gedacht haben?«

Eliot war aufgesprungen. »Natürlich würde er es wissen, wenn sich seine Eltern um ihn Sorgen machen, Euer Ehren.«

»Dann stellen Sie die Frage entsprechend«, entschied Richter Hernandez unparteiisch.

»Tommy.« Eliot war nun für seinen Übergang bereit. Auch seine anfängliche Liebenswürdigkeit begann einer gewissen Strenge zu weichen. Er beugte sich stirnrunzelnd zu Tommy vor, um anzudeuten, daß er immer noch nicht ganz verstand. »Als du deinen Eltern erzählt hast, was geschehen ist, war das, weil sie besorgt um dich waren? Haben sie sich Sorgen gemacht, weil du dich seltsam benommen hast?«

Tommy hatte den Blick gesenkt und suchte offenbar nach einer Erinnerung, daß seine Eltern um ihn besorgt schienen. »Nein«, sagte er.

»Was habt ihr gerade gemacht, als du es ihnen erzählt hast? Habt ihr euch unterhalten?«

»Nein. Wir haben ferngesehen.«

»Ferngesehen. Was war denn im Fernsehen?«

Volltreffer. *Sag es ihm, Tommy.* Eliot hatte Tommys schriftliche Aussage gelesen, er wußte, er hatte Austin in den Nachrichten im Fernsehen wiedererkannt. Ich hatte gehofft, Eliot würde ihn dazu befragen, da eine solche Identifizierung immer auf schwachen Beinen stand. Eliot hatte gar keine andere Wahl, als sie auszuschlachten. Und dann konnte Tommy sagen, was *nicht* in den Akten stand.

»Die Nachrichten«, antwortete Tommy. »Und da sah ich ihn, ich sah Austin im Fernsehen. Der Nachrichtensprecher hat gesagt, daß andere Kinder auch belästigt worden sind. Und da wußte ich, daß er es auch mit anderen Kindern gemacht hat.«

Guter Junge. Ich hatte keine Beweise gegen Austin in der Hand, was die anderen Kinder und deren Mißbrauch anbelangte, aber wenn Eliot den Fehler machte, diesen Umstand selbst anzusprechen, nun, dann war ihm nicht zu helfen.

Ich drehte meinen Kopf zur Seite, um Eliots Gesicht zu sehen, doch er hatte seinen Blick auf Tommy geheftet und zeigte keine Anzeichen, daß ihm soeben ein schwerer Fehler unterlaufen war.

»Aber es war nicht Austin, der wegen dieser Verbrechen angeklagt war, nicht wahr? Er war im Fernsehen, weil er einen Mann vertrat, der beschuldigt wurde. Das war es doch, was der Nachrichtensprecher gesagte hatte, oder etwa nicht, Tommy?«

»Ja, ich glaube schon. Aber ich wußte, daß er es war, der das mit ihnen gemacht hat«, sagte Tommy ganz nach Plan. Mir mißfiel jedoch der Gesichtsausdruck, mit dem er die Beschuldigung aussprach. Er sah nicht mehr wie der verletzte kleine Junge aus; plötzlich war er wieder der kleine Erwachsene. Bei der Erwähnung der anderen Kinder feuerte er einen Blick auf Austin ab, der eine sehr erwachsene Eifersucht und das Gefühl ausdrückte, betrogen worden zu sein. Der Begriff »erwachsen« dürfte grundsätzlich falsch sein, wenn es darum geht, unsere Emotionen zu beschreiben. Kinder empfinden diese Gefühle wahrscheinlich genauso stark wie wir. Doch in diesem Moment zählte nur, daß Tommy auf einmal nicht mehr kindlich aussah. Eliot schwieg ein paar Sekunden, damit die Geschworenen Gelegenheit hatten, Tommy genau in Augenschein zu nehmen; dann stellte er die nächste Frage.

»Also, hast du deinen Eltern – bitte korrigiere mich, wenn das jetzt falsch ist – du hast ihnen also gesagt: ›Mich auch. Mich hat er auch mißbraucht.‹ Hast du es ihnen so gesagt, Tommy?«

»Ja.« Tommy konnte nichts Unkorrektes finden.

»Und was haben deine Eltern dann getan?« fragte Eliot weiter. »Haben sie die Polizei gerufen oder dich zu einem Arzt gebracht?«

»Nein. Nicht …«

»Nein?« Eliot starrte ihn an. »Sind sie am nächsten Tag mit dir zum Bezirksstaatsanwalt gegangen?«

»Nein«, versuchte Tommy zu erklären. »Nicht gleich …«

»Was haben sie denn getan?«

»Nur mit mir geredet«, sagte Tommy.

»Wie kam es dann, daß du zu einem Arzt, zur Polizei und zur Staatsanwaltschaft gebracht wurdest?«

»Ich habe es am nächsten Tag meiner Lehrerin erzählt.«

»Deiner Lehrerin. Das war im August«, sagte Eliot.

»Ja, und der Krankenschwester an der Schule«, fügte Tommy nickend hinzu.

»Der Krankenschwester. Hast du oft mit ihr gesprochen?«

»Ich mußte einmal in der dritten Klasse zu ihr«, sagte Tommy, »als ich Bauchweh hatte und nach Hause geschickt wurde.«

Eliot nickte. Ich hatte längst erkannt, worauf er hinaus wollte. Alle anderen vermutlich auch.

»Keine weiteren Fragen«, sagte Eliot.

Das ließ mich hochschrecken. Ich hatte damit gerechnet, Eliot würde die Art, wie Tommy Austin identifiziert hatte, in Zweifel ziehen und mir im Kreuzverhör durch eine Fortführung der Befragungslinie ermöglichen, den Geschworenen zu zeigen, daß Tommy und Austin einander lange genug gekannt hatten, um jeden Zweifel an Tommys Identifizierung seines Schänders auszuräumen. Diesen Gefallen hatte mir Eliot jedoch nicht getan. So aber würde es schwierig, wenn nicht gar unmöglich sein, die Sprache wieder auf die sexuelle Nötigung zu bringen, die Tommy durch Austin widerfahren war. Sie würde als nicht zur Sache gehöriges Vergehen abgeschmettert werden, nicht von Relevanz für das Delikt, das Gegenstand dieser Verhandlung war.

Ich spürte Eliot neben mir, als der Zeuge wieder zu meiner Verfügung stand.

»Tommy«, begann ich langsam, »warum hast du deinen Eltern gesagt, daß dich dieser Mann belästigt hat?«

»Weil er es mit den anderen Kindern auch gemacht hat«, sagte Tommy ernst. »Und ich dachte …«

»Einspruch«, sagte Eliot, der sofort aufgesprungen war. »Das ist reine Spekulation auf seiten des Jungen, die jeder Grundlage entbehrt. Damit sollen Delikte angesprochen werden, die nicht zur Sache gehören und den Angeklagten auf unerhörte Weise belasten.«

»Euer Ehren, die Verteidigung befragte den Zeugen hinsichtlich seines Motivs, die Eltern in Kenntnis zu setzen. Meine Frage ist ...«

»Motiv?« wandte sich Eliot nun an mich. »Ich wollte nur wissen, wann er endlich jemanden informiert hat, nachdem er jahrelang geschwiegen hatte. Was hat das ...?«

»Jetzt erhebe *ich* Einspruch. Die Verteidigung mag eine Ansprache halten, wenn der Zeitpunkt dafür gekommen ist ...«

»Hören Sie auf zu streiten«, sagte Richter Hernandez scharf. »Dem Einspruch wird stattgegeben. Meine Damen und Herren Geschworenen«, fügte er hinzu. »Betrachten Sie die letzte Antwort als unerheblich. Wie die Verteidigung sagte, entbehrt sie jeder Grundlage für die Beweisführung. In dieser Sache haben Sie sich nur einem Anklagepunkt zu widmen.«

Ich setzte mich kopfschüttelnd wieder hin, jedoch nicht ganz so unzufrieden, wie es vielleicht schien. Wenn die Geschworenen Fragen bezüglich Tommys Beweggrund hatten, hatten sie nun hoffentlich erkannt, daß es nicht meine Schuld war, wenn sie nicht beantwortet würden. Es war die Verteidigung, die eine Erwähnung der anderen Kinder sofort mit aller Entschiedenheit zurückwies. Die Geschworenen würden sich das merken.

»Tommy«, fuhr ich fort. »Hast du Austin Paley an jenem Tag, als er dich zum Swimmingpool mitnahm, zum letzten Mal gesehen?«

Tommy schüttelte den Kopf.

»Kehrte er in das leerstehende Haus in deiner Straße zurück?«

»Ja«, sagte Tommy leise. Der Wortwechsel zwischen Eliot und mir schien ihn verschreckt zu haben. Mir konnte das nur recht sein. Er war jetzt wieder das Kind, klein und verängstigt. Diese Schwäche mußte ich ausnutzen.

»Hat dich der Angeklagte aufgesucht?«

Jetzt war Eliot angespannt, bereit zum sofortigen Einspruch. Ich spürte ihn wie eine Sprungfeder neben mir. Ich durfte ihm keinen Grund geben dazwischenzufahren.

»Ja«, sagte Tommy.

»Öfter als einmal?«

Er nickte.

»Sprich bitte laut und deutlich, Tommy. Suchte er dich nach dem Tag am Pool öfter als einmal auf?«

»Ja.«

»Zweimal, dreimal?«

»Öfter«, antwortete Tommy. »Viel öfter.«

»Alles in allem, Tommy? Zwischen dem Tag am Swimmingpool und dem Tag, als du ihn im Fernsehen gesehen und gesagt hast: ›Das ist er‹, wieviel Zeit hast du da insgesamt mit ihm verbracht? Ein paar Minuten?«

»Stunden«, sagte Tommy.

Ich glaube, Eliot wollte in diesem Moment Einspruch erheben, meine Fragen und Tommys Antworten würden andere Verbrechen implizieren, die sein Mandant begangen haben sollte. Doch dann war ich es, der sich erhob. Ich machte einen Schritt zur Seite und ging an Eliot vorbei, der mich nicht beachtete. Buster Harmony sah mit vor Staunen offenem Mund hoch.

Ich stellte mich hinter Austin. Er wandte sich nicht zu mir um. Aus seiner Haltung ließ sich nicht erkennen, ob er nervös war.

»Denk nicht mehr an das Fernsehen, Tommy«, sagte ich mit lauter Stimme. »Schau jetzt hierher. Erinnere dich an die vielen Male und vor allem an das erste Mal am Swimmingpool. Ist das der Mann, mit dem du an jenem Tag zusammen warst?«

Tommy starrte Austin an, wie ihm gesagt worden war. Er wirkte traurig und bedauernswürdig, das Opfer mißbrauchten Vertrauens. »Ja«, sagte er.

»Ist das der Mann, der seinen Penis in deinen Mund gesteckt hat?«

»Einspruch«, sagte Eliot. »Diese Frage wurde bereits gestellt und beantwortet. Der Bezirksstaatsanwalt betreibt Effekthascherei.«

Ich glaube nicht, daß ihn noch irgend jemand beachtete. Denn ich hatte mein Ziel erreicht. Tommys Gesicht fiel in sich zusammen. Seine Augen füllten sich erneut mit Tränen.

»Stattgegeben«, sagte der Richter.

»Bist du ganz sicher?« fragte ich Tommy.

Er nickte. Durch die Bewegung stürzten ihm die Tränen aus den Augen.

Eliot stand unmittelbar neben mir. Er sah mich ohne Feindseligkeit an. In seiner beinahe vollkommenen Ausdruckslosigkeit spürte ich eine seltsame Nähe.

»Ihr Zeuge«, sagte ich.

Tommy bedeckte mit der Hand seinen Mund. Er sah Austin nicht mehr unmittelbar an. Er wollte zu weinen aufhören, aber er konnte nicht. Es war ein stilles, beinahe lautloses Weinen, wodurch es um so mitleiderregender wurde. Eliot sah ihn an und erkannte, daß jede weitere Befragung der Sache der Verteidigung höchstens schaden würde. »Keine weiteren Fragen«, sagte er.

Ich ging zu Tommy, um ihm aus dem Zeugenstand zu helfen. »Sei unbesorgt«, sagte ich leise und legte den Arm um ihn. Er hielt den Kopf gesenkt, während ich ihn zur Schranke führte. »Das hast du gut gemacht.«

»Wir behalten uns das Recht vor, den Zeugen noch einmal aufzurufen«, sagte Eliot soeben.

Karen Rivera erwartete uns an der Schranke. Sie warf mir einen mißbilligenden Blick zu, bevor sie Tommy aus dem Saal führte. Mrs. Algren, die von einer der mittleren Sitzreihen die Befragung verfolgt hatte, drängte zum Mittelgang, um die beiden zu begleiten. Mr. Algren war sitzengeblieben und ließ mich nicht aus den Augen.

»Rufen Sie Ihren nächsten Zeugen auf«, sagte Richter Hernandez.

Ich ließ mich nicht zur Eile antreiben. Ich setzte mich wieder hin und beugte mich zu Becky. »Brauchen wir noch jemanden?« flüsterte ich.

»Jeden, den wir kriegen können«, sagte sie.

»Ja. Sie haben recht.« Seit Prozeßbeginn war das unser erstes Gespräch. Die Verhandlung schien bereits Tage zu dauern. Sie sah mich ernst an, bemüht, den bestmöglichen Rat zu geben, denn jedes ermutigende Lächeln oder ein intimer Blickwechsel wären völlig fehl am Platz gewesen. Ich nickte und erhob mich. Richter Hernandez beobachtete mich wie einen Kellner, der seine Bestellung nicht rasch genug brachte.

»Der Staat ruft …«, sagte ich.

Und verstummte. Ich sah zu Eliot hin, der links von mir saß. Er hatte sich in die andere Richtung über den Tisch gebeugt, um sich leise mit seinem Mandanten und Mitverteidiger zu beraten, doch als ich so unvermutet abbrach, wandte er sein Gesicht mir zu. Plötzlich hatte ich Angst, einen Fehler zu machen. Mein Beweisvortrag war praktisch abgeschlossen, ich mußte jetzt nur noch die Feinarbeit leisten. Doch mit jeder weiteren Beweisführung gab ich Eliot die Chance, mir zu schaden. Ich hatte vorgehabt, unsere nächste Zeugin erst im Zuge des Gegenbeweises aufzurufen. Diese Änderung in letzter Sekunde machte mir angst, ich hatte das Gefühl, unter Druck zu stehen und das Falsche zu tun.

»Wen denn?« fragte der Richter in ironischem Ton.

Aber Becky war einverstanden. Sie hatte den Prozeß am Rande mitverfolgt und war emotional nicht so involviert wie ich. Sie war der Ansicht, daß unsere Sache jetzt Hilfe nötig hatte.

»Doktor Janet McLaren«, sagte ich.

Der Richter nickte einem der Gerichtsdiener zu. Er bewegte sich auf das Gatter in der Schranke zu, das den Weg zum Mittelgang im Gerichtssaal freigab. Ich hielt ihn auf.

»Doktor McLaren ist nicht hier«, informierte ich den Richter. »Wir benötigen ein paar Minuten, um sie aus ihrem Büro zu holen.«

Er sah mich stirnrunzelnd an. »Haben Sie denn nicht gewußt, daß Sie ihre Zeugenaussage benötigen würden?« fragte er laut.

»Euer Ehren, vielleicht ist ein Arzt bereit, den ganzen Nachmittag in *Ihrem* Wartezimmer zu verbringen, mir tut er diesen Gefallen jedenfalls nicht. Wir brauchen nur ein paar Minuten.«

Richter Hernandez wußte das hämische Gekichere nicht zu schätzen, das meine Erklärung ausgelöst hatte. Er sah auf seine Uhr, ein reichverziertes Ding aus Gold, das schwer auf seinem Handgelenk lag. »Also gut. Fünfzehn Minuten Pause«, entschied er. »Um vier Uhr dreißig sind Sie wieder hier. Pünktlich. Gerichtsdiener, kümmern Sie sich darum, ob die Geschworenen etwas brauchen.« Sie durften auf sein Wohlwollen zählen, immerhin waren sie Wähler.

Ich war überrascht, wie spät es bereits war. Der erste Verhandlungstag war fast vorüber, und wir waren im Begriff, unseren letzten Zeugen aufzurufen.

»Ich rufe in ihrem Büro an«, sagte Becky und eilte davon. Ich blieb allein am Tisch der Staatsanwaltschaft sitzen, hatte keine Notizen vor mir liegen, die ich noch einmal durchgehen könnte, und auch sonst nichts zu tun, außer zu grübeln. In diesem Moment hätte ich mich am liebsten mit Eliot über den Fall unterhalten. Das wäre nicht einmal so unerhört gewesen. Es kommt immer wieder vor, daß Staatsanwalt und Verteidiger eine Verhandlungspause für ein

Gespräch nutzen, weil sie das Urteil der gegnerischen Prozeßpartei viel mehr interessiert, als zu hören, wie ein Mandant oder die Geschworenen die Verhandlung empfunden haben. Doch als ich mich umwandte, sah ich, daß Eliot mit Austin und Buster in ein Gespräch vertieft war. Buster sprach soeben lebhaft auf die beiden ein. Ich konnte nur ein paar zornig hingeworfene Brocken aufschnappen: »Sie müssen ihn viel härter anfassen …« Eliot konnte ich nicht hören.

Es war Mittwoch, der 30. Oktober. Die Wahl sollte am Dienstag, also in nicht einmal ganz sechs Tagen stattfinden. Drei Tage sollten reichen, um den Prozeß abzuschließen. Bis zum Wochenende würde ich wissen, ob ich meinen Beruf weiterhin ausüben würde. Falsch: Bis dahin würde ich wissen, ob ich ihn *nicht* mehr ausüben würde. Diesen Prozeß zu verlieren, hieße mit ziemlicher Sicherheit, die Wahl zu verlieren. Jemand, der zu Unrecht und aus purer Boshaftigkeit Anklage erhob und kleine Kinder zur Lüge verleitete, um einen unschuldigen Mann zu verurteilen, dem gab niemand seine Stimme. Doch auch ohne Prozeßniederlage war meine Wiederwahl nicht gesichert. Es konnte ohne weiteres sein, daß ich in der Wählergunst schon zu weit zurückgefallen war. Die einzige Gewißheit, die ich hatte, war, daß Austin im Falle eines Freispruchs seiner Macht so sicher wäre, daß er in Zukunft noch weniger Skrupel haben würde.

Ich beobachtete ihn über den schmalen Zwischenraum hinweg, der uns voneinander trennte. Sein Gesicht war mir zugewandt. Er hörte Eliot, der neben ihm saß und auf ihn einredete, aufmerksam nickend zu. Dann begann Austin mit gedämpfter Stimme zu sprechen, doch nun war sein Blick nicht mehr auf seine Anwälte gerichtet, sondern auf mich. In Austins Blick war wieder dieses vertraute Glitzern, diese Schläue, und ich war sicher, daß sich sein Mund beim Sprechen zu einem falschen Lächeln verzog. Es war derselbe Blick, mit dem er mich in der Vergangenheit Hunderte Male angesehen hatte. Nur schien er diesmal sagen zu wollen, *ich bin doch die ganze Mühe gar nicht wert.*

Ich starrte ihn ebenfalls an und dachte, *Austin, alter Freund, möglicherweise muß ich dich umbringen.* Wenn ich diesen Prozeß verlor und dann auch noch mein Amt, wie sollte ich mich da ins Privatleben zurückziehen, ständig in Gedanken an Austin, der hemmungslos nach immer neuen Opfern Ausschau hielt, wissend, daß ihn niemand daran hindern würde? Wie sollte ich ruhig schlafen können, wenn er sich im Schutze der Dunkelheit herumtrieb, Pläne schmiedete, Fallen auslegte und womöglich im selben Moment seine Hand auf der Schulter eines Kindes liegen hatte und es charmant anlächelte?

Ich suchte in Austins Gesichtszügen nach Spuren von dem Jungen, der vom eigenen Vater mißbraucht worden war. Eliot mußte sie gesehen haben. Ich erkannte in Austin jedoch beim besten Willen nur den Mann, der sich Eliots Schuldgefühle zunutze machte, um seine Schandtaten zu decken. Ich sah nur den Mann, der andere zu Opfern machte. Es war sonderbar, daß ich das in all den Jahren nicht bemerkt hatte. Auf einmal schien das so deutlich.

»Wenn wir wenigstens eine Zeitbombe hätten, die wir mit Ihrer Hilfe hochgehen lassen könnten – das heißt, gibt es etwas, das Sie mir nicht gesagt haben, zum Beispiel daß Sie Austin Paley mit Tommy in flagranti erwischt haben?«

Janet McLaren schüttelte den Kopf.

»Schade. Dann werden wir Sie so lange mit Fragen durchlöchern müssen, bis man uns nicht mehr läßt. Wir werden Sie buchstäblich weichklopfen.«

»Wie mit einem Sturmbock?«

»Genau. Und wenn man uns zwingt aufzuhören, dann möchte ich, daß Sie ein Gesicht machen, als gebe es noch so viele pikante Einzelheiten, die Sie den Geschworenen gerne noch erzählt hätten, wären da nicht diese verdammten Prozeßregeln.«

Sie nickte, nahm meine Anweisungen anstandslos hin, doch ihr Mund hatte sich zu einem ironischen Lächeln verzogen. Janet entsprach in jeder Hinsicht dem Bild von der berufstätigen Frau. Sie trug ein dunkelgrünes Kostüm, das die Farben ihrer Augen betonte, und darunter eine Seidenbluse, die keinen Zweifel ließ, daß sie eine Frau war. Ich hatte sie erfreut begrüßt, mir jedoch während unserer Besprechung jede Berührung und jedes Lächeln versagt.

»Tommy sagt die Wahrheit, und es gibt verdammt gute Gründe, warum er nicht schon früher damit rausgerückt ist. Er ist ein verängstigter kleiner Junge, der mißbraucht und von einem erwachsenen Mann brutal ausgenutzt worden ist. Und zwar von dem Mann da unten.« Mit dem Finger zeigte ich auf den Boden meines Büros, unter dem sich zwei Stockwerke tiefer der Gerichtssaal befand. Janet schien bereit zu sein. Becky stand mit verschränkten Armen und zur Seite geneigtem Kopf neben ihr und wandte kein Auge von mir, als galten meine Anweisungen auch ihr. »Alles klar?« fragte ich.

Janet McLaren nickte, aber, wie mir schien, zu langsam; zu wohlüberlegt. »Sie müssen wie ein distanzierter Gutachter auftreten«, sagte ich, »der Sachverständige, der die Beweislage eiskalt ausgewertet hat und zu eindeutigen Schlüssen gelangt ist. Persönlich kann ich nur hoffen, daß das nicht der Fall ist. Daß Sie diesem Prozeß nicht neutral und unparteiisch gegenüberstehen.« Sie wollte darauf eingehen, doch ich fuhr sogleich fort: »Beantworten Sie das jetzt nicht. Eliot könnte Sie fragen, ob Sie zu Ihrer persönlichen Ansicht befragt wurden. Aber wir verstehen uns, nicht wahr?«

Sie nickte.

»Gut. Und noch etwas, Doktor. Die Verteidigung wird Sie nicht im geringsten schonen. Egal, was Eliot sagt, Sie müssen es abschütteln, so tun, als wäre er einfach nicht intelligent genug, um Sie zu verstehen. Seine Angriffe dürfen Ihnen nicht unter die Haut gehen. Ihre persönlichen Gefühle stehen nicht zur Debatte. Je mehr er Sie weich klopft oder in die Enge treibt, desto weniger sind Sie mir von Nutzen. Und auch Tommy nicht. Sitzen Sie einfach ruhig da, und lassen Sie die Fragen an sich abprallen. Lassen Sie sich Zeit, überlegen Sie sich Ihre Antwort; platzen Sie nicht mit unüberlegten Antworten heraus. Noch etwas: Tun Sie ihm ja nicht den Gefallen, ein Wort zu viel zu sagen. Ja nicht. Antworten Sie nur auf seine Fragen, und nicht eine Silbe zuviel. Wenn möglich, tun Sie nicht einmal das.«

Sie wurde sichtlich ärgerlich. »Ich stehe doch nicht zum ersten Mal im Zeugenstand.«

Ich stieß ein hartes Lachen aus. »Ach nein? Reden wir in einer Stunde weiter. *Ich* habe nicht einmal eine Minute gebraucht, um Sie derart auf die Palme zu treiben, daß jeder Idiot es merken würde. Und Sie setzen *gütigerweise* einen anderen Gesichtsausdruck auf als dieses überhebliche Grinsen, ja?«

Janet wandte sich zu Becky: »Ist er immer so, wenn er einen Prozeß hat?«

»So sind wir alle«, erwiderte Becky.

»Wie viele Kinder haben Sie in Ihrer zehnjährigen Tätigkeit untersucht, Frau Doktor McLaren?«

»Hunderte. Vielleicht sogar tausend.«

»Ausschließlich Jungen oder Mädchen? Oder sowohl als auch?«

Janet ließ sich mit ihrer Antwort Zeit. Die Geschworenen saßen unmittelbar zu ihrer Linken. Ich sah in ihre Richtung. Janet reagierte mit keiner Miene auf meinen Blick. »Ich würde sagen, es hält sich einigermaßen die Waage, aber doch etwas mehr Mädchen«, sagte sie.

»Aber sie haben Hunderte Jungen untersucht, die sexuell mißbraucht worden sind.«

Jetzt wandte sie sich den Geschworenen zu. Sie nahm sie rasch in Augenschein, jeden für sich, als würde sie sie gerne besser kennenlernen, wären die Umstände andere. »Ja«, antwortete sie.

»Bestanden Ihre Untersuchungen in erster Linie aus Gesprächen?«

»Nein. Ich untersuche die Kinder auch auf körperliche Anzeichen.«

»Sie sind ausgebildete Ärztin, wenn ich mich nicht irre?« Wir hatten Janets berufliche Qualifikationen bereits abgehandelt. Janet hatte den Geschworenen erklärt, daß sie auf einer medizinischen Untersuchung der Kinder bestand, bevor sie ihre psychologischen Auswertungen vornahm, um das Vertrauen der Kinder zu gewinnen, ihnen zu versichern, daß sie nach wie vor über einen völlig normalen Körper verfügten. Sie hatte der Jury allerdings im Gegensatz zu mir verschwiegen, wie gering der Prozentsatz war, bei dem sie auf körperliche Merkmale für den sexuellen Mißbrauch stieß.

»Setzen Sie die Behandlung der Kinder im Anschluß an diese Untersuchungen fort, Frau Doktor McLaren?«

»In den meisten Fällen schon. Im Durchschnitt ist ein Kind drei oder vier Jahre lang bei mir in Behandlung.«

Das war eine gute Antwort. Die Geschworenen erfuhren somit nicht nur, daß sie aufgrund ihrer langjährigen Erfahrung wußte, wovon sie sprach, sondern auch, daß diese Kinder, wollten sie die Auswirkungen des sexuellen Mißbrauchs eines Tages überwinden, unbedingt eine langwierige Behandlung benötigten.

»Wie steht es mit dem Heilungserfolg. Würden Sie sagen, daß er gut ist?«

Sie lächelte, verschämt und traurig. »Das werde ich nie erfahren. Es wäre falsch zu behaupten, daß wir keine Fortschritte erzielen, die Kinder und ich. Ich helfe ihnen, sich mit der Erfahrung und den Gefühlen, die sie für sich selbst hegen, auszusöhnen. Vielfach, denke ich, schließen sie die Behandlung bei mir mit einem Selbstwertgefühl ab, das wieder stark genug ist, um glücklich werden zu können – oder das ihnen zumindest so weit eine Chance auf Glück einräumt, wie sie jeder von uns hat. Aber in der Fachliteratur liest man, daß die Probleme bei sexuell mißbrauchten Kindern erst Jahre später auftauchen, manchmal erst nach Jahrzehnten. Demnach könnte ich nicht sagen, daß sie *geheilt* sind, sobald sie die Behandlung bei mir abgeschlossen haben.«

Ich schwieg einen Moment lang, damit diese traurige Wahrheit den Weg in die Köpfe der Geschworenen fand. Dann fuhr ich fort: »Können Sie uns einige der Langzeitschäden nennen, die Kinder davon tragen, wenn sie von einem Erwachsenen sexuell mißbraucht wurden?«

Wieder ließ sich Janet mit ihrer Antwort Zeit. Sie hatte sich meinen Rat zu Herzen genommen. Sie machte sowohl einen fachlich kompetenten, als auch nachdenklichen Eindruck. Doch diesmal nutzte Eliot ihr Zögern, um einzuschreiten.

»Einspruch, Euer Ehren. Das ist nicht relevant. In unserer Sache geht es um ein angebliches Opfer. Fallstudien über andere Kinder sind irrelevant.«

Ich wollte ebenfalls aufstehen, doch Richter Hernandez sagte: »Einspruch stattgegeben«, bevor ich noch Zeit hatte, meinen Stuhl vom Tisch wegzurücken.

»Sprechen wir also über Tommy Algren«, sagte ich. »Ist er bei Ihnen in therapeutischer Behandlung, Frau Doktor?«

»Ja. Aber erst seit zwei Monaten, als er begann, über sein Erlebnis zu sprechen.«

»Hatten Sie bereits genug Sitzungen mit ihm, um sich ein fachlich begründetes Bild von ihm zu machen?«

»O ja«, erwiderte Janet. Vorsicht. Das war bereits eine Spur zu voreilig.

»Hat er Ihnen erzählt, was ihm zugestoßen ist?«

»Ja.«

»Konnten Sie sich ein Bild von den psychologischen Auswirkungen auf das Kind machen?«

»Ja.«

»Hat er Schäden davongetragen?«

»Mit ziemlicher Sicherheit.« Janet sah mich abwartend an. Sie wollte nicht voreilig sein, doch als ich kurz nickte, sprach sie hastig und wandte sich dabei an die Geschworenen: »Tommy Algren ist zehn Jahre alt. Daran mußte ich mich immer wieder erinnern, denn er macht den Eindruck, für sein Alter um Jahre zu reif zu sein. Er wirkt wie ein kleiner Erwachsener. Es ist für mich nicht schwer zu sehen, daß er sich seinen Schänder zum Vorbild gemacht hat, der ein Mann von ...«

Sie richtete ihren Blick nun direkt auf Austin, der zurückschaute, als sähe er einen unterhaltsamen Film im Kino, dabei jedoch überlegte, ob er kurz rausgehen und sich eine Tüte Popcorn holen sollte.

»Einspruch«, sagte Eliot in ärgerlichem Ton. »Frau Doktor McLaren beansprucht die Glaubwürdigkeit ihrer Aussage über die Maßen, wenn sie meint, ein Persönlichkeitsprofil von einer Person abgeben zu können, das auf Untersuchungen einer *anderen* Person begründet ist.«

»Das zu entscheiden, obliegt wohl den Geschworenen, Euer Ehren«, warf ich rasch dazwischen, in der Hoffnung, den Richter zu verwirren.

»Nicht, wenn es sich um eine Rechtsfrage handelt«, entgegnete Eliot. »Die fachliche Qualifizierung der Ärztin bezieht sich auf Kinder und sonst niemanden.«

»Stattgegeben«, sagte der Richter lakonisch.

»Zurück zu Tommy, Frau Doktor«, forderte ich sie auf.

Sie riß ihren starren Blick von Austin los und kniff die Lippen zusammen. »Manchmal«, begann sie langsam, fuhr aber dann mit zunehmender Dringlichkeit fort, »kommt ein Kind zu mir, das vollkommen gebrochen ist. Das bedeutet, daß wir beim Wiederaufbau seiner Persönlichkeit beim Nullpunkt ansetzen müssen. Das Kind hat sich als Reaktion auf den Mißbrauch innerlich so abgekapselt, daß nichts mehr nach außen dringt, kein sichtbares Zeichen einer Ansprechbarkeit. Dann gibt es Fälle, bei denen ich erst aus Gesprächen mit Dritten erfahre, daß die Persönlichkeit des Kindes einen völligen Wandel erfahren hat – daß es zum Beispiel aggressiver geworden ist. Sich ständig durch auffälliges Verhalten abreagiert.«

Janet sah Eliot nicht an, um ihm zu zeigen, wie sie es ihm heimzahlte, aber sie machte jetzt genau die Aussage, gegen die Eliot zuvor erfolgreich Einspruch erhoben hatte: Sie führte im Detail die unterschiedlichen Reaktionen von Vergewaltigungsopfern im Kindesalter aus. Ich hingegen beobachtete Eliot, der meine Zeugin nicht aus den Augen ließ und nicht den Eindruck machte, als wäre er mit seinen Gedanken woanders. Das machte mich stutzig. Da mußte etwas – ich versuchte, mich in Eliots Lage zu versetzen. Warum ließ er das zu?

»Ein Fall wie Tommy gehört zu den schwierigsten. Und zwar aus mehreren Gründen«, fuhr Janet fort. Sie sprach die Geschworenen direkt an, die ihr gebannt zuhörten. »Zunächst glaubt man, er sei völlig ungerührt. Ich habe jedoch erkannt, daß diese Reife nur eine dünne Schale ist, unter der sich eine Persönlichkeit verbirgt, die in Wirklichkeit für ihr Alter viel zu jung ist. Bricht man diese Schale erst auf – das heißt, veranlaßt man ihn, selbst in Frage zu stellen, ob sein Verhalten tatsächlich das richtige ist –, kommt ein sehr, sehr kleiner Junge zum Vorschein, der keine Ahnung hat, *wie* er sich verhalten soll. Er weiß nicht, wie man sich als Kind verhält, und er weiß auch nicht, wie man sich als Erwachsener verhält. Tommy ist zehn Jahre alt, also auf der Schwelle zur Pubertät. Aber er ist noch nicht soweit. Was die Sexualität anbelangt, ist er klarerweise hoffnungslos verwirrt, aber das geht noch viel tiefer. Er geht gerade noch als Kind durch, und nicht einmal das sehr erfolgreich. Zum Beispiel hat er keine Freunde. Von den wenigen, die er hatte, hat er sich gelöst, weil es ihm zu schwer fällt, sich in ihrer Anwesenheit normal zu verhalten. Er weiß nicht, was normal ist. Er ist ein sehr isolierter, sehr verstörter kleiner Junge.«

Ich nickte mitfühlend. »Das klingt so, als beschrieben Sie einen Knaben mit den typischen Merkmalen der beginnenden Pubertät. Sind nicht auch normale Kinder in Tommys Alter ›hoffnungslos verwirrt‹?«

Sie schüttelte heftig den Kopf. »Nicht in diesem Ausmaß. Normale Kinder – wir gebrauchen den Begriff ›normal‹ nicht, sagen wir also nicht traumatisierte Kinder – haben zumindest *einen* Platz im Leben, wo sie sie selbst sein können. Macht ihnen zum Beispiel die

Schule angst, fühlen sie sich dafür im Kreis der Familie wohl. Oder bei ihren Freunden. Oder sie sind *gerne* in der Schule, dann haben sie ihren Platz dort. Aber Tommy hat keinen Platz, wo er bedenkenlos er selbst sein kann. Er hat *kein* Selbst. Er hat sich nach außen hin einen Panzer zugelegt, aber innerlich ist er zu Tode geängstigt. Ich mache mir große Sorgen um ihn.«

Diese persönliche Bemerkung hätte eigentlich wieder Eliots Einspruch zur Folge haben müssen, doch am Tisch der Verteidigung herrschte nur unheilvolles Schweigen.

»Frau Doktor McLaren, Tommy hat den an ihm verübten Mißbrauch lange verschwiegen, zwei Jahre, wenn nicht länger. Und dann platzt er auf einmal damit heraus, während er mit seinen Eltern fernsieht. Könnte man nicht auch sagen, daß er die Geschichte in dem Moment erfunden hat, nur um die Aufmerksamkeit seiner Eltern auf sich zu lenken?«

»Einspruch, Euer Ehren. Bei allem Respekt für die Sachkundigkeit der Zeugin, aber sie kann beim besten Willen nicht aussagen, ob jemand die Wahrheit sagt oder nicht. Das müssen die Geschworenen entscheiden.«

Ich hätte Eliot beinahe nicht aussprechen lassen, so dringend war mein Bedürfnis, daß der Richter nicht zu seinen Gunsten entschied. »Dem Gericht dürfte nicht entgangen sein«, warf ich glatt ein, »daß die Zeugin nicht aufgefordert war, den Geschworenen zu sagen, ob Tommy die Wahrheit sagt. Ich möchte von ihr wissen, ob sein Verhalten dem entspricht, was sie im Laufe der Jahre bei Hunderten Patienten beobachtet hat oder nicht. Zweifellos«, fuhr ich in einem Ton fort, der besagen sollte, der Richter und ich wüßten das zwar, aber weniger scharfsinnigen Köpfe vielleicht nicht, »ist das Sinn und Zweck der Aussage eines Sachverständigen.«

Richter Hernandez nickte. »Nicht stattgegeben.«

Ich setzte die Befragung hastig fort: »Könnte es nicht auch sein, daß er gelogen hat?«

Janet sprach in einem Ton, als sei ich derjenige, der Bildung nötig habe; oder als versuchte ich, sie mit subtilen Fragen ins Stolpern zu bringen. »Natürlich könnte er gelogen haben«, sagte sie, »wenn wir von den bloßen Fakten ausgehen, die Sie mir zur Verfügung gestellt haben. Aber ebenso könnte man sagen, Tommys Reaktion entspricht der Wahrheit. Noch einmal: Die Kinder reagieren nicht alle gleich. Viele reagieren sofort und zeigen den Mißbrauch an. Aber viele andere verschweigen ihn, manchmal sogar jahrelang. Sie fühlen sich schuldig. Und natürlich hat das Kind Angst davor, was andere von ihm denken werden, wenn es herauskommt.

Tommys Reaktion, als er den Mann nach langer Zeit wiedersah, diesmal jedoch in der Geborgenheit seines Zuhauses und im Beisein seiner Eltern, und sein plötzliches Bedürfnis, die Wut und den Schmerz nicht länger für sich zu behalten, entspricht meiner Ansicht nach dem Verhalten eines sexuell mißbrauchten Kindes.«

Janet wandte sich von den Geschworenen ab und sah nun wieder mich an. Vielleicht bildete ich es mir nur ein – ich war mit Sicherheit der einzige, der es wahrnahm – aber ihr Gesichtsausdruck schien sagen zu wollen: *Na also. Ich hab doch gesagt, daß ich das kann.* Aus dem Augenwinkel sah ich, mit welcher Intensität Eliot sie beobachtete.

Janet fuhr fort: »Tommys Verhalten, seit er sein Schweigen gebrochen hat, überzeugt mich davon, daß er die Wahrheit sagt. Ein Kind, das lügt, hält das nicht durch, verändert die Geschichte mehrmals, macht plötzliche Rückzieher. Die Art, wie Tommy seine Geschichte immer wieder gleich erzählt hat, und das vor Lehrern, Polizisten, Staatsanwälten und natürlich vor mir im Laufe einer wochenlangen Behandlung, läßt mich doch sehr stark in Zweifel ziehen, daß er gelogen haben könnte.«

Das schien eine ausreichende Bestätigung zu sein und für den Moment zu genügen. »Ich danke Ihnen, Frau Doktor. Ich« – Becky krizzelte etwas auf ein Blatt Papier – »habe für den Augenblick keine weiteren Fragen.«

Becky schob die Notiz über den Tisch. »Medizinisches Beweismaterial«, stand darauf. »Das räume ich nach dem Kreuzverhör aus«, flüsterte ich.

Die Befragung eines Zeugen beinhaltet so viele Feinheiten, und jeder geht dabei anders vor. Es war meine Absicht gewesen, Janet auf das Ergebnis ihrer ärztlichen Untersuchung von Tommy anzusprechen. Doch ihre Antworten hatten mich von dem Thema abgelenkt, und nun war es mir wichtiger, die Befragung vorläufig zu beenden, als zum schwächsten Punkt in meiner Beweisführung überzugehen und dort zu enden. In der Regel versuche ich, einen Zeugen in dem

Moment der Verteidigung zu überlassen, wenn er eine Aussage gemacht hat, die meiner Sache am dienlichsten ist, seine Glaubwürdigkeit keinen Zweifel zuläßt und er die Sympathien der Geschworenen auf seiner Seite hat. Janet hatte einen sehr guten Eindruck hinterlassen. Sollte Eliot seine Angriffe auf sie abfeuern, solange die Geschworenen noch mit den Köpfen nickten und Janets Aufrichtigkeit und berufliche Kompetenz außer Zweifel stellten.

Eliot ließ sich nicht zweimal bitten. »Frau Doktor McLaren«, begann er übergangslos. »Sie sagten, Sie hätten Tommy auch in Ihrer Funktion als Ärztin untersucht. Was ergab diese medizinische Untersuchung?«

Mist. *Ich* hätte das Thema doch zuerst ansprechen müssen, um ihm den Stachel zu nehmen. So aber hatte ich Eliot eine Waffe in die Hand gegeben.

»Die Ergebnisse der ärztlichen Untersuchung entsprachen dem Bild von einem sexuell mißbrauchten Kind«, erwiderte Janet gelassen.

O nein, nein, nicht so. Janet dachte, schlau zu sein, aber sie hatte Eliot genau die Antwort gegeben, die er hören wollte, die Antwort, auf die ich mich als Verteidiger wie auf ein gefundenes Fressen gestürzt hätte.

»Erlauben Sie mir, etwas präziser zu sein«, sagte Eliot. »Gab es für den sexuellen Mißbrauch einen physischen Beweis?«

»Ich fand keinen definitiven Beweis«, erwiderte Janet, »aber Anzeichen, die deutlich ...«

»Vernarbungen im Analbereich?«

»Nein.«

»Oder Rötungen?«

»In diesem Fall hätte sich keine Rötung lange genug gehalten, um ...«

»Ja oder nein, Frau Doktor. Rötungen?«

»Nein.«

»Eine Ausdehung des Rectums?«

»Nein«, erwiderte Janet kalt. »Aber angesichts der Beschreibung, die Tommy von den sexuellen Übergriffen gegeben hat, wäre das auch gar nicht der Fall gewesen.«

Ich bemerkte die Pluralform. Janet hatte den Kampf aufgenommen. Am liebsten hätte ich eine Spielunterbrechung gefordert, um ihr zu sagen, sie solle sich beruhigen. Das war alles meine Schuld. Ich hatte Eliot meine Zeugin mit einer Zielscheibe auf der Brust überlassen.

»Fanden Sie Anzeichen von Vernarbungen im Mund?« fragte Eliot. »Oder im Genitalbereich?«

»Nein«, sagte Janet. »Das muß nicht unbedingt ...«

»Mit anderen Worten«, folgerte Eliot, »Sie haben *keinen* physischen Beweis gefunden, der auf sexuellen Mißbrauch hinweist; und dennoch gelangen Sie zu dem Schluß, daß ein sexueller Mißbrauch stattfand. Lautete nicht so Ihre Aussage?«

»Was ich sehr wohl *herausgefunden* habe«, sagte Janet hart, »war, daß Tommy mit der männlichen Physiologie auf eine Weise vertraut ist, wie es kein zehnjähriger, körperlich noch unreifer Junge sein kann, ohne nicht die Erfahrung ...«

»Meine Frage, Frau Doktor, lautete, ob Sie irgendeinen *physischen* Beweis haben. Ich habe Sie nicht um ihre psychologischen Schlußfolgerungen gebeten.«

»Das hat überhaupt nichts mit Psychologie zu tun ...« setzte Janet neuerlich an.

»Einspruch, Euer Ehren«, unterbrach ich. »Das ist keine Befragung, das ist ein Streit. Der Verteidiger provoziert die Zeugin.«

Und sehr erfolgreich noch dazu. Mein Einspruch hatte im Grunde gar nicht dem Richter gegolten, sondern Janet. *Laß dich nicht auf Diskussionen ein. Ich kümmere mich darum, sobald ich wieder an der Reihe bin.* Janet holte tief Luft, während Richter Hernandez meinem Einspruch nicht stattgab. Mit einem gepreßten Lächeln sah sie kurz zu den Geschworenen hin.

Eliot war in eine andere Persönlichkeit geschlüpft wie in einen neuen Anzug. Janet war kein Kind. Sie behandelte er, als wäre er fachlich mindestens so qualifiziert wie sie und als mißtraute er ihren Diagnosen völlig.

»Sprechen wir über die unterschiedlichen Reaktionen, die sie im Zusammenhang mit mißbrauchten Kindern anführten. Sie sagten doch, wenn ein Kind sehr introvertiert und übertrieben scheu im Umgang mit Fremden ist, deutet das für gewöhnlich darauf hin, daß das Kind mißbraucht wurde.«

»Ich glaube nicht, übertrieben scheu gesagt zu haben, dennoch ist richtig, daß das übliche Symptome für einen sexuellen Mißbrauch sind. Wenn ein Kind von einem Fremden mißbraucht wird, zieht es sich natürlich von anderen zurück, zuweilen auch von der eigenen Familie.«

Eliot nickte. »Und wenn ein Kind übertrieben aggressiv ist, kann das ebenfalls ein Hinweis sein. Wie nannten Sie das?«

»›Abreagieren‹. Das bedeutet, ein Kind verhält sich anderen Kindern gegenüber aggressiv, insbesondere sexuell aggressiv.« Janet schien noch mehr sagen zu wollen, doch dann mußte ihr mein Rat eingefallen sein, Eliot keine Silbe zu viel zu gönnen.

Eliot gab sich scheinbar zufrieden. »Dann haben Sie aber einen Fall wie Tommy, der absolut normal wirkt, sogar etwas zu reif für sein Alter, aber das ist nur Maskerade, hinter der sich eine tiefe Unsicherheit verbirgt.«

»Das kann sein«, erwiderte Janet vorsichtig, die langsam eine Ahnung zu haben schien, worauf Eliot hinaus wollte. »Es gibt natürlich auch Kinder, die einen ausgesprochen glücklichen Eindruck machen, aber in Wirklichkeit ...«

»Mit anderen Worten«, fing Eliot schon wieder an. Ich haßte diese Phrase so sehr, daß ich aufstand, um Einspruch zu erheben.

»Euer Ehren, er legt der Zeugin Worte in den Mund.«

»Noch nicht«, erwiderte Eliot. »Ich habe den Satz noch gar nicht zu Ende gesprochen.«

Richter Hernandez bedeutete ihm fortzufahren.

»Das heißt also«, sagte Eliot, »wenn ein Kind scheu ist, kann das ein Hinweis auf sexuellen Mißbrauch sein. Wenn ein Kind *nicht* scheu, wenn es ausgesprochen extrovertiert ist, kann *das* ein Hinweis auf sexuellen Mißbrauch sein. Und wenn ein Kind weder übermäßig scheu, noch übermäßig aggressiv ist, signalisiert das in Ihrem Denken ebenfalls einen Hinweis auf sexuellen Mißbrauch.«

Janet ließ sich nicht provozieren. »Es gibt eine ganze Bandbreite möglicher Reaktionen.«

»Ich fürchte, Sie werden die Eltern unter den Geschworenen zu Tode ängstigen«, sagte Eliot gelassen. »Jeder von ihnen könnte, nachdem er Ihre Aussage gehört hat, nach Hause gehen und Anzeichen dafür finden, daß das eigene Kind sexuell mißbraucht wurde.«

»Einspruch, Einspruch«, sagte ich, bevor er ausgesprochen hatte. »Er befragt die Zeugin nicht, er stellt eine Behauptung auf.«

»Haben Sie eine Frage?« fragte Richter Hernandez Eliot milde.

»Ja, ich habe eine Frage, Frau Doktor« – Eliot sagte ihren Titel in einem Ton, aus dem deutlich herauszuhören war, daß er die Zeugin nur der Höflichkeit halber so anredete – »Sie haben gesagt, Sie hätten Hunderte sexuell mißbrauchter Kinder untersucht. Haben Sie jemals auch solche untersucht, die *nicht* sexuell mißbraucht wurden?«

Janet verstand nicht. »Natürlich behandle ich auch Kinder mit anderen Problemen. Mein Spezialgebiet sind sexuell mißbrauchte Kinder, aber ich habe auch andere Patienten.«

Eliot schüttelte den Kopf. »Ich meine, von den tausend Kindern, die zu Ihnen gebracht wurden, gab es da jemals welche, bei denen Sie zu dem Schluß gelangten, daß sie logen?«

»Selbstverständlich«, erwiderte Janet.

»Wie viele?« fragte Eliot. »Von den tausend, mit denen Sie zu tun gehabt haben, wie vielen haben Sie nicht geglaubt?«

»Einspruch«, sagte ich ohne die geringste Ahnung, was ich als nächstes sagen sollte. Ich entschied mich für die Standardausrede. »Das ist nicht von Relevanz. Es geht hier nur um ein Kind.«

Eliot sah mich überrascht an, weil mein Einspruch so vertraut klang. »Wenn ich mich nicht täusche, ging es in der Befragung der *Anklage* um sehr viele Kinder«, entgegnete er unschuldig.

»Nicht stattgegeben«, erklärte sich Richter Hernandez einverstanden. Er sah mich an wie einen Junganwalt, der zum ersten Mal einen Prozeß führt und sich wie ein Anfänger benimmt. »Diese Schiene, Herr Anwalt, haben Sie sich schon selbst zu verdanken«, konnte er sich nicht verkneifen hinzuzufügen.

»Wie viele?« bedrängte Eliot die Zeugin.

»Ein paar«, sagte Janet und korrigierte sich selbst unmittelbar darauf. »Einige. Ich kann Ihnen unmöglich eine genaue Zahl nennen.«

»Ein paar?« sagte Eliot ungläubig. »Von tausend Kindern? Was soll das heißen, ›ein paar‹? Fünf, sechs?«

»Weit mehr als das«, sagte Janet hastig. »Aber Sie müssen sich das so vorstellen: Die Kinder werden erst zu mir gebracht, wenn sie jemand anderen überzeugt haben, daß ihnen tatsächlich etwas passiert ist. Ich bin nicht …«

»Vor allem ihre Eltern, die selbstverständlich in äußerster Sorge sind, wenn ihre Kinder behaupten, sie seien von einem fremden Mann sexuell attackiert worden«, sagte Eliot. Er schien sehr gelassen. Janet war diejenige, die nervös schien oder zumindest unter dem Druck, ihren Worten Erklärungen nachfolgen zu lassen.

»Ja, natürlich«, sagte sie. »Aber normalerweise haben sie auch noch andere Leute, Lehrer, Ärzte, manchmal Polizisten überzeugt.«

»Aber Sie sind die Expertin, Frau Doktor. Sie untersuchen die Kinder, ausgehend von Ihrer jahrelangen Erfahrung« – mit seinem Ton zog er den letzten Satz etwas ins Lächerliche –, »und Sie glauben ihnen *allen*, Frau Doktor. Sie denken *nie* an die Möglichkeit, ein Kind könnte ebensogut lügen, wenn es behauptet, sexuell mißbraucht worden zu sein, nicht wahr?«

»Das stimmt nicht«, sagte Janet beharrlich.

»Wie häufig kommt es vor? Wie hoch ist der Prozentsatz der Fälle, bei denen Sie zu dem Schluß gelangen, das Kind lügt?«

»Niedrig.«

»Wäre *sehr* niedrig nicht korrekter?«

Janet war die Anstrengung anzusehen. Sie wollte unbedingt verstanden werden. »Die Kinder werden in einem Zustand zu mir gebracht, den man nur als zutiefst verwundet bezeichnen kann. Sie sind völlig verstört. Da kann man nicht einfach sagen: ›Nein, diesem Kind fehlt nichts, es erfindet das Ganze nur.‹«

»Nun«, erwiderte Eliot, »Probleme können eine Menge Gründe haben, nicht wahr? Ein Kind kann in vielfacher Hinsicht verstört sein, das muß nicht immer gleich sexueller Mißbrauch sein. Und könnten diese Verstörungen nicht auch zur Folge haben, daß das Kind zur Lüge greift, Frau Doktor?«

»Ja. Sicherlich.«

»Es gibt Kinder, die lügen, sobald sie den Mund aufmachen, nicht wahr, Frau Doktor? Sind Ihnen in Ihrer Praxis nie pathologisch bedingte Lügner begegnet, Frau Doktor?«

»O doch. Einer oder zwei. Wirklich pathologische Lügner, die nichts mit dem Begriff zu tun haben, mit dem der Laie so gerne um sich wirft, sind äußerst selten.«

»*Sie*, Frau Doktor McLaren, scheinen sie jedenfalls nicht sehr oft zu entlarven.« Janet unterließ es, ihm zu antworten. Eliot fuhr fort:

»Wenn ein Kind den sexuellen Angriff unmittelbar nach der Tat anzeigt, ist das doch ein Hinweis, daß es die Wahrheit sagt, nicht wahr? Wenn das Kind noch voll Schmerz und Angst ist, kann man doch eher davon ausgehen, daß es die Wahrheit sagt?«

»Ja. Die meisten von uns ...«

»Aber wenn es damit eine oder zwei Wochen wartet, sich mit Schuldgefühlen herumschlägt oder Angst hat, der Täter kehrt vielleicht zurück, dann ist das nach Ihrer Interpretation ebenfalls mit der Wahrheit vereinbar, ist das richtig, Frau Doktor?«

»Es *gibt* Kinder, die so reagieren.«

»Und wenn es über *zwei Jahre* wartet, viele gute Gelegenheiten versäumt, Gelegenheiten, wenn es mit seinen Eltern allein ist, sich absolut sicher fühlen kann, es ihnen aber erst erzählt, als sie vor dem Fernseher sitzen und der Nachrichtensprecher von ganz anderen Kindern spricht und die Eltern des Jungen den Geschichten dieser Kinder mehr Aufmerksamkeit schenken als seiner und der Junge *dann* mit seiner Geschichte herausplatzt, dann ist *das* Ihrer Meinung nach ebenfalls mit der Wahrheit vereinbar«, sagte Eliot nun mit voller Härte und aufgrund der Länge seiner Attacke beinahe atemlos.

»In diesem Fall ja«, erwiderte Janet, die ihre Fassung wiedergewonnen hatte. »Ich habe immer wieder Kinder behandelt, die über Monate oder noch länger geschwiegen und den Mißbrauch für sich behalten haben. Das ist sehr wohl vereinbar.«

»Könnte der Zeitpunkt, zu dem Tommy sein Schweigen brach, vielleicht doch Ihren Verdacht wecken?« fragte Eliot, als wäre er kurz davor aufzugeben.

Janet suchte angestrengt nach einer Antwort. Eliot ließ ihr Zeit. Ich konnte ihr auch nicht helfen. Es vergingen lange Sekunden. »Viele Kinder können lange nicht darüber sprechen«, lautete schließlich ihre schwache Entgegnung.

Eliot trommelte mit dem Bleistift leise auf den Tisch und schwieg für einen Moment. Buster zog ihn am Ärmel, doch Eliot ignorierte ihn. »Frau Doktor, Sie haben ausgesagt, daß Sie sich große Sorgen um Tommy machen.«

»Ja.«

Eliot nickte. »Sie möchten ihm natürlich helfen. Sie glauben ihm, nicht wahr?«

Diese Frage hatte, als ich sie stellte, seinen Einspruch provoziert. Ob Tommy die Wahrheit sage oder nicht, müßten die Geschworenen entscheiden, hatte Eliot argumentiert. Daß er diese Frage nun selbst stellte, machte mir Sorgen.

»Ja, ich glaube ihm«, sagte Janet zu den Geschworenen gewandt.

»Trotz der Verspätung, trotz des Mangels an physischem Beweismaterial, das seine Behauptung untermauert hätte?«

»Wie ich bereits sagte, das läßt sich erklären.«

»Ja«, entgegnete Eliot, »weil Sie ihm glauben und deshalb alle Unstimmigkeiten von der Hand weisen.«

»Einspruch. Streitfrage.«

»Stattgegeben«, sagte Richter Hernandez. »Provozieren Sie die Zeugin nicht zum Streit. Ignorieren Sie die letzte Bemerkung«, fügte er für die Geschworenen hinzu. Als ob das noch ginge.

»Helfen wir doch den *Geschworenen* bei der Entscheidung, wie Tommys Aussage zu bewerten ist«, meinte Eliot. Als er bemerkte, daß ich mich rührte, fügte er hastig hinzu: »Selbstverständlich auf der Grundlage Ihrer langjährigen Erfahrung und Ihrer Arbeit mit Hunderten anderen Patienten. Was, sagten Sie, seien einige der Gründe, die Sie vermuten lassen, ein Kind sagt nicht die Wahrheit?«

»Nun, wenn es seine Geschichte verändert, zum Beispiel. Wenn es nicht dabei bleibt, sobald man die Behauptung anzweifelt.«

»Wie Tommy«, sagte Eliot plötzlich.

Janet runzelte die Stirn. »Nein«, sagte sie.

»Ich meine«, fuhr Eliot ernst fort, als wollte er dem Gedächtnis der Ärztin nachhelfen, »es *gab* doch Momente, in denen er einen Rückzieher machte, behauptete, seine Geschichte sei nicht wahr.«

Janet schüttelte immer noch stirnrunzelnd den Kopf.

»Er hat Ihnen gegenüber *nie* behauptet, die Geschichte sei nicht wahr? Kein einziges Mal gesagt, er habe gelogen, zwischen ihm und Austin Paley sei nie etwas vorgefallen?«

»Nie«, erwiderte Janet mit fester Stimme.

Eliot starrte Janet an, offenbar ratlos. Mir lief es kalt über den Rücken. Eliot stellte keine zufälligen Fragen. Er wußte etwas.

Nachdem er der Jury Zeit gelassen hatte, seine Verblüffung zur Kenntnis zu nehmen, fuhr Eliot fort. »Welche Gründe«, fragte er, »gibt es noch, die vermuten lassen, daß ein Kind lügt?«

Janet überlegte. Ich wollte ihr zu Hilfe eilen, doch es gab nichts, wogegen ich Einspruch erheben konnte. Sein Verhör lag millimetergenau auf der Linie meiner Befragung.

»Unstimmigkeiten«, sagte sie schließlich. »Wenn das Kind wesentliche Aspekte seiner Geschichte nicht beibehält. Das wäre sicherlich ein Hinweis, daß es lügt.«

»Wenn es die Geschichte verändert«, half ihr Eliot. »Einzelheiten vergißt.«

»Niemand von uns hat ein unfehlbares Gedächtnis, und Kinder verdrängen häufig ...«

»Frau Doktor«, sagte Eliot sanft, »Sie suchen schon wieder nach Ausreden für ihn.«

»Einspruch.«

»Stattgegeben. Letzte Bemerkung bitte zu ignorieren.«

»Ich meine wichtige Details, Frau Doktor«, fuhr Eliot fort. »Wo der Mißbrauch stattfand, wann genau und so weiter. Die Identität des Täters. Ein Kind, das zunächst behauptet, der da hat mich angegriffen, und dann plötzlich meint, nein, der war es, oder nein, doch der erste, das wäre doch verdächtig, würden Sie mir da nicht zustimmen?«

»Ja. Natürlich. Aber Kinder lassen sich durch Details leichter verwirren als Erwachsene.«

»Und manchmal lügen sie?«

Sie mußte das bejahen. Würde sie nein sagen, behaupten, daß Kinder niemals lügen, wäre ihre eigene Glaubwürdigkeit dahin. Doch wenn sie jetzt ja sagte, gab sie ihm recht, daß Tommy möglicherweise gelogen hatte. »Ja«, sagte Doktor McLaren.

Eliot war mit seiner Befragung fertig, doch er ließ sich noch Zeit. Zeit für uns alle, über Kinder nachzudenken, die lügen, und den Schaden, den sie damit anrichten können. Als er die Zeugin endlich für das Kreuzverhör freigab, beeilte ich mich.

»Aber Ihrer Ansicht nach lügt Tommy nicht?«

»Nein.«

»Dieser Mangel an physischen Beweisen«, fragte ich stirnrunzelnd, als hätte ich damit auch Probleme, »ist das selten?«

»Nein, das ist üblich. Das ist die Norm.« Während sie nun beschrieb, wie selten es gelang, den phsysischen Beweis für die Vergewaltigung eines Kindes zu erbringen, gewann Janet ihre ursprüngliche Autorität zurück. Ich ließ sie das Thema möglichst ausführlich erörtern.

Meine nächste Frage überraschte sie. »Sind Kinder Erwachsenen gegenüber von Natur aus mißtrauisch?«

»Nicht nach meiner Erfahrung«, erwiderte sie. Mir gefiel die Art nicht, wie sie Ausflüchte machte. Sie schien den Zweifel in ihrer Stimme jedoch bemerkt zu haben und fuhr in festerem Ton fort: »Kinder neigen dazu, alle Erwachsenen mit ihren Eltern auf die gleiche Stufe zu stellen. Sie schauen zu ihnen auf, im buchstäblichen wie im übertragenen Sinn. Wenn ein Kind verängstigt oder verletzt ist, sucht es Trost bei einem Erwachsenen. Dieses Vertrauen scheint so lange instinktiv zu sein, bis es mißbraucht wird.«

»Wodurch das Kind verwirrt werden kann?«

»Das kann so weit gehen, daß seine gesamte Weltanschauung zerbricht«, sagte Janet bloß.

»Wenn also das Vertrauen dieses Kindes mißbraucht wurde, weiß es nicht mehr, wem es überhaupt noch vertrauen *kann*, ist das richtig?«

»Ja, so ist es. Es kann sich nirgends mehr hinwenden.«

Ich hatte keine weiteren Fragen. Eliot auch nicht. Es war fast sechs Uhr abends, die Geschworenen sahen müde aus. Daher überraschte es mich, als Janet entlassen wurde, und Richter Hernandez mich fragend ansah. Ich beugte mich zu Becky. »Habe ich was falsch gemacht?«

Sie reichte mir eine Kopie der Anklageschrift. Alle Anklagepunkte, zu denen wir unsere Zeugen aufgerufen hatten, waren der Reihe nach abgehakt. Wir hatten unsere Beweisführung abgeschlossen und unseren Fall, vorausgesetzt, die Geschworenen glaubten uns, bewiesen. Dieses »vorausgesetzt« machte es mir sehr schwer, mich zu erheben und zu sagen, was ich zu sagen hatte.

»Die Anklage hat den Beweisvortrag abgeschlossen, Euer Ehren.«

Der Richter nickte kurz und richtete sogleich das Wort an Eliot: »Sind Sie bereit, morgen früh fortzufahren, Mr. Quinn? Das heißt, wenn Sie Zeugen haben?«

»Ich habe Zeugen, Euer Ehren, und wir sind bereit.«

»Dann werde ich Sie jetzt entlassen ...« Richter Hernandez

belehrte noch in aller Ausführlichkeit die Geschworenen, bevor er ihnen gestattete, den Saal zu verlassen. »Mist, verdammter«, stieß ich hervor. Becky schoß einen Seitenblick auf Eliot. Dachte sie denn, ich sprach ein Geheimnis aus oder daß Eliot nicht haargenau wußte, welchen Schaden er angerichtet hatte?

»Ich muß mich bei der Ärztin entschuldigen«, fügte ich hinzu.

Janet hielt sich noch im Gerichtssaal auf. Ich nahm ihren Arm und gab ihr mit einem Wort zu verstehen, daß wir uns schleunigst aus dem Staub machen sollten. Wir mußten an den Reportern vorbei, deren Blicke sofort glasig wurden, als sie die ersten Worte meiner Variation der üblichen Litanei, »dem Angeklagten wird es noch leid tun, in diesem gottesfürchtigen Land eine solche Abscheulichkeit begangen zu haben, das schwöre ich Ihnen …« vernommen hatten. Gemeinsam mit Becky und der Ärztin eilte ich den Flur entlang.

»Es tut mir leid«, sagte ich zu Janet auf dem Weg die Treppe hinauf. »*Ich* hätte das physische Beweismaterial als erster zur Sprache bringen sollen. Und ich hätte Sie besser vorbereiten müssen, wie er mit Ihnen umspringen würde.«

»Na, na«, sagte sie beiläufig. »Ich habe Ihnen doch gesagt, daß ich das nicht zum ersten Mal machte. Ich habe nicht damit gerechnet, daß er mich mit Samthandschuhen anfaßt.«

Wenn das so war. Ich ließ sie durch einen Blick wissen, daß sie jetzt, nach der Tortur des Kreuzverhörs, leicht reden konnte, mir aber nicht entgangen war, wie sie im Zeugenstand ins Schwitzen geraten war. Ich legte einen Arm um sie und sie berührte flüchtig meine Hand. Dann gingen wir, wie es sich gehörte, nebeneinander die Treppe hoch. Nur eine Berührung.

In meinem Büro wandte ich mich sofort an Becky: »Er weiß etwas.« Die Rede war von Eliot, doch das mußte ich Becky nicht dazusagen. »Aber was?«

»Was *kann* er wissen?« erwiderte Becky. »Was *gibt* es da noch zu wissen?«

»Wovon reden Sie eigentlich?« fragte Janet.

»Mir gegenüber hat Tommy die Geschichte einmal abgestritten«, sagte ich. »Wem hat er noch erzählt, es sei nie passiert?«

Becky zuckte die Achseln. »Seinen Eltern vielleicht? Der Lehrerin, jemandem vom Hort?«

Ich wandte mich an die Ärztin: »Hat Tommy jemals behauptet, nicht Austin, sondern jemand anderer hätte ihn belästigt?«

Janet schüttelte den Kopf. »Ich schwöre es«, sagte sie. Sie mußte es ironisch gemeint haben, denn mit meiner Frage verdächtigte ich sie ja im Grunde des Meineides. Sie lächelte mich an.

»Da steckt sicher nichts dahinter«, mußtmaßte Becky. »Er will doch nur die Geschworenen durcheinanderbringen.«

»Mag sein«, sagte ich. »Aber wie ich ihn kenne ...« Eliot war nicht nur dazu fähig, er hatte gar keine andere Wahl, er mußte die Aussagen unserer Zeugen mit allen Mitteln hinterfragen, aber es sollte mich sehr wundern, wenn er nichts in der Hand hätte, um zumindest ein paar seiner Zweifel zu untermauern. Mir gegenüber hatte er ja bereits etwas angedeutet, als er behauptete, Austin sei unschuldig. Er mußte einen Beweis haben.

»Heute abend können wir jedenfalls nicht mehr viel tun«, sagte Becky, doch ihre ganze Haltung und ihr Gesichtsausdruck besagten das Gegenteil. Sie wollte nicht resignieren, es mußte etwas unternommen, noch jemand befragt werden. Mir wurde bewußt, wie wenig Becky bisher in den Prozeß involviert war und wie enttäuschend das für sie, eine Prozeßanwältin ihres Formats, sein mußte. Aber ich konnte unmöglich etwas von der Last der Verhandlung abgeben. Ich konnte mir nicht vorstellen, daß der Ausgang der Verhandlung für irgend jemanden so wichtig sein konnte wie für mich.

»Wie ist es Tommy gegangen?« fragte Janet. Sie hatte seine Aussage nicht miterlebt, da sie selbst Zeugin war und sich somit während der anderen Zeugenaussagen nicht im Gerichtssaal aufhalten durfte.

»Gut«, antwortete ich kurz angebunden.

Doch Becky widersprach mir. »Am Anfang aber nicht. Zu Beginn seiner Aussage war er so schwach, ich dachte schon, er würde alles zurücknehmen.«

»Dann haben Sie das auch so empfunden?« fragte ich erleichtert.

»Was soll das heißen?« wollte Janet wissen.

»Mark hat seinen Widerstand überwunden«, sagte Becky bewundernd. »Wenn er Tommy nicht so weit gebracht hätte, über seine Gefühle zu sprechen, wie es ihm gegangen ist, nachdem es geschehen war, wenn er ihn nicht an seine Angst erinnert hätte, wäre seine Aussage geradezu langweilig gewesen. Sie wissen ja wie Tommy spricht.

Als würde er etwas erzählen, das nicht ihm, sondern jemand anderem zugestoßen ist. Aber am Ende seiner Aussage war er ein tränenüberströmtes kleines Kind.«

Janet sah mich an, allerdings nicht mit Beckys Bewunderung. »Ich kann nur hoffen, daß es nicht aufgesetzt wirkte«, sagte ich.

»*Ich* habe es ihm geglaubt«, sagte Becky. Bei den Geschworenen wußte man das nie. Wenn man sich nach einer Verhandlung mit den Geschworenen unterhält, nennen sie oft die seltsamsten Beweggründe für ihre Entscheidung, Dinge, die so weit hergeholt sind oder uns gar nicht aufgefallen wären, so daß wir gelernt haben, keine Vorhersagen zu wagen.

»Wir wollten Sie heute eigentlich gar nicht mehr in den Zeugenstand rufen«, fuhr Becky an Janet gerichtet fort. »Dann dachten wir, jemand muß eine Erklärung für Tommys langes Schweigen geben. Aber die Art, wie Eliot dann auf Sie losgegangen ist« – Becky wandte sich nun wieder an mich –, »ich dachte schon, er behandelt die Frau Doktor, als wäre sie unser Hauptzeuge.«

Jedes Mal, wenn Eliots Name fiel, sahen die beiden mich an, als kannte ich jeden Gedanken unseres Gegners. »Ja«, sagte ich langsam. »Weil Janet Tommys Aussage untermauern sollte. Also ging Eliot her und nahm Janet auseinander, damit Tommy ganz allein dasteht.«

»Aber auf Tommy ist er fast nicht losgegangen«, meinte Becky.

Das war richtig. Eliot war der Schwierigkeit, die seiner Beweisführung zugrunde lag, aus dem Weg gegangen. Ich hatte eine Falle für ihn ausgelegt, die er dann mit einer Leichtigkeit umging, als hätte er von Anfang an von ihr gewußt.

Janet ließ ihren Blick zwischen Becky und mir hin und herwandern, sie fühlte sich ausgeschlossen. Nun richtete sie das Wort an mich allein.

»Werden Sie mich noch einmal in den Zeugenstand rufen müssen? Wenn ja, sollten wir vielleicht irgendwohin gehen, wo wir in …«

Ich spürte, wie uns Becky beobachtete. »Ich rufe Sie an«, sagte ich zu Janet. »Aber zuerst muß ich noch etwas erledigen.«

Trotz der fortgeschrittenen Stunde baten mich meine überraschten Gastgeber herein. Auf dem Weg durch die elegante Eingangshalle, das weiße Wohnzimmer und das anschließende Zimmer beantwortete ich ihre Fragen, die sie durcheinanderredend auf mich einprasseln ließen, wobei ich keinen Augenblick stehen blieb. »Darf ich?« fragte ich. Sie nickten. Mrs. Algren ergriff die Hand ihres Mannes, der seinen staunenden Blick auf sie richtete, als ich mich einfach umdrehte und Tommys Zimmer betrat.

Bis auf das Licht, das durch die Jalousien fiel und auf den Teppich vor dem Bett ein Streifenmuster warf, herrschte Dunkelheit. Tommy schlief nicht. Ich blieb mitten im Zimmer stehen und mußte plötzlich denken, daß er mich erwartet hatte.

»Ich wollte dir nur sagen, daß du dich tapfer geschlagen hast.«

Obwohl es dunkel war, konnte ich sehen, wie er in einer verneinenden Geste den Kopf auf dem Polster hin und her warf.

»O doch«, sagte ich. Am anderen Ende des Zimmers stand ein Schreibtisch mit einem Stuhl davor. Ich holte ihn, stellte ihn neben das Bett und setzte mich so, daß ich unmittelbar neben Tommy war. Die Wölbung, die sein Körper unter der Bettdecke machte, ließ ihn winzig wie ein Kleinkind aussehen.

Sein Kopf lag nun wieder ruhig auf dem Kissen, allerdings nicht, weil ich ihn überzeugt hatte. »Es tut mir so leid«, flüsterte er.

»Du hast keinen Grund, warum dir etwas leid tun muß. Gar keinen.«

»Ich wollte nichts ...«, sagte Tommy. »Ich hätte fast nicht ...«

»Das war nicht deine Schuld«, beruhigte ich ihn. Sein Arm lag auf der Bettdecke, und ich legte meine Hand darauf. »Hat dich Austin darum gebeten?« fragte ich leise.

Tommy nickte. »Er hat mich angerufen.«

»Während mein Beamter bei dir war?«

Er nickte wieder. »Ich habe den Hörer abgenommen und ihm gesagt, es sei jemand anderer.«

Austin hatte sich nur mit Tommys Hilfe an ihn ranmachen können, und Tommy hatte sie ihm bereitwillig gegeben. »Ist schon in Ordnung«, sagte ich.

Tommy kämpfte so sehr mit den Tränen, daß seine Stimme kaum hörbar war. »Er hat mir gesagt, er muß ins Gefängnis. Und was sie dort mit ihm machen werden.«

»Ganz egal, was mit Austin geschieht, er allein trägt die Schuld«, sagte ich. »Du warst zu jung, Tommy, du konntest überhaupt nichts dafür. Er hat das alles mit Absicht getan. Und mit den anderen Kindern auch. Wir müssen ihn aufhalten.«

Es kam keine Antwort. Ich fragte mich, wie lange Tommy in der Dunkelheit gelegen und auf mein Kommen gewartet hatte und wie lange er noch wach bleiben würde, nachdem ich gegangen war. Ich drückte sanft seinen Arm. »Tommy, er wird dich nie wieder belästigen, nie wieder«, sagte ich.

Tommy begann zu weinen. Vielleicht aus Erleichterung, vielleicht in dem Bewußtsein, daß er Austin niemals wiedersehen, nie wieder einen innigen Moment mit ihm teilen würde.

Ich nahm ihn in die Arme und hob ihn dabei vom Kissen hoch. Er fühlte sich um so vieles jünger an, als er in Wirklichkeit war, eine längst vergangene Erinnerung an meine eigenen Kinder stieg in mir hoch, als ich noch dachte, ich könnte ihr ganzes Leben mit meinen Armen umschlingen. Ich hielt ihn fest, denn die Umarmung mußte für eine lange, lange Weile reichen, für eine ganze Nacht.

Seine Tränen fielen mir auf die Schulter und durchnäßten mein Hemd. Nach einer Weile sagte er: »Mr. Quinn weiß es.«

»Mach dir wegen ihm keine Sorgen«, sagte ich. »Er wird dich nicht mehr befragen. Du hast deine Aussage gemacht. Du mußt nicht einmal mehr ins Gericht kommen.«

Tommy schüttelte wieder den Kopf, der immer noch auf meiner Schulter lag. »Er weiß es«, wiederholte er.

Ich ließ ihn auf das Kissen zurücksinken. »Was weiß er?«

Er schüttelte bloß den Kopf.

»Daß du Austin helfen wolltest? Das macht nichts. Er wird es niemandem sagen.«

Wir unterhielten uns noch eine Zeitlang. Ich führte unsere Unterhaltung zurück in die Vergangenheit, dann in die Gegenwart bis hinein in die Zukunft, sprach mit ihm über die Schule und das lange Leben, das ihm noch bevorstand und ihm so viel zu bieten hatte, daß er all das eines Tages vergessen haben würde, so wie wir vieles irgendwann vergessen. Als Tommys Antworten schließlich immer kürzer wurden und in längeren Abständen erfolgten, deckte ich ihn zu, strich ihm die Haare aus dem Gesicht und küßte ihn auf die Stirn.

»Gute Nacht«, sagte ich an der Tür und erhielt als Antwort nur noch ein schwaches Murmeln.

XV

Die Rückkehr in den Gerichtssaal nach Abschluß des Beweisvortrags ist für den Ankläger ein nervenaufreibender Schritt ins Ungewisse. Der Fall ist abgeschlossen, jedes Beweismittel wurde vorgebracht, und dennoch muß man noch einmal hinein, den Geschworenen weiterhin gegenübersitzen und abwarten, was die Verteidigung vorhat. Für die Verteidigung ist der erste Teil der Verhandlung weniger spannend. Die Anklageschrift enthält eine Liste der Zeugen der Anklage, außerdem wird dem Strafverteidiger vor Prozeßbeginn Einsicht in sämtliche Akten der Staatsanwaltschaft gewährt. Auch wenn die Verteidigung nicht jede Zeugenaussage der Anklage vorhersagen kann, hat sie im Grunde keine bösen Überraschungen zu befürchten.

Umgekehrt erhält der Staatsanwalt vor dem Prozeß keine Einsicht in den Beweisvortrag der Verteidigung. Er muß sich überraschen lassen. Man kann bloß dasitzen, abwarten und hoffen, im Kreuzverhör die richtigen Fragen parat zu haben, und sich gegebenenfalls auf die eigene Inspiration verlassen.

Eine Gelegenheit, dessen war ich mir sicher, würde sich bieten, wenn ich Austin ins Kreuzverhör nahm. Eliot wußte genausogut wie ich, was die Unschuldsvermutung wert war. Ein Angeklagter, der bloß dasitzt und schweigt, der der Argumentation der Staatsanwaltschaft nichts entgegensetzt, verlangt nach einer Verurteilung. Eliot hatte keine andere Wahl, er mußte Austin in den Zeugenstand rufen und ihn zu seiner eigenen Verteidigung aussagen lassen.

Als Eliot mit Austin und Buster den Gerichtssaal betrat, schienen die drei auch diesmal in eine heftige Diskussion vertieft. Es war Buster, der auf die anderen beiden einsprach. Während der wenigen Verhandlungspausen war das öfter der Fall gewesen. Buster litt sichtlich darunter, in einem Sensationsprozeß wie diesem so gar nicht zu Wort zu kommen. Doch Eliot hätte die Verteidigung keinesfalls an ihn abgegeben, und Austin auch nicht: Er wußte genau, wer von den beiden der bessere Prozeßanwalt war. Es hatte jedoch den Anschein, als würde Buster nun doch einen Keil zwischen die beiden treiben, denn Eliot schien verärgert, während Austin aufmerksam zuhörte und zustimmend mit dem Kopf nickte.

Ich ging zu meinem Platz. Becky saß neben mir, doch es gab nichts zu sagen. Wir wußten nicht, womit wir zu rechnen hatten.

Wenig später, die Geschworenen und der Richter hatten ihre Plätze eingenommen, schien Eliot weiter der führende Verteidiger zu sein. Er erhob sich mit den Worten: »Die Verteidigung ruft Martin Reese in den Zeugenstand.«

Becky und ich sahen einander verblüfft an. Wer war Martin Reese? Ich drehte mich um und erblickte einen untersetzten Mann, der durch den Mittelgang auf uns zukam. Er hatte ein dickes Gesicht mit einem buschigen schwarzen Schnurrbart und ein paar spärlichen Haarsträhnen auf dem Kopf, die von einem Ohr zum anderen gekämmt waren. Er starrte mich finster an, als sei es meine Schuld, daß er außer Atem war.

Becky schüttelte den Kopf, als ich sie fragend ansah. Sie kannte ihn nicht. »Den übernehme ich«, sagte sie leise.

Der leitende Staatsanwalt war ich. Normalerweise hieß das, daß ich das Opfer befragte und den Angeklagten ins Kreuzverhör nahm, während der zweite Staatsanwalt die Einvernahme der weniger wichtigen Zeugen übernahm. Aber das hier war kein normaler Fall. Bis jetzt hatte ich fast alle Zeugen selbst vernommen und auch jetzt, da ich diesen Fremden musterte, der soeben den Eid ablegte und in den Zeugenstand trat, suchte ich bereits nach seinen Schwachpunkten.

»Ich übernehme ihn«, sagte Becky nun schon dringlicher, jedoch so leise, daß nur ich sie hören konnte.

Ihre Hand ruhte auf meinem Handgelenk. Ich holte Luft. Dann entspannte ich mich etwas und flüsterte: »Okay, Sie übernehmen ihn.«

Sie griff sofort nach ihrem Notizblock, schraubte den Deckel von ihrem Füllhalter und fixierte den Zeugen mit derselben Intensität wie ich. Wer war Martin Reese?

Er sträubte sich, es uns zu sagen. Eliots zweite Frage, nachdem er seinen Namen genannt hatte, lautete: »Wo wohnen Sie, Mr. Reese?«

»Das würde ich lieber nicht sagen«, antwortete der Zeuge. Und wieder warf er mir einen bösen Blick zu.

»Wohnen Sie in Texas?« fragte Eliot.

Er schien nicht antworten zu wollen. Doch nach einigen Sekunden platzte es aus ihm heraus: »Ich will nicht, daß hier irgendwer weiß, wo ich wohne. Ich habe schon genug Schwierigkeiten gehabt.«

Durch wen denn? Als mehrere Geschworene Mr. Reeses bösem Blick in meine Richtung folgten, bemühte ich mich, möglichst unschuldig und erstaunt dreinzusehen. Das fiel mir auch gar nicht schwer.

»Stellen wir die Frage also anders«, sagte Eliot besänftigend. »Wo haben Sie vor zwei Jahren gewohnt?«

»In Sparrowwood Drive, hier in San Antonio.«

Ping. In meinem Kopf ertönten entfernt die ersten Alarmglocken. Martin Reese war Tommys Nachbar gewesen. Aber wie sollte gerade er Tommys Aussage widerlegen? Hatte er durch die Vorhänge seiner Fenster spioniert und beobachtet, wie zwischen Austin und Tommy *nichts* vorgefallen war? Ich drehte mich um. Mr. und Mrs. Algren waren auch heute wieder im Publikum. Mrs. Algren war weiß wie die Wand.

»Bin gleich wieder da«, flüsterte ich Becky zu und schlüpfte rasch durch das Gatter in der Schranke. In der Nähe der Algrens bedeutete ich ihnen mit einer zurückhaltenden, jedoch keinen Widerspruch duldenden Geste, daß sie mitkommen sollten. Sie sahen mich mit schuldbewußter Miene an und folgten mir aus dem Gerichtssaal.

Ich führte Tommys Eltern in ein kleines Besprechungszimmer gleich neben dem Eingang zum Gerichtssaal und schloß die Tür hinter uns. »Wer ist das?« fragte ich.

Mrs. Algren hielt wieder einmal die Hand ihres Gatten umklammert. Er stellte sich schützend zwischen uns, doch wenn er versuchte, den wild entschlossenen Beschützer seiner Frau zu spielen, war er nicht sehr überzeugend.

»Er war unser Nachbar«, sagte er. »Er ist vor ungefähr einem Jahr weggezogen.«

»Ja, und?« Ich wollte keine behutsame Einführung.

»Wegen ihm haben wir Tommy zuerst nicht geglaubt«, sagte Mrs. Algren mit um Verständnis flehender Stimme.

Mir wurde eiskalt. Jede Bewegung schien unmöglich. Ich richtete den Blick auf Mr. Algren.

»Tommy beschuldigte Mr. Reese, ihn belästigt zu haben«, bestätigte er.

»O mein Gott.« Ich fuhr mir mit der Hand an die Stirn.

»Es hat nicht gestimmt«, fügte Mrs. Algren hastig hinzu, als würde das noch etwas nützen. »Wir sind der Sache nachgegangen, und es hat einfach nicht gestimmt. Tommy hat dann auch zugegeben, daß er alles erfunden hat.«

»Wir hatten noch verdammtes Glück, daß er uns nicht verklagt hat«, sagte Mr. Algren. »Er *hätte* es getan. Gott sei Dank konnten wir die Sache stillschweigend regeln.«

»So stillschweigend, daß Sie nicht einmal mich informiert haben«, meinte ich ruhig. Die Gedanken rasten durch meinen Kopf.

»Wir dachten nicht, daß noch jemand davon wußte«, sagte Algren. »Und wir wollten kein Risiko eingehen, ich meine, wenn etwas durchgesickert wäre, hätte er immer noch ...«

»Gehen Sie in mein Büro«, sagte ich ruhig, keine Widerrede zulassend.

»Was werden Sie jetzt tun? Können wir ...?«

»Das weiß ich noch nicht«, sagte ich sehr ruhig. »Ich möchte, daß Sie in meinem Büro sind, wenn ich komme. Und wenn Sie den ganzen Tag dort auf mich warten.«

Als ich zu meinem Platz zurückkehrte, bildete ich mir ein, neugierig angestarrt zu werden. Doch das war nicht der Fall. Alle Blicke waren auf den Zeugen geheftet.

Ich mußte Becky nicht fragen, wie es lief. Sie schien mich nicht einmal zu bemerken. Ihre Aufmerksamkeit galt dem Zeugen und ihren Notizen.

In dem Moment, als ich mich setzte, erhob sie sich. »Einspruch«, sagte sie. »Beruht auf Hörensagen.«

Eliot erwiderte in pedantischem Ton: »Es geht selbstverständlich nicht darum, die Wahrheit dieser Aussage unter Beweis zu stellen. Im Gegenteil, wir wollen beweisen, daß sie unwahr ist. Mr. Reese soll lediglich aussagen, daß er das gehört hat.«

»*Falls* er es gehört hat«, beharrte Becky. »Ich dachte, er wollte gerade bezeugen, daß er durch Dritte von der Behauptung in Kenntnis gesetzt worden ist.«

»Wir werden beweisen, daß ...«, setzte Eliot an, doch Richter

Hernandez war die Debatte leid, und er beabsichtigte nicht, einen wichtigen Beweisantrag der Verteidigung auszuschließen.

»Einspruch nicht stattgegeben«, sagte er.

»Was haben Tommys Eltern gesagt?« fragte Eliot.

»Daß Tommy behauptet hat, ich hätte ihn belästigt«, sagte Reese mit ruhiger, jedoch aggressiver Stimme, die wie ein unterdrücktes Bellen klang. Sein Gesicht hatte eine so dunkle Farbe angenommen, daß ich befürchtete, er würde einen Schlaganfall erleiden, bevor Becky ihn ins Kreuzverhör nehmen konnte.

»Könnten Sie genauer sein?« fragte Eliot.

Rasch schrieb ich auf einen Zettel: »Es ist nicht wahr. Tommy hat alles zurückgenommen.« Becky warf einen Blick auf den Zettel und zeigte keine Reaktion. Als ob sie das nicht längst wüßte.

»Sie sagten, er hätte behauptet, ich habe ihn eines Tages in meinen Garten gelockt, bevor sie von der Arbeit nach Hause kamen, und daß ich – daß ich Sachen mit ihm angestellt habe. Widerliche Sachen. Daß er sich ausziehen mußte. Und irgendwelche Dinge tun.«

»War das wahr?«

»Nein!« Diesmal bellte er wirklich. »Das war eine verdammte Lüge! Ich habe selbst Kinder. Ich habe so etwas nie getan – *niemals*. In meinem ganzen Leben nicht. Niemals auch nur daran *gedacht*. Eher würde ich jemanden umbringen, der so etwas tut.«

»Was geschah dann?«

»Die Algrens sagten, sie würden die Polizei informieren. Ich habe sie darauf aufmerksam gemacht, daß sie sich besser verdammt sicher sein sollten, bevor sie irgendwen einschalteten. Das hat, glaube ich, gewirkt.«

»Was haben Sie unternommen?«

»Ich habe ihnen gesagt, ich würde sofort einen Lügendetektortest machen, und ihr verlogener Bengel könnte auch gleich einen machen.«

»Haben Sie einen solchen Test gemacht?«

»Einspruch.« Becky war sofort auf den Beinen. »Die Ergebnisse eines Lügendetektortests sind unzulässig.«

»Ich habe nicht nach den Ergebnissen gefragt«, sagte Eliot ungerührt. Er war nicht einmal aufgestanden.

Aber allein die Erwähnung eines Lügendetektortests ist verfahrensrechtlich nicht zulässig. Der Richter gab Beckys Einspruch statt. Einer der wesentlichen Vorteile auf seiten der Verteidigung ist jedoch, daß sie sich nicht darum kümmern muß, ob eine Frage unstatthaft ist. Die Verteidigung hat keine Einstellung zu befürchten.

»Haben Sie sich einem Lügendetektortest unterzogen?« fragte Eliot seinen Zeugen.

»Ja«, antwortete er und, alle hörten es, obwohl Becky neuerlich Einspruch erhob. »Und ich habe ihn bestanden«, fügte er noch trotzig hinzu, nachdem ihr der Richter stattgegeben hatte. Er starrte Becky böse an, die seinen Blick erwiderte. Ihre Ruhe war beeindruckend, vor allem da sie nichts in der Hand hatte, womit sie sie hätte rechtfertigen können.

Eliot ließ sich jedoch auch nicht aus der Ruhe bringen. Er fuhr mit seiner Befragung fort, als hätten er und sein Zeuge nichts Ungehöriges getan. »Wurde danach Anzeige bei der Polizei erstattet?«

»Nein, dann nicht mehr«, antwortete Reese und verschränkte selbstgerecht die Arme über der Brust.

»Hat Ihnen Tommy seine Anschuldigung jemals ins Gesicht gesagt, Mr. Reese?«

»Nein. Ich sagte, ich wollte mit ihm reden, im Beisein seiner Eltern, aber das wollten sie nicht. Wenn ich ihn dann doch sah, drehte er den Kopf weg, weil er mir nicht ins Gesicht schauen konnte.«

»Wie ist die Sache ausgegangen?«

»Ich fragte immer wieder, ob der Bengel einen Lügendetektortest gemacht hat, aber das ist nie ...«

»Einspruch«, sagte Becky. »Beruht auf Hörensagen.« Ihr wurde stattgegeben, doch der Zeuge fuhr einfach fort.

»Nach einer Weile gingen sie mir aus dem Weg. Ich ließ die Sache aber nicht auf sich beruhen. Ich sagte ihnen, sie hätten sich bei mir zu entschuldigen, sonst würde ich sie verklagen. Naja, getan hätte ich das wahrscheinlich nicht, weil ich ja selbst kein Aufsehen wollte, aber ich glaube, sie haben es dann doch mit der Angst zu tun gekriegt. Sie gaben schließlich zu, daß alles erlogen war. Sie sagten ...«

»Einspruch. Hörensagen.«

»Stattgegeben.«

»Hat man sich bei Ihnen entschuldigt, Mr. Reese?«

»Ja.«

»Tommys Eltern?«

»Ja. Ich sagte, der Bengel müsse sich persönlich bei mir entschuldigen, mir sagen, daß es ihm leid tut, aber dazu ist es nie gekommen. Ein paar Monate später hat man mir einen Posten in einer anderen Stadt angeboten, und ich war froh darüber, was sollten wir noch in so einer Nachbarschaft? Eigentlich hätten ja sie umziehen müssen.«

Eliot schien erkannt zu haben, daß sein Zeuge, unabhängig vom Schaden, den er mit seiner Aussage anrichtete, keine Sympathien erweckte. Er ließ ihn nicht lange sprechen, und als er ihn für unsere Befragung freigab, nahm ihn Becky ins Kreuzverhör, ohne sich um Formalitäten zu kümmern.

»Mr. Reese«, sagte Becky. »Tommy hat Sie nie persönlich beschuldigt?«

»Nein. Dazu fehlte ihm wohl der Mut.«

»Das heißt, alles, was Sie gerade ausgesagt haben, beruht auf dem, was Dritte an Sie herangetragen haben?« Ihr Blick schoß zum Richter hin. Er erwiderte ihn ungerührt.

»Ich habe es nie von ihm selbst gehört.«

Becky nickte. Sie zögerte. Ich konnte ihre Nervosität spüren. Genau hier liegt das Problem, wenn ein Überraschungszeuge der Verteidigung ins Kreuzverhör genommen wird. Man hat oft keine andere Wahl, als Fragen zu stellen, deren Antwort man nicht kennt.

»Wie lange waren Sie mit den Algrens benachbart, Mr. Reese?«

Er atmete geräuschvoll aus, während er nachdachte. »Keine Ahnung, fünf Jahre. Sechs.«

»Wie war Ihr Verhältnis zu Tommy, bevor er diese Anschuldigung machte, von der Sie gehört haben?«

»Was heißt denn Verhältnis? Er war ein Kind. Ich hatte nichts mit ihm zu tun. Kann sein, daß er mit meinen Kindern gespielt hat, weiß ich nicht, ich habe ihn jedenfalls kaum bemerkt.«

»Sie hatten nie Anlaß, ungehalten mit ihm zu sein?« Ich wußte, daß Becky einfach drauflos fragte, aber ich bewunderte ihren Tonfall. Sie klang, als wüßte sie etwas und würde es dem fetten Prahlhans jeden Moment vor die Füße werfen.

»Er war ein *Kind*«, beharrte Reese. »Meinen Sie etwa, ich lasse mich mit ihm auf Streitereien ein?«

»Hatten Sie Streit mit ihm?«

»Nein!«

»Ich meine ja auch keine körperlichen Angriffe, Mr. Reese. Haben Sie Tommy jemals aus Ihrem Garten gejagt oder ihn einmal angeschrien, weil er etwas angestellt hat?«

Reese machte ein verblüfftes Gesicht. »Was weiß ich. Kann schon sein ...«

Becky starrte ihn an, als müsse sie sich erst entscheiden, ob sie die Bombe platzen lassen sollte. Sie spielte ihr Spiel gut – denn es gab ja keine Bombe – und sagte dann bloß: »Keine weiteren Fragen.«

Eliot räumte den kleinen Schönheitsfehler, den Becky den Beweggründen seines Zeugen ankreiden wollte, geschickt wieder aus. »Mr. Reese, haben Sie sich zu Ihrer Zeugenaussage bereit erklärt, weil Sie Tommy Algren nicht mögen?«

Reese bekam wieder diese dunkle Gesichtsfarbe. »Denken Sie denn, ich komme hierher, weil ich was gegen einen Bengel habe? Denken Sie denn, mir macht das Spaß? Ich wollte überhaupt nicht herkommen. Aber als ich hörte, daß er jemand anderem das Leben kaputtmachen will, war es doch meine Pflicht.«

»Ich danke Ihnen, Mr. Reese.«

Als guter Mitbürger, der er war, nickte er den Geschworenen noch zu, bevor er ging. Wir behielten uns das Recht vor, ihn in den Zeugenstand zurückzurufen, da wir die Hoffnung nicht aufgeben wollten, noch etwas gegen ihn auszugraben, bevor der Tag zu Ende war. Aber das war unwahrscheinlich. Eliot hatte ihn sicher längst auf Herz und Nieren überprüft.

»Die Verteidigung ruft Austin Paley in den Zeugenstand.«

Das schien verfrüht. Nur ein Zeuge und dann, völlig übergangslos, der Angeklagte. Aber zugleich ergab das einen Sinn. Das Vertrauen der Geschworenen in Tommys Glaubwürdigkeit war bereits erschüttert. Jetzt hatte Austin die Chance, ihr völlig den Garaus zu machen.

Während der Vereidigung verhielt sich Austin sehr förmlich. Seinem Gesichtsausdruck nach hätte er ebensogut auf ein Amt vereidigt werden können. Während er den Schwur leistete, hielt er die Hand hoch und sah dem Gerichtsdiener dabei fest in die Augen. Dann, nachdem er sich hingesetzt hatte und ein wenig entspannter schien, richtete er den Blick auf die Geschworenen, ohne jedoch zu lächeln oder den Eindruck zu erwecken, er fürchte sie.

In seinem grauen Nadelstreifanzug, dem blaßgelben Hemd und der blaugrau gemusterten Krawatte war er der bestgekleidete Mann im Saal. Manchmal wird dem Angeklagten geraten, sich für den Prozeß nicht zu auffällig zu kleiden, doch in diesem Fall bestand kein Grund dazu. Austin war nicht wegen Diebstahls angeklagt. Aber ein Mann, der so viel Wert auf Mode legt, der sich mit solcher Sorgfalt zurechtmacht, ist doch verdächtig? Ich beobachtete ihn und bemühte mich, möglichst unbeteiligt und objektiv zu bleiben. Austin war weder der langjährige Freund, noch war er das Monstrum, zu dem er in meiner Phantasie geworden war. Er war der Angeklagte, der im Begriff war, seine Aussage zu machen. Und meine Aufgabe war es, ihn zu Fall zu bringen.

»Austin Robert Paley«, sagte er laut und deutlich.

»Womit verdienen Sie Ihren Lebensunterhalt, Mr. Paley?«

»Ich bin Rechtsanwalt.«

»Wie lange leben Sie schon in San Antonio?«

»Seit meiner Geburt«, erwiderte Austin. Er beantwortete jede Frage präzise und sprach dabei lauter, als es sonst seine Art war, verzichtete jedoch auf den für ihn so typischen ironischen Tonfall.

»Ist Ihnen klar, weswegen Sie angeklagt sind?« fragte Eliot.

»Ja«, sagte Austin, und nun hatte sich doch ein Anflug von Abscheu und Kälte in seine Stimme geschlichen.

»Haben Sie es getan? Haben Sie Tommy Algren sexuell belästigt?«

»Nein«, erwiderte Austin entschieden.

Wir kamen also sofort zur Sache. Austin verbarg sich nicht hinter vorgetäuschter Empörung, daß er noch nie in seinem Leben einen Jungen unanständig angefaßt habe. Ich hätte dadurch die Möglichkeit gehabt, Beweismaterial aus den anderen Fällen gegen ihn vorzubringen. Er leugnete bloß, das Verbrechen begangen zu haben, dessen er in diesem Prozeß angeklagt wurde. Austin war Anwalt, dessen sorgsam aufgebaute Existenz an einem seidenen Faden hing. Er würde keinen Fehler machen.

»*Kennen* Sie Tommy?« fragte Eliot als nächstes.

»Ja.«

Was? Ich meinte, unter den Geschworenen Unruhe zu spüren, aber das konnte auch nur meine eigene sein. Ich hatte fest damit gerechnet, daß Austin bestreiten würde, Tommy je begegnet zu sein.

»Wie gut kennen Sie ihn?« fragte Eliot.

»Eigentlich kaum, außerdem ist das schon eine Weile her. Neben meiner Anwaltskanzlei investiere ich gelegentlich in Immobilien. Vor ein paar Jahren sah ich mir ein Haus in Tommys Nachbarschaft genauer an, weil ich mir überlegte, es zu kaufen. Ich war mehrmals ein paar Stunden dort, weil ich befürchtete, das Haus könnte bautechnische Schäden haben und nicht so umgebaut werden, wie ich es vorhatte. In der Zeit also, in der ich im Haus arbeitete, begannen die Kinder aus dem Viertel vorbeizuschauen. Eines der Kinder war Tommy.«

»Erinnern Sie sich an ihn besonders gut?« fragte Eliot und begab sich in gefährliches Fahrwasser.

Austin nickte. Er schien bedrückt. »Er kam am häufigsten. Manchmal war Tommy schon da, wenn ich kam, wartete auf mich. Er schien ...«

Ich stand auf. »Einspruch, Euer Ehren. Er kann nicht wissen, was jemand anderer dachte.«

Eliot war ebenfalls aufgestanden, sah jedoch nur den Richter an. »Er kann selbstverständlich über seine Eindrücke aussagen, Euer Ehren. Er war dort und kann sagen, was er gesehen hat.«

»Dem Einspruch wird nicht stattgegeben.« Ich setzte mich langsam wieder hin und begann mich zu fragen, ob ich überhaupt einen Einspruch durchbringen würde. Jetzt, da Austin selbst im Zeugenstand saß, würde ihm der Richter da nicht jede erdenkliche Gnade erweisen, nur um Austins Freunden gefällig zu sein?

»Welchen Eindruck machte Tommy auf Sie, Mr. Paley?«

»Er kam mir vor wie ein einsamer kleiner Junge. Es wunderte mich, daß er nie zu Hause blieb oder mit den anderen Kindern spielte.«

»Haben Sie sich mit ihm unterhalten?«

Austin zuckte mit den Schultern. »Nicht mehr als mit den anderen. Naja, das stimmt nicht ganz. Ich unterhielt mich gezwungenermaßen öfter mit ihm, weil er ja öfter da war. Aber nichts Verbindliches. Das war nicht meine Aufgabe.«

»Haben Sie ihn jemals mit ins Haus genommen?«

»Nein. Ich habe keines der Kinder ins Haus gelassen. Es gehörte mir nicht. Ich befürchtete, sie könnten etwas kaputtmachen.«

»Haben Sie Tommy jemals woandershin mitgenommen?«

»Niemals.«

Austin sah nicht mich, sondern die Geschworenen an. Er blickte von einem Gesicht zum anderen, die Aufrichtigkeit selbst. Ich studierte ihn wie ein Wissenschaftler ein Virus. War er überzeugend? Würden ihm fremde Menschen Glauben schenken, die nichts von ihm wußten außer dem, was sie hier bei der Verhandlung über ihn gehört hatten? Ich empfand ihn als den gerissensten Lügner, dem ich je begegnet war, beinahe so als hätte er diesen Moment, diese Aussage schon vor Jahren einstudiert. Er war kein einziges Mal mit Tommy allein gewesen, wenn andere davon wissen konnten. Das eine Mal, als sie miteinander im Haus waren, hatten sie sich versteckt und gekichert, als die anderen Kinder an der Tür läuteten. Dann war er mit Tommy zu einem ebenfalls leerstehenden Haus gefahren, hatte ihn danach wieder abgesetzt und war dabei völlig unbeobachtet geblieben. Niemand außer Tommy konnte Austins Behauptung bestreiten, und Tommys Glaubwürdigkeit war soeben durch den letzten Zeugen ernsthaft erschüttert worden. Austin im Zeugenstand zu beobachten, ließ mich vor Angst erschaudern.

Eliot sah seinen Mandanten streng an. »Austin, haben Sie Tommy jemals mit sexuellen Absichten angefaßt?«

»Ich kann mich nicht erinnern, ihn überhaupt angefaßt zu haben. *Nein*, um Ihre Frage zu beantworten, ich verspürte für Tommy keinerlei sexuelles Begehren. Ich habe ihn nie auf diese Weise angefaßt.«

»Hätten Sie Gelegenheit dazu gehabt?«

Austin schüttelte den Kopf. »Wir waren nie allein. Es kam nie dazu, daß wir sozusagen einen privaten Moment hatten, außer eben im Garten vor versammelter Nachbarschaft. Der Junge und ich waren nie allein.«

Eliot sah ihn voller Vertrauen an. »Warum sollte er Sie dann derart beschuldigen?«

»Einspruch, Euer Ehren. Er hat ausgesagt, daß er Tommy kaum kennt, er ist also wohl kaum berufen zu raten, was der Junge denkt.«

»Euer Ehren, er kann allerdings aussagen, was er beobachtet hat, und den Geschworenen die Möglichkeit geben, ihre eigenen Schlüsse zu ziehen.« Richter Hernandez war Eliot, wie mir schien, dankbar, daß er ihm einen Grund gab, meinem Einspruch nicht stattzugeben, was er dann auch tat.

»Warum hat Tommy Ihrer Ansicht nach diese falsche Anschuldigung gegen Sie vorgebracht?« formulierte Eliot die Frage anders.

Austin machte ein Gesicht, als hätte er sich darüber bereits seine Gedanken gemacht. »Wie ich bereits sagte, auf mich wirkte er wie ein einsamer kleiner Junge, um den sich niemand wirklich gekümmert hat. Vermutlich war es der verzweifelte Versuch, seine Eltern auf sich aufmerksam zu machen.«

Eliot nickte: Das war einleuchtend. Nach einer kurzen Pause sprach er die Worte aus, auf die jeder Staatsanwalt in dieser Situation so begierig wartet: »Vorläufig keine weiteren Fragen.«

Für den Staatsanwalt gibt es keinen schöneren Moment als diesen, wenn er den Angeklagten endlich ins Kreuzverhör nehmen darf. So vielen von ihnen steht die Lüge ins Gesicht geschrieben. So viele von ihnen haben ein Vorstrafenregister, das sich im Kreuzverhör ausschlachten läßt. So viele von ihnen machen sich nicht die Mühe, ihre Verteidigung richtig zu durchdenken und verfangen sich in Widersprüche, sobald man ihnen nur ein bißchen nachhilft.

Doch Austin war kein gewöhnlicher Zeuge, und sein Anwalt gehörte zu den besten, die es gab. Sie waren kein einziges Mal vom Thema abgewichen, sie hatten sich nicht in Nebensächlichkeiten verstrickt, kurz und gut, sie hatten mir nichts gegeben, wo ich ansetzen konnte. Mein Notizblock war praktisch leer geblieben.

»Hallo, Austin«, begann ich.

Er nickte höflich. »Tag, Mark«, sagte er.

»Wir kennen einander schon seit langem, nicht wahr?«

»Ja. Seit vielen Jahren.«

»Ich würde sogar sagen, wir waren Freunde. Meinen Sie nicht?«

Eliot erhob sich mit der Frage: »Könnten wir vielleicht zur Sache kommen, Euer Ehren?« Richter Hernandez gab ihm statt, weshalb ich nie erfahren sollte, wie Austin die Frage beantwortet hätte.

»Sie haben uns ein wenig über sich erzählt«, fuhr ich rasch fort. »Erzählen Sie uns doch noch mehr. Sind Sie verheiratet?«

»Nein.«

»Waren Sie es je?«

»Es tut mir leid, aber ich sehe nicht, welche Relevanz der Familienstand hier haben soll«, unterbrach Eliot.

»Sie können sich wirklich nicht vorstellen, warum die Geschworenen das wissen wollen?« fragte ich ihn. Eliot sah mich nicht an. Sein Blick galt einzig und allein der Richterbank.

»Stattgegeben«, entschied der Richter.

»Irgendwelche längeren Beziehungen mit erwachsenen Frauen also?« wandte ich mich sofort wieder an Austin.

»Einspruch wie vorhin.«

»Ich möchte das beantworten«, sagte Austin. Er sah mich und nicht die Geschworenen an. »Selbstverständlich hatte ich immer wieder andauernde und verbindliche Beziehungen mit Frauen. Aber ich werde diese Frauen nicht hierher schleppen, um sie Ihren Attacken auszusetzen. Das hier ist nicht ihr Problem, und ich beabsichtige nicht, sie deshalb in Verlegenheit zu bringen.«

»Wie edelmütig von Ihnen«, platzte es in dem Moment aus mir heraus, da mir der Gedanke durch den Kopf schoß.

»Einspruch. Nebensächlich«, sagte Eliot ebenso rasch.

»Stattgegeben. Behalten Sie Ihre Bemerkungen für sich«, wies mich Richter Hernandez an. Ich sah ihn nicht einmal an.

Wieder zu Austin sagte ich: »Sie haben Tommy Algren also gekannt, aber nicht im biblischen Sinne erkannt.«

»Ich kannte ihn kaum«, erwiderte Austin vorsichtig. »Eigentlich so gut wie gar nicht. Und auch nur für kurze Zeit. Belästigt habe ich ihn jedoch nie.«

»Nicht ganz so kurz, wie man unter den Umständen meinen würde. Sie verbrachten immerhin geraume Zeit in dem leerstehenden Haus, nicht wahr? Wie oft waren Sie insgesamt dort?«

Austin zuckte die Achseln. »Sieben-, vielleicht achtmal.«

»Jedesmal mehrere Stunden lang?«

»Ein bis zwei Stunden, so genau kann ich das nicht sagen. Ich bereite meine Investitionen sehr sorgfältig vor, um keine falschen Entscheidungen zu treffen.«

»Überrascht es Sie gar nicht, daß sich diese Kinder nach über zwei Jahren immer noch an Sie erinnern? Obwohl Sie in der Nachbarschaft nur einige Mal aufgetaucht sind?«

»Drei der Kinder *behaupten*, daß sie sich erinnern«, sagte Austin eisig. »Ich bin sicher, man hat ihrem Gedächtnis ein wenig nachgeholfen. Als man begonnen hat, ihnen Fragen zu stellen, müssen sie gedacht haben, es sei wichtig, mich zu identifizieren, unabhängig davon, wie wenig Beachtung sie meiner Person damals geschenkt haben.«

»Aber Sie erinnern sich ja auch an *sie*. Zumindest an Tommy erinnern Sie sich.«

Es folgte eine ganz kurze Pause, in der Austin nachzudenken schien, wie er diese Frage beantworten sollte. Oder aber er hatte sich die erste Antwort, die ihm bereits auf den Lippen gelegen war, gerade noch verkniffen. »Ich hatte schon immer ein gutes Personengedächtnis«, sagte er. »In meinem Beruf hilft das.«

Darüber ließ ich die Geschworenen einen Moment lang nachdenken. Wer von ihnen würde sich an ein Kind erinnern, das ihm vor zwei Jahren ein paarmal über den Weg gelaufen war?

»Da Sie, wie Sie sagen, nur ein paarmal dort waren, müssen die Kinder beim Haus – im dazugehörigen Garten – zu spielen begonnen haben, sobald Sie dort aufgetaucht sind.«

»Es war ein leerstehendes Haus«, sagte Austin beiläufig. »Ich bin sicher, sie haben dort bereits gespielt, bevor ich kam, und danach auch wieder. Kinder mögen leere Häuser, das weiß man doch.«

»Ach ja? Aber vor Fremden fürchten sie sich normalerweise.«

»Nicht …« Austin sprach nicht weiter. Ich bin überzeugt, er wollte »nicht vor mir« sagen. »Immer«, wand er sich aalglatt aus der Affäre.

»Nein«, sagte ich. »In Ihrem Fall sicher nicht. Ihnen liefen sie einfach zu und erinnern sich sogar, daß Sie mit ihnen gespielt haben.«

»Ich glaube nicht, daß das gesagt wurde«, meinte Austin. Er rutschte ein wenig auf seinem Stuhl umher, zwang sich aber gleich wieder, still zu sitzen. »Ich habe mir das Haus genauer angesehen. Manchmal hielt ich mich mit ihnen im Freien auf, aber gespielt habe ich nicht mit ihnen.«

»Die Kinder haben sich einfach um Sie geschart, ohne daß Sie etwas dazu tun mußten?«

»Kinder laufen mir zu«, sagte Austin mit Verwunderung in der

Stimme. »Das haben sie immer schon getan. Die Sonntagsschule, wo ich in der Kirche von St. Michael unterrichte ...«

»Einspruch, Euer Ehren«, unterbrach ich ihn hart. »Das gehört nicht zur Sache und dient ausschließlich dem eigenen Interesse.«

»Sie haben selbst um die Erklärung gebeten, Herr Anwalt«, erwiderte der Richter. »Nicht stattgegeben.«

»Ich wollte gerade sagen, daß ich dort als Lehrer sehr beliebt bin«, schloß Austin achselzuckend.

»Und ich bin überzeugt, Sie unterrichten gerne. Sie sind nicht zufällig auch bei den Pfadfindern? Als Scharführer der Wölflinge?«

Für den Bruchteil einer Sekunde vergaß Austin seine höfliche Liebenswürdigkeit und starrte mich wütend an. Doch er hatte sich sofort wieder in der Hand und kniff die Augen zusammen. Als er sie wieder öffnete, sah er zu den Geschworenen hin, als wollte er sich für diesen kleinen Lapsus entschuldigen. Wieder ließ er sich ein paar Sekunden Zeit, damit sie ihn studieren, sich von seiner Aufrichtigkeit überzeugen konnten. »Nein«, sagte er dann ruhig.

»Sie bestreiten, was Tommy vor den hier versammelten Geschworenen ausgesagt hat?«

»Unbedingt«, sagte Austin mit fester Stimme.

»Wieviel davon ist falsch? Ist er mit Ihnen in das Haus gegangen?«

»Nein. Ich habe bereits gesagt, daß ich keines der Kinder ins Haus gelassen habe.«

»War das Haus so eingerichtet, wie Tommy gesagt hat, mit einem alten Sofa und mehreren Klappstühlen?«

»Nein. Es stand völlig leer.«

»Aufgrund Ihrer Maklerlizenz müssen Sie mit einer ganzen Menge leerstehender Häuser zu tun haben, und Sie wollen sich gerade an dieses so genau erinnern und wissen, daß es völlig leer war?«

Er blinzelte, aber nur flüchtig. »Ich habe dort mehr Zeit als sonst zugebracht, weil ich den Kauf in Erwägung zog.«

»Heißt das, daß Sie sich an dieses Haus besonders lebhaft erinnern? Daß es in Ihrem Gedächtnis gewissermaßen herausragt?«

»Lebhaft würde ich nicht sagen.«

»Aber Tommy erinnert sich lebhaft, oder etwa nicht?«

»Von Tommy läßt sich höchstens behaupten, daß er eine lebhafte Phantasie hat«, sagte Austin scharf.

Er sollte weiter über Tommy sprechen. Mir schien, als würde seine Stimme eine fast intime Note annehmen, sobald er Tommy erwähnte. »Er erinnert sich, daß Sie sich umgezogen haben«, sagte ich. »War das der Fall?«

Austin schüttelte ungeduldig den Kopf. »Ich habe keine Kleidung im Haus aufbewahrt.«

»Wenn Sie also jemand beobachtet hat, wie Sie im Anzug vorfuhren und das Haus in Sportkleidung wieder verließen, dann wäre das auch falsch?« Dafür hatte ich keinen Zeugen, aber das konnte Austin nicht wissen.

Er versuchte sich stirnrunzelnd zu erinnern. »Vielleicht habe ich mir das eine oder andere Mal etwas zum Umziehen mitgenommen, wenn ich anschließend Tennis spielen wollte.«

»Tommy könnte demnach recht gehabt haben.«

»Aber doch nicht, daß er mir zugeschaut hat, wie ich mich umgezogen habe. Ich sagte Ihnen doch ...«

»Aber er könnte recht haben, was das Detail anbelangt. Wie steht es mit der Autofahrt? Haben Sie ihn jemals im Auto mitgenommen?«

»Nein.«

»Welchen Wagen fuhren Sie damals?«

Seine Augen zuckten. Er sah die Falle. »Ich glaube einen Continental.« Er warf einen raschen Blick auf die Geschworenen. »Damals ging es unserer Wirtschaft noch besser.« Niemand lachte.

»Welche Farbe?«

»Weiß. Daran können sich die Kinder vielleicht erinnern. Es war ein sehr protziges Modell.« Er preßte seine Lippen schnell aufeinander.

»Wie sah die Innenausstattung aus? Welche Farbe hatte sie?«

»Oh, das weiß ich nicht mehr genau.« Das war keine gute Antwort. Er überlegte es sich anders: »Rotbraun. Die Innenausstattung war aus rotbraunem Leder.«

»Eine Bank als Vordersitz oder zwei Einzelsitze?«

»So viel ich weiß, gibt es heute nur noch Einzelsitze.«

»Also Einzelsitze?«

»Ja.«

»Hatte die Innenausstattung irgendwelche Besonderheiten?«

Er blinzelte schon wieder. Nun hatte er die Fassung doch ein wenig verloren. Es spielte keine Rolle, wie unbefangen sich jemand gab, im Zeugenstand fingen sie alle zu schwitzen an. Vor allem, wenn sie logen. »Ich glaube nicht«, sagte er.

»Was befand sich zwischen den beiden Sitzen? Eine Handbremse? Ein Aufbewahrungsfach?«

Austin beugte sich vor. »Wenn Sie vorhaben, diese Einzelheiten an Ihren Kläger weiterzuleiten, in der Hoffnung, die Geschworenen zu überzeugen ...«

»Wollen Sie den Wagen denn nicht beschreiben?« fuhr ich ihn an. »Oder fürchten Sie, daß sich Tommy besser daran erinnert als Sie?«

»Einspruch«, sagte Eliot streng, als müßte er zwischen zwei streitenden Kindern schlichten. Er war nicht nur aufgestanden, sondern hatte einen Schritt zur Seite in den schmalen, uns voneinander trennenden Zwischenraum und auf seinen Mandanten zu gemacht. »Ich erhebe Einspruch gegen die Art, wie der Staatsanwalt den Zeugen behandelt und Streit mit ihm sucht. Es handelt sich hier nicht um ein Duell.«

»Ich gebe dem Einspruch statt«, entschied Richter Hernandez ohne weiteres.

Eliot ließ sich Zeit, bevor er sich wieder hinsetzte. Ohne abzuwarten, stellte ich meine nächste Frage: »Was befand sich zwischen den beiden Vordersitzen Ihres Wagens?«

»Ein Aufbewahrungsfach.«

»Und was haben Sie darin aufbewahrt?«

»Einspruch. Das ist irrelevant«, versuchte es Eliot aufs Geratewohl.

Ich erhob mich, um die Frage zu begründen. »Mit dieser Frage soll das Gedächtnis des Zeugen auf die Probe gestellt werden, Euer Ehren. Um es dem Gedächtnis des Opfers gegenüberzustellen. Um genau das geht es hier.«

Ich starrte den Richter an. Er mußte mir stattgeben. Die Art, wie er meinen Blick erwiderte, ließ jedoch keinen Zweifel daran, daß er mir gar nichts schuldig war. »Stellen Sie es mit relevanteren Fragen auf die Probe, Herr Anwalt. Einspruch stattgegeben.«

Für Empörung war keine Zeit, also setzte ich mich wieder und stellte rasch die nächste Frage: »Dann stimmt also nicht, was Tommy über das Auto gesagt hat. Und das Haus, in das Sie ihn mitgenommen haben, das hat er wohl auch erfunden?«

»Ja.«

»Es gab keinen Swimmingpool?«

»Es gab kein Haus«, erwiderte Austin gelassen. Da mußte ich mich schon geschickter anstellen.

»Es war auch nicht weiß möbliert und hatte keine Pastellmalereien an den Wänden? Auch keine Bar, an der Sie sich einen Drink gemacht und für ihn eine Cola geholt haben?«

»Ich habe ihn nie in ein solches Haus mitgenommen.«

Ich lehnte mich zurück und starrte ihn an. Nach einigen Sekunden sagte ich: »Sie haben die Aussage von Mr. Reese gehört?«

»Ja«, erwiderte Austin eifrig nickend. Wie nett von mir, die Geschworenen daran zu erinnern.

»Daß Tommy ihn fälschlicherweise eines sexuellen Angriffs beschuldigt hat?«

»Ja. So wie er jetzt mich fälschlicherweise beschuldigt.«

»Warum haben Sie das Problem nicht auf so einfachem Wege bereinigt wie Mr. Reese?«

»Wie bitte?«

»Warum haben Sie keinen Lügendetektortest gemacht?«

»Einspruch, Euer Ehren«, fuhr Eliot dazwischen. »Der Staatsanwalt weiß genau, wie unzulässig diese Frage ist.«

»Dann hat die Verteidigung seit dem letzten Zeugen etwas dazugelernt«, erwiderte ich kalt. »Es war die Verteidigung, die diese Pforte geöffnet hat.«

Richter Hernandez zögerte. Austin, der dadurch Zeit zum Nachdenken gewann, ersparte dem Richter die Entscheidung. »Euer Ehren, es macht mir nichts aus, diese Frage zu beantworten«, sagte Austin leichtfertig. Dann wandte er sich vertrauensselig wieder an mich und sagte: »Ich *habe* vorgeschlagen, einen Test zu machen.«

»Was?« Ich begann, die Fassung zu verlieren. »*Wem* haben Sie das vorgeschlagen?« Austin hatte sich selbst in die Enge getrieben. Er mußte doch wissen, daß ich jeden, den er mir jetzt nannte, ausfindig machen und in den Zeugenstand holen würde, um ihn zu widerlegen.

»Ich habe meinem Anwalt gesagt, ich wäre bereit, einen Test zu machen, wenn damit zur Klärung beigetragen werden kann«, sagte Austin. Er sah Eliot direkt an.

Falls Eliot verblüfft war, ließ er sich nichts anmerken. Er erwiderte Austins Blick ungerührt. Seine Augen wurden nicht größer, nur sein Mund war vielleicht eine Spur härter geworden. Ich kenne Anwälte, die in einer solchen Situation ihrem Mandanten eilfertig zunicken oder die Geschworenen und den gegnerischen Anwalt mit einem wissenden Blick oder bestätigenden Lächeln abfertigen würden. Doch Eliot tat nichts dergleichen. Er saß da wie ein Stock und gab nichts von sich preis. Aber ich wußte es. Mir genügte sein Schweigen, um zu wissen, daß Austin log. Nur konnte ich nichts dagegen unternehmen. Er hatte den einen Menschen angegeben, den ich nicht als Zeuge aufrufen konnte, um ihn Lügen zu strafen. Das Aussageverweigerungsrecht zwischen Verteidiger und Mandant hinderte mich daran.

»Aber Eliot meinte, das hätte keinen Sinn«, fuhr Austin ungerührt fort und sah ihn die ganze Zeit über an. »Er meinte, da das Ergebnis vor Gericht nicht zulässig sei, würde nichts damit gelöst. Ich beschloß ...«

»Ach, hören Sie doch auf!« fuhr ich ihn an. »Das ist pures Hörensagen und dient nur Ihrem eigenen Interesse. Sie wissen ganz genau, daß ich ihn nicht aufrufen kann, um Sie zu widerlegen.«

»Einspruch, Euer Ehren«, sagte Eliot. Seine Stimme war eisig. »Der Staatsanwalt soll seinen Einspruch an das Gericht richten und nicht an den Zeugen.«

»Ich muß Sie bitten, nicht zu diskutieren«, sagte der Richter unverbindlich.

Ich ließ mich nicht ablenken. Zu Austin sagte ich: »Machen Sie doch gleich jetzt einen. Wir warten so lange. Ich werde nicht ...«

»Einspruch.« Eliots Stimme nahm einen verärgerten Ton an. »Der Staatsanwalt stellt nicht einmal mehr Fragen. Und er weiß, daß die Fragestellung an sich irrelevant ist.«

»Dem habe ich nichts zu entgegnen«, erwiderte ich mit ausgestreckten Armen, um anzudeuten, daß ich wieder zur Vernunft kam.

»Kommen Sie zum nächsten Punkt, Herr Staatsanwalt«, sagte der Richter.

Ich schwieg einen Moment lang, als gäbe ich mich geschlagen.

Mein Mißtrauen in bezug auf die Glaubwürdigkeit des Angeklagten sollte auf die anderen übergehen. Ich warf einen Blick auf Beckys Notizblock, auf dem mehrere Fragen standen, die sie jedoch der Reihe nach durchgestrichen hatte, nachdem ich sie gestellt hatte. Nur zwei Sätze waren stehengeblieben.

Ich sah wieder zu Austin hin, der abwartend dasaß und entschieden unruhiger wirkte als zu Beginn des Kreuzverhörs. »Haben Sie das Haus in Sparrowwood Drive gekauft?« fragte ich.

Er schüttelte den Kopf. »Es war schließlich doch nicht geeignet.«

»In Wirklichkeit war es doch so«, entgegnete ich, »daß Sie, nachdem Sie es benutzt hatten, um Ihre Falle auszulegen, nachdem Sie Tommy gefunden und vergewaltigt hatten, beschlossen, sich in dem Viertel nicht mehr blicken zu lassen, nicht wahr?«

Austin seufzte angesichts dieser bösartigen Anschuldigung. »Nachdem ich wußte, daß ich das Haus nicht kaufen würde, hatte ich keinen Grund, dorthin zurückzukehren.«

»Haben Sie Tommy dann jemals wieder kontaktiert?«

»Nein. Ich habe ihn nie kontaktiert.«

Ich nickte und erwiderte Austins starren Blick. Er wandte seine Augen nicht ab. »Keine weiteren Fragen«, sagte ich.

Eliot hatte nicht mehr viel hinzuzufügen. Er ließ Austin noch einmal beteuern, daß er, was Tommy anbelangte, vollkommen unschuldig sei. Seine neuerliche Einvernahme war kurz und bot nichts Neues. Ich verzichtete, den Zeugen noch einmal zu befragen. Austin erhob sich und kehrte zum Tisch der Verteidigung zurück, wobei sein Gang in dem Versuch, gelassen zu wirken, ein wenig steif war. Ich hatte ihn erschüttert, doch das konnte höchstens als persönliche Genugtuung gelten. Es war schwer zu sagen, wie er sich gehalten hatte. In meinen Augen war er absolut unglaubwürdig. Aber noch mußte ich die Entscheidung der Geschworenen abwarten, und davor fürchtete ich mich. Damit eine Jury zugunsten der Aussage eines Kindes entschied, die sich gegen die Unschuldsbeteuerung eines erwachsenen Mannes behaupten mußte, mußte das Kind schon sehr glaubwürdig sein. Austin war ganz und gar nicht der offensichtliche Lügner gewesen. Außerdem hatte die Verteidigung Martin Reese auf ihrer Seite. Zwei erwachsene Männer gegen Tommy.

»Rufen Sie Ihren nächsten Zeugen«, sagte Richter Hernandez.

Er hatte eine wachsame Haltung angenommen, da er dachte, Eliot würde seinen Beweisvortrag nun abschließen. Der Angeklagte war üblicherweise der letzte Zeuge der Verteidigung, um bei den Geschworenen den stärksten Eindruck zu hinterlassen. Aber nun erhob sich nicht Eliot, sondern Buster Harmony, der sich mit selbstgefälliger Miene endlich ins Geschehen bringen konnte.

»Die Verteidigung ruft Mamie Quinn in den Zeugenstand.«

Ich starrte Eliot fassungslos an. Er saß mit gesenktem Blick da, als hätte er nichts gehört. Doch dann erhob auch er sich, gemeinsam mit Austin, und durch den Mittelgang kam gesetzten Schrittes Mamie Quinn, Eliots Ehefrau seit über vierzig Jahren. Mamie trug ein geblümtes Kleid und hatte auf ihre traditionelle, für Wahlkampfzwecke so häufig eingesetzte Kopfbedeckung verzichtet. Ich stand wie in einer Reflexbewegung ebenfalls auf, sah ihr entgegen, und sie lächelte mich grüßend an. Durch die runden Linsen ihrer Brille wirkten ihre blauen Augen riesig und ließen sie wie ein Unschuldslamm erscheinen, das uns mit vor Staunen weit geöffneten Augen entgegensah. Ihrem Gesichtsausdruck war keinerlei Beunruhigung anzumerken.

Als ich wieder Platz nahm, suchte ich Eliots Blick, doch er hatte sich bereits hingesetzt und sah nicht auf. Buster Harmony begrüßte sie eilig, dann wurde sie unter Eid genommen.

Mamie wußte also Bescheid. Sie kannte die alte Geschichte – sie und Eliot waren damals schon verheiratet gewesen –, sie wußte von Eliots Versäumnis, Austin zu beschützen, und sie fühlte sich ihrem Mann und somit auch Austin verpflichtet.

Ich sah zu Austin hin. Er wirkte weder selbstgefällig noch erleichtert. Er saß steif und mit verbissenem Mund da und erinnerte an einen Bauchredner, der sorgfältig darauf bedacht ist, seine Lippen nicht zu bewegen.

Ich war wie gelähmt. Es war mir nicht möglich, meinen Notizblock zu mir herzuziehen, obwohl Buster bereits die ersten Fragen stellte und Mamie nach Name und Wohnsitz befragte. Becky berührte mich am Handgelenk. Als ich sie ansah, formten ihre Lippen das Wort »Ich«.

Ich schüttelte den Kopf, legte den Block vor mich hin und flüsterte: »Das muß ich selbst machen.«

Becky deutete ein entschiedenes Kopfschütteln an. »Ich übernehme sie«, flüsterte sie kaum hörbar. »Ich bin ihr nichts schuldig.«

Ich sah zu Mamie hin, hörte genau auf Busters Routinefragen, blickte wieder Becky an und sagte: »Gehen Sie sanft mit ihr um. Sie ist getäuscht worden, sie lügt nicht.«

Becky nickte. Dann galt ihre Aufmerksamkeit nur noch der Zeugin. Wieder sah ich zu Eliot hin. Er mußte meinen Blick spüren, aber er starrte geradeaus, machte sich Notizen und behielt die Zeugin im Auge, als wäre sie eine Fremde. Ich kaute nervös am Knöchel meiner Hand und beobachtete Mamie, in meinem Kopf die Frage, ob es überhaupt möglich war, jemandem wie ihr nicht zu glauben.

»Mrs. Quinn, kennen Sie den Mann, der hier neben mir sitzt?« fragte Buster.

»Selbstverständlich. Das ist Austin Paley. Hallo, Austin.«

»Wie gut kennen Sie ihn?« fragte Buster.

»Er ist ein langjähriger Freund der Familie«, antwortete Mamie lächelnd. »Von Eliot und mir.«

»Dann sehen Sie ihn auch privat?«

»O ja. Er ist jemand, auf den wir uns verlassen können.«

Buster lächelte zufrieden, aber allzu dick wollte er die Freundschaft auch nicht erscheinen lassen, denn es sollte nicht der Eindruck entstehen, Mamie trete hier als Austins rettender Engel auf. Also ging er zu den Fakten über. »Mrs. Quinn, wissen Sie noch, was Sie am 23. Mai 1990 taten?« Das war der Tag, an dem Tommy laut eigener Aussage den Nachmittag mit Austin verbracht hatte.

»Ja.«

»Wo waren Sie?«

»Ich war daheim, den ganzen Tag.«

»War Ihr Mann auch da?«

»Nein, Eliot hat gearbeitet.«

»Damals war er schon im Ruhestand, nicht wahr?« fragte Buster.

»Er übte seine offiziellen Ämter nicht mehr aus«, korrigierte ihn Mamie freundlich. »Aber er hat auch noch seine private Kanzlei. An dem Tag war er, glaube ich, im Büro.«

Mit diesen Worten sorgte Mamie dafür, daß Eliot aus der Sache herausgehalten wurde. Sie schützte ihn nicht nur vor seiner Vergangenheit, sondern auch davor, einen Meineid zu begehen. Wieder sah ich zu ihm hin und flüsterte dann Becky ins Ohr: »Eliot wird nichts aussagen, da bin ich mir ziemlich sicher. Gehen Sie davon aus.« Becky nickte. Diese Information konnte für das Kreuzverhör wichtig sein, und ich kannte Eliot viel besser als sie. Er würde keinen Meineid begehen, nicht einmal für Austin. Aber das hier, das ließ er zu.

»Waren Sie den ganzen Tag allein?« fragte Buster. Er war in seine Prozeßpersönlichkeit geschlüpft, saß kerzengerade in seinem Stuhl, stellte jede Frage mit angestrengtem Stirnrunzeln und sprach laut und überdeutlich, als säße er einer Gruppe Ausländern gegenüber.

»Nein. Etwa um die Mittagszeit erhielt ich einen Anruf von Austin. Er rief an, um eine Verabredung zu bestätigen, die wir für einen anderen Tag vereinbart hatten, und dann plauderten wir ein wenig.«

»Wie fühlten Sie sich an dem Tag?«, fragte Buster.

»Nun, nicht besonders gut«, antwortete Mamie. »Ich war am Morgen aufgewacht und litt sofort unter dem Tiefdruckwetter. Ich gerate dann ganz außer Atem. Bis Mittag hatte ich Husten.«

»Hat Austin etwas bemerkt, als Sie mit ihm am Telephon sprachen?«

»Ja. Er war natürlich sehr besorgt. Als er hörte, daß ich kaum Luft bekam, sagte er, ich solle meinen Arzt anrufen. Aber ich meinte nur, es würde schon irgendwie gehen. Daraufhin sagte er, daß er vorbeikommen und nach mir sehen wollte. Ich sagte ihm, er solle nicht dumm sein, das sei nicht notwendig, aber bevor ich noch etwas sagen konnte, hatte er schon aufgelegt.

Naja«, fuhr Mamie lächelnd fort und sah verschämt zu den Geschworenen hin, »ich kam mir vor wie eine lästige alte Frau. Aber als Austin dann vor unserer Tür stand, war ich doch froh. Er war richtig süß, kochte Tee und machte es mir bequem, und dann saßen wir wie zwei alte Freunde beisammen und verplauderten den restlichen Nachmittag, lachten viel und sahen uns alte Filme im Fernsehen an.«

Klang das glaubwürdig? In meinen Ohren schon. Ich konnte mir die Szene gut vorstellen: Mamie, die liebenswürdige Dame aus einem anderen Zeitalter, der die Teenachmittage fehlten, zu denen sie einst geladen hatte, und die glücklich war, wieder Gelegenheit dazu zu haben; und Austin, der selbst nicht ganz wußte, welchem Zeitalter er angehörte, und froh war, den Gentleman spielen zu dürfen, der zu Besuch kam. Ich sah sie vor mir, wie sie den Nachmittag vertratschten, ab und zu fröhlich lachend und die Köpfe zusammensteckend, wenn sie mit dieser freundlichen Bösartigkeit zweier Kleinstadtehefrauen aus den Südstaaten gemeinsame Bekannte sezierten.

»Blieb er lange?« fragte Buster.

Mamie nickte. »Bis nach sieben. Eliot hatte sich verspätet, und Austin blieb, bis Eliot telephonierte, daß er sich auf dem Heimweg befand. Ich sagte ihm immer wieder, er solle doch seine kostbare Zeit nicht mit mir verschwenden, aber er wollte nichts davon hören und mich unter keinen Umständen allein lassen. Er bestand darauf, daß er keine anderen Verpflichtungen habe – das habe ich ihm natürlich nicht geglaubt«, fügte Mamie lächelnd hinzu, als spreche sie von ihrem Lieblingsneffen, der in Schwierigkeiten geriet, sobald sie ihn einen Moment aus den Augen ließ.

Als nächstes fragte Buster: »Er ging kein einziges Mal weg? Nicht einmal kurz?«

»Sie meinen, ob er das Haus verlassen hat?« fragte Mamie. »Nein. Ich glaube, er hat nicht einmal telephoniert. Er behandelte mich ein wenig wie einen ernsten Krankheitsfall und wollte mich nicht allein lassen.«

Ich sah zu Eliot hin. Mamie Quinn spielte ihre Rolle gut. Sie tat dabei so, als stellte man ihr diese Fragen hier zum ersten Mal und als verstünde sie nicht, welche Bedeutung ihre Antworten hatten. Sie klang aufrichtig. Eliot tat unterdessen seinen Job, machte sich Notizen und ließ ihren Aussagen ein gelegentliches Kopfnicken folgen. In seinem Gesicht regte sich jedoch nichts, es war leblos.

»Ich danke Ihnen, Mrs. Quinn«, sagte Buster in gefälligem, den Abschied einleitenden Tonfall. »Keine weiteren Fragen.«

Mamie hatte viele Prozesse miterlebt und wußte, was als nächstes geschehen würde. Sie sah mich an, gönnte mir ein entwaffnendes Lächeln, aber gleichzeitig bereitete sie sich auf meinen Angriff vor. Ich erwiderte ihren Blick, zwar nicht im Zorn, aber auch nicht freundschaftlich. Um so größer war Mamies Verblüffung, als nicht ich, sondern die junge Frau neben mir das Wort ergriff.

»Mrs. Quinn, ich heiße Rebecca Schirhart. Wenn Sie nichts dagegen haben, werde ich Ihnen nun auch ein paar Fragen stellen.«

»Nein, natürlich nicht.«

»Sollte ich mich nicht klar genug ausdrücken, machen Sie mich bitte darauf aufmerksam. Ich werde meine Frage dann anders formulieren. Nun, Sie sagten, Sie und Austin Paley seien seit vielen Jahren befreundet.«

»Ja.«

»Er muß ein sehr guter Freund sein, wenn er, wie Sie beschrieben haben, sofort zu Ihnen geeilt ist.«

»Das ist er auch«, sagte Mamie. Im Vergleich zu Busters Befragung war sie nun zurückhaltender. Wachsam.

»Haben Sie ihn oft bei privaten Anlässen gesehen?«

»Sehr oft.«

Becky nickte. »Mrs. Quinn, wir sprechen hier von einem Tag, der über zwei Jahre zurückliegt. Kein besonders ereignisreicher Tag, wie Sie selbst andeuteten. Nichts Außergewöhnliches, nur einer von vielen Besuchen eines guten Freundes. Wie kommt es, daß Sie sich so genau an das Datum erinnern?«

Mamie lächelte sie an. Auf diese Frage war sie vorbereitet. »Ich weiß, das klingt unwahrscheinlich«, sagte sie, »aber ich führe über meinen Gesundheitszustand ein Tagebuch. Ich hatte im Laufe der Jahre immer wieder Probleme, und mein Arzt schlug vor, ich solle ein Tagebuch führen, damit wir Symptome aufspüren können, die laufend wiederkehren. Wie ich sagte, litt ich an jenem Maitag unter Atemnot. Das hatte ich in mein Tagebuch eingetragen, und es half mir, das genaue Datum zu rekonstruieren.«

Becky lächelte sie bewundernd an. »Haben Sie das Tagebuch mitgebracht? Oder können Sie es uns zur Verfügung stellen, damit wir es auch sehen können?«

Nein, Mamie würde uns keine Unterlagen zur Verfügung stellen, mit denen wir sie in Zweifel ziehen könnten. Sie lachte leichtfertig. »Oh, wissen Sie, das habe ich schon vor einiger Zeit weggeworfen. Es ist ja kein persönliches Tagebuch, nur eine medizinische Aufzeichnung. Wenn es der Arzt einmal gesehen hat, besteht keine Notwendigkeit, es länger aufzubewahren. Ich beginne für gewöhnlich jedes Jahr ein neues.«

»Das heißt, sie warfen diese Aufzeichnungen Ende 1990 weg?« fragte Becky. »Aber das ist fast zwei Jahre her. Sie konnten es in letzter Zeit also gar nicht konsultieren, um sich das genaue Datum in Erinnerung zu rufen.«

Mamie hatte über ihre medizinischen Aufzeichnungen aus dem Stegreif gesprochen, und wie das bei Zeugen, die plötzlich zu improvisieren beginnen, häufig der Fall ist, hatte sie soeben ihre Aussage verpatzt. Sie wurde nervös. »Nein, dieses habe ich länger aufgehoben«, sagte sie und begann sich zu verstricken. »Ich habe es vor kurzem wiedergefunden und es erst dann weggeworfen.«

»Nachdem Sie es zuerst durchgeblättert hatten, um nachzusehen, an welchem Nachmittag Sie mit dem Angeklagten zusammen waren«, sagte Becky sanft. Mamie runzelte die Stirn, erwiderte aber nichts. »Wenn Sie uns das Tagebuch vorlegen *könnten*«, fuhr Becky fort, »würde sich dann nicht herausstellen, daß der 23. Mai 1990 nicht der einzige Tag war, an dem Sie unter Atemnot litten? War das nicht eines Ihrer üblichen Symptome, weswegen Sie das Tagebuch überhaupt führten?«

»Natürlich ist das ab und zu vorgekommen«, sagte Mamie. »Aber selten so heftig wie an jenem Tag. Und dann erinnere ich mich selbstverständlich noch aus anderen Gründen an diesen Tag.«

»Etwa wegen der alten Filme, die Sie sich mit dem Angeklagten im Fernsehen angesehen haben?« fragte Becky.

Mamie lachte erneut. »Oh, das war sicher nichts, woran man sich erinnert. Nur dumme Sachen, Sie wissen ja, Wiederholungen von Serien und alte Quiz-Sendungen. Nichts, was einem zwei Jahre lang im Gedächtnis bleibt.«

»Sie können uns keine einzige Show nennen, die Sie sich am 25. Mai mit Austin angesehen und über die Sie sich so amüsiert haben?« fragte Becky. Ich zuckte bei der Frage zusammen, aber die Anklageschrift lag vor mir. Mamie schien nicht bemerkt zu haben, daß etwas nicht stimmte.

»Ich glaube, die Andy-Griffin-Show war eine«, sagte sie konzentriert. »Und wie heißt diese lächerliche Serie über die Schiffbrüchigen auf einer Insel?«

»Erinnern Sie sich noch, welche Folge am 6. Mai gebracht wurde?«

»Wer kann das schon?« wandte sich Mamie fragend an die Geschworenen. Sie hatten nicht einmal eine Geste für sie übrig.

Geschworene haben die Angewohnheit, ihre Gefühle für sich zu behalten, als könnte sie ein Nicken oder Lächeln als Schwindler entlarven.

»Haben Sie sich mit Austin Paley bezüglich des Datums besprochen?« fragte Becky sanft.

»Nein«, erwiderte Mamie rasch, doch dann wurde ihr bewußt, wie unglaubwürdig das war. »Nun, natürlich haben wir es besprochen, um sicher zu gehen, daß ich das richtige Datum meinte. Aber *ich* war diejenige, die sich erinnerte. Ich war es, die sich an ihn wandte, weil ich ihm ...« Sie wollte das Wort Alibi nicht verwenden, das klang zu sehr nach einem Gefallen, den man einem Kriminellen erwies. »Weil ich beschwören konnte, wo er sich an diesem Tag aufgehalten hatte.«

»Der 24. Mai 1990 war also fest in Ihrem Gedächtnis verankert, als Sie sich mit ihm besprachen?«

»Ja.« Mamie nickte, sie war sich ihrer Sache sicher. Eliot rührte sich, endlich; er zog den Akt zu sich und fand die Seite, lehnte sich dann hastig zu Buster hinüber und flüsterte auf ihn ein, der ihn mit leerem Gesichtsausdruck ansah. Eliot wiederholte sich, diesmal schon mit äußerster Dringlichkeit.

»Und als Ihr Freund Ihre Hilfe benötigte, als er Sie bat zu bezeugen, daß er an jenem Tag nicht in dem Haus war, wo ein Kind vergewaltigt worden war, erklärten Sie sich bereit?«

Mamie sah Becky mit überzeugtem Blick an. »Ich wußte, daß er unschuldig war, sobald ich von dieser Sache hörte. Ich war sehr froh, daß es eine Möglichkeit gab, ihm zu helfen.«

Becky erhob keinen Einspruch. Die Geschworenen konnten die Voreingenommenheit, die sich dahinter verbarg, selbst sehen. »Indem Sie ihm an dem Tag, an dem das Verbrechen geschah, zu einem Alibi verhalfen«, sagte Becky. »Welcher Tag war es genau?« fragte sie plötzlich, als hätte sie ihn selbst vergessen. »Von welchem Datum sprachen wir?«

»Vom 24. Mai«, sagte Mamie vertrauensselig. Ihre Antwort stieß auf Schweigen. »1990«, fügte sie hinzu, »nicht in diesem Jahr.« Erneutes Schweigen. Mamie sah die Geschworenen an.

»Sind Sie sicher?« fragte Becky schließlich.

»Einspruch, Euer Ehren«, unterbrach Buster, der aufgestanden war und sich mit den Händen auf dem Tisch abstützte. »Die Staatsanwältin hat das Datum durch die unkorrekten Angaben, die sie immer wieder dazwischenwirft, völlig durcheinandergebracht. Diese Vorgangsweise ist unbegründet. Die Zeugin hat bereits ausgesagt, daß es der …«

»Einspruch, die Verteidigung will der Zeugin etwas suggerieren«, schrie Becky beinahe. »Insbesondere, da sie gar nicht an der Reihe ist, die Zeugin zu befragen.«

Buster hatte wahrscheinlich das korrekte Datum genannt, aber ich hatte nichts gehört, weil Becky so laut dazwischen gerufen hatte. Mamie konnte es von ihrem Platz aus unmöglich gehört haben. Sie war nun so verwirrt, daß sie fast schon verängstigt aussah. Sie warf einen hilflosen Blick auf Austin, doch er konnte gar nichts tun. Ich beobachtete ihn und war dabei sicher nicht der einzige. Die Geschworenen paßten nun auch höllisch auf, ob er ihr ein Zeichen gab. Austin saß mit den Händen im Schoß da und sah Mamie mitfühlend an.

»Nicht stattgegeben«, fuhr der Richter die beiden an. »Keinem der beiden Einsprüche wird stattgegeben. Setzen Sie sich.«

Becky hatte sich kaum hingesetzt, als sie sofort fragte: »Welches Datum war es, Mrs. Quinn?«

»Das Datum, das Sie genannt haben«, sagte Mamie. Sie zeigte auf uns, auf die Notizen und Akten, die auf unserem Tisch lagen. »Das Datum, von dem der Junge spricht, dem …«

»Aber welches Datum war es denn?« fragte Becky sanft.

Mamie starrte sie an, nicht böse, aber eindringlich, als könnte Beckys Gesichtsausdruck etwas verraten.

»Im Mai«, sagte sie langsam, dann versuchte sie es aufs Geratewohl, »am 21. Mai 1990.«

Austin zuckte sichtlich zusammen, doch Mamie sah ihn nicht an. Sie suchte in Beckys Gesicht nach einer Reaktion, ob sie richtig geraten hatte.

»Sind Sie sicher?« fragte Becky ruhig.

»Ich denke schon. Ich bin sicher, es war derselbe Tag. Ich habe doch extra noch einmal nachgeschaut.«

»Dann sind Sie sicher, mit welchem Datum Sie Ihrem Freund Austin Paley helfen wollen. Aber nicht, an welchem Tag Sie ihn tatsächlich gesehen haben.«

»Nein.« Mamie schüttelte heftig den Kopf. »Ich sagte doch, ich habe mich an ihn gewandt, nicht umgekehrt. Ich war mir sicher, bevor ich ihn überhaupt darauf ansprach.«

»Vielleicht kann Ihr Gatte das Datum bestätigen«, sagte Becky. »Vielleicht steht in seinem Terminkalender ein Vermerk.«

»Ich sagte doch schon, Eliot war gar nicht da«, sagte Mamie entschieden. Sie war wahrscheinlich froh, daß von dem leidigen Datum endlich nicht mehr die Rede war.

»Das stimmt«, sagte Becky, als erinnerte sie sich jetzt erst. »Austin Paley kam zu Ihnen nach Hause, als sie ganz allein waren, und er ging, bevor Ihr Gatte heimkam, obwohl er unter keinen Umständen wollte, daß man Sie allein ließ.«

»Bis dahin war er schon lange dagewesen«, sagte Mamie. »Und er wußte, daß Eliot jeden Moment nach Hause kommen würde.«

»Der zeitliche Ablauf war jedoch so, daß nur Sie behaupten können, er sei an diesem Tag bei Ihnen gewesen«, entgegnete Becky. Das war eine unnötige Bemerkung. Doch manchmal sagen wir unnötige Dinge, um dafür zu sorgen, daß sie in allen Köpfen im Gerichtssaal gleichzeitig ankamen.

»Ja«, sagte Mamie.

Becky sah sie nachsichtig an. »Keine weiteren Fragen.«

Buster ließ Mamie noch einmal wiederholen, daß sie das Datum, an dem Austin bei ihr gewesen war, mit Sicherheit noch wisse, daß sie erst in Verwirrung geraten sei, als die Staatsanwältin damit begonnen hatte, ihr irreführende Fragen zu stellen. Als Buster die Zeugin für das Kreuzverhör freigab, lenkte Mamie ihren entschlossenen Blick auf Becky, zu allem bereit, doch Becky, als wollte sie einer alten Frau nicht länger als unbedingt nötig zur Last fallen, lächelte bloß und sagte, sie habe keine weiteren Fragen. Diesmal stand Austin auf und half Mamie durch das Gatter, als sie an uns vorbeikam. Sie bedankte sich mit einem Lächeln und einer Berührung am Arm. Ihre Sorge um ihn und ihre Zuneigung waren offensichtlich und echt.

Eliot hatte sich erhoben, nachdem Richter Hernandez ihn aufgefordert hatte, seinen nächsten Zeugen aufzurufen. Es herrschte kurzes Schweigen. Ich kannte diesen Moment, diesen Zustand, in dem sich der Strafverteidiger die Frage stellt, ob er alles getan, nichts übersehen und keinen Zeugen vergessen hatte.

»Die Verteidigung stellt den Beweisvortrag ein«, sagte Eliot.

Richter Hernandez warf einen Blick auf die Uhr über dem Eingang zum Gerichtssaal. Es war kurz nach halb zwölf. »Die beiden Parteien mögen sich der Richterbank nähern«, sagte er und winkte uns mit den Fingern zu sich.

Als Eliot und ich vor ihm standen, lehnte er sich über den Tisch und bedeckte mit einer Hand das Mikrophon. »Haben Sie Zeugen für den Gegenbeweis?«

»Ja.«

»Wen?« wollte er wissen.

Ich runzelte ärgerlich die Stirn. Nun ging er doch eine Spur zu weit. »Das muß ich Ihnen nicht sagen. Und schon gar nicht in Anwesenheit der Verteidigung.«

Der Richter seufzte, als hätte ich ihn ungerecht behandelt. »Regen Sie sich doch nicht gleich auf, Blackie. Ich denke bloß an meine Termine. Wie rasch können Sie sie herholen, und wie lange wird es dauern?«

»Bald. Wir brauchen wahrscheinlich den ganzen Nachmittag.«

Er nickte. »Treten Sie zurück.«

Er entließ zuerst die Geschworenen und daraufhin uns alle zum Mittagessen. Das gab mir ungefähr eineinhalb Stunden, um Eliots gut aufgebaute Verteidigung zu zerlegen. Zuerst waren jedoch die Eltern meines Opfers an der Reihe.

»Warum zum Teufel erfahren wir erst jetzt davon, mitten im Prozeß, und nicht vorher?« Als ich mein Büro betrat, war Becky bereits dabei, Mr. und Mrs. Algren zu vernehmen. Ich hielt mich zurück und ließ sie die Fragen stellen.

Wieder war es Mr. Algren, der antwortete: »Wir dachten nicht, daß sonst jemand davon wußte. Wir wollten kein Aufsehen erregen.«

»Mr. Algren, man verschweigt der anderen Seite gewisse Dinge, aber nicht den eigenen Anwälten«, erklärte Becky. »Dachten Sie denn, wir würden die Geschichte in den Medien ausschlachten? Dachten Sie, es wäre in unserem Interesse gewesen, daß *irgend jemand* davon erfährt?«

»Er wollte uns verklagen«, erklärte Algren ruhig. »Wenn sich herumgesprochen hätte, was Tommy behauptet hat, dann *hätte* er es wahrscheinlich getan. Das hier ist ein großes Büro. Außerdem dachten wir nicht, daß es dem Prozeß schaden würde. Es wußte ja außer uns und den Reeses niemand davon. Wir dachten nicht, daß sonst jemand davon erfahren würde.«

»Genau das ist aber geschehen«, sagte ich und machte einen Schritt vor. »Die Verteidigung ist äußerst gründlich. In Ihrer Nachbarschaft müssen Gerüchte kursiert sein, denen die Verteidigung nachgegangen ist.«

Im Gegensatz zu uns. *Ich* hätte das lange vor dem Prozeß selbst in Erfahrung bringen müssen. Statt dessen hatte ich meine Ermittlungen fast ausschließlich auf den Angeklagten konzentriert; ich hätte mir meinen Hauptzeugen gründlicher ansehen müssen. Es war mir nicht eingefallen, daß mir gerade seine Eltern Informationen vorenthalten würden.

»Was können wir jetzt tun?« fragte James Algren. »Wie können wir das wiedergutmachen?«

Darüber zerbrach ich mir den Kopf, seit Reese seine Aussage gemacht hatte. Es ging nicht nur darum, was zu tun war, sondern wie ich meinen Gegner ein zweites Mal an den Abgrund bringen und dafür sorgen konnte, daß er ihm diesmal nicht auswich.

Becky wartete ebenfalls auf meine Antwort. Sie sah, daß mir etwas eingefallen war. »Wir brauchen die Hilfe Ihrer Frau«, sagte ich zu James Algren. Mrs. Algren neigte den Kopf zur Seite, überrascht, daß gerade sie eine besondere Rolle spielen sollte.

»Und Tommys Hilfe ebenso«, fügte ich traurig hinzu.

XVI

Ich hatte eine Idee. Sie war ohne bewußte Anstrengung, jedoch mit der Gewißheit entstanden, daß sie die einzige Möglichkeit war, die uns noch blieb. Die Einfachheit verblüffte mich selbst: Sie bot mir die Gelegenheit, sowohl meinen »Mandanten« – denn das Opfer ist der Mandant des Anklägers – als auch meinen einstigen Mentor hinters Licht zu führen. Ich hatte den unvermeidlichen Frontalzusammenstoß bereits vor Augen, da tauchte plötzlich mein Sohn auf.

Die Algrens waren bereits gegangen, als Becky und ich aus meinem Büro kamen und David vorfanden, der mit ausgestreckten Beinen auf einem der Plastikstühle im Flur saß und in aller Ruhe auf mich wartete. Er lächelte ungeschickt. »Ich weiß, du hast nicht viel Zeit, aber wie wär's mit Mittagessen? Ich hole dir ein Sandwich, wenn du möchtest.«

»Ich habe Zeit«, sagte ich. Richter Hernandez nahm es mit der Mittagspause nicht so genau, und bis zur Fortsetzung der Verhandlung hatte ich nichts zu tun.

David und ich überquerten die Main Plaza, liefen an einem Maiskolbenverkäufer und einer lärmenden fünfköpfigen Band vorbei und betraten ein mexikanisches Restaurant, in dem die Gerüche schwer im Raum hingen und sich die Stammgäste vom Gericht um die kleinen Tische scharten. An einem saß Richter Hernandez mit seinem Gefolge. Sogar ein paar der Geschworenen hatten sich eingefunden. Sie trugen das blaue Band, das sie für die Prozeßbeteiligten als unnahbar auswies.

Wir fanden einen Tisch in einer Nische. Ich bestellte eine leichte Mahlzeit, grüne Bohnen und Reis, während sich David für die Spezialität des Hauses entschied, ein aus zwei Gerichten bestehendes Menü. Da er die meiste Zeit sprach, hatte ich den Eindruck, er verschlinge das Essen, ohne zu kauen.

»Wie läuft's denn so?« fragte er. »In den Zeitungen steht, du hast einen todsicheren Fall.«

»Warte nur, bis du liest, welche Wendung er heute morgen genommen hat.«

Welche Wendung denn, wollte er wissen, doch ich sagte nur das Notwendigste und ließ mich nicht weiter auf das Thema ein. Davids Anwesenheit rührte mich. Und wie immer machte sie mich nervös. Er wußte, wie wichtig dieser Fall für mich war, aber er war wohl kaum gekommen, um mir seine Hilfe anzubieten. David konnte ich jedoch keine direkten Fragen stellen.

»Warst du zufällig in der Gegend?« fragte ich daher.

»Naja, mehr oder weniger. Bin einfach rumgelaufen.« Er holte tief Luft: »Ich verlasse die Firma.«

Das klang nicht gut nach allem, was er mir über seinen Job erzählt hatte. Lag es an den Kollegen? Waren sie ihm nun doch unerträglich geworden, oder hatten die anderen beschlossen, daß sie mit ihm nicht auskommen konnten? Ich wußte nicht, wie David zurechtkam, kannte nur das, was er mir erzählt hatte, und das hatte nun wirklich nicht nach dem Arbeitsplatz geklungen, der Spaß machte.

»Wirklich?« fragte ich besorgt. »Geht es der Firma nicht mehr gut?«

»Der Firma geht es ausgezeichnet«, sagte er, nachdem er einen Bissen von der *Chalupa Compuesta* hinuntergeschluckt hatte. »Ich finde nur, ich habe was Besseres verdient.«

Ich nickte. »Dir verdankt die Firma immerhin einen Großteil ihres Erfolges. Dafür könnte man dich auch besser bezahlen«, vermutete ich und lächelte dabei.

Er schüttelte ungeduldig den Kopf. »Es ist nicht nur das. Weißt du, immer wenn ich eine Idee habe, muß ich mich zuerst mit den Papiertigern in der Verwaltung und mit ihrer Unentschlossenheit herumschlagen, und wenn dann endlich das Okay kommt, ist die Sache längst uninteressant geworden. Darauf hab ich keine Lust mehr.«

»Du willst keinen Vorgesetzten mehr. Das kann ich verstehen.«

Es folgte Schweigen. Normalerweise müßte ich jetzt meine Meinung zum besten geben oder seinen Verzicht auf Sicherheit in Frage stellen oder ihn nervös nach seinen Plänen fragen. Ich tat nichts dergleichen. David blickte auf, wartete ab und fuhr dann erleichtert fort: »Ich mache mich selbständig.«

Ich lächelte neuerlich. »Das wirst du wohl müssen, wenn du dein eigener Herr sein möchtest. Suchst du Leute, die dir finanzielle Rückendeckung geben?«

Er schüttelte stirnrunzelnd den Kopf. »Ich setze lieber das Geld der Bank aufs Spiel.«

»Du bist das Risiko wert, das weiß ich«, war alles, was ich dazu sagte. Bei aller Bescheidenheit, mit der er zumeist über seine Arbeit erzählt hatte, war ich im Grunde überzeugt, daß die Softwarefirma viele ihrer Innovationen Davids Ideen zu verdanken hatte.

Er wartete immer noch ab, als würden ihn die eigenen Zweifel erst dann nicht mehr plagen, wenn er meine abgeschmettert hatte. Ich mußte an Tommy denken. In der Nacht zuvor hatte ich ihn zugedeckt; für meinen eigenen Sohn würde ich das nie wieder tun. Vor Jahren hatte ich ihn oft zu Bett gebracht. Häufig war das Ritual des Zudeckens unsere einzige Gelegenheit gewesen, uns überhaupt zu sehen. Es schien gar nicht lange her, und vielleicht war David gekommen, weil für ihn die Vergangenheit auch noch nicht so weit zurücklag. Offenbar wartete er immer noch auf mein letztes Wort.

Aber genau das würde ich nicht tun. Ich wollte nicht an seinen Plänen herumkritisieren. Ich mußte loslassen. Dieser Prozeß hatte mir das klargemacht. So, wie ich den Beteiligten dort mehr Freiraum zugestehen mußte, mußte ich auch meinen Sohn loslassen. »David«, sagte ich und legte meine Hand auf seine, »ich wünsche dir, daß es ein großer Erfolg wird. Wenn du meine Hilfe brauchst, bin ich selbstverständlich für dich da. Wenn du allerdings meinen Rat brauchst, weißt du, wieviel er wert ist. Ich weiß bis heute nicht, wie man einen Computer einschaltet.«

Er sah mich mißtrauisch an. Diese Politik des Laisser-faire war etwas Neues. Er rechnete damit, daß ich es mir gleich wieder anders überlegen und mich einmischen würde.

Ich konnte mich noch an die Zeit erinnern, als er etwa ein Jahr alt war. Es hatte Augenblicke gegeben, als mich David, der damals noch gar nicht sprechen konnte, mit so uneingeschränktem Verständnis angesehen hatte, daß ich überzeugt war, er würde sich für den Rest seines Lebens daran erinnern. Eigentlich wollte ich mir diese Momente aufschreiben, damit wir unsere Erinnerungen eines Tages vergleichen könnten, doch dann vergaß ich es. Jetzt, da ich dem erwachsenen David gegenübersaß, war ich ganz sicher, daß er sich alles gemerkt hatte. Da war er wieder, dieser Blick, dieses grenzenlose Verständnis. Ich versuchte mir die guten Momente seiner Kindheit ins Gedächtnis zu rufen, die Basketballspiele, die gemeinsamen Spaziergänge. Hatte ich etwas vergessen, ein gutes oder schlechtes Erlebnis, das für ihn so entscheidend war, daß es unsere Beziehung von Grund auf verändert hatte? »David?«

»Hmmm.«

Aber es war nicht seine Aufgabe, mir eine Erklärung zu geben. Eines Tages würde er vielleicht selbst einen Sohn haben, der ihn fragen konnte, wie es denn mit seinem Dad gewesen sei, und David könnte diese wichtigen Erinnerungen dann an *ihn* weitergeben. Erinnerungen sollten eigentlich nur so und nicht gegen den Strom der Generationen weitergegeben werden.

»Hast du gewußt«, sagte ich, »daß es Glück bringt, denjenigen, dem man von einem neuen Geschäft erzählt, zum Essen einzuladen?« Er grinste.

Als ich den Gegenbeweis antrat, ging mir eine Redewendung aus dem Vietnamkrieg nicht aus dem Kopf: »Wir mußten das Dorf zerstören, um es zu retten.« Genau das würde ich mit der Familie tun, die in meinem Fall die Hauptrolle spielte. Denn es ging gar nicht um sie. Sie war bloß da, um Austin Paleys Opfer, sowohl die vergangenen als auch die zukünftigen, in ihrer Gesamtheit zu vertreten. Als Symbol war sie notwendig. Als Menschen waren die drei entbehrlich.

»Die Anklage ruft Pamela Algren in den Zeugenstand.« Nach ihrem Vornamen hatte ich sie während der Mittagspause gefragt. Pamela. Hübscher Name. Ein Name für kleine Mädchen. Wahrscheinlich war sie ein hübsches kleines Mädchen gewesen, eine besonders liebevolle Tochter. Ihr Vorname ließ mich daran denken, daß Mrs. Algrens Leben viel länger und komplexer war als dieser Prozeß und die Rolle, die sie in ihm spielte, jemals zeigen konnten. Heute konnte sie jedoch in einem wesentlichen Aspekt ihres Charakters so verletzt werden, daß sie an dieser Wunde für den Rest ihres Lebens leiden würde.

»Sie haben einen Sohn?« fragte ich, bevor sie im Zeugenstand richtig Platz genommen hatte.

»Ja, Tommy. Er ist zehn Jahre alt«, sagte Pamela Algren, während sie sich noch um eine bequeme Sitzhaltung bemühte. Ihr Blick wanderte rasch vom Richter zu den Geschworenen und verlor sich dann im Raum. Ich wartete, bis sie wieder zu mir hersah, wobei sie leicht zusammenschrak, denn nun erinnerte sie sich, daß sie sich nur auf mich konzentrieren sollte. Der erste Fehler war ihr bereits unterlaufen.

»Der Tommy Algren, der von diesem Mann sexuell genötigt wurde?« fragte ich und zeigte auf Austin.

Ich wollte Mrs. Algrens Aufmerksamkeit auf Austin lenken. Sie musterte ihn mit angewiderter Neugierde. Ich glaube nicht, daß er für sie bis zu diesem Moment real existiert hatte.

»Ja«, sagte sie und senkte den Blick. Ich wartete.

Als sie mich wieder ansah, fuhr ich fort: »Austin Paley ist nicht der erste Mann, von dem Tommy behauptet, er habe ihn sexuell mißbraucht, ist das richtig?«

»Ja«, erwiderte Mrs. Algren leise.

»Wie *hieß* der erste?«

Sie wurde still. Sie wollte den Namen nicht aussprechen, nicht einmal jetzt. »Martin Reese«, sagte sie. »Er war unser Nachbar.«

»Waren Sie mit ihm auch befreundet?«

»Nein, nur benachbart. Wir grüßten uns, aber ich glaube nicht, daß er jemals bei uns im Haus war.«

»Spielte Tommy im Haus von Mr. Reese?«

»Ab und zu vielleicht«, sagte Mrs. Algren nach kurzem Zögern. »Die Reeses hatten einen Jungen in Tommys Alter.«

»Mochte Tommy Mr. Reese?«

Die Frage überraschte sie. »Tommy kannte ihn wohl kaum besser als wir. Wenigstens vorher nicht.«

»Bevor Tommy ihn beschuldigt hat?«

»Ja«, sagte sie leise.

»Wie kam es dazu? Was hat Tommy Ihnen erzählt?«

»Er sprach eines Tages beim Abendessen davon. Er sagte, er habe im Garten gespielt, als plötzlich Mr. Reese am Zaun gestanden und ihn zu sich gerufen habe. Er wollte, daß er ihm bei irgendeiner Sache half. Dann habe er ihn einfach über den Zaun gehoben, und da habe Tommy gesehen, daß er keine Hosen trug.«

»Sie müssen entsetzt gewesen sein«, half ich ihr.

»Wir waren fassungslos«, sagte Pamela Algren und für einen Moment vergaß sie ihre Nervosität wegen der vielen Menschen im Gerichtssaal und erinnerte sich nur an die Szene. »Wir waren – zuerst waren wir wie gelähmt. Wir wußten nicht, was wir tun sollten.«

»Sagte Tommy noch etwas?«

»Ja. Er hat alles genau beschrieben. Er sagte ...« Sie sprach nicht weiter, wurde wieder befangen. Ich nickte ihr zu. »Er sagte, Mr. Reese habe ihn gezwungen, sich ebenfalls auszuziehen. Es sei sonst niemand zu Hause gewesen, und sie seien ins Haus gegangen, und dort habe ihn – Mr. Reese mißbraucht.«

»Haben Sie Tommy geglaubt?«

»Natürlich.«

»Was haben Sie unternommen?«

»Wir wollten noch am selben Abend die Polizei einschalten, aber James – mein Gatte – meinte, wir sollten zuerst Mr. Reese zur Rede stellen. Wir warteten also den nächsten Tag ab, und dann ging James zu ihm hinüber, aber es stellte sich heraus, daß seine Frau, Mrs. Reese, am Vortag, also dem Tag, an dem Mr. Reese Tommy mißbraucht haben sollte, ebenfalls daheim gewesen war. Sie war angeblich die ganze Zeit im Haus gewesen. Zuerst dachten wir, sie wollte nur ihren Mann decken, aber dann beschlossen wir, der Sache auf den Grund zu gehen ...«

»Sie stellten Tommy zur Rede.«

»Ja, das auch, und es war nicht wahr. Das hat alles einfach nicht – es hat nicht zusammengepaßt.«

»Tommy hatte gelogen«, sagte ich abrupt.

»Ja.«

»Haben Sie die Polizei verständigt?«

»Nein. Das war nicht notwendig.«

»Wurde Tommy untersucht?«

Sie sah mich überrascht an. »Von einem Psychologen?«

»Nein, von einem Arzt.«

»Ach so. Nein. Es bestand kein Grund. Es ging ja dann alles sehr rasch.«

»Der Fall kam nie vor Gericht.«

»O nein«, sagte sie in entsetztem Ton. »Nichts dergleichen. Außer uns und den Reeses erfuhr niemand davon. Wir entschuldigten uns bei Mr. Reese, das war alles. Ein Jahr später zog er um, zu unserer Erleichterung.«

Einen Moment lang sah ich sie bloß an. Und nicht nur ich. Schließlich sagte ich: »Sie sagten, Tommy behauptete Ihnen gegenüber, Mr. Reese habe ihn mißbraucht. Hat er es so genannt?«

»Nein. Ich glaube nicht, daß er dieses Wort gebraucht hat.«

»Sagte er, Mr. Reese habe ihn auf eine schlimme Art angefaßt?«

Pamela Algrens Antwort kam hastig. »Nein, nein. Er beschrieb es viel ausführlicher. Deshalb haben wir ihm ja auch geglaubt.« Sie flehte uns alle um Verständnis an, daß sich da doch jeder täuschen müsse. »Tommy sagte Dinge, die er unmöglich aus dem Fernsehen oder von der Schule haben konnte. Seine Beschreibung war wirklich detailliert.«

»Was sagte er denn?«

Sie sah mich mißbilligend an. Reichte »wirklich detailliert« für anständige Leute denn nicht aus? Ich erwiderte ihr Starren völlig ungerührt. Ich gab nicht vor, ihr Freund zu sein.

»Er beschrieb den Mann – nackt«, sagte sie.

»Was hat er im besonderen beschrieben?«

Jetzt wurde sie rot. »Einen erigierten Penis«, sagte sie deutlich, um es nicht wiederholen zu müssen.

»Beschrieb er ihn so, daß Sie überzeugt waren, er mußte ihn gesehen haben?«

»Ja«, preßte sie heraus, immer noch rot.

»Und was noch?«

Sie bemühte sich um eine festere Stimme, doch bei jedem Wort klang ihre Unsicherheit durch. »Er sagte, Mr. Reese habe ihn ausgezogen und überall angefaßt.«

»Noch einmal, ging er dabei ins Detail?«

»Ja. Sehr sogar. Er sagte, er habe seine Finger zwischen Tommys Pobacken gesteckt.«

»Und was noch?« fragte ich erbarmungslos.

Sie sah mich haßerfüllt an, aber das spielte keine Rolle. »Er sagte, der Mann habe seinen Penis geküßt. Tommys Penis. Und Tommy mußte seinen küssen.«

»Und was sonst noch?«

»Eine weiße Flüssigkeit sei herausgekommen. Tommy sagte, sie habe ausgesehen wie Klebstoff, bevor er zu trocknen beginnt.«

Das sollte den Geschworenen eigentlich genügen. Ich fand, es klang authentisch. Bei Mrs. Algren hatte es offenbar Eindruck hinterlassen, da sie sich so genau daran erinnerte.

»Wie lange ist das her, Mrs. Algren?«

»Ungefähr ein Jahr.«

»Nicht länger?«

Sie überlegte. »Vergangenen Monat war es ein Jahr.«

Die letzten Fragen hatten ihr Zeit gegeben, die Fassung wieder zu gewinnen. Sie schien erleichtert. Ihr Atem ging nicht mehr so heftig.

»Hatte Tommy, bevor das passiert ist, jemals Gelegenheit, Ihnen und Ihrem Mann beim Geschlechtsverkehr zuzusehen?«

Sie schnappte hörbar nach Luft. Sofort stieg ihr wieder die Röte ins Gesicht. »Nein.«

»Sind Sie sicher?«

Ihre Verlegenheit verwandelte sich in Zorn. »Absolut sicher. Wir schließen die Tür ab.«

»Hatte Tommy sonstwie Gelegenheit, sexuellen Verkehr zu beobachten? Hatten Sie oder Ihr Gatte jemals pornographische Videokassetten im Haus?«

»Nein«, schrie sie fast. »Nicht einmal den *Playboy*. Nie. Nichts dergleichen.«

Ich nickte. Dann schwieg ich so lange, daß sie erwarten mußte, ihr Martyrium sei überstanden. »Mrs. Algren«, sagte ich nun leise, »wie würden Sie die Beziehung beschreiben, die Sie und Ihr Gatte zu Ihrem Sohn haben?«

Sie sah mich verwirrt an. »Wir sind seine Eltern. Tommy ist unser einziges Kind. Ich würde sagen, wir sind uns näher als andere Eltern und ihre Kinder.«

Ich nickte, als glaubte ich ihr. »Holen Sie ihn von der Schule ab?«

»Ja.«

»Gleich, nachdem die Schule aus ist?« präzisierte ich.

»Ach. Nein, das geht nicht. Früher war er nach der Schule im Hort. Jetzt bleibt er in der Schule, bis wir ihn abholen kommen.«

»Um wieviel Uhr ist das?«

»Um fünf, manchmal später.«

»Manchmal später?«

»Ja«, sagte sie. Sie verteidigte sich nicht. Sie beschrieb schließlich ein ganz normales Leben.

»Sind Sie und Ihr Gatte beide berufstätig?«

»Ja. Ich leite bei der First Security Trust die Abteilung Sonderkonten. Mein Mann James ist Vizepräsident der Quantco Equipment Corporation.«

»Wofür ist er als Vizepräsident zuständig?« fragte ich.

»Für den Verkauf. Quantco gehören mehrere kleinere Unternehmen an, und James leitet primär den Verkauf der gesamten Gesellschaft. Vor allem, wenn es darum geht, die Absatzmärkte zu vergrößern.«

Ob ihr bewußt war, daß sich auf einmal Stolz in ihre Stimme und Haltung geschlichen hatte? »Bedeutet das, daß er aus beruflichen Gründen häufig unterwegs ist?« fragte ich.

»Ja. Durchschnittlich zwei Reisen pro Monat.«

»Und Ihre Arbeit, Mrs. Algren, was tun Sie?«

»Ich berate die Kunden bei ihren Investitionen. Vor allem bei langfristigen Investitionen.«

»Sind Sie Börsenmaklerin?«

»Nein, das wäre zu einfach«, sagte sie, als hätte ich sie beleidigt. »Aktien spielen bei meinen Transaktionen eine nur geringfügige Rolle. Ich handle mit diversen Regierungsanleihen, Investmentfonds, Immobilien, manchmal auch mit exotischeren Anlagemöglichkeiten, zum Beispiel Filmprojekten oder Firmen, die nicht an der Börse notiert sind.«

»Sie arrangieren Filmprojekte?« fragte ich sensationslüstern.

»Ja«, sagte sie, »das heißt, ich kümmere mich um die Investitionsfragen der Projekte.«

»Könnte man sagen, daß Ihre Arbeit ein Vierzigstundenjob ist, also von neun bis fünf, Montag bis Freitag?«, fragte ich.

»Naja, das nicht gerade«, antwortete Mrs. Algren. Sie war nun wieder gefaßt und ihrer selbst sicher. Das war ihr Terrain. Jetzt wandte sie sich sogar an die Geschworenen: »Viele meiner Kunden sind sehr beschäftigt und haben oft erst abends oder am Wochenende Zeit.«

»Wo ist eigentlich Tommy, wenn Sie am Abend noch eine Besprechung haben und sein Vater auf Geschäftsreise ist?«

Die Frage brachte sie aus der Ruhe. Ich hoffte, die Geschworenen hatten ebenfalls bemerkt, daß sie, während sie mit Stolz in der Stimme über ihre Arbeit beschrieb, ihren Sohn, den Gegenstand dieses Prozesses, völlig vergessen hatte.

»Wir haben ein paar Babysitter, die regelmäßig kommen.«

»Wann hat Tommy Geburtstag, Mrs. Algren?«

»Im März.«

»Wissen Sie noch, was Sie ihm zu seinem letzten Geburtstag geschenkt haben?«

Das bereitete ihr kein Problem. Sie war stolz auf ihre Geschenke. »Er bekam ein Computerspiel, das er sich schon lange gewünscht hatte. Es ist ein Lernspiel. Man spielt damit und eignet sich gleichzeitig Kenntnisse in Geographie an. Er muß dabei um die ganze Welt reisen und gestohlene Objekte wiederfinden. Er weiß jetzt Dinge, von denen ich keine Ahnung hatte. Er verblüfft mich wirklich.«

»Wie geht dieses Spiel?« fragte ich.

»Einspruch«, sagte Eliot. »Ich bezweifle die Relevanz.«

Ich stand auf. »Es geht um die Beweggründe, warum das Opfer gelogen hat, Euer Ehren, eine Frage, die von der Verteidigung gestellt wurde.«

Eliot sah mich stirnrunzelnd an. Er wußte, ich verfolgte mit dieser Befragungslinie eine ganz bestimmte Absicht, aber er kam nicht dahinter, welche. Richter Hernandez, der wahrscheinlich meinte, ich schadete mir selbst mehr, als ich mir nutzte, gab seinem Einspruch nicht statt.

»Wie spielt man dieses Computerspiel, Mrs. Algren?«

»Das müssen Sie Tommy schon selbst fragen«, sagte sie nachsichtig. »Er ist der Experte.«

»Spielt er das Spiel allein?«

»Ja«, sagte sie. »Normalerweise schon.«

»Wann hatten Sie Ihren letzten gemeinsamen Urlaub, Mrs. Algren?«

Sie sah mich verdutzt an. »James und ich nahmen uns ein Wochenende frei – ich weiß jetzt gar nicht, war das diesen Sommer? Nein, das …«

»Gemeinsamer Urlaub, Mrs. Algren. Die ganze Familie.«

Sie zögerte. Da sie offenbar keine Antwort parat hatte und das nicht gut aussah, setzte sie zu einer Erklärung an: »Wissen Sie, es ist fast nicht möglich, unsere Termine so zu koordinieren, daß wir gleichzeitig Urlaub nehmen können. James hat das ganze Jahr über viel zu tun, und ich weiß nie, wann ich Zeit für einen Urlaub habe.«

Ich wartete geduldig ab. Sie hatte keine Antwort.

»Ich vermute, Tommy spielt mit seinen Freunden«, sagte ich. »Wer ist eigentlich Tommys bester Freund?«

»Stevie«, erwiderte sie sofort. »Steve Petersen. Er ...«

»Tommy hat seit über einem Jahr nicht mehr mit Stevie gesprochen, Mrs. Algren«, sagte ich ruhig. Eliot erhob Einspruch gegen meine Aussage, aber das spielte keine Rolle, denn Pamela Algren sah mich erschrocken an, da sie annehmen mußte, daß das die Wahrheit war. »Wie heißt Tommys *jetziger* bester Freund?« fragte ich sie.

Ihre Augen suchten in meinem Gesicht nach der Antwort, fanden sie aber nicht. »Da ist noch ein anderer Junge in seiner Klasse«, sagte sie langsam, um eine Antwort bemüht und zugleich improvisierend. »Tommy spricht manchmal von ihm. Jason. Er hat ihn erwähnt. Ich weiß aber nicht, ob das sein bester Freund ist. Ob er zur Zeit mit einem bestimmten Jungen besonders viel zusammen ist, kann ich nicht sagen. Er spielt mit mehreren.«

»Bei Ihnen zu Hause?« fragte ich.

»Naja, nein. Aber es sind Kinder aus der Nachbarschaft. Manchmal sehe ich Tommy mit ihnen zusammen. Sie fahren Rad oder ...«

Ich ließ ihr Zeit, saß da und behielt sie im Auge wie ein besonderes Warenmuster, das ich lange genug studiert hatte und jetzt etikettieren konnte. Und alle anderen im Saal konnten das jetzt auch, dessen war ich mir sicher. »Keine weiteren Fragen«, sagte ich schließlich in die Stille des hohen und überfüllten Saals hinein.

Eliot, der Mrs. Algren ebenfalls musterte, begann nicht unmittelbar mit der Befragung. Ich bezweifelte, ob er wußte, was er mit ihr anfangen sollte. Sie schien durch *meine* Fragen bereits mehr als gründlich demoliert.

»Sie haben Tommy nicht geglaubt, als er behauptete, Austin Paley habe ihn belästigt, Mrs. Algren?« fragte er endlich und kam sofort zur Sache.

»Nein, zuerst nicht«, wich Mrs. Algren der Frage aus.

»Wohl länger nicht«, beharrte Eliot. »Sie haben ja nicht einmal die Polizei eingeschaltet, wenn ich mich nicht irre?«

»Nein.«

»Sie brachten ihn auch nicht zum Arzt.«

»Nicht gleich.«

»De facto auch später nicht. Ein Arzt mußte erst *Sie* kontaktieren.«

»Ja, der Arzt wandte sich an uns. Tommy hatte es der Krankenschwester in der Schule erzählt.«

»Und Sie glaubten ihm auch dann nicht, als sie erfuhren, daß er sich mit seiner Geschichte an Fremde gewandt hatte, nicht wahr? Sie dachten, er wollte Sie nur wieder in Verlegenheit bringen. Das dachten Sie doch?«

Eliot mußte Mrs. Algren mit diesen hinzugefügten Fragen zur Antwort auffordern, denn sie war verstummt, zögerte und ließ die Stille bedrohlich werden.

»Wir hatten Zweifel«, sagte sie.

»Weil Sie wußten, daß er schon einmal gelogen hatte«, ließ Eliot nicht locker.

»Ja«, sagte Pamela Algren mit kaum hörbarer Stimme.

Eliot sah sie mit mehr Mitgefühl an, als ich das während meiner Befragung getan hatte. Aber ich vermute, er dachte dabei an mich und nicht an Pamela Algren.

»Keine weiteren Fragen«, sagte Eliot.

»Das erste Mal, als Tommy jemanden beschuldigte«, setzte ich sofort an, »nahm er die Behauptung jedoch beinahe im selben Moment zurück, in dem Sie ihn zur Rede stellten, ist das korrekt?«

»Ja«, sagte Mrs. Algren, die ihre Antworten nun nur noch mechanisch gab und sich immer mehr von uns zurückzog.

»Er hielt die Behauptung nicht einmal einen Tag lang aufrecht.«

»Ja.«

»Aber dieses Mal, als er Austin Paley beschuldigte, nahm er nichts zurück. Nicht einmal dann, als Sie und Ihr Gatte ihm nicht glaubten. Ist das korrekt?«

»Ja«, antwortete Mrs. Algren. »Er hielt daran fest.« Es war ihr immer noch sichtlich peinlich, daß Tommy *nicht* nachgegeben hatte;

da war dieser schwache, aber dennoch vorhandene Wunsch, hätte er doch die ganze Sache auf sich beruhen lassen. Hier mußte ich aufhören, wenn ich den richtigen Eindruck hinterlassen wollte: Jeder sollte sehen, welchen Preis die Familie für *diese* Beschuldigung nun bezahlte.

»Keine weiteren Fragen.«

Eliot schüttelte den Kopf. »Keine weiteren Fragen.«

Pamela Algren verließ den Zeugenstand mit gesenktem Kopf. Fast meinte ich, sie würde in unseren Tisch hineinlaufen. Doch dann, kurz bevor sie bei uns anlangte, richtete sie sich plötzlich auf und wandte ihren Blick zur Seite, um Austin anzusehen. Sie blieb einfach stehen und starrte ihn an; ihr Gesicht wurde totenbleich; nicht aus Furcht vor ihm, sondern als hätte sie jetzt erst realisiert, welch schreckliche Aufgabe noch vor ihr lag. Austin sah nichts davon. Er brachte es nicht fertig, ihr in die Augen zu schauen.

Becky flüsterte mir ins Ohr: »Sind Sie ganz sicher?« Im selben Moment fragte Richter Hernandez mit lauter Stimme, ob ich noch einen Zeugen hätte. Ich erhob mich mit den Worten: »Wir rufen Tommy Algren in den Zeugenstand zurück.«

Tommy hatte vor dem Gerichtssaal gewartet. Ich hatte ihn von der Schule abholen lassen, sobald ich wußte, daß ich ihn noch einmal brauchen würde, ihm den Grund, warum er noch einmal in den Zeugenstand mußte, aber nur angedeutet. Er nahm seinen Platz auf dem Hochaltar der Wahrheit ein, ahnungslos über das, was ihm bevorstand. Er wirkte nervös. Seine Augen wanderten suchend durch den Saal, wandten sich fragend an die Gesichter der Geschworenen als verbargen sie ein Geheimnis vor ihm.

»Tommy.« Meine Stimme ließ ihn zusammenzucken. Ich zeigte auf Austin. »Ist das der Mann, der dich mißbraucht hat? Austin Paley?«

Tommy blickte kurz in die Richtung, in die mein Finger wies, dann sah er wieder mich an: »Ja.«

»Wann war das?«

»Im Mai vor zwei Jahren«, sagte er leise. Er hatte die Schultern eingezogen und saß nach vorne gebeugt da.

»Aber vor ungefährt *einem* Jahr«, fuhr ich fort, »hast du deinen

Eltern gegenüber behauptet, ein anderer Mann hätte dich sexuell belästigt. Erinnerst du dich daran?«

»Ja.«

»Wer war das?«

»Mr. Reese, unser Nachbar.« Tommy sprach immer noch sehr leise, aber deutlich und mit Trotz in der Stimme. Er war entschlossen, sich zu wehren, als stünde er selbst unter Anklage.

Ich wurde nun sanfter. »War das wahr, Tommy?«

»Nein.«

»Überhaupt nicht?«

»Er …«, begann Tommy hastig, doch dann überlegte er es sich anders. »Nein. Nichts war wahr.«

»Warum hast du es dann behauptet?«

Es gibt für alles eine Erklärung. Jeder, ob Kind oder Erwachsener, hat seine Gründe, warum er etwas tut. Sogar der Mann, der in ein Haus einbricht und dabei fünf Leute erwürgt, kann Gründe nennen, warum es sich nicht vermeiden ließ. Tommy war da nicht anders. Sobald er mit seiner Erklärung begann, wurde er lebhafter.

»Ich hätte das nicht sagen dürfen, das weiß ich schon, aber Mr. Reese war richtig gemein zu mir. Einmal spielte ich mit seinem Sohn Ronnie. Wir spielten Volleyball, und der Zaun zwischen seinem und unserem Garten war das Netz, und dann kam Mr. Reese heraus und sagte, wir sollten aufhören, wir würden den Zaun kaputt machen. Als ob wir den Zaun mit einem Ball umschmeißen könnten! Und dann hat Mr. Reese einfach den Ball genommen und ist damit im Haus verschwunden. Es war aber mein Ball! Und ich habe dann ganz höflich gesagt: ›Mr. Reese, das ist mein Ball‹, und er ist einfach weitergegangen und hat sich nicht einmal umgedreht.«

»Hat er dir den Ball zurückgegeben?«

»Nein. Ich habe Ronnie am nächsten Tag gefragt, und er hat gesagt, sein Dad hat ihn immer noch.«

»Und deshalb hast du dann die Geschichte erfunden und behauptet, Mr. Reese hätte diese Dinge mit dir gemacht?«

»Nicht nur deshalb«, antwortete Tommy rasch. »Ein anderes Mal kam ich gerade von der Schule nach Hause. Ich rannte quer über seinen Vorgarten und übersah dabei, daß Mr. Reese einen Faden gespannt hatte, weil er dort irgendwas bauen wollte. Ich bin über den

Faden gestolpert und hingefallen, und Mr. Reese wurde böse und schrie mich an, und dann hat er mich *verprügelt.*«

»Verprügelt?«

»Er hat mir – mit der Hand auf den Hintern gehauen und gesagt, ich solle heimgehen.«

Ich war froh, daß unter den Geschworenen Eltern waren, aber genauso wichtig waren Menschen, die sich erinnerten, wie man sich als Kind fühlt, Menschen, die verstanden, wie sehr sich eine solche Beleidigung im Kopf eines Kindes festsetzen konnte – eines Kindes, das noch an eine gerechte Welt glaubte.

»Hast du deshalb diese Dinge über Mr. Reese behauptet?«

»Ja«, erwiderte Tommy ein wenig verstockt, als fühlte er sich im Recht, ganz egal, was andere dachten.

Einen langen Moment saß ich schweigend da, bis sich mehrere Blicke auf mich richteten. Dann kam der Moment, weswegen ich Tommy noch einmal in den Zeugenstand gerufen hatte.

»Keine weiteren Fragen«, sagte ich.

Am Tisch der Verteidigung war es ab dem Moment, als ich Tommys Namen ausgesprochen hatte, unruhig geworden. Es wurde hektisch und teilweise so laut geflüstert, daß ich beinahe protestiert hätte. Aber es bereitet auch Genugtuung, dem Gegner die Bestürzung anzumerken. Ich sah jetzt das Ende der Diskussion. Beide Verteidiger fixierten Austin, der mit Buster tuschelte. Eliot saß gerade, gefaßt wie immer, doch mit einem Gesicht, das zur Maske versteinert war. Dann beugte sich Buster Harmony voll Eifer vor, senkte ein wenig den Kopf, um durch seine Lesebrille einen Blick auf die Akten zu werfen und starrte dann streng meinen Zeugen an.

»War dir klar, Tommy«, fragte er, »wie ernst die Erwachsenen deine Anschuldigung nehmen würden?«

Tommy machte ein Gesicht, als würde ihm das jetzt zum ersten Mal durch den Kopf gehen. »Weiß ich nicht«, sagte er.

»Du weißt es nicht? Du hast dir keine Gedanken gemacht, bevor du diese Lüge über deinen Nachbarn verbreitet hast? Du hast nicht darüber nachgedacht, in welche Schwierigkeiten du ihn damit bringst?«

»Ich wußte schon, daß meine Eltern böse sein würden, aber ich war auch böse.«

»Warum hast du deinen Eltern nicht die Wahrheit erzählt? Warum hast du deinen Vater nicht gebeten, den Ball für dich zurückzufordern?«

Tommy runzelte die Stirn, als wollte er zu einer ausführlichen Erklärung ansetzen, sagte dann aber wieder nur: »Weiß ich nicht.«

Für den Angeklagten ist das einer der schwierigsten Momente. Austin wußte genau, daß dies die entscheidende Aussage war. Gelang es seinem Anwalt, die Glaubwürdigkeit des Opfers zu vernichten, wäre auch der Fall gegen Austin erledigt. Aber gerade jetzt durfte der Angeklagte bei den Geschworenen nicht den Eindruck erwecken, der Zuseher bei einer Hasenjagd zu sein, bei der er seinem Anwalt am liebsten zugerufen hätte: »Jetzt mach ihn fertig, den Bengel!« Als Strafverteidiger hatte ich meinen Mandanten jedes Mal eingeschärft, in diesen Momenten den Eindruck von Ernsthaftigkeit und gleichzeitigem Mitgefühl zu vermitteln, als tue einem das Opfer zwar leid, aber es hatte es ja nicht anders gewollt. Das erfordert eine sehr differenzierte Mimik.

Ich hatte mich zurückgelehnt, wodurch ich Austin im Auge behalten konnte, ohne daß mir Eliot die Sicht verstellte. Wie erwartet hatte er seine Mimik gut unter Kontrolle. Er starrte Tommy an, als säße er über den Jungen zu Gericht. Niemand sonst im Gerichtssaal wußte jetzt besser, wie sich Tommy fühlen mußte, doch Austin versetzte sich nicht in seine Lage. Er dachte nur daran, in welche Lage Tommy ihn gebracht hatte.

»Tommy«, sagte Buster, »hast du denn nicht daran gedacht, daß du deinen Vater nur darum bitten mußtest, und er *hätte* den Ball zurückbekommen?«

»Das weiß ich nicht«, beharrte Tommy.

Buster konnte auch stur sein. »Du mußt doch darüber nachgedacht haben. Hattest du etwa Angst, dein Vater würde mit Mr. Reese gemeinsame Sache machen, wenn du ihm das mit dem Ball gesagt hättest?«

Becky sah mich stirnrunzelnd an. Ich rührte mich nicht.

»Ich dachte …«, Tommy zögerte, »vielleicht war es für ihn nicht wichtig genug, deshalb ein Theater zu machen.«

»Aber für dich war es wichtig, nicht wahr?«

Tommy zuckte bloß mit den Schultern.

»Welchen Grund hättest du sonst gehabt, diese Geschichte über deinen Nachbarn zu erfinden?«

»Außerdem hat er mich geschlagen«, sagte Tommy weinerlich. »Es war nicht nur wegen dem Ball.«

»Warum hast du das deinen Eltern nicht erzählt? Dachtest du, das wäre ihnen auch nicht wichtig?«

»Nein.«

»Was heißt ›Nein‹? Wäre es ihnen nicht wichtig gewesen?«

»Nicht so wichtig wie mir«, sagte Tommy.

»Dachtest du, dein Vater würde nicht rübergehen und Mr. Reese sagen, daß er dich nicht mehr anrühren soll?«

Tommy verzog das Gesicht, als hätte Buster gerade etwas Lächerliches gesagt. Buster ließ nicht einmal diese stumme Geste gelten. »Warum machst du dieses Gesicht, Tommy? Was soll das bedeuten?«

Becky berührte mein Handgelenk. Ich achtete nicht auf sie und ließ Tommy nicht aus den Augen.

Buster hatte sich erst um einen Tonfall bemüht, der dem Kind entgegenkommen sollte, doch nun behandelte er Tommy wie einen widerspenstigen Zeugen. Darum mußte es in der Diskussion gegangen sein. Eliot hatte den Jungen am ersten Tag nicht hart genug angegriffen. Buster hatte Austin überzeugt, daß eine strengere Hand unbedingt nötig sei. Buster hatte die Diskussion für sich entschieden, und jetzt mußte er beweisen, daß er sich nicht geirrt hatte.

»Mein Dad mag keine Schwierigkeiten«, sagte Tommy.

Sein Dad befand sich im Publikum. Ich drehte mich nicht zu ihm um, konnte mir jedoch vorstellen, wie er sich fühlen mußte. Tommy suchte die Menschenmenge auch nicht nach ihm ab, obwohl er wußte, daß er da war.

»Er mag kein Aufsehen«, fuhr Tommy mit seiner Erklärung fort. »Schon gar nicht wegen einem Ball oder einem kleinen ...« Er bewegte seine Hand, um den Klaps auf sein Hinterteil zu demonstrieren.

»Das heißt, um die Aufmerksamkeit deines Dads zu erlangen, mußtest du etwas erfinden, das viel schlimmer war als das, was tatsächlich passiert ist«, sagte Buster, ohne sich die Mühe zu machen, seiner Stimme noch einen fragenden Ton zu geben.

»Ja«, sagte Tommy leise.

Wenn Buster jetzt sanft mit ihm gesprochen hätte, hätte er womöglich zu weinen begonnen. Doch Buster behielt den strengen Ton bei. »Aber lange funktioniert hat es dann ja nicht, oder?«

»Was?«

»Nun, du hast die Geschichte deinen Eltern erzählt, aber sie sprachen dann bloß mit Mr. Reese, und er sagte, das sei alles nicht wahr, und sie glaubten nicht dir, sondern ihm. Und damit war es erledigt, nicht wahr?«

»Ich sollte mich bei ihm entschuldigen«, fügte Tommy hinzu.

»Und dann war alles wieder beim alten. Dein Vater ist die meiste Zeit aus beruflichen Gründen unterwegs, und deine Eltern sind beide so beschäftigt, daß keiner von ihnen wirklich Zeit für dich hat.«

Tommy ging achselzuckend darüber hinweg. Er machte ein verständnisvolles Gesicht, doch das unglückliche Kind, das sich in seinem Inneren verbarg, war unverkennbar. Und nicht nur für mich. »Sie haben beide viel zu tun«, sagte Tommy.

Ich warf einen Blick auf Austin. Er starrte Tommy unverwandt und mit einer Härte im Gesicht an, die der seines Verteidigers nicht unähnlich war.

»Die Zeit verging, und alles war so wie immer, und eines Tages mußtest du wieder etwas tun, damit deine Eltern auf dich aufmerksam wurden, ist das nicht richtig, Tommy?« fragte Buster unbarmherzig weiter.

Tommy sah verwirrt aus. »Ich habe mich so bemüht«, sagte er zögernd. »Ich hatte immer gute Noten, und sie sagten jedesmal, daß sie stolz sind auf mich. Und ich – ich war brav.«

»Das war aber nicht genug?« Busters Ton wurde mit jeder Frage härter. Becky sah mich neuerlich an.

Tommy zuckte mit den Schultern. Er sah zu Boden, als wäre da noch jemand im Zeugenstand.

»Du hast nie genug Aufmerksamkeit von ihnen bekommen, nicht wahr?«

Nach einer Weile antwortete Tommy kaum hörbar: »Ich wünsche mir …«

Er sprach nicht weiter. Buster kümmerte sich nicht darum. Er hatte sein eigenes Programm. »Also mußtest du etwas unternehmen, um neuerlich ihre Aufmerksamkeit zu erhalten.« Tommy sah ihn wieder an. »Dann hast du von den Kindern gehört, die sexuell mißbraucht worden sind, und schließlich sahst du diesen Mann im Fernsehen, und dann hast du deinen Eltern gesagt, dich hätte er auch belästigt.«

»Ja«, sagte Tommy.

Einen Moment lang mußte Buster gedacht haben, gewonnen zu haben. Doch ebenso rasch wurde ihm bewußt, daß noch kein Widerspruch entstanden war.

»Hast du dich an ihn erinnert, weil er sich damals das leere Haus in deiner Nachbarschaft angesehen hat?«

»Ich habe mich an ihn erinnert, weil ich ihm viele Male begegnet bin«, erwiderte Tommy.

Buster steuerte das Verhör rasch in eine andere Richtung. »Du hast also noch einmal gelogen, damit deine Eltern auf dich aufmerksam wurden?«

»Nein«, sagte Tommy.

»Wolltest du denn nicht, daß sich deine Eltern mehr um dich kümmerten? War das nicht der Grund, warum du es ihnen erzählt hast?«

»Nein.«

»Du wolltest ihre Aufmerksamkeit nicht?« fragte Buster scharf. Jetzt sah sogar Richter Hernandez zu mir her. Doch ich konnte auch sein Starren aushalten. »Aber genau das hast du uns doch gerade gesagt.«

»Ja, das stimmt«, sagte Tommy. »Aber ich habe nicht gelogen.«

»Du hast aber gelogen«, sagte Buster. »Das erste Mal, als es um Mr. Reese ging.«

»Ja«, gab Tommy zu. Er sah rasch zu mir her, doch Busters Stimme holte ihn sofort wieder zurück.

»Und als das nicht geklappt hat, hast du noch einmal gelogen.«

»Nein.« Tommy schüttelte wiederholt den Kopf. Er sah jetzt sogar Austin an, als wollte er ihn um Hilfe bitten, doch Austin hatte nur einen vernichtenden Blick für ihn übrig, der in seiner Kälte an die Porträts alter Meister erinnerte.

»Und dann haben sie sich immer noch nicht um dich gekümmert, nicht wahr? Sie glaubten dir kein Wort.«

»Nein«, sagte Tommy. Der Schmerz, den er bei dieser Zurückweisung empfunden haben mußte, war jetzt deutlich sichtbar; als wäre es eben erst geschehen.

»Also mußtest du dieses Mal mehr unternehmen. War das der Grund, warum du zu deiner Lehrerin und dann zur Krankenschwester in deiner Schule gegangen bist? Sollten sie dir helfen, deine Eltern zu überzeugen?«

»Ich mußte es doch jemandem erzählen«, sagte Tommy.

»Weil es sonst wieder nicht geklappt hätte, so wie beim ersten Mal? Du hast die Hilfe anderer gebraucht, um das Gehör deiner Eltern zu finden.«

»Sie haben mir nicht geglaubt, also mußte ich es jemand anderem sagen«, beharrte Tommy.

Buster nickte. »Du hast dich in Lügen verstrickt, weil dir andere, die dich nicht so gut kennen wie deine Eltern, geglaubt haben.«

»Das war keine Lüge!« Tommys Stimme wurde schrill.

»Wann war es keine Lüge, Tommy? Du hast bereits gesagt, daß du gelogen hast. Du hast es zugegeben.«

»Was ihn betrifft, habe ich aber nicht gelogen.« Tommy deutete mit einer ruckartigen Kopfbewegung auf Austin. Die Bewegung schien ihm die Tränen in die Augen zu treiben, denn plötzlich blinzelte er.

»Dir war gar nicht klar, wie sehr du ihm damit weh tun würdest, nicht wahr? Er war doch nur jemand, den du zufällig in deiner Gegend gesehen hattest.«

Tommy schüttelte den Kopf. Jeden Moment würde er in Tränen ausbrechen.

Buster reagierte auf Tommys Verzweiflung wie ein Haifisch, der Blut gerochen hatte. Er bohrte unablässig weiter. Sein Mandant hatte sich nun auch vorgebeugt und mit einem Arm auf dem Tisch abgestützt, als wollte er im nächsten Moment über den Tisch springen, um sich auf den Jungen zu stürzen. Eliot hatte seine ursprüngliche Haltung beibehalten; mit den beiden hatte er nichts zu tun. Busters Stimme blieb hart wie Stein. »Du wußtest nicht, daß all das passieren würde, nicht wahr? Als du das erste Mal gelogen hast, verlief alles relativ problemlos. Du hast nicht damit gerechnet, daß die zweite Anschuldigung vor Gericht landen würde.«

»O doch«, sagte er leise. »Ich dachte, daß das passieren würde.«

»Du warst von Anfang an bereit, diese Geschichte vor den vielen Menschen hier zu erzählen?«

»Wenn es sein mußte.«

»Neuerlich zu lügen?« beharrte Buster.

»Ich lüge nicht.« Jetzt weinte er.

»Wieder und wieder zu lügen, nur damit deine Eltern dich zur Kenntnis nehmen?«

»Nein.« Tommy schüttelte unaufhörlich den Kopf. Er schien kurz davor, hysterisch zu werden. »Deswegen würde ich nicht lügen.«

»Tommy«, sagte Buster plötzlich in besänftigtem Ton, als hätte ihn Tommy überzeugt. Tommy hörte auf, den Kopf zu schütteln, und sah ihn an. »Ist schon in Ordnung. Das war nicht so schlimm, daß du das eine Mal gelogen hast. Ich meine, das erste Mal. Aber hier zu lügen, nachdem du geschworen hast, die Wahrheit zu sagen, und mit einer Lüge diesen Mann ins Gefängnis zu bringen, nur weil du nicht zugeben willst – das ist sehr, sehr schlimm.«

»Das weiß ich«, sagte der Junge feierlich.

Buster meinte, einen Durchbruch zu spüren. »Dann tu es nicht. Sag uns jetzt die Wahrheit.«

Tommy zögerte nicht. »Ich sage die Wahrheit.«

»Tommy«, Buster riß hörbar die Geduld. »Nachdem du einmal gelogen hast, noch dazu in bezug auf ein und dieselbe Sache, da sollen wir dir jetzt glauben, daß du die Wahrheit sagst?«

»Es ist aber wahr«, Tommys Gesicht begann zu zittern.

»Nein. Das ist eine Lüge. Es war gelogen, daß du mit diesem Mann im Haus warst ...«

»Nein.«

»Es war gelogen, daß du in seinem Auto mitgefahren bist. Das andere Haus, das war auch eine Lüge. Tommy, du hast das alles erfunden.«

»Nein.«

»Dann sag es ihm bitte ins Gesicht.«

Buster und Austin starrten das Kind an, als könnten sie in sein Innerstes hineingreifen und hervorholen, was sie wollten; als wollten sie es wenigstens versuchen. Tommy sah hoch. Das Zittern wurde stärker. Es war deutlich sichtbar, daß er weinte. Becky hatte neuerlich nach meinem Arm gegriffen.

Ich dachte nicht, daß Tommy in der Lage sein würde, das Schweigen zu durchbrechen. Er starrte Austin Paley an, zeigte jedoch keinerlei Haßgefühle. In seinem Ausdruck lag Trauer, Einsamkeit und Sehnsucht. Austin erwiderte den Blick, doch so, als sei Tommy ein Mensch, mit dem er besser nicht gesehen werden wollte.

»Er war es«, sagte Tommy zunächst noch leise. »Er hat mich in das Haus mitgenommen und mich nackt ausgezogen, und er hat mich umarmt und angefaßt und mich gezwungen, ihn auch anzufassen.« Die ganze Zeit sah er Austin mit tränenüberströmten Augen an. »Er hat gesagt, daß er mich liebt.«

»Nein«, Buster schlug mit der Hand auf den Tisch. »Sag die Wahrheit.«

»Das ist die Wahrheit«, sagte Tommy mit fester Stimme.

Buster hätte wissen müssen, daß der Moment verloren war, aber er konnte nicht aufhören. »Hast du damit erreicht, was du wolltest?« fragte er. »Hat es dir die Aufmerksamkeit deiner Eltern gebracht? Hat sich diese Lüge gelohnt?«

Ich schüttelte Beckys Hand ab und stand nun endlich auf. »Ich erhebe Einspruch, Euer Ehren. Ich bin der Ansicht, die Verteidigung hat den Zeugen länger als nötig mit äußerster Härte verhört. Der Verteidiger beginnt sich zu wiederholen.«

Am Tisch der Verteidigung schien Austin zu sich zu kommen. Er warf einen raschen Blick auf die Geschworenen und bemerkte, daß mehrere von ihnen nicht Tommy, sondern ihn anstarrten. Austin berührte Buster Harmony am Arm.

»Stattgegeben.« Sogar Richter Hernandez schien erleichtert, daß ich endlich eingeschritten war und dem Verhör mit meinem Einspruch ein Ende gesetzt hatte.

Als ich mich hinsetzte, sah ich wie Buster den Kopf schüttelte, doch dann tat er, worum ihn sein Mandant gebeten hatte.

»Keine weiteren Fragen.«

»Tommy«, sagte ich sanft und rief ihm in Erinnerung, sich auf mich zu konzentrieren. Er richtete seinen Blick auf mich und wischte sich rasch mit dem Unterarm die Tränen ab. »Du sagtest, daß du den Angeklagten Waldo genannt hast. Wie hast du seinen wahren Namen herausgefunden?«

Tommy schien von der plötzlichen Wendung der Befragung überrascht zu sein. Er nahm eine aufrechte Haltung an. »Als ich in seinem Auto mitfuhr …« begann er. Ich unterbrach ihn.

»Was war das für ein Auto?«

»Es war groß und weiß«, sagte Tommy. »Ein – wie nennt man die?«

»Das weiß ich nicht.«

»Ein Continental«, erinnerte er sich.

»Welche Farbe hatte er innen? Ich meine die Sitze und die übrige Innenausstattung?«

»Rot«, antwortete Tommy. »Dunkelrot.«

»Und wie hast du seinen Namen herausgefunden?«

»Zwischen den Vordersitzen war ein Fach. Eingebaut wie ein zweites Handschuhfach. Ich habe es aufgemacht und ein paar Zettel mit seinem Namen drauf gefunden. Briefe, die er bekommen hat.«

»Was stand darauf?«

»Austin Paley.«

»Stand noch etwas darauf, an das du dich erinnerst?«

»Da stand noch …« Zuerst sah mich Tommy weiterhin gebannt an, um zu erraten, was ich hören wollte. Dann kehrte er wieder in die Vergangenheit zurück. »Da stand noch ›Rechtsanwalt‹«, sagte er.

»Ich danke dir Tommy. Keine weiteren Fragen.«

Busters Augen waren halb geschlossen. Er starrte Tommy an, als wüßte er jetzt, mit welchem Brecheisen er Tommy knacken konnte. Doch Austins Hand lag auf seinem Arm. »Keine weiteren Fragen«, sagte Buster.

Wieder half ich Tommy aus dem Zeugenstand. Ich legte ihm den Arm um die Schulter, wechselte jedoch kurz vor den beiden Anwaltstischen auf die andere Seite, um zwischen ihm und dem Tisch der Verteidigung zu sein. Karen Rivera kam uns entgegen, um den Jungen hinauszubegleiten. Ich sah sie nicht einmal an. Auf halbem Weg durch den Mittelgang riß Tommy sich von ihr los und drängte sich verzweifelt durch eine der Sitzreihen, um zu seinem Vater zu gelangen. Tommy warf sich neben ihn auf die Bank, umklammerte ihn mit beiden Armen und vergrub sein Gesicht in seinen Schoß. James Algren legte beide Arme wie zwei Flügel um ihn, so daß er ihn ganz bedeckte und vor unseren Blicken verbarg.

Alle Anwesenden im Gerichtssaal beobachteten diese Szene, mit

Ausnahme von Austin und seinen Anwälten, die in gespannter Haltung dasaßen und auf die Fortsetzung der Verhandlung warteten.

Während ich Tommy und seinen Vater beobachtete, hatte Richter Hernandez etwas gesagt, zweifellos, ob ich noch einen Zeugen hätte. Ich beugte mich zu Becky, wechselte ein paar Worte mit ihr und richtete mich mit den Worten wieder auf: »Der Staat hat die Beweiserhebung abgeschlossen, Euer Ehren.«

Eliot war mit seinem Mandanten ins Gespräch vertieft. Buster hörte nur noch mit halbem Ohr zu, er hatte seine Pflicht getan. Eliot erhob sich steif und sagte: »Die Verteidigung stellt die Beweiserhebung ebenfalls ein.«

»Beide Seiten erklären, daß die Beweisführung abgeschlossen ist«, sagte der Richter mit Genugtuung. Er sah zur Uhr und dann zu den Geschworenen. »Es ist spät, und die Anwälte und ich haben noch einiges zu tun«, setzte er an. Ich hörte nicht mehr zu. Mein Blick ruhte auf Eliot. Er saß mit gerecktem Kinn da und beobachtete die Geschworenen.

Die Falle, die ich der Verteidigung gestellt hatte, war das Kreuzverhör gewesen. Tommy war ein Kind, bei dem man, wenn man es zu unbarmherzig verhörte, Gefahr lief, alle Sympathien der Geschworenen für den eigenen Mandanten zu verspielen. Eliot war dieser Falle am ersten Prozeßtag geschickt ausgewichen. Er war mit Tommy streng, aber nicht hart umgegangen, beinahe wie ein Großvater.

Aber da war der Fall noch völlig unentschieden gewesen. Also hatte ich sie noch einmal in Versuchung geführt. Ich hatte Tommy der Verteidigung ausgeliefert, nachdem ich zuerst noch Feuer ins Öl gegossen hatte, indem ich durch die Befragung der Mutter sein Zuhause, seine vielbeschäftigten Eltern zum Thema gemacht und angedeutet hatte, daß er sich möglicherweise dadurch zur Lüge hatte verleiten lassen. Dann hatte ich Tommy noch einmal geholt und ihn ausgeliefert.

Eliot war nicht darauf reingefallen, Austin jedoch schon. Und Buster auch. Er dachte, einen Weg gefunden zu haben, wie er den Jungen brechen konnte, und Austin hatte sich einverstanden erklärt. Aber seine erbarmungslosen Bemühungen, die Glaubwürdigkeit des Kindes zu vernichten, hatten Buster schließlich rachsüchtig aussehen lassen. Und als die Geschworenen dann auch noch Austin beobachten konnten, der neben ihm saß und Tommy mit derselben Eiseskälte fixierte, konnten sie mit eigenen Augen mitverfolgen, wie zwei erwachsene Männer dieses Kind mißbrauchten. Ich zählte jetzt nur noch auf ihre Phantasie und darauf, daß sie sich die andere Form des Mißbrauchs, der Tommy durch den Angeklagten ausgesetzt gewesen war, ebenfalls bildlich vorstellen konnten.

Auf Tommy und die Tatsache, daß er das Kreuzverhör durchhalten würde, hatte ich auch gezählt. Weil ich ihm glaubte. Ich war überzeugt, er sagte die Wahrheit. Also hatte ich Buster freie Hand gelassen, geschwiegen, wenn ich zur Schonung meines Zeugen Einspruch hätte erheben müssen, innerlich zitternd, ob er durchhalten würde. Und er hielt durch. Ich hatte ihn nicht einmal vorbereitet. Er sollte bei den Geschworenen einen möglichst verwirrten und verletzlichen Eindruck hinterlassen, weil das die einzige Chance war, den Fall noch zu retten. Und Tommy war keinen Millimeter von seiner Version abgewichen. Seine Unnachgiebigkeit trotz des erbarmungslosen Kreuzverhörs durch die Verteidigung hatte ihn sogar noch glaubwürdiger gemacht. Darauf hatte ich gehofft. Nach Eliots Überraschungszeugen war mir keine andere Wahl geblieben: Ich hatte den Geschworenen außer Tommy nichts anzubieten.

»Seien Sie bitte morgen früh pünktlich um zehn Uhr wieder hier«, beendete Richter Hernandez soeben die Rechtsbelehrung der Geschworenen. »Und vergessen Sie nicht, was ich Ihnen gesagt habe.«

Es dauerte eine Weile, bevor sich der Gerichtssaal leerte. Ich wollte zu Tommy, doch er war bereits gegangen. Sein Vater hatte ihn weggebracht, bevor irgend jemand die Chance hatte, in seine Nähe zu kommen. Damit hatte Mr. Algren meiner Anweisung, bis zum Abend verfügbar zu sein, zuwider gehandelt. Ich war stolz auf ihn.

Becky und ich warteten im Büro des Gerichtssaals auf die Kopien der Rechtsbelehrungen für die Geschworenen. Auf diese Weise ließen sich Begegnungen mit anderen vermeiden. Als wir in den Gerichtssaal zurückkehrten, war auch von der Presse niemand mehr da. Dennoch wurde ich erwartet.

Becky stand einen Moment lang unschlüssig neben mir, entschuldigte sich dann aber mit den Worten: »Ich bringe das nach oben.«

Ich begleitete sie noch bis zur Schranke, wo Janet stand und auf mich wartete. Sie mußte auf mich gewartet haben, obwohl sie mich zunächst nur schweigend ansah.

»Hast du zugesehen? Das war nicht gut. Vielleicht hätte ich noch einmal deine Aussage gebraucht, und das wäre dann nicht …«

»Ich wollte Tommy sehen«, sagte Dr. McLaren. Ihr Gesicht drückte eine Mischung aus Besorgnis und Wachsamkeit aus. Ich wollte sie fragen, wie ihr Tag gewesen sei, doch sie fuhr fort: »War das wirklich notwendig? War es notwendig, ihm das noch einmal anzutun, dieselben Fragen noch einmal zu stellen und zuzulassen, daß dieses Schwein von einem Anwalt ihn ein zweites Mal mißbraucht?«

Es war sogar noch schlimmer, als sie ahnen konnte. Ich hätte ja die Möglichkeit gehabt, Tommy diese Qual durch Einspruch gegen die Wiederholungsfragen teilweise zu ersparen. Aber er mußte hilflos aussehen; die Geschworenen mußten sehen, wie sehr er litt.

»Ich dachte schon.«

Ihr Blick wanderte durch den öden und jetzt leeren Gerichtssaal. Sie hielt die Arme vor der Brust verschränkt. Ich wollte sie am liebsten selbst in den Arm nehmen, doch ich wußte, daß das nicht der Moment dafür war. Als sie mich wieder ansah, hatte sich zu ihrer Traurigkeit Zorn gesellt.

»Jedenfalls machst du mir meine Arbeit damit nicht leichter. Diese öffentliche Fleischbeschau. Daran wird er sich sein Lebtag lang erinnern, auch wenn er das Trauma der Vergewaltigung überwindet. Falls ihm das jemals gelingt.«

»Du hast selbst gesagt, ich könne Tommy nicht helfen. Das einzige, was ich tun könne, sei dafür zu sorgen, daß es keine weiteren Opfer mehr gibt. Ich hatte keine andere Wahl. Wenn Austin verurteilt werden soll, war das meine einzige Chance.«

»Ich weiß, was ich gesagt habe. Es ist nur – es gefällt mir nicht, mitansehen zu müssen, auf welche Weise mein Ratschlag ausgeführt wird.«

Ich hörte genau, was unausgesprochen blieb, daß sie nichts mit einem Mann zu tun haben wollte, der fähig war, im brutalen Umfeld eines Strafprozesses, in dem das Opfer oft mehr litt als der Angeklagte, die Theorie zur Praxis zu machen.

»Janet, könnten wir …«

Sie machte eine verneinende Geste und hielt eine Hand hoch, um mich abzuwehren. Wahrscheinlich wollte sie noch etwas sagen, doch dann drehte sie sich einfach um und ging. In der hallenden Leere des Gerichtssaals vernahm ich den Rhythmus ihrer Absätze wie das Stakkato einer Telegraphenbotschaft. Sie hatte den Saal verlassen, ohne sich umzudrehen.

Ich konnte ihr nur recht geben.

XVII

»Ich sollte sofort auf die Lüge zu sprechen kommen«, sagte Becky. »So rasch wie möglich jeden Zweifel ausräumen, damit sich die Geschworenen darüber im klaren sind, bevor die anderen sie in ihrem Plädoyer ausschlachten.«

»Nein. Darüber muß ich sprechen. Sonst sieht es so aus, als fürchte ich mich davor. Die Lüge ist ihre stärkste Waffe. Ich muß sie ganz am Schluß zur Sprache bringen.«

Ich sprach mechanisch, geistesabwesend, gedanklich nur noch mit den Argumenten beschäftigt, mit denen ich die Jury heute morgen überzeugen wollte. Das Plädoyer war mir die ganze Nacht durch den Kopf gegangen, wobei ich den Schlaf wie eine hauchdünne Watteschicht empfunden hatte, die sich gelegentlich über meine rasenden Gedanken legte.

Becky riß mich für einen Moment aus meinen Überlegungen. »Verdammt noch mal, Mark.« Ihre Gereiztheit und der erbitterte Ton überraschten mich. »Sie wollen alles für sich.«

Sie hatte recht. Ich wollte alles. Ich hatte eine Todesangst. Noch nie zuvor hatte ich mir so verzweifelt gewünscht, eine Jury zu überzeugen.

Aber wieso war da diese Besorgnis, die trotz ihres Zorns durchschien? Sie war offenbar auch in Sorge.

Nach einer Weile sagte ich: »Alles klar. Sie bestehen auf Ihrem Anteil.«

»Genau!« Sie lachte, aber ihr Lachen verdrängte nicht den Zorn und auch nicht die Besorgnis, die sichtlich nicht nur mit dem Fall zu tun hatte.

Also zwang ich mich, mich wie ein guter Manager zu verhalten – und zu delegieren. Wir teilten unsere Argumente gleichmäßiger auf, was jedoch weder sie noch mich in irgendeiner Weise beruhigte. Als wir uns auf den Weg zum Gerichtssaal machten, hüllten wir uns in Schweigen.

Meine Rolle war die schwierigste. Ich mußte ruhig dasitzen und den Argumenten der anderen zuhören, warten, bis ich an der Reihe war, und währenddessen befürchten, meiner Aufgabe immer weniger gewachsen zu sein, da ich nichts vergessen durfte, keines meiner eigenen Argumente, aber auch keine Erwiderung auf die Ausführungen der anderen. Becky war besser dran. Sie erhob sich im selben Moment, als Richter Hernandez die Belehrung der Geschworenen zu Ende gelesen hatte.

»Hier sehen Sie die einzelnen Tatbestandsmerkmale«, erklärte sie den Geschworenen. Sie hatte sie auf eine große Tafel geschrieben, die auf einem Dreifuß befestigt und vor dem Zeugenstand aufgestellt war. »Wenn Sie zu dem Schluß gelangen, daß diese Dinge geschehen sind, dann müssen Sie den Angeklagten der erschwerten sexuellen Nötigung für schuldig befinden.« Sie las die numerierten Punkte der Reihe nach vor. »Es geht darum, ob der Angeklagte mit seinem Geschlechtsorgan in den Mund des Kindes eingedrungen ist *oder* ob er veranlaßt hat, daß das Geschlechtsorgan des Kindes mit seinem Mund in Berührung kam. Das Kind war jünger als vierzehn. Das ist alles. Mehr müssen Sie nicht entscheiden. Die Tatbestandsmerkmale sind in der Rechtsbelehrung enthalten. Sie können sie sich jetzt schon ansehen. Sie können sie wieder und wieder lesen, doch einen Tatbestand werden Sie nicht finden: ein Einverständnis. Wenn es um die Vergewaltigung eines Erwachsenen geht, ist ein wesentliches Kriterium die Frage des Einverständnisses. Nicht so bei der Vergewaltigung eines Minderjährigen – von der hier die Rede ist. Der Gesetzgeber hat entschieden, daß Kinder ihr Einverständnis zum Geschlechtsverkehr mit einem Erwachsenen nicht geben *können*. Kindern fehlt für diese Entscheidung die Reife. Hier hat der Erwachsene die Verantwortung zu tragen, ganz egal, wie die Umstände sind. Das bedeutet, in diesem Fall müssen Sie nicht entscheiden, ob Tommy physischem Zwang ausgesetzt wurde, ob er auf psychologischem Wege genötigt oder ob er verführt und somit nicht vergewaltigt wurde. Wenn das Opfer ein Kind ist, kann von Verführung keine Rede sein. Das ist und bleibt Vergewaltigung.«

Sie schritt das Geländer ab, das sie von der Jury trennte, um den Augenkontakt mit den einzelnen Geschworenen nicht zu verlieren. An einem Ende der Geschworenenbank, das sich neben dem

Zeugenstand befand, blieb sie stehen. Becky wandte sich um und zeigte auf den Stuhl.

»Den Zeugen«, sagte sie, »der in diesem Stuhl sitzt und zugibt, daß er lügt, den gibt es nicht. Die Zeugen kommen hierher und erzählen ihre Geschichte, ob sie nun der Wahrheit entspricht oder gelogen ist. Und sie werden von ihrer Version nicht abweichen.

In diesem Prozeß ist jedoch etwas Ungewöhnliches eingetreten«, fuhr Becky fort. »Unser Opfer gab vor Ihnen zu, daß er gelogen hat. Er saß hier, direkt vor Ihnen, und legte das Geständnis ab, vor einem Jahr gelogen zu haben. Das mußte er nicht tun. Er hätte ebensogut bestreiten können, jemals gelogen zu haben, und er hätte versuchen können, Sie davon zu überzeugen.

Nun hat aber Tommys Mutter ausgesagt, daß Tommy die Lüge *kein einziges Mal* abstritt. Im Gegenteil, sobald man ihn zur Rede stellte, gab er zu, die Unwahrheit gesagt zu haben. Und damit war die Sache erledigt. Die Lüge blieb innerhalb der Grenzen der Nachbarschaft, praktisch innerhalb der eigenen vier Wände. Er konnte die Lüge nicht aufrechterhalten. Er hat es nicht einmal versucht.«

Becky hielt inne. Die Geschworenen ließen sie nicht aus den Augen; ob sie ihrer Argumentation recht gaben, ließ sich jedoch nicht erkennen.

»Inwiefern unterscheidet sich nun dieser Fall?« setzte sie wieder an. »Dieses Mal, als Tommy den Mann wiedererkannte, der ihn tatsächlich vergewaltigt hat, weigerte er sich, seine Behauptung zurückzunehmen. Er konnte es nicht. Als er seinen Eltern erzählte, was passiert war, und sie wie beim ersten Mal skeptisch reagierten, gab er da nach und sagte, daß er gelogen hatte? Nein. Er wandte sich an jemand anderen. Dieses Mal *mußte* er seine Geschichte so lange erzählen, bis ihm jemand glaubte. Weil sie die Wahrheit war. Er wandte sich an seine Lehrerin, er suchte die Krankenschwester auf, er ging zum Arzt, zur Polizei, und er kam zu *uns*. Er geriet kein einziges Mal ins Schwanken. Er nahm nichts zurück.«

Becky sah die Geschworenen der Reihe nach an. »Glauben Sie, daß der Junge, den Sie hier im Zeugenstand gesehen und gehört haben, gelogen hat?« Sie schüttelte den Kopf. »Nein. Dieser Junge hat nichts zurückgenommen, nicht einmal dann, als er mit aller Härte ins Kreuzverhör genommen wurde. Er bestand darauf, die Wahrheit zu sagen. Und er kannte jedes Detail seiner Geschichte, widersprach sich kein einziges Mal. Sie wissen das.« Sie hatte sich langsam zum Tisch der Verteidigung bewegt, bis sie unmittelbar davor stand. Sie zeigte mit dem Finger auf Austin. Er hätte damit rechnen müssen, dennoch sah er einen Moment lang erschrocken hoch. »Und er weiß es auch.«

Becky verharrte eine Weile in dieser Haltung, und sie blieb beim Tisch der Verteidigung stehen. Die Geschworenen sollten Austin nicht vergessen. Das Verbrechen sollte vor ihren Augen noch einmal ablaufen. Sie sollten sich ein Bild davon machen, und Austin sollte Teil dieses Bildes sein.

»Es gibt noch einen Grund, warum Sie sicher sein können, daß Tommy Algren nicht gelogen hat«, sagte sie. »Der Beweis ergibt sich aus den Details. Denn die Wahrheit liegt in den Einzelheiten selbst. Klang seine Behauptung etwa so, als hätte er sie erfunden? Nein. Tommy ist jedes Detail über den Geschlechtsverkehr mit einem erwachsenen Mann bekannt. Er hat Ihnen diese Details beschrieben. Er hat sie seiner Mutter vor einem Jahr beschrieben. Weil er damals schon nicht mehr unberührt war. Tommy sagte nicht: ›Er hat mich an einer schlimmen Stelle angefaßt.‹ Er ließ auch keine Bemerkungen fallen, die er irgendwo aufgeschnappt haben könnte. Nein. Er beschrieb den Sexualverkehr in solchen Einzelheiten, daß seine Mutter entsetzt war. Sie war überzeugt, er mußte die Wahrheit sagen.«

Becky heftete noch einmal ihren Blick auf die Geschworenen und wartete ab. Dann schloß sie mit den Worten: »Er hat die Wahrheit gesagt.«

Sie blieb noch einen Augenblick stehen. Es herrschte vollkommenes Schweigen, das anhielt, als sie sich wieder hinsetzte. Ich legte meine Hand auf ihren Arm. Ich wußte, was sie jetzt dachte, was jeder Anwalt denkt, wenn er sich nach seinem Plädoyer wieder hinsetzt: Ich hätte noch etwas sagen sollen.

Ich vernahm Eliots Stimme, bevor ich überhaupt realisiert hatte, daß er aufgestanden war. »Ja«, sagte er, »Sie wissen genau, wann Tommy lügt. Sie haben es ja selbst miterlebt.«

Und *ihm* galt die uneingeschränkte Aufmerksamkeit der Jury. »Die Staatsanwaltschaft möchte Ihnen einreden, daß der Junge große Schwierigkeiten überwinden mußte, um seine Geschichte vor dieses

Gericht zu bringen. Aber das ist nicht richtig. Für Tommy war es leicht. *Viel* zu leicht.

Wem erzählte er seine Geschichte? Wen konnte er denn überzeugen? Seine Lehrerin zunächst. Aber denken Sie bitte daran, wann das geschah. Vor ein paar Monaten. Im August. Ich bitte Sie, im August! Die Schule hatte gerade erst angefangen. Die Lehrerin kannte Tommy überhaupt noch nicht. Wie lange unterrichtete sie seine Klasse? Eine, zwei Wochen? Bis dahin hatte sie kaum Zeit gehabt, sich die Namen ihrer Schüler zu merken. Tommy erzählte ihr also seine Geschichte, und sie glaubte ihm. Sie hatte keinen Grund, ihm nicht zu glauben, und angesichts der Panik, die derzeit im Zusammenhang mit sexuellem Kindesmißbrauch herrscht, fühlte sie sich verpflichtet, seine Geschichte ernst zu nehmen, da andernfalls ihr Job in Gefahr gewesen wäre.«

»Einspruch«, sagte ich ohne besonderen Nachdruck. »Das gehört nicht zur Sache.«

»Stattgegeben«, sagte Richter Hernandez. »Ignorieren Sie den zuletzt genannten Beweisgrund.«

Eliot ließ sich nicht aus der Ruhe bringen. Ich sah ihn zum ersten Mal zugunsten eines Angeklagten plädieren. Er wußte diese neue Rolle zu nutzen. Die Ausübung unparteiischer Gerechtigkeit schien ihn nicht zu kümmern. Er sprach ruhig, aber nachdrücklich; die Vernunft war auf seiner Seite. »Dann erzählte Tommy seine Geschichte der Krankenschwester in der Schule, die ihm zwei Jahre zuvor Aspirin verabreicht hatte. Wieder eine Fremde. Als nächstes einem Arzt, dann der Polizei, die den Jungen nie zuvor gesehen hatte und deren Aufgabe es ist, Anzeigen von Menschen entgegenzunehmen, die behaupten, Opfer eines Verbrechens geworden zu sein, und diese Anzeigen weiterzuleiten. Sie befaßte sich nicht genauer mit Tommys Vergangenheit. Sie erkundigte sich nicht, ob Grund bestand, ihm zu glauben oder nicht. Sie leitete einfach weiter, was er ihr erzählt hatte. An diese Herrschaften.« Jetzt war Eliot an der Reihe, auf uns, Becky und mich, zu zeigen. »Sie haben eine Aufgabe zu erfüllen: Sie müssen Verbrechen, die angeblich passiert sind, vor ein Gericht bringen. Es ist nicht ihre Aufgabe, die Version des angeblichen Opfers in Frage zu stellen. Sie *vertreten* das Opfer. Das wird von ihnen erwartet. Dafür habe ich einen von ihnen ausgebildet. Und er hat hier gute

Arbeit geleistet. Aber auch für den Bezirksstaatsanwalt war Tommy ein Fremder. Er hatte keinen Grund, ihm zu glauben.«

Ich empfand Tommy nicht als Fremden. Nicht mehr, aber das reichte nicht, um Einspruch zu erheben. Ich saß teilnahmslos da und wartete.

»Sie sollten daher der undifferenzierten Annahme dieser Fremden, Tommy müsse die Wahrheit sagen, nicht zuviel Bedeutung beimessen. Das einzig wirkliche Indiz, ob Tommy glaubwürdig ist, wurde Ihnen hier gegeben. Wer kennt Tommy am besten? Seine Eltern. Und unter all diesen Fremden waren sie die einzigen, die ihm *nicht* geglaubt haben. Sie wußten, daß er schon einmal gelogen hatte, daß er ihnen schon einmal haargenau dieselbe Geschichte erzählt hatte und daß sie erfunden war. Sie wußten, daß sie ihrem Sohn nicht glauben konnten. Für sie ist das eine traurige Wahrheit, aber für Austin Paley ist sie noch viel trauriger. Er ist hier, weil andere, die es nicht besser wußten, einem verlogenen Kind geglaubt haben, obwohl sie nur seine Eltern hätten fragen müssen, um zu erfahren, daß es bei Tommy keine Gewähr dafür gibt, daß er die Wahrheit sagt.«

Austin machte angesichts seiner mißlichen Lage ein entsprechend bestürztes Gesicht. Ich hätte nicht sagen können, was er dachte. Von seiner sonst so typischen Ironie war nichts zu sehen. Er war die pure Fassade.

Eliot hatte den Kopf gesenkt. Als er wieder sprach, tat er dies mit besorgtem Ton. »Aber beim zweiten Mal hielt er daran fest«, sagte er, als wollte er nach dem Grund fragen. »Sollten wir Tommy nur deshalb glauben, weil er in seiner Geschichte dieses Mal viel weiter ging als beim ersten Mal?« Er hob den Kopf. »Oder war es nicht eher so, daß er sich durch die Geschichte fortreißen ließ?«

Er näherte sich den Geschworenen. »Wir haben gehört, wie Tommys Leben mit seinen Eltern verläuft. Die übliche Geschichte. Die Zeit reicht nicht, um sich einander zu widmen. Seine Eltern schenken ihm Dinge, aber nicht das, was Tommy am dringendsten braucht: ihre Aufmerksamkeit. Schließlich unternahm er außergewöhnliche Schritte, um von ihnen wahrgenommen zu werden.« Er wählte seine Worte sorgfältig. »Er log. Er behauptete, ihm sei etwas zugestoßen, und dachte sich dafür das denkbar schlimmste Verbrechen aus.

Und beim ersten Mal funktionierte die Lüge ja auch noch bestens.

Tommy bekam, was er wollte, nämlich die uneingeschränkte Aufmerksamkeit seiner Eltern. An diesem ersten Abend drehte sich alles nur um ihn. Als dann Tommys Eltern den unangenehmen Vorschlag machten, dem Mann seine Anschuldigung ins Gesicht zu sagen, konnte Tommy es sich noch leisten, klein beizugeben. Er konnte die Lüge zurücknehmen, denn er hatte erreicht, was er wollte.

Aber die Zeit verging, und bald war alles wieder beim alten. Tommy verlor neuerlich die Aufmerksamkeit seiner Eltern, nach der er sich so verzweifelt sehnte. Also versuchte er es noch einmal. Tommy sah einen Bericht im Fernsehen, einen Bericht über den sexuellen Mißbrauch mehrerer Kinder, und stellte sich vor, wie diese Kinder nun im Mittelpunkt der Aufmerksamkeit standen. Also behauptete er dieselbe Geschichte noch einmal.«

Eliot bewegte sich langsam an den Geschworenen vorbei. Er war sehr darum bemüht, nicht so zu klingen, als wolle er Tommy attakkieren. Aus seiner Stimme klang vielmehr Mitleid, jedoch auf distanzierte Weise. Es war eine traurige Geschichte, aber dafür konnte Eliot nichts.

»Dieses Mal hat es jedoch nicht funktioniert. Seine Eltern glaubten ihm nicht. Dieses Mal mußte Tommy mehr unternehmen. Er mußte sich an Fremde wenden, damit sie ihm halfen, die Aufmerksamkeit seiner Eltern zu erlangen. Sie haben Tommy gesehen. Er ist ein intelligenter kleiner Junge. Er wußte genau, würde er andere Erwachsene auf seine Seite bekommen, müßten auch seine Eltern aufhorchen.

Und es funktionierte wunderbar. Er wurde wahrgenommen. Sie können sich vorstellen, daß Tommy in den letzten drei Monaten mehr Aufmerksamkeit von seinen Eltern bekommen hat als in den letzten drei Jahren.«

Ich beobachtete Eliot von der Seite, seine vom Alter gezeichnete Wange und die Kieferpartie, die sich nach jedem Satz verhärtete, als würde sie nichts, was sie einmal zu fassen bekam, je wieder loslassen. Als er sich wieder umwandte, sah ich seine Augen, die durchdringend sein konnten, jetzt aber einen zutiefst besorgten Ausdruck angenommen hatten. Sie erinnerten an tiefe, gefährliche Brunnen, in denen sich die Geschworenen einen zu Unrecht Ertrinkenden vorstellen konnten.

»Und soll ich Ihnen sagen, warum es dieses Mal so viel leichter war?« fragte er die Geschworenen. Er machte eine Handbewegung zu seinem Mandanten hin. »Dieses Mal verlangte niemand, daß Tommy dem Mann, den er beschuldigte, gegenübertrat. O nein. Er wurde völlig abgeschirmt. Der Mann war nicht jemand, der nebenan wohnte, jemand aus Fleisch und Blut, nein, diesmal hatte sich Tommy den Nächstbesten vom Bildschirm ausgesucht, einen Menschen, dem er ein paarmal bei einem leerstehenden Haus in seiner Nachbarschaft begegnet war und an den er sich vage erinnern konnte. Für Tommy war der Mann ein Unbekannter, und er blieb ein Unbekannter. Tommy mußte ihm nicht gegenübertreten, er mußte nicht darüber nachdenken, welches Unheil er mit seiner Lüge anrichten würde. Zu dem Zeitpunkt, als er ihm dann tatsächlich begegnete, nämlich hier vor Gericht, war es zu spät, um einen Rückzieher zu machen. Die Lüge war zum Nährboden geworden, auf dem Tommys neuentdeckte Nähe zu seinen Eltern gedeihen konnte. Dieses Mal konnte er nicht klein beigeben. Auch nicht, als es hieß, einen Fremden ins Gefängnis zu bringen.«

Eliot machte nachdenklich ein paar Schritte. Ich kannte den Druck, der auf ihm lastete. Er erwiderte Beckys Argumente, aber er mußte auch meinem Abschlußplädoyer vorgreifen, ohne zu wissen, wie ich argumentieren würde. Die Anklage erhielt zwei Chancen, Eliot nur diese eine. Er durfte nichts vergessen.

»Der Beweis liegt im Detail, hat die Staatsanwältin gesagt. Und sie möchte Sie überzeugen, daß es für die Kenntnis der Details nur eine mögliche Ursache gibt. Aber Ihnen muß ich nicht sagen, daß das nicht ganz so einfach ist. Einige von Ihnen haben selbst Kinder. Sie wissen, wie anders die Kinder heutzutage aufwachsen. Die Kinder von heute lassen sich nicht mit uns und unserer Kindheit vergleichen. Sie haben zum Teil verblüffende Detailkenntnisse. Sie wissen über die erstaunlichsten Dinge Bescheid. Dinge, die uns zuweilen abstoßen. Und was tut ein Kind, noch dazu wenn es wie Tommy an der Schwelle zur Pubertät steht, wenn ihm etwas Neues und Ekelerregendes und Furchtbares zu Ohren kommt?«

Eine Frau in der ersten Reihe der Geschworenenbank wußte die Antwort. Eliot erspähte ihren wissenden Blick und richtete das Wort sofort an sie. »Es teilt es anderen Kindern mit, und zwar sofort«, beantwortete Eliot seine eigene Frage, wobei die Frau in der ersten Reihe seinen Blick mit zustimmender Genugtuung erwiderte. »Vor allem, wenn es sich um etwas Erwachsenes, also Verbotenes handelt, von dem das Kind eigentlich gar nichts wissen dürfte. Das schreit doch danach, weitererzählt zu werden. Wenn ein Kind in der fünften Schulstufe eine geheime Facette solchen Verhaltens kennenlernt, kann man davon ausgehen, daß in Kürze die gesamte Schulstufe darüber Bescheid weiß.«

Eliot zuckte die Achseln. »Vielleicht hat Tommy auf diesem Wege die Details kennengelernt, die er dann seinen Eltern erzählte. Vielleicht hat er sie mit eigenen Augen gesehen. Das wissen wir nicht. Wir können höchstens Vermutungen anstellen. Aber Ihr Urteil darf nicht auf Mutmaßungen begründet sein. *Es muß jeden Zweifel ausschließen*. Das ist nicht möglich.

Nun«, sagte er, »nachdem ich Sie auf die Schwächen der Beweisführung der Anklage hingewiesen habe, möchte ich mich der Linie der Verteidigung zuwenden. Der Fall der Staatsanwaltschaft birgt eindeutige Schwächen in sich, doch sobald Sie die Beweisführung der Verteidigung mitberücksichtigen, muß Ihr Urteil eindeutig sein.

Versetzen Sie sich zunächst in Austin Paley. Er ist kein gewöhnlicher Angeklagter. Er ist kein Versager, der zum wiederholten Mal vor Gericht steht, bereits gezeichnet von Vorstrafen und wiederholten Konflikten mit dem Gesetz. Er ist ein erwachsener Mann mit einem untadelhaften Leumund. Wäre das nicht so, hätten *diese Leute* Sie darauf aufmerksam gemacht.«

Da mit »diesen Leuten« von mir die Rede war, erhob ich mich mit den Worten: »Einspruch, Euer Ehren. Der Wortlaut ›Konflikte mit dem Gesetz‹ ist unzulässig, es sei denn, es handelt sich um bestimmte Umstände, die für diesen Fall aber nicht gelten.«

»Dem Einspruch wird nicht stattgegeben«, sagte der Richter, und ich fragte mich, ob ein Laie wußte, wovon die Rede war.

»Meinen Sie, jemand erreicht das Alter des Angeklagten, ohne jemals wegen eines Verbrechens angeklagt zu werden, wäre er wirklich dieser wollüstige Mensch, als den ihn die Staatsanwaltschaft dargestellt hat?« fuhr Eliot unvermittelt fort. »Nein. Natürlich nicht. Austin Paley ist unschuldig. Er wurde in die schrecklichste Anschuldigung verwickelt, die man einem Mann anlasten kann. Sie sahen ihn selbst. Er erklärte Ihnen, daß er mit dem Jungen nichts zu tun hatte, und er tat dies überzeugend, ohne sich in Widersprüche zu verfangen. Und die Staatsanwaltschaft hatte außer diesem Kind, das noch dazu lügt, keinen anderen Zeugen, um ihn zu widerlegen.

Aber die *Verteidigung* hatte noch einen Zeugen. Austin hatte großes Glück im Unglück. Nachdem er durch die Lüge dieses Jungen in eine schreckliche Lage gebracht worden war, hatte er das Glück, Freunde zu haben. Wer von uns kann schon beweisen, wo er an einem bestimmten Tag war? Ein Tag geht in den anderen über, ohne daß wir es richtig bemerken, und häufig sind wir allein oder unterwegs und haben ständig woanders zu tun. Doch Austin hatte Glück, denn jemand erinnerte sich an den fraglichen Tag, weil es ein ungewöhnlicher Tag war. Sie hörten die Aussage der Zeugin. Unter normalen Umständen würde ich jetzt nur in den höchsten Tönen von ihrem Charakter sprechen, aber die Bescheidenheit gebietet mir, es nicht zu tun. Ich bin seit über vierzig Jahren mit ihr verheiratet und das sollte Beweis genug sein, wie ich zu ihr stehe.« Die Geschworenen schlossen sich seinem Lächeln an. »Ich werde ihren Charakter also nicht loben, aber ich möchte etwas hervorheben, was die andere Seite verschwiegen hat: warum Mamie Quinn keinen Grund hatte zu lügen. Die Staatsanwaltschaft hat nicht einmal angedeutet, daß sie möglicherweise gelogen hat. Austin Paley ist seit langem mit Mamie befreundet, aber er ist nicht ihr Sohn. Er steht ihr nicht nahe genug, als daß sie ihm zuliebe einen Meineid schwören würde. Mrs. Quinns Zeugenaussage war eine der unparteiischsten, die ein Strafprozeß wohl je erlebt hat.«

Den nächsten Punkt leitete Eliot mit einer flüchtigen Handbewegung ein: »Der Staatsanwältin gelang es, sie für einen Moment wegen des Datums des Tages, an dem Austin den Nachmittag mit ihr verbracht hatte, zu verwirren. Mamie erinnert sich aber an den Tag. Diesbezüglich war sie sich vollkommen sicher.«

Er wandelte auf dünnem Eis. Eliot hatte den Blick gesenkt, so daß seine Augen bedeckt waren. Es rührte mich, daß er von Mamie sprach. Der Gedanke, sie angreifen zu müssen, war mir unerträglich. Eliots Schweigen hielt an. Er erhob seine Hände vor die Brust und verschränkte sie. Als er sprach, war seine Stimme von Trauer erfüllt.

»Es gibt wohl kein schlimmeres Verbrechen als das, das Austin

Paley zur Last gelegt wird. Es läßt uns erschaudern. Wir können einem Mann, der einem Kind so etwas antut, nicht mit Vernunft begegnen. Wir reagieren instinktiv, wobei dieser Instinkt wahrscheinlich eine der ältesten menschlichen Regungen ist. Sobald wir hören, daß ein Löwe in die Herde eingedrungen ist, eilen wir mit Stöcken und Steinen zur Verteidigung unserer Lämmer herbei.« Er nickte, als wäre er selbst der Anführer der empörten Menge.

»*Aber*«, sagte er und wechselte unvermutet den Kurs, »es handelt sich gleichzeitig um die denkbar leichteste Anschuldigung, die man gegen jemanden vorbringen kann. Die Staatsanwaltschaft muß sie nicht einmal untermauern. Sie muß Ihnen keine Leiche vorlegen, sie muß keine anderen Zeugen ausfindig machen, sie muß keine medizinischen Indizien zur Hand haben, ja nicht einmal irgendeine physische Beweislast! Das ist ja auch das Bezeichnende für diesen Fall. Alles, was man Ihnen vorgeführt hat, war ein verstörter und verwirrter Junge, der noch dazu lügt.

Ich weiß, daß Ihnen dieser Junge leid tut, so wie uns allen. Aber Sie müssen der Beweisführung der Staatsanwaltschaft kritisch gegenüberstehen. Denn auch wenn es sich um ein furchtbares Verbrechen handelt, ist es nicht minder furchtbar, dieses Verbrechens fälschlicherweise angeklagt zu werden. Mit einer falschen Entscheidung zerstören Sie das Leben *dieses* Mannes. Wie sollte er sich je wieder dieses Schandmales entledigen? Sie schulden ihm eine kritische Überprüfung der Anklage.«

Er begann, atemlos zu klingen. Er kam zum Schlußwort: »Und wenn Sie sie kritisch überprüfen, haben Sie zum einen zwei Erwachsene, einer davon völlig unparteiisch, beide ihrer Tatsachen sicher und beide mit tadellosem Leumund, und zum anderen haben Sie ein verwirrtes Kind, das ein erklärter Lügner ist, dem nicht einmal die eigenen Eltern glauben. Wenn Sie die beiden Seiten gegeneinander abwägen, muß Ihr Urteil über jeden Zweifel erhaben sein.«

Wenn man die Indizien dieses Prozesses derart reduzierte und zu diesem Ungleichgewicht kam, hatte er recht. Hätte ich nicht mehr über den Fall gewußt, ich glaube, Eliot hätte mich überzeugt. Und die Geschworenen wußten nicht, was ich wußte.

Er kehrte sehr langsam zu seinem Platz zurück und machte dabei ein äußerst beunruhigtes Gesicht. Man hätte denken können, Eliot sei selbst der Angeklagte. Ich war sofort auf den Beinen und näherte mich der Geschworenenbank.

»*Er* will verhindern, daß Sie Ihre Pflicht erfüllen«, sagte ich rasch. »Er will Sie daran hindern, die Indizien gegeneinander abzuwägen.«

Eliot hatte sich noch nicht einmal hingesetzt: »Einspruch, Euer Ehren«, rief er aus. »Das ist eine unglaubliche Verfälschung meiner Argumentation. Mit diesem Angriff auf meine Person versucht der Staatsanwalt, den Angeklagten zu treffen.«

»Stattgegeben«, sagte Richter Hernandez. »Meine Damen und Herren Geschworenen, ignorieren Sie diese Argumentation der Anklage.«

Ich hatte die Geschworenen während dieses Wortwechsels nicht aus den Augen gelassen. Dann nahm ich mein Plädoyer wieder auf: »Er will, daß Sie zahlenmäßig vorgehen. Zwei Zeugen auf einer Seite gegen nur einen auf der anderen bedeutet, daß Sie seinen Mandanten freisprechen müssen. Aber das, meine ich, ist nicht der Lauf der Welt. Jeder von uns weiß, daß es immer wieder Lügen gibt, die eine große Anhängerschaft finden und gegen die sich manchmal nur eine einzige kleine Stimme erhebt. Aber ebenso wissen wir, daß manchmal gerade diese kleine Stimme recht hat.«

Ich mußte mich bewegen. Mein Körper war ein einziges Energiebündel. Alles schien größer geworden zu sein, jedes kleinste Zucken wurde zur Geste. Ich mußte mich beherrschen.

»Mr. Quinn möchte Sie überzeugen, daß sich Tommy in eine Lüge verstrickt hat, daß sich diese Lüge verselbständigt hat und ihn gefangennahm, so daß er sich gezwungen sah, sie hier vor diesem Gericht zu wiederholen. Das entspricht aber nicht dem, was wir über seine Vergangenheit erfahren haben, wie er reagiert, wenn er mit einer Lüge konfrontiert wird. Aber die Verteidigung will Sie dennoch überzeugen, daß er hartnäckig weitergelogen hat, weil er diesmal *ihren* Mandanten beschuldigt hat.

Aber das ist es nicht, was Sie hier zu hören bekamen. Ja, es stimmt, Tommy hat seine Geschichte in erster Linie Fremden erzählt. Er mußte jemanden finden, der ihm glaubte, da seine Eltern verständlicherweise skeptisch waren. Aber er erzählte sie nicht irgendwelchen gutgläubigen, naiven Unschuldslämmern. Er erzählte sie Menschen, die entsprechend geschult sind, die wissen, wann jemand lügt.

Und schließlich«, ich legte die Hand auf meine Brust, »erreichte die Geschichte den Staatsanwalt. Der Herr Verteidiger hat angedeutet, ich vertrete die Geschichte vor Ihnen aus dem einfachen Grund, weil das meine Pflicht sei. Aber denken Sie denn, ich würde einen unschlüssigen Zeugen in den Zeugenstand holen? Denken Sie, ich würde riskieren, einen Fall wie diesen zu verlieren, indem ich ihn von einem Zeugen abhängig mache, von dem ich glaube, daß er lügt? Tommy hätte den Prozeß jederzeit – *jederzeit* – abbrechen können. Er hätte bloß zu sagen brauchen, alles sei erlogen, dieser Mann habe ihm nie weh getan. Eine Lüge läßt sich so nicht durchhalten. Es war die Wahrheit, die Tommy die Tortur des Kreuzverhörs ertragen ließ.«

Ich machte vor der Geschworenenbank eine Kehrtwende und ging wie in Gedanken versunken ein paar Schritte auf den Tisch der Verteidigung zu. »Und nun zur Beweisführung der Verteidigung. Ich möchte Sie bitten zu tun, worum Sie der Verteidiger gebeten hat. Ich möchte, daß Sie sich in den Angeklagten hineinversetzen.« Ich ging neben Austin in die Hocke und hielt mich dabei an der Lehne seines Stuhls fest, wodurch mein Arm aussah, als hätte ich ihn um ihn gelegt. Austin blickte mich von der Seite an, angewidert von der Situation, die an ein Familienporträt erinnerte. »Stellen Sie sich vor, was ihn jetzt erwartet. Versetzen Sie sich in seine Lage. Er ist angeklagt, ein Kind vergewaltigt zu haben. Bereits in den Fängen der Justiz. Stellen Sie es sich vor. Ein erfolgreicher Rechtsanwalt, auf der Sonnenseite des Lebens daheim, mit vielen guten Freunden, einem schönen Wagen, genug Geld, um in Immobilien investieren zu können. All das ist auf einmal in Gefahr. Was würden Sie tun? Was würden Sie an seiner Stelle tun?«

Ich stand wieder auf und entfernte mich ein wenig von Austin. »Alles«, sagte ich. »Sie würden alles tun, um Ihre Haut zu retten. Sie würden den besten Anwalt der Stadt nehmen, Sie würden alles Erdenkliche tun, um Dinge auszugraben, mit denen Sie den Jungen anschwärzen können, Sie würden mit einer Aufrichtigkeit lügen, daß sich die Balken biegen, Sie würden alles unternehmen, um eine Verurteilung abzuwenden.

Einschließlich der Suche nach einem Alibizeugen. In diesem Fall, eben weil der Junge die Wahrheit sagt, bedeutete das, daß ein Alibizeuge *erfunden* werden mußte. Und deshalb hat man Mamie Quinn ins Spiel gebracht. Ich würde Mrs. Quinn niemals beschuldigen, diese Jury angelogen zu haben. Sie erinnert sich tatsächlich an den Tag. Es war ein ungewöhnlicher Tag, als Austin Paley den ganzen Nachmittag und frühen Abend mit ihr verbracht hat – exakt und günstigerweise zu dem Zeitpunkt, als er ein Alibi benötigte.

Aber Mrs. Quinn kennt das Datum nicht. Sie haben selbst gehört, wie sie das falsche nannte und dann zu raten anfing, als sie aufgefordert war, das Datum zu nennen, das sie meinte. Denn für Mamie Quinn verlaufen alle Tage mehr oder weniger gleich. Sie hat keine Verabredungen, sie muß keine Termine einhalten. Als also ihr Freund Austin Paley zu ihr kam und sagte« – ich faltete die Hände wie zum Gebet – »›Mamie, ich bin in Schwierigkeiten, argen Schwierigkeiten, und du bist die einzige, die mir helfen kann‹, und ihr einredete, daß der Tag, an den sie sich erinnerte, der Tag war, an dem er Tommy Algren sexuell mißbraucht hat, nahm ihn Mrs. Quinn beim Wort. Mamie Quinn will ihrem Freund helfen, und das ist sehr anständig, nur ist das einzige Datum, das sie kennt, das Datum, das ihr Austin Paley genannt hat.«

Ich zeigte zum Tisch der Verteidigung. »Die Verteidigung hätte für das Datum Beweise bringen können. Sie hätte das Tagebuch vorlegen können, aber das war ja leider weggeworfen worden. Sie hätte Mamie Quinns Ehemann aufrufen können, wollte sie das Datum über jeden Zweifel hinaus beweisen. Denn *Mr. Quinn* muß sehr wohl Termine einhalten. Er hätte die Terminkalender, derer es bedarf, um das genaue Datum festzustellen. Aber *seine* Aussage hat uns die Verteidigung vorenthalten.«

Ich sah Eliot nicht an. Ich war auf die Geschworenen fixiert.

Dennoch spürte ich immer noch die Wirkung seines Plädoyers. Er hatte als erster zu den Geschworenen gesprochen. Vielleicht hatten sie sich schon entschieden. Ich mußte sie vom Gegenteil überzeugen.

»Das ist das letzte Mal, daß ich Sie bitte, sich in die Lage des Angeklagten zu versetzen«, sagte ich. »Denn letzten Endes können Sie das nicht. Es ist uns, Ihnen und mir, gar nicht möglich, ihn zu verstehen. Die Kräfte, die ihn antreiben. Den Trieb, der ihm nicht erlaubt, ein normales Leben zu führen, der ihn zwingt, ein Kind wie Tommy in die Falle zu locken. Die Verteidigung hat gesagt, Austin

Paley dürfe gar nicht hier sein, doch in Wirklichkeit ist es Tommy, der niemals hätte hier sein dürfen. Tommys Leben hätte nie diese Wendung nehmen dürfen. Er sollte nach wie vor ein unberührter Zehnjähriger sein. Aber in seinem Viertel stand ein Haus leer, und deshalb tauchte ein Mann dort auf, auf der Suche nach Kindern, nach einem einsamen, vernachlässigten Jungen wie Tommy Algren.«

Mich hatte dieser erste, manische Energieschub erschöpft. Meine Schultern fielen nach vorne. Ich kehrte, wie man es mich gelehrt hatte, zum schwächsten Punkt meines Falles zurück.

»Es stimmt, Tommy hat einmal gelogen. Martin Reese hat ihn wütend gemacht, und Reese wußte nicht, was er damit bei Tommy anrichtete. Denn damals, vor einem Jahr, war Tommy kein gewöhnliches Kind mehr. Ja, Tommy hat gelogen, aber denken Sie doch nur an die Details, mit denen er diese Lüge untermauert hat. Er wußte genau, wie es ist, sexuell mißbraucht zu werden. Er konnte es seinen Eltern Schritt für Schritt beschreiben, kannte jedes Detail, wußte, wie alles aussah, wie es sich anfühlte. Das war nicht mehr abstrakt, nichts, was er wo aufgeschnappt hatte. Er wußte, wie es ist, vergewaltigt zu werden. Und er kannte den Mann, der ihn vergewaltigt hatte. Er kannte das Haus, wo er ihm begegnet war. Er wußte, wie es im Inneren des Autos dieses Mannes aussah, er kannte sein Gesicht. Er kannte seinen Namen.«

Ich hatte mich Schritt für Schritt von den Geschworenen wegbewegt, ohne jedoch den Eindruck zu erwecken, ich würde mich anschleichen. Jeder konnte sehen, was ich vorhatte. Als ich Austin gegenüberstand, blickte er mir mit hochgezogenen Schultern trotzig entgegen. Ich erwiderte seinen Blick, suchte nach dem Ausdruck, den ich erwartete.

Wir schlagen uns alle mit Schuldgefühlen herum. Niemand lebt fünf Jahre lang, ohne sich nicht in irgendeiner Form schuldig zu machen. Sogar Tommy, der einzig wirklich Unschuldige in diesem Prozeß, fühlte sich schuldig, weil er Austin hintergangen hatte. Und auch Eliot, der sich nichts anderes hatte zuschulden kommen lassen, als einem Freund vor langer Zeit einen Gefallen zu tun, fühlte sich infolgedessen Austin gegenüber schuldig.

Ich fühlte mich schuldig, weil ich meinen Sohn David vernachlässigt hatte. Ich hatte seine Erziehung dem Zufall überlassen und mich im wesentlichen durch Abwesenheit ausgezeichnet. David fühlte sich wahrscheinlich schuldig, weil er den Vorstellungen, die ich seiner Ansicht nach von einem Sohn hatte, nicht entsprach.

Es schien, als würden alle von Schuldgefühlen geplagt – außer Austin. Er schien der Überzeugung zu sein, daß es ihm zustand, sein Leben so zu führen, wie er wollte, auf Kosten anderer; daß die Welt niemals die Schuld würde begleichen können, die in Form seiner zerstörten Kindheit offenstand.

Aber daran konnte ich nicht glauben. Wenn Austins Vergangenheit qualvoll gewesen war, dann mußte der Schmerz auch heute noch in ihm weiterleben, auch wenn er sich noch so sehr hinter seiner Nonchalance verbarg. Es ist zutiefst menschlich, jenen gegenüber Schuld zu empfinden, die wir verletzt haben, uns aber auch schuldig zu fühlen, wenn wir selbst zum Opfer wurden.

»Denken Sie an den Jungen«, sagte ich. »Ihm kann niemand helfen. Er glaubt, daß ihm niemand beisteht. Er kann nicht einmal seinen eigenen Eltern vertrauen. Sein Vater ist nicht für ihn da. Denken Sie an den Jungen, der allein im Dunkeln liegt. Den niemand tröstet.

Ist es denn ein Wunder, daß er niemandem davon erzählt hat? Wundert Sie es wirklich, daß er gelogen hat? Stellen Sie sich vor, wie sich ihm die Welt präsentiert. Er denkt, einen wirklichen Freund gefunden zu haben, einen neuen Vater, der groß genug ist, um ihn zu beschützen, ihm die Welt zu erklären. Und dann mißbraucht ihn genau dieser Mann. Vergewaltigt ihn. Stellen Sie sich vor, was das bei dem Jungen anrichtet. Nicht bloß das Entsetzen und der körperliche Schmerz, sondern die Verstörung. Er kann nichts und niemandem mehr vertrauen.«

Ein Mensch war im Saal, der genau wußte, wovon ich sprach, dem es nicht die geringste Mühe bereitete, sich vorzustellen, wie es dem Opfer ergangen war, wie es sich gefühlt haben mußte. Meine Worte waren an ihn gerichtet. Austin erwiderte meinen Blick mit leerem Gesichtsausdruck. *Mich wirst du nicht erschüttern*, schien er sagen zu wollen. Aber er wandte den Blick nicht von mir ab, während ich ihn weiterhin direkt ansprach:

»Dann, einige Zeit später, nachdem er bereits begonnen hatte, manche Dinge zu verstehen, zu erkennen, wie die Welt ist, wird Tommy von seinem Nachbarn beleidigt. Er schlägt zurück, mit der ganzen Empörung, die schon so lange in ihm arbeitet. Er benutzt, was ihm passiert ist, den Schmerz, den er entsetzlich detailgetreu beschreiben kann. Können Sie ihm das verübeln?«

Bist du stolz auf dein Werk, Austin? Das war der Wandel, der sich auch in ihm vollzogen hatte. Vom Opfer zum Täter. Er verstand es, den Schmerz an anderen auszulassen. Und hoffentlich verstand er auch, daß er die Verletzung, die ihm zugefügt worden war, weitergegeben, daß er einem anderen Menschen genau denselben Schmerz zugefügt hatte, der ihm angetan worden war. Ich wußte, ihm konnte ich das klarmachen, wenn schon nicht der Jury. Austin beobachtete mich immer noch. Sein Ausdruck war nicht weicher geworden, aber es schien, als hätte er sich hinter seine Maske zurückgezogen. Seine Augen, so dachte ich, waren feucht geworden. Die Augen eines Kindes, ein immer noch klarer, neugieriger und oft verwirrter Blick.

Ich richtete das Wort wieder an die Geschworenen: »Es stimmt, Tommy benutzte seinen Schmerz, um einen anderen zu bestrafen, weil er ihn beleidigt hatte. Aber der Schmerz war schon vorher da. Er log, was die Person betraf, die ihn mißbraucht hatte, aber das, was ihm geschehen ist, war nicht gelogen. Er hat es so lebhaft beschrieben, daß seine Eltern wußten, es konnte nur die Wahrheit sein. Und im Grunde wissen Sie es auch, nicht wahr? Ein achtjähriger Junge kennt diese Einzelheiten nicht, es sei denn, er hat sie am eigenen Leib erfahren. Es sei denn, er ist vergewaltigt worden.

Und als er hier sagte, wer ihm das in Wirklichkeit angetan hatte, wußten Sie, daß es die Wahrheit war. Sie hörten, wie die Erinnerung unverfälscht und qualvoll aus ihm herausklang. Und Sie wissen, daß Tommy – und mag er sich noch so sehr darum bemühen – den Mann, der ihn vergewaltigt hat, niemals vergessen wird.«

Meine Stimme klang laut. Doch auch die nun folgende Stille klang wie Lärm in meinen Ohren. Es war kein Geräusch zu hören, weder unter den Geschworenen noch unter den Zuschauern. Kein Flüstern, nichts. Vielleicht war ich auch nur taub geworden, so wie ich einen Moment lang blind gewesen war, kein Gesicht in dem überfüllten Gerichtssaal mehr wahrnahm außer dem einen.

»Ich möchte, daß Tommy hier ist, wenn das Urteil verkündet wird«, sagte James Algren. Er sprach mit der Steifheit und Unbeweglichkeit einer Bauchrednerpuppe, die unsachgemäß benutzt wird. »Um ehrlich zu sein, er ist es, der unbedingt dabeisein will.«

Algren mochte mich wahrscheinlich genausowenig wie jeden anderen, der in die Tragödie seines Sohnes involviert war. Immerhin hatte ich der ganzen Welt gezeigt, wie erbärmlich er als Vater versagt hatte. Aber in dieser abscheulichen Welt des Strafrechts war ich der einzige, an den er sich mit seinen Fragen wenden konnte.

»Wird man ihn nach der Urteilsverkündung in Handschellen ins Gefängnis bringen?« Aus seiner Frage klang unverhüllte Rachsucht.

Ich schüttelte den Kopf. »Ich bin sicher, der Richter läßt ihn weiterhin gegen Kautionshinterlegung auf freiem Fuß, bis der Prozeß endgültig vorüber ist. Seine Strafe kann schließlich auch zur Bewährung ausgesetzt werden. Außerdem würde ich mich an Ihrer Stelle nicht allzusehr auf eine Verurteilung verlassen. Er könnte auch anders ausfallen, als Sie es wünschen.«

»Sie meinen, man wird ihn nicht verurteilen?«

»Ich meine, es ist wahrscheinlich, daß er freigesprochen wird.«

»Wie denn?« fragte James Algren.

Waren Sie denn nicht dabei? wollte ich ihn fragen. Haben Sie denn nicht gehört, daß nicht einmal *Sie* Tommy geglaubt haben? Statt dessen sagte ich: »Für eine Jury ist es sehr schwierig, der Aussage eines Kindes mehr Glauben zu schenken als der eines Erwachsenen, der das Verbrechen nicht nur entschieden leugnet, sondern auch ein Alibi hat. Da ist es fast nicht möglich, keine Zweifel zu haben.«

»Und das wär's dann?« stieß Algren hervor. »Können Sie ihm dann noch einmal den Prozeß machen?«

Es verblüfft mich immer wieder, daß auch gebildete Menschen so wenig über Gesetze Bescheid wissen. »Nicht für dasselbe Verbrechen«, sagte ich. »Sie könnten einen Zivilprozeß gegen ihn anstrengen, ihn auf Schadensersatz klagen. Das wäre einfacher, denn die Voraussetzungen wären bessere. Sie müßten nicht mehr über jeden Zweifel hinaus beweisen …«

Mr. Algren machte ein verächtliches Gesicht. »Tommy macht das kein zweites Mal durch, nicht einmal für Geld.« Er hielt inne. Sein Blick ging ins Leere. »An einen solchen Schritt habe ich gar nicht gedacht.«

»Behalten Sie Ihre Gedanken für sich. Ich bin immer noch der Bezirksstaatsanwalt.«

Wenigstens noch für zwei Monate, dachte ich, während ich ihn zur Tür brachte. Er blieb noch einmal stehen. »Tommy und ich warten im Gerichtssaal.«

»Es kann lange dauern.«

»Wir warten.«

Dann war ich allein. Ich blieb zunächst neben meinem Schreibtisch stehen, den Blick auf die gegenüberliegende Wand gerichtet, an der meine Auszeichnungen, Diplome und Bilder hingen. Das Büro hatte jetzt schon etwas Unvertrautes, als kehrte ich lange nach dem Abschied nur noch in der Erinnerung hierher zurück. Dann wandte ich mich zum Fenster, betrachtete die fünf Stockwerke unter mir liegende Straße und das alte Gerichtsgebäude aus rotem Backstein, das auf der anderen Straßenseite in die Höhe ragte und in dem ich meine Lehrzeit verbracht hatte. Bald würde man mich aus meinem Adlerhorst vertreiben. In der Nacht zuvor hatte ich während der Vorbereitung meines Plädoyers die Nachrichten eingeschaltet. Eine Wahlkampfsendung Leo Mendozas hatte mich aufhorchen lassen. Es war ein neuer Spot, in dem er auf der Kante eines Schreibtisches saß, der meinem eigenen verblüffend ähnlich war. In seinem Rücken waren zwei übereinander gekreuzte Fahnen zu sehen gewesen. Leo hatte siegessicher gesprochen, bereits mit einer Autorität, zu der ihn mein Job berechtigen würde.

Bis zur Wahl waren keine Umfragen mehr vorgesehen. Die jüngste hatte aber gezeigt, daß mindestens die Hälfte aller Befragten, die tatsächlich vorhatten, zur Wahl zu gehen, Leo ihre Stimme geben würde, während nur mehr ein Drittel mich wählen würde. Ein solcher Abstand ließe sich wohl auch aufholen, jedoch nicht im Laufe einer Woche, und schon gar nicht mit einem in allen Medien ausgeschlachteten verlorenen Prozeß. Die Nachrichten dieser Woche schienen sich mehr auf den Prozeß als auf die bevorstehende Wahl konzentriert zu haben. Ich hatte keine Ahnung, wie der Prozeß aufgenommen wurde, aber ich war mir einigermaßen sicher, was geschehen würde, sollte Austin freigesprochen werden und beginnen, mit der Empörung des ungerecht Behandelten gegen mich Stimmung zu machen.

Seltsamerweise gelang es mir nicht, mich auf den Ausgang des Prozesses zu konzentrieren. Meine Gedanken kehrten immer wieder zu Austin zurück. Wenn das hier vorbei war, würde er frei sein. Seine Freunde würden ihm auf die Schulter klopfen, seine Kanzlei würde weiterbestehen, sein Einfluß sich sogar vergrößern. Er würde vorsichtiger denn je sein, wahrscheinlich für lange Zeit in Deckung gehen, aber nicht für immer. Eines Tages würde er wieder irgendwo auftauchen, in der Nähe einer Schule, an einem Ort, wo man ihn nie zuvor gesehen hatte, in einem Wohnblock, der von Kindern wimmelte, deren Eltern keine Zeit für sie hatten. Bis dahin würde ich ins Privatleben zurückgekehrt sein, so ohnmächtig wie James Algren. Aber die Verantwortung lastete auf mir, immer noch. Und sie würde an Gewicht gewinnen, sobald ich nicht mehr im Amt wäre. Vielleicht würde ich mich Austin für den Rest seines Lebens an die Fersen heften, um ihn unaufhörlich daran zu erinnern, daß man ihn nicht vergessen hatte. Vielleicht würde ich sogar selbst Maßnahmen ergreifen.

Die Jury war unterdessen bereits seit einer Stunde in Klausur. Bei einem Fall wie diesem wäre eine rasche Urteilsfindung ein schlechtes Zeichen gewesen. Das hätte bedeutet, die Geschworenen wären rasch an dem Punkt angelangt, an dem sie nicht entscheiden konnten, wer die Wahrheit sagte, weshalb sie im Zweifel für den Angeklagten stimmen mußten. Für einen Freispruch war eigentlich schon zu viel Zeit vergangen. Andererseits, wenn die Geschworenen zu lange hin und her überlegten, würden sie schließlich wieder an diesem Punkt anlangen. Eine Besprechung, die sich in die Länge zog, bedeutete Uneinigkeit, und das war gut für die Verteidigung. Sie benötigte nur einen Geschworenen, der für Freispruch plädierte. Ich benötigte einen einstimmigen Schuldspruch.

Plötzlich ging die Tür auf, und Becky kam herein. In einer Hand hielt sie eine zerknitterte Papiertüte.

Von dem Respekt, den mir Becky zu Beginn unserer Zusammenarbeit entgegengebracht hatte, war kaum noch etwas zu merken. Wir betrachteten uns wie zwei Kriegsveteranen, die noch einmal in einem Zelt zusammentreffen, das sie in Kürze einpacken oder seinem Schicksal überlassen würden. Becky ließ die Tüte auf meinen Tisch fallen. »Jemand war so freundlich, mir ein Sandwich zu holen. Ich dachte, ich teile es mit Ihnen«, sagte sie.

Ich öffnete die Tüte vorsichtig mit einem Finger und warf einen Blick hinein. Sie enthielt ein Brötchen mit gegrilltem Rindfleisch, um das nur lose Wachspapier gewickelt worden war. Das Sandwich war geteilt worden, wobei sein Inhalt zu beiden Seiten wie Erbrochenes hervorquoll. Zwischen den dunklen Fleischklumpen leuchteten weiße Fettstreifen hervor. Außerdem schien es kalt.

»Sie sind zu aufmerksam«, sagte ich.

Becky ließ sich auf das Sofa fallen. Einen Moment lang sah sie mit ihren angezogenen Beinen wie ein vom vielen Fernsehen betäubtes Kind aus. Im nächsten Moment schien sie jedoch wie ausgewechselt. Sie zog sich in die Höhe, um gerade zu sitzen, und sah mich dabei an, als sei sie ausgeruht und beginne gerade erst mit den Prozeßvorbereitungen. Ich glaube nicht, daß ich jemals diese Spannkraft gehabt habe.

»Meinen Sie, daß wir Tommy für die Straffestsetzung noch einmal brauchen werden?« fragte sie allen Ernstes.

Ich brach in Gelächter aus.

»Nein, ernsthaft«, fuhr Becky mit vor Konzentration gerunzelter Stirn fort. »Er soll aussagen, wie sich das auf sein Leben ausgewirkt hat. Das ist doch relevant für das Strafausmaß. Diesmal müssen wir uns nicht mehr beherrschen. Wir bringen all die anderen Male ins Spiel, führen psychologische Gutachten an, daß er sich nie mehr davon erholen wird, nicht einmal wenn ...«

»Becky.« Als sie schwieg, machte ich eine Geste wie ein Offizier, der einen Sturmangriff der Kavallerie abbläst.

»Wir müssen doch bereit sein«, sagte sie störrisch.

»Ich weiß«, erwiderte ich, aber ich meinte etwas anderes, und das wußte sie. Ich setzte mich in den Stuhl neben sie und beugte mich vor, so daß sich unsere Köpfe beinahe berührten. »Folgendes«, sagte ich und sah zu Boden. »Ich weiß nicht, was Leo vorhat und wen er behalten möchte oder nicht. Ich glaube, wenn Sie sich bemühen, können Sie Ihren Job retten, allerdings weiß ich nicht, wie es dann um Ihre Beförderungschancen bestellt ist. Wenn Sie noch ein paar Monate bleiben, damit es nicht so aussieht, als hätte man Sie gefeuert, können Sie vielleicht bei einem Privatunternehmen anfangen. Aber wenn Sie sofort kündigen möchten oder müssen, dann kenne ich ein paar Leute, die Sie sofort nehmen würden. Das sind zwar keine großen Firmen, aber ...«

»Was würden *Sie* tun?« fragte Becky. Ihr Optimismus war von erstaunlicher Hartnäckigkeit. Sie sprach von Möglichkeiten, während ich ihr auseinandergesetzt hatte, was mit Sicherheit eintreten würde.

Ich zuckte die Achseln. Zurück in die Strafverteidigung, wollte ich sagen, doch dann hörte ich den Satz im Geist, und sein Klang gefiel mir nicht. Ich beließ es bei einem Achselzucken.

Becky sah mir einen langen Moment lang prüfend in die Augen. Dann nahm die Intensität ihres Blickes ab. Sie sah mich mit dem wissenden und wohlwollenden Blick an, der unter Freunden üblich ist.

»Reden wir über den Fall«, sagte sie.

Ich lächelte. Wir verfielen in Schweigen, allerdings aus einem anderen Grund. Wir warteten auf das Urteil.

Sie brauchten jetzt schon verdammt lange. Was gab es denn da zu diskutieren? Entweder glaubten sie unserem Jungen, oder sie glaubten der Verteidigung, oder sie warfen die Arme hoch und entschieden, daß sie keine Entscheidung treffen konnten. Wie war es möglich, daß sie sich mit einer so einfachen Entscheidung stundenlang herumschlugen?

Am späteren Nachmittag, als uns die Jury bereits über vier Stunden warten ließ, erschien James Algren neuerlich in meinem Büro.

»Hören Sie, äh, ich hatte ja keine Ahnung, daß das so lange dauern würde«, fing er an, »aber ich muß kurz ins Büro, es ist nicht weit, und ich komme dann sofort zurück. Es ist nur – ein Kunde wartet schon seit ein Uhr auf mich.«

»In Ordnung«, sagte ich. »Wenn es so lange dauert, läßt sich gar nichts mehr sagen.«

»Tommy möchte hierbleiben«, fuhr Algren fort. »Kann ich ihn bei Ihnen lassen? Ich brauche sicher nicht ...«

»Natürlich«, sagte ich bloß. Tommy hätte die ganze Zeit bei mir und Becky sein sollen. Wir drei waren das Prozeßteam.

Mr. Algren machte ein erleichtertes Gesicht. Er brachte Tommy herein, sagte ein paar Worte zu ihm und verabschiedete sich mit tausend Entschuldigungen. Noch bevor sein Vater zur Tür hinaus war, warf mir Tommy diesen Blick zu. Hier war es, das alte Muster seines Lebens, das sich bereits wieder einstellte. Aber Tommys Gesicht drückte Nachsicht aus. Da war sie wieder, die Miene eines kleinen

Erwachsenen, der für die Pflichten seines Vaters das Verständnis eines Erwachsenen übrig hatte.

»Tom«, sagte ich. »Ich befürchte, die Dinge entwickeln sich nicht zu unseren Gunsten.«

Er nickte, die Lippen zu einem kleinen Schmollen geformt. Ich fragte mich, welches Urteil für ihn wohl schwerer wiegen würde: zu sehen, wie Austin ins Gefängnis gebracht wurde, oder hinzunehmen, daß er trotz allem in Freiheit blieb.

Tommy versuchte, *mich* zu beruhigen: »Um mich brauchen Sie sich keine Sorgen zu machen.« Becky und ich sahen uns kurz an. Tommy gesellte sich schweigend zu uns.

Die Jury schien nur darauf gewartet zu haben, daß James Algren das Gebäude verließ. Er war erst knapp eine halbe Stunde fort, als mein Telephon summte. Becky und ich wußten, was das bedeutete, denn ich hatte Patty angewiesen, keine Anrufe durchzuschalten mit Ausnahme des einen aus dem Gerichtssaal. Für den Bruchteil einer Sekunde machte Becky ein panisches Gesicht, als hätte man uns in einer kompromittierenden Situation erwischt. Mir ging es genauso. Sie hatten mich aufgespürt. Ich hatte mich vor dem Urteil versteckt.

Am liebsten hätte ich dieses Urteil in einem kleinen Büro entgegengenommen, unbeobachtet und mit der Möglichkeit, mit einem Satz zur Tür hinaus zu können. Statt dessen mußte ich mich einem Urteil stellen, das wie keines meiner Laufbahn im Licht der Öffentlichkeit stand.

»Ich glaube, du wartest besser hier, Tommy«, hörte ich meine eigene Stimme. »Ich komme wieder, sobald wir etwas wissen, und gebe dir Bescheid.«

Er schüttelte den Kopf. »Ich will es selbst hören.«

Ich konnte es ihm nicht verbieten. Im Vorraum zu meinem Büro fragte ich Patty, ob Karen Rivera im Haus sei. Patty drückte vier Tasten auf ihrem Telephon und schüttelte nach ein paar Sekunden den Kopf. »Dann holen Sie Jack«, sagte ich, »oder einen anderen Ermittlungsbeamten. Er soll Tommy in den Gerichtssaal begleiten. Sagen Sie ihm, er soll ihn aus dem Saal schaffen, sobald das Urteil verkündet ist, egal wie es ausfällt. Er soll keinesfalls interviewt werden. Ich muß jetzt hinunter.«

Ich ging in die Hocke, um mit Tommy von Angesicht zu Angesicht zu sprechen. »Egal, was passiert«, sagte ich und hielt ihn an beiden Armen fest, »du brauchst keine Angst zu haben. Er kommt nie wieder in deine Nähe.«

Tommy nickte, das war eine zweideutige Antwort, aber sein Mund war zu einem Strich zusammengepreßt.

Ich ließ ihn auf den Beamten warten, während Becky und ich die Treppe hinuntereilten. Vor dem Eingang zum Gerichtssaal versuchte ein Fernsehreporter, eine Stellungnahme von mir zu erhalten. Die anderen Reporter waren bereits im Saal, eingezwängt zwischen den zahlreichen Zuschauern. Der Saal wirkte wie das Hauptquartier eines erfolgreichen Kandidaten am Abend der Wahl. Ich nahm Beckys Hand, und gemeinsam drängten wir uns durch die Menschenmenge.

Innerhalb der Schranke war es vergleichsweise ruhig. Die Richterbank und die Bank der Geschworenen waren noch leer. Ein Gerichtsdiener saß an seinem Tisch gegenüber der Geschworenenbank. »Haben wir ein Urteil?« fragte ich ihn, und er nickte gelassen.

Eliot hatte bereits seinen Platz eingenommen, sein Mandant saß neben ihm. Er sah zu mir hoch; sein Gesicht zeigte keine Feindseligkeit, kein Lächeln, keine sichtliche Nervosität. Bloß das Eingeständnis, daß wir einander kannten, daß wir bereits Hunderte Male in dieser Situation gewesen waren. In wenigen Minuten würde einer von uns erleichtert sein und der andere geschlagen. Einen Augenblick lang schien es mir, als wünschte mir Eliot in diesem Moment der gemeinsamen Ungewißheit Glück.

Austin sah nicht hoch. Sein Blick war starr geradeaus gerichtet, und seine ganze Haltung schien stocksteif, so sehr war er bemüht, ruhig zu wirken. Zumindest erhielt ich die Genugtuung, ihn endlich seiner Gelassenheit beraubt zu sehen. Ich empfand das jedoch nicht als Sieg. Ich hatte das Gefühl, zugesehen zu haben, wie ein alter Freund vor meinen Augen zu Staub wurde.

Mit den Augen suchte ich die Menge nach Tommy ab. Er schien noch nicht hier zu sein. Dann bemerkte ich eine kleine Hand, die mir von einem Sitzplatz im äußersten Winkel des Gerichtssaales zuwinkte. Neben Tommy, im Mittelgang, kniete Jim Lewis. Ich warf ihm mit einem kurzen Seitenblick auf Tommy einen bedeutsamen Blick zu, und Jim nickte.

Als ich mich wieder umwandte, nahm der Richter gerade seinen Platz ein.

»Wir haben ein Urteil«, sagte er möglichst unbeteiligt und nickte dem Gerichtsdiener zu, der ohne besondere Eile den Raum durchquerte und durch die Tür hinter der Richterbank verschwand.

Ich hasse diesen Moment. Nicht einmal in solchen Fällen, bei denen ich dem Urteil mit Zuversicht entgegensehe, kann ich einfach dasitzen und es von den Lippen eines Fremden entgegennehmen. Außerdem weiß jeder Prozeßanwalt, und sei er noch so dämlich, daß man niemals zuversichtlich sein kann. Eine Jury findet immer Wege, wie sie uns überraschen kann. Sie hört Dinge aus den Aussagen heraus, die sonst niemand hört, sie findet Details von Bedeutung, die für die Anwälte völlig belanglos waren und einem Zeugen vielleicht bloß rausgerutscht sind. Zuweilen begründet eine Jury ihr Urteil tatsächlich auf den wesentlichen Punkten der Beweisführung, aber ebensooft stellt sich nach dem Prozeß heraus, daß ihr Urteil auf den sonderbarsten Entscheidungen beruhte, die so absurd sind, daß man meint, das könne nicht wahr sein, da müsse mehr dahinterstecken, eine Absprache oder ein krummes Ding. Der Gedanke, mein Leben in den Händen einer Jury zu wissen, wäre mir unerträglich.

Der Gerichtsdiener kam in den Saal zurück, und hinter ihm kamen die Geschworenen. Sie blinzelten, während sie einer nach dem anderen den Saal betraten, als hätten sie die letzten Stunden in einem finsteren Loch verbracht. Ich erkannte sie fast nicht wieder. Das ging so weit, daß mir nicht einmal aufgefallen wäre, wenn der Gerichtsdiener eine ganz andere Jury hereingeführt hätte. Doch dann erkannte ich einen Mann mittleren Alters wieder, der eine Brille mit dunklem Rand trug und den ich in der Jury gewollt hatte, weil er selbst Vater war und während der Auswahl der Geschworenen sehr ernst gewirkt hatte. Hinter ihm kam eine dickliche Frau, die während der Verhandlung Tag für Tag dasselbe gelbe Kleid angehabt hatte. Soeben bereitete ihr die Stufe zur Geschworenenbank Schwierigkeiten, wobei sich der Mann, den ich wiedererkannt hatte, zu ihr umdrehte, um ihr zu helfen. Sie wechselten ein paar Worte und lächelten einander kurz an.

Jetzt erkannte ich auch andere Geschworene. Etwas war jedoch anders. Sie legten nicht mehr diese unbeweglichen, steifen Gesichter an den Tag, die ich während der Zeugenaussagen und mit wachsender Intensität während der Schlußplädoyers beobachtet hatte. Sie waren wieder zu lebendigen Menschen geworden, die einander über die Schulter Blicke zuwarfen und rasch miteinander sprachen, obwohl sie wußten, daß alle Aufmerksamkeit ihnen galt. Sie schienen wie Geiseln, die im Zuge eines Bankraubs einen Tag lang mit der Pistole in Schach gehalten worden waren, eng miteinander verbunden.

Für Richter Hernandez' Geschmack bewegten sie sich nicht schnell genug. »Sind Sie zu einem Urteil gelangt?« fragte er ungeduldig.

Ein Mann erhob sich, er war spindeldürr und trug an diesem naßkalten Novembertag ein kurzärmeliges weißes Hemd. »Ja, Euer Ehren«, sagte er förmlich.

Richter Hernandez sagte: »Verlesen Sie Ihr Urteil.« Er nickte kurz mit dem Kopf, während Austin und Eliot aufstanden, um das Urteil entgegenzunehmen.

Der Obmann der Geschworenen faltete den Zettel auseinander, als könnte er das Urteil nicht aus dem Gedächtnis wiederholen. Während er die Zeilen verlas, sah er kein einziges Mal auf.

»Wir erklären den Angeklagten Austin Paley der erschwerten sexuellen Nötigung gemäß der Anklage für schuldig.«

Eine Sekunde lang sah ich nicht hoch. Ich befürchtete, einen lächelnden Austin zu sehen, der Eliots Hand schüttelte, und daß ich mir alles nur eingebildet hatte. Aber Becky griff nach meinem Handgelenk, und ihr Druck bestätigte mir, daß ich richtig gehört hatte. Wir hatten einen Schuldspruch.

Einer Jury darf man den Triumph niemals zeigen. Der Anblick eines jubelnden Anwalts wirkt auf jeden Nichtjuristen wie ein Affront. Wenn ich meinen Gefühlen jetzt nachgab, ein freudiges »Jaaa!« ausstieß oder nur über das ganze Gesicht grinste, vermittelte ich den Geschworenen womöglich das Gefühl, ich hätte sie reingelegt. Also sah ich sie bloß an. Mein Mund verspannte sich, und ich nickte ihnen kurz zu, als hätten sie bloß ihre Pflicht getan, wie ich es von ihnen erwartet hatte. Doch mein Herz hüpfte vor Freude.

Der Richter bedeutete mir, nach vorne zu kommen. Auch im Zuschauerraum herrschte nun Aufregung, doch er unternahm nichts dagegen. Der Obmann der Geschworenen stand immer noch da, als ich nach vorne ging. »Ich danke Ihnen«, sagte Richter Hernandez zu ihm, und ich schloß mich seinen Worten an.

»Es wäre mir recht, wenn wir das rasch hinter uns bringen«, sagte der Richter leise, als Eliot und ich vor ihm standen. »Haben Sie viele Zeugen für die Straffestsetzung?«

Obwohl ich davon ausgegangen war, daß es gar nicht so weit kommen würde, hatten Becky und ich diesen Punkt diskutiert. »Zwei, Euer Ehren«, sagte ich. »Vielleicht drei.«

An Eliot wandte sich der Richter erst gar nicht. »Die Verteidigung wird selbstverständlich auch welche haben«, sagte der Richter. »In Ordnung. Sagen wir Montag.« Er entließ uns mit einem Wink seiner Hand. »Es ist Freitag und bereits spät. Die Geschworenen haben heute sehr hart gearbeitet«, sprach er in den Saal hinein. »Wir beginnen mit der Straffestsetzung am Montag um neun Uhr. Pünktlich.«

Als ich zu meinem Platz zurückkehrte, hatte ich erstmals seit der Urteilsverkündung Gelegenheit, Austin Paley anzusehen. Er war in seinem Stuhl zusammengesunken, als wäre ihm die Luft ausgegangen. Zum ersten Mal sah er aus wie das Porträt, das er in seinem Dachboden aufbewahrt haben mußte. Er sah alt aus, älter als Eliot Quinn, älter als ein Mensch auf dem Totenbett. Seine Brust bebte. Er atmete in raschen, heftigen Stößen, so daß ich kurz dachte, er erleide einen Anfall. Dann erschien mir seine Reaktion als sorgfältig einstudiertes Spiel, das den Geschworenen beweisen sollte, wie furchtbar sie sich getäuscht hätten und daß sie ihn wenigstens bei der Straffestsetzung schonen sollten.

Unterdessen war im Gerichtssaal der Teufel los. Durch das Gatter in der Schranke drängten sich unzählige Menschen, Reporter, die mir ihre Mikrophone vor das Gesicht hielten und Fragen stellten. Ich zog Becky zu mir hoch, damit sie neben mir stand. Im Falle einer Niederlage hätte ich versucht, sie abzuschirmen, aber nun verdiente sie ihren Anteil am Erfolg.

Ich hörte mir selbst zu, wie ich die dämlichen, immer gleichen Phrasen mit einer Aufrichtigkeit, die aus dem Herzen zu kommen schien, in die Mikrophone stammelte: »... eine bemerkenswert intelligente Jury. Und sie hat gute Arbeit geleistet.«

»Wenn wir unsere Beweise im Zuge der Straffestsetzung vorbringen«, sagte Becky noch, »wird die Jury keinen Zweifel haben, was mit dem Angeklagten zu geschehen hat.« Ich sah sie an, überrascht von der Härte ihres Tons. Ja, Montag, dachte ich, am Montag wird Austins Schicksal besiegelt. Am Montag würde die ganze Stadt von seiner mißbrauchten Kindheit erfahren, und ich würde alles daran setzen, die Geschworenen zu überzeugen, daß dieser Mann trotz seiner traurigen Vergangenheit eingesperrt gehört.

Montag war außerdem der Tag vor der Wahl.

Es gibt einen Hinterausgang aus dem Gerichtssaal, der in einen nur für Anwälte und Gerichtspersonal reservierten Gang führt. Wir nahmen diesen Ausgang, um uns eine kurze Erholungspause zu gönnen. Becky und ich sahen uns an, grinsten beide über das ganze Gesicht und fielen einander schließlich in die Arme. Dann machten wir uns langsam auf den Weg und schlenderten den Gang hinunter. »Straffestsetzung am Montag«, sagte sie.

Ich lachte. »Sie sind nicht zu bremsen. Gönnen Sie sich doch wenigstens ein paar Minuten Freude.«

Der Gang war schmal und weiß und hatte etwas Geheimnisvolles, als würde ich an seinem Ende mit drei unbekannten Ausgängen konfrontiert und müßte mich für einen entscheiden. Doch dann bogen wir um eine Ecke, und auf einmal stand Eliot vor uns. Er kam soeben aus dem Büro des Gerichts.

Er sah in seinem grauen Anzug und der gelben Weste so gepflegt wie immer aus, doch sein Herz schien anderswo. Seine Wangen waren von tiefen Falten durchfurcht. Als er mich erblickte, wartete er. Becky und ich wurden mit einem Mal wieder nüchtern und ernst. Eliot schüttelte meine Hand.

»Gratuliere, Mark.«

Becky wollte sich entschuldigen, doch Eliot hielt sie fest, bevor sie sich davonmachen konnte. »Junge Dame«, sagte er, »den Trick mit dem falschen Datum habe ich bereits angewandt, da waren Sie noch gar nicht geboren. Ich selbst habe ihn von einem Mann gelernt, der ihn einsetzte, bevor *ich* auf der Welt war. Er ist so alt, daß es mir nicht eingefallen wäre, meine Frau davor zu warnen.«

Er sprach mit einer Bewunderung, als sei Becky eine fleißige Schülerin. Becky lächelte leise. »Tatsächlich«, sagte sie, »und ich dachte, ich hätte ihn erfunden.«

Sie verabschiedete sich, und Eliot wandte seine ganze Aufmerksamkeit mir zu. »Starkes Schlußplädoyer, Mark. Sie – waren überzeugend.«

»Danke.«

»Zum Urteilsspruch kann ich Ihnen nicht gratulieren«, fügte er hinzu.

»Das weiß ich, Eliot.«

»Aber ich kann nicht – ich möchte, daß Sie wissen, daß ich keinen Groll hege. Sie trafen eine Entscheidung, die ich ...«

Er brachte die Worte nicht über die Lippen. »Ich stehe immer noch in seiner Schuld«, schloß er leise.

»Sie haben nichts Unrechtes getan, Eliot. Sie haben einem Freund geglaubt. Das ist doch nichts Schlechtes.«

Jahre später hatte er allerdings unrecht gehandel. Er hatte Fälle, die gegen Austin Paley angestrengt wurden, verschwinden lassen. Er hatte ihn denken lassen, er sei immun vor dem Gesetz. Er hatte Austin die Kinder und ihre Unschuld wie auf einem Tablett präsentiert. Ich weiß nicht, wie ich mit einem solchen Wissen hätte leben können.

»Jedenfalls haben Sie sich teuflisch gut geschlagen«, sagte ich. Die Frage, die sich hinter meinem Kompliment verbarg, war Eliot nicht entgangen.

»Mamie sprach mit Austin und Buster, bevor ich mich bereit erklärt hatte, die Verteidigung zu übernehmen«, sagte er leise. »Ich hätte nicht zugelassen, sie in den Zeugenstand zu rufen, hätte sie mich nicht überzeugt. Ich dachte keine Sekunde ...«

»Nein, natürlich nicht.«

»Andererseits«, fuhr Eliot rasch fort und senkte dabei den Blick, »Ihr Junge war doch sehr überzeugend. Immerhin.« Ich wünschte, ich hätte Eliots Augen sehen können. Er gab mir einen Klaps auf den Arm, ohne jedoch die Augen zu heben. »Aber es ist nicht unsere Aufgabe, zu entscheiden, wer die Wahrheit sagt, nicht wahr?«

Nach einem kurzen Moment sagte ich: »Vielleicht hat Austin bei der Straffestsetzung Glück, wenn Sie ...«

Ihre Beweise vorbringen, wollte ich sagen, doch dann fiel mir ein, daß es Eliot war, der den an Austin begangenen Mißbrauch bezeugen müßte, und daß er abgesehen von Austin womöglich der einzige andere Zeuge wäre. Und Eliot dachte immer noch, daß er ihm jede denkbare Hilfe schuldig war. Am Montag müßte ich vielleicht meinen alten Boß ins Kreuzverhör nehmen.

»Eine Menge Leute in dieser Stadt machen sich große Sorgen, was Austin nun vorhat«, sagte Eliot. »Jetzt, da er nichts zu verlieren hat, befürchten sie, Austin könnte beschließen, einen jeden von ihnen mit in den Abgrund zu reißen. Er kennt eine Menge dreckiger Geschichten, Mark, und er hat nichts mehr zu verlieren.

Und glauben Sie ja nicht, man wird Ihren Part in der Geschichte vergessen«, fuhr Eliot fort. »Wenn Sie getan hätten, was von Ihnen verlangt wurde, hätte Austin jetzt keinen Anlaß, sie anzuschwärzen. Sie werden über Sie herfallen wie der Zorn Gottes. Sie werden sich winden, um Bewährung für ihn betteln, und sie werden sich rächen wollen.« Eliot hatte seine Fassung wiedergefunden. Er war wieder der Alte. Die Rede über die zerstörten Existenzen, die sich da anbahnten, ließen ihn fast heiter klingen. »Dieses Wochenende wird die Hölle sein«, sagte er.

Als ich endlich in mein Büro kam, dämmerte es bereits, und ich merkte, wie angespannt und müde ich war. Becky war schon gegangen. Patty stand mit umgehängter Handtasche neben ihrem Tisch. Am liebsten hätte ich Janet angerufen, aber bei unserer letzten Begegnung im leeren Gerichtssaal war nicht zu überhören gewesen, daß diese Türe zugefallen war. Gab es überhaupt jemanden, der mit mir, dem Sieger, auf einen Drink gehen wollte?

Ich war in den Mantel geschlüpft und wollte soeben das Licht in meinem Büro abdrehen, als das Telephon läutete. Patty sah mich an, und ich schüttelte den Kopf, doch dann hatte sie den Hörer bereits in der Hand. Ich trottete an ihr vorbei.

»Mark?«

Patty hielt mir den Hörer entgegen. »Es ist Mr. Algren«, sagte sie. »Er ist unten im Gerichtssaal.«

Ich fühlte mich auf der Stelle schuldig, denn Tommy hatte ich völlig vergessen. Ich hätte sofort mit ihm sprechen sollen, gleich nach der Urteilsverkündung, doch dann hatte ich nur noch an meine eigenen Angelegenheiten gedacht. Ich mußte sofort zu ihm und mit ihm sprechen, bevor ihn sein Vater mit nach Hause nahm.

»Sagen Sie ihm, ich komme gleich zu ihm.«

»Mark.« Pattys Stimme genügte, um mich aufzuhalten. Sie streckte mir immer noch den Hörer entgegen. Ich unterdrückte ein Zittern, aber es breitete sich über meine Schultern aus und lief meinen Rücken hinunter wie geschmolzenes Eis.

James Algren war nicht mehr ungehalten mit mir. »Gratuliere!« rief er glücklich in den Hörer. »Ich habe es im Radio gehört. Hören Sie. Ich bin hier unten im Flur vor dem Gerichtssaal. Er ist abgeschlossen. Ich wollte nur wissen, wo Tommy ist.«

»Er ist bei einem meiner Ermittlungsbeamten«, sagte ich mit wachsender Unruhe. Patty telephonierte bereits vom anderen Apparat, doch sie erreichte niemanden. Sie sah mich kopfschüttelnd an. »Kommen Sie doch in mein Büro«, sagte ich zu Algren und legte den Hörer auf.

»Wo ist Jim?« fragte ich scharf.

Patty hatte jemanden erreicht. Sie hörte zu, und gleichzeitig sprach sie mit mir: »Niemand hat ihn gesehen, seit er in den Gerichtssaal zurückgekehrt ist.«

»Dieser Idiot«, sagte ich. Patty machte bereits den nächsten Anruf. Ich begann ebenfalls zu telephonieren. Den Mann, den *ich* suchte, erreichte ich nicht. Ich rief sogar bei Eliot an. Er hatte seinen Mandanten ein paar Minuten nach der Urteilsverkündung zum letzten Mal gesehen.

Wir rechneten mit James Algren, als die Tür aufflog, doch dann stand Jim Lewis im Türrahmen. Er war am Rande der Panik.

»Ist er hier?« schrie er beinahe.

Ein paar Leute saßen noch an ihren Schreibtischen. Andere riefen wir zu Hause an. Als Algren im Büro eintraf, wollten wir ihm zunächst noch nichts sagen, aber er erriet sofort, was los war. Der Ermittlungsbeamte hatte Tommy nach der Urteilsverkündung zurück nach oben gebracht und bei einer Sekretärin gelassen, um zur Toilette zu gehen. Als wir die Sekretärin endlich ausfindig machten, sagte sie uns, daß Tommy eine Cola wollte und in den Keller hinuntergefahren sei. Niemand hatte ihr gesagt, daß sie ihn nicht aus den Augen lassen dürfe. Als Tommy nicht zurückkam, hatte sie gedacht, er habe seinen Vater oder Jim getroffen.

Wir durchkämmten das Gebäude, das an einem Freitag um diese Zeit so gut wie ausgestorben war. Während die anderen im unteren Teil des Hauses nach Tommy suchten, setzte auch ich meine Suche fort, vergeblich.

Um sechs Uhr starrten wir einander ratlos an und mußten uns eingestehen, daß sich Tommy nicht mehr im Gebäude aufhielt.

Austin war ebenfalls spurlos verschwunden.

XVIII

Zum ersten Mal seit viel zu langer Zeit erinnerte ich mich an Chris Davis, Austins jugendlichen Liebhaber, der sich in Luft aufgelöst hatte, nachdem er für Austin zur Bedrohung geworden war. Als klar war, daß er mit dem Fall im Grunde nichts zu tun hatte, hatte er in meinen Überlegungen keine Rolle mehr gespielt, doch nun schien sein Verschwinden wie ein Vorzeichen, die Ankündigung dessen, wozu Austin in seiner Verzweiflung fähig war.

Wir hatten keinen Beweis, daß Austin den Jungen entführt hatte, aber je länger keiner der beiden auffindbar war, desto mehr schien sich dieser Verdacht zu erhärten. Die Gegend um das Gerichtsgebäude wimmelte vor Polizei, jeder Winkel wurde nach Tommy abgesucht, jedoch vergeblich. Mrs. Algren wartete daheim auf Nachricht von ihm. Jim Lewis, der seine Nachlässigkeit wiedergutmachen wollte, fuhr zuerst zu Austins Büro und dann zu seiner Wohnung. Jim rief mich von Austins Wohnung an – ich unterließ es, ihn zu fragen, wie er hineingekommen war – und sagte, daß er niemanden angetroffen habe. Als nächstes wollte er versuchen, Austins Freunde aufzuspüren. Auch andere Ermittlungsbeamte und Polizisten schalteten sich ein. In den Büros der Bezirksstaatsanwaltschaft herrschte reger Betrieb, obwohl es unterdessen bereits früher Abend war. Es überraschte mich nicht, wer alles kam. Becky war da und Janet McLaren. In ihrer Panik mußten die Algrens sie angerufen haben. Janet hielt mich auf, als ich ihr im Flur begegnete.

»Mark …« Mit einem Blick auf James Algren, der wie betäubt im Vorraum zu meinem Büro saß, senkte sie ihre Stimme: »Vielleicht ist es gar nicht so schlimm. Es kann ja auch sein, daß Tommy freiwillig mitgegangen ist. Tommy fühlt sich schuldig, und er liebt Austin immer noch. Vielleicht will er ihm helfen.«

»Daran habe ich auch schon gedacht. Nur steht Tommys Bereitschaft in keinem Zusammenhang zu Austins Absichten. Austin liebt Tommy nicht.«

»Vielleicht will er Tommy zur Widerrufung seiner Aussage überreden.«

»Mag sein«, sagte ich, um Janet diese Hoffnung nicht zu nehmen. Ich hatte sie nicht mehr. Ich hatte Austin im Gerichtssaal gesehen, als der Schuldspruch verkündet wurde. Und sein Zusammenbruch war nicht bloß physischer Art gewesen. Wenn er dachte, sich retten zu können, indem er Tommy als Geisel nahm, hatte er den Verstand verloren. Austin Paley, dieser kühl kalkulierende, tatkräftige Rechtsanwalt bedeutender Mandanten, konnte doch nicht ernsthaft annehmen, daß man ihm eine neue Version der Geschichte abnehmen würde, noch dazu, wenn er sie Tommy abgenötigt hatte. Austin konnte unmöglich darauf hoffen, durch Tommys Entführung einen vernünftigen Kompromiß zu erreichen. Ich hatte keine andere Wahl, ich mußte davon ausgehen, daß seine Beweggründe die eines Wahnsinnigen waren.

Die Zeit schien stehengeblieben zu sein. Jemand hatte mir einen Kaffee gebracht, der sofort meinen Magen rumoren ließ. Ich wußte nicht, wann ich zuletzt etwas gegessen hatte.

In meinem Büro gibt es eine private Telephonleitung, deren Nummer höchstens vier oder fünf Menschen bekannt ist. Ich hielt mich gerade im Vorraum auf, als ich das Telephon auf meinem Tisch läuten hörte und im selben Moment wußte, daß nun etwas geschehen würde. Mit einem Satz war ich am Apparat, versuchte, mich mit der Hand auf dem Hörer kurz zu sammeln, und hob ab.

»Ich habe Sie schon ein dutzendmal zu Hause angerufen«, sagte die Stimme. »Ihr Anrufbeantworter wird eine Menge Aufhänger haben.«

Ich war so sehr darauf eingestellt gewesen, Austins Stimme zu hören, daß ich den Anrufer erst beim zweiten Satz erkannte.

»Eliot?«

»Ich weiß, wo er ist, Mark. Aber er will, daß Sie allein kommen, und zwar *jetzt*. Sofort. Sie sollen keine Zeit haben, irgend etwas zu planen.«

Ich dachte an die vielen Menschen vor meinem Büro, von denen sich nun einige durch die Tür drängten, um zumindest zu hören, was ich sagte. »Ich weiß nicht, ob das gehen wird, ich meine, allein zu kommen«, sagte ich.

Eliot erwiderte nichts. »Hier ist die Adresse.« Er nannte sie mir. »Vom Zentrum Richtung Süden. Nehmen Sie die Ausfahrt Nummer 37 bei ...«

»Ich kenne es.«

»Ja. Natürlich. Das sagte er. Viel Glück, Mark.«

»Eliot. Ist Tommy bei ihm? Geht es dem Jungen gut?«

Stille. Ich haßte ihn für sein Zögern. Vielleicht lag es daran, daß ich zwei Fragen hintereinander gestellt hatte; an der Fakultät hatte man mir beigebracht, daß man das nicht tun sollte. »Eliot!«

»Ja«, sagte Eliot Quinn rasch, und im selben Moment war die Leitung unterbrochen.

Ich fuhr nicht einmal allein zu dem desolaten kleinen Haus in der Sackgasse. Zwei Polizisten kamen mit mir, einer von ihnen war auf Verhandlungen spezialisiert und wollte mir im zehnminütigen Schnellverfahren beibringen, wie man mit einem verrückt gewordenen Geiselnehmer umging. Ich hörte gar nicht richtig hin. Seine Stimme war bloßes Hintergrundgeräusch für meine Gedanken.

Als klar war, daß Austin Tommy entführt hatte, war ich zunächst blind vor Wut. Wäre Austin in diesem Moment in Reichweite gewesen, ich hätte ihn erwürgt, aber Wut ist ein Gefühl, das sich nur schwer über längere Zeit aufrechterhalten läßt. Ich hatte Gelegenheit gehabt nachzudenken. Meine Wut richtete sich teilweise gegen mich selbst, denn ich hatte Tommy im Stich gelassen, sobald ich ihn nicht mehr benötigte. Ich selbst hatte dafür gesorgt, daß er mit Austin mitging. Ich mußte daran denken, wie mich Tommy vom Zeugenstand aus angestarrt hatte, wie er in jedem Augenblick der Ungewißheit zu mir hergesehen hatte. Ich war es doch gewesen, der ihn überredet hatte, sein Schicksal in meine Hände zu legen, und er hatte es getan. Meine über die letzten Monate vorgetäuschte Freundschaft hatte ihr Ziel erreicht. Ich hatte Austin im Kampf um Tommys Vertrauen geschlagen. Und dann dieses Vertrauen Schritt für Schritt mißbraucht.

Wir hatten Tommy einen höllischen Weg in die Erwachsenenwelt vorgezeichnet; sein Vater, Austin und ich. Ich mußte daran denken, wie rasch Tommy auf das Vorbild reagiert hatte, das ich ihm mit meiner Person angeboten hatte. Ich hatte sein Leben mit derselben

Leichtigkeit zurechtgerückt, wie ich es mit seinem Baseballschläger getan hatte. Aber mittlerweile mußte Tommy klargeworden sein, welchen Zweck ich mit meiner Aufmerksamkeit verfolgt hatte. Zumal ich ihn wie eine heiße Kartoffel hatte fallen lassen, kaum daß der Prozeß vorüber war. Genau wie Austin. Wenn Tommy noch am Leben war, dann hatte er spätestens jetzt die Gewißheit, daß er sich auf niemanden verlassen konnte, daß es niemanden gab, dessen Zuneigung für ihn nicht auf Berechnung beruhte.

Meine Wut hatte kalter Entschlossenheit Platz gemacht. Ich würde Austin noch einmal schlagen und ihm Tommy wieder wegnehmen. Und wenn das nicht mehr möglich war, dann würde ich die Rache üben, die einem Vater gebührt.

Die Zufahrt zu der kleinen Straße war mit Holzböcken abgesperrt. Es stand zwar nicht POLIZEI darauf, dafür aber STÄDTISCHE VERWALTUNG. Sehr subtil. Gleich um die Ecke, vom Haus aus gerade nicht mehr sichtbar, waren die anderen Autos geparkt: Streifenwagen, Rettungsautos, ein Löschwagen der Feuerwehr, und gleichzeitig mit mir traf ein Kleinbus von *Eyewitness News* ein. Die Szene erinnerte an ein Volksfest, bei dem der Strom ausgefallen war. Keine Scheinwerfer oder Taschenlampen. Alles lag im Dunkeln.

Ich begegnete Leutnant Paul Romano, den ich aus der Zeit flüchtig kannte, als er noch Steifenpolizist und ich stellvertretender Bezirksstaatsanwalt gewesen war. Er hatte bei einem Fall, in dem es um Trunkenheit am Steuer gegangen war, als Zeuge der Anklage ausgesagt. Er führte mich zu der Straßenecke, von der wir das Haus sehen konnten, in dem ich mich mit Austin vor zwei Monaten getroffen hatte. Das Verandalämpchen brannte und verlieh ihm die Harmlosigkeit des Heims einer alten Dame, die Besuch erwartete.

»Ein paar unserer Männer sind im Garten«, weihte Romano mich ein. »Hier, auf dieser Seite ist die Straße abgesperrt, ein Mann ist am Ende der Sackgasse in Stellung. Er kommt da nicht mehr raus. Aber wir unternehmen nichts, solange wir nicht wissen, was los ist. Wir wissen ja nicht einmal, wer alles im Haus ist. In der Anfahrt stehen zwei Autos und hinter dem Haus ist noch eine Garage. Es könnten an die zwanzig Typen drinnen sein. Ob der Junge dabei ist, wissen wir nicht. Wir wollen einen Unterhändler reinschicken ...«

»Er wird niemanden reinlassen. Außer mich vielleicht.« Eliot hatte erst mit mir gesprochen, nachdem ihm Austin die Erlaubnis dazu erteilt hatte. Das war klar. Ich sollte wissen, wo Austin sich aufhielt. Leutnant Romano sah zu Boden. Mit dem Daumen rieb er an seiner Augenbraue. Ich sollte es zuerst sagen, damit es später nicht hieß, er hätte den Vorschlag gemacht. »Ich würde davon abraten«, sagte er. »Der Austausch einer Geisel gegen eine andere klappt so gut wie nie. Am Ende hat er Sie und den Jungen.«

»Aber dann bin ich im Haus.«

Romano nickte. Er hatte seine Einwände erschöpft. »Wir präparieren Sie mit einem Empfänger«, sagte er. »Wenn Sie es schaffen, bis zur Tür zu kommen und mit ihm zu reden, macht er vielleicht eine Andeutung, wer sonst noch im Haus ist. Versuchen Sie, ihn abzulenken, auf diese Weise kommen wir vielleicht noch näher an das Haus heran. Auf der anderen Straßenseite sind Scharfschützen positioniert. Er braucht bloß mit einer Pistole in der Hand die Tür zu öffnen, dann …«

Ich hatte das seltsame Gefühl, ein Verräter zu sein, während ich zuhörte, gelegentlich nickte und seinen Plan für richtig befand. Obwohl ich bereit war, Austin, wenn es sein mußte, selbst zu töten, kam ich mir feige vor, der Lockvogel zu sein, mit dem ihm die Falle gestellt werden sollte.

»So, wir müssen Sie vorbereiten«, sagte der Leutnant. »Dann …« Er reichte mir ein schnurloses Telephon.

Zehn Minuten später war ich wieder angezogen. Man versicherte mir, daß der Draht unter meinem Hemd unsichtbar sei, aber spüren konnte ich ihn dennoch. Er war mit einem Klebeband auf der Haut befestigt und verursachte Juckreiz. Ich solle mich ja nicht kratzen, wurde mir gesagt, wodurch der Wunsch, diesem Bedürfnis nachzugeben, beinahe unerträglich wurde.

Ich entfernte mich von den anderen, um die Nummer zu wählen, die man mir genannt hatte. Es läutete drei-, viermal. Ich dachte schon, man hätte mir die falsche Nummer gegeben oder Austin wollte nicht mehr verhandeln. Ich spürte eine Mischung aus Enttäuschung und gleichzeitiger Erleichterung, ich könnte mich doch noch zurückziehen und der Sondereinheit der Polizei die Sache überlassen.

Doch dann meldete sich eine Stimme. Sie war langsam, gelassen und hatte ihren ironischen Tonfall wiedergefunden. »Hallo, Mark.«

»Hallo, Austin. Ich bin hier, hier draußen.«

»Und deine Freunde hast du gleich mitgebracht«, sprach er gedehnt.

»Die sind egal. Du willst doch mit mir sprechen.«

Kurz zögerte er. »Ja. Komm herein, Mark. Hmm ...« Er hielt inne, als wollte er mich bitten, eine Packung Eis zur Party mitzubringen, ohne dabei aufdringlich zu wirken. »Nackt bitte«, sagt er.

»Was?«

Er lächelte. Ich konnte es hören. »Ich lasse dich nicht herein, wenn du bewaffnet oder mit einem Sender auftauchst. Zieh dich also bitte nackt aus.«

»Du spinnst wohl. Austin, wenn du mich hierher geholt hast, um mich zuerst zu erniedrigen und dann zu töten, vergiß es. Diese Genugtuung bereite ich dir nicht. Du kannst mich am Arsch lecken.«

Es wunderte mich, daß ich mich überhaupt auf eine Diskussion einließ. Den Draht konnten wir vergessen. Austin würde mich filzen und die Verbindung unterbrechen, sobald ich im Haus war. Aber ich war der Bezirksstaatsanwalt, und er war ein Verbrecher. Ich würde lieber verdammt sein als zuzulassen, daß er mich auf diese Weise lächerlich machte. Ich durfte Austin nicht einmal den kleinen Finger reichen. Ich ging zu Romano und seinen Leuten zurück.

»Ich möchte eine Chance, das auf friedlichem Wege zu regeln«, sagte ich. »Vielleicht kann ich zumindest den Jungen da rausholen. Aber wenn jemand einen Schuß abfeuert, dann wird es er sein, Austin. Dann brauchen Sie mir auch nicht mehr zu Hilfe zu kommen. Wenn Sie einen Schuß hören, nur einen Schuß, stürmen Sie das Haus. Erschießen Sie jeden, der sich darin aufhält. Für Unterscheidungen wird keine Zeit sein. Töten Sie jeden, der größer als einen Meter vierzig ist.«

Ein Leutnant ist ein hochrangiger Polizist. Seine Befehle erhält er vom Polizeihauptmann, den stellvertretenden Chefs, dem Polizeipräsidenten. Ich kam nicht einmal in die Nähe dieser Befehlshierarchie. Aber ich war ein gewählter öffentlicher Beamter, auf den er sich jederzeit berufen konnte, sollte etwas schiefgehen.

»In Ordnung«, sagte er.

Wenige Minuten später stand ich vor dem Haus, nur in Hosen und mit nacktem Oberkörper, wobei ich mein Hemd in der ausgestreckten Hand hielt. Die Rötungen, die zurückgeblieben waren, als die Beamten das Klebeband und den Draht entfernt hatten, begannen bereits zu verblassen. In einiger Entfernung ging ein Scheinwerfer an. Ich wußte, ich wurde auf Video aufgenommen. Aber das Scheinwerferlicht diente auch dazu, Austin von meiner Harmlosigkeit zu überzeugen. Niemand wies den Kameramann an, es abzudrehen. Es bestand kein Grund mehr, so zu tun, als wäre ich allein gekommen.

Ich drehte mich um, um ihm zu zeigen, daß auch auf meinem Rücken nichts befestigt war. Dann ging ich auf die Veranda zu, nahm die drei Stufen und trat auf den knarrenden Holzboden. Ich klopfte nicht an die Tür. Aus dem Inneren erscholl eine Stimme: »Es ist offen.«

Ich ging hinein. Noch geblendet von der hell erleuchteten Veranda sah ich in dem schummrigen Wohnzimmer einen Moment lang gar nichts. Meine Haut fühlte sich eisig an. Ich rechnete damit, jeden Moment erschossen oder erstochen oder erschlagen zu werden.

Als ich dann noch eine Hand auf mir spürte, schrak ich zusammen. »Beruhige dich«, sagte Austin. »Ich muß dich filzen. Hättest du deine Hose ausgezogen, wie ich dich gebeten habe, wäre das jetzt nicht notwendig.«

Er filzte mich kurz, aber gründlich. Als er damit fertig war, hatten sich auch meine Augen an die Dunkelheit angepaßt. Ich erblickte jedoch nicht Austin, sondern Eliot Quinn. Er saß im Licht einer Stehlampe in dem alten, mit Damast bespannten Lehnstuhl unmittelbar vor mir. Gott sei Dank nickte er mir zu, als ich ihn ansah. Einen Augenblick lang hatte ich gedacht, er sei tot.

Eliot trug Anzug und Krawatte, jedoch keinen Hut. Sein barhäuptiger Kopf mit dem weißen Haar, das stellenweise die Haut durchscheinen ließ, ließ ihn verletzlich aussehen. Noch dazu saß er vor dem großen Fenster, das zur Straße hinaus ging. Er saß sicher nicht zufällig gerade dort. Würde von draußen auf das Haus geschossen, wäre Eliot eine todsichere Zielscheibe.

Eliot wirkte jedoch nicht wie eine Geisel, eher wie ein Berater oder ein Auserwählter. Er musterte mich traurig. Ich drehte mich zu Austin um. Er hatte sich in sicherer Entfernung von mir aufgestellt, hielt jedoch nach wie vor die in Silber gefaßte Schnellfeuerpistole auf mich gerichtet. Austin war ebenfalls förmlich gekleidet, er trug immer noch den Anzug, den er bei Gericht angehabt hatte. Da war auch wieder dieses alte Lächeln, dieses sich selbst abwertende Grinsen. Doch das Lächeln reichte nicht bis zu seinen Augen; aus ihnen strahlte eine maßlose Selbstzufriedenheit und vor allem Kälte. Ich zog mein Hemd an. Austins Hand zuckte, als rechtfertigte die geringste Bewegung, mich auf der Stelle abzuknallen.

»Wo ist Tommy?« fragte ich. Austin sah mich bloß weiterhin amüsiert an. Ich machte einen Schritt auf ihn zu, als einzige Waffe meine Wut. Austin wies mit einer kurzen Geste zur Rückseite des Hauses. Sie war mit der Hand erfolgt, in der er die Pistole hielt. Mit der anderen Hand bedeutete er mir, mich zu beruhigen. Aber ich würde mich nicht beruhigen lassen. Seit ich das Haus mit der Gewißheit betreten hatte, ich würde es nicht mehr lebend verlassen, war die Wut das einzige vorherrschende Gefühl.

»Der Junge liebt dich, Austin«, sagte ich. »Nach allem, was du ihm angetan hast, bist du immer noch der wichtigste Mensch in seinem Leben. Wenn du ihm auch nur das kleinste Haar gekrümmt hast, bringe ich dich um. Und glaube mir, das schaffe ich auch noch.«

»Das hier hat nichts mit Tommy zu tun«, sagte Austin.

»Es geht ihm gut«, sagte Eliot. Er sprach zum ersten Mal, seit ich das Haus betreten hatte. Der nervöse Blick, den er Austin zuwarf, während er sprach, machte mir angst.

Von der Rückseite des Hauses war ein schwaches Geräusch zu hören, das mich annehmen ließ, jemand müsse sich dort aufhalten. Das beruhigte mich ein wenig. Ich mußte Ruhe bewahren. Ich mußte nachdenken und durfte nichts Verrücktes tun, wenn ich einen Ausweg finden wollte.

»Das hier hat nichts mit Tommy zu tun«, sagte Austin noch einmal. »Was geht dich denn Tommy an? Wer war er denn? Niemand, von dem du je zuvor gehört hast. Aber du und ich, Mark, wir waren Freunde. Seit vielen Jahren. Als ich deine Hilfe benötigte, hast du aber lieber einem dir völlig unbekannten Jungen geholfen.«

»Du hast mich nie um Hilfe gebeten, Austin. Zuerst wolltest du mich reinlegen und dann nur noch einschüchtern. Ich will dir helfen. Was soll ich tun?«

Er sagte es mir ohne Umschweife: »Ich will, daß du die Klage abweist. Ich will, daß du einen Antrag auf Neuverhandlung stellst und die Klage und alle anderen fallenläßt. Ich will, daß du in aller Öffentlichkeit bekanntgibst, daß neue Beweise aufgetaucht sind, die meine Unschuld außer Zweifel stellen.«

Mit anderen Worten, er wollte das bleiben, was er immer schon war, und nicht der böse und noch dazu verurteilte Verbrecher sein. Seine Forderungen waren wahnsinnig. Wie lange glaubte er wohl, könnte er mich mit der Pistole in Schach halten? Ich musterte ihn, als dächte ich über sein Angebot nach. Dann fiel mir der Tip des Verhandlungsexperten der Polizei ein, daß ein Geiselnehmer oft nichts anderes wollte als reden.

»Warum hast du nicht einfach damit aufgehört, Austin? Du hattest doch bereits mehrere Jahre lang nichts mehr getan. Warum hast du nicht damit aufgehört, als dich noch kein Mensch verdächtigte?«

»Warum hörst du nicht damit auf?« erwiderte Austin. »Du bist ein alleinstehender Mann. Du hast keinen jederzeit verfügbaren Partner. Du mußt dir auch erst einen suchen. Warum läßt du es nicht einfach bleiben, verschreibst dich dem Zölibat und bleibst mit einem spannenden Roman daheim? Wäre das Leben so nicht viel einfacher?« Er sah mich an, als wüßte er alles über mich. Er kannte die Antwort. *Ja, aber*. Austin lächelte. »Bei mir ist das nicht anders, alter Kumpel. Das Begehren verschwindet nicht. Das Begehren ist dasselbe, es hat nur ein anderes Ziel. Vielleicht ist meines sogar stärker, weil es verboten ist. Warum sollte ich aufhören?«

»Weil du gegen das Gesetz verstößt.«

Austin schüttelte den Kopf. »Ich sehe das anders.«

»Dann, weil es falsch ist«, sagte ich, ohne ihn aus den Augen zu lassen. »Weil es den Kindern angst macht. Du weißt doch selbst am besten, wie weh das tut.«

Mit einem Mal wurde er ernst. Sein Gesichtsausdruck verspannte sich. Er ließ mich nicht aus den Augen. Er konnte es erklären. »Die Kinder haben nie Widerstand geleistet, Mark. Ich habe niemanden vergewaltigt. Sie wußten, daß es nicht falsch war. Und daß es so natürlich ist wie schwimmen. Etwas, das man im Leben eben auch lernt. Hast du je wirklich darüber nachgedacht? Du bist keiner dieser Roboter, denen sofort das Kotzen kommt. Denk einmal darüber nach. Diese weiche Haut, der reine Blick. Von keiner Erfahrung verdorben. Diese völlige Offenheit. Du mußt dir keine Gedanken machen, warum sie sich auf dich einlassen, ob sie eine bestimmte Absicht verfolgen, ob sie dir einfach nur weh tun wollen. Kinder sind so voll von Liebe, und sie sind neugierig, und sie hungern nach jeder Art von Zuneigung. Keiner von uns erhält das Maß an Zuneigung, das er braucht. Der Wunsch nach Zuneigung wird nie wirklich gestillt. Und bei Kindern ist dieser Wunsch besonders stark, vor allem heutzutage. Du warst doch selbst in einem der Horte. Ist dir nicht aufgefallen, wie ihre Augen zu leuchten beginnen, wie sie sich auf einen Unbekannten stürzen, um Aufmerksamkeit betteln, sich nach Liebe sehnen? Sie kommen einfach zu dir her, streicheln dein Bein und sagen damit: ›Sieh mich doch an. Berühr mich. Hab mich lieb.‹

Wo sind sie denn, ihre Eltern?« Austin streckte mir eine hiflose Hand entgegen. Es war die, in der er die Pistole hielt, aber das schien er vergessen zu haben. »Wo sind sie denn, die Tanten und Onkel und Großeltern, die sie mit Liebe überhäufen sollten? In der Arbeit, alle viel zu beschäftigt. Sie haben keine Zeit für die Kinder, die sie ausgebrütet und in die Welt gesetzt haben. Ich habe nichts anderes verbrochen, als mich ein wenig um diese Ausschußware zu kümmern. Ich liebe sie doch, Mark. Wirklich. Und sie lieben mich.«

Mir lief ein Schauder über den Rücken, aber nicht, weil er wie im Delirium sprach, sondern weil er die Wahrheit sagte. Ich war in den Horten gewesen, und ich wußte, daß er recht hatte. Und daß er sie liebte. Ich versuchte erst gar nicht, mit ihm zu diskutieren, einerseits weil ich ihn nicht reizen wollte, andererseits weil ich ihm nichts entgegenzusetzen hatte.

Eliot räusperte sich. Wir sahen ihn an. Er hatte den Blick zu Boden gerichtet, sein Gesicht war rot geworden.

»Eliot, warum gehen Sie nicht?« sagte ich und dann an Austin gewandt: »Er muß doch nicht hier bleiben, oder?«

Austin warf Eliot einen unbeteiligten Blick zu. »Von mir aus nicht.« Eliot schüttelte bloß den Kopf, sah uns jedoch weiterhin nicht an. Es war offensichtlich, daß ihn niemand gezwungen hatte, hierher zu kommen, er war von selbst gekommen, immer noch in Austins Schuld. »Weißt du, in meiner Familie ist es Tradition, daß wir in

Krisen unsere alten Freunde zu Hilfe holen«, sagte Austin verächtlich, nur um Eliots Qual noch zu vergrößern.

Wieder war ein Geräusch aus dem rückwärtigen Teil des Hauses zu hören. Ich konnte es nicht bestimmen, aber es mußte Tommy sein. Austin würde ihn in seiner Nähe behalten. Weshalb aber kam Tommy nicht heraus?

»Ich hole jetzt Tommy«, sagte ich. Austin richtete sich auf und verstellte mir den Weg. »Es besteht kein Grund, warum er hier sein sollte.« Austin schüttelte den Kopf. »Austin, denk doch einmal an ihn. Er hat Angst, er ist doch noch ein Kind. Er braucht unsere Hilfe.« Im stillen dachte ich, *ihn kann ich retten, Austin. Dich nicht*, und meinte, er müsse meine Gedanken gehört haben.

Vielleicht hatte er sie auch wirklich gehört, aber er war nicht bereit, Tommy aufzugeben. Ich wußte nicht einmal, ob Tommy allein war. Womöglich war Chris Davis bei ihm oder ein anderer Chris Davis. Diese Vorstellung versetzte mich neuerlich in Angst, und die Angst erneuerte meine Wut. Außerdem nahm ich Austin die Drohung mit der Waffe nicht mehr ab. Bei allem, was ich über ihn gehört hatte, war nie von Gewalttätigkeit die Rede gewesen. Er würde es nicht fertigbringen, mich zu erschießen.

»Ich gehe jetzt nach hinten«, sagte ich in aller Ruhe, »und hole Tommy. Wenn er unverletzt ist, bringe ich ihn hier raus. Wenn nicht, rate ich dir, dich sofort aus dem Staub zu machen.«

Austin machte eine Bewegung auf Eliot zu, wodurch er die Tür in seinem Rücken, die von einem Perlenvorhang verdeckt war, nicht länger blockierte, aber er hielt weiterhin den Lauf seiner Pistole auf mich gerichtet. Mir fiel jetzt erst mit Entsetzen auf, daß er schwitzte. »Das kann ich nicht zulassen«, sagte Austin.

Seine Antwort machte mir noch mehr angst. *Warum* konnte er mich nicht zu Tommy lassen? Im selben Augenblick rannte ich los. Die Bewegung gab mir Sicherheit. Doch auf halbem Weg zur Tür hörte ich den Schuß. Ich dachte, getroffen worden zu sein. Ich hatte mich instinktiv zur Seite geworfen, wodurch ich beinahe der Länge nach hingefallen wäre. Instinkt war hier idiotisch. Er hatte mir den Antrieb geraubt, mich zum Stillstand gebracht. Ich warf einen Blick hinter mich. Eliot Quinn war auf den Beinen und rang mit Austin. Die Pistole war zur Decke gerichtet. Eliot hielt Austins Handgelenk umklammert, aber Austin war der jüngere von beiden und der kräftigere. Er war kurz davor, die Waffe wieder unter seine Kontrolle zu bringen.

Mein erster Impuls war, Eliot seinem Schicksal zu überlassen und Tommy zu suchen, doch das Risiko, diesen Wahnsinnigen im Rücken zu haben, noch dazu mit einer Waffe, konnte ich nicht eingehen. Ich stürzte zu den beiden hin. Die Pistole bewegte sich hin und her, war zuerst auf mich gerichtet, dann zur Seite und wieder auf mich. Darum konnte ich mich jetzt nicht kümmern. Ich rannte auf die beiden zu, in der Hoffnung, daß mein Anlauf stark genug war, um sie zu Boden zu werfen. Dann wollte ich die Pistole an mich reißen, während die beiden noch versuchten, wieder auf die Beine zu kommen.

Doch ich hatte meine eigene Kraft unterschätzt, die durch die Angst noch verstärkt wurde. In meiner Verzweiflung stürzte ich gegen die beiden und riß sie mit. Eliot und Austin verloren das Gleichgewicht, durchbrachen die Fensterscheibe und fielen auf die Veranda. Ich konnte mich gerade noch abstützen. Das Verandalicht brannte immer noch und beleuchtete die beiden. Eliot lag auf dem Rücken und rührte sich nicht. Aus den Schnitten in seinem Gesicht sickerte Blut.

Austin war angeschlagen, aber bei Bewußtsein. Die Pistole war mit ihm aus dem Fenster geflogen. Er warf einen Blick auf Eliot und dann auf mich. Seine Augen drückten eine wilde, zugleich völlig wachsame Entschlossenheit aus. Er sah zu Boden, erblickte die Waffe, hob sie auf und versuchte, auf die Beine zu kommen.

Ich hechtete mit einem Satz zur Seite, weg vom offenen Fenster und warf mich auf den Boden. In der nächsten Sekunde, dem Zeitraum, den Austin benötigt hatte, um hochzukommen, wurde geschossen. Es waren Gewehrschüsse, sowohl von fern als auch nah. Sie kamen alle auf einmal, unzählig viele, und sie hörten so abrupt wieder auf, wie sie begonnen hatten.

Es fiel mir schwer, mich zu erheben. Ich zitterte am ganzen Körper. In die Nähe des zerschossenen Fensters wagte ich mich nicht, nahm jedoch zwei hingestreckte Körper wahr. Ich rannte in die andere Richtung, riß den Perlenvorhang zur Seite und schlitterte über den unebenen Küchenboden.

»Tommy!« schrie ich.

Eine Stimme antwortete mir. Hinter der Küche befand sich ein kleiner Durchgang mit einem dunklen Holzboden und Tapeten, die sich von den Wänden lösten. Ich rannte eine verschlossene Holztür mit einem alten Türgriff aus Glas ein.

Tommy saß auf einem Messingbett. Er trug immer noch die Hose und das Hemd, die er bei Gericht angehabt hatte. Er saß aufrecht und ungefesselt auf dem Bett. Ich riß ihn an mich, suchte mit den Händen seine Arme und Beine nach Verletzungen ab. »Ist alles in Ordnung?« fragte ich immer wieder und viel zu laut, so daß er mir gar nicht antworten konnte. Erst jetzt sah ich mich im Raum um, doch da war sonst niemand.

»Mir geht es gut«, sagte Tommy. Ich machte ihm jedoch offenbar angst. Ich mußte mich beruhigen.

»Hat er dir weh getan?« fragte ich.

Tommy schüttelte den Kopf. »Ich wollte doch nur mit ihm reden«, sagte er. »Ihm sagen, daß es mir leid tut.«

Ich sah ihn scharf an. Tommy sah weder aus wie das Opfer einer Entführung, noch verhielt er sich so. Als hätte er dieses Treffen selbst arrangiert.

»Geht es Waldo gut?« fragte er.

Ich zog ihn an mich und hielt ihn fest. Ich wollte ihn nicht anlügen, aber für die Wahrheit war das nicht der richtige Moment.

Ich spürte, wie die Spannung in mir wuchs, als beginne sich das Haus über uns zu senken. Aus dem vorderen Zimmer kam kein Laut. Die Polizei schien immer noch abzuwarten, ob sie das Haus stürmen sollte, da sie weder mich, noch Tommy gesehen hatte.

Ich hob Tommy hoch und griff nach einer Decke und einem Kissen, die auf dem Bett lagen. Tommy fühlte sich leicht an, viel zu leicht für ein Kind seines Alters. Ich trug ihn durch die Küche. Im Wohnzimmer war immer noch kein Mensch zu sehen. An der Eingangstür setzte ich Tommy einen Moment lang ab, sorgte aber dafür, daß sein Gesicht mir zugewandt war und nicht dem zerborstenen Fenster in seinem Rücken. Dann öffnete ich die Tür und streckte das weiße Kissen hinaus. Als keine Schüsse fielen und es mir aus der Hand rissen, trat ich in den Türrahmen und winkte. Niemand schoß auf mich. Ich hörte Laufschritte.

Ich ging ins Haus zurück und hob Tommy wieder hoch. Er sah neugierig zum Fenster hin. Ich dachte jedoch nicht, daß er aus dem Winkel irgend etwas sehen konnte. Dann legte ich die Decke über seinen Kopf. »Kalt da draußen«, sagte ich.

Dann machte ich einen Schritt auf die Veranda. Tommys Gesicht war zugedeckt, doch ich sah die beiden Männer, die auf der Veranda lagen. Eliot lag mit geschlossenen Augen da. Während ich noch hinsah, kam ein Rettungsarzt angerannt und kniete sich neben ihn. Austin, der nur wenige Schritte entfernt lag, schenkte er keine Beachtung. Sein weißes Hemd war schwarz von Blut. Austins Augen waren aufgerissen, es bestand kein Zweifel, daß er nicht mehr am Leben war. Sein Gesicht war von den Kugeln nicht getroffen worden. Der Tod hatte es weich gemacht und ihm seine unnatürliche Jugend wiedergegeben. Ich starrte ihn nicht an.

Ich eilte mit Tommy von der Veranda. Jetzt war überall Licht. Die Scheinwerfer und Blaulichter der unterschiedlichen Fahrzeuge und die Lichter der Fernsehkameras ließen den Schauplatz hell wie bei Tageslicht erscheinen. Ein Mann kam auf mich zugelaufen und wollte mir Tommy abnehmen. Ich ließ den Jungen erst los, als ich erkannte, daß es James Algren war. Er nahm Tommy aus meinen Armen. »Er soll das nicht sehen«, sagte ich. Algren warf mir einen Blick zu, in dem sich so viele Emotionen verdichteten, daß er wie Haß wirkte, wie wenn man alle Farben vermischt und Schwarz erhält. Er machte ein Gesicht, als wäre er mir dankbar, jedoch widerwillig. Ich konnte es ihm nicht verübeln.

Ohne Tommys Körperwärme wurde mir plötzlich kalt. Mein Hemd war dünn. Jemand reichte mir eine Jacke. Es war nicht mein Jackett, sondern die Windjacke eines Polizisten. Ich war froh, sie überziehen zu können, da ich mir einbildete, es hätte zu regnen begonnen. Mein Gesicht war naß. Als ich hingriff, um es mir abzuwischen, stand ein anderer Rettungsarzt neben mir. »Nicht anfassen«, sagte er streng. Er richtete das grelle Licht einer Taschenlampe auf mich und berührte mit einem kalten Gegenstand aus Metall eine Stelle an meiner Schläfe. »Autsch«, entfuhr es mir.

»Ich glaube nicht, daß noch Glasscherben drinnen sind, aber wir müssen es uns genauer ansehen. Drücken Sie das darauf.« Er preßte ein sauberes Stück Stoff auf meine Schläfe, legte meine Hand wie die eines Kindes darauf und eilte davon. In Anbetracht der Unruhe und der vielen Menschen, die um mich herum waren, hätte man glauben können, es seien soeben mindestens ein Dutzend Geiseln befreit worden.

Leutnant Romano hakte sich bei mir unter. »Ich lasse Sie ins Krankenhaus bringen«, sagte er.

Ich leistete automatisch Widerstand. »Ich gehe hier nicht weg, bevor es nicht vorbei ist.«

Er zuckte mit den Achseln. »Was soll denn noch geschehen?«

Da hatte er recht. »Sie haben unsere Arbeit getan«, fügte Romano noch hinzu. Ich blickte noch einmal zurück. Tommy war nirgends zu sehen. Sein Vater mußte ihn weggebracht haben, noch bevor sich die Reporter auf ihn stürzen konnten. Auf der Veranda hatte jemand eine Jacke über Austin Paleys Gesicht gelegt. Ein medizinischer Sachverständiger der Polizei hatte sich über ihn gebeugt. Ansonsten hielt sich niemand mehr auf der Veranda auf. Im Inneren des Hauses stand ein uniformierter Polizist neben dem zerbrochenen Fenster und sprach in ein Mobiltelephon.

Ein Kameramann filmte das Schlachtfeld. Der Reporter an seiner Seite drehte sich um, erblickte mich und eilte sofort auf mich zu. Der Kameramann benötigte einen Toten, um die größte Wirkung zu erzielen, aber der Reporter benötigte jemanden, der noch am Leben war.

»Wo ist Eliot?« fragte ich Romano. Er nickte in Richtung des Krankenwagens, der in einiger Entfernung von uns geparkt war. Der Wagen war nicht beleuchtet, und seine Hintertür stand weit offen.

»Warum fahren sie nicht los?« fragte ich. Ich wußte, warum. Es bestand kein Grund zur Eile.

Aber Romano zuckte mit den Schultern und meinte: »Es ist nicht so schlimm. Ein paar Schnittwunden. Sonst fehlt ihm, glaube ich, nichts.«

Ich packte ihn am Arm. »Ist er am Leben?«

Der Leutnant machte ein beleidigtes Gesicht. »Niemand hat auf ihn geschossen. Er blieb auf dem Boden. Und niemand hätte den Verrückten erschossen, wenn er unten geblieben wäre. Was denken Sie denn, welchen Typen ich ein Gewehr in die Hand drücke?«

Ich wollte zum Krankenwagen eilen. Aber dort hatte sich ein

Großteil der Reporter versammelt. Ein Rettungsarzt steckte den Kopf heraus und versuchte, sie mit einem Wink zu verscheuchen. Ein paar von ihnen ließen sich tatsächlich abwimmeln, doch dann sahen sie mich. Romano hielt mich zurück. »Wollen Sie etwa hier eine Pressekonferenz geben?«

Er hatte recht. Mit Eliot konnte ich auch später sprechen. Den Fragen der Reporter konnte ich aus dem Weg gehen, bis es eine offizielle Version davon gab, was heute Abend hier passiert war.

Mehrere Stimmen riefen meinen Namen, als ich mich zum Gehen wandte. »Morgen früh«, stammelte ich.

Als offensichtlich wurde, daß ich nicht stehenbleiben würde, wurden statt meines Namens Fragen gerufen. Als ich auch die nicht beantworten wollte, wurden die Fragen unangenehmer: »Was ist im Haus passiert?« – »Sind Sie froh, daß er tot ist?« – »Glauben Sie, daß Ihre Chancen auf die Wiederwahl jetzt besser sind?« Ich drehte mich nicht mehr um.

Bis plötzlich Jenny Lords Stimme das Raunen der anderen übertönte: »Was wollte Ihr ehemaliger Boß hier?«

Ich blieb stehen. Es war plötzlich still. »Wollte er ihn auch jetzt noch decken?« fragte Jenny Lord leise.

Ich drehte mich um. Sie waren zu viert oder zu fünft und sahen mich mit fragenden Gesichtern an. Da waren neugierige und geduldige, aber auch wissende Blicke.

»Eliot Quinn wollte die Lage entschärfen und zwei alten Freunden helfen«, sagte ich. »Das war alles.«

Jenny schüttelte den Kopf. »Wir wissen Bescheid, Mark. Über die alten Fälle. Die Sache Austin Paley hat eine lange Vorgeschichte.«

»Was geschah mit den alten Fällen?« fragte der Reporter von Kanal 4. Ich sah ihn bloß an.

»Das war lange vor meiner Zeit.«

»Ja, aber Sie wissen genau, wie das System funktioniert«, sagte Jenny, und ein anderer Reporter fügte mit der Arroganz eines Journalisten, der über den Schlamm höchstens schreibt, selbst aber nie hineintritt, hinzu: »Waren Sie in die Korruption involviert, oder haben Sie sich ihr entgegengestellt?«

Die Rede war von Eliot und seinem Ruf, den sie im Begriff waren zu zerstören. Er hatte sich durch Austins Verteidigung verdächtig gemacht. Irgend jemand hatte begonnen, in der Vergangenheit zu stöbern. Von mir sollten sie nichts erfahren, ich hatte höchstens vor, die Dinge ins rechte Bild zu rücken.

»Das hier hat mit Korruption nichts zu tun«, sagte ich. »Die Dinge geschehen nicht immer aus Geldgründen oder weil jemand Dreck am Stecken hat. Manchmal, auch wenn am Ende etwas Schlechtes rauskommt, geht es zunächst bloß darum, jemandem zu helfen. Das Bestmögliche zu tun. Unser Justizsystem ist um nichts korrupter als zum Beispiel ...« Auf der Suche nach dem entsprechenden Vergleich fiel mein Blick auf die zahlreichen Fahrzeuge. »... die Autoersatzteilindustrie. Das Problem ist nur, uns vertraut man etwas sehr viel Kostbareres an – die Gerechtigkeit –, aber unser System funktioniert im Grunde genauso wie das der Autoersatzteilindustrie: Sie behandelt einige ihrer Kunden besser als andere, weil es sich um Freunde handelt oder weil sie sich im Gegenzug eine Gefälligkeit erhofft. Wenn das richtige Ersatzteil gerade fehlt, begnügt sie sich mit dem, was sie auf Lager hat. Sie versucht, sich über Wasser zu halten.«

Ich hatte das Gefühl, größer zu werden, mich über die anderen in den sternenübersäten Himmel zu erheben. Das Stück Stoff, das ich mir gegen die Schläfe drücken sollte, hatte ich ganz vergessen; mir lief mir wieder Blut über die Wange.

»Nur besteht unser Ersatzteillager aus Menschenleben. Uns sind Menschen anvertraut. Wenn wir uns bloß über Wasser halten, laufen wir Gefahr, daß ein Leben zerstört wird. Ein Ankläger läßt einen Prozeß fallen, weil er zu kompliziert ist oder weil er einem anderen dadurch auf die Zehen steigen würde; das bedeutet, ein Verbrecher kommt ungestraft davon. Und ein Teil der Achtung vor dem Gesetz geht verloren. Die Hoffnung, je Gerechtigkeit zu erlangen, ist dahin. Irgendwann heißt es schließlich, ach was, wozu sich überhaupt darum bemühen, das Richtige zu tun. Und dann leiden alle darunter.«

Jenny Lord hörte mir gebannt zu, ohne sich Notizen zu machen. Aber der Fernsehreporter hatte noch nicht genug: »Wollen Sie damit sagen, daß es zu den Spielregeln gehört, die Verbrechen eines anderen zu decken?«

Ich haßte seine Selbstgerechtigkeit. Er war vielleicht fünfundzwanzig Jahre alt. Sollte er jemals vor einem moralischen Dilemma gestanden haben, hatte er es wahrscheinlich nicht einmal bemerkt. »Haben Sie noch nie eine Geschichte nicht gebracht, weil Sie irgendwem einen Gefallen erweisen wollten?« fragte ich ihn hitzig. »Womöglich, weil Sie dachten, Sie würden eines Tages als Gegenleistung eine bessere Story bekommen? Was ist das dann? Bloßes Geschäft oder Korruption – oder einfach eine Gefälligkeit für einen Freund?«

Er machte ein betroffenes Gesicht. »Das würde ich nie tun.«

»Ach nein?« fragte ich ihn ruhig. Darauf erwiderte er nichts.

Aber es gab immer jemanden, der noch eine Frage hatte. »Läuft das immer noch so?« wollte der Reporter von *Eyewitness News* wissen. »Leisten *Sie* Ihren Freunden Gefälligkeiten?«

Mit erhobenem Kinn deutete ich in Richtung des Hauses, das hinter ihnen lag. »Wie würden Sie es nennen?« fragte ich zurück. »Austin Paley war mein Freund.«

XIX

Das nächtliche Abenteuer wurde in allen Nachrichten gebracht. Interessant dabei waren nicht die unterschiedlichen Blickwinkel, sondern wie wenig sich die Berichte der Sender voneinander unterschieden. Ich bin sicher, die Reporter hatten sich nicht abgesprochen. Diese unfreiwillige Einheitlichkeit hatten ihnen die Umstände auferlegt. Hinzu kamen meine etwas wirren Worte, die nicht gerade geeignet waren, gedruckt oder im Fernsehen gesendet zu werden.

Ich wurde zum Helden gekürt, weil sich dieses Image mit dem vorhandenen Filmmaterial wunderbar unter einen Hut bringen ließ: der Bezirksstaatsanwalt, der sich halbnackt in das Haus eines bewaffneten Irren wagt und es mit dem Opfer in den Armen wieder verläßt. Die Bilder waren beeindruckend. Wenn man von einer zu genauen Untersuchung der Hintergründe absah, war die Geschichte ein Knüller.

Jenny Lords Artikel war in ruhigem und sachlichem Ton verfaßt und stand in krassem Gegensatz zu den eindringlichen Bildern. Eine Aufnahme zeigte den toten Austin auf der Veranda und darunter standen die Worte: »DER FREUND DES BEZIRKSSTAATSANWALTES«. Mit keinem Wort wurde erwähnt, daß die Vergangenheit des Toten Details enthielt, die möglicherweise vertuscht worden waren. Ob Jenny diesen Umstand mir zuliebe verschwiegen hatte oder wegen der stillen Drohung, mit der ich dem unverschämten TV-Reporter geantwortet hatte, konnte ich nicht sagen, aber ich würde sie auch nicht danach fragen. Wir kannten uns alle lange genug, um im Besitz von Informationen zu sein, an deren Veröffentlichung niemand interessiert war. Ich kannte Geschichten, die sie vertuscht hatten, und ich wußte von erwiesenen Gefälligkeiten. Und daran würde sich wohl nie etwas ändern. Auch wenn man versuchen würde, das Netz der Gefälligkeiten mit einer Kanonenkugel zu zerstören – es wäre spätestens am nächsten Morgen von den Spinnen wieder hergestellt.

Leo Mendoza erschien ebenfalls im Fernsehen und nahm zu dem seltsamen Fall und dem Angeklagten Stellung – jenem Angeklagten, der kurz vor seinem Tod von einer Jury für schuldig befunden worden war und für dessen Unschuld er sich einst verbürgt hatte. Nach seiner Reaktion befragt, antwortete Leo aufbrausend: »Ich bin überzeugt, die Wähler sind Mark Blackwell und seine Revolverheldengerechtigkeit leid. Was ist das für eine Gerechtigkeit, die in Form einer Schießerei und nicht, wie es sich gehört, im Gerichtssaal ausgetragen wird?«

Er sprach im Ton des Bewahrers von Recht und Ordnung und schien voller Zuversicht, die Wahl dennoch zu gewinnen. Viele Wähler ziehen aber eine Revolverheldengerechtigkeit jeder anderen vor. Noch bevor das Wochenende vorüber war, wurde ich von vier verschiedenen Bürgerrechtsgruppen eingeladen, eine Ansprache zu halten. Menschen, denen ich nie zuvor begegnet war, grüßten mich auf der Straße und wollten meine Hand schütteln. Insgeheim sagte ich mir, daß ich zum Liebling von Randgruppen geworden war.

Am Montag abend, dem Abend vor der Wahl, traf ich mich zu dem längst überfälligen Abendessen mit David und Vicky. Wir gingen in ein chinesisches Restaurant, das jeder von uns kannte, in dem wir uns aber nie verabredet hatten, solange Lois und ich noch verheiratet gewesen waren. Wir bestellten Rindfleisch in Sesam, Huhn nach Kung-Pao-Art und eine Platte Pupu. Vicky sah toll aus. Sie hatte sich auf eine Art zurechtgemacht, die mich als junger Mann bei Frauen immer verblüfft hatte, weil sie mir so einfach erschienen war. Ihr blondes Haar war offen und aus dem Gesicht gekämmt, während sie ihre Augen, Wangen und Lippen ein wenig mit Make-up betont hatte. Als ich sie begrüßte, war sie jedoch so zurückweisend wie immer, als sei sie nur gekommen, weil man sie gezwungen hatte.

David trug keinen Schlips, sah jedoch so aus, als wäre er nur rasch ins Haus gelaufen, hätte ihn sich vom Hals gerissen und sich sofort wieder auf den Weg gemacht. »Schweren Tag gehabt?« fragte ich ihn, und er nickte bloß.

Wir tranken jeder einen Aperitif und bestellten zum Essen Wein. »Ich wünsche dir Glück für morgen«, sagte David pflichtbewußt. Ich zuckte die Achseln.

»Du möchtest doch gewinnen, oder?«

»Sicher«, erwiderte ich. »Aber wenn ich nicht gewinne, ist das auch nicht tragisch. Weißt du, ich hätte nichts dagegen, wieder ein Privatleben zu haben und mich nicht wegen jeder Kleinigkeit in den Nachrichten zu sehen.«

»Aber du mußt gewinnen«, sagte Vicky. »Was, wenn einer von uns wieder in Schwierigkeiten gerät?«

Ich sah sie bloß an. Entweder war sie über alle Maßen naiv oder ihr Sinn für Humor war verschrobener, als ich geahnt hatte.

Danach sprachen wir nicht mehr von mir, sondern über Davids Geschäftsvorhaben und Vickys Job und ihr jüngstes Wohlfahrtsengagement. Mir fiel auf, daß die beiden über gewisse Dinge nicht sprechen wollten, denn sie sahen sich nur rasch an und einigten sich im stillen, darüber hinwegzugehen; einmal kniff sie David sogar am Arm und sofort brachen die beiden in Kichern aus. »Was ist denn?« wollte ich wissen, aber sie wollten es mir nicht sagen.

Vicky und ich griffen gleichzeitig nach dem letzten Stück Rindfleisch, ich mit der Gabel, sie mit den Stäbchen. »Nimm nur«, sagte ich. »Meiner braucht es nicht so dringend«, wobei ich meinen Bauch tätschelte.

»Ich habe dich im Fernsehen gesehen, und ich muß sagen, du siehst ziemlich fit aus«, sagte sie. »Dabei heißt es, im Fernsehen wirkt man immer gleich um mindestens fünf Kilo dicker.«

»Aber nur, wenn man angezogen ist.«

Sie wandte sich an David: »Na also. Ich hab doch gesagt, daß er nur wegen seiner Klamotten so aussieht.«

»Wie aussieht?« fragte ich und warf einen Blick auf meine Kleidung. »Was gibt es denn da auszusetzen?«

»Findest du nicht auch, daß David besser aussieht, seit ich ihm bei der Auswahl seiner Kleidung helfe?« erwiderte Vicky.

Ich sah David an. Er sah tatsächlich besser aus. Sogar in dem leicht zerknitterten Zustand nach der Arbeit sah sein Hemd nicht nur gut aus, sondern es betonte sein Gesicht und nahm ihm ein wenig von seiner üblichen Blässe. Und sein Jackett hing ihm auch nicht von den Schultern, als hätte er es sich rasch irgendwo geliehen. Ich versuchte mich zu erinnern, wann er aufgehört hatte, sich wie ein Teenager zu kleiden. Es lag aber nicht nur an seiner Kleidung. David schien viel gelassener als sonst. Er lehnte sich in seinem Stuhl zurück und beteiligte sich nur dann an dem Gespräch, wenn er etwas zu sagen hatte.

Er fühlte sich nicht verantwortlich. Diese Ruhe war etwas Neues. David strahlte die Selbstsicherheit eines erwachsenen Menschen aus. Vielleicht war er nun alt genug, um die Ressentiments seiner Jugend abzulegen oder sie zumindest kritischer zu betrachten. Man muß nicht sehr lange erwachsen sein, um zu erkennen, daß man selbst auch Fehler macht.

Wir waren mit dem Essen fertig, bestellten aber noch eine Flasche Wein. Ich hatte es nicht eilig, in meine leere Wohnung zurückzukehren. David und Vicky schien es nichts auszumachen, noch ein wenig mit mir zusammenzubleiben.

Als die Rechnung auf dem Tisch lag, lehnte sich David vor und sagte mit gewohntem Zögern in der Stimme: »Du hast dich gar nicht nach Mom erkundigt.«

»Ich habe meine eigenen Quellen, David. Einen ganzen Stab an Ermittlungsbeamten. Du mußt nicht einer von ihnen sein.«

Er entspannte sich wieder, nachdem ich ihn von seiner Pflicht befreit hatte, mich auf dem laufenden zu halten, und sagte: »Es geht ihr gut. Ich glaube, sie ist glücklich.«

»Um so besser.«

David behielt mich im Auge, um zu sehen, wie ich die Nachricht aufnahm, und dann tauschten er und Vicky schon wieder einen dieser Blicke aus. Ich erriet nicht, was sie einander sagen wollten, doch dann fuhr David fort: »Aber ich kann nicht sagen, ob sie glücklich ist, weil die Dinge gut laufen oder weil sie schlecht laufen.«

»Das verstehe ich nicht.« Ich richtete meine Worte sowohl an Vicky als auch an David. David erklärte es mir:

»Mit ihrem neuen Freund. Manchmal, wenn sie ihn häufig sieht, kann man beobachten, wie sie sich wieder zurückzieht, als wollte sie nichts überstürzen.«

»Ich denke, das ist doch ...«

»Ich glaube, es macht ihr Spaß, ihn im ungewissen zu lassen«, sagte Vicky in vertraulichem Ton.

Ich sah sie an. Dann beschloß ich, meine Höflichkeit zum Teufel zu schicken und zu sagen, was ich dachte: »Du scheinst mit dieser Art von Vergnügen ja einigermaßen vertraut zu sein.«

Das hätte ein gewaltiger Tritt ins Fettnäpfchen und das unerfreuliche Ende des Abends sein können, doch Vicky strahlte mich an.

Dann lachte sie. Ich begann ebenfalls zu lachen. »Naja, ich habe da so meine Erfahrungen«, sagte sie und legte eine Hand auf Davids Schulter. Er verdrehte die Augen: »Ich auch.«

Verdammt, dachte ich, *am Ende würde ich diese Frau doch noch ins Herz schließen*. David schien ebenfalls erkannt zu haben, daß er sie mochte. Erstaunlich, welchen Wandel ihr gemeinsames Leben zu vollziehen schien – und ganz ohne meine Hilfe.

Am Tag der Wahl ging ich zur Arbeit, hielt mich aber nicht lange in meinem Büro auf. Ich drehte eine Abschiedsrunde durch das alte Gerichtsgebäude und das neue Justizzentrum, stattete langjährigen Bekannten einen Besuch ab und plauderte mit ihnen über die alten Zeiten oder saß allein in einem der leeren Gerichtssäle. Hier hatte ich meinen ersten Prozeß geführt. Hier war mein altes Büro. Hier hatte ich einmal nach einem besonders bitteren Prozeßverlust meine Aktentasche die Treppe hinuntergeworfen. Die beiden Gebäude waren von mir genauso geprägt wie ich von ihnen. Und daran würde sich nichts ändern, auch wenn ich kein offizielles Amt in ihnen mehr einnehmen würde. Das war es, was mich bei dem Gedanken, die Wahl zu verlieren, am meisten schmerzte: die Vorstellung, aus dieser Welt, die ich am besten kannte, von Fremden vertrieben zu werden, denen sie völlig unbekannt war.

Ich blieb bis nach sechs und ging dann zu Fuß durch das Stadtzentrum zum Menger-Hotel, wo Tim Scheuless für mich eine Suite und – optimistisch, wie er war – für meine Anhänger einen großen Saal reserviert hatte. Um allein zu sein, ging ich sofort nach oben, wo ich eine Gruppe Wahlkampfmitarbeiter vorfand, deren ruhige, aber dennoch jubelnde Begrüßung entmutigend auf mich wirkte. Ich gesellte mich mit einem Drink zu ihnen.

Um sieben Uhr schlossen die Wahllokale, und wenige Minuten später wurden die ersten Ergebnisse bekannt. Da in diesem Jahr auch der Präsident gewählt wurde, dauerte es eine Weile, bis das vorläufige Ergebnis meiner Wahl an die Reihe kam. Auf dem Bildschirm erschienen Zahlen, die von einem Sprecher vorgelesen wurden. Ich führte mit 53 zu 47 Prozent.

Niemand sprach, also sagte ich es: »Das reicht nicht.« Die ersten Zahlen zeigten nur die Stimmenverteilung der Briefwähler, da ihre

Stimmen als erste ausgezählt wurden. Der konservative Norden von San Antonio, der meine solideste Wählerbasis repräsentierte, ist für seine unverhältnismäßig hohe Briefwählerschaft bekannt. Ich hätte in dieser ersten Prognose einen großen Vorsprung benötigt, um damit die Stimmenverluste, die sich im Zuge der Auszählung der restlichen Stimmen einstellen würden, aufzufangen. Sechs Prozent würden nicht reichen, um den Vorsprung bis zum Schluß aufrechtzuerhalten.

Eine Stunde später hatte ich mich in das kleine Schlafzimmer zurückgezogen, wo ich ungestört war. Mit meinen Gedanken war ich seltsamerweise ganz woanders. Ich stand am Fenster, starrte zu dem kleinen Gäßchen hinunter, das zwischen dem Hotel und dem Alamo nebenan verlief, und dachte an Austin Paley. Ich gehe nicht gerne zu Begräbnissen, fürchte, daß dieser letzte Blick auf den Verstorbenen alle anderen Erinnerungen an ihn überdeckt und im Gedächtnis kein anderes Bild mehr zuläßt. Mit Austin war das jedoch schon vorher eingetreten: Er würde nicht als dieser letzte Anblick auf der Veranda in meinem Gedächtnis fortleben, sondern als Angeklagter, dem ich in den letzten Wochen den Prozeß gemacht hatte. Aber Austin und ich hatten einander auch während der zwanzig Jahre davor gekannt. Wir waren nicht die besten Freunde gewesen – jetzt fragte ich mich, ob Austin jemals wirklich einen Freund gehabt hatte –, aber er hatte dieses besondere Talent gehabt, mir immer wieder dieses Gefühl zu vermitteln. Und nicht nur mir. Ich erinnerte mich an eine Szene vor zehn oder zwölf Jahren, als ich Austin, der damals einen Mandanten wegen Trunkenheit am Steuer vertrat, zufällig in einem Gespräch mit dem Staatsanwalt belauschte. Austin ließ sich in solchen Gesprächen nie auf den für Urteilsabsprachen typischen Tonfall ein, obwohl es darum gegangen war, denn der Staatsanwalt hatte die Sturheit eines Esels an den Tag gelegt und auf einer Gefängnisstrafe bestanden. Austin brachte die Anzahl der Drinks ins Gespräch, die sich der Angeklagte genehmigt hatte – zu viele, das schon, aber nicht genug, um ihn deshalb einzusperren. Dann hatte er sich ganz nahe zum Staatsanwalt gebeugt. »Ganz im Vertrauen«, hatte er gesagt, »ich war auch bei der Party. Und ich kann von Glück sagen, daß man danach nicht mich verhaftet hat.«

Daraufhin hatte ihn der Staatsanwalt angegrinst. Mit wenigen Worten war es Austin gelungen, den Gerichtssaal in einen Beichtstuhl und die Urteilsabsprache in eine Reminiszenz an einen geselligen Abend zu verwandeln. Die drohende Gefängnisstrafe löste sich in Luft auf. Und als er bemerkte, daß ich die Szene beobachtet hatte, hatte er mir hinter dem Rücken des Staatsanwaltes zugezwinkert und mich stillschweigend ins Vertrauen gezogen. Austins Leben hatte aus ganzen Schichten solcher Vertraulichkeiten bestanden, von denen keine echt war. Oder aber sie waren alle echt gewesen. Er war ein undurchsichtiger, komplizierter Mensch gewesen, und es widerte mich an, daß er nun in den Todesanzeigen als einfacher Mensch dargestellt wurde.

Die Tür hinter mir ging auf. Es schien beinahe natürlich, daß der Mann, der jetzt eintrat, hier sein sollte, als hätten ihn meine Gedanken herbeibeschworen. »Tag, Eliot«, sagte ich, ohne mich umgedreht zu haben.

»Wenn ich gewußt hätte, daß Sie ein Hellseher sind«, sagte er, »hätte ich nie versucht, Sie hinters Licht zu führen.«

Ich wies auf das Fenster: »Ich habe Sie in der Fensterscheibe gesehen.«

Er sah an mir vorbei und zuckte mit den Achseln, als würde er langsam den Verstand verlieren. Er sah ziemlich angeschlagen aus. Seine Stirn und die eine Wange waren immer noch verbunden, während die anderen Schnitte so weit verheilt waren, daß sie kein Pflaster mehr benötigten, aber immer noch deutlich sichtbar waren.

»Ich wollte Ihnen Glück wünschen.«

»Danke.« Eliot wußte, wo meine Chancen in diesem Wahlkampf lagen, und er mußte die ersten Ergebnisse mitverfolgt und ihre Bedeutung erkannt haben, weshalb mich sein Kommen freute. Er machte auch keinerlei Anstalten, wieder zu gehen. Etwas später sagte ich: »Ich habe ihn gesehen, Eliot. Er war die ganze Zeit bei Bewußtsein. Wußte genau, was er tat. Er wußte, daß jede seiner Bewegungen beobachtet wurde. Und er wußte, was geschehen würde, wenn er die Pistole aufhob.«

Eliot sagte zunächst nichts, als wäre er Austin immer noch zu Schweigen verpflichtet. Doch dann antwortete er: »Ich wußte vom ersten Moment an, daß er dem Jungen nichts tun würde. Mit Tommy wollte er nur erreichen, daß Sie kamen. Und daß Sie nicht allein kamen.«

»Soll das heißen …«

»Er wäre nicht ins Gefängnis gegangen, Mark. Unter keinen Umständen.«

In der nun folgenden Stille schien Austin im Zimmer zu sein, leise lächelnd, während wir versuchten, ihn zu verstehen. »Aber er hätte doch auf Bewährung hoffen können«, sagte ich schließlich. »Er wäre der ideale Kandidat dafür gewesen.«

»Für Austin zählte nur die Verurteilung«, sagte Eliot. »Und daß sein Leben vor der ganzen Stadt ausgebreitet worden wäre. Er hätte nie wieder das sein können, was er immer war. Er hätte es einfach nicht ertragen.«

»Wie sein Freund Chris Davis«, sagte ich.

Eliots Mund verschloß sich wieder; er würde das Geheimnis nicht preisgeben, nicht einmal jetzt, wo er dazu keinen Grund mehr hatte.

»Chris hatte sich bereit erklärt, die Schuld auf sich zu nehmen«, sagte ich und wartete, bis Eliot antwortete.

»Ja. Weil er Austin geliebt hat. Und er dachte, es spielte keine Rolle, wo er die wenigen Tage, die ihm noch blieben, zubrachte.« Eliot sah mich fragend an. »War Ihnen klar, daß Chris todkrank war?«

»Ich hatte an so etwas gedacht. Er sah von Mal zu Mal schlechter aus.«

Nach einem kurzen Moment sagte Eliot: »Dann konnte er das Schuldbekenntnis aber nicht durchziehen. Und ich weiß nicht, ob Austin das überhaupt zugelassen hätte. Er liebte Chris. Er liebte …«

Er sprach nicht weiter. Für Eliot war es zu schmerzhaft, Austin zu rechtfertigen.

»Mark?« Im Türrahmen stand einer der Wahlkampfmitarbeiter vom Typus »Junger Republikaner«, an dessen Namen ich mich sogar erinnern konnte. Er hieß Jesse. »Könnten Sie kurz herauskommen?«

Ich folgte ihm in den Salon, der plötzlich viel heller schien als zuvor. Tim Scheuless winkte mich zu sich. Er stand vor den drei Bildschirmen, die für solche Anlässe traditionsgemäß aufgestellt wurden. »Schnell, schnell«, rief er, als ich neben ihm stand. »Sie zeigen es gleich auf Kanal 4. Auf Kanal 5 war es schon.«

Es war also Zeit für die neuen Ergebnisse. Ich fragte mich, ob dies die Runde war, die mich unter die 50-Prozent-Marke bringen würde.

Für Leo Mendoza mußten diese Augenblicke noch nervenaufreibender sein. Er konnte sich zwar sicher sein zu gewinnen, aber zuerst mußte er noch aufholen.

»Nun zur Wahl des Bezirksstaatsanwaltes vom Bezirk Bexar«, setzte der Sprecher an und wartete, daß die Ziffern auf dem Bildschirm erschienen. »Die jüngsten Auszählungen deuten darauf hin, daß der Amtsinhaber Mark Blackwell mit 55 Prozent der Stimmen in Führung liegt.«

»Fündundfünfzig?« fragte ich ungläubig.

»Ja«, versicherte mir Tim. »Der andere Kanal hat genau dasselbe gebracht.«

Mein Vorsprung wuchs, anstatt kleiner zu werden. »Revolverheldengerechtigkeit«, murmelte ich, doch niemand hatte es gehört. Das halbe Dutzend Menschen im Zimmer applaudierte mir.

Ich sah zu Eliot, der immer noch im Türrahmen des Schlafzimmers stand und still vor sich hin lächelte. Ob er dachte, woran ich dachte? In einem so häßlichen Fall wie bei Austin konnte sich die Öffentlichkeit nicht mit einer Verurteilung zufrieden geben, es sei denn, der Angeklagte starb, und zwar sofort. Zum Teufel mit der offiziellen Unterstützung, die man mir verweigerte, mit den politischen Königsmachern, die eine rasende Wut auf mich hatten. Ich hatte das Monster nicht nur auf die Anklagebank gezerrt, ich hatte ihn umgebracht. Gute Arbeit, antworteten die Wähler.

Während der nächsten Stunden kletterten die Zahlen unaufhörlich weiter. Dank der neuen elektronischen Stimmenauszählung mußte niemand mehr die ganze Nacht aufbleiben, um den Ausgang der lokalen Wahlen zu erfahren. Es war erst kurz nach neun Uhr, als mein Stimmenanteil 57 Prozent erreicht hatte und das Gerücht umging, daß sich Leo Mendoza bereits geschlagen gab.

An meinem Sieg war nicht mehr zu zweifeln, als die anderen offiziellen Würdenträger einer nach dem anderen in der Suite auftauchten und sich der Saal im Erdgeschoß zu füllen begann. Tim erzählte mir mit lachendem Gesicht, daß für die Autoaufkleber und Schilder, die wir noch vor einer Woche nicht loswerden konnten, plötzlich eine große Nachfrage herrschte. Morgen früh würde sich jeder so zeigen, als hätte er mich ein Leben lang unterstützt. Ich schloß mich seinem Lachen an. Von mir aus konnten sie alle an Bord kommen.

Man ließ mich im Schlafzimmer allein, damit ich mich zurechtmachen und eine kurze Ansprache – mit der ich nicht gerechnet hatte – vorbereiten konnte. Jesse wollte den alten Mann im Lehnstuhl vertreiben, der als einziger noch im Raum war. »Darf ich Sie bitten, Sir. Der Bezirksstaatsanwalt möchte einen Moment allein sein.«

»Ist schon in Ordnung, Jesse«, sagte ich. Er sah mich verdutzt an – er hatte keine Ahnung, wer der alte Mann war –, ging jedoch hinaus und schloß die Tür hinter sich.

Es schien nur recht zu sein, daß ich kurz mit Eliot allein war. Paradoxerweise war er immer noch einer der wenigen Menschen, zu denen ich Vertrauen hatte.

Er kam zu mir und legte mir wie ein Vater, der seinem Sohn gratuliert, beide Hände auf die Oberarme. »Ich lasse Sie jetzt allein«, sagte er. »Ich möchte Sie nur an eines erinnern. Alle sind jetzt auf Ihrer Seite, weil Sie der Sieger sind. Aber vergessen Sie nie, wer Ihre wahren Freunde sind, für den Fall, daß Sie sie einmal brauchen.«

Ich wußte nicht, was ich sagen sollte. »Ich weiß, ich …«

»Niemand«, sagte Eliot mit fester Stimme, »niemand rührte auch nur einen Finger, um Ihnen zu helfen. Alle waren gegen Sie. Und wenn Sie einst wieder in einer schwierigen Lage sind, wird das genauso sein. Niemand wird Ihnen helfen. Die, die jetzt Ihre Hand schütteln, sind diejenigen, denen Sie am wenigsten trauen dürfen. Es sei denn …« Er musterte mich. »Was werden Sie eigentlich unternehmen wegen der Geschichte, die Austin Ihnen erzählt hat? Über das Gemeindezentrum und den Toten im Keller?«

»Ermittlungen anstellen«, sagte ich. »Zunächst einmal herausfinden, wo der Tote begraben ist. Genug über jemanden in Erfahrung bringen, um ihn auf die anderen loszuhetzen. Mal sehen. Jedenfalls allen den Prozeß machen, denen es gebührt.«

Ich hatte mit meiner Antwort nicht gezögert, aber Eliots Gesicht verriet mir nicht, ob sie die richtige war. »Austin ist tot«, erinnerte er mich unnötigerweise. »Sie könnten jetzt derjenige sein, der all die Geheimnisse kennt. So etwas hält man sich in Reserve, denn in den nächsten Jahren wird es mehr wert sein als alles Geld auf dieser Welt.«

Aus Eliots Mund waren das seltsame Worte, so daß es mir schien, er wollte mich auf die Probe stellen. Ich schüttelte bloß den Kopf. Eliot sah mich traurig an. »Dann habe ich nichts mehr zu sagen«, sagte er. »Ich wünsche, ich könnte Ihnen einen Rat geben, aber es gibt keinen, der Ihnen etwas nützen würde. Ich bin mir nicht einmal sicher, wer alles hinter Ihnen her sein wird. Sie sind das, was diese Leute am meisten hassen: ein Einzelgänger, den das Volk unterstützt. Sie müssen höllisch aufpassen.«

Und dann ging er, verließ mich in seinem schwarzen Anzug, wissend, daß er bei der Feier nur ein störendes Gespenst wäre. Ich dachte über seine Worte nach, doch dann stürmte die Menge das Zimmer, um mich zu meinen lieben Freunden in den Festsaal zu begleiten. Während ich lachte und Hände schüttelte und Gesichter wiedererkannte, die mich anlächelten und mit deren Anwesenheit ich nicht gerechnet hatte, bereitete ich in Gedanken meine Ansprache vor: *Nun, ich habe zwar aus den falschen Gründen gewonnen, aber ich habe gewonnen. Ich hatte großes Glück. Und ein paar Leuten wird das noch sehr leid tun.*

Als ich mich dann auf dem Podium vor den vielen Mikrophonen wiederfand und sich zu meinen Füßen Hunderte Menschen versammelt hatten, so daß ich die einzelnen Gesichter nicht mehr unterscheiden konnte, die mich da alle anstrahlten, öffnete ich meinen Mund und sagte:

»Also, Kinder, wir haben es geschafft.«

Im selben Moment war der Teufel los. Als sich der Lärm etwas gelegt hatte, setzte ich eine ernste Miene auf und sprach weiter: »Wir hatten eine Botschaft für die Menschen, und was sie da zu hören bekamen, gefiel ihnen. Mein Stab hatte sich einer Sache verschrieben: der Wahrheit. Sie hörten ...«

Es war eine lächerliche Ansprache. Ich werde sie nicht wiedergeben. Sie fand großen Anklang.

Wenn ich mir hätte wünschen können, wer mir am nächsten Morgen gratulieren sollte, so wäre es der Mensch gewesen, den Patty nun ohne Vorankündigung in mein Büro führte. Ich war überzeugt gewesen, ich würde sie nach unserer letzten Begegnung am Abend von Tommys Entführung nie wiedersehen.

Janet kam sogar persönlich, anstatt nur zu telephonieren, und ich fühlte mich wie im siebten Himmel. Nach nur drei oder vier Stunden Schlaf hätten sich meine müden Augen keinen angenehmeren Anblick wünschen können. Sie ergriff einen Moment lang meine Hände, ließ sie aber gleich wieder los.

»Ich hätte gestern abend kommen sollen.«

»Nein, das wäre nicht gut gewesen. Dir wäre höchstens schlecht geworden.« Die Siegesfeier nach einer Wahl läßt sich zwar mit einem Strafprozeß nicht vergleichen, aber sie ist mindestens so widerlich.

»Ich habe dich im Fernsehen gesehen, mit Tommy.« Sie musterte mich genau, vermutlich um zu sehen, ob ich aus Angst um Tommy so gehandelt hatte oder ob es mir nur darum gegangen war, in den letzten Tagen vor der Wahl den Helden hervorzukehren. Ich sagte gar nichts. Ich war sicher, ich könnte sie von nichts überzeugen, von dem sie nicht längst selbst überzeugt war.

»Niemand sonst hätte ihn retten können«, sagte Janet. Dann wurde mir klar, daß sie nicht mich, sondern meine Stirn gemustert hatte. Sie streckte ihre Hand danach aus, berührte mich aber nicht. »Es sieht so aus, als seist du verletzt worden.«

»Mir geht es gut.«

»Mark«, sagte sie und richtete den Blick auf ihre Hände. »Ich finde, wir sollten eine Vereinbarung schließen. Wir sollten uns nicht mehr sehen«, sagte sie mit sorgenvollem Blick. »Ich meine, beruflich.«

Ich dankte Gott für diese letzten Worte. »Absolut«, sagte ich ernst. »Denn eines muß ich dir sagen, mit dir zusammenzuarbeiten war die reine Zumutung.« Es gefiel mir, wie ihre Augen weit aufgingen und ihr Mund offenstand und ihr die Röte ins Gesicht schoß. »Wie du dich geziert hast, wenn wir eigentlich wie zwei Profis miteinander hätten reden sollen. Flirtet mich an wie ein Schulmädchen, macht mir schöne Augen und senkt die Stimme, wenn sie mich ansieht, als wäre ich der tollste ...«

Sie verdrehte die Augen. »Du hast vielleicht eine Phantasie.«

»Heißt das, das war alles nur unbewußt? Was würde Freud dazu sagen?«

»Das weiß ich nicht. Und du auch nicht«, sagte sie. »Außerdem hat er sich wahrscheinlich geirrt.«

»Das wird zwar eine Knochenarbeit, aber ich werde es herausfinden. Du hast doch eine Fachbibliothek, nicht wahr? Ich könnte mich darin vergraben und ...«

Wir waren sehr nahe aneinander herangetreten. Janets Augen nahmen wieder einen ernsten Ausdruck an. »Hast du Tommy schon gesehen?«

Ich empfand diese Frage wie einen leisen Tadel. »Ich habe ein paarmal angerufen, aber ...«

»Gut. Tu es nicht. Noch nicht, vielleicht sogar nie. Hör auf, ein Teil seines Lebens zu sein. Sie wollen ganz neu anfangen. Du würdest sie nur ständig daran erinnern, was sie durchmachen mußten. Oder dich zu einem Zeitpunkt um Tommys Aufmerksamkeit bemühen, wenn James Algren endlich bereit ist, ihm ein richtiger Vater zu sein.«

»Tut er das? Das ist großartig. Ich wünsche ...«

Ich sprach nicht weiter. Fast hätte ich gesagt, ich wünschte mir, David und ich hätten eine solche Tragödie durchgemacht. Daß vor Jahren etwas geschehen wäre, das mich gezwungen hätte, mich zu besinnen und mich zu fragen, was in meinem Leben wirklich von Bedeutung war.

Janet erwartete nicht, daß ich den Satz zu Ende sprach. Endlich lächelte sie. Das Geschäftliche war erledigt.

»Und sollte sich herausstellen, daß du durch meinen Rat auf einmal zu viel Zeit für dich hast und nichts damit anzufangen weißt«, lächelte sie, »dann habe ich noch einen Vorschlag.«

Ich stand bloß da, versunken in ihren Anblick, als spreche ihre Stimme meine Gedanken aus. Als sie einen Schritt vor machte und mich in die Arme nahm, entspannte ich mich zum ersten Mal seit Tagen. Ach was, seit Wochen.

Sie verließ mich viel zu schnell. Sie hatte schließlich viel zu tun, sie war Ärztin. Nachdem sie gegangen war, widmete ich mich wieder dem Blatt Papier, das vor mir auf dem Tisch lag. Es war büroeigenes Papier und mit der Hand beschrieben. Zwei kurze Sätze, die auf die förmliche Anrede folgten.

»Patty?« sagte ich in die Sprechanlage. »Wartet Becky Schirhart zufällig darauf, mich zu sehen?«

»Hier ist sie nicht.«

»Machen Sie sie ausfindig, und bitten Sie sie, zu mir zu kommen.«

Es schien so sonderbar, hinter meinem eigenen Schreibtisch im Büro des Bezirksstaatsanwaltes zu sitzen und keine Kartons zu sehen, in die ich meine Sachen packen mußte. Alles fühlte sich neu an. Ich konnte es kaum erwarten, wieder anzufangen.

Als Becky mein Büro betrat, schien sie in Eile, als hätte ich sie bei einer wichtigen Angelegenheit unterbrochen. Ihren Bewegungen lag eine Selbstsicherheit zugrunde, die mir zuvor nicht aufgefallen war. Sie ergriff auch nicht als erste das Wort. Sie näherte sich dem Tisch und sah mich mit fragendem Blick an, der sich schließlich verdichtete und eine Spur von Besorgnis annahm.

»Ich hatte eine schwere Nacht«, sagte ich.

»Sie hatten eine tolle Nacht.«

»Sie habe ich aber nicht gesehen.«

»Ich war auch gar nicht da«, erwiderte sie ungerührt und ohne eine Erklärung.

»Ich bin froh, das zu hören«, sagte ich. »Das bestätigt mich in der Meinung, die ich von Ihnen hatte.«

Wieder sah sie mich fragend an, aber ich wechselte das Thema und schob ihr das Kündigungsschreiben hin. »Ich möchte, daß Sie das da wieder mitnehmen«, sagte ich. »Zerreißen Sie den Wisch, oder bewahren Sie ihn für einen besseren Moment auf.«

»Ich finde, jetzt ist der richtige Moment«, sagte sie langsam.

»Haben Sie einen guten Job gefunden?«

»Ich habe mich noch gar nicht umgesehen.« Sie runzelte die Stirn, sie wollte nichts mehr sagen. »Nach allem, was zwischen uns vorgefallen ist« – sie lachte gepreßt –, »das heißt, was nicht vorgefallen ist, würde ich mich hier nicht mehr wohl fühlen. Sie auch nicht.«

»Nicht ...«

Sie fuhr hartnäckig fort: »Ich glaube, Sie hatten mich fortan im Verdacht, ich habe es nur getan, um mir einen Vorteil zu verschaffen, als sich die Gelegenheit bot.«

Ich schüttelte den Kopf. »Offenbar haben Sie es nicht getan, um Ihre Karriere zu fördern.« Ich berührte noch einmal ihre Kündigung. »Das hier beweist das doch.«

Becky bewegte ihren Mund. Sie wollte sich auf keine Diskussion einlassen. »Vielleicht versuche ich nur, schlau zu sein.«

»Wenn Sie so schlau sind, dann will ich Sie an meiner Seite. Becky, uns steht Krieg ins Haus. Die Wiederwahl war nur der Anfang. Hier werden sich noch häßliche Dinge abspielen. Deshalb muß ich Leute um mich haben, denen ich absolut vertrauen kann.«

Sie zog ihre Brauen hoch. »Meinen Sie damit mich?«

»Ich meine Sie.«

Endlich nahm sie das Blatt Papier zur Hand, las es noch einmal und zerriß es in zwei Hälften. Dann blickte sie mich kurz an und sah gleich wieder weg. Sie war glücklich und wollte es mir nicht zeigen, oder vielleicht wollte sie es selbst nicht wahrhaben.

»Sentimentaler alter Narr«, sagte sie.